O BRASIL NA LITERATURA NOVILATINA: UMA ANTOLOGIA DE TEXTOS

O BRASIL NA LITERATURA NOVILATINA:
UMA ANTOLOGIA DE TEXTOS
DIREITO – HISTÓRIA – LITERATURA

AUTOR: António Guimarães Pinto

DIRETOR ALMEDINA BRASIL: Rodrigo Mentz
EDITOR: Marco Pace
EDITOR DE DESENVOLVIMENTO: Rafael Lima
ASSISTENTES EDITORIAIS: Larissa Nogueira e Letícia Gabriella Batista
ESTAGIÁRIA DE PRODUÇÃO: Laura Roberti

REVISÃO: Neto Bach
DIAGRAMAÇÃO: Almedina
DESIGN DE CAPA: Casa de Ideias

ISBN: 978-65-5427-169-1
Setembro, 2023

Dados Internacionais de Catalogação na Publicação (CIP)
(Câmara Brasileira do Livro, SP, Brasil)

Pinto, Antônio Guimarães
O Brasil na literatura novilatina : uma antologia de textos / Antônio Guimarães Pinto. – São Paulo : Edições 70, 2023.
Bibliografia.
ISBN 978-65-5427-169-1
1. Direito – Coletâneas 2. HIstória – Coletâneas 3. Latim 4. Literatura brasileira – Coletâneas 5. Textos – Coletâneas I. Título.

23-161114 CDD-808

Índices para catálogo sistemático:

1. Textos : Produção e literatura : Literatura 808
Eliane de Freitas Leite – Bibliotecária – CRB 8/8415

Este livro segue as regras do novo Acordo Ortográfico da Língua Portuguesa (1990).

EDITORA: Almedina Brasil
Rua José Maria Lisboa, 860, Conj.131 e 132, Jardim Paulista | 01423-001 São Paulo | Brasil
www.almedina.com.br

O BRASIL NA LITERATURA NOVILATINA: UMA ANTOLOGIA DE TEXTOS

Direito – História – Literatura

ANTÔNIO GUIMARÃES PINTO

70

Sumário

Breve explicação proemial

Neste volume, que a Almedina generosamente aceitou publicar, reuni um feixe de traduções do latim e estudos que têm como eixo aglutinador o Brasil. Foi meu primacial intento sensibilizar os acadêmicos brasileiros, sobretudo das áreas do Direito e das Ciências Humanas e Sociais, para o fato de que vastos setores da história jurídica, política, religiosa, literária e cultural *lato sensu* dos três séculos do Brasil colonial continuarão imersos em densas trevas enquanto não se proceder à recuperação (mediante competentes transcrições e traduções) de muito material, tanto impresso como manuscrito, que permanece inexplorado ou é sobranceiramente desprezado na hora em que se giza o plano da obra científica a fazer.

Condicionados pelo olvido quase absoluto a que o idioma do Lácio hoje se encontra votado, os estudiosos dos diferentes aspectos da nossa formação como povo tendem a ter uma ideia incompleta ou errada da importância que o latim possuiu, como língua veicular, durante os séculos XVI a XVIII, tanto para os indivíduos como para os núcleos de poder, que dirigiam, determinavam e articulavam a atividade humana nas suas diferentes manifestações no solo brasileiro. Desde a Igreja à justiça e administração pública, passando pela literatura e ciência (por mais embrionário, canhestro ou episódico que fosse então aqui o seu cultivo), o conhecimento do latim era uma peça essencial no normal funcionamento do maquinismo da sociedade. Assim, não me parece que me cegue um amor excessivo pela minha "dama" se afirmar que hoje o saber latim ou a possibilidade de aceder ao vasto acervo de textos, vazados nesta língua, com interesse histórico para o Brasil, não é um luxo erudito, mas uma necessidade imperiosa para quem pretenda compreender a realidade pretérita e transmitir de um modo cientificamente credível uma imagem dos três séculos do Brasil colonial.

Ora, como é manifesto, o conhecimento da bibliografia redigida em latim (manuscrita e impressa) que vise ao escopo que apontamos terá de fazer-se de um modo que ultrapasse os estreitos limites da protonacionalidade brasileira, ou, se quisermos, do latim produzido pelos habitantes da gleba brasileira (é certo que de matriz cultural predominantemente lusitana), mas deverá incluir também no seu horizonte de interesses o maior número de textos em latim, sejam eles de literatura "pura", doutrinal ou científica, saídos da pena de autores de origem, vivências e educação exclusivamente europeias, e que naquele idioma, então universal, escreveram sobre a multímoda realidade da nossa pátria, cada um no especial âmbito dos seus interesses, necessidades, inspirações pessoais ou profissionais.

É certo que, afortunadamente, no que tange a textos em latim escritos por brasileiros, luso-brasileiros ou protobrasileiros (é questão de nomenclatura que me parece de somenos importância), devemos ao Professor Ênio Aloísio Fonda estudos modelares e a orientação de vários artigos e dissertações acadêmicas, mediante os quais possuímos um rastreamento relativamente completo da produção literária novilatina brasílica desde José de Anchieta até Castro Lopes, no dealbar do século

XX, passando por Manoel Botelho de Oliveira, Prudêncio de Amaral e José Rodrigues de Melo. E, se qualificamos como "relativamente" completa a preciosa recolha feita e dirigida pelo Professor Fonda, é porque o ilustre acadêmico se limitou à produção em verso. É portanto ainda farta a messe que nos oferece a literatura em prosa latina saída da pena de autores nascidos em terra brasílica ou cujo percurso vital aqui se fez de forma prolongada.

No livro que o amável leitor agora segura nas mãos o meu desígnio foi contemplar, mediante uma significativa amostra, sobretudo a segunda parcela, a que acima me referi, de plumitivos que em latim se exprimiram sobre o Brasil, ou seja: os homens de educação europeia que nunca vieram ao Brasil e se ocuparam, apelando a um conhecimento indireto, de temas conectados com o Novo Mundo (é o caso dos juristas da Escola Jesuíta de Évora; dos documentos procedentes da Cúria romana, através dos quais se erigiram duas dioceses e duas prelazias; do escocês George Buchanan e do amarantino Antônio de Sousa), e os que aqui viveram, por períodos de tempo mais ou menos dilatado, mas iniciado na idade madura, e à nossa terra trazidos por motivos profissionais: é a situação dos três antístites, responsáveis pelos relatórios sobre as respectivas dioceses, que aqui selecionamos.

Por derradeiro, lugar à parte corresponde ao artigo que consagrei ao latim do Padre Antônio Vieira, personagem a quem, sem risco de incorrer em exagero, podemos qualificar como o mais português dos brasileiros ou o mais brasileiro dos portugueses, ou simplesmente, e é esta a minha modesta opinião, como o maior gênio (com toda a latitude e implicações, positivas e negativas, que queiram associar-se a este vocábulo) que até hoje produziu a comunidade luso-brasileira. Pareceu-me que com esse artigo fechava com chave de ouro um livro, com o qual, permita-se a confidência, ao ser editado em solo brasileiro, se quebrou a maldição que parecia impender sobre a minha produção acadêmica, forçada a ver a luz da publicidade exclusivamente sob a chancela de universidades e editoras lusas, como consequência do acintoso ostracismo a que me votaram os responsáveis pela área "editorial" da instituição federal que há mais de dois lustros venho servindo. Quem sabe se, com este precedente, em tempos porvindouros ali me há de brilhar mais auspiciosa estrela, quando, pondo de parte absurdos empachos e pudores, eu me decida a dar à luz da publicidade o estudo que em anos moços escrevi com o aperitivo título de *Metáforas do pirarucu na imagética sócio-tropical do Boi de Parintins: uma abordagem derridiana*. Quem sabe?

Palavras muito especiais de cordial gratidão são aqui devidas à minha cunhada Paula Oliveira, ao paciente parceiro das nossas palestras *de omni re scibili* e prestante ex-aluno André Gomes, à família Malheiro Reymão, na pessoa do amigo Filipe, e ao Professor José Pedro Paiva, pela compreensão demonstrada. A todos o meu sincero *bem hajam!*

Manaus, 5 de Abril de 2023

PARTE I

Direito

1. Pareceres de três juristas da Escola Jesuíta de Évora sobre questões do Brasil colonial: Gaspar Gonçalves, Fernão Pérez e Luís de Molina

Ao Professor Martim de Albuquerque,
com muita gratidão e estima

PREÂMBULO[1]

Forgetful, you neglect your shrines and churches;
The men you are in these times deride
What has been done of good, you find explanations
To satisfy the rational and enlightened mind.

The Rock, T. S. Eliot

1.

Pretendemos enfeixar neste capítulo três autores ibéricos quinhentistas de quem nos aproximou sobretudo a circunstância de terem versado em latim temática relacionada com a for-

---

[1] Este estudo teve a sua 1ª edição no nº 1 do *Anuário de História do Direito*, publicado pela Faculdade de Direito da Universidade de Lisboa, 2020,

mação histórica do Brasil, o que nos permitiu visar ao duplo escopo de prosseguir dentro da principal linha de pesquisa que é a nossa, como latinista estudioso do humanismo, e homenagear e contribuir para um melhor conhecimento da terra em que vivemos e é a dos antepassados maternos do nosso filho. Sendo a nossa perspectiva a do filólogo, ainda que tomando este conceito em sentido menos estreito do que o usual, não nos propomos enquadrar ou analisar os textos que irão ler-se à luz das concepções e problemáticas jurídicas sob as quais foram redigidos: essa é a tarefa que incumbe aos especialistas da história do pensamento jurídico, destinatários principais do nosso trabalho. Cremos que sem a estreita cooperação entre os especialistas da área do latim e os das ciências jurídicas e afins serão truncados e muito limitados quaisquer intentos de pesquisa inovadora que se desejem realizar na evolução histórica destas. Foi de resto o que inteligentemente pensou o organizador do Projeto *A Escola Ibérica da Paz nas Universidades de Coimbra e Évora (séculos XVI e XVII)*, Professor Pedro Calafate, quando nos convidou como tradutor dos textos latinos de Martín de Azpilcueta Navarro, Fernão Rebelo, Antônio de São Domingos e Fernão Pérez que hoje podem ler-se nos dois tomos que sob aquele título publicou a Editora Almedina, em 2015.

Como o leitor acaba de ver, dos três autores que ora aqui se apresentam e cujos nomes podem ler-se no título deste capítulo, um (Fernão Pérez)[2] já fora objeto recente da nossa atividade

pp. 269-372, a convite do nosso estimável Amigo o Professor Martim de Albuquerque, honra e lustre do Direito e da Historiografia portuguesas.

[2] Ainda que a forma original do seu nome de batismo fosse *Fernando*, como cabia a um natural da cidade de Córdova, tanto alguns manuscritos como

de tradutor, a quem coube por essa via também a gloríola de responsável pela 1ª edição de um texto seu de alguma extensão.[3] Dá-se também o caso de que o primeiro nome da trindade ibérica aqui contemplada, o conimbricense Gaspar Gonçalves, merecera anteriormente a nossa atenção de estudioso da atividade literária em latim de autores portugueses dos séculos XVI e XVII, tendo nós dado a lume nos anos de 2013 e 2017 as transcrições e versões de textos seus de pendor lírico, dramático e oratório, que nos revelam um seguro latinista e um literato de apurado gosto.[4] Portanto, só com Luís de Molina o nosso conhecimento era de outiva e não se revestira do caráter de inti-

---

os textos portugueses dos seus contemporâneos e até dos seus confrades de séculos posteriores, apresentam a grafia portuguesa tradicional *Fernão*, pela qual optamos.

[3] *Sobre a matéria da guerra (1588)*, páginas 342 a 497 do volume I da obra citada no corpo do texto.

[4] Vejam-se os nossos livros: *Sob o signo do Humanismo*, Lisboa, Centro de Filosofia da Universidade de Lisboa, 2013, pp. 101-149 e 293-346; *Adenda ao livro* De missione Legatorum Iaponiensium, *de Duarte de Sande: as* Orationes *de Gaspar Gonçalves e de Martinho Hara*, Aveiro, Universidade de Aveiro, 2016, pp. 14-17 e 46-76. – No nosso livro *Os Jesuítas Portugueses e a Literatura Novilatina (séc. XVI). Antologia e Estudos*, tomo 1, Lisboa, Theya, 2021, entre as páginas 75 e 230 publicamos a tradução e transcrição de um número razoável de composições poéticas, de temática variada, e um elegante discurso em louvor da Rainha Santa, que, juntamente com o já publicado, constituirão o que julgamos ser os *opera omnia* literários deste Autor, relegado pela injustiça dos tempos e homens ao quase total silêncio de que o vamos tentando resgatar. Os textos seus que agora se publicam, juntamente com as apostilas de aulas que se conservam em manuscrito, não sendo literários *stricto sensu*, mesmo assim merecem a luz da publicidade pela importância de que se revestem para o conhecimento do pensamento jurídico e filosófico do Portugal de Quinhentos.

midade que sempre se estabelece no trato entre o tradutor e o traduzido. E, em boa verdade, devemos confessar que de modo algum lamentamos o dilatado jejum em que estivemos da sua prosa latina, porquanto, dos três autores aqui coligidos e numa perspetiva exclusivamente estética, Molina é literariamente o mais pobre, e a degustação do seu latim, como também dos dois ou três pedaços de castelhano híbrido que embrechou nos seus pareceres, não foi de molde a nos causar prazer ou a servir de aperitivo para nacos de mais "sustância".

Mas, para além dos anteriores vínculos que nos ligavam a dois dos três autores cujos textos aqui se traduzem e publicam, moveu-nos a juntá-los, em primeiro lugar, a circunstância de estarem vinculados pela pertença a uma mesma corporação religiosa e a uma mesma "escola" jurídica, em segundo lugar, a localização física que os irmanou de forma contínua num mesmo códice da veneranda e belíssima Biblioteca Pública de Évora, e, em terceiro lugar, a unidade estrutural que de fato formam, ao apresentarem-se como as respostas ou pareceres dos três teólogos a duas ordens de questões acerca das quais foram superiormente solicitados a consignar por escrito o que pensavam.[5] Vejamos agora com brevidade o que conseguimos apurar

[5] Nesta mesma unidade estrutural se insere também o parecer do Doutor Navarro, que se segue ao de Molina. No entanto, como é óbvio, nele não se reuniam nem a pertença à Companhia de Jesus nem à Escola Eborense, realidades que aqui sobretudo pretendemos contemplar. Não significa portanto menospreço por esta personagem cuja integérrima personalidade muitíssimo admiramos e que, morrendo em provecta idade na cidade de Roma, quis ser sepultado em solo português, na igreja de Sant'Antonio dei Portoghesi, onde o seu impressionante busto tumular constitui experiência inolvidável para qualquer visitante.

acerca das circunstâncias históricas imediatas que explicam a gênese destes textos.

2.

Em 1582 o Geral dos jesuítas, Cláudio Acquaviva, enviou a Portugal carta-patente ao Padre Cristóvão de Gouveia, incumbindo-o de dirigir-se ao Brasil com as funções e autoridade de Visitador das missões inacianas aqui existentes. Sacerdote dotado de grande consciência e capacidade de organização, não desejou partir sem antes se munir da legislação pertinente, aconselhamento e experientes avisos dos seus confrades, pelo que, conforme conta o seu companheiro durante quase sete anos e cronista dos seus atos e jornadas brasileiras, o Padre Fernão Cardim:

> "Juntos em Lisboa no princípio de Outubro de 1582, residimos aí cinco meses. (...) O Padre Visitador tratou por vezes com alguns prelados e letrados casos de muita importância sobre os cativeiros, batismos e casamentos dos índios e escravos de Guiné, de cujas resoluções se seguiu grande fruto e aumento da cristandade depois que chegamos ao Brasil."[6]

Chegados à Bahia a 9 de Maio de 1583,[7] imediatamente o Padre Gouveia se inteira das mais prementes dificuldades de

---

[6] Fernão Cardim, *Narrativa epistolar*, editada juntamente com os *Tratados da terra e gente do Brasil. Introdução e notas de Baptista Caetano, Capistrano de Abreu e Rodolfo Garcia*, 2ª ed., São Paulo, Companhia Editora Nacional, 1939, pp. 249-250.

[7] Sobre a visitação do Padre Cristóvão de Gouveia recomenda-se a leitura da tese de Charlotte de Castelnau L' Estoile, *Les ouvriers d' une vigne stérile.*

ordem moral e religiosa a que os religiosos tinham de fazer frente e em relação às quais, pela sua novidade, a legislação canônica corrente se mostrava omissa e nada de concreto determinava. Em relação a certas questões melindrosas e não consensuais entre os próprios missionários atuantes no Brasil, como, por exemplo, as relativas à escravatura, logo em carta de 25 de Julho desse ano o Visitador escreve a Acquaviva:

> "Sabendo isto (...) eu em Portugal e vendo quão prejudicial e escandalosa é esta opinião cá nestas partes (...) procurei informar-me (...) e trouxe acerca disto os pareceres em *scriptu* dos Padres Fernão Pérez, Luís de Molina e Gaspar Gonçalves para cá tratar o caso."[8]

Igualmente nesse primeiro ano, e também na correspondência para o Geral na Europa, se refere Gouveia às questões e dúvidas relacionadas com os matrimônios, sobre as quais pede pareceres.[9] Com data de Novembro de 1584, Cláudio Acquaviva informa o seu escrupuloso súdito de que, em relação às dúvidas, já fora respondido "pelos doutores, e se procurará uma dispensa de Sua Santidade, na qual se fez sempre dificuldade, mas não estamos sem esperança de havê-la."[10]

Les jésuites et la conversion des Indiens au Brésil 1580-1620, Lisbonne-Paris, Centre Culturel Calouste Gulbenkian, 2000.

[8] *Apud* Serafim Leite, *História da Companhia de Jesus no Brasil*, tomo 2, Lisboa / Rio, Livraria Portugália / Civilização Brasileira, 1938, p. 294.

[9] Serafim Leite, o. c., tomo 2, p. 293-294. Nas pp. 489-492 deste volume ocupa-se o Padre Serafim Leite dos seis anos da visitação do portuense Padre Gouveia.

[10] *Apud* Serafim Leite, o. c., p. 294.

Ao que se nos afigura, temos aí reunidos os elementos que nos explicam as circunstâncias e contexto em que se escreveram os textos cuja leitura propomos ao leitor e que brevissimamente passaremos a descrever na sua forma externa e conteúdos gerais:

Trata-se dos fólios 100 a 125 do códice CXVI / 1-33 da Biblioteca Pública de Évora, no qual se contêm diversos pareceres, em letra dos finais do século XVI ou inícios do XVII, respeitantes a dúvidas "que se oferecem nas missões", sobretudo do Brasil, escritos principalmente em latim, e que têm como autores, além dos que são objeto do nosso estudo e de alguns anônimos, os Padres José de Anchieta, Manuel da Nóbrega, Francisco Pinto, Armínio, Tolosa, Baltasar Barreira, Doutor Navarro e o bispo e o ouvidor-geral da Bahia.

Os textos que nos interessam repartem-se do modo seguinte:

fólios 100-100v°: transcrição da constituição apostólica, em latim, de Pio V *Romani Pontificis*, relativa aos novos casamentos de índios que quando se batizaram já eram casados;

f. 100v°: formulação, em latim, da pergunta, em que se pede a opinião dos consultados sobre se os escravos africanos levados para o Brasil, no caso de já serem casados nas suas terras, podem passar a segundas núpcias, encontrando-se vivo e em África o 1° cônjuge, com o qual é impossível a coabitação;

f. 100v°: 1° parecer, em latim, em três linhas, de Fernão Pérez;

fólios 100v°-102v°: parecer, em latim, de Gaspar Gonçalves;

fólios 102v°-104v°: 2° parecer, em latim, de Fernão Pérez, com um breve aditamento em castelhano;

fólios 104vº-105: dois breves trechos de Molina, em castelhano, de caráter geral e introdutório;

fólios 105-108vº: conclusões e parecer, em latim, de Molina;

fólios 109-110: articulado, em latim, dos cinco casos "que se dão com frequência no Brasil", acerca dos quais se pedem os pareceres dos Padres consultados e cuja síntese damos a seguir: *1º caso*: dando-se a venda de um engenho de açúcar, questiona-se sobre as modalidades e licitude das diferentes formas de pagamento; *2º caso*: como confessar e absolver grande número de escravos negros, existentes em Pernambuco, batizados e com nulo ou deficiente conhecimento do português, na ausência de um intérprete; *3º caso*: justiça com que os portugueses podem comprar escravos aos pagãos, quer se trate de prisioneiros de guerra, quer de condenados à morte por crime, quer destinados a ser comidos; se cristãmente são também obrigados, em casos de extrema necessidade, a libertá-los de graça ou se é lícito ficarem com eles como escravos; *4º caso*: quando se verifica risco repentino de naufrágio, pretende saber-se se o confessor pode absolver ouvindo dois ou três pecados de cada pessoa, ou ouvi-los até simultaneamente e em grupo, com desígnio de posteriormente, se for possível, ouvir por inteiro a confissão de cada um; *5º caso*: pergunta-se se o pároco, uma vez que é muito difícil o acesso ao bispo diocesano, mediante autoridade própria, pode dispensar as proclamas que deveriam preceder o matrimônio;

fólios 110-112vº: pareceres, em latim, de Fernão Pérez;

fólios 113-120: pareceres, em latim, de Gaspar Gonçalves, sendo cada parecer precedido do articulado de cada caso, com ordem de apresentação diferente (o 3º e 4º na inversa da dos restantes autores) e com redação ligeiramente diversa da apresentada nos fólios 109-110;

fólios 120vº-125vº: pareceres de Luís de Molina, sendo cada parecer precedido do articulado de cada caso, com redação idêntica à apresentada nos fólios 109-110; os dois primeiros pareceres, de 121 a 124, estão redigidos numa mescla de castelhano e latim, com predominância do castelhano, o restante em latim.

Como termos *a quo* e *ad quem* da redação destes textos, atrever-nos-íamos a sugerir Novembro de 1582 e meados de 1584, respetivamente. É que, como se viu, durante os cinco meses que antecederam a partida para o Brasil, efetivada em 5 de Março de 1583, o Visitador envidou esforços para obter junto dos seus confrades especialistas em direito toda a espécie de orientações e aconselhamentos canônicos que pudessem auxiliá-lo na resolução dos problemas especiais de que se revestia a missionação jesuíta na América portuguesa, cabendo perfeitamente dentro do razoável que a estes meses de espera se reporte a redação dos *Pareceres sobre a resolução de alguns casos que com frequência se dão no Brasil*, que levou consigo.

Relativamente aos *Pareceres acerca do casamento dos índios*, se nos lembrarmos do que acima dissemos sobre o teor da resposta com que, em Novembro de 1584, o Geral Acquaviva aquietava as instâncias de Gouveia no que tange à questão dos matrimônios, aludindo às "respostas dos doutores" e à esperança numa rápida resolução papal no sentido pretendido pelos inacianos, tudo nos conduz à suposição de que os Padres Gonçalves, Pérez e Molina escreveram os seus relatórios no período compreendido entre a segunda parte do ano de 1583 e a primeira parte do ano seguinte, tendo em atenção para este cálculo o tempo que a correspondência levava para chegar do Brasil a Portugal e de Portugal a Roma.

Por outro lado, nos próprios textos que publicamos temos a prova inconcussa de que foram escritos com anterioridade a Janeiro de 1585, porquanto foi nesta data que Gregório XIII publicou a importante constituição apostólica *Populis ac nationibus*,[11] mediante a qual, e coroando com êxito as diligências junto do Papa a que o Geral fazia referência, do mesmo passo se dava não apenas resposta definitiva às dúvidas dos missionários no Brasil referentes às questões do casamento, mas se satisfazia à sugestão que os três doutores consultados faziam no sentido de o Sumo Pontífice clarificar o que se encontrava estatuído pela constituição apostólica *Romani Pontificis* de Pio V, de 1571, sobre a qual fora pedido que se pronunciassem.[12] Leiamos as palavras com que cada um dos três teólogos aconselha o recurso à cabeça da cristandade:

> Gaspar Gonçalves: *consultissimum esset ad Summum Pontificem integram rem deferre, ut, quemadmodum Pius Quintus declarauit* ["seria muitíssimo avisado confiar toda esta matéria ao Sumo Pontífice, para que, da mesma maneira que Pio V declarou" *etc.*] (f. 102);

---

[11] O texto latino com uma versão portuguesa (fraca) pode encontrar-se em Denzinger-Hünesmann, *Compêndio dos símbolos, definições e declarações de fé e moral*, São Paulo, Paulinas / Edições Loyola, 2007, pp. 480-481.

[12] Sobre este tema veja-se o estudo de Charlotte de Castelnau L' Estoile, "Le mariage des infidèles au XVIe siècle: doutes missionaires et autorité pontificale", *Mélanges de l' École Française de Rome*, 2009, pp. 95-121.

Fernão Pérez: *non esse concedendum licentiam (...) antequam Summus Pontifex consulatur* ["não se deve conceder autorização (...) antes de se consultar o Sumo Pontífice"] (f. 104);

Luís de Molina: *neque in re tam graui (...) uidetur facienda extensio sine noua declaratione Summi Pontificis* ["não parece que em matéria tão importante (...) e extensão deva fazer-se sem nova declaração do Sumo Pontífice"] (ff. 104vº-105]; *ante illam interpretationem Sedis Apostolicae non auderem* ["antes de outra interpretação da Sé Apostólica não me atreveria"] (f. 107vº).

Se mesmo assim dúvidas se suscitassem sobre o termo *ad quem*, temos a evidência física de que o Padre Gaspar Gonçalves em 23 de Março de 1585 se encontrava em Roma, pois nesta data pronunciou, em nome dos "embaixadores dos reis do Japão", perante Gregório XIII, o corpo diplomático e grande número de cardeais, uma elegante *oratio* latina, pouco depois impressa por Francisco Zanetti, e que, como já dissemos, traduzimos e publicamos em 2013. Não nos semelha nada inverosímil a suposição de que tenha sido ele mesmo o portador do seu parecer e dos dos confrades e que haja atuado como uma das influências que a Companhia utilizou junto do Papa no sentido de levá-lo a pronunciar-se oficialmente de acordo com o que era a vontade dos inacianos na questão dos matrimônios nos territórios das missões. A verdade é que, a fiarmo-nos nas fontes jesuíticas, foi grande o seu prestígio junto de Sisto V, o sucessor de Gregório XIII, que faleceu em 10 de Abril de 1585.[13]

[13] Veja-se a biografia do Padre Gaspar Gonçalves em Antônio Franco, *Imagem da virtude em o noviciado do Real Colégio de Jesus de Coimbra*, 1º

3.

Não pertencendo à nossa alçada o comentário concernente aos conteúdos versados pelos três autores jesuítas nos textos aqui publicados, não deixaremos mesmo assim de observar que, à parte da matéria relativa aos matrimônios, os cinco casos sobre os quais os nossos autores emitiram parecer não foram tratados com a mesma extensão pelos três.[14] Verifica-se assim que o Padre Gaspar Gonçalves presta uma atenção quase equitativa aos cinco casos: quase duas páginas à 1ª,[15] uma página e cerca de três quartos de página à 2ª, duas páginas e um pouco mais de um terço de página à 3ª (que ele coloca em 4º lugar), duas páginas e três quartos de página à 4ª (que para ele é a 3ª) e uma página e quase meia página à 5ª. Quanto ao Padre Fernão Pérez, a sua atenção reparte-se do seguinte modo: vinte linhas dedicadas à 1ª, trinta e duas linhas consagradas à 2ª, duas páginas e onze linhas para a 3ª, catorze linhas para a 4ª e meia linha para a 5ª. No que toca ao Padre Luís de Molina, a extensão dos seus pareceres varia assim: três páginas consagradas à 1ª causa,

tomo, Évora, Oficina da Universidade, 1719, pp. 509-513, aí se dizendo: "Nos últimos anos foi o Padre Gaspar Gonçalves chamado a Roma, onde a sua virtude e letras tiveram singular estimação. Foi designado por Sisto V como um dos teólogos a cujo cuidado encarregou a revista e emenda da Bíblia."

[14] Com interesse para a contextualização destes casos na problemática religiosa da época recomenda-se o estudo seguinte, no qual de resto se faz diretamente referência a alguns deles: Giuseppe Marcocci, "Teologia e missioni in un impero commerciale: casi di coscienza e sacramenti nel mondo portoghese. Ca. 1550-1600", in *Cristianesimo nella storia* 31 (2010), Bolonha, EDB, pp. 451-482.

[15] Cálculo estimativo feito a partir do texto da tradução.

nove linhas à 2ª, na 3ª remete ou pede que ali se transcreva o texto de outros trabalhos seus, que cita, consagra três quartos de página à 4ª e nove parcas linhas à 5ª.

Sem deixar de sublinhar a longa elaboração que o jesuíta de Cuenca deu à 1ª questão, ligada com a esfera da ética financeira que muito o interessou, parece-nos poder coligir-se que o assunto que mais concita a atenção dos três jesuítas é o 3º, relativo à justa aquisição de escravos por parte dos portugueses, cumprindo-nos observar de passagem que Molina pretende aqui aduzir como resposta, além de parte do comentário que fez em sala de aula à questão 32 da *Secunda Secundae*,[16] também o texto do que seria então a *disputatio* 18 do tratado 1º da obra *De iustitia*, nessa data ainda inédita, e que virá a receber diferente ordenação das matérias aquando da sua primeira edição, em 1593, na qual, como é bem sabido, a matéria relativa à escravatura se encontra no tratado 2º do Livro 1º, sendo objeto das *disputationes* 32 a 40. Supomos que a matéria daquela que era em 1583/1584 a *disputatio* 18, na obra impressa irá integrar a *disputatio* 33, intitulada: *Tituli quibus dominium in seruos iuste comparatur* ["Títulos com que se obtém com justiça o domínio sobre os escravos"]. Mas a verdade é que tais textos, ainda que, de acordo com os desejos do Autor, devessem constar deste processo, não integram de fato o manuscrito eborense.

Pela nossa parte, só relembramos que tem sido este um dos aspetos da obra de Luís de Molina sobre o qual mais se têm

[16] Na Biblioteca Geral da Universidade de Coimbra, com o nº 1851, existe um manuscrito que contém as apostilas ou "sebentas" relativas às aulas que Luís de Molina consagrou ao comentário às questões 17 a 46 da *Secunda Secundae* de Santo Tomás.

debruçado os juristas e historiadores que se ocupam com a escravatura e suas implicações econômicas, sociais e morais na formação dos povos de colonização ibérica. Vem a propósito citar o modelar ensaio que em 1977 publicou o jesuíta português Padre Domingos Maurício, sob o título *A Universidade de Évora e a escravatura*,[17] no qual se desenvolve o papel que tiveram os jesuítas discentes ou mestres da Universidade de Évora na formação de um *corpus* doutrinal que, se obviamente não travou o processo histórico de que a escravatura era uma das peças, pelo menos procurou alertar as consciências para a horrenda injustiça e mitigou de alguma forma o sofrimento de vastas porções da humanidade.

No seu estudo, o Padre Domingos Maurício mostrou, com base em textos manuscritos de Fernão Pérez,[18] que da Universidade jesuíta de Évora provém, no tratamento das questões que *lato sensu* podemos designar do direito das gentes, uma corrente que, embora grandemente devedora aos conhecidos e clássicos mestres de Salamanca, mesmo assim se reveste de algum cunho "local" na especificidade de certas orientações e opções doutrinais. A Luís de Molina cabe um lugar, e de fato o mais brilhante e notório, nessa cadeia, em que ele segue, aprofunda e aprimora linhas de rumo e esquemas que recebe do seu mestre Fernão Pérez. Nessas mesmas águas se abebera e com esses ares se vivifica o nome, muito menos soante, de Gaspar Gonçalves, literariamente o mais dotado dos três, mas ao qual os acasos da vida, que para ele não foi longa, reduziram durante cinco

[17] Publicado na revista *Didaskalia* VII (1977), pp. 153-200.

[18] Alguns dos quais foram entretanto publicados e por nós traduzidos, como já atrás se disse.

séculos a pouco mais do que o do autor da *Oratio* latina lida, em Março de 1585, diante do Papa Gregório XIII, em nome dos embaixadores dos *daymios* cristãos japoneses.

Sem a visão de conjunto, e judiciosamente integradora de Luís de Molina no meio eborense no qual culturalmente cresceu e amadureceu, que o Padre Domingos Maurício nos ofereceu no ensaio publicado no final da sua longa e profícua atividade de historiador, nos aparecem os trabalhos de dois outros estudiosos portugueses, versando *ex professo* o aspecto da obra do jesuíta de Cuenca que agora nos ocupa. Referimo-nos aos artigos "Luís de Molina e a escravatura", da autoria de Amândio Augusto Coxito, publicado em 1999,[19] e "Luís de Molina e a escravização dos negros", escrito por Antônio Manuel Hespanha e dado à luz da publicidade em 2001.[20] Enquanto o primeiro tem o mérito de seguir e por vezes desenvolver alguns dos tópicos do ensaio de Domingos Maurício, que pelo menos cita, o segundo, muito estranhamente o ignora e, com alguma ligeireza e inverdade, deveras estranhável em tão ilustre *scholar*, escreve no final do primeiro parágrafo, referindo-se aos cerca de "30 fólios compactos" em que se encerram as oito *disputationes* do livro 2º do *De iustitia* relativas à escravatura: "O fato de estar escrito em latim e perdido no meio de uma obra genérica de direito faz com que o texto seja geralmente

[19] *Revista Filosófica de Coimbra*, 15 (1999), pp. 117-136.

[20] *Análise Social* XXXV (157), 2001, pp. 937-960. Na p. 937, nota 5, o Professor Hespanha refere-se, conquanto indicando erradamente o número da cota, ao códice eborense do qual extraímos os textos que aqui apresentamos, para o qual deve ter olhado tão de fugida que troca o sobrenome do Padre cordovês, a quem chama Fernão *Teles*, em vez de Pérez.

desconhecido." Ora, como todos sabemos, estes textos sobre a escravatura não estão no meio da imensa mole jurídica de Molina, que de fato compreende seis densos volumes in-fólio, mas estão sim no tratado 2º do livro 1º, o que não é tão desencorajador como se sugere, e sobretudo se se sabe latim, como era o caso do Padre Domingos Maurício, que catorze anos antes desta asseveração taxativa provou, numa revista portuguesa e em artigo escrito em português, que conhecia muito bem, e até extratava e resumia inteligentemente, o texto que se pretende "geralmente desconhecido".

Sem nos querermos alongar, e para concluir este sumaríssimo conspecto de alguns reflexos do pensamento de Molina e seus confrades aqui coligidos acerca da escravatura no discurso histórico atinente ao período de colonização do Brasil, e porque se trata de obra em que se faz alusão mais ou menos extensa aos textos que diretamente nos ocupam, e até a transcrição parcial de alguns, vamos fazer breve referência ao livro de Carlos Alberto de Moura Ribeiro Zeron, intitulado *Linha de fé: a Companhia de Jesus e a Escravidão no Processo de Formação da Sociedade Colonial (Brasil, séculos XVI e XVII)*, e que é a versão portuguesa, publicada em 2011, pela EDUSP, da dissertação de doutorado que o Autor defendeu na École des Hautes Études en Sciences Sociales, e fora publicada originariamente em francês em Paris, em 2009.

Carlos Zeron propõe-se provar que toda a elaboração teórica produzida pelos jesuítas em Portugal acerca da matéria de escravatura de índios e africanos do Brasil dos séculos XVI e XVII obedeceu ao desígnio de legitimar o recurso e utilização dessa mão de obra, indispensável para o bom êxito da vida econômica dos colonos, mas também dos empreendimentos de tipo capitalista em que a Companhia de Jesus, como qualquer sociedade comercial, se envolveu. Ainda que não professemos qualquer tipo de fé metafísica, parece-nos que para o bom funcionamento das sociedades se deve conceder ampla liberdade a todas as crenças que não embaracem esse bom funcionamento, mormente se essas crenças se ficam pela mera especulação acadêmica, como é aqui evidentemente o caso, ao qual conferem outrossim especial lustre uma vasta erudição histórico-jurídica[21] e uma capacidade de pesquisa muito de aplaudir.[22] Pode-

[21] Com pequenos deslizes de pormenor, que em nada embaçam o geral rigor factual: como por exemplo, na p. 46, a confusão que faz, no decurso da descrição biográfica de Diogo de Gouveia, entre o tio (ou *Sênior*) e o sobrinho homônimo, que foi quem de fato fez carreira em Coimbra. Ou, nesta mesma cidade, a confusão que, na p. 266, parece fazer em relação a *um* Colégio universitário, que cita sem qualificativos e em que afirma que ensinaram Diogo de Teive, Buchanan e Jorge da Costa, e que escreve que foi entregue aos inacianos em 1555, e *o* Colégio das Artes, que apresenta como instituição diversa daquele e fundação e pertença exclusiva dos jesuítas.

[22] Ao invés do estudioso português que atrás referimos, Carlos Zeron demonstra conhecer a bibliografia portuguesa sobre a doutrinação jesuítica acerca da escravatura, embora, em referência ao estudo do Padre Domingos Maurício, se permita apostilar com tal ou qual sobranceria condescendente de ressaibo gálico: "Sua tese, como veremos em seguida, é totalmente contestável. No final de contas, o autor faz apenas um resumo fiável, o das posições dos teólogos Fernão Pérez, Luís de Molina, Fernão Rebelo, Estêvão Fagundes e João Batista Fragoso. (...) seguem o mesmo caminho de Domingos de Santos [*desta forma se refere ao Padre Domingos Maurício*], isto é, restringem-se a um comentário cândido dos textos produzidos por esses teólogos jesuítas." O. c., p. 24. – Aquele *apenas* parece-nos excessivo e até desagradecido, sobretudo tendo-se em consideração que os colegas do Doutor Carlos Zeron na sua esmagadora maioria não sabem latim e muito ganharam com esses "resumos suficientemente pormenorizados" a que alude na nota da p. 291.

mos, no nosso foro interno, considerar de mau tom caluniar as intenções do nosso próximo,[23] rebaixar com epítetos depreciativos o nível de uma dissertação universitária[24] e sobretudo falar mal dos nossos maiores, aos quais pelo menos devemos a vida, a única coisa que deveras nos pertence, por pouco que valha. Mas, reconhecemos, é uma questão de gosto pessoal, e *de gustibus et coloribus non disputandum.*

Passando então à consideração deste interessante livro sob o ponto de vista da sua relação direta com os textos que ora se publicam, verificamos que Carlos Zeron reconhece ter compul-

---

[23] Para que não surjam mal-entendidos, clarificamos o nosso pensamento dizendo que, em consonância com a mais comezinha moral social, nos parece muito grave atribuir sem provas (*scilicet*, caluniar) aos representantes mais conspícuos de uma corporação religiosa o deliberado propósito de legitimar uma instituição social que ela não criou e que na sua essência está em contradição absoluta com a doutrina que professa. *Est modus in rebus...*

[24] Por exemplo, na p. 26: "como é o caso do fascista espanhol Manuel Fraga Iribarne", quando na verdade o objeto deste lamentável achincalho é, não só para o Doutor Zeron (*vd.* p. 274, nota 155), como também para a imensa maioria dos seus colegas de língua espanhola e portuguesa, o abençoado salvador que lhes oferece traduzido e já pronto para consumo o retorcido e nada fácil latim do Padre Molina... Também recorre a outros processos de diminuição ou aviltamento mais sutis, como a acintosa e insistente adição do prenome *Antônio* aos dois nomes pelos quais sempre foi e é citado o indefesso historiador jesuíta português Serafim Leite. Ao caso do Padre Domingos Maurício, reduzido a um ignoto Sr. Domingos *de Santos*, já atrás nos referimos. A quem ocorreria, em livro responsável e sério, designar o ilustre acadêmico paulista pelo apelativo *Alberto Ribeiro*? Certamente que quem se revela tão forte e lesto em detetar candura e níveo espírito angelical nos outros não padece dessa manqueira.

sado e tomado consciência da grande utilidade dos mesmos[25] para o perfeito desenvolvimento da tese que teve em mente provar: "documento de extrema importância para a compreensão de aspectos políticos e jurídicos fundamentais da sociedade colonial luso-brasileira, ainda permanece inédito" (p. 167). No Capítulo 5 ocupa-se, conforme reza o título, da "Contribuição dos teólogos jesuítas das Universidades de Coimbra e Évora para o debate sobre a escravidão" (pp. 253-308), inserindo-se aqui de novo, e agora mais detençosamente, a referência à consulta feita aos já nossos conhecidos teólogos, embora no caso de Martín de Azpilcueta mais adequado seria qualificá-lo como canonista.

Dos cinco "casos" ou questões propostas, a que importa ao Autor é previsivelmente a 3ª, a qual, conforme escreve, "comporta várias outras questões subordinadas que, de certa forma, reúnem os principais problemas ligados ao comércio de escravos no Brasil" (p. 261). Conclui afirmando a identidade das respostas numa direção comum, lembrando o que, no caso do parecer de Molina, já atrás se viu: a remissão que este faz para o texto da sua obra *De iustitia*, que Carlos Zeron, inadvertidamente, supõe já publicada. Procede em seguida, em três subcapítulos autônomos, à apresentação de uma síntese da doutrina de Fernão Pérez (pp. 267-273), Luís de Molina (pp. 273-297), Fernão Rebelo (pp. 297-303)[26] e João Batista Fragoso (p. 303-308) com

[25] Conforme já dissemos, excluímos da nossa edição os pareceres do Doutor Navarro, porque não se inseriam no plano que gizamos. Acresce também que podem consultar-se impressos nos seus ponderosos *Opera omnia*.

[26] Carlos Zeron debruça-se sobre o livro 1º do *De obligationibus* deste jesuíta, ocupando-se precisamente das questões 9 a 13, que foram por nós

referência às questões levantadas pelo trabalho servil. No caso dos autores que agora nos interessam, a sua análise incide sobre o texto manuscrito do *De iure*, primeira parte do tratado *De restitutione*,[27] onde Pérez versara questões jurídicas e éticas suscitadas pela escravatura. Molina, por sua vez, é comentado nos textos clássicos que podem ler-se impressos nas *disputationes* 32 a 40 do título 2° do livro 2° do *De iustitia et iure.*

O volume apresenta, nas pp. 499-503, como Anexo II, a transcrição dos pareceres latinos de Pérez, Gonçalves, Molina e Navarro, sem tradução, relativos à questão 3ª das *Sententiae circa resolutionem aliquorum casuum*, a partir do texto que se encontra em Roma, no ARSI, *Inst.* 182, ff. 171r-174vº; 310r; 313r e vº. A transcrição é assaz deficiente e quase ininteligível, embora o Autor diga que fez a colação com o texto do manuscrito eborense, que diverge do romano, umas vezes com acréscimo, outras com diminuição de texto. Também possui este a particularidade de (ao invés do de Évora, que não treslada as partes do *De iustitia* para as quais Molina remete) transcrever, em quase página e meia, para os vários títulos da *disputatio* 18ª do tratado 1º do livro 1º daquela que conjeturamos ser a primeira versão do *De iustitia*, e que na versão posterior e impressa, como já se disse, corresponderia a várias *disputationes* do tratado 2º. Uma muito perfunctória comparação entre o texto apresentado como transcrito no parecer romano e o das

---

traduzidas e se encontram nas pp. 203-241 do já citado livro *A Escola Ibérica da Paz nas Universidades de Coimbra e Évora (séculos XVI e XVII)*, tomo 2º.

[27] A segunda parte deste tratado, intitulada *De bello*, foi por nós traduzida e encontra-se publicada na obra citada na nota (2) desta introdução.

disputationes impressas não nos permite afirmar a identidade de ambos, sendo de supor que Molina procedeu a uma nova redação com vistas à impressão.

4.

Caberá aqui uma resenha biográfica dos três autores traduzidos, forçosamente breve e despojada de estrondosos lances até pelas próprias características da sua atividade profissional: exemplares sacerdotes e professores, sem atividade missionária nas colônias, a sua vida externa de pouco mais consta do que de uma seca enumeração de datas e cargos.

Gaspar Gonçalves nasceu em Coimbra, em torno de 1540, tendo ingressado na Companhia de Jesus, na sua cidade natal, a 25 de Maio de 1556. No Colégio conimbricense da sua corporação foi mestre de 1ª classe de retórica, mostrando desde cedo a sua inclinação para as boas letras e singular domínio do latim. Passando depois para Évora, ditou aqui teologia e doutorou-se nesta faculdade, em 26 de Outubro de 1572, passando em seguida a lecionar, como lente, a cadeira de Véspera de teologia, quando o até então seu detentor, Luís de Molina, foi ascendido à de Prima. Em 1584, conforme atrás já dissemos, o Geral da Companhia chama-o a Roma, cidade onde permanecerá até a sua morte, ocorrida em 9 de Agosto de 1590, formando parte do conjunto de padres encarregados de redigir o texto definitivo da *Ratio studiorum*, cuja 1ª edição só virá a ser publicada em 1599. O seu espólio literário, com a exceção da *Oratio* várias vezes referida, manteve-se inédito até o século XXI, em diversos códices manuscritos espalhados pelas Bibliotecas Nacional de Lisboa, Universitária de Coimbra, Pública de Évora e da Hispanic Society, de Nova Iorque, constituindo a presente edição mais um capítulo na empresa de recuperação e entrega ao público da totalidade do seu espólio, sobretudo literário *stricto sensu*, a que nos vimos entregando desde 2013.[28]

O andaluz Fernão Pérez, nascido c. de 1530, ingressou na Companhia de Jesus em Córdova, no Colégio de Santa Catalina, a 23 de Dezembro de 1559, ou seja, seis anos depois da fundação, por Francisco de Borja, deste que foi o primeiro estabelecimento que os inacianos possuíram na região sul da Espanha. Fora discípulo e seguidor do escritor ascético e evangelizador da Andaluzia, Juan de Ávila, o qual sugeriu o seu nome como resposta a um pedido que lhe fizera Francisco de Borja, na sequência de uma solicitação que o cardeal-infante D. Henrique lhe fizera no sentido de o ajudar no provimento de professores para a recém-fundada universidade jesuíta de Évora (1º de Novembro de 1559). Na capital alentejana continuou o seu noviciado de jesuíta e começou a ensinar teologia, sendo os seus merecimentos como pedagogo recompensados com a regência da cadeira de Véspera, a que se seguiu depois a de Prima, não apenas em Évora, mas também no Colégio de Jesus, de Coimbra, numa carreira acadêmica que se estirou por quase quarenta anos. Foi durante um quinquênio reitor da Universidade eborense e vice-reitor do Colégio de Coimbra. Faleceu a 13 de Fevereiro de 1595. Sacerdote dotado de exemplares virtu-

---

[28] Veja-se, além da bibliografia apontada *supra* nas notas (3) e (10), Diogo Barbosa Machado, *Biblioteca Lusitana*, *sub nomine*; Francisco Rodrigues, SJ, *História da Companhia de Jesus na Assistência de Portugal*, Porto, Livraria Apostolado da Imprensa, tomo 1º, volume 1º, p. 458, e tomo 2º, volume 2º, pp. 19-20.

des, em que avultavam a humildade e simplicidade de espírito, "quando alguém lhe falava em imprimir suas postilas se punha corado de púrpura (...) dizia que sabia menos que um jumento: com esta chaneza e palavras se explicava."[29]

Luís de Molina tem sido objeto de inúmeros estudos e monografias, que se debruçaram sobre as variadas facetas em que a sua vasta obra, mesmo assim ainda não integralmente publicada, se desdobra, razão pela qual é de supor que a sua biografia tenha sido esquadrinhada até os mais recônditos escaninhos. Cingir-nos-emos a pouco mais do que às datas e marcos decisivos que pontuaram a sua existência.

Nascido em Setembro de 1535[30] na cidade castelhana de Cuenca, decide, como resposta a forte e repentina vocação, aos dezessete anos, entrar na Companhia de Jesus, quando, depois de breve passagem por Salamanca, se encontrava na também cidade universitária de Alcalá de Henares a dar continuidade aos primeiros passos na carreira acadêmica. Como ele próprio confessará, em Junho ou Julho de 1561, ao visitador Jerônimo Nadal: "Habré estudiado un [año] de leies en Salamanca y

[29] Veja-se a sua biografia em Antônio Franco, *Imagem da virtude em o noviciado da Companhia de Jesus do Real Colégio do Espírito Santo de Évora*, Lisboa, Oficina Real Deslandesiana, 1714, pp. 80-90.

[30] Antônio Franco, *Imagem da virtude em o noviciado do Real Colégio de Jesus de Coimbra*, o. c., na biografia de Molina, que ocupa as pp. 447-459, escreve na p. 447 que ele nasceu no ano de 1536. Geralmente dá-se-lhe como ano de nascimento a data que ficou exarada no corpo do texto, mas de fato o Padre Antônio Franco, escrevendo nos começos do século XVIII e tendo na sua frente os registros originais, é uma autoridade que tem de ter-se em conta. Ele mesmo aliás, a propósito de Molina e louvando-se em documentos que afirma ter compulsado, retifica informações erradas de confrades seus que corriam impressas.

obra de seis meses de Súmulas en Alcalá, todo esto antes de entrar en la Compañia."[31] Os seus novos confrades, atendendo a que a Companhia não possuía ainda noviciado em Castela, encaminham-no para Coimbra, em cujo noviciado é recebido a 29 de Agosto de 1553, recebendo na cidade do Mondego e depois em Évora toda a sua formação religiosa e, como é fácil de conjeturar, o verdadeiramente importante e substancial da sua preparação intelectual. Em Évora recebe a láurea de doutor teólogo, em 22 de Abril de 1571. Repartida entre Coimbra, onde lecionou filosofia, e sobretudo Évora, onde começou na cadeira de Véspera e regeu por muitos anos a de Prima de teologia, decorreu a sua carreira de conceituado professor. No ano de 1588 o editor lisboeta Antônio Ribeiro publica a obra, na qual versa o delicado problema da liberdade do arbítrio humano e sua compatibilidade com a ação da divindade, que lhe conferiu enorme prestígio nos domínios da teologia e universalizou o seu nome, ao mesmo tempo que imediatamente suscitou violenta controvérsia, vinda sobretudo dos meios teológicos de inspiração dominicana: a *Concordia liberi arbitrii cum gratiae donis*. No ano seguinte, e publicado pelo impressor lisboeta Manuel de Lira, completou este tratado com um copioso *Appendix*.[32] Em Janeiro de 1591, em obediência a ordem do Geral da

[31] *Epistolae P. Hieronymi Nadal, Societatis Iesu, ab anno 1546 ad 1577*, Madrid, Typis Augustini Avrial, 1898, p. 667.

[32] Tratam deste tema, e são preciosos sobretudo pela indicação de inúmeros textos manuscritos de Molina, os seguintes livros do sacerdote alemão Friedrich Stegmüller: *Geschichte des Molinismus. Band I. Neue Molinosschriften*, Münster, Aschendorff, 1935; *Filosofia e Teologia nas Universidades de Coimbra e Évora no século XVI*, Coimbra, Por Ordem da Universidade, 1959.

Companhia, transferiu-se de Lisboa para o colégio que a congregação possuía na sua cidade natal, aqui se entregando à redação final e preparação da edição da sua obra completa, que não chegou a concluir. Em 1600 foi enviado para Madrid, a fim de lecionar teologia moral no Colégio jesuíta da capital espanhola, onde residiu apenas durante seis meses, pois ali faleceu em 12 de Outubro de 1600.[33]

Na cidade em que nasceu viu também a luz da publicidade, em 1592, a 1ª edição dos ponderosos *Commentaria in Primam Diui Thomae partem, doctore Ludouico Molina, primario quondam in Eborensi Academia Theologiae professore, e Societate Iesu, auctore*, ex Officina Bernabae Typographi. ["Comentários à Primeira parte de Santo Tomás, de que é autor o doutor Luís de Molina, da Companhia de Jesus, antigo professor de Prima da Universidade de Évora, na oficina do tipógrafo Bernabé."] Cuidamos que vem a talho de foice a reprodução e tradução das palavras que, como proêmio, o Autor dirige ao leitor:

---

[33] Como se pode ver, dos 65 anos que Luís de Molina viveu, apenas vinte e seis foram passados em Espanha. Os anos de verdadeira formação intelectual, maturação e criação transcorreram todos em terra lusitana. Revela no mínimo má-fé o exorbitado encarecimento com que se fala da sua fugaz passagem por Salamanca, durante um ano escasso, em idade púbere (15/16 anos) e provavelmente com o espírito já assoberbado pela crise de consciência que o levaria poucos meses depois a professar, contrariando a vontade da família. Uma crença desmedida no dinamismo da genética no complexo processo da formação de um ser de exceção no campo intelectual leva os seus patrícios a proclamarem *a bombo y platillo* a pertença à Espanha deste homem que realmente foi grande, ainda que, como escreveu o Padre Antônio Franco, o seu "exterior de si não dizia coisa grande: era de corpo pequeno e pouca presença", (p. 450) mas que na sua grandeza seria o primeiro a rir dessas fanfarronadas de fundo de quintal.

Auctor ad lectorem

En tibi, christiane lector, aliquam laborum ac lucubrationum nostrarum partem: permulta enim alia ingenii nostri monumenta reperies ex iis quae a triginta fere annis, tum in nostro Conimbricensi Collegio publice Aristotelem interpretantes tradimus, tum etiam sacram Diui Thomae Summam *in Eborensi Academia praelegentes auditoribus nostris dictauimus, ubi a mense Nouembri anni millesimi quingentesimi septuagesimi usque ad pridie kalendas Augusti anni septuagesimi tertii haec* in Primam partem Commentaria *ad Dei immortalis gloriam absoluimus. Quae si tibi haud iniucunda fuisse perspexerimus, illud profecto hac tui erga nos animo significatione efficies ut, cum ea, quae* De iustitia *iam omnino perfecta et parata sunt nobis, typis mandemus, tum etiam ut multa alia quae iam paramus, licet plurimis difficultatibus impediti, tandem perficiamus. Primum igitur huius argumenti tomum quam breuissime exspecta, reliquos uero duos aut tres (in tot enim uniuersam de iustitia rem sex tractatibus conclusam distribuimus), si per ualetudinem licuerit, breui absoluere properamus.*

Interim, amice lector, te rogo ut, siquid in nostris libris reprehensione dignum iudicaueris, benigne atque humane corrigas; siquid uero quod laudem promereatur aliquam, id uni Deo, bonorum omnium Auctori, acceptum referas.

Vale

["O Autor ao leitor

Eis que te ofereço, ó leitor cristão, alguma parte dos meus trabalhos e serões estudiosos: é que encontrarás outras tantas memórias da minha capacidade intelectual retiradas das matérias que desde há quase trinta anos, ou ensinei no nosso Colégio de Coimbra, ao interpretar em público Aristóteles, ou também ditei aos meus alunos, quando na Universidade de Évora comentei a santa *Suma* de Santo Tomás, onde, desde o mês de Novembro do ano de 1570 até 31 de Julho do ano de 1573, completei, para glória de Deus imortal, estes *Comentários à primeira parte*. Se eu me der conta de que não te causaram desprazer, certamente com esta manifestação do teu bom ânimo em relação a mim hás de mover-me a que não só entregue à impressão os escritos *Sobre a justiça* que já totalmente concluí e preparei, mas também finalmente dê a demão final a outras muitas coisas, que já fui preparando, conquanto embaraçado por um sem número de empeços. Aguarda portanto para muito em breve o primeiro tomo desta matéria, mas, quanto aos restantes dois ou três (é que repartimos por seis tratados a totalidade da matéria acerca da justiça), se as minhas condições de saúde o permitirem, damo-nos pressa a completá-los brevemente.

Entretanto, amigo leitor, se te parecer que nos meus livros se encontra alguma coisa merecedora de censura, peço-te que com benevolência e compreensão me corrijas, mas se neles existe algo que mereça algum louvor, o dês como exclusivamente vindo de Deus, Autor de todos os bens.

Fica de saúde”]

Molina iniciou de fato a publicação da série de obras em que compilou os seus escritos sobre a justiça, repartidos por seis tomos, no ano imediato à publicação dos *Commentaria ad primam Summae partem*,[34] mas durante a sua vida apenas viu a publicação de três volumes, tendo sido os restantes três editados postumamente.

Dos três autores apresentados, Molina foi o único cujo nome alcançou fama e prestígio, sendo ainda hoje referência obrigatória nos mais elementares manuais de história da teologia, do direito e da ciência econômica. No entanto, a perspetiva pela qual hoje é olhado atende apenas aos seus dotes intelectuais, que realmente eram fora do comum, esquecendo o lado humano e ético, quando a verdade é que estamos diante de um sacerdote cuja vocação primeira era a vida religiosa de acordo com o modelo proposto por Inácio de Loiola. Porque também se liga com o latim, que em boa verdade foi o primeiro motor que nos moveu a interessar-nos e traduzir os textos que aqui apresentamos, como conclusão deste escorço biográfico apraz-nos referir, nas palavras do seu confrade Antônio Franco, um ato de Luís de Molina que reflete não apenas a humildade de uma alma cristã, mas por igual exemplifica à maravilha o espírito do verdadeiro sábio:

> "Logo que se determinou a imprimir as suas obras se reformou na língua latina, julgando ser muito conveniente não fosse a doutrina explicada com palavras toscas, porque o título asseado concilia muito e dá esplendor às cousas que se tratam. Foi esta

---

[34] Dirigindo-se ao leitor em nota preambular do 1º tomo do *De iustitia*, Molina escreve: *Habes promissum a nobis* De iustitia *uolumen primum in eadem officina elaboratum. (...) Ex tribus quae supersunt cito habiturus aliud.* ["Aí tens o prometido primeiro volume do *Sobre a justiça*. (...) Dos três que ficam faltando, terás um em breve."]

ação uma das de profunda humildade que este Padre em sua vida exercitou, pois sendo tido por mestre insigne daquele tempo nas faculdades mais excelentes, se fez discípulo de um mestre de gramática, fazendo temas, construindo e outros exercícios que há de fazer quem se aperfeiçoa nesta língua."[35]

5.

Quanto à nossa edição, temos a observar apenas que, na transcrição dos textos latinos manuscritos, desdobramos siglas e abreviaturas, uniformizamos a grafia de acordo com as normas aconselhadas pela moderna ciência filológica, pontuamos c abrimos parágrafos conforme nos pareceu mais de acordo com a leitura que íamos fazendo. Procuramos a possível fidelidade em relação ao tom e estilo de cada autor, que em geral se mostrou relativamente neutro, o que de resto seria expectável, dado o caráter técnico e não literário dos pareceres apresentados. Cumpre-nos de qualquer maneira assinalar que a qualidade do latim de Gaspar Gonçalves se avantaja consideravelmente ao dos dois confrades, sendo o de Fernão Pérez eficaz e quase sempre desembaraçado e o de Luís de Molina o seu quê enleado e por vezes francamente obscuro. Vê-se que a multidão e diversidade das ideias que lhe iam acudindo não lhe permitiu organizá-las com o primor e elegância a que um tão rico pensamento tinha jus. Esta "sofreguidão" discursiva (para lhe darmos algum nome) revela-se até no curioso fato de acontecer passar do castelhano para o latim, talvez sem dar-se conta disso: o que aliás

[35] Antônio Franco, *Imagem da virtude (...) no Real Colégio de Jesus de Coimbra*, o. c., p. 454.

não é muito de espantar, se pensarmos em que um homem como Molina, cuja existência foi quase exclusivamente dedicada ao estudo, tinha a sua vida de relação limitada ao trato com os livros, quase todos em latim, às aulas, ministradas em latim, e à convivência com os confrades, que se dava sobretudo no âmbito das cerimônias religiosas, todas também em latim. Molina, de qualquer maneira, foi o único dos autores desta coletânea que não se restringiu ao uso do idioma do Lácio, pois, além dele, em algumas partes serviu-se ou do castelhano estreme, ou duma mescla de castelhano e latim, que foram para nós os textos de mais difícil versão. Na transcrição desses textos em vernáculo, desdobramos as abreviaturas, modificamos a pontuação, quando necessário, e uniformizamos a grafia, que não procuramos atualizar.

Cumpre-nos agradecer à Doutora Sílvia Loureiro, da UEA, o incentivo que nos deu e as condições de trabalho que nos proporcionou e que permitiram levar esta empresa a bom porto em breve prazo de tempo. É muito de louvar a consciência, de que a Doutora Sílvia deu mostras, da necessidade de recorrer à colaboração dos latinistas quando se pretende fazer investigação séria no domínio das ciências jurídicas, sobretudo naquelas áreas que têm a ver com história do direito das gentes e do direito natural no âmbito do mundo de matriz lusíada. Sendo certo que se trata de uma seara na qual hoje afortunadamente não faltam obreiros, no entanto por vezes nota-se de forma estrondosa a ausência de uma alfaia quase imprescindível nesse labor: o conhecimento do latim. Bem haja!

Manaus, dia de Santo Antônio de 2019

Textos
Traduzidos

BPE, códice CXVI / 1-33
[100]

JESUS

Pareceres de alguns Padres acerca do casamento dos índios

Bula de Pio V

Para lembrança perpétua desta decisão: a benévola e prudente providência do pontífice romano teve por uso, através de declarações e outros remédios oportunos, evitar que, aquilo que deve ser prescrito e determinado em favor do encaminhamento da salvação dos índios recentemente convertidos ou que devem ser convertidos, seja suscetível de causar algum escrúpulo. E assim, sendo certo que, conforme soubemos, aos índios que permanecem pagãos se permitem várias esposas, que repudiam até pelos motivos mais ligeiros: daqui resultou que se permitiu aos que recebem o batismo permanecer com a esposa que foi batizada conjuntamente com o marido, e porque frequentemente acontece que esta não é a primeira esposa, daqui procede que tanto os sacerdotes como os bispos se sentem atormentados por pungentes escrúpulos, ao suporem que aquele não é um verdadeiro casamento; mas porque seria muitíssimo cruel separá-los das esposas juntamente com as quais os ditos índios receberam o batismo, sobretudo porque seria sobremaneira difícil encontrar a primeira esposa, por essa razão nós, pretendendo com paternal afeto benevolamente olhar pela situação dos referidos índios e isentar os bispos e sacerdotes daquele tipo de escrúpulos: por iniciativa própria, com ciência certa e a pleniude da autoridade apostólica, graças à mesma autoridade, pelo teor da presente constituição declaramos que os índios, tal como acima se afirma, batizados e que vierem a batizar-se, possam permanecer como com esposa legítima, depois de deixadas as outras, com aquela que com eles tiver sido batizada e vier a ser batizada, [**100v°**] *e que entre eles este tipo de matrimônio seja legítimo, e que assim devem julgar e decidir quaisquer juízes e comissários, investidos de toda a espécie de autoridade, retirando-se-lhes a eles e a qualquer um deles a autoridade e poder de julgarem e interpretarem diferentemente a lei. E se alguém, investido de qualquer espécie de autoridade, com conhecimento ou sem ele, vier a atentar contra o que aqui se assenta, determinamos que as suas decisões sejam írritas e nulas, sem embargo de quaisquer constituições e ordenações, gerais ou especiais, apostólicas ou promulgadas em concílios provinciais e sinodais, e de todas e quaisquer determinações existentes em contrário.*

Dado em Roma, no Palácio de S. Pedro, sob o anel do Pescador.

2 de Agosto de 1571, no sexto ano do nosso pontificado.

Transcrição literal, conforme se cita na terceira parte do *Speculum coniugiorum*, na quinta conclusão.[36]

[36] A informação, para ser completa, deveria dizer: "na conclusão quinta, do artigo 18". Esta conhecida obra de Alonso de la Vera Cruz, cuja 1ª edição data de 1556, só a partir da de 1572 inclui a importante constituição apostólica aqui transcrita: *Speculum coniugiorum (...) Ildephonsi a Vera Cruce*, Alcalá de Henares, ex officina Ioannis Graciani, 1572, pp. 631-632.

Pergunta-se se os escravos que todos os anos são levados de África para o Brasil, no caso de serem batizados, podem passar a segundas núpcias, estando ainda vivo e tendo ficado em África o primeiro cônjuge, com o qual, devido à distância de lugar e à condição servil, é impossível coabitarem.

[*FERNÃO PÉREZ I:*]

A esta questão o Padre Fernão Pérez responde afirmativamente, pois considera que esta resposta como mais piedosa é a mais provável e a que deve seguir-se. Prova-a sobretudo com a constituição papal acima transcrita.

Fernão Perez

[*GASPAR GONÇALVES:*]

Acerca disto pode perguntar-se: se parece que na constituição citada o Sumo Pontífice deixou suficientemente explícito que o matrimônio contraído no paganismo pode ficar dissolvido quando o outro cônjuge se converte à fé, uma vez que o que se converte devido à distância de lugar não pode ter outro cônjuge, sem outra culpa sua; ou, pelo menos, se daquilo que o Sumo Pontífice deixa explícito de tal modo se conclui que isso é lícito que sem escrúpulo os escravos de que se trata na nossa questão [**101**] podem passar a segundas núpcias.

A esta questão respondo que a parte afirmativa é em tal grau provável que pode seguir-se com toda a razão. A seu favor deve ter-se em consideração que o Sumo Pontífice na citada constituição não estabelece um novo direito nem estatui alguma dispensa, mas se limita a declarar que, no caso de o pagão ter casado com várias mulheres enquanto era pagão, e depois se ter convertido à fé, contrai um matrimônio válido com aquela esposa que tiver sido batizada juntamente com ele, mesmo que não se trate da primeira, desde que não seja possível encontrar a primeira. É que só nesta eventualidade se deve entender o decreto do Papa, como corretamente observou Afonso de Santa Cruz e inteiramente se colige do capítulo *Gaudemus, de diuortiis*. Ora, que nesta matéria não se verifica nenhuma dispensa ou instituição de um novo direito, mas apenas uma explicitação do direito antigo, resulta manifesto das palavras de que o Sumo Pontífice se serve nesta matéria, dizendo: *graças à autoridade apostólica, pelo teor da presente constituição declaramos que entre eles este tipo de matrimônio seja legítimo*. Por outro lado, o Papa não poderia declarar que este segundo casamento era válido se não considerasse que o primeiro casamento, contraído no paganismo com a primeira, pode dissolver-se quando o marido convertido à fé não pode encontrar a primeira esposa. É como se o Sumo Pontífice considerasse que, assim como naquela eventualidade em que, tendo-se um dos cônjuges convertido à fé, o outro se recusa a viver com ele, é lícito ao cônjuge convertido, após dissolução do primeiro, contrair segundo casamento, para que o convertido à fé não seja obrigado a viver sem cônjuge: do mesmo modo é igualmente lícito, quando o que se converte à fé não pode encontrar a cônjuge com a qual se casara no paganismo, embora este tipo de casamento tivesse sido válido segundo a lei natural. Pelo que, se o Sumo Pontífice declara isto, [**101v**º] certamente que parece que deve dizer-se o mesmo no caso dos africanos, sobre o qual no princípio nos interrogávamos, porquanto a estes homens, trazidos para o Brasil, de modo algum é possível, devido à distância de lugares e aos incômodos da escravidão, encontrar qualquer das esposas com que se casara anteriormente na sua pátria ao tempo em que eram pagãos, nem existe qualquer esperança de poderem viver juntos.

Pelo que, se alguém objetar que o Sumo Pontífice se refere apenas ao matrimônio daqueles índios que não contraem verdadeiros matrimônios durante o tempo em que foram infiéis, uma vez que costumam casar com várias esposas e repudiá-las por motivos os mais ligeiros, e por isso quando o contraem não parece que têm a intenção de fazerem um contrato indissolúvel, algo que faz parte da essência do matrimônio: pode responder-se que esta espécie de erro nos índios não impede que possa contrair um verdadeiro casamento com a primeira esposa, como se conclui pelo capítulo *Gaudemus, de diuortiis*, e mais abundantemente hei de mostrar na matéria relativa ao matrimônio.

Pode todavia, em segundo lugar, objctar-se que o Sumo Pontífice, na constituição mais acima transcrita, não se refere a todos os infiéis convertidos à fé, mas apenas àqueles que se tinham casado com várias esposas enquanto pagãos; em seguida, que não afirma que o matrimônio que o pagão contraíra com a primeira esposa se pode dissolver, a não ser para o contrair com aquela com a qual já antes se casara quando pagão, e com a qual depois se casa na lei da graça, e que até foi batizada juntamente com ele; e que declara que pode dissolver-se o matrimônio com a primeira que não se encontra, por isso que seria muitíssimo cruel, quando a primeira não se encontra, abandonar aquela que então foi batizada e com a qual já antes se acostumara. É que isso é o para que aponta o Sumo Pontífice, com as seguintes palavras: *porque seria muitíssimo cruel separá-los das esposas juntamente com as quais os ditos índios receberam o batismo, sobretudo porque seria sobremaneira difícil encontrar a primeira esposa.* Ora, este motivo e impedimento não se verificam naqueles que enquanto pagãos só tinham casado com uma mulher ou, se casaram com várias, de entre estas não têm agora alguma com quem contraírem matrimônio, mas querem contraí-lo com outra, que antes totalmente desconheciam. É que para estes não é tão penoso viver sem a esposa, uma vez que a sua própria [102] esposa se encontra ausente, e por isso mais ardentemente este que aquele se desviaria de receber a fé. Pelo que, [como] alguém pode dizer que o matrimônio contraído quando se é pagão pode dissolver-se sempre que surge por outro lado dificuldade para receber a fé, se o matrimônio que antes era válido não se dissolver, certamente não é universalmente verdadeiro nem deve inconsideradamente admitir-se em outras eventualidades, a não ser aquelas em que aprendemos, por declaração de S. Paulo e dos Sumos Pontífices, que isso se faz com autorização de Deus.

Ora, suponhamos que a esposa com quem alguém casou enquanto pagão sofria de lepra ou de qualquer doença deste gênero, de maneira que, devido a risco verosímil de contágio, dificilmente pudesse este que se converteu à fé ser levado a dela se servir como esposa, e que seja ainda um gênero de doença de que não se creia que ela há de morrer a curto prazo. Neste caso, se a esposa do convertido quiser, ninguém, segundo penso, dirá que o matrimônio com ela celebrado quando era pagão pode dissolver-se, e todavia, devido a esta eventualidade, verifica-se a dificuldade em receber a fé, uma vez que o convertido à fé é obrigado a permanecer sem esposa enquanto viver a primeira esposa, sendo certo todavia que, de acordo com os seus costumes, se não se tivesse convertido à fé, poderia casar-se com outra. Podem aduzir-se outras eventualidades do mesmo tipo, que por brevidade deixo de lado.

Ainda que a isto se pode responder não sem probabilidade, todavia, porque se trata de assunto da maior gravidade no qual os antigos mestres parece nada terem estabelecido sem declaração da Igreja, seria muitíssimo avisado confiar toda esta matéria ao Sumo Pontífice, para que, da mesma maneira que Pio V declarou que, àqueles que enquanto pagãos tinham casado com várias mulheres, quando a primeira não se pode encontrar com facilidade, é lícito poder contrair matrimônio com uma de entre aquelas que se batizam juntamente com o marido: assim também os que tinham casado só com uma, ou com várias, quando a primeira com a qual unicamente tinham contraído legítimo matrimônio não pode ser encontrada, possam contraí-lo com qualquer outra batizada, embora anteriormente não tivesse sido sua esposa.

Em seguida, se é exatamente a mesma coisa, quando é provável que [**102vº**] aquela esposa com a qual primeiro contraíra casamento enquanto era pagão, ainda que ela agora não se encontre, todavia talvez tenha sido batizada antes do marido que agora se converte, como frequentemente costuma acontecer, quando a esposa capturada na guerra antes do marido foi levada para as terras dos cristãos, algo que frequentemente sucede: acerca do que é possível duvidar-se, uma vez que S. Paulo e o direito canônico na dissolução deste gênero de casamento parecem referir-se apenas aos casos em que, estando convertido um dos cônjuges, o outro se mantém pagão, como é manifesto daquelas palavras: *pelo que, se o descrente se apartar, que se aparte* etc., [*1 Cor 7. 15.*] e daquelas que emprega Inocêncio no capítulo *Quanto* e no capítulo *Gaudemus, de diuortiis*, muitas vezes atrás citados. Esta dúvida também se põe neste caso que Pio V esclarece na sua constituição, no qual também se apresentam outras dúvidas que seria muitíssimo justo que o Sumo Pontífice Gregório XIII, nosso Senhor, esclarecesse, pois nesta matéria atalhará aos escrúpulos de muitos.

Gaspar Gonçalves

[102vº]

[*FERNÃO PÉREZ II:*]

Neste parecer o Padre Gaspar Gonçalves está tão longe de discrepar do meu que, em relação à questão por ele levantada do modo referido, responde que "a parte afirmativa é em tal grau provável que pode seguir-se com toda a razão", e não disse "abandonar-se com toda a razão", porque, ainda que a parte afirmativa não seja mais provável, mas duvidosa em igual grau de dúvida, é manifesto que antes deve seguir-se esta, uma vez que é mais piedosa, isto é, em benefício da religião. E é manifesto, em conformidade com os santos decretos e a comum opinião dos mestres, que em matérias que têm a ver com as opiniões, em igual grau de dúvida, deve abraçar-se sobretudo aquela que mais se inclina a favor da religião.

Ora, quanto à objecção que faz, dizendo que aquela decisão de Pio V não foi uma dispensa, mas uma explicitação do direito divino evangélico, é evidente que não pode colocar-se em dúvida, visto que Pio V ali decreta que foram válidos aqueles matrimônios já anteriormente [103] celebrados pelos índios, quando foram feitos desde o princípio pelos índios já convertidos na lei da graça, mas não puderam ser válidos desde o princípio mediante dispensa os que depois tiverem sido feitos.

Muito menos pode pôr-se em causa aquilo acerca do qual ele totalmente pensa o mesmo que eu, ou seja, que conviria e seria muitíssimo avisado confiar toda esta matéria, uma vez que ela é da máxima importância, ao Pontífice Romano, pois tem a assistência de Deus, graças à qual não é possível que se desvie da fé, para que, nas questões mais difíceis da religião, conforme o c. *Maiores, de baptismo*, e o c. *Rogamus 24 q. 1*, a ele recorramos como a Vigário de Cristo e mestre e cabeça da Igreja. Mas, que fazer enquanto não existe ainda, devido à distância de lugar ou por causa das limitações de tempo, possibilidade de recorrer à Sé Apostólica (com a exceção de casos contingentes de outra origem duvidosos e raros)? Que não existe o poder para retirar a esta espécie de escravos neófitos a possibilidade de passarem a segundas núpcias, uma vez que vemos que a sua salvação espiritual está em risco, é a opinião que perfilho inteiramente, e se deve pensar que o mesmo Padre perfilha, porquanto, ainda que depois levante escrúpulos, todavia primeiramente, em relação à questão por ele colocada, de se poderiam passar sem escrúpulo a segundas núpcias, responde pela parte afirmativa que nós "podemos segui-la com toda a razão", pelo que, se sem escrúpulo podemos seguir absolutamente a parte afirmativa, resulta evidente que nós não apenas podemos, mas também devemos segui-la, quando existe perigo na demora, e até parece que, ao designar as mesmas hesitações não por dúvidas, mas por escrúpulos, fez alusão àquela célebre opinião geral dos mestres, segundo a qual é lícito reagir contra o escrúpulo, mas não contra a dúvida.

E não deve impelir-nos para a opinião contrária o fato de que a dificuldade se torna diferente no caso daqueles escravos negros do Brasil ou no caso daqueles índios americanos, acerca dos quais se pronunciou Pio V na mesma constituição apostólica, pois o fundamento da mesma constituição não é o fato de que a dificuldade seja diferente deste ou daquele modo. Na verdade, o pressuposto do Sumo Pontífice é a existência de uma contrariedade muitíssimo [**103v°**] cruel, isto é, nada humana e sobretudo sobremaneira difícil de realizar-se, como se vê manifestamente pelas próprias palavras: "porque seria muitíssimo cruel", e de novo: "porque seria sobremaneira difícil encontrar-se a primeira esposa". Acresce que a própria constituição apostólica é uma explicitação do direito divino, que é manifesto que não existe somente para proteger os índios da América unidos em matrimônio, mas também todos os cônjuges que, deixando a infidelidade, ingressam no seio da Igreja, sobretudo porque, quer seja a segunda, quer a terceira, quer a quarta com a qual o índio contraiu casamento depois da primeira, estando esta viva, de maneira e forma alguma é esposa dele, ou mais esposa do que qualquer outra mulher que nunca conheceu. Daqui resulta que de maneira alguma é maior a relação que tem com aquela com a qual fez o segundo, o terceiro ou o quarto casamento do que a que tem com qualquer mulher à qual nunca fez proposta de casamento. E assim não deve estabelecer-se qualquer diferença entre o índio da América e o negro do Brasil no que diz respeito à legítima esposa, quer presente quer ausente, mas ambos têm legítima esposa ausente e nem um nem outro a têm presente, e daqui resulta que de forma alguma se deve entender que Pio V se exprimiu abusivamente em relação a uma das partes, porque o índio casara com várias esposas, ou porque era a segunda, terceira ou quarta esposa, mas antes em relação à parte da dificuldade que pode existir, quer na separação da esposa não legítima, quer de outrem.

Daqui resulta que, se no índio a grande dificuldade em si mesma é suficiente para, pelo direito do Evangelho, dissolver o matrimônio com a primeira esposa, ao contrair um novo matrimônio com a segunda ou terceira concubina ou suposta esposa, não há razão para que neguemos que também uma grande dificuldade pelo direito do Evangelho bastaria no escravo do Brasil, ou em qualquer um outro, para dissolver o matrimônio contraído na infidelidade com a primeira, ao contrair matrimônio com uma qualquer outra, ou reputada como esposa ou não.

Ora, que é mais difícil a um escravo desta espécie do Brasil do que a um índio procurar e encontrar a primeira esposa é algo que é evidente, porque este é livre, e aquele é escravo e encontra-se debaixo do poder do dono; este por ninguém pode ser impedido de ir para qualquer lugar do mundo nem de atravessar o mar para procurar a mulher, ao passo que aquele não pode, [104] mas, tal como pode dizer-se, e eu até afirmo, sem qualquer dúvida é impedido, uma vez que existe o risco verossímil de que, se se vir entre os seus e na sua própria terra, não queira de sua livre e espontânea vontade regressar ao seu primitivo dono e à condição servil. Não só mais dificilmente que os índios um homem desta espécie de escravos negros encontra a primeira esposa que deixou entre os infiéis, mas é até humanamente impossível [encontrá-la], e não só é para eles mais difícil encontrá-la, mas até muito mais arriscado, porquanto, uma vez que os negros desta espécie são muito mais selvagens do que os índios, tanto mais deles se deve temer que, no meio dos infiéis, abjurem da fé, quanto é menor o lume natural e discernimento que possuem e com que abraçam a fé.[37]

Todavia eu disse "com a exceção de casos contingentes de outra origem duvidosos e raros", porque se, por exemplo, se crê que a primeira esposa infiel já se converteu à fé, ou há probabilidade de estar próxima de converter-se e é de recear-se que por causa de ser repudiada se aparte de receber a fé, existe muito maior motivo de outra origem para duvidar, pois não somente

---

[37] Juízo totalmente apriorístico, uma vez que o Padre Fernão Pérez nunca saiu da Península Ibérica.

não se deve então ponderar o incômodo e dificuldade do cônjuge convertido, mas também o do outro, quer convertido, quer com probabilidade de fácil conversão, e por isso, nestes casos contingentes de outra origem duvidosos e raros, nem eu nem o Padre Gaspar divergimos em que não se deve conceder autorização para se passar a segundas núpcias, quer nesta espécie de negros, quer nos índios, quer naqueles exemplos que o mesmo Padre tão eruditamente aduz, quer em outros, antes de se consultar o Sumo Pontífice, porquanto não é fácil de acreditar-se que através da graça do Evangelho foi concedida ao cônjuge convertido uma tão grande firmeza no chamamento para a fé que redunda em prejuízo espiritual do outro, quer já convertido, quer com probabilidade de fácil conversão, porque, querendo o cônjuge infiel coabitar sem injúria do Salvador, ou está presente ou num lugar tão pouco afastado que facilmente pode ir ter com o outro, parece que de maneira alguma se deve conceder ao convertido a possibilidade de passar a segundas núpcias, sobretudo se se tiver a esperança de que o infiel de um qualquer modo há de estar disposto a receber a verdade da fé, pois razão alguma requer que a facilidade seja concedida ao convertido de tal maneira que redunde em dificuldade da conver-[**104v°**]são e risco de perdição do outro.

A resolução que enviei primeiro a Vossa Reverência parece-me tão verdadeira que não sentiria escrúpulo em pô-la em execução, e eu por aqui pus a questão aos padres da casa que me pareceu que saberiam dar melhor parecer, e ainda que não faltou de início quem sentisse dúvidas e a quem parecesse o contrário, depois de visto o motu proprio *de Pio V todos estão de acordo comigo acerca dela, e o Padre Francisco de Gouveia,*[38] *que de início defendia a opinião contrária mais do que ninguém, depois de visto o* motu proprio *de tal maneira concordou comigo que, ao mostrar-lhe eu agora este último parecer das dúvidas do Padre Gaspar Gonçalves, respondeu que não havia razão para duvidar e que em todos aqueles argumentos em sentido contrário não encontrava nenhum peso, nem sequer aparente.*

Fernando Pérez

[38] Nasceu em Lisboa cerca de 1540 e entrou na Companhia em 1556. Começou a ler teologia moral em 1567, em Évora, cadeira em que se manteve dez anos. Granjeou grande fama como letrado e, conforme escreve o seu biógrafo: "Foi o primeiro que nos fundou a doutrina moral em princípios teológicos, com que se moderaram alguns apertos que até aquele tempo corriam por ser muito seguida a doutrina do Doutor Navarro, que, como canonista, mais se acomodava ao texto que à consequência da razão." Escreveu uma série de observações ao *Manual de confessores*, a que deram o título de *Anti-Navarro*, que, ao que afirma Franco, levaram aquele venerando Mestre a retratar-se de algumas das suas opiniões. O Padre Gouveia faleceu em 17 de Novembro de 1638, com 98 anos. Veja-se Antônio Franco, *Imagem da virtude (...) de Évora*, o. c., pp. 119-138 e 864.

[104vº]

[*LUÍS DE MOLINA:*]

Vi o parecer do Padre Gaspar Gonçalves que Vossa Reverência me enviou juntamente com o *motu proprio* de Pio V acerca dos casamentos dos índios e, uma vez que tanto a união do matrimônio como a sua indissolubilidade são matérias de direito natural, e como não se dispensou nem abriu exceção [na decisão que determina que][39] a dissolubilidade do matrimônio por conversão de um dos cônjuges à fé não deve ser mais alargada a favor da fé senão por direito divino, não me atreveria a estender o *motu proprio* para além dos limites a que se refere, que são quando, depois de levadas a cabo as diligências morais, a primeira esposa não aparece, para que se entenda que, se sem injúria do Salvador, quer habitar com o marido que se converte à fé (caso contrário a definição de Pio V estaria em contradição com a definição de Inocêncio III, capítulo *Gaudemus, de diuortiis*), e quando o homem e a segunda esposa com a qual tinha união marital antes de recebido o batismo, ambos se convertem à fé e se batizam. Parece uma espécie de epiqueia declarar isto naquele caso a favor da fé e não parece que, em matéria tão importante e na qual são tão verosímeis os motivos em contrário, a extensão deva fazer-se [105] sem nova declaração do Sumo Pontífice, eu pelo menos não me atreveria a fazê-la, embora de bom grado submeta o meu parecer ao parecer de outros que pensem mais corretamente.

Luís de Molina

[39] O texto entre retos não consta do manuscrito e é uma tentativa de clarificar a indefinição do original.

Ocorre-me lembrar que, no caso em que constasse que a esposa (entenda-se o mesmo em relação ao marido) ficava entre pagãos e não houvesse dúvida de que, mesmo que lhe propusessem que viesse viver com o seu marido entre cristãos, não quereria, uma vez que o marido (mesmo que não fosse escravo) correria risco de morrer se fosse viver com ela entre os seus, julgar-se-ia que a mulher não quer viver com ele sem injúria do Salvador, e assim parece que poderia passar a segundas núpcias, e desta maneira poderia resolver-se a situação de muitos escravos acerca dos quais aqui se trata.

Luís de Molina

Milita a favor da parte afirmativa da questão proposta a constituição apostólica de Pio V, em certo *motu proprio* relativo aos índios das ilhas, que Afonso de Santa Cruz, na terceira parte do *Speculum coniugiorum*, no artigo 18, depois da 5ª conclusão: onde, acerca dos índios que contraíram matrimônio com muitas, depois de repudiada a primeira ou primeiras (como entre eles é costume) e se convertem à fé e se batizam, juntamente com aquela que tinham como esposa no momento da conversão à fé, expõe a situação do modo seguinte: "porque seria muitíssimo cruel separá-los das esposas juntamente com as quais os ditos índios receberam o batismo, sobretudo porque seria sobremaneira difícil encontrar a primeira esposa." Daqui parece concluir-se que, sempre que com vistas à união marital não pode facilmente encontrar-se e conseguir-se o cônjuge pagão, tal como acontece no caso dos negros africanos, o cônjuge convertido à fé pode passar a segundas núpcias.

Milita também a favor da parte afirmativa o c. *Judaei*, 28, do 4º Concílio de Toledo, onde se estabelece que os judeus que têm esposas cristãs (ou seja, que antes de se terem convertido à [**105vº**] fé tinham casado com eles) sejam admoestados pelo bispo a converterem-se, se desejam continuar com elas; e a separarem-se, se o não fizerem. E o texto aponta o motivo: a saber, para não acontecer que, ao tempo que o fiel procura a salvação do infiel, acabe antes ele por encontrar a perdição da infidelidade. Mas de fato de qualquer modo a mulher cristã assim separada do pagão, que não quer converter-se à fé, pode passar a segundas núpcias, e o costume de Roma é que, quando alguém de raça judaica, que era casado, se converte à fé cristã, porque o outro cônjuge, depois de perguntado, não quer converter-se, se conceda ao convertido a possibilidade de passar a segundas núpcias. Razão pela qual, uma vez que semelha que a razão é a mesma em relação aos demais infiéis, acontece que o negro africano casado, que se converte à fé, pode passar a segunda núpcias, porque o outro cônjuge vive entre infiéis e não existe esperança próxima de que se converta, nem a possibilidade de interrogá-lo sobre se quer converter-se, devido à distância de lugar e a outras circunstâncias que se verificam.

Em relação à dúvida apresentada responde-se com duas conclusões.

A primeira é a impossibilidade ou risco de o cônjuge convertido à fé habitar e ter união marital com o cônjuge infiel, causada pela separação de um do outro no que tange ao lugar e devido à distância do lugar ou por alguma outra ocorrência. Porque o cônjuge infiel não quer coabitar com o outro, por ser infiel,[40] ou porque o outro não pode coabitar com o infiel sem ofensa do Criador ou (o que é o mesmo) sem perigo de pecado mortal resultante de tal coabitação: isto não torna lícito que o convertido à fé passe a segundas núpcias, estando vivo o primeiro cônjuge. E a tal ponto que a impossibilidade de os negros africanos, dos quais unicamente se trata, continuarem a coabitar com as cônjuges infiéis, devido à distância de lugar e à condição servil, não faz que para eles seja lícito passar a segundas núpcias, e se passarem, estando viva a primeira esposa, o segundo matrimônio é nulo. A conclusão prova-se porque a indissolubilidade do matrimônio contraído na lei da natureza (como é o caso do matrimônio contraído entre infiéis, [**106**] sobre o qual estamos a discorrer) é de direito divino e natural, e não se deve admitir a sua dissolubilidade a não ser por dispensa que se receba de Deus ou por a Igreja declarar que se crê que Deus dispensou. E nem a Igreja nem o direito humano positivo podem fazer seja o que for nesta parte em relação ao direito natural e divino, mas apenas declarar até que ponto se pensa que Deus dispensou, sobretudo uma vez que aqui se trata de dispensa em matrimônio válido e consumado e de prejuízo de cônjuge infiel que se encontra fora da jurisdição da Igreja e do Sumo Pontífice.

Todavia, em conformidade com S. Paulo, *1 Cor 7* e constituição apostólica dos Sumos Pontífices, professamos que só Deus dispensa, para que o cônjuge convertido à fé possa passar a segundas núpcias, quando o outro cônjuge permanece na infidelidade e, ou não quer coabitar com o convertido à fé, porque é fiel, ou não quer coabitar sem ofensa do Salvador: isto é, sem

[40] Assim no ms. Talvez deva corrigir-se para “fiel”.

que o cristão, por causa da coabitação com o infiel, corra risco de pecado mortal ou de ofensa do Criador, e isto para que ao cônjuge que se converteu à fé, por causa da conversão e por dever obedecer aos preceitos de Deus não se siga o inconveniente de permanecer sem cônjuge por todo o tempo em que o outro viver. Qualquer outro que seja o título pelo qual resulta para o convertido à fé uma impossibilidade de coabitar e ter união marital com um cônjuge que se mantém na infidelidade mais ampla do que o exposto, quer seja pela distância do lugar e pela condição servil, quer seja por outro qualquer, não lhe é lícito passar a segundas núpcias, e se passar, o matrimônio será nulo.

Prova-se também a conclusão com fundamento no c. *Quanto* e no c. *Gaudemus, de diuortiis* e no c. *Si infidelis*, 28, q. 2ª. De acordo com esta legislação, é manifesto que as palavras de S. Paulo, em *1 Cor 7. 15*: "se o infiel se retira, que se retire, pois o irmão ou a irmã não estão sujeitos à escravidão" só se entendem em relação à retirada, quando não quer coabitar com ele porque é cristão ou não sem ofensa do Salvador, e que todavia neste caso é lícito, deixando o primeiro cônjuge, passar a segundas núpcias por dispensa divina, para que, por se ter convertido à fé [**106vº**] e submetido aos preceitos de Cristo, não padeça o castigo de permanecer sem cônjuge. Quando, porém, devido a outra ocorrência surge a impossibilidade de se unir com um cônjuge infiel, àquele não se concede que dissolva o primeiro através de passagem a segundas núpcias, ainda que sem culpa sua não possa consorciar-se com o outro, como consta do citado c. *Quanto* e, em consonância com esta nossa conclusão, se pronunciam, além da *Glossa*, no c. *Iudaei*, 28, q. 1, que, de acordo com esta nossa conclusão, se esforça por expor aquele capítulo, os mestres, *in 4º*, d. 39, e acerca daquele passo citado de S. Paulo, e na legislação os juristas citados, se se lerem com atenção.

A segunda conclusão é: se um negro africano pagão, permanecendo em África entre os pagãos, ainda que fosse aconselhado a vir morar entre os cristãos com o cônjuge convertido à fé, não quiser, e porque, se o cristão convertido à fé acedesse a morar com o pagão, correria o risco de perder a vida eterna, uma vez que do casamento no meio de pagãos, sem qualquer doutrina e ajuda dos sacramentos, facilmente resultaria perverter-se e perder a vida eterna (situações ambas que de ordinário acontecem nos negros acerca dos quais tratamos, quando o cônjuge infiel permanece entre os infiéis): afirmo que neste caso o cônjuge que se converteu à fé pode no Brasil ou nas Espanhas passar a segundas núpcias, e desse modo dissolver o primeiro casamento.

Entenda-se a conclusão: mesmo que do cônjuge infiel não proviesse para o cristão nenhum perigo, mas unicamente devido ao fato de que haveria de residir com ele no meio de infiéis. Prova-se a conclusão por isso mesmo que o infiel não quer aceder a morar com o cristão entre cristãos ou sem lugar para dúvidas tal se presume, e porque da situação de o cristão morar com o infiel entre infiéis impende sobre aquele um tão grande e tão evidente risco da sua salvação eterna. Supõe-se que o infiel não quer morar com o cristão sem ofensa do Criador e sem prejuízo da salvação eterna do cristão, pelo que, por isso mesmo, por dispensa divina é lícito ao cristão passar a segundas núpcias. E não tem importância o fato de que esta situação nasceu da circunstância de o cristão escravo ter sido separado à força e apartado, pela interposição de uma tão grande distância de lugar, do seu cônjuge pagão, e o fato de que ao mesmo tempo, por força da condição servil, [107] ficou impossibilitado de regressar para junto do seu cônjuge, porquanto isto aconteceu acidentalmente, e basta que simultaneamente se dê aquela outra causa legítima de separação do primeiro matrimônio, que contraíra com o infiel, para que possa licitamente passar a segundas núpcias, contraindo este.

Em conformidade com esta conclusão será ordinariamente lícito aos negros africanos de que tratamos passarem a segundas núpcias. Como é evidente, eu disse "ordinariamente" porquanto, se ambos os cônjuges foram feitos escravos e repartidos ao mesmo tempo e separados um do outro de tal maneira que um se encontra num lugar e o outro em outro, entre cristãos, quer um saiba onde o outro está, quer não, não podem passar a segundas núpcias até o momento em que a um seja manifesto que o outro faleceu, e a razão é porquanto nesta situação não se dá aquela razão da conclusão proposta e poderão acontecer casos semelhantes nos quais não será lícito passar a segundas núpcias.

Resta respondermos a duas razões aduzidas a favor da parte afirmativa de duvidosa interpretação, na medida em que a alguém parecerão estar em contradição com a primeira conclusão.

Em relação à primeira deve dizer-se antes de mais que aquela constituição apostólica aplica-se apenas quando a primeira esposa não comparece nem, após fazerem-se razoáveis diligências, subsiste esperança de que venha a comparecer, para que se saiba se quer converter-se à fé ou sem lugar para dúvidas coabitar sem ofensa do Criador (quando existirem conjeturas de que da sua coabitação com o cristão não resulta para este risco de perdição). Em caso contrário, sem dúvida que aquela constituição estaria em contradição com a constituição de Inocêncio III, c. *Gaudemus, de diuortiis*, algo que não deve admitir-se. E que desse modo deve interpretar-se a constituição de Pio V indicam-no de sobejo aquelas palavras nela consignadas: "sobretudo porque seria sobremaneira difícil encontrar a primeira esposa." Deve dizer-se também que deve interpretar-se, quando se dão ao mesmo tempo o fato de a primeira esposa, de acordo com o sentido exposto, não comparecer, e de ambos os cônjuges, que antes da conversão coabitavam como marido e esposa, se converterem à fé e de fato receberem o batismo. É que o Sumo Pontífice explicita com epiqueia a favor da fé que, quando se dão simultaneamente as duas condições expostas, [107vº] deve entender-se que o segundo matrimônio é válido e pode continuar na lei da graça, quer a primeira esposa esteja viva, quer não esteja, e dá a razão: "porque seria muitíssimo cruel separá-los" então ou impedir que se juntassem e obrigá-los a permanecerem em incessante celibato até o momento em que se tivesse a certeza da morte da primeira esposa, e esse fosse o máximo impedimento para que os infiéis se convertessem à fé, algo que não se deve presumir em relação à lei e à vontade de lei nesta parte. Mas, uma vez que a indissolubilidade do matrimônio celebrado entre infiéis é de direito natural e divino e só pode dissolver-se pela conversão à fé do outro cônjuge até onde Deus dispensou: é claro que antes de outra interpretação da Sé Apostólica não me atreveria a alargar aquela constituição para além do caso e com as circunstâncias sobre as quais ela se pronuncia. Por outro lado, é evidente que no caso dos negros africanos de que falamos não está presente aquela circunstância: ou seja, que antes de se converter à fé estavam unidos pela segunda vez como marido e esposa que de novo pretendem juntar-se.

No que tange à segunda cumpre responder-se antes de mais que aquela constituição se interpreta em relação à separação do leito conjugal, que qualquer cônjuge cristão pode fazer, quando o infiel não quer converter-se, ainda que também possa não fazê-la se ele consente em coabitar sem ofensa do Criador, e na época de S. Paulo, quando era frequente a conversão de varões e mulheres judeus, seria aconselhado que a não fizessem durante o tempo em que havia esperança de que o outro cônjuge se converteria. Mas, porque no tempo do Concílio de Toledo os judeus já eram assaz pertinazes, e quando a mulher era cristã e o marido infiel, a experiência diária mostrava que as mulheres cristãs eram pervertidas, com razão a Igreja estabeleceu que a mulher se separasse imediatamente do marido judeu no que toca ao leito conjugal para não ser pervertida. E porque também depois a experiência tornou manifesto que também os maridos cristãos eram pervertidos pelas esposas infiéis, não apenas entre os judeus, mas igualmente entre os pagãos, foi estabelecido que, quando entre cristãos vivem judeus ou gentios assaz obstinados, que durante longo tempo viveram entre cristãos na sua pertinácia, dando-se mui raramente entre eles conversões, os cristãos fossem separados dos infiéis por causa do perigo [108] de perdição. E assim Santo Tomás, *in 4, d. 39, q. unica, art. 3 ad 2*, Ricardo e outros distinguem estes três tempos, mas falam, não quando é frequente a conversão dos infiéis em alguma região, como sucede hoje nas Índias tanto orientais como ocidentais; falam além disso sobre a separação em relação ao leito conjugal, como é evidente para quem os consultar. E a Igreja pode estabelecer tal direito positivo e obrigar os conversos à fé a cumpri-lo, devido ao perigo que existe, para evitar que se pervertam, e pelo menos é conveniente separá-los, com consentimento dos próprios e contra a vontade dos infiéis.

Além disso, cumpre responder-se que aquela constituição pode também entender-se em relação à separação, para que o cristão passe a segundas núpcias e se dissolva o primeiro matrimônio, porque, falando de modo geral em relação aos judeus sobre os quais ali se tratava, e quando a esposa é cristã e o marido infiel, como diz aquele capítulo, a esposa não pode habitar com o marido sem ofensa do Criador e perigo provável de perdição. E, quando em algum caso particular, tendo em atenção as circunstâncias, se julgar que ela pode coabitar com o marido judeu sem ofensa do Criador, a Igreja de qualquer maneira não pode naquele caso separá-la do marido de maneira a poder passar a segundas núpcias, uma vez que não pode dispensar no direito divino da indissolubilidade do matrimônio nem estender a dispensa divina para além dos casos concedidos por Deus, mas de qualquer maneira compete à Igreja declarar a quais casos se estende ou não estende a dispensa divina, porquanto também de modo geral hoje não só a esposa cristã não pode coabitar com o marido judeu sem ofensa do Criador, mas tampouco o marido cristão com a esposa judia. Se este deve habitar com ela entre judeus e há de ter trato e relações íntimas com eles, com razão fica em vigor o costume de Roma e de outros lugares, segundo o qual, quando algum judeu, quer homem quer mulher, se converte, e o outro cônjuge não quer converter-se, o convertido passe a segundas núpcias com outro cristão. E deverá observar-se o mesmo costume quando existir o perigo semelhante, de que o pagão, marido ou mulher, convertido à fé se perverta se quiser coabitar com [108vº] o cônjuge infiel. Todavia, quando em algum caso particular não existisse um tal risco, não seria lícito ao convertido à fé, pelo fato de o cônjuge não querer converter-se, passar a segundas núpcias, uma vez que seria contra o direito natural, em relação ao qual a Igreja não pode dispensar. E seria o mesmo quando alguns infiéis fossem tão pouco zelosos da sua religião (a cujo número não parecem pertencer os negros africanos) que considerassem que não tinha qualquer importância o fato de entre eles estar ou não estar algum cristão. Neste caso, se se convertesse algum deles, cujo cônjuge não quisesse converter-se, não lhe seria lícito, porque haveria de ir habitar entre pagãos, deixar o cônjuge e passar a segundas núpcias, visto que de uma tal coabitação, se simultaneamente ali residirem alguns cristãos e existir suficiente doutrinação, não impenderia sobre ele qualquer risco de perdição eterna.

[109]

PARECERES SOBRE A RESOLUÇÃO DE ALGUNS CASOS QUE COM FREQUÊNCIA SE DÃO NO BRASIL

[*FERNÃO PÉREZ:*]

1º: Pedro, que é senhor de um certo engenho de cana de açúcar, pretende vender o referido engenho e assim compromete-se por contrato e põe por escrito que vende o seu engenho, com a posse da terra em toda a sua extensão, com a totalidade dos canaviais, dos escravos, das juntas de bois, nomeando a casa do engenho com os seus móveis e alfaias domésticas, e dizendo que vende tudo isto, que provavelmente valeria em dinheiro quinze mil moedas de ouro,[41] *se nesta terra se encontrassem, por trinta ou trinta e cinco mil moedas de ouro, a serem pagas por um prazo de nove ou dez anos, e por este modo: o comprador entrega de imediato uma certa parte do preço através de letras de câmbio para o reino de Portugal ou quita as dívidas do vendedor e algum dia salda alguma parte em dinheiro, e pelo restante paga em cada ano tantos milhares de sacos de açúcar e tantos milhares de moedas de ouro, até atingir o preço contratado de trinta ou trinta e cinco mil moedas de ouro, e na medida em*

[41] As várias menções que os três autores ora traduzidos fazem ao preço de venda do engenho de açúcar aqui conjeturado utilizam no original texto latino a palavra correspondente a "moedas de ouro" (*aurei*, subentendendo *nummi*), sem referência a nenhuma unidade monetária nacional concreta. O Padre Molina, porém, nas partes em que se serviu do castelhano, fala indistintamente em "cruzados" e "ducados".

que a quitação é mais ou menos diferida, mais ou menos certa, assim se aumenta ou diminui o preço. E este é o modo comum de vender engenhos de açúcar e correntemente bem aceito e que certos escusam tendo em consideração que nesta região nunca se encontra tão grande quantidade de dinheiro que corresponda ao que vale esta espécie de engenhos, e o vendedor não considera que trinta ou trinta e cinco mil em dinheiro pagos do referido modo valham mais do que quinze mil em numerário.

[109vº] *Pretende-se saber se este contrato pode aceitar-se, se não na totalidade, pelo menos em alguma parte, e a que tem direito o vendedor, porque assim contratou, pelo lucro cessante, e de que modo, em seguida, se pode concluir de modo seguro este contrato em ambos os foros, ou pelo menos no foro da consciência. É que a resolução deste caso é de tão grande peso que importa no montante de quinhentas moedas de ouro.*

2º*: Existe em Pernambuco um número quase infinito de escravos originários da Guiné que na sua maioria são cristãos; todavia poucos falam português de modo a poderem confessar-se bem, ao passo que os restantes falam geralmente de tal maneira que não pode entender-se muito do que dizem e assim quando se confessam o confessor não consegue compreendê-los perfeita e inteiramente, daqui procedendo que ficam privados do remédio da confissão.*

Pretende-se saber se esta espécie de escravos podem ser absolvidos, visto que eles pela sua parte se confessam inteiramente, isto é, dizem todos os seus pecados da maneira que sabem e assim fazem tudo o que está na sua mão fazer, ainda que o confessor em grande parte não os entenda, sobretudo uma vez que não há tradutor nem existe esperança alguma de que hão de aprender a falar melhor ou de modo mais inteligível, pelo menos a breve trecho. De que modo, pergunta-se, há de haver-se com eles o confessor?

3º: Uma vez que se sabe que grande parte dos escravos são ali mal e injustamente havidos: pretende-se saber se podem ser comprados com boa consciência ou que diligência é obrigado a fazer o comprador depois que os compra desta maneira e depois, se os comprar, sobretudo com aqueles que foram capturados em guerra e há dúvida sobre se aquela guerra é justa, e que há de fazer o confessor com os compradores desta espécie em relação ao passado e ao futuro? Além disso, sendo certo que os inimigos matam e comem esta espécie de escravos, se não os venderem aos cristãos.

Pretende-se saber se podem ser justamente comprados. Há quem diga que não podem ser comprados, porque, uma vez que eles se encontram em necessidade extrema, os cristãos são obrigados a libertá-los de graça, se podem. Mas outros dizem que estes escravos não se encontram em necessidade extrema, [110] *uma vez que possuem algo para vender: a saber, a si mesmos. Daqui se segue que eles podem ser justamente comprados: a saber, porque naquela situação podem vender-se a si mesmos.*

4º: Quando sobrevém um risco tão repentino de naufrágio que o confessor não pode ouvir as confissões completas de todos:

Pretende-se saber se, depois de ouvidos dois ou três pecados de uma pessoa, pode absolvê-la, e assim em relação às restantes, de tal maneira que possa ouvir a todos em confissão, com intenção e desígnio todavia de posteriormente, se for possível, ouvir integralmente as confissões de cada um. Ou, no caso de que o confessor seja obrigado então a deixar o penitente dizer tudo o que lhe ocorre, pretende-se saber, se o penitente depois disser que não se lembra de mais nada, se o confessor pode absolvê-lo sem lhe fazer mais perguntas.

5º: Pretende-se saber se o pároco por autoridade própria pode pôr de parte as proclamas que devem preceder o matrimônio, visto que o Concílio de Trento não parece proibi-lo.

Em relação ao primeiro artigo, relativo aos engenhos de açúcar, parece que se trata da mesma dificuldade que os mestres tratam acerca de um navio carregado de mercadorias levado para um porto: a saber, se este tipo de mercadorias, por serem vendidas assim em grande quantidade, e por, deste modo, só deverem ser compradas por imensa quantidade de dinheiro, podem ser vendidas por maior preço a crédito do que em numerário. Soto, no l. 6 de *De iustitia*, q. 4, art. 2 *ad quartam*, responde pela afirmativa; Navarro, no *Manuale confessariorum*, c. 23, n. 82, responde pela negativa, porque isto é receber lucro em virtude de dilação na quitação, e por isso em virtude de empréstimo: algo que é usura.

Ora, a mim parece-me que cumpre abraçar as duas opiniões para harmonizar ambos os autores, de maneira tal que é totalmente usura, se as mercadorias de fato se vendem então a crédito, e até mais caro do que poderiam vender-se por numerário, porque se espera a quitação. O mesmo deve dizer-se de modo geral em relação aos engenhos de açúcar, em conformidade com a distinção estabelecida. Ora, a suposição do vendedor, ao imaginar que vale mais o dinheiro presente do que o futuro, [**110vº**] e a dilação na quitação, acerca das quais se coloca a questão, de maneira alguma escusam do pecado da usura. E até tampouco o motivo do risco, a menos que o risco fosse deveras provável e se tivesse celebrado precedentemente um acordo. É que então é mais provável que seja o bastante para isentar de usura, de acordo com Adriano, *Quaestiones de sacramentis in quartum Sententiarum librum*, ao tratar da matéria relativa à usura, na questão que começa *Occurrunt circa*, e Juan de Medina, *Codex de restitutione*, q. 38, *causas* 3 e 4, e outros.

Em relação ao segundo artigo, se tratarmos da situação de morte iminente, respondo que, quando não existe outro expediente, é lícito e é de preceito que desse modo se confesse e absolva, ainda que de mil pecados o confessor não conseguisse entender mais do que um só, mortal ou venial, de acordo com a opinião geral. Por outro lado, se existir o expediente de expor todos os pecados que são ou se duvida que sejam mortais, é mais provável pelo direito divino, e não somente é lícito, mas igualmente de preceito, escolher aquela expediente, ainda que o expediente não seja outro senão confessar-se através de um intérprete, em conformidade com Santo Tomás e outros autores, que cita Silvestre, na *Summa summarum*, *Confessio 1*, q. 15. Aquilo que pensam em sentido contrário Escoto, Ricardo e outros, interpreto-o todavia como querendo significar "contanto que o intérprete seja idôneo", pois se fosse de tal espécie que o sigilo da confissão corresse risco, nessa circunstância deve entender-se que não existe recurso a intérprete.

Se porém falarmos de uma situação fora de risco de morte iminente, embora seja lícito e aconselhado o confessar-se através de intérprete, todavia, de acordo com os citados Ricardo, Escoto, Silvestre e outros, em geral é mais provável que não esteja no preceito também uma vez no ano, sob condição que não haja recurso a intérprete que possa compreender tudo, de acordo com a hipótese aventada. A única dificuldade, em relação à qual parece que se pôs a questão, é sobre se é lícito que os negros africanos desta espécie, exceto em risco de morte, sejam absolvidos por um sacerdote que não domina a língua deles. Bartolomeu Medina, na *Breue instruction de como se ha de administrar el sacramento de la penitencia*, f. 279vº, nega,[42] e assim deve dizer-se quando houver recurso a um outro confessor capaz de tudo entender "ou pelo menos a um intérprete de confiança e idôneo". Contudo, quando não houver recurso a esta espécie de recurso, não se deve considerar de modo algum ilícito para fazer-se a confissão uma vez no ano no tempo da quaresma, visto que os mestres em geral estão de acordo em que é lícito, por outros motivos menos ponderosos, reduzir ou diminuir a confissão e se não se conceder a confissão pelo menos uma vez no ano a esta espécie de negros africanos, poderão ter um grande ensejo não apenas para se absterem dos pecados cometidos, **[111]** mas também para cometerem mais graves e incorrerem na perdição eterna e para que a totalidade da sua existência decorra em situação de pecado.

---

[42] O Autor teve presente a 1ª edição desta obra, publicada em Salamanca, por *los herederos de Mathias Gast*, em 1578, onde na p. citada pode ler-se: *Vienesse a confessar a esta casa un Frances o Aleman, y llaman un Castellano para que le confiesse, el qual no sabe bien su lengua, de suerte que en la confession no se entendera sino qual o qual pecado: preguntase si le podra oyr de confession y absolverle? De lo dicho se collige que en el articulo de la muerte lo puede y debe hazer* [...] *pero, no estando en esta necessidad, no lo ha de absolver, sino enuiarle a otro que le entienda.*

Em relação ao terceiro, respondo que é sabido que não é lícito comprar ou também reduzir à condição servil negros africanos, existindo dúvida sobre se foram reduzidos àquela condição de forma justa, ou sobre se são reduzidos porque, subsistindo semelhante dúvida, a condição deles é melhor. É um só pecado contra a justiça, e tanto os que escravizam e vendem como os que compram estão obrigados à restituição como possuidores de má fé: ou seja, não apenas a restitui-los à sua originária liberdade, mas também a satisfazer pelas injustiças e a deixar livres os filhos, se alguns nasceram de mulheres africanas desta espécie como de escravas de sua propriedade. E assim é manifesto que os compradores por preceito de justiça são obrigados a não comprar antes de efetuarem diligência neste sentido, tanto maior que a efetuada para a compra de outros bens sobre os quais se duvida se são furtados, quanto a liberdade é um bem que se avantaja a outros bens furtados. Por outro lado, quão grande deva ser a diligência a levar a cabo, quer antes quer depois da compra, é algo que se deixa à avaliação das pessoas razoáveis em conformidade com as particulares circunstâncias. Contudo, se alguém que compra de boa fé, quer porque fez primeiro a devida diligência ou acreditou que foi feita pelo vendedor, quer porque talvez comprou por ignorância ou inadvertência na suspeição do mal, quando depois começa a desconfiar devido a algum motivo razoável, é certamente obrigado a fazer a devida diligência pelo modo acima indicado. Todavia, depois de levada a cabo esta diligência, no foro da consciência não é pelo direito obrigado em relação ao escravo a restituição alguma. Se ainda se mantiver na mesma dúvida, mesmo que a dúvida seja igual em relação a ambas as partes, porque é possuidor de boa-fé, e, ainda que assim venda, ou mesmo assim vender, embora não existam conjeturas suficientes para crer ou inteiramente dar a sua adesão, se a dúvida for de tal maneira desigual que mais penda a favor do escravo, existe a obrigação de fazer ao escravo a restituição, porque, de acordo com a reta razão e todo o direito, deve dar-se a preferência à liberdade, tal como ao dote, ao matrimônio e outras situações, como mais por extenso se ensina na matéria relativa aos contratos-promessas. E a restituição deve fazer-se então tão grande que os escravos de fato sejam restituídos à liberdade. Mas que os escravos [**111v°**] não sejam restituídos senão quanto o possuidor se tornou mais rico graças a eles, por ser um possuidor de boa-fé. Se todavia houver demora quanto a fazer-se esta restituição, a partir de então torna-se um possuidor de má fé, e assim existirá a obrigação de, em relação a esse tempo, fazer a restituição que primeiro se explicou deve ser feita pelo possuidor de má-fé. Mas, em relação ao tempo precedente, basta o que se disse.

Ora, em relação à questão de saber, uma vez que os inimigos matam e comem esta espécie de escravos se não se venderem, se os podemos justamente comprar: deve pôr-se de lado aquele segundo parecer, que defende que os escravos podem ser justamente comprados por não se encontrarem em necessidade extrema, uma vez que têm a oportunidade de venderem-se a si mesmos. Com efeito, se este parecer fosse verdadeiro seguir-se-ia que nunca existiria alguma necessidade extrema de vida, se o rico antes quiser comprar o indigente do que liberalmente lhe dar alguma coisa, e rico algum seria obrigado a socorrer pobre algum, mesmo reduzido à miséria extrema, a menos que o pobre quisesse vender-se-lhe, algo que é absurdo.

Em relação ao primeiro parecer, em sentido oposto: a saber, que aqueles escravos não podem ser comprados então por se encontrarem em necessidade extrema, em primeiro lugar cumpre definir-se se devem ser justamente mortos por motivo de crime, porque àqueles que devem ser justamente mortos ninguém é obrigado por preceito algum a socorrê-los nem mesmo em virtude do mesmo motivo da indigência extrema, de acordo com Navarro, c. 24, n. 17, e no *Comentario resolutorio*, c. *Non in inferenda*, 12 e 13, e a opinião geral, visto que esta é a justa punição de um crime, que ninguém deve ou é obrigado a impedir, ainda que pudesse. De outro modo se aconselharia, quando existisse uma causa justa e razoável de impedir através de uma compra desta espécie. E, tanto quanto é piedosa e razoável a causa para impedir pelo modo referido, não será ilícito nem comprar nem oferecer-lhes a condição de se venderem a si mesmos, desde que seja justo o preço da venda.

Se pelo contrário devem ser mortos injustamente, é manifesto não só que a necessidade é extrema, mas também que tem a obrigação de socorrê-los aquele que pode fazê-lo sem grande prejuízo, pois se, para livrar da morte uma pessoa que vive na mais completa indigência for necessária uma esmola tão grande que o rico correrá o risco de ser prejudicado na sua condição social, este não pecará nem venial nem mortalmente se só acudir através de empréstimo ou socorrendo de outro modo, de acordo com John Mair, *In quartum Sententiarum quaestiones*, distinção 15, q. 7, último parágrafo "Vt autem", na 1ª proposição, e outros. Pelo que, se quer **[112]** emprestando, quer ajudando de modo diferente ainda há de correr o risco de ser prejudicado, de forma alguma peca se de forma alguma acudir, de acordo com Jab., na palavra *eleemosyna*, § 7, e outros. E até, conforme diz Soto, 4 *De iustitia*, q. 7, a. 1 *ad quartam*, perto do fim, nem o vínculo da caridade obriga a que se atalhe à morte de um pobre com um medicamento sobremaneira caro; Navarro pensa diferentemente, no *Comentario resolutorio*, c. *Non in inferenda*, n. 11, e na versão latina do *Manual de confessores*, c. 24, n. 17, opinando que qualquer pessoa é obrigada a dar todos os seus bens temporais exteriores a fim de acudir a alguém que se encontra em pobreza extrema: noutro lugar se trata da sua refutação.

Respondo agora àquilo sobre o qual também Navarro, quer contrariando-se a si mesmo ou de acordo consigo, no precedente capítulo 23, números 95 e 96, se mostra de acordo comigo: a saber, que estes dão como não culpados os que no Brasil compram escravos que deverão ser mortos, mesmo injustamente. Algo que entendemos assim: desde que não possam livrá-los da morte de outra maneira. E que o preço por resgatá-lo é tão elevado que, a proceder diferentemente, a situação econômica de quem resgatou deveria decrescer notoriamente. Se todavia deste modo o preço fosse de valor menor do que o direito de propriedade, depois de ponderadas todas as circunstâncias, então, quer se compre o escravo quer não, e quer se chame venda em sentido próprio quer não, a pessoa que resgatou não pode obrigar o assim resgatado a mais do que a restituir-lhe, quer mediante servidão quer de outro modo, aquilo que com notório prejuízo da sua condição econômica perdeu por causa dele. Matéria também sobre a qual Navarro, no *Comentario resolutorio*, c. *Non in inferenda*, n. 14, em alguma parte parece discordar, quando de alguma forma dá a entender que a pessoa que resgatou, sem calcular o valor da servidão, pode exigir o preço da remissão por inteiro.[43] E eu, pelo contrário, penso que o valor da servidão deve ser calculado.

[43] O Autor refere-se às seguintes palavras de Navarro, o. c., p. 133 da edição de 1567, impressa em Barcelona por Claudio Bornat: *aquellos que en*

Ora, eu disse: "desde que não possa livrá-lo da morte de outra maneira", porque se pudesse de outra maneira, mediante empréstimo ou outro meio melhor sem o ônus daquela servidão e sem notório prejuízo da sua condição econômica, deve dizer-se que é pecado mortal não querer livrá-lo da morte a não ser com esta condição de se vender a si mesmo, em conformidade com a intenção do Paludano, *In quartum Sententiarum*, d. 11, q. 3, a. 2, antes da 2ª conclusão, versículo "*Quantum ad secundam*", onde, com grande probabilidade e equidade, tal conclui fundado no c. 5 de *Neemias*, onde este como que verberava de pecado mortal os judeus por venderem e comprarem os seus irmãos, sendo certo que poderiam ajudá-los mediante empréstimos ou de outra maneira.

[112vº]

Em relação ao quarto artigo, respondo que, quando assim estiver iminente um naufrágio, se não for possível ao confessor ouvir então as confissões inteiras, é suficiente se ouvir um único pecado, mortal ou venial, individualmente de cada pessoa. E até se o tempo não for suficiente para ouvir dessa maneira, será bastante dizer em voz alta diante de todos algum pecado, venial ou mortal, e perguntar se todos confessam aquele pecado, e depois de todos em conjunto, ou por aceno ou de viva voz, darem o seu assentimento, com uma única absolvição a todos absolver, contanto que lhes exponha o pesar pelos pecados e a posterior emenda de teor de vida, se esta lhes for concedida. Além disso, tampouco será necessário que tenha intenção de ouvir as con-

---

el Brasil se rescatan por la via de aquella compra (no siendo esclavos, sino libres) porque no los coman, se pueden librar volviendo lo que por ellos se dio.

fissões de todos, se ficarem livres do perigo de vida, e basta que saibam que estão obrigados a depois confessarem todos os pecados que são ou se tem dúvida que sejam mortais, se antes não tiverem sido confessados. Por outro lado, parece que o pecado que é conveniente dizer diante deles em voz alta é aquele em que todos costumam incorrer: a saber, as palavras vãs, as mentiras ou encolerizar-se contra os outros, e coisas semelhantes.

Em relação ao último, respondo pela negativa.

Fernão Pérez

[113]

Resoluções do Padre Gaspar Gonçalves

1ª Questão

Pedro possui no Brasil um engenho de açúcar com tudo o que se requer para a produção de açúcar, o qual, caso se vendesse pelo seu justo preço, valeria quinze mil moedas de ouro. Naquela província não se encontra ninguém que possa reunir um tão elevado montante, razão pela qual Pedro, pretendendo regressar a Portugal e vender o seu engenho, fez com Paulo o seguinte contrato: Paulo paga de imediato três mil moedas de ouro, com o compromisso todavia de em cada ano pagar três mil, e estes ou pagos em dinheiro em Portugal, ou mediante a entrega ao mesmo Pedro de uma certa quantidade de açúcar, que em Portugal se converta naquele montante de dinheiro. Deste modo, se atendermos ao preço total do engenho vendido, é muito mais que o justo. Além disso, em contratos desta espécie, é costume impor-se um preço tanto maior quanto mais se tarda em pagar a totalidade do preço, ou são menos seguros os pagamentos anuais.

Procura-se saber se este contrato, que é muitíssimo frequente naquela região, é usurário, ou se se justifica em razão do lucro cessante.

À primeira questão respondo, dizendo que o contrato mais acima transcrito é apresentado de tal maneira que parece que sob essa forma é injusto e usurário. De fato, quanto pode concluir-se da formulação do contrato, a coisa é vendida por um preço muito maior do que o que realmente vale e não se apresenta outra situação desta coisa a não ser a expectativa do preço e do pagamento. Ora, o preço esperado reduz-se à condição de empréstimo. Daqui resulta que na condição de empréstimo ou pelo tanto que este vale, parece que se exige muito mais do que vale o empréstimo, algo que configura uma situação de completa usura, como é manifesto pelo capítulo *Consuluit, de usuris*, e ensina Santo Tomás na *Secunda secundae*, q. 78, a. 2, *ad 7m*, opinião com que estão de acordo não apenas os mestres teólogos, mas também os jurisconsultos.

[113vº] E quanto ao que se pretende saber no final da questão mais acima transcrita, se este contrato em razão do lucro cessante se pode eximir da pecha de injusto e por conseguinte da obrigação de restituição: respondo dizendo que este contrato, em relação a quanto se explicita na sua formulação, é apresentado em termos tais que pode duvidar-se se pode isentar-se da pecha de injusto por motivo do lucro cessante.

Em primeiro lugar, porque nele o dinheiro que se paga como preço da coisa vendida de tal maneira se encontra misturado com o dinheiro que se paga para ressarcimento do lucro cessante que dificilmente se pode discernir o que se paga pelo justo preço da coisa e o que se paga em razão do lucro, algo que parecia necessário porquanto, paga alguma parte do preço, era forçoso que se diminuísse proporcionalmente algo do lucro: coisa que aqui não vemos fazer-se. Pode todavia responder-se, se alguém disser, tendo em consideração os negócios com os quais os homens costumam obter lucros no Brasil, e com os quais deveriam realmente obter-se lucros, que quem vendeu o engenho e além disso é pago em cada ano por essa parte do preço que permanece com o comprador, pode justamente exigir, por decisão de homens ponderados, como lucro esse total que durante um inteiro decênio, para além do montante do preço justo, exige no contrato em apreço: algo que muito se deve ponderar se é verdadeiro. Além disso, é totalmente necessário que se veja se de fato a pessoa que vende, se o dinheiro lhe fosse pago em efetivo, com esse dinheiro haveria de negociar ou por alguma forma obter lucro. Pode todavia parecer a alguém duvidoso se no contrato em apreço o lucro de fato cessa, porquanto, embora concedamos que aquele que vende se fosse pago em dinheiro, haveria de negociar totalmente com este dinheiro, ou haveria de comprar alguma coisa com a qual obtivesse lucro, no entanto naquela região não se encontra quem queira ou possa comprar com dinheiro efetivo o prédio de que se trata. Ora, como é que poderia negociar-se ou obter lucro com o preço da coisa vendida, se não havia ninguém que pagasse a pronto o preço? Pode ser esta a razão por causa da qual Silvestre, na *Summa, 8, usura. 2. n.i,* afirma que o vendedor pode exigir algo do comprador com pretexto do lucro cessante apenas quando o vendedor poderia ter de outrem em efetivo o preço da coisa vendida, mas a vende para se submeter ao comprador, e noutros casos diz que não é verdade. Nesta matéria Covarrubias, no livro 2° de *Variarum resolutionum, cap. 3, n. 6 § 3 eadem*, louva e segue a opinião de Silvestre.

Todavia a esta objeção pode responder-se de duas formas. [**114**] A primeira, se alguém disser, quando alguém vende o prédio ou o seu engenho pelo preço esperado, e se não encontra comprador que imediatamente pague o preço, isso não impede que, se o preço fosse pago, ele dali obteria lucro, e por isso a demora no pagamento do preço seja causa de que para ele o lucro cesse, e assim a opinião de Silvestre, embora Covarrubias a aprove, não deve ser defendida. Em segundo lugar, pode responder-se que nesta eventualidade de que tratamos, ainda que o vendedor não encontre comprador que imediatamente pague o preço, e por isso não poderia fazer negócios, todavia o lucro cessa para ele porque, se se mantivesse na posse do seu prédio, pelo menos todos os anos receberia os frutos dele, de que todavia está privado depois de entregue o prédio a quem o comprou, sendo todavia certo que, devido à dilação no pagamento do preço, não fica ressarcido deste prejuízo. Ora, que nesta eventualidade é justo receber por aquele tanto lucro quanto o que poderia receber dos frutos, deduzidas as despesas, é o que se encontra exposto no c. 2 de *De usuris*, e que isto não se faz em detrimento da consciência e contrariando os cânones é o que no mesmo lugar ensina Acúrcio, provando-o com a autoridade de outros, estando de acordo com ele a *Glossa* do direito canônico, no capítulo *Conquestus, de usuris*, e Baldo, na lei acima citada. Acerca desta matéria estão de acordo com estes mesmos o Panormitano, no 2° capítulo *Conquestus*, e Pedro de Ancarano, João de Imola e os outros citados nas anotações aditadas ao Panormitano, no capítulo citado, na palavra *in alio*, opinião esta que pode aprovar-se pelo menos quando o vendedor, se o preço se pagasse ou por negociação ou por compra de uma outra coisa que produz fruto, haveria de obter o mesmo lucro.

Destas respostas se conclui que é provável que o contrato em apreço, em razão do lucro cessante, pode ser eximido ou totalmente ou em grande parte da pecha de injusto. Eu disse "totalmente ou em grande parte" porque não podemos julgar se o vendedor haveria de obter um lucro tão grande que em troca da esperança dele se pudesse exigir tanto quanto convém entre os contratantes para além do justo preço da coisa, o qual aí mesmo se deve estabelecer por avaliação de homens experientes. Todavia de futuro devem tomar-se medidas no sentido de que este tipo de contratos se faça de tal maneira que contenham uma justiça mais clara, algo que é necessário, pelo menos para atalhar aos escrúpulos, e também por vezes para suprimir os motivos de escândalo.

2ª Questão

[114vº] *Existem na mesma província inúmeros negros trazidos da Guiné que mal sabem falar português, motivo pelo qual quando se confessam não podem dizer todos os pecados, por forma a que o confessor os entenda, não existindo meio ou esperança alguma de que eles aprendam a língua portuguesa ou os confessores a deles.*

Pretende-se saber se é suficiente para absolvê-los entender algum pecado, ainda que pareçam querer transmitir muitos, que todavia o confessor não compreende. Esta dúvida é a mesma em relação ao homem mudo que não pode significar todos os pecados através de sinais.

À segunda questão responde-se: a pessoa que se esforça por confessar todos os seus pecados e mesmo assim, porque desconhece a língua, não pode transmitir alguns, pode sacramentalmente ser absolvido desde que expresse alguns que oferecem matéria idônea para absolvição sacramental. Esta conclusão prova-se porque, embora seja de direito divino a integralidade da confissão, todavia por este preceito ninguém é obrigado a fazer mais do que aquilo que, de acordo com o que é humanamente possível, consegue fazer para confessar todos os pecados; se isto fizer, ainda que omita alguns pecados porque não os pode confessar, mesmo assim cumpre com o preceito da integralidade da confissão de tal maneira que licitamente se confessa e pode ser sacramentalmente absolvido. Mas estes escravos a que se refere a questão pouco antes proposta na medida do possível dão a conhecer todos os seus pecados, e, embora omitam muitos devido à impossibilidade de melhor se expressarem, todavia a eles é-lhes lícito confessarem-se e aos confessores absolvê-los sacramentalmente.

A proposição maior pode provar-se com muitos argumentos. Em primeiro lugar, porque não existe ninguém que negue (que é o que se propõe em segundo lugar nesta mesma questão) que se alguém é totalmente mudo, se pode confessar através de sinais, e todavia não é crível que todos os pecados se possam expor através de sinais, sobretudo se alguém raramente se confessa. Em segundo lugar, porque os que com muitíssima frequência perjuram ou consentem em pensamentos impudicos, embora mostrem a devida diligência, é impossível indicarem o número exato dos seus pecados, e mesmo assim isso não obsta a que possam ser sacramentalmente absolvidos. E até é provável que os que não se confessam frequentemente, [**115**] embora deem mostras de diligência moral, todavia esquecem-se na confissão de algum pecado mortal, pois vemos isto acontecer amiúde, e todavia isto não impede que sejam absolvidos. Omito outros muitos casos com fundamento nos quais sem margem para dúvida se pode mostrar que ninguém, para que a confissão seja íntegra, é obrigado a mais do que a fazer, conforme o humanamente possível, aquilo que pode para confessar todos os pecados, e se, por justa causa, não os pode confessar todos, isso não obsta a que possa ser sacramentalmente absolvido, se ofereceu matéria idônea para o sacramento.

Uma vez pois que os referidos escravos façam aquilo que podem para confessar todos os pecados, certamente depois de terem exposto alguns pecados através de gestos e sinais ou de outro modo, poderão ser sacramentalmente absolvidos, contanto que possam expor alguns, sobretudo uma vez que nesta eventualidade parece que a razão não é menor do que nos exemplos apresentados. Todavia a conclusão proposta deve ser entendida de tal maneira que, se por acaso houver algum confessor a quem os referidos escravos possam confessar mais explicitamente os seus pecados, no que tange àqueles que a integralidade da confissão exige, eles são obrigados a necessariamente confessar-se a ele, embora por devoção desejassem confessar-se a outro. E a conclusão entendida deste modo não há dúvida de que é verdadeira, pelo menos naquelas eventualidades nas quais a confissão é necessária, ou devido a perigo iminente de morte, ou por causa do preceito relativo à confissão anual. É que nesta eventualidade confessam os mestres que o penitente pode, se se interpõe justa causa, calar na confissão um ou vários pecados mortais, se considerar que, em consequência da confissão de algum pecado, correrá risco provável de morte, como resulta manifesto do que ensina Silvestre, *verbo Confessio, 1. q. 18*, Caietano, *verbo Confessio, conditione 10ª*, Medina, *c. De paenitentia*, a que se juntam Cano, Soto, Navarro e enfim os restantes.

Quando todavia a confissão não é necessária por força de algum preceito, não faltarão talvez os que neguem a anterior conclusão, porque os citados mestres na eventualidade referida afirmam que a confissão não necessária antes deve ser omitida do que partida a meio. Todavia a opinião deles não é a tal ponto certa que pelo menos na eventualidade referida o contrário não me pareça mais verosímil: pelo menos nos escravos de que agora tratamos. É que, [**115v°**] quem julga que um mudo só se pode confessar na quaresma ou por causa de perigo de morte, porque não pode expor através de gestos todos os pecados? E se alguém negar isto no mudo, negue que aquele que não se confessou antes de sete ou oito meses, e agora quer confessar-se por causa do jubileu, ou certamente movido por devoção da alma: negue, repito, que esta pessoa pode então confessar-se. Porque, embora dê mostras de diligência moral, todavia é verossímil que, uma vez que não há de expor todos os seus pecados, tanto em relação ao seu número, ou até à sua qualidade, e por isso não deve ser absolvido, a não ser quando por preceito é obrigado. Ora, um motivo idêntico se verifica nos escravos de que tratamos. Omito outros motivos, com fundamento nos quais considero que é sobremaneira provável que os referidos escravos se podem confessar e ser sacramentalmente absolvidos, não apenas quando são obrigados por motivo do preceito, mas também quando o confessor, por causa do espiritual proveito dos mesmos, julgar que é muito útil que se confessem e sejam absolvidos, pois eu de forma alguma aconselharia que tal se fizesse por toda a parte e frequentemente e sem grande probabilidade de proveito.

3ª Questão

Se, dando-se um súbito naufrágio, o único sacerdote que se encontrava a bordo, ouvindo um ou outro pecado de cada homem, pode absolvê-lo, deixando de parte os outros pecados, a fim de poder ouvir as confissões dos outros. Porquanto, se esperasse pela confissão completa de cada um, muitos morreriam inconfessos. E também se parecer necessário deixar ao penitente dizer tudo o que lhe ocorre.

Pretende-se saber se pelo menos é lícito ao confessor abster-se das costumadas e devidas perguntas a fim de poder vir em auxílio dos outros.

À terceira questão respondo: Antes de mais que, se concedermos que na eventualidade apresentada o confessor, verificando-se um iminente naufrágio, não pode interromper a confissão do penitente, mas deve escutar todos os pecados de que o penitente se lembra, embora por esse motivo veja que muitos hão de morrer sem confissão, deve seguir-se que assentemos que não é lícito ao confessor abster-se das perguntas que por preceito noutras circunstâncias [116] é obrigado a fazer, para poder por este modo mais rapidamente vir em auxílio dos outros. É que penso que todos pensam que isto claramente se segue daquilo, mas cumpre que se veja inteiramente se o confessor na eventualidade proposta não só pode prescindir das perguntas, mas interromper as confissões de cada um, ou seja, de tal maneira que, depois de ouvido um ou outro pecado de cada um, o possa absolver, deixando de parte os outros pecados, a fim de poder escutar as confissões dos outros, os quais caso contrário é provável que virão a morrer sem confissão.

Ora, a mim (salvo melhor juízo), parece-me ser mais verossímil a parte que afirma, a tal ponto que pode acolher-se sem escrúpulo. Em primeiro lugar, porque as razões estribado nas quais o Senhor Doutor Navarro defende na sua resolução a opinião contrária não vejo que tenham peso probatório. Com efeito, quanto ao que afirma acerca da integralidade da confissão, pelos argumentos que expendi na resposta anterior de sobejo fica manifesto que a tal ponto não é necessário que a confissão seja íntegra que por vezes, para uma legítima absolvição, pode bastar uma confissão reduzida a metade, quando, devido a justa e idônea causa, se omitem um ou vários pecados, mesmo que isto se faça de caso pensado. Daqui também resulta claro a eficácia que pode ter aquilo que afirma em primeiro lugar. É que do fato de o confessor ser juiz (consoante o define o Concílio de Trento) não se segue que ele não possa absolver o penitente, embora saiba que ele omite alguns pecados, desde que esteja ciente de que ele assim procede por justa causa. E tampouco se segue que o juiz profere sentença sobre coisas que não conhece, contrariando a lei (matéria sobre a qual veja-se *ff. de iudic.*), porquanto o confessor na eventualidade em apreço não pronuncia sentença própria nem diretamente, ou absolve o penitente de pecados não confessados, mas apenas indiretamente em virtude da graça que o sacramento confere, que apaga todos os pecados, algo que também vemos fazer-se nos pecados de que alguém sem má-fé se esquece. Daqui resulta que, se alguém mais tarde se puder confessar, é obrigado a fazê-lo daqueles pecados que por justa causa ou devido a esquecimento não se confessou, a fim de ser deles diretamente absolvido, algo que não sucederia se o confessor tivesse diretamente pronunciado sentença sobre eles.

Por outro lado, quanto ao que o mesmo Doutor afirma em último lugar para provar a sua opinião, não precisa de resposta. [**116v°**] Decerto que enquanto não se apresentam razões mais eficazes, não vejo por que motivo por tão justa causa não se pode reduzir a confissão e dar a absolvição. Nem considero que esta opinião seja contrária àquelas que os mestres ensinam em outras circunstâncias, sobretudo sendo certo que todos facilmente concedem que de mesma maneira que pode ocorrer uma justa causa da parte do penitente, que o obrigue a omitir na confissão alguns pecados, por exemplo, se julga que sobre ele impende algum grande perigo de alma ou de vida se confessar todos os pecados, assim também da parte do confessor pode dar-se alguma causa devido à qual não deva escutá-los todos. É que todos reconhecem que, quando o penitente compreende que, se confessar algum pecado, existirá grande perigo de o sacerdote incorrer em pecado, nesse caso pode e deve, não omitir a confissão (se se verifica preceito e obrigatoriedade de confissão), mas calar aquele pecado. Ora, da mesma maneira que o penitente pode omitir aquele pecado, assim o confessor, se estivesse ciente do mesmo perigo, poderia deliberar que o penitente omita então aquele pecado e que o confesse depois, quando se proporcionar o ensejo. Pelo que, se o confessor pode deliberar isto devido ao perigo que corre, por que razão não pode fazê-lo por causa do perigo de outrem? Pelo que, se pode fazer isto, poderá também para evitar o perigo de condenação eterna quer em si quer em outro. E não vai contra isto o fato de que, os que se encontram em perigo de naufrágio, poderem evitar o risco da condenação eterna através da contrição, pois todos facilmente entendem o quão difícil seja, no meio da enorme perturbação da tempestade e de um sem número de incômodos, sentir contrição: e mesmo que isto fosse óbice, decerto a confissão não deveria sequer cortar-se a meio por causa de perigo de pecar, uma vez que não existe nenhum tão provável perigo de pecar que não possa evitar-se nele o pecado de muitas maneiras.

Milita também a favor desta opinião o que o próprio Doutor Navarro, no cap. *Consideret, De paenitentia, d. 5 § Cautus n. 27*, juntamente com o Paludano, Caetano e quase todos os outros mestres, afirma, que a confissão por si mesma deve ser íntegra, todavia, por acidente ou por algumas situações que podem nela se verificar, por vezes pode fazer se não integralmente. Isto é, para me servir das palavras de Navarro: *Quando alguém se confessou ao pároco, e por este absolvido em relação a alguns pecados, confessa outros ao bispo ou ao penitenciário romano, ou a outro superior a quem pertença esta matéria, ou pelo contrário quando o penitenciário primeiro* [117] *ouviu só os pecados reservados e absolveu deles ou remeteu a um inferior a absolvição.* Estas as palavras de Navarro, com as quais parece aprovar a opinião que antigamente muito seguiram, a saber, a de que o superior pode ouvir a confissão unicamente dos pecados reservados, e sacramentalmente absolvê-los, por forma a que o penitente confesse os restantes pecados, que o superior devido às suas ocupações não pode ouvir, ao seu pároco, e destes seja igualmente absolvido. Se de fato Navarro crê que as ocupações do superior são uma justa causa em razão da qual ele só ouça pecados reservados e os absolva sacramentalmente, deixando de parte os outros pecados, por que motivo não hei de considerar que é uma causa muito mais justa o perigo daqueles que hão de morrer sem o sacramento, para que assim o confessor interrompa a longa confissão de cada um dos penitentes, para poder acudir a muitos?

Pelo que, se alguém objetar que aquela opinião acerca da confissão dos pecados reservados, que Navarro e outros aprovam, é rejeitada por muitos mestres tanto antigos como mais recentes, e foi por mim refutada na matéria relativa à penitência, facilmente respondemos que foi rejeitada porque na confissão dos pecados reservados raramente, ou nem mesmo raramente, parece que se verifica justa causa em razão da qual se deixe a meio a confissão e a absolvição, pois, por exemplo, se o bispo, devido às suas ocupações, ou por outro motivo, não pode ouvir a confissão completa do seu súdito, pode todavia ele mesmo, depois de ouvir os pecados reservados e atendendo à salvação do penitente, conforme achar que é necessário, enviá-lo sem absolvição sacramental ao seu pároco ou a outro sacerdote idôneo, para que sacramentalmente o absolva depois de feita a confissão de todos os pecados; a este também pode e amiúde deve encarregar de todo o processo. Pelo que, se não houvesse ninguém para ouvir a confissão integral do penitente, e o bispo se encontrasse impedido por tão graves ocupações que não pudesse protelá-las sem risco de muitas almas, nenhum mestre negaria que nessa eventualidade o bispo pode escutar apenas os pecados reservados e absolver sacramentalmente o penitente, de maneira a que este mais tarde, quando se oferecer o ensejo, se confesse dos restantes. Ora, embora, moralmente falando, isto não possa acontecer, tal não obsta a que, se acontecesse, assim se deveria proceder. [**117vº**] Pelo que, se isto é lícito, não vejo por que razão na eventualidade de que tratamos não seja lícito deixar a meio a confissão, e certamente que sobretudo neste caso parece que se aplica aquela passagem de São Bernardo, no livro *De dispensatione et praeceptis*, que diz *o que foi estabelecido a favor da caridade não deve militar contra a caridade*, que os mestres citam para ensinarem que o preceito relativo à integralidade da confissão não obriga de tal modo que por causa da salvação e bem do próximo por vezes não se omita. E quando mais exige isto a salvação do próximo do quando vejo que, se eu pretender insistir na integralidade da confissão, muitos irão morrer sem confissão? E sobretudo em circunstâncias em que, devido à enorme perturbação e à necessidade de fazer simultaneamente muitas coisas, é sobremaneira difícil sentir contrição.

A isto também acrescentaria que pode ser tão grande a necessidade que não só seja lícito deixar a meio as confissões de cada um, mas até escutar ao mesmo tempo as confissões de muitos, a saber, de tal maneira que, depois de o confessor ter escutado um ou outro pecado de vários penitentes, quer interrogando-os, que é mais fácil, quer por espontânea declaração dos mesmos, possa absolvê-los a todos com uma única absolvição sacramental: algo que na matéria relativa à penitência eu ensinei que era lícito, seguindo Ricardo, o Paludano, Silvestre, Medina e outros.

4ª Questão

Se é lícito na mesma província do Brasil aos portugueses comprar e vender entre si escravos que já possuem, sendo todavia manifesto e tendo-se por certo que muitos deles foram reduzidos à escravidão sem qualquer justo título, embora acerca daquele que já deve ser vendido não possa moralmente saber-se se foi feito escravo justa ou injustamente.

Em seguida, se é lícito aos mesmos portugueses comprarem aos nativos do Brasil outros nativos do Brasil que eles tomaram na guerra e fizeram escravos, sendo certo que não é possível saber-se com exatidão se eles foram tomados em guerra justa ou injusta.

Na quarta questão não se procura saber se é lícito vender ou comprar um homem livre que se sabe que é mantido em injusta escravidão, pois sem lugar para dúvidas todos estão de acordo em que este tipo de compra e venda, a não ser em algum caso especial, é totalmente injusto. A favor deste argumento deve consultar-se Soto, livro 4 de *De iust. et iure*, q. 2, a. 2, e Navarro, no *Manual de confessores*, [118] cap. 23, n. 96, embora na opinião de Navarro, que com outras tantas palavras pôs de parte na resposta à quarta questão, há pessoas que consideram que algo deve ser criticado. Mas, conforme eu disse, na pergunta aqui apresentada não se procura saber isso, pois apenas se procura saber se, quando não é manifesto nem pode ter-se a certeza se a pessoa que é vendida foi reduzida à escravidão de modo justo ou injusto, e todavia sendo sabido que desta raça de homens muitos foram injustamente reduzidos à escravidão, se nesta eventualidade é justo vender e comprar um homem nestas condições.

A esta pergunta considero que deve responder-se assim: É justo vender e comprar o homem que se possui como escravo se, da mesma maneira que se crê que entre os homens desta raça muitos foram convertidos em escravos por fraude ou através da violência, assim também se crê que dos mesmos homens muitos outros são obtidos por compra justa por terem sido capturados em guerra justa ou são vendidos pelos pais de acordo com os seus costumes pátrios, e a pessoa que primeiro trouxe o escravo da sua terra não goza de má reputação em relação a esse tipo de negócios ou eu não tenho conhecimento certo se dela goza. Prova-se porque não devo suspeitar ou presumir que o primeiro comprador comprou mal, porquanto não se presume mau quem não se prova que é mau, como é manifesto pelo capítulo

In cunctis, 11, q. 3, e no capítulo final de *de praesumptionibus*, e de outros passos de ambos os direitos, e facilmente se pode provar pela razão e pelo sentido natural da equidade. Daqui resulta que, as pessoas que compram e vendem escravos africanos em Portugal e em outros lugares, falando de modo geral, fazem-no sem prejuízo da sua alma, visto que, ainda que corra a fama de que foram reduzidos à escravidão enganados por certas coisas de pouquíssima importância, muitos também são vendidos aos portugueses depois de capturados por ladrões ou por inimigos em guerras injustas. Do mesmo modo também é manifesto que muitos são vendidos pelos pais de acordo com os costumes da sua pátria, muitos são tomados em guerra justa e também muitos são reduzidos à condição servil por motivo de crime.

Se todavia os escravos acima referidos foram trazidos para a escravidão daquelas regiões das quais é sabido que são muitos os que foram reduzidos à escravidão sem qualquer justo título, parece que poucos ou muito poucos se tornam legalmente escravos: considero que esta reputação é suficiente para que com maior probabilidade qualquer pessoa deva crer que é injustamente escravo aquele acerca do qual nada de certo se sabe, e por isso não parece lícito [**118vº**] vendê-lo ou comprá-lo para escravo. E até aquela pessoa que possui um escravo nestas condições, embora de início o tenha comprado de boa fé, quando depois se aperceber daquilo que eu disse, é obrigado a libertar o escravo, e a restituir-lhe o que ganhou com ele, ou pelo menos o montante em que se tornou mais rico mediante o trabalho dele.

Mas suponhamos que se trata de um escravo em tais condições que em relação a ele nem através daquele indício que mais acima apontei nem por outra via se possa saber com certeza se é escravo de direito ou de forma injusta. Decerto que, se a pessoa que possui um escravo nestas condições no início começou a possui-lo de boa-fé, pode conservá-lo e usar os seus serviços, todavia é obrigado a fazer as devidas diligências para conhecer a verdade, se pode existir alguma esperança de conhecê-la por alguma via.

Mas pode existir a seguinte dúvida: se a pessoa que no início começou a possuir de boa-fé e agora tem dúvidas e todavia não pode adquirir maior certeza sobre a justiça da escravidão, se, da mesma maneira que pode conservar o escravo e servir-se dos seus serviços, assim também o pode vender e outro dele o comprar. O motivo da dúvida é porque não basta uma dúvida igual para que alguém comece a possuir uma coisa justa. Por outro lado, quando por igual se duvida nos dois sentidos, se o escravo foi reduzido à escravidão com justiça ou sem ela, certamente que a pessoa que compra parece começar a possuir com dúvida igual. Mas, não obstante este argumento, a sentença contrária é verdadeira, pelo menos quando pela venda do referido escravo de modo algum se torna menos forte nem mais difícil a esperança de conseguir a liberdade, pois se, enquanto persistir tal dúvida, aquele que começou a possuir de boa-fé tem o direito de conservar o escravo e usar os seus serviços durante o tempo em que não for manifesta a injustiça daquela escravidão, por que motivo o mesmo tipo de direito não pode transferir-se para outro quer por venda quer por outro modo, subsistindo as referidas condições? Postas as quais, ao vender o escravo não comete contra ele injustiça alguma nem o coloca numa condição pior do que aquela em que estaria. Ora, quando não se pratica injustiça contra ninguém não existe motivo para que se considere a venda injusta. Pelo que, se aquele que começou de boa-fé a possuir o escravo, depois, surgindo a dúvida, não pudesse através da venda transferir para outro o direito que tem a conservá-lo, certamente que nem sequer por herança poderia, e assim, uma vez morto o possuidor, os seus herdeiros não poderiam conservar com o mesmo direito o escravo, e por isso este tornar-se-ia livre, e [119] passar-se-ia exatamente o mesmo em relação a qualquer outra coisa possuída da mesma forma: todavia, não sei se alguém há de dizer isto. De qualquer maneira, convém que na venda do referido escravo não se pratique injustiça alguma não só contra o escravo, mas tampouco contra o comprador, e deste modo é necessário que se afaste a dúvida em relação à justiça da escravidão.

A partir do que foi dito não será difícil responder à última parte da mesma questão, na qual se pretende saber se é lícito aos portugueses comprar aos nativos do Brasil outros nativos do Brasil que tomaram na guerra e que fizeram escravos, quando não se pode ter a certeza sobre se foram tomados em guerra justa ou injusta. É que, se os que vendem começaram a possuí-los de boa-fé e agora surgir a dúvida sobre a justiça dessa escravidão e não puder ter-se a certeza, para mim é mais provável que o possuidor possa vender o escravo com as condições acima supostas, e por isso que o comprador possa comprar e depois conservar com o mesmo direito com que o vendedor podia conservar e usar dos seus serviços. Mas se o vendedor começou a possuir de má-fé, nesse caso não pode vender nem conservar, e por isso tampouco pode outrem comprar-lhe. Pelo que, se o comprador por justas causas tem dúvidas sobre se a guerra em que o escravo foi capturado fora justa ou injusta, e sobre se a pessoa que o tomou começou a possuí-lo de boa ou má-fé: não é lícito comprar um escravo nestas condições, a não ser talvez se alguém comprar para através da compra o arrancar de grave necessidade, e não é pouco provável que seja igualmente lícito para o arrancar da extrema necessidade, em conformidade com os ensinamentos de Navarro, no *Manual*, capítulo 23, n. 96, embora outros não sem probabilidade neguem em relação à extrema necessidade.

5ª Questão

Se o pároco por autoridade própria pode pôr de parte as proclamas que é costume publicar antes do matrimônio, uma vez que o Concílio de Trento não parece proibi-lo.

À questão apresentada o Senhor Doutor Navarro responde negativamente, e eu creio que a sua resposta é verdadeira naqueles lugares em que, por constituição sinodal ou por prática consuetudinária, o poder de pôr de parte as costumadas proclamas do contrato de matrimônio foi reservado aos bispos. [**119v°**] Caso contrário, olhando a coisa em si mesma, depois do decreto do Concílio de Trento considero que é mais provável que o pároco possa por sua própria autoridade, não certamente omitir por completo, mas todavia pospor as proclamas que antes do casamento por direito costumam ser publicadas, não certamente sem ponderação e por seu capricho, mas quando uma justa causa parecer pedir essa medida, como é aquela que o Concílio de Trento aponta na sessão 24, capítulo 1 do *Decreto de reforma do matrimônio*, com estas palavras: *Se em alguma ocasião houver suspeita de que se pode impedir maliciosamente o matrimônio se se fizer tão grande número de proclamas, nesse caso faça-se unicamente uma, ou pelo menos celebre-se o matrimônio na presença do pároco e de duas ou três testemunhas.* Com estas palavras facilmente qualquer um entenderá que o Concílio expõe o que o pároco pode fazer por sua própria autoridade, uma vez que as consigna no mesmo teor com o que faz para o que está antes, onde é manifesto que o Concílio assenta o que o pároco por inerência do seu cargo deve fazer na celebração dos matrimônios, e por isso considero que o Concílio não só não proíbe o pároco de pospor as costumeiras proclamas (como se diz na questão que foi proposta), mas claramente concede que por justa causa possa pospô-las, e por isso, embora antes deste decreto do Concílio não fosse lícito pospor no matrimônio esta espécie de proclamas, devido aos motivos que foram estabelecidos no Concílio de Latrão, celebrado no pontificado de Inocêncio III, acerca dos quais veja-se o capítulo *Cum inhibitio*, acerca da dispensa secreta, hoje todavia isso fazem com pleno direito seu, tal como também pensa Afonso de Vera Cruz, no apêndice ao *Speculum coniugiorum*, *dub. 1º*, *conclusione 3ª*. Por isso, se alguém objetar que o Concílio de Trento afirma que na determinação destas matérias segue as pisadas do Concílio de Latrão, e por isso não quer que nesta época seja lícito senão aquilo que o Concílio de Latrão tinha querido: deve responder-se que o Concílio de Trento segue as pisadas do Concílio de Latrão até ao ponto de ordenar que se publiquem antes do matrimônio três proclamas; mas que isto não impede que atribua aos párocos a faculdade de posporem este tipo de proclamas, se parecer que uma justa causa tal exige, da mesma maneira que não impede que o bispo por justa causa possa suprimir por completo as proclamas, algo que, de acordo com o decreto do Concílio de Latrão, Navarro, antes do Concílio de Trento, punha em dúvida se o bispo podia.

Por outro lado, embora o pároco antes do matrimônio contraído por justa causa possa fazer duas proclamas ou omitir todas, todavia é obrigado a fazer proclamas na igreja antes da consumação do matrimônio [120] para que, se existirem ocultos alguns impedimentos, mais facilmente se descubram. Ora, nesta eventualidade só o ordinário poderá dispensar totalmente das proclamas, se julgar que tal é conveniente; o pároco, porém, só poderá com autoridade do ordinário, como é manifesto pelas seguintes palavras do Concílio: *Antes da consumação façam-se proclamas na igreja; para que, se existirem ocultos alguns impedimentos, mais facilmente se descubram: a menos que o próprio ordinário julgar conveniente que se dispensem as referidas proclamas, algo que o santo sínodo deixa à sua ponderação e avaliação.* Por aqui se prova que, quando o Concílio concede particularmente aos bispos a faculdade de dispensar das proclamas, não faz isto para que seja lícito aos bispos pospor as proclamas quando se contrai matrimônio, pois isso pouco antes também se concedera aos párocos, mas só para que depois de contraído o matrimônio se possam omitir inteiramente as proclamas que não tinham sido publicadas, algo que reconhecemos que os párocos não podem fazer.

Isto que dissemos acerca do poder do pároco queremos que se receba sem prejuízo de melhor opinião, e também a isto acrescentamos que os párocos, mesmo se julgarem que as proclamas devem ser pospostas por justa causa num matrimônio, ainda assim, na medida do que lhes for possível, devem procurar saber se existe algum impedimento que obste a que se contraia o matrimônio, como consta do capítulo *Cum inhibitio*, pouco atrás citado.

Gaspar Gonçalves

[120vº]

Resoluções do Pe. Molina

1º: Na província do Brasil, Pedro, senhor de um certo engenho de cana de açúcar, pretende vender o referido engenho e assim compromete-se por contrato e põe por escrito que vende o seu engenho, com a posse da terra em toda a sua extensão, com a totalidade dos canaviais, dos escravos, das juntas de bois, nomeando a casa do engenho com os seus móveis e alfaias domésticas, e dizendo que vende tudo isto, que provavelmente valeria em dinheiro quinze mil moedas de ouro, se nesta terra se encontrassem, por trinta ou trinta e cinco mil moedas de ouro, a serem pagas por um prazo de nove ou dez anos, e por este modo: o comprador entrega de imediato uma certa parte do preço através de letras de câmbio para o reino de Portugal ou quita as dívidas do vendedor e algum dia salda alguma parte em dinheiro, e pelo restante paga em cada ano tantos milhares de sacos de açúcar e tantos milhares de moedas de ouro, até atingir o preço contratado de trinta ou trinta e cinco mil moedas de ouro, e na medida em que a quitação é mais ou menos diferida, mais ou menos certa, assim se aumenta ou diminui o preço. E este é o modo comum de vender engenhos de açúcar e correntemente bem aceito e que certos escusam tendo em consideração que nesta região nunca se encontra tão grande quantidade de dinheiro que corresponda ao que vale esta espécie de engenhos, e o vendedor não considera que trinta ou trinta e cinco mil em dinheiro pagos do referido modo valham mais do que quinze mil em numerário.

Pretende-se saber se este contrato pode aceitar-se, se não na totalidade, pelo menos em parte, e a que tem direito o vende-

dor, que assim contratou, pelo lucro cessante, e de que modo, em seguida, se pode concluir de modo seguro este contrato em ambos os foros, ou pelo menos no foro da consciência. É que a resolução deste caso é de tão grande peso que importa no montante de quinhentas moedas de ouro.

[121]

Respondo que, se o referido contrato absolutamente se considera, na medida em que, por esperar o pagamento por aqueles nove ou dez anos, se acrescenta tanto no preço sobre quanto valia se se pagasse em dinheiro pago logo em contado, o contrato é injusto e usurário com usura disfarçada, porque a espera do preço é virtualmente emprestar-lhe, e assim, acrescentar tanto no preço pela espera é, por empréstimo virtual, ficar com o dito acréscimo do preço, algo que é manifesta usura, com obrigação de restituição de tudo com que se fica para além do estrito preço justo pelo qual se houvesse de vender o referido engenho a dinheiro de contado. E assim, se o justo e estrito preço mais elevado em que se haveria de vender a dinheiro de contado era quinze mil ducados, tem de restituir-se os outros quinze ou vinte mil ducados que se levaram a mais.

Todavia, pode considerar-se lícito o referido contrato no todo ou em parte de acordo com os princípios seguintes:

O primeiro: "em consequência do lucro cessante". Porque, se o que vende tivesse de empregar os quinze mil ducados pagos de contado em propriedades nas quais nos nove ou dez anos houvesse de investir o que leva de acréscimo ou grande parte disto, teria de negociar então com aquele dinheiro. No quanto se avaliar o lucro de que se priva devido à espera, é o tanto que pode acrescentar ao preço para além do justo e rigoroso em dinheiro de contado.

Em decorrência deste princípio nem todos os vendedores podem ser isentados de culpa, a não ser exclusivamente os que empregaram o dinheiro em coisas que lhes deram renda e os que negociaram com ele. Nem todos estes hão de ser isentados de culpa na decorrência deste princípio de modo igual, mas sim em conformidade com a avaliação do lucro de que se privam por não se lhes dar o preço em dinheiro de contado, avaliando o lucro de acordo com o que vale enquanto dele há esperança e tendo em atenção as demais circunstâncias, [**121v°**] e prestando atenção para ver se, por estarem livres do trato, buscam alhures alguma compensação ao lucro, porque o que compensam deixam de ter como lucro cessante e, por derradeiro, deve-se ponderar bem se deveras cessa o lucro e em quanto se deve avaliar em cada ano, tendo em consideração as circunstâncias que concorrem, e atendendo a que em cada ano vai diminuindo a dívida do preço pelo que se lhes vai pagando em cada ano. E o meu parecer é que nesse caso particular, tendo em atenção as circunstâncias daquilo que se vende e como se vende, e da região, que não tem dinheiro, não é necessário consignar-se expressamente no contrato o lucro cessante para se poder aumentar no preço aquilo que nele se fixa e avalia.

O segundo é: se o referido lagar ou engenho de açúcar de fato vale mais de quinze mil ducados, mas por falta de dinheiro na região, em que não se pode encontrar tal quantidade, tendo de vender-se em dinheiro de contado, era obrigado quem assim o quisesse vender a oferecê-lo por quinze mil ducados, e é este o motivo por que em dinheiro de contado o preço comum rigoroso dele são quinze mil ducados: digo que, vendendo-se da maneira que se indica no modo que é apresentado, pode-se subir no preço quanto mais vale em si mesmo esperando pelo preço, e tomando-o da forma pela qual comodamente se lhe pode ir pagando. Temos exemplo nos mercadores que trazem por mar ou levam às feiras tamanha quantidade de mercadorias que se quisessem vendê-las todas por dinheiro à vista ser-lhes-ia forçoso baixar muito no preço que valem em si mesmas, tendo em consideração os compradores e os diversos lugares a que teriam de levá-las para deste modo suscitar novos compradores que com dinheiro à vista venham comprá-las, que não haveriam de comprá-las pelo preço comum e que de fato elas valem. Digo pois que, da maneira que neste caso é lícito vender fiado estas mercadorias pelo que elas valem em si, [**122**] apesar de que, se todas se houvessem de vender a dinheiro à vista, deveriam vender-se por muito menos, e aquele seria o seu justo preço naquele modo de vender à vista, e assim, ainda que o referido engenho, devido à falta de dinheiro que existe na terra, se se quisesse vender por dinheiro à vista, o seu justo e comum preço teria sido quinze mil ducados, por ser necessário baixar nele dessa maneira: neste este outro modo de vender, adaptando-se à falta de dinheiro que se verifica na terra, e esperando daquele modo pelo pagamento, pode-se subir no preço quanto vale em si, o qual é também preço justo neste outro modo de vender.

O terceiro é: se no Brasil, devido à escassez de numerário, pagando-se tantas arrobas de açúcar a dinheiro à vista, se dão por preço menor que pagas em troca de outras mercadorias, avaliando-se umas e outras mercadorias (tal como ouço dizer que é o modo comum de compra e venda no Brasil no comércio por grosso), nesse caso digo que pelo engenho de açúcar pago em tantos anos por tantas arrobas de açúcar em cada ano, pode-se subir no preço do que vale em dinheiro à vista na proporção em que o açúcar comprado por troca de outros produtos se vende mais caro do que se venderia por dinheiro à vista.

O quarto é que, se alguma coisa se paga com letras de câmbio, que se descontem aqui em Portugal por conta do comprador, uma vez que aqui o dinheiro vale menos do que no Brasil, devido à muita abundância de dinheiro que há aqui, e à muita falta lá, poder-se-ia subir no preço em dinheiro amoedado pago aqui sobre o que valia se lho desse lá na proporção do quanto vale mais o dinheiro lá do que aqui, de maneira que, se a taxa do câmbio do Brasil para aqui é de cem,[44] que se deem aqui por noventa que se deem lá, e se a taxa de cá para lá é de cem, que se deem aqui por **[122vº]** noventa que se recebam lá, tendo em consideração que o dinheiro vale mais lá do que aqui, e pela maior necessidade que lá dele têm os mercadores do que aqui, poder-se-ia subir o preço pago aqui numa décima parte do que vale lá, pago lá em dinheiro à vista.

O quinto é que, quando o pagamento por tantos anos fosse menos seguro e sujeito a incômodos e gastos para cobrá-lo, tendo em atenção a pessoa do comprador e outras circunstâncias que se podem verificar, poder-se-ia acrescentar ao preço aquilo que por avaliação de uma pessoa justa e sensata se jul-

---

[44] O texto castelhano de Molina reza: *si la plaza del cambio del Brasil para aca es a ciento*, modo de dizer que tem correspondência no português clássico, como pode depreender-se do seguinte passo da entrada reservada ao vocábulo *câmbio* no *Dicionário da Língua Portuguesa*, de Antônio Moraes Silva, edição da Tipografia Lacerdiana, Lisboa, 1813: "*Estar o câmbio a tanto com tal praça*: dar-se nela uma soma maior ou menor segundo as circunstâncias por outra certa soma de outra praça. V. g.: *O câmbio de Lisboa com a praça de Londres está ou corre hoje a 75*: i. e., por cada mil réis que hoje se cambia mandam dar em Londres 75 pences ou dinheiros esterlinos."

gasse valer o perigo que o vendedor corre por este lado. Mas para que seja lícito por este motivo aumentar o preço, é necessário que de modo formal ou virtual tal se consigne no contrato, declarando-se ao comprador que por este motivo se aumenta o preço, e dando ele a isto o seu assentimento, porque pode querer comprar somente a coisa, e não o risco em que incorre o vendedor, e por ele nada deve, a menos que o queira comprar, e quanto mais estando consignado no contrato de modo formal e virtual. Mas nada pode receber-se por uma maior ou menor dilação na quitação da dívida, porque seria usura disfarçada receber isso como um empréstimo virtual.

Fundado nos princípios expostos, vejo que pode dar-se como lícito o referido contrato; se, porém, deve ser dado como lícito no todo ou em parte ou em nada, depende das circunstâncias que se verificarem, as quais não se podem ver daqui, e assim há de avaliar-se lá em relação a cada caso, tendo em atenção as circunstâncias: o quanto se há de considerar como lícito e o quanto não, e até se se há de mandar restituir, ou não; quanto ao futuro, se só se subir no preço quanto (com fundamento nos princípios expostos, tendo em consideração as circunstâncias que se verificam) é lícito, segundo avaliação de um homem de honra e sensato: o contrato será justo no foro íntimo e externo; [**123**] caso contrário, será injusto e usurário, com obrigação de restituir o acréscimo.

O meio seguinte eu sugeriria para os contratos que se vierem a fazer no futuro: que não se fizesse contrato simples de compra e venda, mas misto de compra e venda e de contrato de sociedade, na forma seguinte. Que, se o engenho em dinheiro de contado se avalia em quinze mil cruzados, e de momento se paga apenas um quinto, a saber, três mil cruzados, e os outros doze mil se hão de pagar durante certo número de anos a tanto em cada ano. Que seja da maneira seguinte: que o domínio do engenho seja misto ou repartido pelo comprador e vendedor enquanto não conclui o pagamento, e que proporcionalmente ao preço que o comprador for pagando, assim vá adquirindo maior ou menor parte do domínio em relação ao vendedor. De maneira que, quando acabar de pagar o preço, o domínio seja inteiramente seu, e que pelo tempo em que este não é totalmente seu, celebrem juntamente contrato de sociedade na seguinte forma: que o comprador ponha pela sua parte a atividade e todos os gastos, e reponha as alfaias e instrumentos necessários, e assegure os escravos e bois de maneira que, se algum morrer, seja reposto à sua custa, e vendo-se aquilo a que por isto tem jus, atendendo-se a que todos estes gastos e atividade perecem, e ao que é justo que se acrescente ao capital, daquilo que se julgar que deve acrescentar-se ao capital, como se fosse metade ou um terço, tenha o vendedor do engenho proporcionalmente à parte que dele possuir e o comprador o restante.

Como no primeiro ano o vendedor tem quatro partes e o comprador um quinto, pois tem apenas um quinto de domínio no capital, e nos anos seguintes na proporção em que aumentar o domínio do comprador sobre o capital e diminuir o do vendedor, nessa proporção aumente o que, dos rendimentos que correspondem ao capital, [**123v°**] tiver de receber o comprador, e diminua o que tiver de receber o vendedor. E se fosse necessário que nos primeiros anos o comprador recebesse mais para melhor poder suprir aos gastos, poder-se-ia ressarcir o vendedor nos anos seguintes, em que deveria receber menos: como se, por exemplo, o preço todo do engenho se tivesse de pagar em dez anos, poder-se-ia dar em cada ano ao vendedor a metade dos réditos que viessem ao capital, porque, desta maneira, aquilo que ele tivesse de levar a mais nos cinco primeiros anos, haveria de levar a menos nos cinco últimos. Pode levar estes réditos para além dos quinze mil ducados pagos em dez anos, porquanto nos referidos anos possui parte do domínio do capital, e por isso rende para ele de modo lícito, situação que não se dá quando o engenho se vende fiado por preço pago em dez anos, passando-se depois todo o domínio dele para o comprador, porque só então dá rendimento ao comprador.

Mas note-se que, naquele meio tempo em que o vendedor possui parte do domínio, se o engenho e terras deste perecessem, devido a casos fortuitos de guerra ou de outras causas, o vendedor perderia a parte que nele tinha, e assim, dos quinze mil ducados do preço, não seria obrigado o comprador a pagar o que correspondesse ao domínio que o vendedor ainda nele possuía.

2º: Existe em Pernambuco um número quase infinito de escravos originários da Guiné que na sua maioria são cristãos; todavia poucos falam português de modo a poderem confessar-se bem, ao passo que os restantes falam geralmente de tal maneira que não pode entender-se muito do que dizem e assim quando se confessam o confessor não consegue compreendê-los perfeita e inteiramente, daqui procedendo que ficam privados do remédio da confissão.

Pretende-se saber se esta espécie de escravos podem ser absolvidos, visto que eles pela sua parte se confessam inteiramente, isto é, dizem [124] *todos os pecados da maneira que sabem e assim fazem tudo o que está na sua mão fazer, ainda que o confessor em grande parte não os entenda, sobretudo uma vez que não há tradutor nem existe esperança alguma de que hão de aprender a falar melhor ou de modo mais inteligível, pelo menos a breve trecho. De que modo, por conseguinte, há de haver-se com eles o confessor?*

Respondo: que podem e devem ser absolvidos, mesmo que exista a esperança de que mais para diante saberão falar melhor, porque, durante o tempo em que não têm com quem se possam confessar melhor, fazem o que está ao seu alcance, e a confissão só por acidente é parcial. E em relação a não poderem explicar-se ou compreender melhor, entende-se que não têm recurso a confessor, e não é justo que estejam tanto tempo sem usarem os sacramentos, nem foi esse o desígnio de Cristo no preceito da confissão e no estabelecimento deste sacramento. Todavia, hão de ser advertidos de que, logo que souberem exprimir-se melhor em português, devem fazer confissão geral, pelo menos das omissões e do que não foi entendido, tal como estão obrigados.

3º: Uma vez que se sabe que grande parte dos escravos são ali mal e injustamente havidos: pretende-se saber se podem ser comprados com boa consciência ou que diligência é obrigado a fazer o comprador depois que os compra desta maneira e depois, se os comprar, sobretudo com aqueles que foram capturados em guerra e há dúvida sobre se aquela guerra é justa, e que há de fazer o confessor com os compradores desta espécie em relação ao passado e ao futuro. Além disso, sendo certo que os inimigos matam e comem esta espécie de escravos, se não os venderem aos cristãos.

Pretende-se saber se podem ser justamente comprados. Há quem diga que não podem ser comprados, porque, uma vez que eles se encontram em necessidade extrema, os cristãos são obrigados a libertá-los de graça, se podem. Mas outros dizem que estes escravos não se encontram em necessidade extrema, uma vez que possuem algo para vender: a saber, a si mesmos. Daqui se segue que eles podem ser justamente comprados: a saber, porque naquela situação podem [**124v°**] *vender-se a si mesmos.*

Dar-se-á resposta satisfatória a todas as questões que se contêm neste caso se se transcrever aqui o que dissemos no tratado 1° do *De iustitia*, *disputatio 18*, desde o parágrafo *A quibus titulis*, até o final,[45] e se juntar o que dissemos na matéria relativa à "Esmola", no comentário à *Secunda Secundae*, q. 32, a. 5, *disp*. 4, *concl*. 7.[46]

4°: Quando sobrevém um risco tão repentino de naufrágio que o confessor não pode ouvir as confissões completas de todos:

Pretende-se saber se, depois de ouvidos dois ou três pecados de uma pessoa, pode absolvê-la, e assim em relação às restantes, de tal maneira que possa ouvir a todos em confissão, com intenção e desígnio todavia de posteriormente, se for possível, ouvir integralmente as confissões de cada um. Ou, no caso de que o confessor seja obrigado então a deixar o penitente dizer

---

[45] Na edição de 1594, do tomo 1° do *De iustitia*, publicado em Veneza *apud Minimam Societatem*, as *disputationes* que constituem o tratado 1° não alcançam aquela cifra. Como se sabe, a matéria relativa à escravatura pertence às *disputationes* 32 a 40 (colunas 168 a 228, nesta edição) do tratado 2°.

[46] Conforme já se disse na introdução, na BGUC, com o n° 1851, encontra-se o manuscrito contendo as apostilas relativas às aulas que Molina consagrou ao comentário das questões 17 a 46 da *Secunda Secundae* de Santo Tomás.

o que lhe ocorre, pretende-se saber, se o penitente depois disser que não se lembra de mais nada, se o confessor pode absolvê-lo sem lhe fazer mais perguntas.

Respondo: e, quanto ao que se pergunta em primeiro lugar, que tal é lícito e se deve fazer, quando existe o perigo de que, se tal não se fizer, alguém há de morrer sem confissão, e a razão é esta: visto que aquilo é tão-só reduzir a confissão de modo acidental e devido a um motivo razoável, a saber, para evitar que alguém morra sem confissão e o sacramento mediante o qual de atrito se torna contrito, e assim corra o risco da perdição eterna: algo que é lícito, pois se, a fim de evitar incômodos próprios ou dos próximos, é permitido abreviar a confissão de modo acidental, conforme se ensina e discute ao tratar da matéria da confissão, por maioria de razão será lícito reduzi-la, a fim de evitar um perigo tão grande dos próximos, e para conseguirem um tão grande proveito, como é o aumento da graça, algo que conseguirão recebendo neste ensejo o sacramento, se anteriormente se encontravam em graça, e firmeza e coragem para deixarem esta vida, para além da satisfação que alcançam pela obra operada. E, assim como, quando alguém se encontra em situação de risco de morte e existe o perigo de que, se se esperar mais tempo, esquadrinhando a consciência do penitente e continuando com a confissão, ele morra sem absolvição, se dá um impedimento lícito para a absolvição e se prossegue depois a confissão, da mesma maneira no caso proposto, porque que existe o perigo de que, [125] se assim não se proceder, alguém morra sem absolvição, licitamente se abreviam de modo acidental as confissões de cada um, e se dá a absolvição, tomando de cada um matéria de confissão e absolvendo cada um, e depois se continuam as confissões de cada um conforme houver tempo, esforçando-se mais por conduzir cada um à verdadeira contrição e ao propósito de não voltar a pecar, do que em gastar o tempo escutando os seus pecados.

Digo mais que, se não há tempo para ouvir as confissões deles isoladamente, recebendo de cada um matéria de confissão e absolvendo-o, será lícito ouvir de todos, confessando-se publicamente em conjunto, algum pecado, e lançar sobre todos uma única absolvição, dizendo: "Eu vos absolvo *etc.*".

Para corroboração e ilustração do que se disse neste caso e no segundo que o precedia, transcreva-se aqui o que expusemos sobre se, em tempo de peste, é suficiente aos confessores receber matéria de absolvição dos que estão atacados por esse mal e examinar se deve fazer-se alguma restituição, e velar por que nesta parte se faça, se o penitente é obrigado a por então fazer alguma coisa, e, esforçando-se por levá-lo e movê-lo à contrição, absolvê-lo.

5º: Pretende-se saber se o pároco por autoridade própria pode pôr de parte as proclamas que devem preceder o matrimônio, visto que o Concílio de Trento não parece proibi-lo.

Respondo pela negativa: mas que isto incumbe ao bispo, porque desse modo tem sido recebida pelo costume e entendida aquela lei, e porque está atribuída ao bispo a decisão relativa às proclamas. Todavia, chamo a atenção para o fato de que, uma vez que esta jurisdição, quer pertença ordinariamente ao bispo, quer tenha sido concedida como acrescentada, pertence à jurisdição ordinária do bispo, este pode delegá-la, em conformidade com aquilo que mais extensamente escrevemos no tratado 2º do

De iustitia, *disputatio 19*, *§ 4 Excipiuntur religiosi*, e no tratado 4º, *disputatio 4*, desde o *§ Illud est aduert.* No Brasil, porém, onde é difícil o acesso ao bispo, é conveniente que este delegue esta jurisdição ao pároco ou [**125vº**] a outros, com as restrições que lhe parecer convir, ou sem elas.

Padre Molina

Textos
Originais

BPE, códice CXVI / 1-33

[100]

IESVS

Circa Indorum matrimonia aliquorum Patrum sententiae

Bulla Pii Quinti

Pius, Papa Quintus, ad perpetuam rei memoriam: Romani Pontificis aequa et circumspecta prouidentia, ne ea, quae pro salutis Indorum nouiter ad fidem conuersorum et conuertendorum directione sanciri debent et terminari, alicuius haesitationis scrupulo subiaceant declarationibus et aliis opportunis consueuit prouidere remediis. Cum itaque, sicut accepimus, Indis in sua infidelitate manentibus plures permittantur uxores, quas ipsi etiam leuissimis de causis repudiant: hinc factum est quod recipientibus baptismum permissum sit manere cum ea uxore quae simul cum marito baptizata exsistit, et quia saepenumero contingit illam non esse primam coniugem, unde tam ministri quam episcopi grauissimis scrupulis torquentur, existimantes illud non esse uerum matrimonium; sed quia durissimum esset separare eos ab uxoribus cum quibus ipsi Indi baptismum susceperunt, maxime quia difficillimum foret primam coniugem reperire, ideo nos statui dictorum Indorum paterno affectu benigne consulere, atque ipsos episcopos et ministros huiusmodi scrupulis eximere uolentes: motu proprio et ex certa scientia ac de Apostolicae potestatis plenitudine, ut Indi, sicut praemittitur, baptizati et in futurum baptizandi cum uxore, quae cum ipsis fuerit baptizata et baptizabitur, remanere habeat tamquam cum uxore legitima, aliis dimissis, Apostolica auctoritate [100vº] *tenore praesenti declaramus, matrimoniumque huiusmodi legitime inter eos consistere, sicque per quoscumque iudices et commissarios, quauis auctoritate fungentes, sublata eis et eorum cuilibet quauis aliter iudicandi ac interpretandi facultate et auctoritate iudicari ac definiri debere. Et si secus super his a quocumque quauis auctoritate, scienter uel ignoranter, contigerit attentare, irritum et inane decernimus, non obstantibus quibusuis Apostolicis ac in prouincialibus ac in synodalibus conciliis editis generalibus uel specialibus constitutionibus, et ordinationibus ceterisque contrariis quibuscumque.*

Datis Romae apud Sanctum Petrum sub anullo Piscatoris. Die 2 Augusti anno 1571, anno 6 nostri pontificatus.

Haec ad litteram, ut refertur 3ª parte "Speculi coniugiorum", conclusione quinta.

Quaeritur utrum mancipia, quae ex Aethiopia singulis annis in Brasilicam regionem deferuntur, si baptizantur, possint transire ad secundas nuptias uiuente adhuc priore coniuge in Aethiopia relicto, cum quo propter distantiam loci et conditionem seruitutis non possunt simul cohabitare.

[*FERNÃO PÉREZ I:*]

Ad hanc quaestionem Pater Ferdinandus Perez respondet affirmatiue, existimat enim hanc partem sicut magis piam ita esse probabilem et sequendam. Probat eam potissimum ex diplomate supra posito.

Fernão Perez

[*GASPAR GONÇALVES:*]

Circa hoc quaeri potest: utrum diplomate citato Summus Pontifex satis declarasse uideatur matrimonium in infidelitate contractum, quando alter coniux ad fidem conuertitur, dissolui posset, si modo is qui conuertitur propter loci distantiam coniugem alterum habere non potest, sine altera ipsius culpa, aut saltem utrum ex iis, quae Summus Pontifex declarat, licitum id esse ita colligatur ut sine scrupulo serui, de quibus in nostra quaestione agitur, [**101**] transire possint ad secundas nuptias.

Ad hanc quaestionem respondeo partem affirmatiuam ita esse probabilem ut quis eam non immerito sequi possit. Pro qua re aduertendum est Summum Pontificem in proposito diplomate nullum nouum ius statuere neque dispensationem aliquam adhibere, sed solum declarare si infidelis plures uxores tempore infidelitatis duxerat, et postea ad fidem conuertatur, ualide matrimonium contrahere cum ea uxore, quae cum ipso baptizata fuerit, quamuis ea non sit prima, si modo primam reperire non possit. In hoc enim euentu solum modo intelligendum esse decretum Summi Pontificis recte adnotauit Alfonsus a Vera Cruce et omnino colligitur ex capite Gaudemus, de diuortiis. Quod autem hac in re nulla interueniat dispensatio aut noui iuris constitutio, sed sola antiqui iuris declaratio, patet ex iis uerbis quibus hac in re Summus Pontifex utitur: "Apostolica", inquit, "auctoritate tenore praesenti declaramus matrimonium huiusmodi legitime inter eos consistere". Non posset autem Summus Pontifex declarare hoc secundum matrimonium ualidum esse, nisi censeret matrimonium in infidelitate cum prima contractum dissolui posse quando maritus ad fidem conuersus primam coniugem reperire non potest. Quasi censeat Summus

Pontifex quemadmodum in eo euentu quo coniuge uno ad fidem conuerso, alter habitare cum illo renuit, fas est coniugi conuerso, soluto priore, matrimonium secundum contrahere, ne conuersus ad fidem sine coniuge uiuere compellatur: sic idem fas esse, quando qui ad fidem conuertitur non potest eam coniugem reperire cum qua matrimonium in infidelitate contraxerat, quamuis huiusmodi matrimonium in lege naturae ualidum fuerit. Quod, si hoc Summus Pontifex **[101vº]** declarat, certe in casu Aethiopum, de quo in principio quaerebamus, uidetur idem esse dicendum, cum iis in Brasiliam productis fas omnino non sit, propter loci distantiam et incommodum seruitutis, ullas reperire coniuges quas antea, cum essent infideles, in sua patria duxerant, nec spes ulla sit simul illos uiuere posse.

Quod, si quis obiiciat Summum Pontificem de illorum tantum Indorum matrimonio agere qui uera matrimonia tempore infidelitatis non contrahunt, cum plures ducere soleant et leuissimis de causis illas repudient, et proinde, quando contrahunt, non uideantur habere intentionem faciendi contractum insolubilem quod est de ratione matrimonii: responderi potest huiusmodi errorem in Indis non tollere quominus uerum matrimonium cum prima uxore contrahere possit, ut colligitur capite Gaudemus, de diuortiis, et in materia de matrimonio copiosius ostendemus.

Potest tamen, secundo, obiici Summum Pontificem in diplomate superius posito non agere de omnibus infidelibus ad fidem conuersis, sed de iis tantum qui plures uxores in infidelitate duxerant; deinde non asserere matrimonium quod infidelis contraxerat cum prima uxore dissolui posse, nisi ad contrahendum cum ea quam iam antea duxerat in infidelitate, et postea ducit in lege gratiae, [quin] simul baptizata est; et ad hunc effectum declarare matrimonium cum prima quae non reperitur dissolui posse, quare durissimum esset, quando prima non reperitur, eam deserere quae tunc baptizata est et cui iam antea assueuerat. Hoc enim est quod indicat Summus Pontifex his uerbis "quare durissimum esset separare eos ab uxoribus cum quibus ipsi Indi baptismum susceperunt, maxime quia difficillimum foret primam coniugem reperire." Haec autem ratio et difficultas non proinde locum habet in iis qui unam tantum duxerant in infidelitate uel, si plures duxerant, nullam modo ex iis habent cum qua contrahant, sed cum alia contrahere uolunt, quam prius omnino non norant. His enim non adeo durum est sine coniuge uiuere, cum propriam [**102**] coniugem absentem habeant, et proinde uehementius hic quam ille a fide suscipienda auertaretur. Quod, [ut] aliquis dicere potest matrimonium in infidelitate contractum solui posse quoties alioqui difficultas oriretur ad fidem suscipiendam, si matrimonium quod ante ualidum erat non dissoluatur, profecto non est uniuersum nec in aliis euentis temere admittendum, nisi in iis quibus id diuina auctoritate factum ex Paulo et Summorum Pontificum declaratione didicimus.

Ponamus enim uxorem, quam quis in infidelitate duxit, leprae morbo laborare uel quouis alio huiusmodi ut propter uerisimile contagionis periculum difficile adduci possit is, qui ad fidem conuersus est, ut ipsa pro uxore utatur, nec tamen is morbus eiusmodi sit ut cito moritura credatur. In hoc casu, si uxor conuerti uelit, nemo, ut opinor, dixerit posse matrimonium, cum ea tempore infidelitatis contractum, dissolui, et tamen ex hoc euentu datur difficultas suscipiendi fidem, cum conuersus ad fidem cogatur sine uxore manere quamdiu prior uxor uixerit, cum tamen, iuxta suos ritus, si ad fidem non conuerteretur, aliam ducere posset. Similes alii euentus adduci possunt, quos breuitatis causa praetereo.

Quamquam ad hoc non sine probabilitate responderi potest, tamen, quia res est grauissima in qua nihil ueteres doctores statuisse uidentur sine Ecclesiae declaratione, consultissimum esset ad Summum Pontificem integram rem deferre, ut, quemadmodum Pius Quintus declarauit eos, qui plures uxores in infidelitate duxerant, quando prima facile reperiri non potest, licite cum una ex aliis matrimonium contrahere posse, cum qualibet ex iis quae cum marito baptizantur: sic etiam ii qui unam tantum, uel plures, duxerant, quando prima cum qua sola legitime contraxerant inueniri non potest, cum quauis alia fideli contrahere possit, licet antea ipsius uxor non fuisset.

Deinde, utrum idem [demum] sit, quando probabile est [**102v°**] illam uxorem cum qua prius in infidelitate contraxerat, etsi modo non reperiatur, tamen baptismum fortasse ante uirum, qui nunc conuertitur, suscepisse, ut fieri saepe solet, quando uxor ante maritum capta in bello in Christianorum regiones adducta est, quod saepe contingit: de quo dubitari potest, quando Paulus et ius canonicum in dissoluendis huiusmodi matrimoniis, tum solum loqui uidentur quando, conuerso uno coniuge, alter in infidelitate manet, ut constat ex illis uerbis: "quod, si infidelis discedit, discedat", etc., et ex iis quibus utitur Inocentius in capite "Quanto" et capite "Gaudemus", de diuortiis, saepe ante citatis. Quae dubitatio locum etiam habet in eo casu quem Pius Quintus in suo diplomate declarat, in quo etiam alia occurrunt dubia, quae aequissimum esset a Summo Pontifice Gregorio 13, domino nostro, declarari, ea enim in re multorum scrupulis consulet.

Gaspar Gonçalves

[*FERNÃO PÉREZ II:*]

[102vº]

In hac resolutione tam abest ut a mea discordet Pater Gaspar Gonçalves ut ad quaestionem praedicto modo a se excitatam respondeat "partem affirmatiuam ita esse probabilem ut quis eam non immerito sequi possit", neque abire dixit non immerito, quia, esto pars affirmatiua non sit magis probabilis, sed dubio pari dubia, consta team esse potius sequendam cum magis pia, hoc est, in fauorem religionis, sit. Constat uero iuxta sacrosancta decreta et communem doctorum sententiam in materia de opinionibus eam in dubio aequali potius opinionem complectendam esse quae magis in fauorem religionis inclinat.

Quod autem primo obiicit illam Pii V decisionem non fuisse dispensationem, sed declarationem iuris diuini Euangelii, patet in dubium uerti non posse, siquidem Pius V ibi decernit matrimonia illa ab Indis iam antea [**103**] contracta ualida fuisse, cum a principio in lege gratiae ab Indis iam conuersis facta fuerunt, non potuerunt uero fuisse ualida a principio per dispensationem quae postea fuerint[47] facta.

Multo minus reuocari potest in controuersiam id in quo mecum summe consentit: scilicet, consultissimum esse totam hanc rem tamquam grauissimam deferri oportere ad Romanum Pontificem, ideo enim diuinam habet adsistentiam qua in fide aberrare nequit, ut iuxta cap. "Maiores, de baptismo", et cap. "Rogamus", 24 q. 1, in grauioribus religionis causis ad eum tamquam Christi Vicarium atque Ecclesiae doctorem et caput recurramus. At uero, quid interim dum, uel per distantiam loci

[47] fuerit *in m.*

uel temporis angustias, ad Sedem Apostolicam nondum est recursus (exceptis aliunde dubiis rarisque euentis)? Non sit eiusmodi seruis neophitis tollendi facultas transeundi ad secundas nuptias, cum eorum spiritualem salutem periclitari uideamus, et ego plane censeo et Patermet sentire censendus est, nam, etsi postea scupulos excitet, tamen prius ad quaestionem a se propositam, utrum sine scrupulo transire possint ad secundas nuptias, respondet affirmatiuam partem, nos "non immerito sequi posse", quod, si sine scrupulo partem affirmatiuam absolute sequi possumus, plane fit nos non solum posse, sed etiam oportere sequi, cum periculum est in mora, immo artificiose uidetur easdem dubitationes non dubia, sed scrupulos nominando allusisse ad communem illam doctorum sententiam esse licitum contra scrupulum, non contra dubium agere.

Neque ad contrariam sententiam mouere nos debet quod aliter fit difficultas in istis Aethiopibus seruis Brasiliae et aliter in Indis illis Occidentalibus, de quibus Pius V in eadem determinatione locutus est, etenim eiusdem determinationis fundamentum non est quod alioqui sit hoc siue illo modo difficultas. Ratio enim Summi Pontificis est rem contrariam maxime [103vº] duram, hoc est, minime piam et potissimum expletu difficillimam, esse, ut ex illis uerbis patet: "quia durissimum esset", et rursus: "et maxime quia difficillimum foret primam coniugem reperiri". Item ipsa determinatio est declarativo iuris diuinis, quod constat non esse tantum ut Occidentalibus Indis coniugatis, uerum etiam ut omnibus coniugibus qui ex infidelitate ad Ecclesiae gremium ueniunt, succurratur, praesertim quia, siue secunda, siue tertia, siue quarta sit cum qua post primam uiuentem Indus iniuit coniugium, nequaquam est ullo modo ipsius uxor uera aut magis uxor quam quaecumque alia quam numquam nouit.

Vnde nullo pacto est maior ratio de illa cum qua secundum aut quartum factum est coniugium quam de quauis alia cum qua numquam fuit coniugii mentio. Et ita inter Occdentalem Indum et Aethiopem Brasiliae, quoad ueram uxorem aut praesentem aut absentem, nullum est discrimen constituendum, sed uterque ueram uxorem absentem et neuter praesentem habet, et hinc est ut Pius V nequaquam interpretandus sit uim ullam fecisse ex ea parte, quia Indus plures uxores duxerat, aut quia erat secunda, tertia aut quarta uxor, sed potius ex parte difficultatis quam siue in separatione a non uera uxore, siue aliunde esse potest.

Vnde, si magna ipsa difficultas in Indo sufficit iure Euangelii ad dissoluendum matrimonium cum prima coniuge, ineundo nouum matrimonium cum secunda aut tertia concubina siue putata uxore, non est cur negemus magnam etiam difficultatem iure Euangelii sufficere in seruo Brasiliae aut quocumque alio ad dissoluendum coniugium in infidelitate, cum prima contractum ineundo matrimonium cum quacumque alia, siue putata uxore siue non.

Quod autem difficilius sit seruo eiusmodi Brasiliae quam Indo quaerere et reperire primam uxorem patet quia hic libere st, ille seruus sub domini potestate constitutus; hic quocumque gentium ire et mare traiicere uxori quaerendae causa prohiberi a nemine potest, ille autem non potest, [**104**] sed, quid dici potest, potius dico, absque dubio prohibendus est, cum periculum uerisimile impendeat ut, si inter suos et in proprio solo se uideat, nolit sua sponte ad pristinum dominum et seruitium redire. Vnum eiusmodi seruis Aethiopibus non tantum difficilius est quam Indis reperire primam uxorem inter infideles relictam, sed etiam humano more impossibile, nec tantum est eis difficilius, sed etiam multo periculosius, cum enim Aethiopes eiusmodi multo magis quam Indi rudes sint, eo magis de eis timendum est ut inter infideles a fide retrocedant, quo minore naturali lumine iudicioque pollent quo fidem complectantur.

Dixi tamen "exceptis aliunde dubiis rarisque euentis" quia si, uerbi gratia, uxor prima infidelis iam ad fidem conversa esse credatur, aut more humano prope esse ut conuertatur et a repudio suo timendum sit ut a fide suscipienda auertatur, multo maior aliunde est dubitandi ratio, non est enim tum temporis dumtaxat ponderandum incommodum difficultasque coniugis conuersi, sed etiam alterius uel conuersi uel conuertendi facile, ideoque in iis aliunde dubiis euentis, nec ego nec Pater ipse discrepamus non esse concedendam licentiam transeundi ad secundas nuptias, siue eiusmodi Aethiopibus, siue Indis, siue in his exemplis quae Patermet erudite tradit, siue in aliis, antequam Summus Pontifex consulatur, non est enim facile creditu, per gratiam Euangelii ita esse prouisam coniugi conuerso tranquillitatem in uocatione ad fidem ut redundet in spirituale damnum alterius uel iam conuersi uel facile conuertendi, ideo quoniam coniux infidelis uolens absque iniuria Saluatoris cohabitare, nequaquam uidetur conuerso concedenda facultas transeundi ad secundas nuptias, praesertim si infidelis speraretur fore quouis modo docilis ad ueritatem fidei suscipiendam, nulla enim ratio postulat ut ita sit concessa facilitas conuerso ut cedat in difficultatem conuer-[**104v°**]sionis seu periculum peruersionis alterius.

La resolucion que a V. R. primero embie me parece tan uerdadera que no ternia duda de executarla y aca yo pergunte la question a los que de casa me parecio que sabrian dar mejor parecer y aun que no falto primero quien dudasse, y a quien pareciesse lo contrario, mas despues de uisto el motu proprio de Pio 5° todos concordan comigo en ella, y el Pe. Francisco de Gouuea, que primero estaua en la contraria parte mas que nadie, despues de uisto el motu proprio en tanta manera concordo comigo que mostrandole agora este postrero papel de las dudas del Padre Gaspar Gonçalves respondio que no auia que dudar y que en todas aquellas razones contrarias no hallaua ninguna efficacia ni aun apparencia.

Ferdinandus Perez

[*LUÍS DE MOLINA:*]

[104vº]

Vi el parecer del Pe. Gaspar Gonçalves que V. R. me embio iuntamente con el motu proprio *de Pio V acerca de los casamientos de los Indios, y como* tam unitas matrimonii quam indissolubilitas illius *sean de derecho natural* neque dissolubilitas matrimonii per conuersionem alterius coniugum ad fidem amplius sit extendenda quam iure diuino in fauorem fidei sit dispensatum et permissum, *no osaria extender el* motu proprio *de Pio V* ultra *de los terminos en que habla, qua son* quando, adhibita morali diligentia, prima uxor non comparet, ut intellegatur an sine iniuria Saluatoris uelit habitare cum uiro, qui ad fidem conuertitur (alias definitio Pii V pugnaret cum definitione Innocentii III, cap. Gaudemus, de diuortiis), et quando uir et secunda uxor cum qua ante susceptum baptismum habebat consortium maritale, conuertuntur ambo ad fidem et baptizantur. Epicheia quaedam uidetur id declarare in eo casu in fauorem fidei neque in re tam graui et in qua tam uerisimiles sunt rationes in oppositum, uidetur facienda extensio [105] sine noua declaratione Summi Pontificis, saltem ego non auderem illam facere, licet iudicium meum facile aliorum iudicio rectius sentientium submittam.

Luis de Molina

*Ocurreme advertir que en caso en que la muger (*idem intellegatur *del marido) constasse quedar entre gentiles, y no se dudasse que aunque la cometiessen que uiniesse a hazer vida con su marido entre christianos no querria, uisto como el marido (aunque no fuera captiuo) passara peligro de perderse* *en yr hazer vida con ella entre los suyos,* censeretur *la muger no querer hazer uida con el* sine iniuria Saluatoris, *y assi paresce que podria passar* ad secundas nuptias *y desta manera se podria dar remedio a muchos captiuos de los que se trata.*

Luis de Molina

Pro parte affirmatiua quaestionis propositae facit definitio Pii V in quodam motu proprio circa Indos insulanos, quam refert Alfonsus a Vera Cruz, 3 p. "Speculi coniugiorum", art. 18, post quintam conclusionem: ubi, circa Indos qui cum multis contraxerant, repudiata prima aut prioribus (ut moris est inter illos) et conuertuntur ad fidem ac baptizantur, una cum illa quam habebant uxorem tempore conuersionis ad fidem, ita definit: "quia durissimum esset separare eos ab uxoribus cum quibus ipsi Indi baptismum susceperunt, maxime quia difficillimum foret primam coniugem reperire." Vnde uidetur colligi quod, quotiens coniux infidelis inueniri et obtineri commode non potest ad consortium maritale, ut accidit in casu Aethiopum, transire posse coniux conuersus ad fidem ad secundas nuptias.

Facit deinde pro parte affirmatiua c. Iudaei, 28, ex Concilio Toletano IV, ubi statuitur ut Iudaei qui christianas habent uxores (i.e., quae ante conuersionem ad [105vº] fidem contraxerant cum illis) admoneantur ab episcopo ut, si cum illis permanere cupiunt, conuertantur, alioqui separentur ab illis. Et reddit rationem textus: ne scilicet dum fidelis salute quaerit infidelis, potius ipse infidelitatis perditionem inueniat. At uero in eo casu utique mulier fidelis ita separate ab infideli, qui ad fidem non uult conuerti, transire potest ad secundas nuptias, et ita habet consuetudo Romae, quod, quando aliquis de genere

Iudaeorum, qui coniugatus erat, conuertitur ad fidem, eo ipso quod alter coniux interrogatus non uult conuerti, conceditur conuerso facultas transeundi ad secundas nuptias. Quare, cum eadem uideatur esse ratio de ceteris infidelibus, fit ut Aethiops coniugatus qui conuertitur ad fidem, eo ipso quod alter coniux est inter infideles neque est spes quod de proximo conuertatur neque facultas illum interrogandi an uelit converti, propter distantiam loci et alias circumstantias concurrentes, possit transire ad secundas nuptias.

Ad dubium propositum respondetur duabus conclusionibus.

Prior est impossibilitas aut periculum coniugis conuersi ad fidem habitandi et habendi consortium maritale cum coniuge infideli causata ex separatione unius ab altero secundum locum atque ex distantia loci aut ex aliquo alio capite. Quam, ex eo quod coniux infidelis non uult habitare cum ipso, quia infidelis est, aut quod ipse non potest habitare cum infideli sine iniuria Conditoris, aut (quod idem est) sine periculo peccati mortalis ex tali habitatione, non facit licitum conuerso ad fidem transire ad secundas nuptias uiuente priore coniuge.

Atque adeo Aethiopibus, de quibus est sermo sola, impossibilitas habitandi amplius cum coniugibus infidelibus propter distantiam loci et condicionem seruitutis non facit illis licitum transire ad secundas nuptias, et si transeant uiuente priore coniuge, secundum matrimonium est nullum. Conclusio probatur quia indissolubilitas matrimonii contracti in lege naturae (quale est matrimonium contractum inter infideles, [**106**] de quo disputamus) est de iure diuino et naturali, neque amplius admitenda est dissolubilitas illius quam a Deo inueniatur dispensatio aut Ecclesia declarauerit a Deo censeri dispensatum. Neque Ecclesia et ius positiuum humanum quicquam possunt facere hac in parte circa ius naturale et diuinum, sed solum declarare quousque a Deo censeatur esse dispensatum, maxime cum hic agatur de dispensatione matrimonii rati et consumati et de praeiudicio coniugis infidelis qui extra iurisdictionem est Ecclesiae et Summi Pontificis.

At uero, ex Paulo, primae ad Corinth., 7, et ex definitione Summorum Pontificum, solum habemus Deum dispensare ut coniux conuersus ad fidem possit transire ad secundas nuptias quando alter coniux manet in infidelitate, et uel non uult habitare cum converso ad fidem, quod fidelis sit, uel non uult habitare sine iniuria Saluatoris: i. e., sine eo quod fideli ex habitatione cum illo immineat periculum peccati mortalis aut iniuriae Conditoris, idque ne coniugi qui conuersus est ad fidem, ex conuersione et ex eo quod praeceptis Dei debeat obedire, sequatur detrimentum manendi sine coniuge toto tempore quo alius uixerit. Quod ex quocumque alio capite proueniat conuerso ad fidem impossibilitas amplius habitandi et habendi consortium maritale cum coniuge manente in infidelitate quam ex explicato, siue sit ex distantia loci et ex condicione seruitutis, siue ex aliquo alio, non est ei licitum transire ad secundas nuptias, et, si transeat, matrimonium erit nullum.

Probatur deinde conclusio ex c. "Quanto" et c. "Gaudemus, de diuortiis", et ex c. "Si infidelis", 28, q. 2ª, ex quibus iuribus constat uerbum Pauli, primae ad Corinth., 7: "si infidelis discedit, discedat, non enim seruituti subiectus est frater aut soror", intellegi solum de discessu, quando non uult habitare cum illo ex eo quod sit fidelis aut non sine iniuria Saluatoris, et in eo tamen casu licitum esse, relicto priore coniuge, transire ad secundas nuptias ex dispensatione diuina: ne, ex conuersione ad fidem **[106vº]** et ex eo quod praeceptis Christi sit adstrictus, patiatur damnum manendi sine coniuge. At uero, quando ex alio capite consurgit impossibilitas habendi consortium cum coniuge infideli, non conceditur illi dissoluere prius matrimonium per transitum ad secundas nuptias, etsi sine sua culpa non possit habere consortium cum eo, ut habere c. "Quanto" citato et consonant huic nostrae conclusioni, praeter Glossam, c. "Iudaei", 28, q. 1, quae iuxta hanc mostram conclusionem conatur exponere illud c., doctores, in 4°, d. 39, et super illud Pauli citatum et iurisperiti iuribus citati, si attente legantur.

Posterior conclusio sit: si Aethiops, infidelis manens inter infideles in Aethiopia, esto admoueretur ut ueniret ad habitandum inter christianos cum coniuge converso ad fidem, non uellet, et ex eo quod fidelis conuersus ad fidem accederet ad habitandum cum infideli immineret ipsi periculum amittendi uitam aeternam, dum ex consortio inter infideles sine ulla doctrina et adiutorio sacramentorum facile peruerteretur et amitteret uitam aeternam (ut utrumque accidit regulariter in Aethiopibus de quibus disputamus, quando alter coniux infidelis manet apud infideles): dico quod in eo casu coniux qui conuersus est ad fidem potest in Brasilica regione aut Hispaniis transire ad secundas nuptias et eo ipso dissoluere prius matrimonium.

Conclusio intellegatur, esto ex coniuge infideli nullum ipsi immineret periculum, sed solum ex eo quod inter infideles esset habitatura cum illo. Probatur conclusio quia, eo ipso quod infidelis non uult accedere ad habitandum cum fideli inter christianos aut id absque dubio praesumitur, et ex habitatione fidelis inter infideles cum eo inueniret fideli periculum tantum et tam euidens salutis aeternae. Censetur infidelis non uelle habitare cum fideli sine iniuria Conditoris et sine detrimento salutis aeternae fidelis, quod eo ipso dispensatione diuina fas est fideli transire ad secundas nuptias. Neque refert quod haec occasio nata sit ex eo quod fidelis captiuus auulsus et separatus sit, tanta interiecta distantia loci, a coniuge infideli et quod simul propter seruitutem [107] impotens factus sit ad redeundum ad suum coniugem, quoniam haec sunt per accidens et satis est quod simul adsit illa alia legitima causadiscendi a priori matrimonio quod contraxerat cum infideli, ad hoc, ut licite possit transire ad secundas nuptias.

Iuxta hanc conclusionem regulariter fas erit Aethiopibus, de quibus est sermo, transire ad secundas nuptias. Vt patet dixi "regulariter" quoniam quoniam, si uterque coniux simul captiuus ductos est atque diuisi sunt et separati adinuicem ita ut unus sit in uno loco et alius in alio inter christianos, siue unus sciat ubi alius sit siue non, transire non potest ad secundas nuptias quousque ipsi constet alium esse defunctum, et ratio est quoniam in his non militat ratio illa conclusionis propositae atque similes casus poterunt occurrere in quibus non erit licitum transire ad secundas nuptias.

Superest respondeamus ad duas rationes adductas pro parte affirmatiua dubii propositi, quatenus cum prima conclusione pugnare alicui uidebuntur.

Ad primam dicendum est imprimis definitionem illam solum habere locum quando prima uxor non comparet neque, adhibita mediocri morali diligentia, est spes quod compareat, ut sciatur an uelit conuerti ad fidem aut certe habitare sine iniuria Creatoris (quando coniecturae essent quod ex illius habitatione cum fideli non imminet fideli periculum peruersionis). Alias procul dubio definitio illa pugnaret cum definitione Innocentii III,

c. "Gaudemus, de diuortiis", quod non est admittendum. Atque ita esse intellegendam definitionem Pii V innuunt satis uerba illa in ea apposita: "maxime quia difficillimum foret primam coniugem reperire." Dicendum est deinde intellegendam esse, quando simul concurrit, quod prima uxor ad sensum explicatum non comparet et uterque coniux, qui ante conuersionem habitabant tamquam uir et uxor conuertuntur ad fidem et suscipiunt de facto baptismum. Summus enim Pontifex epichea declarat in fauorem fidei, quod, quando duae condiciones explicatae concurrunt [107vº] simul, censendum ualidum secundum matrimonium posseque consequi in lege gratiae siue uxor prima uiuat siue non, et reddit rationem: "quia durissimum esset eos separare." Tunc aut impedire ne contraherent ac cogere illos ut manerent in perpetuo celibatu quousque constaret de morte primae uxoris essetque id maximum impedimentum ne infideles conuerterentur ad fidem, quod non est praesumendum de lege et uoluntate Dei hac in parte. At, cum indissolubilitas matrimonii contracti inter infideles sit de iure naturali et diuino neque amplius possit dissolui per conuersionem alterius coniugis ad fidem quam a Deo inueniatur dispensatum, plane ante aliam interpretationem Sedis Apostolicae non auderem extendere definitionem illam ultra casum et cum circumstantiis de quibus definitio illa loquitur. Clarum est autem in casu Aethiopum de quibus loquamur non interuenire circumstantiam illam: quod, antequam conuerteretur ad fidem erant se secundo copulati tamquam uir et uxor qui de nouo uolunt contrahere.

Ad secundam respondendum est imprimis dispositionem illam intellegi quoad separationem tori, quam potest facere quicumque coniux fidelis, quando infidelis non uult conuerti, licet posset etiam illam non facere si ille consentit habitare sine iniuria Conditoris, et consilium esset tempore Pauli, quando frequens erat conuersio Iudaeorum marium et feminarum, ut illam non facerent interimdum spes erat quod alter coniux conuerteretur. At uero, quia tempore Concilii Toletani erant iam ualde pertinaces Iudaei, et quando femina erat fidelis et uir infidelis, quotidiana experientia ostendebat quod mulieres fideles peruertebantur, statui merito Ecclesia ut mulier separaretur statim quoad torum a uiro Iudaeo ne peruerteretur. Et quia etiam postea experientia compertum est etiam uiros fideles peruerti a feminis infidelibus, non solum inter Iudaeos, sed etiam inter gentiles, constitutum est ut, ubi inter christianos sunt Iudaei aut gentiles ualde obstinati, qui longo tempore obstinati uixerunt inter christianos, et rara admodum est conuersio eorum, fideles separarentur ab infidelibus propter periculum [108] subuersionis. Et ita distinguunt haec tria tempora D. Thomas, in 4, d. 39, q. unica, art. 3, ad 2, Richardus et alii, sed loquuntur non quando frequens est conuersio infidelium in aliqua prouincia, ut est hodie in Indiis tam Orientalibus quam Occidentalibus; loquuntur praeterea de separatione quoad torum, ut patet illos intuenti. Potestque Ecclesia condere tale ius positiuum et ad illud obligare conuersos ad fidem propter periculum quod est ne peruertantur, et saltem expedit de consensu ipsorum illos separare ab infidelibus inuitis.

Respondendum est deinde dispositionem illam posse etiam intellegi quoad separationem ut fidelis transeat ad secundas nuptias et dissoluatur prius matrimonium, quia, regulariter loquendo de Iudaeis de quibus ibi erat sermo, et quando uxor est fidelis et uir infidelis, ut loquitur illud caput, habitare non potest uxor cum uiro sine iniuria Conditoris atque probabili periculo subuersionis. At, quando in aliquo casu singular ex circumstantiis iudicaretur illam posse habitare cum uiro Iudaeo sine iniuria Conditoris, utique Ecclesia in illo casu non potest illam separare a uiro ut transeat ad secundas nuptias, quare dispensare non potest in iure diuino indissolubilitatis matrimonii neque extendere dispensationem diuinam ultra casus a Deo concessos, sed Ecclesiae tamen est declarare ad quos casus se extendat aut non extendat dispensatio diuina, quare etiam regulariter hodie non solum uxor fidelis non potest habitare cum uiro Iudaeo sine iniuria Conditoris, sed etiam neque uir fidelis cum uxore Iudaea infideli. Si illi est habitandum cum ea inter Iudaeos et commercium et familiaritatem est habiturus cum illis, merito uiget consuetudo Romae et alibi, quod, quando aliquis Iudaeus, siue masculus siue femina, conuertitur et alter admonitus non uult converti, conuersus transeat ad secundas nuptias cum alio christiano. Et eadem consuetudo seruanda erit ubi simile erit periculum quod gentilis, masculus aut femina, conuersus ad fidem peruertatur si uoluerit habitare cum [**108v°**] coniuge infideli. At uero, quando in aliquo casu particular non esset tale periculum, nefas esset converso ad fidem, eo ipso quod coniux non uellet converti, transire ad secundas nuptias, quare esset contra ius naturale, circa quod Ecclesia non potest dispensare. Et idem esset quando infideles aliqui tam parum zelarent cultum suum (de quorum numero non uidentur esse Aethiopes) ut nihil sua referre putarent quod aliquis esset aut non esset christianus inter ipsos. Tunc, si aliquis eorum conuerteretur, cuius coniux conuerti non uellet, nefas esset illi ex eo quid habitaturus esset inter gentiles, illum deserere et transire ad secundas nuptias, quandoquidem ex tali habitatione, si simul commorarentur ibi aliqui christiani et sit sufficiens doctrina, nullum periculum illi immineret salutis aeternae.

[109]

SENTENTIAE CIRCA RESOLVTIONEM ALIQVORVM CASVVM QVI IN BRASILIA FREQVENTER OCCVRRVNT

[*FERNÃO PÉREZ:*]

1us: Petrus, qui est dominus cuiusdam torcularis saccari, uult uendere praedictum torcular et ita scribit seu paciscitur uendere se suum torcular cum tot milliaribus fundi, tot cannetis, tot seruis, tot iugis bouum, et nominando aedes torcularis cum suis mobilibus et supellectibus, ac dicendo quod uendit totum hoc, quod forte numerata pecunia ualeret quindecim millia aureorum, si in ea patria reperirentur, pro triginta aut triginta quinque millibus aureorum soluendorum spatio nouem aut decem annorum. Et hoc modo: emptor dat statim aliquam certam pretii partem per litteras cambii ad regnum Lusitaniae aut liberat uenditorem suis debitis et aliquando soluit aliquam partem numerata pecunia, pro residuo uero soluit singulis annis tot millia pondera saccari aut tot millia aureorum usque ad conuentum pretium triginta aut triginta quinque millium aureorum, et prout solutio est magis aut minus dilata, magis aut minus secura, ita augetur aut deminuitur pretium. Et hic est modus communis uendendi saccari torcularia et communiter currens et a quibusdam ea ratione excusatus, quia in ea regione numquam reperitur tantum pecuniae numeratae, quanti ualent eiusmodi torcularia et uenditor non pluris aestimat triginta uel triginta quinque pecuniae dicto modo solutae quam quindecim numeratae.

[109vº]*Quaeritur modo an hic contractus excusari possit, si non in toto, saltem in aliqua parte, et ad quid teneatur pro prae-*

terito uenditor, quia ita contraxit, et quomodo deinceps secure utroque foro, uel saltem in foro conscientiae, hic contractus transigi possit. Resolutio enim huius casus est tanti momenti quod importat quingenta millia aureorum.

2us: *Sunt Pernambuci infiniti paene serui ex Guinea qui pro maiori parte sunt christiani, pauci tamen Lusitanice ita loquuntur ut possint bene confiteri, reliqui uero communiter ita loquuntr ut ex iis quae dicunt multa non possint intellegi et ita, dum confitentur, non potest confessarius perfecte et integre eos intellegere, unde remanent absque remedio confessionis.*

Quaeritur an huiusmodi serui absolui possint, siquidem illi ex parte sua integre confitentur: id est, dicunt omnia sua peccata prout sciunt et ita faciunt quantum in ipsis est, licet confessarius magna ex parte eos non intellegat, praesertim cum non sit interpres nec sit aliqua spes quod discent melius aut intellegibilius loqui, saltem tam cito. Quomodo quaeritur cum istis se geret confessarius?

3us: *Cum sciatur quod ut plurimum mancipia ibi sunt male et iniuste habita: an cum bona conscientia emi possint aut quam diligentiam tenetur emptor facere, postquam iam ita emit, et deinceps si emerit, praesertim cum iis qui bello capti sunt, et dubium est an illud bellum sit iustum, et quid faciet confessarius cum huiusmodi emptoribus pro praeterito aut pro futuro? Deinde, cum hostes occidant et comedant huiusmodi mancipia, nisi ea se uendant christianis.*

Quaeritur an iuste emi possint. Sunt qui dicant non posse emi, quia, cum illa sint in extrema necessitate, tenentur christiani ea gratis liberare, si possunt. Alii uero dicunt haec manci-

pia non esse in extrema necessitate, [110] *quippe cum habeant aliquid quod uendant: nempe, se ipsa. Vnde sequitur posse illa iuste emi, etiamsi capta sint bella iniuste: nempe, quia sese iusti possunt uendere in eo casu.*

4us: Cum ita repente imminet naufragium ut confessarius non possit omnium integras confessiones audire:

Quaeritur an, auditis duobus aut tribus peccatis unius, possit eum absoluere: et sic de ceteris, ut possit omnium confessiones audire, cum animo tamen et proposito ut postea, si licuerit, audiat integras singulorum confessiones. Aut, dato quod confessarius teneatur tunc sinere paenitentem dicere omnia quae sibi occurrunt, an postquam paenitens dixerit se non amplius recordari, possit confessarius eum absoluere sine aliis interrogationibus.

5us: Quaeritur an parochus propria auctoritate possit postponere denuntiationes quae debent praecedere matrimonium, siquidem Concilium Tridentinum non uidetur id prohibere.

Quoad primum articulum, de torcularibus saccari, eadem difficultas esse uidetur cum ea quam doctores tractant de naui onusta mercibus in portum delata: utrum scilicet eiusmodi merces, quod ita magna copia uendantur, et ita non nisi ingenti pecunia emendae sint, uendi possint maiori pretio credita quam numerata pecunia. Soto, 6 De iust., q. 4, art. 2, ad quartum, affirmat; Nauarrus, in Man., c. 23, n. 82, negat, quare id est ratione dilationis solutionis, et proinde ratione mutui, lucrum accipere, quod est usura.

Mihi autem amplectanda uidetur [duo] ad ambos conciliandos, ut, si uere merces tunc temporis credita pecunia, immo maioris uenduntur quam numerata uendi possent, quod solutio exspectetur, omnino sit usura. Idem generaliter est dicendum de torcularibus saccari iuxta positam distinctionem. Consideratio autem uendentis, aestimantis pluris praesentem quam futuram pecuniam [**110v°**] atque dilatio solutionis de quibus interrogatum fit, nequaquam excusant a peccato usurae. Immo etiam neque ratio periculi, nisi periculum esset uere probabile et deduceretur prius in pactum. Tunc enim probabilius est esse satis ut ab usura excuset, iuxta Adrianum, in 4, in materia de usura, q. incipiente "Occurrunt circa", et Ioannem Medinam, Cod. de restitutione, q. 38, causis 3 et 4, et alios.

Quoad secundum, si de articulo mortis agamus, respondeo, quando non est aliud remedium, licitum est atque in praecepto ita confiteri et absolui, quamuis ex millibus peccatis, non nisi unum siue mortale siue ueniale posset confessarius intellegere iuxta communem sententiam. Si autem sit remedium explicandi omnia quae sunt aut dubitantur esse mortalia, probabilius est iure diuino, non tantum licitum, sed etiam praeceptum esse illud remedium eligere, etiamsi remedium non sit aliud quam per interpretem confiteri, iuxta D. Tho. et alios quos Syl., Conf. 1, q. 15 refert. Quicquid in contrarium sentiant Scot., Richar. et alii, intellego tamen dummodo interpres sit idoneus, nam, si talis esset ut confessionis sigillum periclitaretur, tunc temporis censendum est non esse interpretis copiam.

Si autem extra articulum mortis loquamur, quamuis licitum et consilium sit confiteri per interpretem, tamen iuxta Richar. et Scot. et Syl. citatos et alios communiter probabilius est non esse in praecepto etiam semel in anno, si modo non sit copia confessarii qui omnia intellegere possit iuxta hypothesim. Sola difficultas est de qua praecipue esse uidetur interrogatum, an liceat ex articulo mortis ab eo qui Aethiopum lingua minime callet eiusmodi Aethiopes absolui. Bart. Med, De inst. confess., fol. 279, facie secunda, negat, et ita dicendum est quando esset copia alterius confessarii, qui posset omnia intellegere "aut saltem fidi et idonei interpretis". At uero quando non esset huiusmodi copia, non est censendum ullo modo illicitum ad confessionem semel in anno tempore quadragesimae faciendam, siquidem doctores communiter consentiunt ex aliis causis non magis ingentibus esse licitum dimidiare confessionem atque, si confessio eiusmodi Aethiopibus saltem semel in anno non concedatur, magna occasio eis esse poterit ut non solum a commissis [**111**] non abstineant, sed etiam ut grauiora eta eternam damnationem incurrant et toto uitae decursu in malo statu sint.

Quoad tertium, respondeo compertum esse non esse licitum emere aut etiam in seruitutem redigere Aethiopes, in dubio an iuste in seruitutem redacti sint aut redigantur cum in pari dubio melior sit eorum condicio, unum peccatum est contra iustitiam et, tam redigentes et uendentes quam ementes, uelut possessores malae fidei ad restitutionem tenentur: hoc est, non solum ad eos redigendos ad pristinam libertatem et satisfaciendas iniurias reliquendosque liberos filios, si qui nati sunt ex huiusmodi Aethiopibus feminis tamquam ancillis habitis. Et ita patet ementes iustitiae praecepto teneri non emere antequam adhibeant diligentiam ad id tanto maiorem quam ad emenda alia bona quae an furtiua sit dubitatur, quanto libertas praestat bonis aliis furtiuis. Quanta autem diligentia sit adhibenda, siue ante siue post emptionem, iuxta peculiares circumstantias prudentis iudicio relinquitur.

At uero, si quis bona fide emit, siue quare debitam diligentiam aut prius fecit aut factam a uenditore credidit, siue quare forte iuxta ignorantiam aut inaduertentiam mali suspicando mercatus est, quando postea rationabili aliqua causa dubitare incipit, tenetur quidem facere debitam diligentiam modo supradicto. Tamen post eam diligentiam adhibitam in foro conscientiae de seruo iure ad nullam restitutionem tenetur. Si in eodem dubio adhuc maneat, esto dubium sit pro utraque parte aequale, quare est bonae finei possessor, et, esto ita uendat, seu uendiderit nihilominus, quamuis non sint coniecturae sufficientes ad credendum aut omnino assentiendum, si dubium ita sit impar ut uerisimilitudo in fauorem serui magis praependeat, obligatio est ad restitutionem seruo faciendam, quare secundum rectam rationem omniaque iura fauendum est libertati, sicut doti, matrimonio et ceteris, ut in materia sponsionum latius traditur. Restitutio uero tunc temporis facienda tanta est ut serui quidem redigantur in libertatem. Seruitia uero [**111v°**] non restituantur nisi quanto possessor factus est locupletior ex illis, quod bonae fidei possessor sit. Si tamen quoad hanc restitutionem faciendam sit in mora, tunc exinde fit malae fidei possessor, et ita pro illo tempore ad restitutionem prius explicatam a malae fidei possessore faciendam erit obligatio. Pro tempore uero praecedente, admodum dictum.[48]

Ad quaestionem uero, cum hostes occidant et comedant eiusmodi mancipia nisi se uendant, an iuste emi possint a nobis, posteriori illa reliquenda resolutio est mancipia ideo iuste emi

---

[48] ad modo dictam *no manuscrito*.

potest quod in extrema necessitate non sint, cum habeant remedium se uendendi. Nam, si haec resolutio esset uera sequeretur nullam usque esse uitae extremam necessitatem si diues potius uelit emere indigentem quam quicquam liberaliter dare, et nullus diues teneretur ulli pauperi etiam extreme egenti succurrere, nisi pauper ei se uendere uellet, quod est absurdum.

Quod priorem contrariam resolutionem: scilicet, illa mancipia tunc temporis emi non posse quod in extrema necessitate sint, in primis distinguendum est an iuste ratione criminis sint occidenda, quia iuste occidendis neque ratione eiusdem extremae indigentiae ullus tenetur ullo praecepto succurrere, iuxta Nau, c. 24, n. 17, et in Resolutione, cap. "Non in inferenda", n. 12 et 13, communemque sententiam, siquidem ea est iusta criminis castigatio, quam impedire nemo tenetur aut debet, quamuis posset. Aliter[49] esset consilium, quando iusta et rationabilis esset causa impediendi per eiusmodi emptionem. Quantumcumque uero sit eiusmodi pia et rationabilis causa impediendi modo praedicto illicitum non erit neque emere neque offerre illis condicionem ut se uendant, dummodo iustum sit uenditionis pretium.

Sin autem iniuste sint occidendi constat et extremam esse necessitatem et obligationem eis succurrendi in eo qui sine graui detrimento potest, nam, si, ut extreme indigens a morte liberetur tam magna eleemosyna opus sit ut diues inde graue detrimentum sui status incursurus sit neque mortaliter nec uenaliter peccabit diues si non aliter quam mutuando aut aliter succurrendo subueniat, iuxta Maio., in 4, d. 15, q. 7, § ultimo "Vt autem", in propos. prima, et alios. Quod, si siue [**112**] mutuando siue

[49] aliquando *no manuscrito.*

aliter succurrendo adhuc graue detrimentum incursurus sit, nullo modo peccat si nullo modo subueniat, iuxta Jab., u. "eleemosyna", § 7, et alios. Immo, ut Sotus ait, 4 De iust., q. 7, a. 1 ad quartam prope finem, neque uinculum caritatis obligat ut morti pauperis admodum pretiosa medicina occurratur; quicquid in contrariam sentiat Nau, in Repet. Cap. "Non in inferenda", n. 11, et in latino Man., c. 24, n. 17, opinatus quemque teneri omnia sua temporalia bona externa dare ut extrema indigenti subueniatur: de cuius refutatione alibi.

Modo id respondeo in quo etiam Nauarrus, siue sibi aduersus siue non, in c. 23 praecedente, n. 95 et 96, mecum consentit: uidelicet, excusari apud eos qui apud Brasiliam emunt in seruos, iniuste etiam occidendos, quod intellegimus, dummodo eos aliter nequeant a morte liberare. Atque redemptionis pretium sit ita magni ponderis ut alias status redimentis esset notabiliter deminuendus. Si tamen hoc modo pretium esset minoris ualoris quam ius dominii omnibus circumstantiis ponderatis, tunc siue ematur in seruum siue non, et siue dicatur propria uenditio siue non, non potest redimens amplius ita redemptum obligare quam siue per seruitium siue aliter ei restituat, quod cum notabili status detrimento pro eo amittit: qua etiam in re Nau., in Relec., c. "Non in inferenda", n. 14, aliqua ex parte dissentire uidetur, cum aliquo modo insinuat redimentem, non computato ualore seruitii, posse exigere integrum pretium redemptionis. Et ego contra sentio esse seruitii ualorem computandum.

Dixi autem: "dummodo non possit aliter a morte liberare", quia si aliter posset per mutuum alioue meliori modo sine onere seruitutis illius et sine notabili sui status detrimento, dicendum est esse mortale peccatum nolle aliter illum a morte liberare nisi cum ea condicione ut se uendat, iuxta mentem Palud., in 4, d.

15, q. 3, a. 2, ante secundam conclusionem, uersic. "Quantum ad secundam", ubi id non sine magna aequitate et probabilitate colligit ex Neemia 2 lib., c. 5, quasi de mortali reprehendente Iudaeos quod uenderent atque emerent fratres suos, cum aut mutuando aut aliter possent eis succurrere.

[112v°]

Quoad quartum articulum, respondeo quod, quando ita imminet naufragium, si per tempus confessario non liceat integras audire confessiones, sufficit si uniuscuiusque singulatim unum peccatum audiat siue mortale siue ueniale, satis erit simul omnibus proponere peccatum aliquod siue mortale siue ueniale interrogareque num omnes illud confiteantur omnibusque simul siue uoce siue nutu assentientibus una absolutione omnes absoluere, dummodo eis proponat dolorem peccatorum, uitaeque deinceps emendationem, si eis concedatur. Nec item necessarium erit habere intentionem audiendi omnium confessiones, si a uitae periculo liberentur, satisque est eos scire se teneri postea confiteri omnia quae sunt aut dubitantur esse mortalia, si antea non sint confessi. Peccatum autem quod eis proponendum uidetur oportet illud esse quod omnes solent incurrere: uidelicet, uerbum otiosum, mendacium aut stomachari aduersus alios et cetera.

Ad ultimum respondeo negative.

Fernan Perez

[113]

Resoluções do Padre Gaspar Gonçalves[50]

1ª Quaestio

Habuit Petrus in Brasilica prouincia uillam saccari cum omnibus requisitis ad saccarum conficiendum, quae quidem, si iusto pretio uenderetur, quindecim millibus aureorum constaret. Non inuenitur in illa prouincia qui tantam pecuniam numerare possit, quare Petrus, uolens in Lusitaniam profisci suamque uillam uendere, fecit hunc contractum cum Paulo: enumerat Paulus statim tria millia aureorum, hac tamen ratione ut unoquoque anno soluat tria millia, idque uel enumerata pecunia in regno Lusitano, uel tradita ipsi Petro certa quadam saccari quantitate, quae in Lusitania eamdem pecuniam efficiat. Itaque, si totum pretium uenditae uillae spectes, est multo maius iusto. Deinde, tanto maius imponi solet in similibus contractibus, quanto plus differtur integra solutio, uel minus securiores sunt annuae solutiones.

Quaeritur utrum iste contractus, qui in illa prouincia frequentissimus est, sit usurarius, an excusetur ratione lucri cessantis.

Ad primam quaestionem respondeo contractum superius scriptum ita proponi ut sub ea forma iniustus esse et usurarius uideatur. Quantum enim ex formula contractus colligi potest, multo maiori pretio res uenditur quam reuera ualeat, nec alia eius rei [causa] exprimitur quam pretii et solutionis exspectatio. Exspectatum autem pretium ad mutui rationem reducitur. Ex

[50] Em português no manuscrito.

quo fit ut ratione mutui uel eius quod tantumdem ualet, multo plus quam sit ipsum mutuum, exigi uideatur, quod omnino usurarium est, ut constat ex capite "Consului, de usuris", et docet Diuus Thomas, in Secunda Secundae, q. 78, ar. 2 ad 7m, cui consentiunt non solum theologi doctores, sed etiam iuris consulti.

[113vº]Quod uero quaeritur in fine quaestionis superius scriptae, utrum is contractus ratione lucri cessantis ab iniustitia et perinde ab obligatione restitutionis excusari possit: respondeo eum contractum, quantum quidem in quaestione explicatur, ea forma proponi ut iure dubitari possit utrum ab iniustitia ratione lucre cessantis liberari queat.

Primo quare in eo pecunia quae soluitur pro pretio rei uenditae ita permixta est cum pecunia quae soluitur pro interesse lucri cessantis ut difficile intelligi possit quid pro iusto rei pretio et quid ratione lucri soluatur, quod ex eo necessarium esse uidebatur, quia, soluta parte aliqua pretii, necesse erat de lucro aliquid pro rata diminui: quod hic fieri non uidemus. Potest tamen responderi, si quis dicat, spectatis iis rebus ex quibus lucrari homines in Brasilia solent, et ex quibus reuera lucrari debebat, qui uillam uendidit et insuper ea parte pretii quae apud emptorem remanet et singulis annis soluitur, prudentium arbitrio iuste pro lucro id totum exigi posse, quod toto decennio, ultra iusti pretii portionem in proposito contractu exigit: quod utrum uerum sit magnopere considerandum est. Ad haec, omnino uidendum est utrum reuera is, qui uendit, si sibi praesens pecunia numeraretur, ea pecunia negotiaturus esset aut lucrum alia ratione facturus. Potest tamen dubium alicui uideri utrum in proposito contractu lucrum reuera cesset, quia, quamuis demus eum qui uendi, si pecunia solueretur, ea pecunia omnino negotiaturum esse, aut aliquid empturum unde lucraretur, tamen in ea regione non inuenitur qui praedium de quo agitur praesenti pecunia uelit aut possit emere. Quomodo autem posset pretio rei uenditae negotiari aut lucrum facere, si nemo erat qui pretium statim solueret? Quae ratio esse potest cur Syluester, in Summa. 8. usura. 2. n. i, asseuerit tum solum uenditorem ratione lucri cessantis exigere aliquid ab emptore posse, quando uenditor pretium rei uenditae de praesenti habere poterat ab alio, sed uendit eam ut seruiat emptori, alioqui inquit non est uerum. Qua in re Syluestri sententiam laudat et sequitir Couar., lib. 2 Variarum resol., cap. 3. n. 6 § 3 eadem.

Ad hanc tamen obiectionem duobus modis responderi potest. [**114**] Primo, si quis dicat, quando aliquis praedium aut uillam suam uendit exspectato pretio, et si emptorem non reperiat qui statim pretium soluat, id non tollere quominus si pretium solueretur, lucrum faceret, et proinde pretii dilatio in causa sit ut lucrum illi cesset, et ita Syluestri sententiam, quamuis eam probet Couarrubias, tenendam non esse. Secundo, responderi potest in hoc euentu de quo agimus, etsi uenditor emptorem non reperiat qui pretium statim soluat, et ita negotiari non posset, tamen hac de causa lucrum illi cessare, quod si praedium suum retineret saltem ex eo fructus quotannis perciperet, quibus tamen caret tradito praedio ei, qui emit, cum tamen eam iacturam ob pretii dilationem non resarciat. In hoc autem euentu fas esse pro illo interesse tantum recipere quantum ex fructibus deductis expensis percipere posset expressum est in 2. c. de usuris, nec id contra canones et conscientiam fieri docet ibidem Accursius, et ex aliorum auctoritate probat, cui consentit Glossa iuris canonici, in capite Conquestus de usuris, et Baldus, in lege supra citata. Qua in re consentiunt cum iisdem Panorm., in 2 capite Conquestus, et Petrus de Ancarano, Ioannes de Imola et alii, citati in annotationibus additis ad Panormi., capit. cit. in uerbo In alio, quae sententia probari potest saltem ubi uenditor, si pretium solueretur uel negotiatione uel alterius rei fructuosae emptione, lucrum idem facturus erat.

Ex iis responsionibus colligitur probabile esse ratione lucri cessantis praedictum contractum uel omnino uel magna ex parte ab iniustitia excusari potest. Dixi "omnino uel magna ex parte" quod iudicare non possumus utrum uenditor tantum lucrum facturus esset ut pro eo in spe tantum exigi posset quantum inter contrahentes conuenit ultra iustum rei pretium, quod ibidem prudentium arbitrio statuendum est. In posterum tamen curandum ut eiusmodi contractus ita fiant ut clariorem iustitiam contineant, quod saltem ad sedandos scrupulos, interdum etiam ad tollendum scandalum necessarium est.

2ª Quaestio

[114vº]*Sunt in eadem prouincia quamplurimi Aethiopes ex Guinea ducti qui Lusitanice loqui fere nesciunt, quare cum confitentur omnia peccata exprimere, ut confessarius intelligat, non possunt, nec ullus modus aut spes est ut uel ipsi Lusitanam linguam uel confessarii eorum discant. Quaesitur utrum satis sit ad illos absoluendos aliquod peccatum intelligere, quamuis multa uideantur uelle exprimer,e quae tamen confessarius non percipit. Quae quaestio eadem est in homine muto qui nutibus non omnia peccata significare potest.*

Ad secundam quaestionem respondetur: Eum qui sua omnia peccata confiteri conatur et tamen, quia linguam ignorat, non potest aliqua exprimere, posse sacramentaliter absolui si modo aliqua expresserit quae sacramentali absolutioni idoneam materiam praestent. Probatur haec conclusio quare, licet integritas confessionis sit de iure diuino, tamen eo praecepto nemo amplius obligatur quam ut more humano faciat id quod potest ad omnia peccata confitenda; quod si faciat, licet aliqua peccata omittat quare non potest ea confiteri, tamen praecepto de integritate confessionis ita satisfacit ut licite confiteri et sacramentaliter absolui possit. Sed ii serui de quibus quaestio paulo ante proposita est quoad fieri potest explicant omnia sua peccata, quorum, licet multa omittant quia se amplius explicare nequeunt, tamen fas illis est ad confessionem accedere et confessariis eos sacramentaliter absoluere.

Maior propositio multis rationibus probari potest. Primo quod nemo est qui neget (id quod secundo loco in ipsa interrogatione proponitur) si quis mutus omnino sit, per nutus confiteri posse, et tamen credibile non est omnia peccata nutibus explicari posse, praesertim si quis raro confiteatur. Secundo, quoniam qui frequentissime peierant aut impudicis cogitationibus consentiunt, quamuis debitam diligentiam adhibeant, fieri non potest ut numerum suorum peccatorum exacte explicent, et tamen id non obstat quominus sacramentaliter absolui possint. Immo probabile est qui non frequenter ad confessionem [115] accedunt, quamuis moralem diligentiam adhibeant, tamen alicuius peccati mortalis in confessione obliuisci, id enim saepe accidere uidemus, et tamen hoc non tollit quominus absoluantur. Omitto alia multa ex quibus sine controuersia ostendi potest neminem ad integritatem confessionis plus obligari quam ut, more humano, faciat id quod potest ad omnia confitenda, et si omnia iusta de causa confiteri non potest, id non obstare quominus sacramentaliter absolui queat, si materiam sacramento idoneam praebuit.

Cum [quidem] serui praedicti faciant id quod possunt ad omnia peccata confitenda, certe ubi peccata aliqua nutibus et signis uel alia ratione explicauerint, absolui sacramentaliter poterunt, esto aliqua exponere possint, praesertim cum in hoc euentu non minor quam in propositis exemplis ratio esse uideatur. Ita tamen intelligenda est proposita conclusio ut, si quis forte confessor fuerit cui sua peccata praedicti serui explicatius confiteri possint, quantum attinet ad ea quae integritas confessionis exigit, illi necessarium confiteri teneantur, quamuis alteri ex deuotione confiteri uellent. Ita uero intellecta conclusio non dubium est quin uera sit, saltem in iis euentis in quibus confessio necessaria est, uel propter imminens mortis periculum, uel propter praeceptum de confessione annua. In hoc enim euentu uulgo fatentur doctores posse paenitentem, si iusta causa intersit, peccatum mortale unum uel plura in confessione subticere, ut si ex confessione alicuius peccati probabile mortis periculum sibi imminere existimet, ut constat ex iis quae docet Sylester, uerbo confessio, 1. q. 18, Caietanus, uerbo confessio, conditione 10ª, Med., c. de paenitentia, quibus accedunt Canus, Sotus, Nau. et denique ceteri.

Vbi tamen confessio ratione alicuius praecepti necessaria non est, non deerunt fortasse qui praedictam conclusionem negent, quia confessionem non necessariam omittendam potius quam dimidiandam citati doctores in proposito euentu affirmant. Non est tamen eorum sententia adeo certa ut contrarium saltem in proposito euentu mihi uerisimilius non sit: saltem in seruis de quibus nunc agimus. Nam, [**115vº**] quis mutum credat confiteri non posse nisi in quadragesima uel ob mortis periculum, quare non potest per nutus omnia peccata exponere. Et si quis in muto id negauerit, quis neget eum qui ante septem uel octo menses confessus non est, et nunc confiteri uult ratione iubilaei, uel certe ob animi deuotionem, quis, inquam, neget eum tunc confiteri posse. Quare, licet moralem diligentiam adhibeat, tamen uerisimile sit, cum non omnia sua peccata quoad numerum attinet, uel etiam quoad species explicaturum, et proinde non esse absoluendum, nisi quando ex praecepto tenetur. Par autem ratio esse uerum in seruis de quibus agimus. Omitto alia, ex quibus existimo esse admodum probabile praedictos seruos posse ad confessionem accedere et sacramentaliter absolui, non solum quando ratione praecepti tenentur, sed etiam quando confessor iudicauerit propter spiritualem ipsorum utilitatem multum expedire, ut confiteantur absoluanturque, nam passim ac frequenter et sine magna ac probabili utilitate id fieri nullo modo consulerem.

3ª[51]

Vtrum in repentino naufragio possit unicus sacerdos qui in naui erat, audito uno uel altero peccato ab unoquoque homine, illum absoluere, aliis peccatis omissis, ut possit confessiones

[51] Ao lado: *uide Tolet. lib 3. C. 20. § 2* . – São as seguintes as palavras para que aqui se remete: *In necessitate urgente possunt multi simul uni confiteri, ut unus audiat alterum et cum periculum inest mortis, uel belli, uel submersionis, uel alicuius similis: potestque confessor illos simul absoluere, ut tenet Sylu. uerb. Confess. 1 § 22.* Francisco de Toledo, *Summa casuum conscientiae, siue De instructione sacerdotum libri septem*, Colônia, apud Ioannem Gymnicum, 1600, p. 226.

ceterorum audire. Si enim ab unoquoque integram confessionem exspectaret, multi inconfessi perirent. Porro si uideatur necessarium ut relinquatur paenitenti omnia dicer, quae sibi occurrunt.

Quaeritur an saltem liceat confessario supersedere a solitis ac debitis interrogationibus ut aliis subuenire queat.

Ad tertiam quaestionem respondeo: Imprimis quod, si demus in proposito euentu confessarium imminente naufragio non posse paenitentis confessionem abscindere, sed omnia peccata quae paenitenti occurrunt audire debere, quamuis ob eam causam uideat multos esse sine confessione perituros, consilium est ut asseramus fas non esse confessario supersedere interrogationibus quas alioqui ex praecepto [**116**] adhibere tenetur, ut ea ratione citius aliis subuenire queat. Hoc enim ex illo sequi facile, ut opinor, omnes intelligunt, sed omnino uidendum est utrum confessarius in proposito euentu non solum omittere interrogationes possit, sed confessiones singulorum abscindere, ita scilicet ut audito uno uel altero cuiusque peccato illum absoluat, ceteris peccatis omissis, ut aliorum confessiones audire ualeat, quos alioqui probabile est sine confessione perituros.

Ac mihi quidem (saluo meliore iudicio) pars ea quae affirmat adeo uerisimilior esse uidetur ut sine scrupulo usurpari possit. Primo, quare rationes quibus D. D. Nauarrus contrariam sententiam in sua resolutione tuetur non uideo quod pondus ad probandum habeant. Nam, quod de integritate confessionis affert, ex iis quae superiore responsione diximus satis constat non adeo esse de necessitate sacramenti ut confessio sit integram quin possit interdum dimiata confessio ad legitimam absolutionem sufficere, quando iusta et idonea de causa unum aut plura peccata omittuntur, esto id de industria fiat. Ex quo etiam constat quam uim habeat id quod primo loco affert. Ex eo enim quod confessarius sit iudex (ut Concilium Tridentinum definit) non sequitur ut is non possit paenitentem absoluere, quamuis ipsum sciat aliqua peccata omittere, si modo id iusta de causa facere intelligat. Neque uero etiam sequitur iudicem sententiam ferre de rebus quas minime nouit, contra [legem], de qua ff. de iudi., nam confessarius in proposito euentu non proprie neque directe sententiam fert, aut absoluit paenitentem de peccatis non confessis, sed solum indirecte, ratione scilicet gratiae quam sacramentum confert, quae omnia peccata delet, quod etiam in peccatis quorum sine culpa quis obliuiscitur fieri uidemus. Vnde fit ut, si quis postea possit confiteri, peccata illa teneatur quae iusta de causa uel propter obliuionem confessus non est, ut de illis directe absoluatur, quod sane non esset si directe de illis confessarius sententiam tulisset.

Quod autem ultimo loco idem doctor affert ad suam sententiam probandam, non indiget responsione. [**116vº**] Quamdiu quidem efficaciores rationes non occurrunt, non uideo sane cur tam iusta de causa confessio dimidiari non possit et absolutio conferri. Nec existimo hanc sententiam alienam esse ab iis quae doctores alias docent, praesertim cum facile omnes concedant quemadmodum iusta occurrere causa potest ex parte paenitentis, ut aliqua peccata in confessione omittat, u. g. si credat sibi, si omnia peccata confiteatur magnum aliquod animae uel corporis periculum imminere, ita etiam ex parte confessoris causam occurrere posse, cur omnia audire non debeat. Omnes enim fatentur, quando paenitens intelligit se, si peccatum aliquod confiteatur, magnum peccandi periculum sacerdoti esse praebiturum, in eo euentu posse, et debere, non quidem confessionem omittere (si praeceptum et necessitas occurrit confitendi), sed peccatum illud subticere. Vt autem paenitens illud omittere potest, sic confessarius, si periculi eiusdem esset conscius, consulere paenitenti posset, ut peccatum illud tunc omitteret et postea, cum opportunitas esset, confiteretur. Quod, si hoc ob suum periculum confessarius consulere potest, cur non est ob periculum alterius? Quod, si hoc potest, poterit etiam ad uitandum periculum aeternae damnationis uel in se uel in alio. Neque obstat quod ii, qui in periculo naufragii uersantur, per contritionem periculum damnationis euitare possint, facile enim omnes intelligunt quam sit difficile, in tanta tempestatis et plurimorum rerum perturbatione, contritionem habere: etsi id obstaret, certe ne ob periculum quidem peccandi dimidianda esset confessio, cum nullum sit tam probabile peccandi periculum quin peccatum in eo multis modis uitari possit.

Facit etiam pro hac sententia quod ipse D. Nau., in cap. Consideret, De paenitentia, d. 5 § Cautus n. 27, cum Palud., Cai. et plerisque aliis doctoribus affirmat, confessionem quidem per se integram esse debere, per accidens tamen seu propter aliqua quae illi accidere queunt, aliquando fieri posse non integram. Hoc est, ut Naua. uerbis utar: “quando quis confessus parocho, et ab eo quoad aliqua absolutus, confitetur alia episcopo uel paenitentiario Romano, uel alii superiori ad quem ea res pertinet, uel contra quando paenitentiarius prius **[117]** reseruata sola audiuit et ab eis uel absoluit, uel absoluendum inferiori remisit.” Haec Naua., quibus uerbis probare uidetur eam sententiam quam multi olim secuti sunt, scilicet posse superiorem audire confessionem solum modo reseruatorum, et ab iis sacramentaliter absoluere, ut paenitens cetera peccata, quae superior propter occupationes audire non potest, confiteatur suo parocho, ab iis similiter absoluendus. Si quidem Nau. credit occupationes superioris esse iustam causam cur solum audiat peccata reseruata et ab iis absoluat sacramentaliter, ceteris peccatis omissis, cur nos multo esse iustiorem non censebimus causam periculum illorum qui sine sacramento morituri sunt, ut confessarius longam singulorum paenitentium confessionem abscindat, ut pluribus succurrere possit?

Quod, si quis obiiciat opinionem illam de confessione peccatorum reseruatorum, quam Nau. et alii probant a nonnullis doctoribus tum ueteribus, tum etiam recentioribus reiici, et a nobis reiectam esse in materiam de paenitentia, facile respondemus ideo reiectam esse quia in confessione reseruatorum raro, aut ne raro quidem, uidetur dari iusta causa cur confessio et absolutio dimidietur, nam si episcopus, u. g. propter occupationes uel aliam ob causam, non potest integram sui subditi confessionem audire, potest tamen ipse auditis reseruatis et consulens paenitentis saluti, prout opus esse iudicauerit, remittere illum sine sacramentali absolutione ad suum parochum uel ad alium sacerdotem idoneum; cui facta omnium peccatorum confessione sacramentaliter absoluatur. Cui etiam potest et saepe debet rem totam committere. Quod, si nemo esset qui confessionem integram paenitentis audiret, et episcopus tam grauibus occupationibus impeditus esset ut eas sine multarum animarum periculo differre non posset, nemo doctor negaret posse in eo euentu episcopum sola reseruata peccata audire et paenitentem sacramentaliter absoluere, ut postea, cum se se offerret opportunitas, de ceteris confiteretur. Quamquam autem, moraliter loquendo, hoc accidere non potest, id non obstat quominus, si accideret, ita faciendum **[117vº]** esset. Quod, si hoc licet, non uideo cur in euentu de quo agimus confessionem dimidiare non liceat, et certe in eo potissimum locum habere uidetur illud Diui

Bernardi, in libro *De dispensatione et praeceptis*: *quod pro caritate institutum est contra caritatem militare non debet*, quod doctores citant ut doceant praeceptum de integritate confessionis non ita obligare ut propter salutem et bonum proximi non interdum omittatur. Vbi uero proximi salus magis hoc exigit quam ubi uideo, si confessionis integritati insistere uelim, multos esse sine confessione perituros? Tum potissimum quando, ob maximam perturbationem et multarum rerum agendarum concursum, difficillimum est contritionem habere.

Addiderim etiam ad haec tantam esse necessitatem posse ut non solum singulorum confessiones dimidiari liceat, sed simul etiam multorum confessiones audire, ita scilicet ut cum a pluribus paenitentibus confessor, uel sua interrogatione, quod facilius est, uel spontanea ipsorum explicatione unum aliquod peccatum perceperit, unica absolutione sacramentali eos omnes absoluere possit, quod in materia de paenitentia fas esse docuimus post Ric., Palu, Syl., Med. et alios.

4ª

Vtrum liceat in eadem prouincia Brasilica Lusitanis emere et uendere inter se seruos quos iam habent, cum tamen constet et pro certo habeatur plurimos eorum absque ullo iusto titulo in seruitutem redactos esse, quamuis de illo qui iam uendendus est moraliter sciri nequeat utrum iuste uel iniuste seruus fuerit factus.

Deinde, utrum liceat eisdem Lusitanis emere a Brasilicis hominibus alios Brasilicos homines quos illi in bello ceperant et seruos effecerant, cum constare nequeat utrum bello iusto uel iniusto capti fuerint.

In quarta quaestione non quaeritur utrum liceat uendere uel emere hominem liberum quem scias in seruitute iniusta detineri, facile enim omnes negant eiusmodi uenditionem emptionemque, nisi in aliquo euentu, omnino iniustum esse. Pro qua ratione uidendus est Sotus, lib. 4 "De iust et iure", q. 2, ar. 2, et Nauarrus, in "Manuale", [118] capite 23, n. 96, quamquam in Nauarri sententia, quam totidem uerbis posuit in responsione ad quartam quaestionem, sunt qui reprehendendum aliquid existiment. Sed hoc, ut dixi, non quaeritur in proposita interrogatione, solum enim quaeritur utrum, quando non constat neque constare potest utrum hic qui uenditur iuste an iniuste in seruitutem abductus sit, et tamen compertum est ex eo hominum genere plurimos iniuste fuisse in seruitutem abductos, utrum in hoc euentu fas sit eiusmodi hominem uendere emereque.

Ad hanc quaestionem ita respondendum existimo: fas esse eum qui pro seruo possidetur uendere emereque si, quemadmodum creditur ex hoc hominum genere plurimos dolo aut fraude uel alia iniusta ui seruos fieri, ita etiam creditur ex eisdem hominibus multos alios iusta emptione comparari quod in bello iusto capti sint, uel a parentibus iuxta ritus patrios uendantur, et is a quo primo seruus a sua regione abductus est ea infamia non laborat uel certe non constat mihi an laboret. Probatur quare non debeo suspicari uel praesumere eum qui primo emit, male emisse, non praesumitur enim malus qui non probatur esse malus, ut constat ex capite "in cunctis", 11, q. 3, et capite finali "de praesumptionibus", et ex aliis locis utriusque iuris, et ratione et aequitate naturali facile probari potest. Hinc fit ut, qui seruos Aethiopes in Lusitania et aliis locis emunt aut uendunt, communiter loquendo, sine animae detrimento id faciant, quare, quamuis fama sit leuissimis quibusdam rebus deceptos in seruitutem abduci, multos etiam a latronibus uel ab iniustis hostibus captos Lusitanis uendi. Similiter etiam constat multos a parentibus iuxta patriae suae ritum uendi, multos in iusto bello capi, nonnullos etiam seruituti ob crimen adiudicari.

Si tamen serui praedicti ex iis regionibus sint in seruitutem abducti ex quibus exploratum sit plurimos absque ullo iusto titulo in seruitutem reductos esse, nullos uidetur aut ualde paucos iure seruos fieri: existimo eam famam satis esse ut maiore probabilitate quis credere debeat hunc de quo nihil certo constat iniuste seruire, et proinde fas non uidetur illum **[118vº]** in seruum uendere uel emere. Immo is qui eiusmodi seruum habet, quamuis initio bona fide emerit, ubi postea animaduerterit id quod dixi, tenetur seruum liberum dimittere, et illi lucra ipsius restituere, siqua forte exstant, aut saltem quantum ipsius seruitio factus esse ditior. Sed ponamus eiusmodi esse seruum de quo nec illo indicio quod superius dixi nec alio modo constare alteram in partem possit utrum iure an iniuria seruus sit. Certe si is qui eiusmodi seruum possidet initio bona fide possidere coepit, potest eum retinere et seruitio illius uti, tenetur tamen diligentiam debitam adhibere ad rem cognoscendam, si spes sit aliqua ratione cognosci posse.

Id uero dubium esse potest: utrum is qui bona fide initio possidere coepit et modo dubitat nec tamen potest certior de seruitutis iustitia fieri, utrum, quemadmodum potest seruum retinere et seruitio illius uti, sic etiam possit eum uendere et alius ab ipso emere. Ratio dubitandi est quia non sufficit aequale dubium ut quis possessionem rei iustae incipiat. Quando autem ex aequo in utramque partem dubitatur utrum seruus iuste, an secus redactus sit in seruitutem, certe is qui emit uidetur possessionem illius incipere cum aequali dubio. Verum, hac ratione non obstante, contraria sententia uera est, saltem quando per uenditionem praedicti serui nullo modo ipsius seruitutis deterior efficitur neque difficilior spes consequendi libertatem, si enim durante tali dubio is qui bona fide possidere coepit, ius habet retinendi seruum et utendi seruitio illius quamdiu de iniustitia seruitutis non constat, cur eiusmodi ius in alium siue per uendicionem siue alio modo transferre non possit, seruatis praedictis conditionibus. Quibus positis, uendendo seruum nullam iniuriam illi infert neque illum in deteriori statu ponit quam esset. Quando autem nemini fit iniuria non est cur iniusta uenditio censeatur. Quod, si is qui bona fide seruum possidere coepit, postea, emergente dubio, non posset ius quod habet ad illum retinendum per uenditionem transferre in alium, certe nec per hereditatem quidem posset, et ita, mortuo possessore, ipsius heredes non possent eodem iure seruum sibi retinere, ac proinde is liber efficeretur et [**119**] idem demum esset de quacumque alia re simili possessa, quod tamen nescio an aliquis sit dicturus. Oportet tamen in uenditione praedicti serui, nulla fiat non modo seruo, sed ne emptori quidem iniuria, et ita exponatur necesse est dubium de iustitia seruitutis.

Ex dictis non erit difficile respondere ad ultimam partem eiusdem interrogationis, qua quaeritur utrum liceat Lusitanis emere a Brasilicis hominibus alios Brasilicos quos illi in bello ceperant et seruos effecerant, cum constare nequeat utrum bello iusto uel iniusto capti fuerint. Si enim qui uendunt bona fide possidere coeperunt et modo dubium insurgat de iustitia seruitutis, nec constare possit, probabilius mihi est possessorem uendere posse seruuum cum conditionibus supra supositis, et proinde emptorem posse emere et deinde retinere eodem iure quo uenditor retinere poterat et seruitio illius uti. Si uero uenditor mala fide possidere incoepit, tunc nec uendere nec retinere potest, et proinde nec alius ab ipso emere. Quod, si emptor iustis de causis dubitat utrum bellum quo seruus captus est iustum fuerit an iniustum, et utrum is qui [cepit] bona fide possidere coeperit an mala: non licet eiusmodi seruum emere, nisi forte quis emat ut ipsum ex graui necessitate per emptionem eripiat, nec est parum probabile idem fas esse, et eripiat ab extrema necessitate, iuxta ea quae docet Nau., in Man., capite 23, n. 96, quamuis alii de extrema necessitate non sine probabilitate negant.

5ª

Vtrum parochus propria auctoritate possit postponere solitas denuntiationes ante matrimonium praemittendas, cum id Concilium Tridentinum prohibere non uideatur.

Ad dictam quaestionem D. D. Nauarrus negatiue responde, cuius responsionem in iis locis ueram esse credo ubi, synodali constitutione uel recepta consuetudine potestas postponendi denuntiationes solitas contracti matrimonii episcopis reseruata est. [vº] Alioqui, spectata re ipsa secundum se, post decretum Concilii Tridentini probabilius esse existimo posse parochum propria auctoritate non quidem omnino omittere, sed tamen postponere denuntiationes quae ante matrimonium de iure praemitti solent, non quidem temere ac pro suo arbitratu, sed ubi iusta causa id postulare uidebitur, qualis est ea quam assignat Concilium Tridentinum, sess. 24, cap. 1, de reformatione matrimonii, his uerbis: "Quod, si aliquando probabilis fuerit suspicio matrimonium malitiose impediri posse, si tot praecesserint denuntiationes, tunc uel una tantum denuntiatio fiat, uel saltem parocho et duobus uel tribus testibus praesentibus matrimonium celebretur." Quibus uerbis facile quis intelliget explicare Concilium quid parochus propria auctoritate facere possit, cum eodem tenore illa proferat quo cetera quae antecedunt, ubi certum est Concilium exprimere quid ex officio parochus in matrimoniis contrahendis praestare debeat, et perinde existimo Concilium non solum non prohibere parocho ut solitas denuntiationes postponat (ut in proposita interrogatione dicitur), sed plane concedere ut iusta de causa postponere possit, et proinde, quamuis ante hoc Concilii decretum parochi fas non esset eiusmodi denuntiationes matrimonio postponere propter ea quae in Concilio Lateranensi sub Innocentio III statuta sunt, de quibus uide caput "Cum inhibitio", de clandestina dispensatione, nunc tamen id suo iure faciunt, quod etiam sentit Alfonsus a Vera Cruce, in appendice ad "Speculum coniugiorum", dub. 1°, conclusione 3ª. Quod, si quis obiiciat Concilium Tridentinum asserere se se in his rebus statuendis inhaerere uestigiis Concilii Lateranensis, et proinde non aliud uelle hoc tempore licere quam Lateranense Concilium uoluerit: respondendum est hactenus Concilium Tridentinum Concilii Lateranensis uestigiis inhaerere, quod tres denuntiationes matrimonio praemitti iubet; id uero non tollere quominus parochis facultatem tribuat postponendi eiusmodi denuntiationes, si iusta causa id exigere uideatur, quemadmodum non tollit quominus episcopus iusta de causa possit omnino denuntiationes omittere, quod ex decreto Concilii Lateranensis utrum episcopus potest Nauarrus ante Concilium Tridentinum dubitabat.

Quamuis autem parochus ante matrimonium contractum iusta de causa duas denuntiationes uel omnes omittere possit, tenetur tamen ante consumationem matrimonii denuntiationes in ecclesia facere [120] ut, si aliqua subsint impedimenta, facilius detegantur. In hoc autem euentu solus ordinarius denuntiationes remittere omnino poterit, si id expedire iudicauerit; parochus autem nisi ordinarii auctoritate non poterit, ut constat ex his uerbis Concilii: "Ante consumationem", inquit, "denuntiationes in ecclesia fiant; ut, si aliqua subsunt impedimenta, facilius detegantur: nisi ordinarius ipse expedire iudicauerit ut praedictae denuntiationes remittantur, quod illius prudentiae et iudicio sancta Synodus relinquit." Vnde probatur, cum Concilium episcopis peculiariter facultatem concedit remittendi denuntiationes, non hoc agere ut liceat episcopis matrimonio contrahendo denuntiationes postponere, id enim paulo ante parochis etiam concesserat, sed solum ut, post contractum matrimonium, denuntiationes, quae praemissae non fuerant, omnino omitti ualeant, quod fatemur parochos facere non posse.

Haec quae diximus de parochi potestate accipi uolumus sine praeiudicio melioris sententiae, quibus et addimus parochos, etsi iusta de causa denuntiationes matrimonio postponendas esse censuerint, nihilominus, quoad eius fieri possit, inuestigare debere utrum matrimonio contrahendo aliquod obsistat impedimentum, ut constat ex capite "cum inhibitio" paulo ante citato.

Gaspar Gonçalves

[120vº]

Resoluções do Pe. Molina[52]

1us: *In Brasilica regione, Petrus, dominus cuiusdam torcularis saccari, uult uendere praedictum torcular et ita scribit seu paciscitur uendere se suum torcular cum tot milliaribus fundi, tot cannetis, tot seruis, tot iugis bouum, et nominando aedes torcularis cum suis mobilibus et supellectibus, ac dicendo quod uendit totum hoc, quod forte numerata pecunia ualeret quindecim millia aureorum, si in ea patria reperirentur, pro triginta aut triginta quinque millibus aureorum soluendorum spatio nouem aut decem annorum. Et hoc modo: emptor dat statim aliquam certam pretii partem per litteras cambii ad regnum Lusitaniae aut liberat uenditorem suis debitis et aliquando soluit aliquam partem numerata pecunia, pro resíduo uero soluit singulis annis tot millia pondera saccari aut tot millia aureorum usque ad conuentum pretium triginta aut triginta quinque millium aureorum, et prout solutio est magis aut minus dilata, magis aut minus secura, ita augetur aut deminuitur pretium. Et hic est modus communis uendendi saccari torcularia et communiter currens et a quibusdam ea ratione excusatus, quia in ea regione numquam reperitur tantum pecuniae numeratae, quanti ualent eiusmodi torcularia et uenditor non pluris aestimat triginta uel triginta quinque pecuniae dicto modo solutae quam quindecim numeratae.*

Quaeritur modo an hic contractus excusari possit, si non in toto, saltem in aliqua parte, et ad quid teneatur pro praeterito uenditor, quia ita contraxit, et quomodo deinceps secure utro-

[52] Em português no manuscrito.

que foro, uel saltem in foro conscientiae, hic contractus transigi possit. Resolutio enim huius casus est tanti momenti quod importat quingenta millia aureorum.

[121]

Respondo que, si el dicho contracto precisamente se considera enquanto por esperar la paga, por aquellos nueve o diez años, se acrecienta tanto en el precio sobre lo que valia si se pagara en dinero luego de contado, el contracto es injusto y usurario con usura paliada, porque la espera del precio es en virtud prestalle, y assi acrecentar tanto en el precio por la espera es por emprestimo virtual llevar el dicho aumento del precio, que es manifiesta usura, con obligacion de restituir quanto se lleva, *ultra* del riguroso precio justo por que uviera de vender el dicho lagar a dinero de contado, y assi, si el supremo precio riguroso en que se uviera de vender a dinero de contado era quinze mil ducados, anse de restituir los otros quinze o veinte mil ducados que se llevaron de mas.

Puedese empero excusar el dicho contracto en todo o en parte *ex sequentibus capitibus*:

El primero, *ex lucro cessante*. Porque el que viende uviera de emplear los quinze mil ducados pagados de contado en propriedades, en las quales en los nueve o diez años uviera de interessar lo que lleva demas o gran parte dello, uviera de negociar con aquel dinero entonces. Quanto se avaliare el interesse de que se priva por la espera, tanto puede acrecentar del precio, *ultra* del justo riguroso a dinero de contado.

Ex hoc capite no todos los vendedores se pueden excusar, si no solos los que uvieron de emplear los dineros en cosas que les rendieron, y los que uvieron de tratar con el. Ni todos estos se an de excusar *ex hoc capite* igualmente, sino *iuxta aestima-*

tionem del interesse de que se privan por no se les dar el precio a dinero de contado, estimando el interesse *prout ualet, nunc dum est in spe atque attentis ceteris circumstantibus*, **[121vº]** y echando el ojo a ver si por estar libres del trato *aliunde* recompensan *aliquid* del interesse, porque lo que recompensan dexan de tener de lucro cessante *et denique* hase de pesar bien si *reuera* cessa lucro, y en que se deve de avaliar cada un año atentas las circunstancias concurrentes, y atento que cada año se les va deviendo menos del precio, por lo que cada año se les va pagando. Y mi parecer es que en esse caso particular, atentas las circunstancias de lo que se viende y como se viende, y de la region, que no tiene dinero, no es necessario deduzirse *expresse* en pacto el lucro cessante para se poder acrecentar en el precio lo que en el se *aestimare*.

El segundo es: si el dicho lagar o ingenio de açucar *reuera* en si vale mas de quinze mil ducados, mas por falta del dinero de la region que no se puede hallar tanto, aviendose de vender a dinero de contado, era forçado quien assi lo quisiesse vender a dallo por quinze mil ducados, y esta es la causa por que a dinero de contado el comun precio riguroso del son quinze mil ducados: digo que, vendiendose a el modo que se apunta en el caso que se propone, se puede subir en el precio quanto mas vale en si, esperando por el precio, y tomandolo de la manera que comodamente se le puede ir pagando. Exemplo tenemos en los que por mar o a ferias trahen tanta copia de mercadorias, que si las quisiessen todas vender a dinero de contado, serlesia necessario baxar mucho del precio que en si valen, atentos los compradores y las diversas partes a que se avian de llevar para desta manera excitar nuevos compradores que com dinero de contado las vengan a pagar, las quales por el precio comun y que *reuera* ellas valen no las uvieran de comprar. Digo pues que, de la manera que en este caso es licito vender estas mercadorias a el fiado por lo que a ellas en si valen, [122] *non obstante* que, si todas se uvieran de vender a dinero de contado, se uvieran de vender por mucho menos, y aquel fuera su justo precio en aquel modo de vender de contado, y ansi, aun que el dicho ingenio, por la falta del dinero que ha en la tierra, si se quissiera vender de contado, su justo y comun precio fueron quinze mil ducados, por ser necessario abaxar en el assi: en estotro modo de vender acomodandose a la falta del dinero que ay en la tierra y esperando de aquella manera por la paga se puede subir en el precio quanto en si vale, el qual es tambien precio iusto en estotro modo de vender.

El tercero es: si en el Brasil *propter penuriam pecuniae*, pagadas tantas arrobas de açucar a dinero de contado se dan por menos que pagadas en cambio de otras mercadorias, avaliadas las unas y las otras mercadorias (como oigo ser la comun compra y venta de cosas gruessas en el Brasil por la penuria del dinero), entonces digo que, por el ingenio de açucar pagado en tantos años en tantas arrobas de açucar cada año, se puede subir en el precio de lo que vale a dinero de contado en la proporcion en que el açucar comprado por comutacion de otras cosas se vende por mas de lo que se venderia a dinero de contado.

El quarto es que, si algo se paga con letras de cambio que se de aca en Portugal a cuenta del comprador, como el dinero aca valga menos que en el Brasil, por la mucha abundancia de dinero que ay aca, y mucha penuria alla, podriasse subir en el precio a dinero amonedado pagado aca sobre lo que valia si le diesse alla, quanto vale mas el dinero alla que aca, de manera que si la plaça del cambio del Brasil para aca es a ciento, que se den aca por noventa que se den alla, y la plaça de aca para alla es de ciento, que se den aca por [**122vº**] noventa que se reciban alla, por lo que mas vale el dinero alla que aca, y por la mayor necessidad que del tienen los mercadores alla que aca, podriase subir el precio pagado aca una decima parte de lo que vale alla, pagado alla de contado a dinero amonedado.

El quinto es que, quando la paga en tantos años fuesse menos segura y subjecta a molestias y gastos de cobralla, atenta la persona del comprador y otras circunstancias concurrentes, podriase acrecentar en el precio lo que a arbitrio de buen varon se juzgase valer el peligro a que el vendedor se pone en esta parte. Mas, para ser licito por esta razon acrecentar el precio, es menester que *formaliter aut uirtute deducatur hoc in pactum*, declarandose a el comprador que por esto se acrecienta el precio, y consintiendo en ello, porque puede querer comprar solamente la cosa, y no el peligro a que se pone el vendedor, y no debe nada por el, sino queriendolo comprar, *atque adeo* deduziendose *in pacto formaliter aut uirtute. Pro maiori uero aut minori dilatione solutionis nihil potest accipi*, porque seria usura paliada *accipiendo illud pro mutuo uirtuali.*

Ex solis capitibus numeratis uideo excusari posse praedictum contractum; utrum autem in totum aut in partem, uel in nihil excusandus sit de facto, pendet ex circumstantiis concurrentibus, las quales no se pueden ver de aca, y assi alla se ha de juzgar de cada uno en particular *attentis* circumstantiis: quanto se deva excusar y quanto no, *atque adeo* si se ha de mandar restituir, o no; quanto a el futuro, si solo se subiere en el precio, *quantum, ex capitibus explicatis, attentis circumstantiis concurrentibus, arbitrio prudentis, licet*: sera el contracto justo en el fuero interior y exterior; [123] *sin minus*, sera injusto y usurario *cum onere restituendi incrementum.*

Este medio apuntaria yo para los contractos que se hiziessen *in futurum*: que no se hiziesse contracto puro de compra y venta, mas de mixto de compra y venta y de contracto de compañia, en esta forma. Que si el ingenio a dinero de contado se avalia en quinze mil cruzados y de presente se paga solo un quinto, i. e., tres mil cruzados, y los otros doze mil se an de pagar en ciertos años tanto cada año. Que sea desta manera: que el dominio del ingenio sea mixto del comprador y vendedor enquanto no acaba de dar el precio, y que *pro rata* del precio que el comprador fuere pagando, vaya teniendo mayor o menor parte del dominio con el vendedor. De manera que, quando lo acabare de pagar, sea todo suyo, y que por el tiempo en que no es del todo suyo, celebran yuntamente contracto de compañia en esta forma: que el comprador ponga la industria y gastos todos, y refaça[53] las alfayas y instrumentos necessarios, y assegure los esclavos y bueyes de manera que, si alguno pereciere, se rehaga a su costa, y visto lo que por esto merece de los rendimentos, atento que todos estos gastos y industria perece, y lo que es bien que venga a el capital, de lo que se juzgare que deve venir a el capital (como si fuesse la mitad o un tercio), aya el vendedor del ingenio *pro rata* de la parte que del tuviere, y el comprador lo demas.

Como el primer año aya el vendedor las quatro partes y el comprador un quinto, pues tiene solo un quinto de dominio en el capital, y en los años siguientes, en la proporcion en que cre-

[53] Assim no manuscrito. Talvez distração do copista, porque à frente lemos a forma castelhana correspondente.

ciere el dominio del comprador en el capital y descreciere el del vendedor, en esso cresca lo que de los rendimentos que responden a el capital [123vº] uviere de recebir el comprador, y descresca lo que uviere de recebir el vendedor. Y si cumpliesse que en los primeiros años el comprador recibiesse mas, para mejor poder suplir a los gastos, podriasse refazer a el vendedor en los años siguientes, en que uviera de recebir menos: *ut u. g.* si el precio todo del ingenio se uviesse de pagar en diez años, podriase dar cada año a el vendedor la mitad de los rendimentos que viniessen a el capital, porque desta manera lo que uviera de llevar mas en los cinco primeiros años, uviera de llevar menos en los cinco derraderos. Estos rendimentos puedelos llevar *ultra* de los quinze mil ducados pagados en diez años, porquanto en los dichos años tiene parte del dominio del capital y por esto licitamente riende para el, lo qual no es quando el ingenio se vende fiado por precio pagado en diez años, traspassando luego todo el dominio del en el comprador, porque entonces solamente riende a el comprador.

Mas adviertase que, en aquel medio tiempo que el vendedor tiene parte del dominio, si el ingenio y tierras del pereciessen, por *casu fortuito* de guerra o de otra cosa, perderia el vendedor la parte que en el tenia, y assi, de los quinze mil ducados del precio, no seria obligado el comprador a pagar lo que respondiesse a el dominio que el vendedor aun en el tenia.

2us: *Sunt Pernambuci infiniti paene serui ex Guinea qui pro maiori parte sunt christiani, pauci tamen Lusitanice ita loquuntur ut possint bene confiteri, reliqui uero communiter ita loquuntur ut ex iis quae dicunt multa non possint intellegi et ita,* *dum confitentur, non potest confessarius perfecte et integre eos intellegere, unde remanent absque remedio confessionis.*

Quaeritur an huiusmodi serui absolui possint, siquidem illi ex parte sua integre confitentur: id est, dicunt [124] *omnia sua peccata prout sciunt et ita faciunt quantum in ipsis est, licet confessarius magna ex parte eos non intellegat, praesertim cum non sit interpres nec sit aliqua spes quod discent melius aut intellegibilius loqui, saltem tam cito. Quomodo ergo cum istis se geret confessarius?*

Respondo: que pueden y deben ser absolutos, aun que aya esperança que a el adelante sabran mejor hablar, porque, entretanto que no tienen con quien se puedan confessar mejor, hazen lo que en si es, y la confession es *dimidiata solum per accidens.* Y para lo que no se pueden mas declarar y entender *censentur non habere copiam confessoris*, y no es justo que tanto tiempo esten sin uso de los sacramentos, ni esse fue el intento de Cristo en el precepto de la confession y instituicion deste sacramiento. Haseles empero de advertir que, como supieren mejor declararse, hagan confession general, *saltem omissionum aut non intellectorum*, como tienen obligacion.

3us: Cum sciatur quod ut plurimum mancipia ibi sunt male et iniuste habita: an cum bona conscientia emi possint aut quam diligentiam tenetur emptor facere, postquam iam ita emit, et deinceps si emerit, praesertim cum iis qui bello capti sunt, et dubium est an illud belum sit iustum, et quid faciet confessarius cum huiusmodi emptoribus pro praeterito aut pro futuro? Deinde, cum hostes occidant et comedant huiusmodi mancipia, nisi ea se uendant christianis.

Quaeritur an iuste emi possint. Sunt qui dicant non posse emi, quia, cum illa sint in extrema necessitate, quippe cum habeant aliquid quod uendant: nempe, se ipsa. Vnde sequitur posse illa iuste emi, etiamsi capta sint bella iniuste: nempe, quia sese iusti possunt [**124v°**] *uendere in eo casu.*

Sufficienter satisfactum erit omnibus interrogationibus quae in hoc casu continentur si hic transcribantur quae diximus tractatu 1° De iust., disp. 18, a § "Quibus titulis etc." usque ad finem illius disputationis, et adiungantur quae diximus in materia "De eleemosyna" 2ª 2ae, q. 32, a. 5, disp. 4, concl. 7.

4us: *Cum ita repente imminet naufragium ut confessarius non possit omnium integras confessiones audire:*

Quaeritur an, auditis duobus aut traibus peccatis unius, possit eum absoluere: et sic de ceteris, ut possit omnium confessiones audire, cum animo tamen et proposito ut postea, si licuerit, audiat integras singulorum confessiones. Aut, dato quod confessarius teneatur tunc sinere paenitentem dicere omnia quae sibi occurrunt, an postquam paenitens dixerit se non amplius recordari, possit confessarius eum absoluere sine aliis interrogationibus.

Respondeo: et primum quod interrogatur licere et debere fieri quando periculum est quod, nisi ita faciat, aliquis morietur sine confessione, et ratio est: quoniam illud solum est dimidiare confessionem per accidens et ex rationabili causa, ne scilicet aliquis discedat sine confessione et sacramento quo ex atrito fiat contritus, et ita incurrat interitum aeternum, quod licet, si enim ad uitanda leuiora incommoda propria aut proximorum fas est dimidiare confessionem per accidens, ut traditur et disputatur in materia de confessione, a fortiori ad uitandum tantum periculum proximorum et ut consequantur tantum emolumentum sicut est augmentum gratiae, quod consequentur recipiendo in eo articulo sacramentum, si antea erant in gratia et róbur ad egrediendum ex hac uita ultra satisfactionem quam ex opere operato consequuntur, licitum erit illam dimidiare. Sicutque, quando aliquis est in articulo mortis et periculum est quod, si amplius exspectetur discutiendo conscientiam illius et continuando confessionem, discedat sine absolutione, licite impeditur illi absolutio et postea continuatur confessio, ita in propósito, quoniam periculum est quod, [**125**] nisi ita fiat, aliquis discedat sine absolutione, licite dimidiantur per accidens confessiones singulorum, et absoluuntur, sumendo a singulis materiam confessionis et absolvendo singulos, et postea continuantur confessiones singulorum prout uacauerit, conando potius singulos perducere ad ueram contritionem et propositum non peccandi quam consumendo tempus in audiendis peccatis illorum.

Plus dico quod, si non est tempus ad audiendas confessiones illorum singillatim accipiendo ab unoquoque materiam et illum absoluendo, licitum erit audire ab omnibus simul publice confitentibus aliquod peccatum et impendere omnibus unam absolutionem, dicendo: "Ego uos absoluo *etc.*".

In confirmationem et lucem eorum quae dicta sunt hoc casu et in secundo praecedentem transcribatur hic quae disputauimus num tempore pestis sat sit confessariis accipere materiam absolutionis a laborantibus eo morbo et examinare an aliquid sit restituendum, et curare ut hac in parte fiat, si quid pro tunc tenetur paenitens, et, conando illum adducere et mouere ad contritionem, eum absoluere.

5us: Quaeritur an parochus propria auctoritate possit postponere denuntiationes quae debent praecedere matrimonium, siquidem Concilium Tridentinum non uidetur id prohibere.

Respondeo negative: sed pertinere id ad episcopum, quare ita consuetudine est recepta et intellecta illa lex, et quare iudicium circa denuntiationes episcopo committitur. Aduerto tamen quod, cum haec iurisdictio uel sit ordinaria episcopi, uel concessa sit ut adiuncta, sit ordinariae iurisdictioni episcopi, potest eam episcopus delegare, iuxta ea quae late diximus tract. 2 De iustitia, disp. 19, § "Illud est aduertendeum quod". Expedit autem ut in Brasilica regione, ubi difficultas est accessus [**125v°**] ad episcopum, episcopus eam deleget uel parochis uel aliis, cum limitationibus quas uiderit expedire, aut sine limitationibus.

P. Molina

PARTE II

História

Nota importante

As versões do latim que se incluem na PARTE II deste livro foram feitas na minha qualidade de tradutor de toda a documentação latina que integra o generoso projeto *ReligionA-JE-Religião, administração e justiça eclesiástica no Império Português (1514-1750)*,[54] para o qual fui convidado em 2019 pelo seu coordenador, o Professor José Pedro Paiva, da Faculdade de Letras de Coimbra, que é hoje a autoridade máxima nos temas por que se reparte aquele projeto acadêmico.

Uma vez que o meu desígnio primordial é sublinhar a vinculação do latim com a história do Brasil *lato sensu*, sobretudo na época colonial, faz todo o sentido apresentar alguns documentos nos quais a língua do Lácio apareça, não apenas como veículo de divulgação de alguns aspectos da realidade brasileira (religioso, geográfico, etnográfico, linguístico, social e econômico) aos olhos de europeus, mas igualmente como a língua

[54] Em data próxima todo esse imenso acervo, nas suas versões latina e portuguesa, sob a forma de livro ficará disponível para o leitor interessado em conhecer a história das inúmeras dioceses que durante três séculos ao longo do vasto mundo foram sendo criadas sob os auspícios do padroado dos reis de Portugal. Por conseguinte, podem degustar-se como ligeiros aperitivos desse suculento manjar as breves páginas que aqui agora se coligem.

oficial na qual uma autoridade religiosa sediada na Itália delimitava e instituía as circunscrições eclesiásticas em que a Igreja católica foi progressivamente dividindo o território nacional. Na impossibilidade material de coligirmos aqui todo o material, relativo ao Brasil e com estas características, que traduzi ao abrigo do referido projeto, decidi selecionar três relatórios, ou relações, correspondentes a visitas *ad limina*, de entre os dezesseis que trasladei para vernáculo, e duas bulas papais de ereção de dioceses e prelazias. O critério da seleção foi, no caso dos relatórios assinados por prelados lusitanos, a variedade de informação, interesse humano e, por vezes, um tal ou qual assomo ou veleidade literária; no que tange aos documentos pontifícios, moveu-me para a sua escolha a importância futura das dioceses criadas (Rio de Janeiro e São Paulo) e o desígnio de dar uma amostra do rígido estilo formalista e quase mecânico em que se vazavam os documentos procedentes da Cúria Romana.

Convirá, para esclarecimento do leitor não afeito a estas matérias, esclarecer o que se entende por relatórios ou relações das visitas *ad limina*, de que irão ler-se em seguida a tradução e transcrição de três amostras. Ora, embora date dos primórdios da Igreja católica a usança de os prelados diocesanos se dirigirem a Roma para visitarem os túmulos dos apóstolos São Pedro e São Paulo (a chamada visita *ad limina Apostolorum*), procedendo do mesmo passo a uma visita ao papa, com obrigação de dar-lhe conta do andamento dos negócios ligados com a sua grei e diocese, só com Sisto V, através da constituição *Romanus Pontifex*, de 1585, se estabeleceram certas regras e normas, a cujo cumprimento os bispos residentes passaram a estar obrigados. A recolha e síntese dessas normas fez-se e pode ler-se no *Codex iuris canonici*, publicado pela primeira vez em 1917, interessando-nos para o presente escopo os cânones que passo a transcrever e traduzir:

> *340. § 1. Omnes Episcopi tenentur singulis quinquenniis relationem Summo Pontifici facere super statu diocesis commissae secundum formulam ab Apostolica Sede datam. 341. § 1. Omnes et singuli Episcopi eo anno quo relationem exhibere tenentur, ad Vrbem, Beatorum Apostolorum Petri et Pauli sepulcra ueneraturi, accedant et Romano Pontifici se sistant. (...) 342. Episcopus debet praedictae obligationi satisfacere per se uel per coadiutorem, si quem habeat, aut ex iustis causis a Sancta Sede probandis, per idoneum sacerdotem qui in eiusdem Episcopi dioecesi resideat.*
> ["340. § 1. Em cada período de cinco anos todos os bispos são obrigados a apresentar ao Sumo Pontífice um relatório acerca da situaçao da diocese de que têm o encargo, em conformidade com o modelo apresentado pela Sé Apostólica. 341. § 1. Que todos e cada um dos bispos, no ano em que são obrigados a apresentar o relatório, se dirijam a Roma, a fim de reverenciarem os túmulos dos santos Apóstolos Pedro e Paulo, e que se apresentem diante do Santo Padre. (...) 342. O bispo deve dar cumprimento à citada obrigação por si mesmo ou pelo seu coadjutor, se tiver algum, ou, se existirem justas causas aprovadas pela Santa Sé, através de um sacerdote idôneo que resida na diocese do mesmo bispo."]

Dado o caráter sobretudo documental que intencionalmente imprimimos a esta PARTE II, abstive-me de comentários ou desenvolvimentos biográficos em relação à personalidade dos três antístites cujos relatórios aqui se reuniram. Assim, limitei-

-me a, no início de cada relação, em brevíssima nota de pé de página, reunir as datas e fatos mais assinaláveis do percurso humano de D. José Botelho de Mattos, D. frei Luís de Santa Teresa e D. frei Antônio do Desterro Malheiro Reymão. Ao leitor interessado em colher informações mais nutridas sobre estes veneráveis varões, só me resta sugerir-lhe que consulte as bem elaboradas biografias que deles poderá encontrar, na subseção *Biografias dos bispos* do cabeçalho *Instrumentos de Trabalho*, após acessar na internet o projeto cujo nome acima consignei.

A transcrição paleográfica dos manuscritos originais latinos destes relatórios, primordial passo a partir do qual, e de acordo com as regras da moderna filologia, estabeleci, após minuciosa colação com reproduções fotográficas dos originais arquivados em Roma, o texto latino que aqui poderá ver-se, deve-se ao competente labor do Doutor António Vítor Ribeiro, a quem aqui publicamente exaro a minha sincera gratidão.

1. Relatório correspondente à visita *ad limina* do arcebispo[55] da arquidiocese de Salvador da Bahia (1745)

Tradução portuguesa

FONTES: *Ad Limina, Salvador da Bahia, 1745*
Archivio Segreto Vaticano, Congregatio Concilii, Relationes Dioecesum, 712
[fólios não numerados]
[r°]

Eminentíssimos e meus mui veneráveis Senhores,

Com todo afeto e respeito através dos presentes visito estes Sagrados Túmulos, de que me impede o acesso pessoal o gravís-

[55] D. José Botelho de Mattos. Nasceu em Lisboa em 1678 e, após alguns anos de tirocínio acadêmico, licenciou-se em Cânones pela Universidade de Coimbra, a 9 de Dezembro de 1715. Na diocese de Miranda do Douro, região onde transcorrera a sua infância e anos moços, desempenhou importantes cargos eclesiásticos, incluindo o de vigário capitular. Em 10 de Janeiro de 1739 foi nomeado arcebispo da Bahia, desembarcando em Salvador a 3 de Maio de 1741. Alegando os achaques próprios da sua provecta idade, pediu a renúncia do cargo em 31 de Janeiro de 1759, vindo a falecer em 22 de Novembro de 1761. Sobre a sua alegada oposição à política antijesuítica do Conde de Oeiras, veja-se o artigo de Evergton Sales Souza, "D. José Botelho de Mattos, arcebispo da Bahia, e a expulsão dos Jesuítas", *VARIA HISTORIA*, Belo Horizonte, v. 24, n° 40, pp. 729-746.

simo prejuízo que com a minha ausência sofreria o arcebispado, se me abalançasse a empreender uma viagem e uma navegação tão longas, como são a do Brasil a Roma.

1°. *Referente à situação material da igreja*

Nesta América, quarta parte do mundo, encontra-se situada junto à orla marítima a cidade da Bahia do Salvador de Todos os Santos, sob a latitude de 13 graus e 30 minutos a sul do equador. Nela encontra-se edificada uma sé catedral, elevada a diocese no ano de 1551, e a arquidiocese no ano de 1676, que se divide em três bispados: a saber, o do Rio de Janeiro, o de Pernambuco e o do Maranhão, dos quais os dois primeiros se mantiveram sufragâneos, tal como os de Angola e de São Tomé, em África.

Para oriente, onde confina com o bispado do Maranhão e o de Pernambuco, estende-se por 140 léguas; e para ocidente, onde faz divisa com o do Rio de Janeiro, por 250. Os seus restantes limites, ou são marítimos ou, os poucos que o não são, desconhecem-se por completo. Esta mitra não goza de privilégio algum especial ou de prerrogativa particular, e por isso em tudo se governa pelo direito comum.

Este arcebispado da Bahia abarca duas cidades: a saber, esta insigne do Salvador de Todos os Santos, dividida em nove paróquias, que são: a da Sé metropolitana, sob invocação do referido Salvador, a da Santa Virgem da Vitória, a de S. Pedro Velho, a da Santa Virgem da Imaculada Conceição, a de Santo Antônio Além do Carmo, a da Santa Virgem do Desterro, a do Santíssimo Sacramento, geralmente chamada do Pilar, a da Santa Virgem geralmente chamada *das Brotas*, e do Sacramento do Rosário. Em todas estas paróquias contam-se 6.469 fogos, montando a 34.647 o número das pessoas que frequentam a sagrada Eucaristia.

A outra cidade tem o nome de S. Cristóvão, e é correntemente chamada Sergipe del-rei. Tem uma única paróquia, sob a invocação de Santa Maria da Vitória. No restante arcebispado, que abrange ao redor de quinhentas léguas, [*verso*] encontram-se por aqui e além dispersas cinquenta e nove paróquias, nas quais se contam 42.000 fogos, e 210.000 almas, além de alguns povoados, que no espiritual estão sujeitos aos regulares, e não poucos pagãos, que ainda não foram civilizados nem convertidos à fé, os quais ocupam ainda uma imensa parte do território, mas em cuja conversão à fé verdadeira se trabalha e sua não pouco.

Esta sé metropolitana é um templo amplo e faustoso, tendo cinco portas principais, três na fachada e duas nos lados; treze altares, entre os quais se conta o altar-mor, todos de primorosa arquitetura e mui ricamente ornamentados e providos de preciosos paramentos, a todos eles muito se avantajando o altar do Santíssimo Sacramento em luzimento, custo e riqueza.

O coro desta sé compõe-se de cinco dignidades: deão, chantre, tesoureiro-mor, mestre-escola e arcediago; de nove prebendados, um dos quais é doutoral, o outro magistral e enfim o terceiro penitenciário; de quatro meios prebendados, de um ssubchantre, de dez capelães, de seis moços de coro, um sacristão, um subsacristão, dois organistas e um coro musical. A todos estes, assim como ao arcebispo, ordena o sereníssimo rei que todos os anos se paguem certos ordenados em numerário.

Este arcebispado não possui nenhuma igreja colegiada. As igrejas paroquiais, tal como atrás se disse, são em número de 68, 256 as capelas, 92 os oratórios, e quase todas as referidas igrejas, capelas e oratórios encontram-se decentemente ornamentadas e providas dos necessários paramentos, e na maior parte, também no que tange ao material, levam vantagem a muitas igrejas do reino. Algumas destas igrejas, que foram edificadas mais recentemente, encontram-se construídas de madeira e adobe; todavia, a breve trecho, à semelhança das restantes havemos de vê-las edificadas com pedra e cimento, visto que o sereníssimo rei, como é próprio de um príncipe muito católico, concorre para esta sorte de obras com mão liberal.

Encontram-se nesta diocese catorze conventos de religiosos: cinco de reformados de S. Francisco, três da Ordem de S. Bento, outros três da Ordem da Santa Virgem do Monte Carmelo, um da mesma de Carmelitas Descalços, um colégio da Companhia de Jesus e um noviciado da mesma Companhia, de vastas dimensões; três hospícios, um de Capuchinhos italianos, e o outro de frades descalços de Santo Agostinho, e o terceiro de Carmelitas. Também existem três mosteiros de religiosas, sujeitos ao ordinário: um de Santa Clara, subordinado à regra estabelecida pelo papa Urbano IV, o segundo de Ursulinas e o terceiro da Conceição. Há também dois recolhimentos de donzelas, sujeitos ao ordinário: um da Piedade e o outro do Coração de Jesus.

Não se construiu nesta métropole nenhum seminário para formação de clérigos, conquanto se trabalhe com todo o empenho para fundá-lo e tem-se solicitado a contribuição do sereníssimo rei para a sua construção ampla e grandiosa. [*recto*] Existem três hospitais neste arcebispado, todos debaixo da jurisdição do sereníssimo rei. Em todas as paróquias do mesmo encontram-se 279 confrarias, as quais, embora sejam quase todas seculares, todavia foram criadas com confirmação episcopal. Na paróquia da vila chamada da Cachoeira, a uma légua desta povoação, encontra-se construído um seminário de meninos, a que chamam de Belém,[56] sob a direção e ensino dos padres da Companhia, no qual se entregam ao estudo das humanidades cerca de cem meninos, e ainda que sejam sustentados às expensas dos seus pais e parentes, todavia redunda em grande proveito tanto deles como da Igreja, por isso que, como de um viveiro de virtudes e de letras, dali surdem jovens de tais qualidades que a seu tempo se consagram com grande zelo ao bem da comunidade.

Em todo este arcebispado não existe nenhum montepio nem instituição pia alguma de idênticas caraterísticas, nem a terra, embora seja muitíssimo abundante em variadas espécies de produtos, tal permite, devido à corrupção em que a breve trecho estão sujeitas esta espécie de produtos.

§2. *Relativo ao próprio arcebispo*

Entrei no porto da Bahia no dia 3 de Maio de 1741; desembarquei e tomei posse no dia 5 do mesmo mês, e até hoje cumpri materialmente com a obrigação de residência, em conformidade com as determinações dos sagrados cânones do Concílio de Trento e com a constituição do papa Urbano.

Logo no mesmo ano comecei a visitação desta cidade, na qual gastei cinco meses e nas paróquias da mesma ministrei o sacramento da confirmação de sete a oito mil pessoas. No ano seguinte de 1742 dei começo à visitação do restante arcebispado, na qual despendi quatro meses na visita de onze paróquias, nas

[56] Aqui estudaram os irmãos Bartolomeu (o futuro "padre voador") e Alexandre de Gusmão (secretário de D. João V e diplomata), sob o preceptorado e proteção do jesuíta Alexandre de Gusmão, de quem ambos adotaram o sobrenome e que durante longos anos foi diretor deste seminário.

quais conferi o sacramento da confirmação a mais de trinta mil pessoas. No ano de 1743 visitei de novo dez paróquias, nas quais confirmei com o santo crisma à roda de vinte mil pessoas, tendo em tudo como companheiro junto de mim certo religioso da Companhia de Jesus, professor de teologia aposentado, para cumprir as funções de missionário, quer fazendo exortações ao povo, quer expondo a doutrina cristã aos mais ignorantes, porque as inúmeras e mui importantes ocupações que me tomavam o tempo, não me permitiam cumprir pessoalmente esta obrigação.

Embora não em todas as quatro têmporas, uma vez que nenhuma necessidade tal exigisse, mesmo assim ordinariamente nas mesmas conferi as santas ordens [*verso*] e nelas iniciei 212 seculares e 356 regulares, e entre estes um certo número que a mim recorreram, vindos das dioceses sufragâneas.

Não celebrei sínodo provincial nem diocesano porque não nenhuma necessidade parecia pedi-los nem com tal se compadece a condição dos lugares, porquanto, para que não se celebre o provincial, são impedimentos: a grande extensão dos trajetos e os perigos dos caminhos que os bispos sufragâneos teriam de arrostar; além disso, a enorme dificuldade e uma quase insuperável impossibilidade dos meios necessários para ele; finalmente, também a imensa e incomportável carestia do custo de vida nesta cidade, para arcar com a qual de modo algum são suficientes os modestos rendimentos atribuídos para o passadio dos sufragâneos. Impedem que se reúna sínodo diocesano os já referidos impedimentos e talvez maiores, uma vez que o interior deste arcebispado é totalmente deserto e como que intransitável.

Embora o teor da minha profissão exigisse e a forte inclinação da minha disposição de espírito desejasse que me entregasse mais amiúde à pregação, todavia as ocupações com os inúmeros negócios que tinha de resolver e a minha forçosa atenção aos mesmos e as incessantes obrigações arquiepiscopais fizeram que apenas algumas vezes tenha pregado, quer do púlpito, quer da cadeira prelatícia, e não interromperei esta atividade, sempre que doravante me for possível.

Tenho um depositário geral das penas e multas que pelas suas faltas são impostas aos culpados, e todas se aplicam inteiramente para fins piedosos.

Neste arcebispado não se cumpre a tabela inocenciana e, conforme me parece, com razão, devido às muitas despesas que nestes lugares se fazem quer com a alimentação, quer com a roupa, as quais, como igualmente outras coisas deste gênero, são muitíssimo caras no Brasil. A isto sensatamente atendendo, o sereníssimo rei por lei sua determinou que aos seus ministros se pagassem anualmente salários muito maiores do que no reino e estabeleceu por sua real provisão que os já referidos ministros e demais oficiais auferissem de emolumentos duas vezes maiores.

No que toca ao exercício da minha atividade episcopal e ofício com ele conexo, e igualmente à jurisdição eclesiástica, liberdade eclesiástica e sua imunidade, não tenho de quem me queixar, visto que não há absolutamente ninguém que me perturbe, mas antes pelo contrário todos (o que resulta da misericórdia e bondade divinas) se deixam governar pelas determinações dos santíssimos cânones e do santíssimo Concílio de Trento.

Esforço-me assaz por fazer avançar as obras piedosas, e estas em não pequeno número, algumas das quais já foram concluídas, ao passo que espero que em breve outras se concluam, tanto no que tem a ver com a sé catedral, como no que tange a restantes coisas deste arcebispado, quer a outros lugares pios, como igualmente à população e clero.

§3. *Referente ao clero secular*

[*recto*]

Os cônegos e restantes clérigos obrigados à frequência do coro desta igreja metropolitana todos residem nela e recitam as horas canônicas, com a única exceção daqueles dias que de acordo com os seus estatutos lhes são concedidos para descanso do espírito, pelo que, se nos outros dias alguns faltarem ao coro, ficam privados dos frutos que lhes correspondem, que se repartem entre os presentes. Depois de ditas matinas, laudes e prima, todos os que podem celebram missa, e depois de recitada terça, canta-se a missa conventual, que é aplicada por intenção dos benfeitores. O clero tem os seus estatutos, concebidos e impostos pelo ordinário, e tem igualmente certos preceitos e ordenações relativos ao coro, pelos quais se rege e que ainda se cumprem íntegra e perfeitamente.

O cônego penitenciário cumpre plenamente a sua obrigação, recebendo as confissões de todos os que desejam os seus serviços e oferecendo-se amiúde para este fim no santo tribunal, ainda que nenhum dos penitentes o espere. O cônego teólogo, que goza de prebenda igual à dos demais, não tem obrigação alguma a não ser a de assistir ao coro, visto que, desde a criação desta sé até aos dias de hoje, nenhum destes satisfez à obrigação quer de ensinar teologia quer de pregar a palavra de Deus, e, no que diz respeito ao ensino teológico, têm a seu favor os exemplos das sés catedrais do reino, exemplos estes que certamente mais se aplicam nesta sé metropolitana do que em qualquer outra, uma vez que contígua a ela se acha o colégio dos padres da

Companhia, em cujas escolas públicas sempre se ensinam gramática, filosofia e teologia, tanto especulativa como moral, não sem pequeno fruto e proveito de todos os que as frequentam.

Todos os párocos, em conformidade com o que exige a sua obrigação, residem dentro dos limites das suas paróquias. Todos possuem livro de registros de batismos, casamentos, óbitos e os restantes que o ritual romano ordena que tenham, embora em muitos não se encontrem consignados os domicílios que a isto competem, algo que as mais das vezes não deve imputar-se a negligência dos párocos, mas sim atribuir-se a deficiência de informação, uma vez que são de tal monta as distâncias das suas paróquias que muitas vezes se passam anos inteiros sem que chegue até eles qualquer informação acerca da morte, nascimento ou matrimônio de muitos dos seus paroquianos, e por isso não podem ter notícia destes fatos nem através dos paroquianos nem de alguns sacerdotes que os têm a seu cargo.

Têm sacerdotes coadjutores, cuja necessidade é muitíssimo grande, espalhados pelas regiões mais remotas, que têm como missão exercerem as funções do pároco por um âmbito territorial de vinte, trinta e mais léguas, uma vez que as paróquias deste arcebispado não estão formadas por populações reunidas em vilas e povoados, mas dispersas por aqui e por ali, e espalhadas de modo tal que muitas vezes um habitante encontra-se separado do outro por muitas milhas. As referidas distâncias dos lugares impedem que os párocos e os seus coadjutores ensinem a doutrina à população reunida e junta num corpo só, [*verso*] motivo pelo qual satisfazem a esta e a outras obrigações do seu ofício do melhor modo que podem, a uns paroquianos instruindo-os eles mesmos pessoalmente, e entregando outros aos cuidados dos pais e patrões, para que aqueles ensinem aos filhos e estes aos seus escravos e servidores os necessários rudimentos da fé.

Embora todos os párocos rezem missa diante dos paroquianos nos domingos e dias santos, todavia não a aplicam por intenção dos mesmos, apoiados talvez nas Constituições deste arcebispado, que, tratando desta matéria, assim conclui: "E quanto à aplicação do sacrifício da missa e esmola dela, mandamos que se guarde o que está disposto por direito e sagrado Concílio Tridentino, conformando-se e ajustando-se os párocos com o que constar da criação e instituição de cada uma das igrejas e com os costumes que legitimamente foram introduzidos e prescritos."[57]

Empreguei-me inteiramente ao desígnio de atalhar a este procedimento, que me parece de alívio para os párocos, e de prejuízo para os paroquianos, e por esse motvo fiz publicar uma pastoral, apoiada no Concílio Tridentino, na autoridade dos mestres e nas *Ordenações* do reino, mandando que todos os párocos deste arcebispado nos domingos e em todos aqueles dias em que debaixo de grave obrigação o povo é obrigado a estar presente na missa, a rezem e a apliquem por intenção dele, mas por certas pessoas recebi a informação certa de que eles persistem ainda na sua usança e que não oferecem as referidas missas por intenção dos seus paroquianos, apoiando-se nas opiniões e resoluções de certos teólogos aos quais recorreram para pedir parecer sobre esta causa e que decidiram a seu favor.

[57] Transcrevi do original em português. Vd. *Constituições primeiras do arcebispado da Bahia*, § 548, reedição, São Paulo, Tipografia 2 de Dezembro, 1853, p. 211.

Até ao dia de hoje não conferi nem ordens menores nem até prima tonsura a nenhum dos meus súbditos, que fosse secular, se não pareceu idôneo para as receber, depois de se terem feito inquirições sobre sua linhagem, origem, idade, teor de vida e costumes, e proclamas na paróquia em que nasceu ou residiu, em conformidade com as Constituições, e se haver obtido plena informação de pertencer a família honesta e não ter sido condenado por algum crime nem no foro eclesiástico nem no secular. E aparelham-se todos para receberem as ordens sagradas mediante exercícios espirituais, que duram dez dias, e são preparados para a realização destes exercícios nos conventos desta cidade, e a isto os obriguei através da minha primeira pastoral que aqui mandei publicar e que todos até hoje rigorosamente acataram.

Todos trajam vestes clericais talares e decentes, de lã e não de seda, havendo-lhes eu proibido as de seda por uma outra pastoral. E no que tange ao privilégio de foro em tudo se respeitam as disposições do Concílio de Trento, sessão 29, c. 6, e a constituição do nosso santíssimo Senhor Bento XIII, no Concílio de Roma.

Havendo-me chegado a notícia de que os clérigos não se reuniam entre si para realizarem conferências de teologia moral, tratei de promulgar outra pastoral na qual os obrigava a realizá-las, determinando prazos para esse fim, a qual mandei transcrever em todos os livros das igrejas que visitei; [*recto*] se a pastoral surtiu o seu efeito, é algo de que irei inteirar-me na próxima visitação que fizer, conquanto não poderei constranger ao cumprimento deste meu mandado com severidade e sanções, como é costume fazer-se nas outras regiões, uma vez que nestas paragens os párocos estão separados uns dos outros por distâncias amiúde de muitas léguas.

Os costumes e teor de vida dos clérigos seculares não só não são os próprios daquele estado que abraçaram, como tampouco os com grande veemência lhe peço e requeiro, visto que pouco se ajustam aos sagrados cânones e concílios. Na medida do possível, esforço-me para que se corrijam. Todavia é certo que de modo algum são mais dissolutos do que outros clérigos de outras dioceses pelas quais viajei, e até verifico que em parte se mostram mais dispostos a corrigir-se e a obedecer aos seus superiores.

§4. *Referente ao clero regular*

Ainda que sejam muitos os regulares que neste arcebispado se entregam à cura de almas, todos eles todavia encontram-se isentos da jurisdição ordinária, visitação e correção, até naquelas coisas que dizem respeito à administração dos sacramentos. Nesta diocese contam-se vinte e quatro aldeamentos, chamados "missões", à frente de todos os quais se encontram regulares colocados e visitados pelos seus superiores. Tenho conhecimento que os lugares e terras foram doados às referidas missões de há cem anos, e mais, a esta parte, para habitação comum dos índios que receberam a fé de Cristo mediante a pregação dos regulares e se submeteram à soberania do sereníssimo rei. Para o lugar dos primeiros missionários são nomeados outros regulares até ao presente sem recorrer-se ao arcebispo em relação à jurisdição, algo que suporto a contragosto, pois, embora os pareceres de alguns mestres de direito os considerem imunes, todavia estes pareceres foram derrogados, como mais antigos, pelo Concílio de Trento. E nos seus privigélios não devem apoiar-se sobretudo na constituição do santíssimo padre Pio V, porquanto esta encontra-se ab-rogada por Gregório XV, na sua constituição *Inscrutabili*, conforme adverte Pignatelli, no tomo 6, consulta 1. Tampouco é lícito recorrer-se à falta de sacerdotes seculares, uma vez que a sobejamente conhecida abundância deles neste arcebispado não oferece ensejo para uma desculpa de boa-fé. Até hoje não insisti em avocar estas missões à minha jurisdição, pois, tendo em consideração a posse adquirida durante cem anos pelos mesmos regulares, de forma alguma sairei vencedor, porquanto alcançarão boa acolhida no tribunal da Coroa, no qual seguramente hão de procurar refúgio. Nem eu ou os meus sucessores, avançando-se com os enredos judiciários, veremos o êxito nesta questão, e até irão seguir-se desta contenda danos não apenas temporais, mas igualmente espirituais.

Alguns regulares desta América, e inúmeros também das províncias de Portugal e das suas ilhas adjacentes vagueiam durante anos e anos pelo interior deste arcebispado, com autorização dos seus superiores, e muitos deles sem ela; trato de que os primeiros sejam enviados para aqui, contra os segundos fiz que se publicassem cartas pastorais mais de uma vez; finalmente, ordenei que se negassem os sagrados paramentos e os demais objetos de culto necessários para a celebração da missa, mas até agora alcançando mui diminuto ou com certeza nenhum fruto. É que estes frades, adentrando-se nos sertões e ajudados pelos habitantes mais poderosos do interior, recebem as suas confissões e de modo indiscriminado concedem a absolvição dos pecados, realizam funerais, celebram casamentos, batizam, sem receio dos magistrados eclesiásticos ou seculares, e até nada preocupados com o ordinário e das determinações dos seus ministros, de tal maneira que há não poucos anos aconteceu a um visitador da diocese, que, tendo exigido a um regular que lhe apresentasse a autorização concedida para pregar e confessar e para administrar os demais sacramentos, recebeu a seguinte resposta: "Há de ser apresentada no dia seguinte na boca de uma escopeta."[58] O visitador calou-se e usou de prudência, tendo em consideração que se via cercado por uma imensa multidão de escravos na casa onde morava o apóstata. São estes, eminentíssimos Senhores, os homens neste arcebispado acerca de cuja emenda eu perco a esperança; são estes aqueles que causam o maior dano às almas dos meus súbditos. Motivo pelo qual humildemente rogo e peço instantemente a Vossas Eminências que proporcionem os meisos que parecerem mais eficazes para este fim.

Outros regulares, embora em pequeno número, expulsos das suas comunidades, encontram-se a residir neste arcebispado e têm-me insistentemente rogado que os absolva da suspensão perpétua contra eles intimada por sentença dos seus superiores: havendo eu protelado aceder à sua pretensão, apoiado no decreto da sagrada congregação dos cardiais do ano de 1624, promulgado por conselho e mandado do nosso santíssimo Senhor Urbano VIII.

Tendo eu tido conhecimento de que as residências, engenhos de açúcar e fazendas, nos quais não moram mais do que um ou dois religiosos, nunca foram visitadas pelo ordinário, dissuadiu-me da preocupação de visitá-los o recurso ao tribunal da Coroa,

---

[58] O manuscrito apresenta, quase ilegível, o que parece ser *schopi ore*. Embora não tenha encontrado a primeira palavra em dicionários latinos, dado o truculento contexto, julgo tratar-se de uma adaptação do vocábulo italiano *schioppo*, que está na origem da palavra portuguesa que usei na tradução.

ao qual não em vão hão de acudir, não sem menosprezo tanto da minha pessoa como da minha autoridade. Por esta razão até hoje não me mostrei rigoroso executor da jurisdição ordinária até em outras matérias, como é o caso das bênçãos das imagens e dos paramentos sagrados em relação às igrejas não isentas, e o uso não permitido do báculo. Para isto e outras coisas de menor importância não peço a ajuda de Vossas Eminências, julgando que toda se deve encaminhar aos apóstatas regulares, e de novo com a máxima instância humildemente a suplico, a fim de que estes homens perversos e ruins regressem ao bom caminho e se arrependam dos gravíssimos danos por eles infligidos a si e a todo o arcebispado.

§5. *Referente às religiosas*
[*recto*]
No mosteiro de Santa Clara, a que já fiz referência, moram mais de noventa religiosas; obedecem à regra prescrita pelo santíssimo papa Urbano IV, assim como aos estatutos criados pelos meus antecessores e também por mim. Observam com todo o rigor a clausura, de que estou sobejamente certificado, assim como em relação à obediência. Nele não se acham abusos ou excessos acerca dos quais deva informar a Sé Apostólica, pois, em minha opinião, cumprem a vida religiosa em todos os aspectos. Para além dos confessores ordinários, atribuí-lhes outros, os quais várias vezes, ao longo do ano, lá se dirigem para ouvi-las em confissão, pois considerei que tal era muito necessário, devido ao grande número de mulheres que, além das professas e noviças, residem dentro dos claustros das religiosas por concessão de diploma papal.

Possuem um procurador assaz entendido, o qual tem a incumbência de receber as rendas do mosteiro e conscienciosamente trata dos dotes das recentemente entradas: alguma parte supérflua que sobra destes, de acordo com as leis portuguesas, é posto a render, para suprir ao seu sustento sem terem de contrair empréstimos, e de três em três anos prestam-me contas rigorosas das receitas e despesas.

Professam perfeita e rigorosa observância dois outros mosteiros mais recentes desta cidade: um da Santíssima Virgem da Imaculada Conceição, debaixo da regra prescrita pelo santíssimo papa Júlio II, com as modificações introduzidas e concedidas pelo santíssimo papa Inocêncio XII; o outro de Ursulinas, debaixo dos estatutos aprovados pelos santíssimos pontífices Paulo V, Urbano VIII e Clemente IX. Ambos se encontram sujeitos ao ordinário. O primeiro teve o seu princípio no ano próximo passado, recebendo cerca de vinte donzelas, que estão a fazer o noviciado, sob a direção de duas religiosas de comprovada virtude, que, precedendo autorização da Sé Apostólica, eu escolhi e fiz vir do mosteiro de Santa Clara. O segundo, começou há cerca de três anos, no qual se contam, com as que devem ser em breve recebidas, dezesseis religiosas. São decerto tenras florzinhas essas donzelas que vivem nos dois mosteiros, mas, com a permissão de Deus, de tal maneira se afoitam pelo caminho da perfeição que em breve começarão a desatar-se em abundantíssimos frutos de virtudes.

§6. *Referente ao seminário*

Nem neste arcebispado nem nos demais bispados desta América existe seminário algum, criado de acordo com a forma prescrita pelo santo Concílio de Trento.

§7. *Referente às igrejas, confrarias e lugares pios*
[*verso*]
Em todas as igrejas onde vigora a obrigação de celebrar missas ou aniversários, existem tabelas penduradas nas sacristias onde se mostram escritas e se apresentam publicamente os preços pelos serviços, de acordo com a forma do decreto do santíssimo papa Urbano VIII, e consta-me com suficiente certeza que isto se cumpre com todo o rigor. Também se observa o mesmo nas confrarias e lugares pios em relação aos legados que lhes foram confiados pelos testadores. No tempo das visitações, exige-se que os administradores prestem contas e, se por acaso tiverem sido negligentes, os visitadores obrigam-nos a cumpri-los.

Conforme se disse, neste arcebispado não existem quaisquer montepios ou instituições de caridade congêneres. Os hospitais, que aqui existem apenas em número de dois, são dirigidos por leigos: um deles, que antigamente estava subordinado ao ordinário, depois de interposto recurso ao tribunal da Coroa, foi entregue à administração laica.

§8. *Referente à população*
Os costumes da população desta cidade e deste arcebispado, que ascende aos números já mais atrás apontados, não se encontram de tal maneira ajustados à norma da retidão que estejam em correspondência com os meus desejos, pois, embora entre os concidadãos a fé seja pura, todavia quebrantam-se em excesso os preceitos do decálogo. Na extirpação dos defeitos, denodadamente trabalhamos, na proporção do espírito e fervor de cada um, não somente eu, mas igualmente todos a quem corresponde este encargo.

O imenso número de africanos (que não anda abaixo dos vinte mil, porque todos os anos aqui aportam vindos de regiões estrangeiras) e quase todos em estado selvagem inundam estas paragens com um caos de vícios e corrompem-nas com males até corporais, ainda que elas sejam assaz saudáveis, devido à amenidade do clima. Contudo, uma vez que nestas regiões é necessário acudir aos serviços destes africanos (pois os habitantes da terra de tal maneira dependem do trabalho deles que os senhores se sustentam com a atividade e suor dos mesmos), torna-se forçosa a retenção deles, ainda que, devido ao seu grande número e à grande distância dos lugares, não podem todos e cada um ser instruídos nos preceitos da doutrina cristã, como é justo.

Com o favor de Deus, não encontro neste arcebispado abuso algum ou usança perniciosa em relação aos quais me cumpra consultar a Sé Apostólica ou implorar a sua ajuda.

§9, e último. *Referente aos pedidos*

Uma vez que neste arcebispado são inúmeros os paroquianos pobres, cuja pobreza é maior nas coisas espirituais e sendo meu dever socorrê-los, em conformidade com o dever do meu ofício pastoral, [*recto*] considerei muitíssimo necessário pedir à Sé Apostólica autorização para dispensar com os mais pobres e os totalmente pobres, em quaisquer graus não proibidos por direito divino, a fim de poderem contrair casamentos válidos e legítimos, sempre que assim o exigir premente necessidade, porquanto deste modo procederei, com maior segurança do que apoiado apenas nas opiniões dos mestres de direito, nestas regiões muitíssimo afastadas, onde o perigo das almas, a pobreza dos suplicantes e outras circunstâncias muito atendíveis, que por toda a parte se verificam, não permitem o recurso à Sé Apostólica.

E os privilégios dos regulares e missionários não tiveram suficientemente em consideração estes totalmente pobres e mais pobres, porque, ao conterem restrições, muitíssimas vezes, privado das ajudas deles, vejo-me constrangido a (seguindo aquela passagem do *Eclesiástico*) *combater* também por essas almas.[59] Por este motivo, juntamente com os anteriores pedidos peço humildemente e com todo o empenho a referida autorização para dispensar.

Além disto, uma vez que esta catedral, e até o inteiro arcebispado, professa de há muito o culto pela divina Eucaristia e pela Mãe de Deus concebida Imaculada, a fim de favorecer este culto pareceu-me pedir também humildemente no Senhor à Sé Apostólica autorização para rezar o ofício do Santíssimo Sacramento na quinta-feira e o da Imaculada Conceição no sábado, não sendo impedimento para os ditos dias alguma festa de três lições. E se se tiver em consideração, para com os vinculados e obrigados ao coro, os ardentes e intensos calores do Brasil e as molestas calmarias e a qualidade demasiado fraca dos alimentos, mostra-se muito mais razoável este pedido, que humildemente faço a Vossas Eminências, que a bondade de Deus por muito tempo e venturosamente preserve sãos e salvos.

Na Bahia, 24 de Abril do ano de 1745

José, arcebispo da Bahia

[59] Parece aludir a *Sir* 4. 33, que assim reza na tradução da *Vulgata*: *Pro iustitia agoniare pro anima tua*, ou seja: "Toma a defensa da justiça para salvares a alma".

Ad Limina, Salvador da Baía, 1745
ASV, Congregatio Concilii, Relationes Diocesum, 712
[fólios não numerados]

Eminentissimi Domini mei colendissimi,

Toto animi affectu ac ueneratione per praesentes ea uisito Sacra Limina, ad quae personaliter accedere prohibet defectus grauissimus quem ex mei absentia ferret archiepiscopatus, si tam longo, ex Brasilia scilicet Romam, tum itineri, tum nauigationi me committerem.

§1. *De statu ecclesiae materiali*
In hac America quarta mundi parte sita est ad litus maris ciuitas Bahiensis Salvatoris omnium Sanctorum, sub eleuatione 13 graduum et 30 minutorum ab aequatore polum antarcticum uersus. In hac exstructa est ecclesia cathedralis, erecta in episcopatum anno 1551, in archiepiscopatum uero anno 1676, qui in tres diuiditur episcopatus: Ianuariensem scilicet, Pernambucensem et Maranhoniensem, quorum duo primi eidem archiepiscopatui suffraganei manserunt, uti etiam Angolensis et Sancti Thomae, in Africa.

Ad orientem, ubi episcopatui Maranhonensi et Pernambucensi confinis est, ad 140 leucas extenditur; ad septentrionem uero et occidentem, ubi Ianuariensi est conterminus ad 250. Reliqui eius termini, aut maritimi sunt aut, qui tales non sunt, ii perpauci penitus ignorantur. Non gaudet haec mitra et cathedralis priuilegio aliquo speciali uel particulari praerogatiua, et ideo in omnibus iure communi gubernatur.

Archiepiscopatus hic Bahiensis duas continet ciuitates: hanc nempe insignem Salvatoris omnium Sanctorum, diuisam in nouem parochias: uidelicet, sedis metropolitanae, sub praedicto Salvatoris titulo, Beatae Virginis de Victoria, Sancti Petri Veteris, Beatae Virginis immaculate Conceptae, Sancti Antonii ultra Carmelum, Beatae Virginis de Exsilio, Sanctissimi Sacramenti, uulgo *do Pillar*, Beatae Virginis, uulgo *das Brotas*, et Sacramenti de Rosario, in quibus omnibus parochiis numerantur aedes 6469 personae, uero sacram Eucharistiam frequentantes 34647.

Ciuitas altera a Sancto Christophoro, uulgo Sergippe del Rey, nomen habet; unicam tantum parochiam continet, sub inuocatione Beatae Mariae Virginis de Victoria. In reliquo archiepiscopatum, qui quadringentas circiter leucas [*verso*] complectitur, dispersae hinc inde inueniuntur parochiae nouem supra quinquaginta, in quibus numerabuntur aedes 42000, personae uero 210000, praeter oppida aliqua, quae in spiritualibus regularibus subsunt, et gentiles non paucos necdum ad humanitatem fidemque perductos, qui ingentem adhuc illius partem occupant, in quorum tamen ad ueram fidem conuersione haud parum insudatur.

Sedes haec metropolitana amplum et magnificum templum est, quinque habens portas principales, tres in frontispicio et duas a lateribus; altaria tredecim, inter quae altare maius continetur, omnia excellentis architecturae et ornata ditissime,et pretiosis dotata paramentis: quibus omnibus altare sanctissimi sacramenti multum antecellit nitore, sumptibus ac diuitiis.

Huius sedis chorus ex quinque componitur dignitatibus: decano, cantore maximo, thesaurario maiore, magistro scholae et archidiacono; nouem praebendatis, quorum unus est doctoralis, alter magistralis, tertius denique paenitentiarius; quattuor medio praebendatis, uno succentore, decem capellanis, sex chori iuuenibus, choraulos dicunt, sacristano et subsacristano, duobus organaedis et choro musico: quibus omnibus, uti et archiepiscopo, serenissimus rex certos quotannis reditus numeratae pecuniae persolui iubet.

Ecclesiam collegiatam hic archiepiscopatus non continet. Ecclesiae parochiales, ut supradictum est, numerantur 68, capellae 256, oratoria 92, et memoratae fere omnes ecclesiae, capellae et oratoria decenter ornata sunt et paramentis conuenientibus instructa, maiorique ex parte, etiam quoad materiam attinet, multas regni ecclesias excedunt. Harum ecclesiarum aliquae, quae recentius sunt exstructae, ex ligno et limo exaedificatae reperiuntur: ceterum breui eas tempore, ut reliquas, ex lapide et cemento erectas uidebimus, siquidem serenissimus rex, utpote princeps ualde catholicus, liberali manu ad eismodi opera concurrit.

Reperiuntur in hac dioecesi quattuordecim conuentus religiosorum, 5 reformationis Sancti Francisci, 3 Sancti Benedicti, alii tres Beatae Virginis de Monte Carmelo, unus eiusdem Carmelitarum Excalceatorum, collegium unum Societatis Iesu et peramplus nouitiatus eiusdem Societatis. Tria hospitia: unum Capuccinorum Italorum, alterum fratrum Excalceatorum Sancti Augustini, tertium Carmelitarum. Tria etiam monialium monasteria, ordinario subiectarum: unum Sanctae Clarae, sub regula Vrbana, alterum Vrsulinarum, tertium Conceptionis; duo etiam uirginum caenobia, ordinario subiecta, alterum Pietatis, et alterum de Corde Iesu.

Non est erectum in hac metropoli seminarium clericorum, in eius tamen fundatione indefesse laboratur et ad amplam et [*frente*] magnificam illius constructionem serenissimi regis postulatur concursus.

Hospitalia tria sunt in hoc archiepiscopatu, omnia sub iurisdictione serenissimi regis. In omnibus illius parochiis inueniuntur confraternitates 279, quae, licet fere omnes sint saeculares, episcopali tamen confirmatione sunt stabilita. In parochia oppidi, Cachoeyra nuncupati, leucam inde distans, erectum uisitur seminarium paruulorum, Betlehemiticum uocant, sub regimine et instructione patrum Societatis, in quo litteris mansuetioribus operam dant paruuli circiter centum et, quamuis parentum suorum et consanguineorum sustententur expensis, cedit nihilominus in magnam tum illorum, tum Ecclesiae utilitatem, propterea quod ex eo uelut uirtutum ac litterarum Seminario prodeant adulescentes eiusmodi, qui utilitati publicae suo tempore magnopere deseruiunt.

In toto hoc archiepiscopatu neque inuenitur mons, ut uocant, pietatis, nec similis aliquis locus pius, neque terra, licet uariarum frugum genere abundantissima, tale quid permittit propter corruptionem quam breui contrahunt eiusmodi fruges.

§2. *De ipso archiepiscopo*

Portum hunc Bahiensem ingressus sum 1741, 3ª die Maii; de naui descendi possessionemque ad ii 5ª die eiusdem mensis, et usque huc satisfeci residentae materiali conformiter decretis sanctissimorum canonum Concilii Tridentini ac constutioni Vrbanae.

Statim eodem anno coepi uisitare hanc ciuitatem, in cuius uisitatione quinque menses consumpsi, et in illius parochiis sacramento confirmationis muniui septem ad octo personarum millia. Anno insequente 1742 principium dedi uisitationi reliqui archiepiscopatus, in qua menses insumpsi quattuor uisitando undecim parochias, in quibus pluribus quam triginta mille personis sacramentum confirmationis contuli. Anno 1743 uisitaui iterum 10 parochias, in quibus sacro chrysmate confirmaui 20000 circiter personas, comite mihi in omnibus adiuncto religioso quodam e Societate Iesu, emerito theologiae professore, qui missionarii munus obiret, tum exhortationes faciendo ad populum, tum doctrinam christianam rudioribus explicando, quia occupationes, quibus implicabat plurimis grauissimisque, id officii per me ipsum explendi tempus non relinquebant.

Licet non in omnibus quattuor temporibus, eo quod necessitas nulla id exigeret, attamen in iisdem ut plurimum sacros ordines contuli [*verso*] iisque initiaui saeculares 212 et 356 regulares, interque eos quosdam qui ex episcopatibus suffraganeis ad me recurrerunt.

Non celebraui synodum prouincialem nec dioecesanam, eo quod nulla id necessitas postulare uideretur nec locorum id patiatur constitutio, etenim quominus prouincialis celebretur et longinquitas itinerum prohibet et viarum pericula, quae episcopis suffraganeis essent subeunda; difficultas ad haec maximam et quaedam ueluti impossibilitas mediorum ad hanc necessariorum, denique et uictus in hac ciuitate ingens ac summa caritas, ad quam ferendam tenues reditus ad sustentationem suffraganeorum assignati nequaquam sufficiunt. Dioecesanam synodum cogere memorata iam incommoda, et fortasse maiora, impediunt, cum huius archiepiscopatus interior penitus sit deserta et ueluti imperuia.

Etsi officii mei exigebat ratio et prompti animi ardor desiderabat ut pro contione frequentius dicerem, occupationes tamen causarum plurimarum per me expediendarum meaque necessaria assistentia continuaeque functiones archiepiscopales fecerunt ut non nisi aliquot tantum uicibus et e pulpito et ex sede uerba fecerim; id uero minime intermittam, quotiens per tempus licebit.

Habeo depositarium generalem paenarum ac multarum, quae reis pro meritis imponuntur, omnesque in integrum piis usibus applicantur.

In hoc archiepiscopatu non obseruatur taxa Innocentiana et, ut mihi uidetur, iure merito, ob expensas plurimas quae in his locis tum in uictum, tum in uestitum, quae, uti et cetera eiusmodi in Brasilia sunt longe carissima, insumuntur. Id prudenter considerans, serenissimus rex decreto suo sanxit ut ministris suis longe maiores atque in regno reditus annui persoluerentur statuitque pro regali sua prouidentia ut memorati iam ministri et officiales ceteri emolumentis gauderent duplo maioribus.

Quod ad exercitium meae mitrae connexumque illi officium, iurisdictionem item ecclesiasticam, libertatem Ecclesiae eiusque immunitatem attinet, non habeo cuius rationem reddam, siquidem nulla penitus me persona conturbat, sed omnes potius (quae Dei misericordia est ac bonitas) sanctissimorum canonum ac sanctissimi Concilii Tridentini decretis se sinunt gubernari.

Laboro plurimum in promouendis operibus piis, iisque non paucis, quorum aliqua iam ad finem perducta sunt; alia autem breui spero perducenda, tam quod ecclesiam cathedralem concernit, quam quod attinet ad reliquia huius archiepiscopatus ac alia loca pia, populum item et clerum.

§3. *De Clero Saeculari*
[*frente*]
Canonici cleri[ci]que ceteri ad frequentandum huius metropolitanae ecclesiae chorum obligati, omnes in illa resident recitantque horas canonicas, iis solum exceptis diebus qui per eorum statuta ad animi relaxationem ipsis concessi sunt: quod, si diebus aliis a choro abfuerint aliqui, correspondentibus priuantur fructibus, qui inter praesentes diuiduntur. Dictis matutinis, laudibus ac prima, omnes quotquot possunt missam celebrant; recitataque tertia, cantatur missa conuentualis, quae benefactoribus applicatur. Sua statuta habet clerus, concepta impositaque ab ordinario. Habet item certa circa chorum praecepta ac ordinationes, quibus dirigitur quaeque adhuc integre perfecteque obseruantur.

Canonicus paenitentiarius suae obligationi facit cumulate satis omnium excipiendo confessiones, qui eius operam desiderant offerendoque se ad eum finem in sacro tribunali frequenter, etiamsi paenitentium nemo eum exspectet. Canonicus theologus, qui pari cum ceteris praebenda fruitur, obligationem non habet aliam nisi ut choro assistat, siquidem a prima huius sedis fundatione usque in praesentem diem eorum nullus obligationi aut legendi theologiam aut praedicandi uerbum diuinum satisfecit, et quantum ad lectionem attinet theologicam, ipsi fauent exempla sedium cathedralium regni, quae exempla si in ulla, in hac certe metropolitana potius locum habent, cum ei contiguum sit collegium patrum Societatis, in cuius publicis scholis semper traduntur grammatica, philosophia ac theologia, tum speculatiua, tum moralis, non sine mediocri fructu profectuque omnium, qui eas frequentant.

Parochi omnes, prout eorum exigit obligatio, intra limites suarum parochiarum resident. Omnes habent librum baptizatorum, nuptorum, defunctorum et reliquos quos eos habere praecipit rituale Romanum, licet in multis non reperiantur annotata domicilia huc spectantia, quod ut plurimum non parochorum assignandum est neglegentia, sed defectui notitiae adscribendum, eo quod parochiarum suarum distantiae sint eiusmodi ut integri saepe anni elabantur quin aliqua de multorum suorum parochianorum morte, natiuitate et matrimonio notitia ad eos perueniat, ideoque neque per parochianos suos neque per sacerdotes alios, qui eorum curam gerunt, de talibus certiores fieri queunt.

Habent coadiutores sacerdotes, quorum summa iis necessitas, dispersos per partes magis remotas, quorum illud est officium ut parochi ministeria exerceant per districtum uiginti, triginta et plurium leucarum, eo quod parochias huius archiepiscopatus non componant populi in oppida et pagos aggregati, sed dispersi hinc inde et dissipati ita quidem ut unus saepe incola ab altero multis milliaribus diuidatur. Dicta locorum interualla prohibent quominus parochi eorumque coadiutores, collecto congregatoque in unum populo, doctrinam christianam [*verso*] explicent, qua de causa, et huic et aliis sui officii muniis satisfaciunt eo quo possunt meliori modo, alios instruendo per se ipsos, alios parentum dominorumque curae commitendo ut illi filios, hi seruos ac mancipia necessariis fidei rudimentis imbuant.

Etsi diebus dominicis festisque coram parochianis missam dicant parochi omnes, eam tamen pro iisdem non applicant, nixi forte constitutione huius archiepiscopatus, quae de hac agens materiam ita concludit: “Et quoad applicationem missae eiusque eleemosynam attinet, mandamus ut seruentur ea quae iura Sanctissimum Concilium Tridentinum hac in re statuere, sequendo in omnibus quae a prima cuiusuis ecclesiae fundatione instituta legitimisque usibus ac consuetudine introducta ac stabilita fuerint."

Totus in eo fui ut occurrerem rei eiusmodi, quae leuamini quidem parochis, at parochianis praeiudicio mihi uidetur, eaque de causa publicari feci pastoralem, nixam Concilio Tridentino, auctoritate doctorum et regni Constitutionibus, mandando ut parochi omnes huius archiepiscopatus diebus dominicis iisque omnibus quibus sub graui obligatione sacro interesse tenetur populus, eam dicerent illique applicarent, sed non obscura per quosdam ad me notitia delata est eos suae adhuc consuetudini insistere neque pro parochianis praedictas missas Deo oferre, innixi opinionibus ac resolutionibus quorundam theologorum qui, ab iisdem in consilium ea de re adhibiti, in eorum fauorem deciderunt.

In hunc usque diem subditorum meorum nemini qui saecularis esset ordines minores nec usque adeo primam tonsuram contuli quin ad eos suscipiendos idoneus uisus fuerit, constiterit penitus de eius genere, natalibus, aetate, uita ac moribus, proclamatus fuerit in parochia in qua prognatus est aut resederit iuxta formam Constitutionis, et sumpta fuerit plena informatio honestae parentellae, nec in foro ullo, siue ecclesiastico, siue saeculari de aliquo crimine notatus fuerit. Et ad recipiendos ordines sacros disponunt se omnes per exercitia spiritualia in decem dies perducta, quibus exercitiis in conuentibus huius ciuitatis excoluntur; ad quod eos obligaui per primam meam pastoralem quam hic publicari mandaui, cuique in hunc diem omnes exacte paruerunt.

Omnes utuntur uestibus clericalibus talaribus et decentibus, ex lana et non ex serico, cum uestes eis sericas altera pastorali prohibuerim. Et quoad fori priuilegium in omnibus seruantur disposita a Concilio Tridentino, sessio 29, caput 6, et a constitutione sanctissimi Domini nostri Benedicti XIII, in Concilio Romano.

Cum mihi constaret clericos de theologiae moralis casibus inter sese minime conferre, promulgandam curaui pastoralem aliam, in qua eos ad eiusmodi conferentias determinatis ad id temporibus faciendas obligabam, quam omnibus, quas uisitaui, ecclesiarum libris inscribi mandaui; [*frente*] an uero pastoralis suum effectum sortita sit, in proxima quam fecero uisitatione explorabo, quamquam huius mei mandati exsecutionem rigore ac paenis, ut in reliquis regionibus fieri solet, urgere non potero, eo quod in his partibus parochi a parochis leucas saepe plures distent.

Mores uitaque clericorum saecularium non est ut, et eius, quem amplexi sunt, status ratio exigit, et ego uehementissime expeto ac requiro, siquidem sacris canonibus ac conciliis parum conformantur. Quoad fieri potest, pro eorum informatione laboro. Certum tamen est eos magis dissolutos haud quaquam esse quam alios aliorum episcopatuum, per quos transiui, clericos, quin potius ex parte reperio eos se magis corrigibiles ac oboedientes suis superioribus praestare.

§4. *De clero regulari*

Licet plures in hoc archiepiscopatu regulares animarum curam agant, omnes tamen ab ordinaria iurisdictione, uisitatione et correctione, etiam in iis, quae ad sacramentorum administrationem attinent, sunt exempti. Quattuor supra uiginti pagi, uulgo "missiones", in hac dioecesi numerantur, quibus totidem praesunt regulares a suis superioribus praepositi ac uisitati. Loca ac terras praedictis missionibus centum abhinc annos et ultra comperio donatas in communem habitationem Indorum, qui regularium praedicatione Christi fidem susceperunt et serenissimi regis ditioni subiecti sunt. In priorum missionariorum locum alii subrogantur regulares usque in praesens quin ad archiepiscopum pro iurisdictione recurrant, quod aegre fero, nam, quamuis immunes eos faciant aliquorum doctorum sententiae, horum tamen sententiis, ut antiquioribus, a Tridentino derogatum est. Neque in suis priuilegiis, praesertim in constitutione sanctissimi Pii V niti debent, haec enim a Gregorio XV, in sua constitutione *Inscrutabili*, ut aduertit Pignatelli, tomus 6, consult. 1, inuenitur abrogata. Nec ad saecularium sacerdotum penuriam recurrere fas est, cum eorum copia in hoc archiepiscopatu satis nota sincerae excusationae adytum praecludat. Has missiones in meam reuocare iurisdictionem hucusque dissimulaui, supposita enim centum annorum possessione ab ipsis regularibus acquisita, nihil penitus euincam, ad regium enim tribunal, ad quod certo confugient, asylum obtinebunt. Nec ego aut mei successores, procedente iudiciaria tela, litis exitum in hac re uidebimus, immo ex hac contentione non solum temporalia, sed etiam spiritualia damna subsequentur.

Regulares aliqui huius Americae, plures etiam Portugalliae prouinciarum eique adiacentium insularum, per meditullia huius archiepiscopatus [*verso*] annos atque annos uagantur, obtenta suorum superiorum facultate, et sine illa quamplures, primos missos hic facio, contra secundos pastorales non semel litteras publicari curaui; postremo, iussi sacra paramenta et reliqua ad missae celebrationem necessaria denegari, sed minimo aut certe nullo hucusque fructu percepto. Hi namque nemora penetrantes et a potentioribus meditullii incolis adiuti, eorum confessiones excipiunt et a peccatis indiscriminatim absolutionem impendunt, sepeliunt, matrimoniis assistunt, baptizant, non timentes ecclesiasticos aut seculares magistratus, immo nihili pendentes ordinarii eiusque ministrorum decreta, ut non paucis abhinc annis accidit cuidam huius dioecesis visitatori, qui, cum urgeret sibi praesentari a quodam regulari facultatem concessam praedicandi, confessiones excipiendi et reliqua sacramenta administrandi, huiusmodi responsum accepit: "Postera die in schopi ore praesentandam." Silentio et prudentia usus est uisitator, eo quod ingenti mancipiorum turba saeptus uideretur domi, ubi degebat apostata. Hi sunt, emminentissimi Domini, de quorum correctione in hoc archiepiscopatu despero; hi sunt qui maximum meorum subditorum animabus nocumentum inferunt. Quapropter suppliciter obsecro et Vestras Eminentias enixe postulo ut, quae uidebuntur efficaciora, ad hunc finem suppeditent media.

Regulares aliqui, licet perpauci, a suis religionibus expulsi in archiepiscopatu uersantur, a quibus instanter rogatus pro absolutione a suspensione perpetua sibi per sententiam a suis superioribus intimatam, illis annuere distuli, nixus decreto sacrae congregationis cardinalium, anno 1624, de consilio et mandato sanctissimi Domini nostri Vrbani VIII promulgato.

Cum sciuerim domicilia et sachari officinas ac praedia, in quibus non plus quam unus duoue religiosi degunt, numquam fuisse ab ordinario uisitata, a uisitandi me cura deterruit recursus ad regium tribunal, ad quod non frustra recurrent, non sine meae tum personae, tum auctoritatis contemptu. Qua de causa hactenus non exstiti ordinariae iurisdictionis exactor in aliis etiam materiis, ut sunt imaginum sacrorumque paramentorum benedictiones pro ecclesiis non exemptis, et usus baculi non permissus. Ad haec et alia minoris momenti Vestris Eminentiis auxilium non imploro; totum in regulares apostatas impendendum iudico, illudque iterum atque iterum humiliter supplico, ut hi improbi et peruersi a grauissimis sibi totique archiepiscopatui illatis damnis resipiscant et meliorem frugem redigantur.

§5 *De monialibus*

[frente]

In monasterio Sanctae Clarae, de quo iam memini, supra nonaginta moniales professae degunt; regulam a sanctissimo papa Vrbano IV praescriptam sicut et statuta a praedecessoribus meis, et a me etiam, condita, obseruant. Clausuram perquam exacte seruant, de qua sicut et de oboedientia mihi satis constat. In eo non reperi abusum aut excessum de quo Sedes Apostolica certior sit facienda, religiosam enim uitam meo iudicio in omnibus retinent. Praeter ordinarios confessarios, alios insuper consignaui, qui pluries, currente anno, ad earum excipiendas confessiones accedunt, ita enim pernecessarium duxi, ob numerum feminarum, quae ultra professas nouitiasque intra monialium claustra ex pontificii diplomatis concessione degunt.

Probe expertum procuratorem habent, qui percipiendis monasterii reditibus incumbit et recens ingredientium dotes sedulo curat, quarum pars aliqua superefluens, secundum Lusitaniae leges, fenori datur, ut ali possint quin aere alieno grauentur, et singulis triennis rationes accepti, et expensi exacte mihi redduntur.

Perfectam et exactam obseruantiam profitentur duo alia recentiora monasteria huius ciuitatis: alterum Beatissimae Virginis immaculate Conceptae, sub regula a sanctissimo papa Iulio II praescripta, cum moderationibus a sanctissimo Papa Innocentio XII indultis et concessis; alterum Vrsulinarum, sub statutis approbatis a sanctissimis pontificibus Paulo V, Vrbano VIII et Clemente IX. Vtrumque ordinario subiectum est. Primum anno proxime elapso initium habuit, admissis uiginti prope uirginibus, quae nouitiatum peragunt sub regimine duarum monialium probatae uirtutis, quas, praecedente Sedis Apostolica facultate, elegi ex monasterio Sanctae Clarae. Secundum tribus fere abhinc annis inchoauit, in quo cum proxime recipiendis sexdecim moniales numerantur. Nouelli quidem flosculi sunt uirgines istae degentes in his duobus monasteriis, sed, Deo dante, ita perfectionis uiam arripiunt ut breui uberrimos uirtutum fructus progerminent.

§6. *De seminario*
Nullum in hoc archiepiscopatu, neque in ceteris huius Americae episcopatibus, seminarium exstat iuxta formam praescriptam a Sacro Concilio Tridentino erectum.

§7. *De ecclesiis, confraternittibus et locis piis*
[*verso*]
In omnibus ecclesiis, ubi missarum celebrandarum aut anniuersariorum uiget obligatio, perstant tabellae in sacristiis appensae, ubi scripta ostenduntur ac publica fiunt onera iuxta formam decreti sanctissimi Vrbani VIII, eaque exsecutioni diligenter mandari satis mihi liquet. Idem seruatur in confraternitatibus locisque piis super legatis a testatoribus sibi commissis. Visitationis tempore ab administratoribus rationes exiguntur et ad satisfaciendum, si forsitan omiserint, a uisitatoribus coguntur. Non sunt in hoc archiepiscopatu, ut dictum est, ulli pietatis aut

caritatis montes. Hospitalia, quae duo unice hic reperiuntur erecta, laicis subsunt, quorum unum, cui olim praeerat ordinarius, interposito ad regium tribunal recursu, ad laicam administrationem translatum fuit.

§8 *De populo*

Huius ciuitatis ac totius archiepiscopatus populi ad superius recensitum iam numerum peruenientis mores non adeo sunt ad recti normam compositi ut uotis meis aeque respondeant, quantumuis enim inter conciues integra sit fides, nimis tamen franguntur decalogi praecepta. In uitiis stirpandis non ego tantum, uerum et omnes quibus id onus incumbit, pro singulorum spiritu ac feruore impigre laboramus.

Ingens Aethiopum numerus (qui uiginti millibus haud minor est, eo quod singulis annis huc e peregrinis regionibus appelunt) et omnes fere barbari has plagas uitiorum colluuionibus inficiunt et corrumpunt morbis etiam corporalibus, licet prae benefici caeli temperie sint nimis salubres. Cum tamen in his regionibus horum Aethiopum opera uti necesse sit (ab eorum enim labore incolae ita pendent ut eorum industria et sudore domini alantur), necessaria fit eorum retentio, quamuis ob illorum multitudinem et locorum distantiam omnes et singuli doctrinae christianae praeceptis, ut par est, imbui nequeant.

Nullum, Deo fauente, abusum aut perniciosam consuetudinem in hoc archiepiscopatu reperio, de qua Sedes Apostolica sit consulenda aut eius auxilium implorandum.

§9, et ultimo. *De postulatis*

Cum in hoc archiepiscopatu innumeri sint pauperum greges, quibus in spiritualibus maior est paupertas, eosque pro pastoralis officii mei munere subleuare [*frente*] debeam, maxime necessarium duxi a Sede Apostolica facultatem postulare dispensandi cum pauperioribus et miserrimis, in quibusuis gradibus, a iure diuino non prohibitis, ut ualide et licite possint matrimonium contrahere, quotiens id urgens necessitas exigat, sic enim tutius quam Doctorum dumtaxat opinionibus nixus procedam in his partibus remotissimis, ubi animarum periculum, oratorum paupertas et aliae circumstantiae grauissimae, quae passim occurrunt, ad Sedis Apostolicae recursum non patiuntur.

Neque his miserrimis et pauperioribus satis consultum est per regularium et missionariorum priuilegia, quae, cum limitationes excipiant, saepissime illorum subsidiis destitutum cogor (illud ecclesiastici secutus) pro istis etiam animabus agonizari. Qua de causa cum praedictis praefatam dispensandi facultatem humiliter et perquam enixe postulo.

Insuper, cum haec cathedralis, immo totus archiepiscopatus specialissimum cultum erga Eucharisticum Numen et Deiparam immaculate conceptam diu retineat, ad fouendum huiusmodi cultum, mihi uisum est in Domino humiliter etiam postulare a Sede Apostolica facultatem recitandi officium Sanctissimi Sacramenti in feria quinta et Immaculatae Conceptionis in Sabbato, dictis diebus festo aliquo trium lectionum non impeditis. Et si ad ardentissimos et intensissimos in Brasilia calores aestusque molestissimos, et ciborum naturam nimis debilem attendatur, cum addictis et choro deputatis fit multo rationabilius hoc postulatum, quod humiliter postulo a Vestris Eminentiis, quas demum incolumes diutius et feliciter seruet Diuina Bonitas.

Bahiae, 24 Aprilis anno 1745.

Josephus, archiepiscopus Bahiensis

2. Relatório correspondente à visita *ad limina* do bispo[60] da diocese de Olinda (1746)

Tradução portuguesa

FONTES: *Ad Limina, Olinda, 1746*
Archivio Segreto Vaticano, Congregatio Concilii, Relationes Diocesum, 596
[fólios não numerados]
[1r]

Santíssimo Padre,

Prostrado humildemente aos pés de Vossa Santidade, disponho-me a prestar contas da minha administração ou da situação desta igreja por mediação dos eminentíssimos cardeais da Sagrada Congregação do Concílio.

O bispo de Pernambuco

---

[60] D. frei Luís de Santa Teresa, de seu nome Luís Salgado de Castilho antes de professar na Ordem dos Carmelitas Descalços, nasceu em Lisboa, em 1693, filho da castelhana Dona Ângela Pastor de Castillo, e de D. Antônio Salgado, fidalgo da Casa Real e sargento-mor de Cascais, além dos inúmeros e importantes cargos militares que desempenhou a serviço da Coroa portuguesa, não obstante a origem galega (de Redondela) dos seus maiores. Obteve a láurea de Doutor em Direito Cesáreo, pela Universidade de Coimbra, em

Capítulo primeiro. *Referente à situação material da Igreja*

Ora, no ano do Senhor de 1675, a instâncias do então príncipe regente do reino de Portugal D. Pedro, mais tarde chamado II, esta imensa porção de território obteve o título de diocese, sendo então separada por Inocêncio XI do arcebispado da Bahia, de que fazia parte. Pelo nascente é banhada pelo oceano, pelo norte estende-se imensamente e é dividida da diocese do Maranhão por uma longo trato de montes, a que dão o nome de *dos cocos*, e encontra-se delimitada pelos cursos das águas, em que os montes abundam. Tem divisa com a diocese do Pará naqueles lugares que são conhecidos como "Terras novas". Separa-a e divide-a da diocese do Rio de Janeiro o chamado riacho das Areias. Daqui se conclui que, para norte, estende-se por setecentas léguas, apresentando de largura ora oitenta, ora cem léguas. Pela parte sul confina com o arcebispado da Bahia, pelo celebrado rio de S. Francisco, que corre por entre ambos os territórios, os divide e cursa por uma extensão de cem léguas.

---

cerimónia realizada em 31 de Julho de 1717, e, após ter encetado o que prometia ser uma auspiciosa carreira na magistratura, voltou as costas ao mundo e professou na austera Ordem dos Carmelitas Descalços, em 1724, dentro da qual desempenhou diversos cargos. Em 1738 foi nomeado bispo de Pernambuco, entrando na cabeça da sua diocese (Olinda) em 24 de Junho de 1739. Os inúmeros dissídios e conflitos que manteve com autoridades civis e corporações e personalidades eclesiásticas levaram o rei D. José a ordenar a sua retirada para o reino, em 1754, onde faleceu, nos arrabaldes de Lisboa, numa quinta de uma familiar, em 17 de Novembro de 1757. Sobre esta polêmica personalidade leia-se o esclarecedor artigo de José Pedro Paiva, "Reforma religiosa, conflito, mudança política e cisão: o governo da diocese de Olinda (Pernambuco) por D. frei Luís de Santa Teresa", *Revista de História da Sociedade e da Cultura* 8, 2008, 161-210.

No que tange aos privilégios, não possui outros senão os que são comuns aos bispados ultramarinos. E encontra-se ornamentada com três cidades apenas, das quais é a primeira a que tem o nome de Olinda, onde se ergue a sé catedral, que no passado foi reduzida a ruínas pelos holandeses e perdeu completamente o lustre original, apresentando poucas ruas e praças, tendo sido as mais nobres incendiadas e arrasadas; a segunda cidade chama-se Paraíba, notável pelo seu porto marítimo, mas escassa de habitantes; à terceira dão o nome de Natal, de tal sorte insignificante que, para além do título de cidade, da igreja paroquial e de poucas casas, de modo algum possui nada que ofereça as aparências de cidade. À distância de uma légua da referida cidade de Olinda encontra-se uma nobre vila, chamada Recife, assaz nobilitada por igrejas, belos mosteiros, funcionários da Coroa e grande abundância de negócios e de população. Por formosa ponte encontra-se ligada à vila de Santo Antônio, tomando as duas vilas a aparência de duas cidades, sendo assaz formosas de se verem. A referida vila de Santo Antônio comunica-se também por outra ponte com uma vila assaz nobre, chamada Boa Vista, e dela está separada pelo Capibaribe, rio mui aprazível que entre ambas corre.

São estes os lugares importantes desta diocese, e os demais são desprezíveis, a maior parte deles estando formados por casas de adobe e em pequeno número; [1vº] todavia, pelo meio do mato e por lugares dispersos em todas as direções do sertão, existe um grande número de pessoas que vivem em choças miseráveis: todavia, quando me ocupar dos párocos, no seu devido lugar ocupar-me-ei de cada uma das vilas.

No que diz respeito ao estado da sé catedral, trata-se de um templo sobejamente amplo, decorado com colunas que de modo ordenado se distribuem por aqui e por ali; a capela-mor ou principal, dourada, perdeu com a antiguidade algum do seu brilho, sendo o seu altar decorado com candelabros de prata e uma cruz de bom tamanho; do lado direito tem uma capela própria e particular, na qual noite e dia com suficiente dignidade se guarda o Santíssimo, iluminado por três acesos lampadários de prata; do lado esquerdo, existe outra capela totalmente igual a esta e a ela correspondendo, recomendável por uma muito devota imagem do crucifixo; além disto, possui seis altares, nos quais, além das imagens, nada se encontra digno de menção. Possui alguns paramentos de valor para as principais festividades, os demais são correntes, encontrando-se alguns deles assaz usados; a torre possui um número suficiente de sinos; tem órgãos, de que o maior se encontra incrustado na parede com alguma graça; o outro é considerado pequeno para a comodidade do coro; o demais vai-se aumentando com o correr do tempo, não com pequenas despesas e em proporção com as minhas parcas possibilidades.

Finalmente, encontram-se vinculados ao culto divino dezoito cônegos, quatro dos quais recebem meia prebenda ou porção, e nove capelães, entre os quais se encontra o subchantre. Fazem e servem aquilo que é necessário para o serviço do coro seis moços, com ordens menores ou com prima tonsura. Preenchem o referido número de cônegos as seguintes dignidades: deão, arcediago, chantre-mor, mestre-escola, tesoureiro-mor, e cônegos penitenciário, doutoral e magistral ou teologal.

No que toca às colegiadas, uma vez que neste bispado não se erigiu nenhuma, nada resta para dizer.

Portanto, passando para a situação e número das igrejas paroquiais e dos oratórios, para mais fácil supervisão, o bispado encontra-se dividido em quatro zonas ou visitações, que estão sob a responsbilidade de quatro visitadores, cumprindo falar-se separadamente de cada uma delas. Assim, para a banda do norte tem quinze paróquias, cujos vigários, como colados, são vitalícios; oito curados amovíveis; duzentos e quarenta oratórios, dos quais dezenove, pela sua grandeza, se podem chamar igrejas, em todos os quais, devido à extensão como que imensurável das paróquias, se ministram, por delegação do pároco, os sacramentos à população espalhada em todas as direções.

Este é o quadro geral das igrejas localizadas a norte; no entanto, a fim de cumprir com a minha obrigação, julgo necessário descrevê-las de modo mais particularizado e preciso.

A primeira é a igreja catedral, de que atrás já se tratou o bastante, restando apenas dizer que tem oito igrejas filiais e catorze oratórios, que é certo que estão carecidos de muitos vasos e paramentos, mas, na medida em que a pobreza do lugar o consente, vai-se aos poucos repondo aquilo que é de maior necessidade. Na mesma cidade de Olinda encontra-se também outra paróquia posta sob o patrocínio de S. Pedro Mártir. Possui, para guardar-se o Santíssimo, uma capela ornamentada com os suficientes adornos, constando de quatro tocheiras para o serviço do altar, um lampadário de prata, uma cruz e lanternas para os sacramentos; possui um jogo de paramentos mais rico que os restantes; os restantes, para a celebração das missas, são correntes. Tem como filial a igreja de S. Sebastião; encontra-se privada de todos os paramentos, em consequência de incúria ou grande desleixo não sei de quem.

Para o norte, conforme acima eu dissera, ergue-se a paróquia de S. Lourenço, que dista cinco léguas da cidade, com um templo de sobeja grandeza, provido de paramentos correntes, decorado também com alguns candelabros de prata, nada apresentando, além disto, digno de menção. Possui dezenove oratórios filiais, desprovidos de qualquer ornamentação rica, nos quais se ministram os sacramentos à população dispersa.

Segue-se a paróquia de Nossa Senhora da Luz, à distância de sete léguas da capital, ornamentada quase do mesmo modo, nada possuindo digno de registo. Tem dezessete oratórios filiais para ministrar os sacramentos à população, a qual se encontra espalhada por oito ou dez léguas, de que consta a paróquia, e [2r] acode aos oratórios para receber os sacramentos.

À distância de doze léguas de Olinda encontra-se a paróquia de Santo Antônio, chamado de Tracunhaém, com igreja espaçosa, que nada tem digno de menção, a não ser que, para a exposição do Santíssimo sacramento, possui um ostensório de prata e ouro, trabalhado com algum esmero e de dimensões razoáveis. Para as festividades possui uns paramentos de seda e brancos, sendo os restantes muito fracos, e encontra-se praticamente desprovida de objetos de prata. Tem catorze oratórios filiais cobrindo um território de muitas léguas, em parte habitado e em parte deserto.

Dista duas léguas de Olinda e encontra-se situada junto do mar a paróquia de Nossa Senhora dos Prazeres, que possui igreja com dimensões suficientes, mas, para além dos paramentos correntes, que se usam para as celebrações litúrgicas diárias, nada mais possui. Tem seis oratórios filiais, nos quais se encontra a mesma pobreza e falta de coisas.

Dista cinco léguas da sé catedral Igarussu, vila nobre no meio dos humildes lugarejos de que consta esta diocese, tendo a sua paróquia como patronos os santos Cosme e Damião. O templo é assaz formoso, provido de toda a espécie de ornatos: tem os seus ricos paramentos, lampadários, candelabros e os demais utensílios de adorno em prata, e, numa palavra, tudo o que é necessário para o culto divino. Neste nobre povoado encontram-se quatro igrejas: a saber, a da Santa Casa da Misericórdia, que está sob a proteção real; a igreja de Nossa Senhora dos Prazeres; a igreja do Santíssimo Rosário e a de S. Sebastião. Além disso, possui um mosteiro de Capuchinhos, que é casa de noviciado. Tem doze oratórios filiais com medianos paramentos, nos quais, consoante acima eu disse em relação aos outros, se ministram à população os sacramentos.

Encontra-se a sete léguas deste povoado certa ilha, chamada Itamaracá. Aqui se encontra situada a paróquia de Nossa Senhora da Conceição, que possui paramentos correntes e nada tem digno de menção especial. Possui quinze oratórios filiais, nos quais dificilmente se encontra o necessário para a celebração das missas.

Segue-se, junto do mar, a paróquia de S. Lourenço, lugar a que os vizinhos chamam Tejucupapo, cuja igreja é suficiente, com medianos paramentos, conforme acima disse acerca das outras, e possui sete oratórios filiais, também pobremente providos.

Segue-se, no lugar de Goiana, a igreja paroquial, que tem como patrona a santíssima Virgem Maria do Rosário. Fica à distância de catorze léguas da sé catedral e entre as vilas pequenas deste bispado é uma povoação que se notabiliza por algum comércio e pela grande fartura de produtos da terra. Possui um templo ornamentado, com uma capela do Santíssimo de grande formosura, dourada inteiramente e por todas as partes, decorada com objetos de prata para embelezamento do altar. Está provido de suficientes paramentos, quer para festividades, quer para uso diário, e, além de três igrejas, de que a primeira é a da Santa Casa da Misericórdia, a segunda a de Nossa Senhora do Amparo e a terceira a da Senhora do Rosário, além de um mosteiro de Carmelitas Reformados, penso que nada mais possui digno de referir-se. À igreja paroquial encontram-se subordinadas vinte e quatro igrejas filiais ou oratórios, os quais, como os demais a que me tenho referido, se encontram medianamente providos.

Segue-se a paróquia de Nossa Senhora do Desterro, curado amovível, que possui uma única filial. A igreja tem falta praticamente de tudo, mal tendo o necessário para a celebração das missas, como é natural que aconteça, uma vez que tem paroquianos muitíssimo pobres e rústicos, dados à ociosidade e muito pouco devotos.

Dista dezoito léguas da cidade a paróquia de Nossa Senhora de Penha de França, correntemente chamada Taquara, igreja colada, que possui três oratórios filiais, providos de escassos adornos, nada tendo digno de menção ou merecedor de referir-se.

À distância de vinte léguas da sé catedral encontra-se situada a Paraíba, cidade pequena, a que atrás me referi, cuja igreja paroquial se ufana de ter como patrona Nossa Senhora das Neves. O templo é suficiente, provido da necessária quantidade de prata, com lampadários e candelabros da mesma, postos junto do Santíssimo e para decoração dos altares; além disso, possui paramentos de todas as cores para serviço do culto divino. Dentro dos limites da cidade tem duas igrejas filiais: a saber, a igreja de Nossa Senhora das Mercês e a de Nossa Senhora do Rosário, as quais [2vº] resplandecem com belos paramentos de peças de seda, além da igreja da Santa Casa da Misericórdia, que é isenta, por se encontrar sob proteção régia. Esta cidade possui quatro mosteiros de religiosos: a saber, uma residência de Capuchinhos, muito célebre e formosa, um mosteiro de Carmelitas da Observância Reformada, um da Companhia e um de S. Bento, sendo que estes três se encontram nos começos da construção e são ainda muito pequenos e grosseiros. Tem debaixo da sua jurisdição vinte e seis oratórios rurais para a administração dos sacramentos às populações, os quais escassamente possuem o necessário para a celebração do sacrifício da missa.

Devido à imensa extensão desta paróquia da Paraíba, dela separei certa porção de território, que consta de quinze léguas, e que erigi em novo curado, sob invocação da Rainha dos Anjos, ficando a ela subordinados ou anexos quatro oratórios rurais, dos quais o que se lustra com o título de S. Miguel, enquanto os paroquianos não erguem alguma igreja maior, fica com as funções de matriz, situado num lugar no meio da paróquia, conforme o requer a comodidade da população e a necessidade, e uma vez que este curado foi criado há pouco tempo, por agora nada resta por dizer.

Dista doze léguas da Paraíba a paróquia de S. Pedro e S. Paulo, no lugar chamado Mamanguape, cuja igreja ainda por concluir apenas possui as paredes, faltando-lhe o teto, e para ministrar os sacramentos servem-se da capela da Senhora do Rosário, até se concluir a igreja. Possui quatro oratórios filiais, dois providos do necessário, nos quais se reza a missa à população.

Segue-se a igreja de Nossa Senhora dos Prazeres, situada no lugar chamado Goianinha, paróquia muitíssimo pobre, que possui anexos três oratórios, todos se encontrando mal providos do necessário.

A cidade de Natal, a que mais acima se fez referência, dista e está situada a sessenta léguas da sé catedral. A igreja paroquial nobilita-se com o título de Nossa Senhora da Apresentação, encontra-se medianamente provida de paramentos, conforme eu disse sobre as igrejas empobrecidas, e tem sob a sua dependência, anexas ou filiais, nove capelas para ministrar os sacramentos, em relação às quais nada resta anotar, a não ser a sua pobreza.

Da cidade de Natal, ou "não tal" (como por zombaria se diz, tendo em consideração a sua pequenez), a uma distância de trinta léguas, e da sé catedral de cento e treze, encontra-se erguida a paróquia de S. João Batista, no lugar chamado Assu, cuja igreja possui dimensões suficientes, construída de madeira e adobe, possuindo paramentos vermelho e branco, completamente desprovida de prata. Não tem nenhum oratório filial, carecendo de muitas coisas, como é natural em relação a uma paróquia que abrange quarenta léguas de comprimento e vinte de largura.

A cento e oitenta léguas da catedral encontra-se localizada a igreja curada da Senhora do Rosário, num lugar chamado Russas. A igreja só possui a capela-mor, construída de tijolo; o resto ainda está por concluir. Não possui paramentos convenientes e totalmente carece de prata. Os sacramentos ministram-se à população, por um âmbito de setenta léguas, em oito oratórios filiais muito pobres.

A duzentas léguas da sé catedral encontra-se a paróquia de S. José, num lugar a que chamam Ceará e que contém dois povoados: a saber, Aquiraz e Fortaleza, tendo cada um deles a sua igreja paroquial. As duas têm à sua frente um vigário com o seu coadjutor. A igreja situada no lugar de Aquiraz está construída em tijolo e madeira, não possui prata e tem paramentos de seda correntes, e nada mais que mereça referir-se. E a que tem o nome de Fortaleza possui uma igreja ainda não concluída, provida mais ou menos da mesma forma. Existem nove oratórios filiais para a administração dos sacramentos, medianamente providos, e o seu âmbito abarca quarenta léguas de comprimento e trinta de largura.

Nos limites desta diocese e à distância de duzentas e cinquenta léguas de Olinda ou sé catedral encontra-se a paróquia de Nossa Senhora da Conceição. Faz as vezes de matriz a capela de Nossa Senhora do Rosário, construída de madeira e adobe, e que tem os paramentos correntes, estando completamente desprovida de prata, e tem sob a sua obediência nove oratórios filiais escassamente providos, abarcando uma extensão territorial de oitenta léguas de comprimento e cinquenta de largura.

[3r°] A cento e quarenta léguas da cidade [de Olinda] encontra-se a paróquia da Senhora da Expectação no lugar chamado Icó, possuindo a igreja tamanho suficiente, tendo os seus paramentos brancos, vermelhos e roxos; possui um relicário de prata, para se expor o Santíssimo, e quatro oratórios filiais medianamente providos. É um curado amovível que se dilata por um âmbito de cem léguas de comprimento e quarenta de largura.

Dista cem léguas da cidade a paróquia de Nossa Senhora do Bom Sucesso, curado amovível, no lugar chamado Piancó, que tem uma igreja suficiente, com pouca prata, paramentos de seda brancos e roxos, dela dependendo cinco oratórios filiais, suficientemente providos, e estende-se por um área que tem de comprimento oitenta léguas e de largura quarenta.

No lugar de Cariri, que dista sessenta léguas da cidade de Olinda, compreendendo uma área de cinquenta léguas de comprimento e quarenta de largura, encontra-se situada a paróquia de Nossa Senhora dos Milagres, curado amovível, que tem uma igreja recentemente erigida, provida de paramentos de seda. Possui três oratórios filiais dotados mais ou menos do necessário.

Depois de já feito o relatório das paróquias situadas a norte, resta dar-se razão das que se encontram na região a sul. Ora, este dilatadíssimo território abrange dezenove paróquias coladas, quatro curados amovíveis e duzentos e trinta e dois oratórios destinados a ministrarem os sacramentos, dois dos quais pela sua grandeza se podem designar como igrejas.

E, em primeiro lugar, apresenta-se-nos a mui ilustre vila de Recife, de que atrás fizemos menção, que se mostra como exemplo de avantajada cidade, e contém apenas uma paróquia, chamada de S. Pedro Gonçalves. A igreja é a mais primorosa de todas da diocese, e encontra-se decorada com teto e paredes dourados, lampadários e candelabros de prata para ornamentação e serviço dos altares. Possui seis altares formosamente trabalhados, além da capela que abunda em toda a sorte de objetos em prata e na qual se guarda o Santíssimo, com não pequena beleza e majestade. As demais possuem paramentos de todas as cores. Esta paróquia tem sob a sua dependência sete igrejas filiais, das quais a que tem como patrona Nossa Senhora do Livramento, construída além do rio Capibaribe, serve para que um coadjutor colado ministre os sacramentos à população que para ali vive. Todas se encontram decentemente ornadas e possuem em abundância vasos sagrados de prata e os paramentos necessários para a celebração das festividades. Existe também outra igreja, da invocação de Nossa Senhora do Paraíso, que[61] os habitantes, devido ao pequeno albergue anexo, chamam da Santa Casa da Misericórdia, sobre cuja isenção se trava renhida querela e disputa nada pequena.

À distância de três léguas de Olinda encontra-se erigida a paróquia de Senhora do Rosário, que apresenta um templo suficiente, ameaçando alguma ruína em consequência da velhice. Não tem falta de bons paramentos nem da prata suficiente e necessária para o serviço da igreja e dos altares. Possui duas igrejas filiais: a saber, a da Senhora do Livramento e a do Rosário. Além disso, tem dezesseis oratórios filiais, nos quais falta tudo o necessário para as principais festividades.

À distância de cinco léguas deste último lugar encontra-se a paróquia de S. Mauro, que necessita de sino capaz, possui dois lampadários de prata, quatro tocheiras de prata e, para as funções mais solenes, paramentos de seda. Tem dezoito oratórios filiais, nos quais os habitantes dispersos são convidados para os sacramentos.

À distância de doze léguas da sé catedral encontra-se a igreja paroquial de Santo Antônio da Mata, de tal maneira depauperada, em consequência da pobreza dos habitantes, que para a celebração das festividades pedem emprestado o necessário. Tem na sua dependência seis oratórios rurais, nos quais, exceto o sacrifício da missa, falta tudo o mais necessário para o culto divino.

Desta paróquia dista cinco léguas outra, de Nossa Senhora do Rosário, no lugar chamado Muribeca. O templo, para estes lugares, é excelente, e poderia servir como sé catedral. Tem os

[61] Neste relativo, o autor do texto latino comete gravíssima cincada, usando um nominativo em vez de acusativo.

necessários paramentos e quantidade módica de prata, e falta-lhe uma capela especial para guardar o Santíssimo, ao qual se destina a capela-mor, e nada mais contém digno de lembrança ou especial menção. Possui dezesseis oratórios filiais pobremente ornamentados, mas suficientes para o sacrifício da missa.

A oito léguas de Olinda encontra-se a paróquia de Santo Antônio do Cabo, [3vº] sobejamente provida de paramentos. Tem abundante prata para o serviço dos altares e do Santíssimo sacramento. Contém sete oratórios filiais medianamente providos, dos quais o chamado de S. Gonçalo e outro de S. João Batista resplandecem com suficiente prata e encontram-se providos com os devidos paramentos.

À distância de doze léguas de Olinda encontra-se, num povoado humilde, formado por escassas casas de adobe, a paróquia de S. Miguel, que tem lampadários de prata, tocheiras e paramentos suficientes. Espalhadas em várias direções existem vinte e dois oratórios necessários para a ministração dos sacramentos, entre os quais a igreja de Nossa Senhora da Expectação sobressai como a maior e mais conhecida de todas: obra ainda inacabada.

Distante dezessete léguas de Olinda ou sé catedral encontra-se uma aldeia, chamada Sirinhaém, com abundância de algum comércio, cuja igreja paroquial, assaz ampla, é consagrada a Nossa Senhora da Conceição, possuindo paramentos suficientes e desprovida de prata, e nada mais tem digno de menção, a não ser um mosteiro de Capuchinhos. Os sacramentos são ministrados à população em vinte oratórios espalhados pelo seu território e escassamente providos, tendo porém o necessário para o sacrifício da missa.

A vinte e cinco léguas da sé catedral está erigida a paróquia de Nossa Senhora da Purificação e de São Gonçalo, que possui dois patronos, num povoado pobre, chamado Una, cuja igreja se encontra por todas as partes escorada por traves, com o teto e parede ameaçando ruína, que ainda está em uso, mas com grande perigo, do que já fiz ciente o rei, na sua qualidade de patrono, para que se restaure às suas custas ou totalmente se edifique de novo. Os ornamentos desta igreja são suficientes, e não possui prata. Tem dependentes dela oito oratórios filiais, nos quais se celebra com mui escassos paramentos.

Encontra-se à distância de trinta léguas da sé catedral a paróquia de S. Bento. Serve como igreja paroquial uma capela de tamanho médio, porquanto esta paróquia tinha sido um curado amovível, cujo pároco, tendo obtido posteriormente a colação, fizera com a população um acordo para a construção da igreja. Mas, ou devido à pobreza do lugar ou por falta de interesse, não cumpriram o que haviam acordado. Para além de três cálices de prata e de um relicário para a exposição do Santíssimo, nada mais possui em prata, sendo correntes os paramentos, encontrando-se alguns deles assaz gastos, para não dizer velhos. Tem cinco oratórios filiais providos exatamente do mesmo modo.

A trinta e sete léguas de Olinda encontra-se erigida a paróquia de Nossa Senhora da Apresentação, num povoado miserável, formado por quatro ou cinco casas. A igreja está desprovida de qualquer ornato de valor, não possui coro nem sacristia, o pavimento é de terra, tem paredes revestidas a cal e os paramentos que possui são velhos e demasiado gastos. Já dei conhecimento ao rei, como patrono, desta pobreza tão baixa e abjeta e espero que tudo se refaça em conformidade com a magnanimidade que nele avulta. Possui sob a sua alçada dez igrejas, de que seis são oratórios filiais que padecem da mesma pobreza.

Dista quarenta léguas da sé catedral a paróquia do Bom Jesus, no lugar que chamam Camaragibe. Excetuando poucos cálices de prata, em relação ao demais, servem-se de estanho em vez de prata, sendo os paramentos correntes e poucos. Contém na sua área dez oratórios filiais, nos quais se celebra a missa com a mesma pobreza.

À distância de cinquenta e três léguas encontra-se situada a igreja curada de Santo Antônio de Merim, que tem como patrona Nossa Senhora da Expectação, feita de madeira. São poucos e paupérrimos os paroquianos que vivem ao seu redor, correspondendo o demais à penúria do lugar. A igreja carece de todo o ornato e mal tem o suficiente para a celebração das missas, e possui uma capela filial muito pobre, à semelhança da paroquial, e nada mais digno de registar-se.

No lugar chamado Alagoa do Norte, a sessenta léguas da cidade de Olinda, encontra-se a igreja paroquial de Santa Luzia, que tem como patrona a mesma santa. Possui paramentos suficientes para os serviços da igreja, e também a prata necessária e um templo espaçoso, mas a capela-mor ameaça ruína. Tem anexos quinze oratórios, com os paramentos consentâneos com a escassez de meios do lugar.

A sessenta e quatro léguas da cidade de Olinda encontra-se erigida uma paróquia, num povoado com alguma importância devido ao porto marítimo e à frequência de navegação, a que os habitantes dão o nome de Alagoa do Sul, **[4rº]** cuja igreja paroquial venera como patrona Nossa Senhora da Conceição e resplandece com a suficiente prata, possuindo paramentos de seda para servirem tanto nas festividades como no uso quotidiano. Possui nove oratórios anexos, além de que neste povoado encontra-se construído um mosteiro de Capuchinhos, cuja igreja e capela, destinada aos Terceiros, reluzem de ouro e possuem o demais que ornamenta e decora as melhores igrejas. Encontra-se também neste povoado um razoável hospício de Carmelitas da Observância, necessitado de mais coisas do que as que tem, e nada mais há digno de registar-se.

À distância da sé catedral ou da cidade de Olinda de sessenta léguas, junto do rio chamado de S. Miguel, que pouco mais abaixo, ao desaguar no mar, oferece um porto adequado para pequenas embarcações e mediano trato comercial, encontra-se erigida a paróquia de Nossa Senhora da Expectação, provida de paramentos correntes, carecida de muitas coisas necessárias, que se aumentam de dia para dia. Possui quatro oratórios anexos e pobres.

Distante setenta e cinco léguas da sé catedral, onde o referido rio entra no mar, está situada, no próprio litoral, a igreja de S. José, curado amovível, feita de madeira, mal tendo o necessário para a celebração das missas, possuindo dois oratórios filiais, totalmente iguais à igreja matriz, e é tão grande a pobreza do lugar que com muita dificuldade se encontra quem aceite a cura desta igreja.

A cem léguas de distância de Olinda, perto do famoso e memorável rio de S. Francisco, que, no meio do mar, no qual penetra com enorme ímpeto e cachoantes ondas, ainda apresenta doces as águas, que de todas as partes recebeu dos cursos de água que para ele correm, encontra-se edificada uma notável vila, a que os habitantes chamam Penedo, próspera devido ao comércio ligado com a navegação. A sua igreja paroquial ufana-se de ter como patrona a Senhora do Rosário, ornada de paramentos, prata e tudo o mais necessário ao uso. Trata-se de uma edificação antiga, que pela sua robustez de construção não teme ruína. Aqui encontra-se um mosteiro de Capuchinhos, a obra mais avantajada entre as outras da Província. Esta paróquia possui dez filiais suficientemente providas.

Na direção da região sul o rio supraciado separa e aparta, conforme já atrás disse, a arquidiocese da Bahia da diocese de Pernambuco, mas subindo a corrente na direção da parte superior do rio, o nosso bispado prolonga-se por uma distância incrível, com poucas, mas vastíssimas paróquias, com interposição também de dilatados sertões, e faz divisa com a diocese do Rio de Janeiro.

Oferece-se em primeiro lugar a paróquia da Senhora da Expectação, no lugar a que os habitantes chamam Porto da Folha, onde faz as vezes de igreja paroquial uma humilde capela de adobe e madeira. Os visitadores que amiúde enviei em visitação a estes lugares não cessaram de admoestar os habitantes, que chamaram à sua presença, a que erigissem uma igreja, mas é tão grande a pobreza do lugar que até hoje nada adiantaram, embora sobre este ponto muitos esforços se tenham feito. Todavia possui oito oratórios filiais, nos quais, tal como na igreja principal, mal se encontra o necessário para a celebração das missas. Estão inteiramente desprovidos do que concerne a ornamentação e culto.

Voltando atrás e deixando o referido rio S. Francisco, para não deixar de parte uma paróquia situada como que no meio da terra, encontra-se erigida, no lugar de Urubá, certa igreja curada. Faz as vezes de matriz uma capela construída de madeira e adobe, com os paramentos suficientes para as missas, e possuindo três oratórios filiais mais ou menos providos.

Prosseguindo de novo para montante do referido rio, no lugar de Cabrobó, encontra-se a paróquia de Nossa Senhora da Conceição, igreja colada, que se dilata por cem léguas de comprimento e, de largura, ora trinta, ora setenta. A igreja é suficiente e suficientemente provida, carecendo de sacrário para o Santíssimo, não possui qualquer confraria, e tem apenas uma capela filial, mais ou menos ornada.

[4vº] A supracitada paróquia confina com a paróquia de S. Francisco das Chagas, que tem de comprimento oitenta léguas e de largura quarenta. A igreja, que é suficiente, está medianamente provida e tem uma confraria do Santíssimo Sacramento e quatro oratórios filiais.

Para a parte do curso superior do referido rio de S. Francisco estende-se a imensa paróquia de Santo Antônio, no lugar de Manga, dilatando-se por um espaço de oitenta léguas de comprimento, por cinquenta de largura, cuja fábrica está provida do suficiente. Possui confrarias do Santíssimo Sacramento e das Almas e nada mais digno de referir-se, além de treze oratórios filiais providos medianamente, nos quais são convidadas para os sacramentos as populações espalhadas por todas as direções. Esta paróquia deve ser dividida em muitas devido às riquíssimas minas de ouro descobertas há poucos meses, que atraíram para si tão grande multidão de gente que o seu número ultrapassa os cinquenta mil, e é tão grande a distância do lugar que dificilmente se oferece remédio para a insolência dos homens e as perturbações que a ambição costuma trazer consigo, e, no estabelecimento das paróquias, ao existir a tumultuosa confusão de tão grande número de pessoas, é preciso suar-se não pouco.

No que tange ao número dos mosteiros ou conventos, neste bispado encontram-se vinte e um, três dos quais são colégios da Companhia para instrução das crianças.

Os Carmelitas Reformados têm três mosteiros principais, juntamente com algumas pequenas residências, onde moram dois ou três, os sacerdotes vivem religiosamente e formam uma Província de recente ereção, tendo abraçado a observância mais estrita, seguem os estatutos da sua regra e condecoram-se com o nome de Reformados.

Restam dois da Observância, sujeitos ao provincial que reside na cidade da Baía: o principal deles está situado em Olinda; outro situa-se perto do mar, num lugar chamado Nazaré, além de um hospício e de uma granja. Estes mosteiros precisam de uma radical reforma, pois os seus frades sempre se esquivam à autoridade episcopal e provocam graves conflitos, são nocivos à moralização das populações com incessantes motivos de queixa, mas sobre isto falarei no seu devido lugar.

Na nossa diocese existem apenas dois mosteiros de S. Bento, além de dez granjas, à frente das quais se encontram um ou dois religiosos para dirigir as colheitas de produtos da terra. Vivem recatadamente e sem motivo de queixa ou escândalo da população.

Encontram-se oito mosteiros de franciscanos ou capuchinhos, que, no que toca às edificações e ornato das igrejas, se avantajam aos outros das outras ordens religiosas; além disso, são penoso fardo para a jurisdição ordinária, como um pouco mais abaixo no seu devido lugar hei de referir.

Existe apenas um mosteiro de Carmelitas Descalços, no qual vivem poucos religiosos, sem motivo de queixa, mas, pelo contrário, piedosa e religiosamente.

Encontra-se apenas um hospício de Capuchinhos Italianos, no qual se recolhem os que deverão partir para as diferentes missões de índios espalhadas em muitos lugares: servem de consolo e edificação para a população.

Em relação a mosteiros de religiosas, os bispos pernambucanos estão isentos deste grato cuidado, por neste bispado não se ter construído mosteiro algum. Existe todavia certa casa de recolhimento, no qual sem distinção vivem em clausura de modo indiferenciado tanto viúvas, como donzelas e outras mulheres de qualquer estado e condição, de acordo com a vontade do ordinário. Para receberem os sacramentos possuem uma formosa igreja, além do atual capelão, provido de bons costumes e saber, que reza a missa e se ocupa da gestão.[62] A alimentação provém-lhes de minguadas rendas, a cuja escassez remedeiam mediante trabalhos de mãos realizados com incessante aplicação. Respeitam a clausura, observando um comportamento piedoso e honesto, com respeito estrito pelos seus estatutos.

Envidei não poucos esforços para a construção do seminário, obra pia e recomendável de que há tantos anos **[5r°]** está privada a diocese, uma vez que a pobreza do lugar não permitia até hoje que se levasse a bom termo. Mas agora, com a ajuda de Deus, encontra-se edificada a obra material com o suficiente ornato e dirigi-me ao rei, na sua qualidade de administrador destes bispados, de cuja vontade soberana tudo depende, para que conceda as necessárias autorizações, as quais concedidas, tudo se acha pronto. Que Deus ótimo máximo faça que ele flo-

[62] A última expressão corresponde à palavra *iconoma* do original, que supomos estará por qualquer coisa como *oeconomica.*

resça em bons e mui sábios varões de acordo com o modelo tridentino!

Em relação ao número de hospitais, em Olinda encontro apenas um sujeito à Santa Casa da Misericórdia, que, porquanto goza de proteção régia e imediata, está isento da vigilância do ordinário.

Não tenho nada a dizer acerca dos Montepios, mas muito direi sobre os montes de impiedade. Aquela espécie de obra virtuosa mal se conhece nestas paragens, onde mais se procura esbanjar os bens alheios do que acudir às necessidades dos próximos. Portanto, penso que em toda a extensão do Brasil não se guarda montante algum de dinheiro para a realização de uma obra tão recomendável.

Para concluir a descrição da situação material do bispado, resta-me indicar o número e situação das confrarias. Quase todas as igrejas paroquiais têm as suas confrarias do orago, do Santíssimo e das Almas sem quaisquer aumentos de réditos, de fato nem se encontram sequer criadas. As festas, se há algumas, são celebradas às custas dos irmãos, e quase todas prestam contas aos ministros seculares. Entre os nossos compatriotas tornou-se usual a opinião segundo a qual, se alguma eleição anteceder o compromisso aprovado pelo ordinário, por isso mesmo se considera como secular, daí resultando que quase todas são seculares, uma vez que se realiza alguma eleição de irmãos ou se celebra alguma festa antes de pedirem a aprovação ao ordinário, mas, a fim de atalhar a este inconveniente, já ordenei a todos os párocos que não permitam que nesta matéria se faça coisa alguma nas suas igrejas antes de a autoridade ordinária dar o seu assentimento, a fim de pelo menos se acudir às novas confrarias, tal como, juntamente com Barbosa, o [*][63] *dos bispos* julga que pode fazer-se.

Segundo capítulo do relatório

E já chegado ao segundo capítulo do relatório, antes de mais oferece-se dizer algo acerca da residência. Ainda que quisesse sair da diocese, não teria podido, cercado por vastíssimas extensões, de uma parte do mar e da outra dos sertões, daqui resultando que, queira ou não queira, me vejo obrigado a cumprir esta mui amarga residência. Visitei pessoalmente uma vez os principais lugares desta diocese: a saber, a cidade de Olinda e aquela mui notável povoação chamada do Recife e outra, chamada Boa Vista, e não o fiz mais vezes porque vários embaraços o impediram. Quanto aos restantes lugares da diocese, mesmo os mais apartados, foram visitados várias vezes por excelentes varões ali enviados, não todos os anos, porque é tão grande a distância dos lugares que alguém muitíssimo ligeiro dificilmente os pode visitar dentro do prazo de um ano, mas, ao regressar um visitador, logo a seguir se envia outro e, dentro do prazo de dois anos, visita-se a totalidade da diocese, não sem que surjam grandes contratempos e motivos de queixa, de se tratará mais à frente.

Em relação ao sínodo diocesano, tendo em consideração que a grande extensão das jornadas e a pobreza da terra tornam muitíssimo difícil o acesso a Olinda, até hoje considerei impossível reuni-lo.

---

[63] Palavra parcialmente ilegível. As sílabas iniciais, embora legíveis, estranhamente não me permitiram chegar a qualquer conjetura aceitável.

No que toca à pregação evangélica e apostólica, penso que não existe diocese alguma em que se evangelize a população com mais frequência e ardor, mediante varões os mais excelentes percorrendo todos os recantos, entre os quais eu, de todos o menor, não cesso de pregar a *um povo incrédulo e rebelde*,[64] e gastando dois anos no cumprimento deste serviço, ministrei o sacramento do crisma a muitos milhares de pessoas, movi ao arrependimento os mais ímpios, introduzi publicamente os exercícios espirituais e sobretudo a oração mental, atemorizei os mais ruins pregando os Novíssimos, [5vº] e, eu, *servo inútil*,[65] esforcei na perseverança do bem os honestos e piedosos: coisas estas de que dou conta para não me desviar da verdade desta relação, atribuindo somente a Deus a glória.

Nomeei como depositário das penas um varão honesto e de confiança; o dinheiro obtido destas gasta-se inteiramente, ou no sustento de pobres ou na ornamentação e restauro das igrejas.

A taxa é a que foi estabelecida pelos meus predecessores de acordo com o preço dos produtos venais. Tudo nestes lugares se vende mais caro e por isso, por intervenção da autoridade régia, é permitido aos funcionários receberem o dobro do salário do que se paga no reino de Portugal.

Nada há a dizer em relação a alguma obra pia levada a efeito, uma vez que a pobreza dos meus rendimentos e os proventos da diocese não permitem quase nada. Trago aqui à colação o que mais acima se disse sobre o seminário.

É derramando lágrimas que me abalanço a falar sobre o privilégio de foro, ou melhor, de cânone. É tão grande a barbárie

[64] *Rm* 10. 21.

[65] Cf. *Mt* 25. 30.

destes lugares, é tamanha a distância do mui excelente e mui piedoso rei de Portugal que nem se mantém ao estado clerical o devido respeito nem se escutam em Lisboa as vozes dos prelados que bradam, e se por vezes apelam aos tribunais, os autores dos crimes obscurecem e desfiguram a verdade com falsos testemunhos em sentido contrário e enchem os ouvidos dos tribunais com gravíssimas queixas, ferindo o prestígio dos bispos.

Seja-me permitido aliviar a dor e demorar-me um pouco mais referindo um ou outro caso. Mandei prender dois clérigos: um, homem sem qualquer importância social e infame em último grau, na cadeia comum, e ao outro, porque por vezes desempenhara o cargo de vigário-geral, mandei encerrá-lo na fortaleza, por se tratar de lugar de mais prestígio. O primeiro destes apresentou uma carta de recomendação ao capitão-general, que a aceitou e o arrancou daquele lugar e mandou que fosse, com as maiores honras, levado à casa do senado ou paço do governo. Ao segundo, sob estreitíssima vigilância de soldados, além de encerrado numa pequena cela, com apenas uma fresta diminuta, onde mal caberia um gato e através da qual lhe servem o escasso alimento, com proibição de falar com os amigos, de receber e escrever cartas e de tudo o mais que poderia ser refrigério a um atribulado: ao segundo perseguiu-o de modo impudente por um período de tempo nada pequeno. E sucedendo que eu advertisse que isto se fazia sem ordens nossas e querendo defender a imunidade eclesiástica de tantos atentados, irrompeu com tamanha violência só contra mim que não deixou de pôr por obra quase nenhuma casta de atentados, havendo, por derradeiro, a situação chegado a tal ponto que mandou várias vezes encarcerar notários do auditório eclesiástico, e, até, com a maior desvergonha, encerrou em tenebrosa enxovia um servidor nosso, falsamente acusado de crime, oprimindo-o com pesadíssimos grilhões lançados à volta do pescoço, mãos e pés, e ainda continua a oprimi-lo depois de decorridos três anos. Além disso não cessa de encarcerar clérigos e não se peja de reter outros na prisão. Com o pretexto das obras públicas, sob o título de "doações gratuitas", cobra dinheiro a muitos, para não dizer a todos; se não pagam o que pedem, ou se doam um montante inferior ao pedido ou esperado, ou apresentam alguma desculpa, arremete contra os domésticos e os parentes e, o que é mais, de tal sorte favorece os excomungados que defende sempre a causa dos mais perversos; deu ordens para que não sejam absolvidos; daqui resultou que, ao continuar a obstinação e sem se obter absolvição alguma, assistem aos ofícios divinos, continuando a ter trato com os fiéis.

Havendo certos homenzinhos desejado, com oposição minha, como bispo, introduzir de novo uma certa procissão, e tendo sido proibidos pelo meu vigário-geral, mandou disparar um canhão e tocar os clarins militares, como se houvesse a ameaça de um repentino ataque de inimigos, e dirigiu contra mim, singelo e desvalioso bispo, todas as tropas e uma imensa multidão de povo, ocupando com soldados as portas e acessos da cidade, onde isto se passava, a fim de não dar ensejo a alguma providência do prelado, e, depois de mandar arrombar as portas da igreja, na qual se guardava o Santíssimo, realizou-se aquela procissão sacrílega e assaz odiosa aos olhos de Deus. [**6r°**] Ao prometer favor e proteção aos mais perversos, mais impede que incita a que as causas eclesiásticas recorram aos tribunais seculares, do que resulta que se perturbe o curso das causas, os ministros eclesiásticas vivam aterrorizados e os nossos funcionários e notários tremam de medo, os pecados aumentem e de dia para a dia a populaça se ensoberbeça. Alvo destes e muitos outros atentados, na medida do possível abstive-me de lançar interdição e suspensão *a divinis*, certo de que não as respeitariam pessoas que tão impudentemente desprezam as censuras. Mas, para que não pareça que inteiramente solto as rédeas dos acontecimentos, a fim de não deixar o rebanho sem o possível remédio numa situação já desesperada, acudi mediante carta ao piedosíssimo rei, dirigente[66] destes bispados, e o fiz ciente de como é terrível a tempestade com que se vê agitada esta barquinha de Pedro. E tendo eu decidido mandar como meu mensageiro o vigário-geral, apercebi-me de que imediatamente todo o litoral ficou vigiado por soldados, que também se apresentavam nos barcos a fim de, se algumas pessoas tivessem escapado furtivamente, as tomarem nos próprios barcos. Finalmente, na calada de uma noite de breu, navegando por uma imensa extensão de mar, depois de se juntarem amarrando-os uns aos outros alguns troncos de árvores, cuja leveza poderia facilmente flutuar sobre as águas, armado com o sinal da santíssima cruz, o vigário geral iludiu as astúcias do perversíssimo homem e a vigia de tão grande número de soldados e chegou a uma nau que já se encontrava muitíssimo longe.

Mas é tão grande o poder deste homem como costuma ser o dos ímpios neste século corrupto, pois, apoiando-se em falsas acusações de crime e em usar de mãos rotas, como costuma dizer-se, ensoberbece-se triunfante e não cessa de ferir o pastor e o débil rebanho de Cristo. Se quisesse tudo contar nunca mais acabaria. O resto não é de somenos, mas abstenho-me de uma

[66] Em latim *moderator*, que também poderia traduzir-se por "governante, regulador".

dilatada narração. As coisas passam-se em Lisboa da mesma maneira que em Roma se tratava no senado a causa de Aderbal e Jugurta. Motivo pelo qual me vi obrigado a abandonar Olinda, lugar da residência episcopal, e depois de tomar às pressas um crucifixo, como único consolo de tantos trabalhos e atribulações, acompanhado de poucos amigos, vagueio em todas as direções, privado da ajuda de todos os homens, pobre, carenciado, enfermo, amiúde atormentado pelo reumatismo e pelo mal da pedra, praticamente esbulhado da jurisdição ordinária, e entregando-me inteiramente ao ofício apostólico e à pregação evangélica.

Capítulo terceiro

Vindo agora para o terceiro capítulo, em que se trata do clero secular, os cônegos e demais vinculados ao serviço de coro desta catedral continuamente a este assistem, por vezes com falta de não poucos, cumprindo as horas canônicas, e celebram todos os dias sem exceção missa conventual, aplicando-a do modo que cumpre fazer-se. Não obedecem rigorosamente às *Constituições*, cumprem com frouxidão as suas obrigações, apresentando a pobreza da côngrua como desculpa para a preguiça inata nestas regiões; além disso, grande número deles, debilitados pela avantajada idade, falham por incapacitados para as obrigações quotidianas. O cônego magistral, ainda que quisesse cumprir, com o desvelo e diligência que nele sobressaem, aquilo que tão encarecidamente o Concílio recomenda, perderá o seu latim, pois nestas regiões mui dificilmente pode recomeçar-se aquilo que alguma vez caiu em desuso. O penitenciário, atribulado por grave doença, obteve autorização para fazer tratamento e encontra-se ausente da catedral há três anos, com motivo suposto, em minha opinião, e por isso já tenho a intenção de adverti-lo sobre a sua indolência, por forma a atalhar a uma situação inadmissível.

Nada se omite no que toca à residência dos párocos e livros de assento de matrimônios, batizados e demais que o ritual romano ordena que tenham, e, se existe alguma negligência em relação a estas coisas, corrige-se. Em relação à falta de outros sacerdotes, basta dizer que os vigários colados têm os seus coadjutores e, conforme as circunstâncias o exigem, frequentemente se servem de outros sacerdotes, e nas paróquias mais apartadas assaz se necessita de maior quantidade de párocos: com muita frequência, numa área de sessenta léguas e muito mais, de que constam algumas paróquias, só se encontra um ou outro, daqui resultando que as confissões da Quaresma, para dar cumprimento ao preceito da Igreja, se realizem em prazos de tempo muito longos, e não é fácil poder acudir-se a este mal, quase todos se negando a ir para tais lugares, onde amiúde se carece do necessário para o passadio, e em que, [6vº] num solo sáfaro, como é de esperar ao encontrar-se situado na zona tórrida, há falta de frutos da terra e de animais comestíveis, e por estas razões admito a ordens muitos candidatos, com a condição expressa de prometerem ir para aqueles lugares.

Em relação ao cumprimento da pregação do Evangelho por parte dos párocos e de ensinarem a doutrina às crianças e aos demais necessitados desta ajuda, os pouco diligentes párocos gravemente falham neste aspecto, não cessando eu de admoestá-los, incessantemente me informando sobre a sua inatividade; ainda que, mediante contínuas missões, eu insista na educação da população, uma vez que a imensa maioria é constituída por homens rústicos, ou seja, africanos e similares, o trabalho não rende nem o esforço corresponde aos frutos.

Os nossos predecessores providenciaram de sobejo sobre a intenção das missas pela população nos domingos e dias santos, e penso que [os párocos] cumprem o que amiudadas vezes foi ordenado.

Em relação à ordenação dos clérigos existe a constituição deste bispado, sempre de acordo com as sagradas determinações de Trento e dos Sumos Pontífices, que se cumpre à risca, excetuando os exercícios espirituais para todos os graus, que se estabeleceu que se fizessem apenas para os que recebem ordens sacras. No que toca às vestes clericais, todos envergam trajes talares dentro das vilas principais e das cidades, mas imitam inteiramente as dos seculares, quando em viagem.

Acerca das conferências de teologia moral, ordenamos que se fizessem com frequência e ordenamos aos visitadores que se informassem com diligência sobre este ponto, mas realizam-se frouxamente, em parte devido à indolência dos homens, em parte por causa da grande distância dos trajetos, que impede que se reúnam com assiduidade, sobretudo na época do inverno. No que tange aos costumes dos clérigos, seja bastante dizer que se encontram muitíssimo poucos idôneos e honestos como convém, vivendo quase todos como qualquer pessoa do povo, mais preocupados em cumprir com o cargo do que em ajudar.

Capítulo quarto

Chegando agora ao capítulo quarto, onde cumpre tratar-se do clero regular, uma vez que esta diocese, na sua qualidade de ultramarina, é governada pelos reis de Portugal através de tribunais, e eu estou proibido de exercer vigilância sobre os regulares que exercem ofício paroquial, até hoje abstive-me de visitá-los, porquanto os regulares nestas regiões, como mais poderosos perantes os tribunais régios, conseguem com a maior facilidade as autorizações e as isenções dos ordinários que querem, a tal ponto que se recusam a sujeitar-se a exame para receberem ordens e para ouvir em confissão e pretendem que totalmente deixemos em mãos dos seus mestres os exames, e se por vezes, para descargo da nossa consciência, lhes perguntamos alguma coisa, emudecem zombeteiramente, com grande soberba se negando a responder, sobretudo os franciscanos e os carmelitas da observância, que necessitam de uma reforma radical. Quase todos os religiosos ministram o batismo e celebram matrimônio aos escravos que vivem fora dos claustros, não fazendo primeiro quaisquer proclamas, ou fazendo-as nas suas igrejas, as mais das vezes na presença de pouquíssimas pessoas, sem se preocuparem em possuir livros de assento de matrimônios e defuntos nem com o registo dos nomes: se nós os bispos não condescendemos com este procedimento, somos violentamente questionados e sofremos nada pequenas tribulações.

Capítulos quinto e sexto

Em relação a estes capítulos, onde deveria tratar-se das religiosas e do seminário, nada resta por dizer para além daquilo que mais atrás se disse, uma vez que nesta diocese não se encontra mosteiro algum de religiosas, e em relação ao seminário os tribunais até hoje não tomaram providências.
[7rº]

Capítulo sétimo

Nas sacristias dos regulares quase todas encontra-se afixada uma tabela das missas, mas os encargos das confrarias não se cumprem inteiramente, não só porque são poucos, mas também porque quase todos os testadores, para os seus aniversários e missas que devem ser perpetuamente rezadas, recorrem aos mosteiros dos religiosos. Em relação às obras pias ordenadas pelos testadores, não é sem grande tristeza que confesso que nesta região se cumprem pouquíssimos legados, porque é comum os testamenteiros gastarem, dilapidarem e aplicarem para proveito próprio as heranças dos defuntos. Por este motivo se levantam gravíssimas demandas e daí nos procedem tribulações e moléstias nada pequenas. Nada resta para dizer acerca da visitação do montepio e dos hospitais, uma vez que a diocese não os tem.

CAPÍTULO oitavo

Sobre os costumes destes povos cumpre ouvir Solorzano, no *De iure Indiorum*, o qual em inúmeros passos diz que os índios são um povo desleal, inconstante e falso, aos quais com toda a propriedade podem adequar-se as palavras que S. Paulo dissera sobre os cretenses,[67] porquanto indolentes e avessos a trabalho honesto e que teriam podido avantajar-se em riquezas se empregassem um mediano esforço, mas por causa da indolência caíram na mais mofina pobreza. Escravizados ao demónio, de tal maneira se entregam à sensualidade que "toda a carne cor-

[67] "Os cretenses são sempre mentirosos, bestas ruins, ventres preguiçosos." *Tt* 1. 12.

rompeu o seu caminho"[68] e poucos se abstêm de imundo trato carnal com consanguíneas, de tal maneira que não sentem pejo de com muita frequência o avô seduzir as netas, o pai as filhas, o irmão as irmãs, o tio as sobrinhas, sendo este um flagelo que não apenas grassa entre a mais refece ralé, mas penetra também no peito dos nobres. Entre todos o perjúrio é habitual, daqui resultando que os mais poderosos, mediante falsos testemunhos apresentados em juízo, devoram os pobres e se apossam dos bens dos pequenos, desprezam o poder, zombam da disciplina eclesiástica, não os movem quaisquer motivações racionais ou abraçam qualquer propósito honesto, e só arrepiam caminho incutindo-se-lhes medo; daqui procede que acatam o poder dos governadores seculares amedrontados pela força, são escravos dos seus desejos, compactuam com a mentira, aceitam o descomedimento, adoram os prazeres e em tudo os buscam, pondo Deus de lado, e com o maior despejo se insurgem, sem lhe pouparem nenhuma casta de tribulações, contra o manso governo dos pastores e a suave correção dos costumes.

Sobre os progressos da religião direi que, mediante frequentes missões, a população se comove, chora, solta gritos de arrependimento, confessa-se, mas no mesmo momento, em se deparando ensejo, retorna ao vômito, repete o anterior teor de vida e recai de novo no mesmo lamaçal de pecados e é comum que envelheçam na mesma mancebia que começaram sendo moços. São vários os abusos para cuja extirpação me esforço: é frequente perjurar para benefício dos próximos, cuidando que assim devem fazer para que as coisas corram bem aos amigos; negam-se a de modo algum acatar as censuras eclesiásticas e a

---

[68] Cf. *Gn* 6. 12: "toda a carne tinha corrompido o seu caminho."

apartarem os excomungados do convívio dos próximos e dos ofícios divinos, proferindo eles mesmos sentença de nulidade no foro externo, sendo coadjuvados no seu atrevimento por não poucos religiosos iletrados, ou melhor, temerários, que aconselham que assim pode proceder-se perante uma sentença de um juiz superior.

Por derradeiro, a tal ponto a situação chegou que aqueles aos quais eu excomunguei por contumaz desobediência, foram recebidos, para me afrontar, pelos franciscanos dentro da igreja, debaixo de cruz e em procissão, com cânticos e as maiores honras, com o propósito de tomarem o partido do governador, meu figadal inimigo, lhe fazerem a vontade e favorecerem a sua dementada sanha.

E daqui, passando para os pedidos:

Uma única coisa peço, santíssimo Padre e eminentíssimos Senhores cardeais, uma única coisa peço: que acudais à igreja de Pernambuco, prestes a arruinar-se, que, com rigorosas censuras, ajudeis um bispo assoberbado pelas tribulações e quase esmagado. [7vº] Rogo à Sagrada Congregação uma declaração ou decreto, formalmente autenticada, com a qual se ponha freio a tão atrevida barbárie e a tão impudente ousadia e, sob censura reservada à Sé Apostólica, se ordene à população civil e aos religiosos que, se nós alguma vez excomungarmos alguém, ele se comporte como excomungado, como tal seja considerado pelos fiéis, e que nenhum particular se atreva, antes de a censura ser declarada injusta ou nula por um juiz competente, a dizer, por iniciativa própria, que ela é nula, a ter comunicação com os fiéis e a estar presente aos ofícios divinos.

As leis do reino de Portugal estabelecem que as ofensas e injustiças praticadas contra funcionários ou oficiais eclesiásticos sejam julgadas por um magistrado secular e por estes severamente punidas. A lei cumpre-se à risca em relação à primeira parte, porquanto, ao querer um oficial nosso castigar funcionários nossos culpados de agressão ou ofensa, recorrem para o magistrado secular, que anulam a correção eclesiástica. Seja assim muito embora, eminentíssimos e reverendíssimos Senhores, mas até hoje os magistrados seculares não puniram ofensa alguma inferida aos nossos funcionários, por grave que fosse e até com efusão de sangue e de modo algum toleraram que por nós fosse punida. Daqui resulta que o desmando dos criminosos cresceu em tal grau que em qualquer negócio eclesiástico são violentos contra os nossos funcionários e vexam-nos com terríveis injúrias, sendo maiores as que sofremos se as pretendemos castigar; se recorremos ao rei em busca de remédio, interpõem-se os amigos e fautores do governador, e as nossas queixas ou não chegam aos ouvidos do rei ou são revestidas de tão falsas e absurdas circunstâncias que parecem indecorosas, falsas ou simuladas. Por isso, instante e humildemente suplico que, contra os magistrados que não castigam as injustiças infligidas aos funcionários eclesiásticos, se profira censura reservada à Sé Apostólica, e se escreva ao rei acerca de matéria tão grave e de tamanha importância, para que se saiba que os brados dos prelados, que dificilmente se recebem em Lisboa, por vezes se escutam em Roma, por forma a que os ministros do rei, pondo de parte a tão perniciosa proteção dos amigos, algum dia se deixem persuadir pelas lágrimas, queixas, tribulações e súplicas dos gementes bispos.

Depois de concluída esta carta, aportou a este litoral uma esquadra vinda do reino de Portugal, que, com um novo governador, trouxe o remédio para tão grandes e tão graves coisas; com esta providência do rei aquietaram as queixas das chorosas populações e a destruição da Igreja.

Em relação às indulgências, graças e favores, a Sé Apostólica providenciou com tamanha liberalidade que nada resta por desejar, além da bênção apostólica, que, para que Vossa Santidade me a conceda, de joelhos mui humildemente a peço.

Em Olinda, 8 de Maio do ano do Senhor de 1746

Prostrado humildemente aos pés de Vossa Santidade, rogo--vos com a maior submissão a bênção,

Luís, bispo de Olinda

Ad Limina, Olinda 1746
ASV, Congregatio Concilii, Relationes Diocesum, 596
[fólios não numerados]
[**1r**]

Beatissime Pater,

Ad sacros Sanctitatis Tuae pedes humiliter prouolutus, uillicationis meae siue status huius ecclesiae per manus eminentissimorum cardinalium Sacrae Congregationis Consilii rationem reddere accingor.

Episcopus Paranambucensis.

Caput primum. *De pertinentibus ad materialem ecclesiae statum*

Anno igitur Domini MDCLXXV instante principe regni Portugalliae pro tempore moderatore Petro, postea secundo dicto, haec ingens terrarum portio Episcopatus nomen obtinuit, dum ab Innocentio XI ab archiepiscopatu Bahiensi, cuius pars erat, fuit exstracta. Ab oriente oceano abluitur, ab aquilone ueluti in immensum protenditur et longa montium intercapedine, qui dicuntur *dos cocos*, ab episcopatu Maraniensi diuiditur et aquarum casu, quibus montes abundant, terminatur. Ab episcopatu Para locis, qui Terrae Nouae appellantur, clauditur. Ab episcopatu Fluvii Januarii riuulo, Arenarum dicto, disiungitur et sequestratur: ex quo dignoscitur quod aquilonem uersus septingentarum leucarum longitudinem complectitur, latitudine continens modo octoginta, modo centum leucas. A meridie episcopatum Bahiensem confinem habet famoso Diui Francisci flumine, quod utrasque terras interluit, diuiditur et in centum leucarum spatium longitudine decurrit.

Quoad priuilegia attinet, nulla praeter episcopatibus ultramarinis communia obtinet. Et tribus solummodo ciuitatibus decoratur, quarum prima, ubi sedes erigitur episcopalis, Olindia dicitur, Olandorum quondam deuastatione diruta, pristinum omnino decorem amisit, paucis plateis exsistentibus, nobiliores incendio traditae solo aequantur; secunda ciuitas Parahiba nuncupatur, maritimo portu nobilis, sed habitatione exigua; tertia dicitur Natalis, adeo tenuis ut praeter ciuitatis titulum, ecclesiam parochialem et paucas domos, nihil quod ciuitatis specimen referat, omnino habeat. A supradicta ciuitate Olindensi unius leucae spatio interjecto distat nobile oppidum, Reciffe dictum, ecclesiis, nobilibus monasteriis, ministris regalibus, negotiorum et populi frequentia satis decorum. Nobili ponte oppido Diui Antonii annectitur, quae duo oppida duarum civitatum speciem referunt et non modicam exhibent pulchritudinem. Dictum Diui Antonii oppidum alio etiam ponte cum oppido satis nobili, Boniaspectus dicto, communicatur et Capibaribe, gratissimo fluuio interlabente, diuiditur.

Haec sunt huius Episcopatus loca insignia; cetera uero ignobilia sunt, quorum plurima luteis domibus et paucis constant; [1vº] magna tamen populi multitudo pauperrimis tuguriis inter nemora et dissita loca quaquauersum habitat solitudines, de uno quoque tamen oppido, cum de parochiis egero, suo loco dicam.

Quantum ad cathedralem ecclesiae statum attinet, templum est satis amplum, columnis hinc, inde ordine dispositis decorum; maius seu principale sacellum inauratum aliqualem prae uetustate amisit splendorem, cuius altare candelabris argenteis et cruce non modica decoratur; proprium et particulare ad dexteram sacellum habet, quo sufficiente decore noctu diuque tribus argenteis lampadibus coruscantibus, sinaxis asseruatur; e sinistra huic sacello aliud persimile correspondet, deuotissima crucifixi imagine commendabile: sex insuper habet altaria, quibus praeter imagines nihil memoriae dignum reperitur. Quaedam pro maioribus festiuitatibus habet ornamenta pretiosa; cetera communia sunt, quorum aliqua satis attrita sunt; sufficienti campanarum numero turris erigitur; organis decoratur, quorum quod maius est aliqua uenustate parieti inhaeret; aliud paruum pro chori commoditate reperitur; cetera non paruo sumptu pro mea tenuitate in dies augentur.

Cultui tandem diuino octo supra decem canonici addicti sunt, quorum quattuor dimidiam habent praebendam seu portionem nouemque capellani, quos inter subcantor assistit. Pro chori seruitio quinque pueri minoris ordinibus uel tonsura initiati agenda peragunt ac ministrant. Praedictum canonicorum numerum complent decanus, archidiaconus, cantor maior, scholarum magister, maior thesaurarius, paenitentiarius, doctoralis ac magistralis seu theologalis canonicus.

Quantum spectat collegiatas, cum nulla hocce episcopatu sit erecta, nihil omnino dicendum restat.

Ad statum igitur numerumque parochialium et oratoriorum deueniendo, pro faciliori captu in quattuor plagas seu uisitationes diuiditur episcopatus, quae quattuor uisitatoribus commendantur, et de una quaque separatim dicendum est. Ergo, aquilonem uersus quindecim parochias habet, quarum uicarii, utpote collati, perpetui sunt; octo curatus amouibiles; ducenta et quadraginta oratoria, quorum nouem supra decem dici prae magnitudine ecclesiae possunt: quibus omnibus propter parochiarum ueluti immensam extensionem, sacramenta populo quaquauersum diffuso de parochi commissione ministrantur.

Haec generalis ecclesiarum ad aquilonem sitarum discriptio est; sed, ut meo muneri satisfaciam, distinctius et operosius dicere necessarium duco.

Prima est ecclesia cathedralis, de qua supra satis est actum; superest tantum dicere octo habere filiales ecclesiase et quattuor supra decem oratoria, quae quidem non paucis egent tum uasis, tum ornamentis, sed, ut loci paupertas patitur, paulatim instaurantur quae apprime necessaria sunt. Eadem Olindensi ciuitate alia etiam parochia reperitur Diui Petri Martyris patrono decora. Pro sinaxi asseruanda sacellum habet sufficienti supellectile exornatum, quattuor ceroferariis pro altaris seruitio, argentea lampade, cruce et laternis pro sacramentis associandis constat; unum ceteris pretiosius habet ornamentum; cetera pro missis celebrandis communia sunt. Ecclesiam Sancti Sebastiani filialem habet, quae, etsi regiae sit protectionis, nescio qua incuria seu tanta rei obliuione omnibus ornamentis destituta est.

Aquilonem uersus, ut supra dixeram, erigitur parochia Sancti Laurentii, quinque leucis ab urbe distat, templum magnitudine capax, communibus paramentis ornatum, aliquibus etiam candelabris argenteis decorum, praeter quae nihil memoriae obtinet commendabile. Nouem supra decem continet oratoria filialia omni pretioso ornatu carentia, quibus disperso populo sacramenta ministrantur.

Sequitur Parochia Dominae Nostrae a Luce, septem leucarum spatio a cathedrali dissita, simili fere modo ornata, nihi habens memoriae dignum. Sex supra decem habet filialia oratoria pro sacramentis populo conferendis, qui per octo, aut decem leucas, quibus parochia constat, dispersus his [2r] oratoriis ad Sacramenta recurrit.

Ab Olinda duodecim leucarum spatio interiecto parochia Sancti Antonii de Tracunhaem dicto inuenitur, tempum amplum, quo nihil dignum reperitur, nisi quod pro Sanctissimo Sacramento exponendo argentea et inaurata ampulla aliqua uenustate elaborata magnitudinis non modica decoratur. Pro festiuitatibus sericum et album habet ornamentum, cetera uilia sunt et fere omni argentea caret supellectile. Quattuordecim habet oratoria filialia multarum leucarum spatium continens, partim habitatum, et partim ad solitudinem redactum.

Ab Olindia duarum leucarum spatio distat et prope mare sita est Dominae Nostrae a Gaudiis parochia, templum habens sufficiens sed praeter ordinarium ornamentum, quod quotidianis sacrificiis inseruit, ceteris caret. Sex oratoria filialia habet, quibus eadem paupertas et rerum carentia inuenta est.

Quinque leucarum spatio a cathedrali distat oppidum Igarussu, inter humiles pagos, quibus hic constat episcopatus, nobile cuius parochia Cosmam et Damianum patrono habet. Templum est peruenustum omni supellectile refertum, sua habet pretiosa ornamenta, lampades, candelabra ceteraque utensilia argentea, omnia denique cultui diuino necessaria. Quattuor ecclesiae in hoc nobili pago reperiuntur: domus scilicet Misericordiae, quae regiae est protectionis, ecclesia Dominae nostrae Gaudiorum; ecclesia Sanctissimi Rosarii et Sancti Sebastiani. Insuper Capuccinorum continet monasterium, nouitiorum domum, duodecim filialia habet oratoria modice ornata, quibus, ut supra de aliis dixi, parantur populo sacramenta.

Ab hoc pago septem leucis quaedam insula distat, Itamaraca appellatur. Hic sita est parochia Dominae Nostrae a Conceptione, paramenta habens communia nihilque speciali mentione dignum. Quindecim filialia habet oratoria, quibus uix necessaria pro missarum celebratione reperiuntur.

Sequitur prope mare parochia Sancti Laurentii, locum Tijucupapo appelant accolae, cuius ecclesia est sufficiens, modice, ut supra de aliis dixi, ornata, septem oratoria habens filialia eadem paupertate instructa.

Sequitur loco Goyana parochialis ecclesia patronam habens sanctissimam Virginem Mariam a Rosario. Quattuor supra decem leucis a cathedrali distat, inter exigua huius episcopatus oppida pagus aliquali commercio nobilis et terrae frugibus satis abundans, exornato constat templo, sinaxis habet sacellum non modicae uenustatis, totum et ex omni parte inauratum, argentea supellectile pro altaris cultu decorum. Sufficientia habet ornamenta, tum festiua, tum quotidiana et, praeter tres ecclesias, quarum prima est Domus Misericordiae, secunda Dominae Nostrae a Protectione, tertia Dominae a Rosario, insuper monasterium Carmelitarum Reformatorum, nihil aliud referendum habere arbitror. Ecclesiae parochiali subduntur uiginti quattuor filiales ecclesiae siue oratoria, quae, ut cetera, de quibus iam dixi, modice parantur.

Sequitur parochia Dominae Nostrae ab Exsilio, curatus amouibilis, unam tantum habens filialem. Fere omnibus ecclesia caret, vix pro missarum celebratione habens necessaria, utpote quae pauperrimos et rusticos habet parochianos, desides et satis indeuotos.

Octo supra decem leucis ab urbe distat parochia Dominae Nostrae a Penha de França, uulgo Tacoara, ecclesia collata, tria filialia habens oratoria modico cultu parata, nihil habens commendabile aut notatu dignum.

Viginti quinque leucarum spatio a cathedrali sita est Parahiba, ciuitas exigua, de qua supra, cuius parochialis ecclesia Dominam Nostram a Niuibus patronam habere gloriatur. Templum sufficiens, necessaria argenti copia decorum, lampades et candelabra argentea pro Sanctissimo Sacramento associando et altaribus decorandis; insuper omnium colorum diuino cultui inseruentium habet paramenta. Intra ciuitatis limites duas habet ecclesias filiales: ecclesiam scilicet Dominae Nostrae a Mercedibus et a Rosario, quae [2vº] ornatu uenusto sericis nitent ornamentis, praeter Domum Misericordiae, utpote regiae protectionis exemptam. Quattuor habet haec ciuitas religiosorum monasteria: scilicet, Capuccinorum domum satis nobilem ac decoram, Carmelitarum Reformatae Observantiae, Societatis et Diui Benedicti, quae tria adhuc in incunabulis fundationum satis exigua et impolita sunt. Sex supra uiginti sub se habet pro sacramentis populis ministrandis ruralia oratoria, quae pro missae sacrificio peragendo uix habent necessaria.

Ab hac Parahibensi parochia propter ingentem extensionem quandam terrarum portionem nouiter extraxi quindecim constantem leucis, quam in nouum curatum sub titulo Regina Angelorum nouter instauraui, subditis siue annexis quattuor ruralibus oratoriis, quorum quod Sancti Michaelis titulo fulget, dum a parochianis maior aliqua ecclesia non erigitur, matricis uices gerit, medio in loco parochiae situm, ut populi commoditas exigit atque necessitas, et cum paucis abhinc diebus hic curatus sit erectus, pro nunc nihil aliud dicendum restat.

A Parahiba duodecim leucarum longitudine distat Diui Petri et Pauli parochia, locum Mamanguape appellant, cuius ecclesia adhuc imperfecta parietes solummodo habet, tecto carens et pro sacramentis ministrandis sacellum Dominae a Rosario inseruit, donec ecclesia perficiatur. Quattuor habet oratoria filialia, utrumque parata, quibus sacra populo exhibentur.

Sequitur ecclesia Dominae Nostrae a Gaudiis, loco Goaninha dicto sita, parochia pauperrima, tria annexa habens oratoria, quibus omnibus uix necessaria reperiuntur.

Quinque supra sexaginta leucis a cathedrali distat ac sita est ciuitas Natalis, de qua supra. Dominae Nostrae a Praesentatione titulo parochialis ecclesia insignitur, modice ornata, ut de pauperatis ecclesiis dixi, nouem sub se habens annexas seu filiales aediculas pro sacramentorum utilitate, quibus nihil praeter paupertatem notandum restat.

A ciuitate Natali seu "non tali" (uti, attenta eius tenuitate, per iocum dicitur) spatio triginta leucarum et a Cathedrali tredecim supra centum interiecto, erecta est Sancti Ioannis Baptistae parochia, loco Assu dicto, cuius ecclesia magnitudine sufficiens, ex ligno lutoque constructa, rubrum albumque habens ornamentum, omni prorsus argento caret. Nullum habet filiale oratorium, pluribus egens, utpote quae longitudine quadraginta, latitudine uero uiginti leucas amplectitur.

Cento et octoginta leucis a cathedrali sita est ecclesia curata Domina a Rosario loco Russas dicto. Ecclesia solum principale habet sacellum ex lateribus instructum; cetera adhuc imperfecta sunt, decoris ornamentis et omni prorsus argento caret. Octo depauperatis filialibus oratoriis sacramenta populo per septuaginta leucarum spatium ministrantur.

Decentis ab urbe leucis Sancti Ioseph parochia invenitur. Locum Siará appellant, duos continet pagos: Aguiraz scilicet et Arcem, quilibet suam habet ecclesiam parochialem. Ambabus tamen uicarius unus cum suo coadiutore praeficitur. Ecclesia loco Aquiraz sita ex lateribus et lignis instructa est, argento caret, serica habet ornamenta communia nihilque aliud relatu dignum. Quae uero Arx appellatur, ecclesiam adhuc imperfectam habet, eodem fere modo paratam. Nouem sunt oratoria filialia pro sacramentis minstrandis modice parata, quadraginta leucarum spatium longitudine et triginta latitudine continet.

Ducentis et quinquaginta leucis ab Olindia seu cathedrali hunc terminans episcopatum Dominae Nostrae a Conceptione parochia inuenta est matricis uices gerit Dominae Nostrae a Rosario sacellum ex ligno et luto fabrefactum, communia habens ornamenta, omni prorsus argento caret, nouem subduntur oratoria filialia tenuiter parata, longitudine octoginta leucas, latitudine uero quinquaginta amplectitur.

[3r] Centum et quadraginta leucis ab urbe erecta est parochia Dominae ab Expectatione loco Icó, sufficienti magnitudine ecclesia constat, sua habet serica paramenta alba, rubra et uiolacea; pro sacramento exponendo reliquiarum argenteum, quattuor oratoria filialia modice parata. Curatus est amouibilis per centum leucas longitudine decurrit latitudine continens quadraginta.

Ab urbe centum leucis distat Dominae Bonieventus parochia, curatus amouibilis loco Piancó, templum habens sufficiens, argenti parum, serica ornamenta alba et uiolacea, quinque subduntur filialia oratoria, sufficienter parata, longitudine per octoginta leucas extenditur, latitudine continens quadraginta.

Loco Cariri ab urbe Olindensi leucis distante sexaginta, quinquaginta leucarum longitudinem amplectitur, latitudine quadraginta complectens Dominae a Miraculis parochia sita est, curatus amouibilis, ecclesiam habet nouiter erectam, sericis ornamentis exornatam. Tria habet oratoria filialia utcumque parata.

Facta iam parochiarum ad aquilonem sitarum relatione, restat ut earum quae ad meridionalem plagam sitae sunt ratio reddatur. Hic igitur longissimus terrarum tractus novem supradecem parochias collatas, quattuor curatus amouibiles, ducenta et triginta duo pro conferendis sacramentis oratoria, quorum nouem prae magnitudine ecclesiae possunt nuncupari, amplectitur.

Et primo se se offert ille perillustris Reciffe pagus, de quo supra meminimus, non modicae ciuitatis specimen referens, unam solummodo parochiam continet, Diui Petri Gundisalvis nomine dictam. Ecclesia omnium episcopatus politior, tecto et parietibus inauratis, argenteis lampadibus et candelabris pro altarium ornatu et seruitio constat. Sex habet altaria uenuste culta, praeter sacellum omni supellectile argentea abundans, quo decore non modico et maiestate decentissima sinaxis asseruatur. Omnium colorum ceteris correspondent ornamenta. Septem sub se habet haec parochia filiales ecclesias, quarum quae Dominam Nostram a Liberatione patronam habet, trans flumen Capibaribe erecta, pro sacramentis populo illuc degenti conferendis, coadiutore collato ministrante, deseruit. Omnes decenter ornatae, uasis argenteis et necessariis pro festiuitatum celebratione paramentis abundant. Est et alia ecclesia titulo Dominae Nostrae a Paradiso decora, quae propter paruulum annexum senodochium habitatores Misericordiae domum appelant, de cuius exemptione iurgium non leue et lis maxima agitatur.

Trium leucarum spatio ab Olindia constructa est parochia Dominae a Rosario, templo sufficienti constat, aliqualem ruinam, prae uetustate minante, bonis non eget ornamentis nec sufficienti et necessario pro ecclesiae et altarium seruitio argento caret. Duas filiales habet ecclesias: Dominae scilicet a Liberatione et a Rosario. Insuper sex supra decem oratoria filialia, quibus omnibus pro maioribus festiuitatibus necessaria desunt.

Ab hinc quinque leucarum intervallo Sancti Mauri parochia erecta est, sufficienti campana caret, duas potitur argenteas lampades, quattuor argentea ceroferaria et pro maioribus functionibus serica ornamenta. Octo supradecim filialia habet oratoria, quibus dispersi incolae ad sacramenta inuitantur.

Duodecim a cathedrali leucarum longitudine distat Diui Antonii da Mata parochialis ecclesia adeo pro incolarum tenuitate depauperat ut pro festiuitatibus peragendis aliae commodent necessaria. Sex sub se habet ruralia oratoria, quibus praeter missae sacrificium cetera diuino cultui desunt inseruientia.

Ab hac parochia quinque leucis distat alia Dominae Nostrae a Rosario, loco Moribeca dicto, templum est his locis excellens, quod pro cathedrali possit inseruire. Paramenta habet necessaria et modicum argentum, speciali pro sinaxi asseruanda sacello caret, cui principale deseruit, nihil aliud continet memoria seu speciali narratione dignum. Sex supra decem oratoria habet filialia pauperi cultu ornata, sed sacrificio missae sufficientia.

Octo ab Olindia leucis Diui Antonii do Cabo parochia [3vº] ornamentis satis parata reperitur. Pro altarium seruitio et Sanctissimo Sacramento associando argento abundat. Viginti septem continet oratoria filialia modice parata, quorum quod Diui Gundisalui dicitur, et aliud Diui Ioanni Baptistae sufficienti argento nitent et debitis ornamentis decorantur.

Ab Olindia duodecim leucarum spatio interiecto parochia Diui Michaelis: lampades argenteas, ceroferaria et sufficientia habens ornamenta. Vili pago, luteis et paucis constante domibus, sita est. Quaquauersum duo supra uiginti sunt oratoria pro sacramentis ministrandis necessaria, inter quae ecclesia Dominae Nostrae ab Expectatione omnium maior et illustrior eminet, opus adhuc imperfectum.

Septem supra decem leucarum spatio ab Olindia seu cathedrali pagus reperitur Sirinhaem dictus, aliquali commercio abundans, cuius ecclesia parochialis satis ampla Dominae Nostrae a Conceptione titulo decora, sufficientia habens ornamenta, argento caret nihilque habet commendabile pagus iste, praeter Capuccinorum monasterium. Viginti oratoriis circumfusis modice paratis, necessaria tamen pro sacrificio missae habentibus, populo sacramenta ministrantur.

Viginti quinque leucis a cathedrali Dominae Nostrae a Purificatione et Diui Gundisalvi parochia, duos habens patronos, humili loco Una dicto erecta est, cuius ecclesia trabibus undequaque suffulta, tecto et parietibus ruinam minantibus, usum adhuc, sed satis habet periculosum, de quo iam regem, ut pote patronum, certum feci, ut suo sumptu reficiatur seu nouiter instauretur. Sufficientia huius ecclesiae sunt ornamenta, argento caret. Octo sub se habet filialia oratoria, quibus ornatu perexiguo celebratur.

Triginta leucarum interuallo distat a cathedrali Diui Benedicti parochia. Pro parochiali inseruit mediocre sacellum, quippe fuerat haec parochia curatus amouibilis, cuius parochus collationem postea obtinens cum populo de erigenda ecclesia pactum inierat. Sed, aut paupertate loci aut animorum desidia, quod pacti fuerant non impleuere. Praeter tres calices argenteos paruulumque pro exponendo Sacramento reliquarium, nihil aliud ex argento constat, paramenta communia, quorum aliqua satis attrita sunt, ne dicam absoleta. Quinque oratoria habet filialia simillime parata.

Ab Olindia sex supra triginta leucarum interuallo Dominae Nostrae a Presentatione parochia miserabili pago quattuor, aut quinque constante domibus constructa est, templum omni ornatu pretioso destitutum, choro caret et sacristia, terreo pauimento, parietibus calce illitis, ueteribus satisque attritis constat ornamentis. De hac tam humili et absoleta paupertate patronum regem certum iam feci et omnia pro animi, qua pollet magnitudine refecturum spero. Decem sub se habet ecclesias seu oratoria filialia, eamdem paupertatem referentia.

Quadraginta leucarum spatio distat a cathedrali Boni Iesu parochia, locum Camaragibe appellant. Paucis argenteis calicibus exceptis, quoad cetera pro argento stanum inseruit, communia et pauca habens ornamenta. Decem filialia oratoria continet, quibus eadem paupertate sacra peraguntur.

Spatio trium supra quinquaginta leucarum adstat Sancti Antonii Merim ecclesia curata Dominam Nostram ab Expectatione patronam habens, ex ligno confecta. Pauci et pauperrimi circumstant parochiani, penuriae loci cetera correspondent, omni caret ornatu uixque pro missis celebrandis habet sufficientia unum, et satis tenue parochiali simile, habet filiale sacellum nihilque aliud relatu dignum.

Loco nomine Alagoa aquilonis dicto, sexaginta ab urbe leucis, Luciam Sanctam patronam habens eiusdem nominis ecclesia parochialis reperitur, sufficientia pro ecclesiae ministeriis ornamenta tenet. Argentum insuper necessarium, templum capax, sed maiori sacello ruinoso periculum non modicum minitatur. Quindecim annexa sunt oratoria, ut loci tenuitas patitur, exornata.

Quattuor supra sexaginta ab urbe leucis erecta est parochia pago aliqualiter maritimo portu et nauigantium frequentia nobili, Meridionalem Lacum [4rº] accolae appellant, cuius ecclesia parochialis Dominam a Conceptione patronam ueneratur, sufficienti argenti copia nitet, serica tum festiuitatibus, tum quotidiano usui deseruiunt ornamenta. Nouem annexa habet oratoria, insuper hoc pago Capuccinorum monasterium erectum est, cuius ecclesia et pro Tertiariis sacellum auro splendent, ceteraque habent quae meliores ecclesias exornant ac decorant. Modicum Carmelitarum Obseruantiae hospitium pluribus quam habet egens hoc pago etiam inuenitur, nihilque aliud relatu dignum.

A cathedrali seu Olindensi ciuitate spatio sexaginta leucarum distans, prope flumen Diui Michaelis dictum, quod paulo inferius prorumpens in mare portum paruis nauiculis et modico commercio aptum reddit, exstructa est Dominae Nostrae ab Expectatione parochia, communibus paramentis ornata, plurimis carens necessariis, quae in dies augentur. Quattuor habet annexa et depauperata oratoria filialia.

A cathedrali septuaginta quinque leucis, ubi praedictum flumen intrat in mare, ecclesia Sancti Iosephi, curatus amouibilis, ex ligno confecta, uix pro missarum celebratione habens necessaria, duo habens oratoria filialia, ecclesia matrici simillima, ipso in litore sita est tantaque est loci paupertas ut difficillime qui huius ecclesia curam gerat reperiatur.

Centum leucarum longitudine ab Olindia, prope famosum ac memorabile Sancti Francisci flumen, quod undique receptis defluentium aquarum riuulis tumentibus undis medio in mari, in quod rapidissime incurrit, dulces adhuc ostentat aquas, nobile oppidum exstructum est, Penedo accolae appellant, nauigantium commercio abundans, cuius parochialis ecclesia Dominam a Rosario Patronam esse gloriatur. Ornamentis, argento ceterisque usui necessariis exornata. Antiqua sane moles, quae operis ualiditate non timet ruinam. Hic nobile inuenitur Capuccinorum monasterium, inter alia Provinciae opus praestantius. Decem haec parochia oratoria habet filialia sufficienter parata.

Versus plagam meridionalem supra dictum flumen a Parabambucensi episcopatu metropolim Bahiensem, ut iam supra dixi, rapidissimo cursu interfluens diuidit ac disiungit, sed fluenta sequendo uersus superiorem fluminis partem in miram longitudinem paucis, sed latissimis parochiis, uastis etiam solitudinibus interiectis noster episcopatus protenditur et ad Fluuii Ianuarii episcopatus terminos contendit.

Primum se se offert Dominae ab Expectatione parochia locum Porto da Folha habitatores appellant, parochialis ecclesiae uices gerit ex luto et ligno humile sacellum. Visitatores, quos ad haec loca uisenda saepe misi, accolas ad se uenire iussos de ecclesia erigenda admonere non destiterunt, sed tanta est loci paupertas ut usque adhuc nihil proficerent, etsi in hac re multum insudauerint. Octo tamen habet filialia oratoria, quibus ut principali ecclesia, vix inuenta sunt celebrationi missarum necessaria. Cetera, quae ad ornatum cultumque spectant, omnino desunt.

Regrediendo linquendoque praedictum Diui Francisci flumen, ne terrarum uelut in centro sitam parochiam praetermittam, quaedam ecclesia curata loco Urubá erecta est, structum ligno lutoque sacellum matricis uices gerit, ornamenta pro missis sufficientia et tria habens oratoria filialia utcumque parata.

Rursus supra dicti fluminis fluenta sequendo, loco Cabrobó, Dominae Nostrae a Conceptione parochia reperitur, ecclesia collata centum leucarum spatium longitudine continens, latitudine uero modo triginta, modo septuaginta complectitur. Ecclesia est sufficiens et sufficienter parata, pro sinaxi sacrario caret, nullam habens confraternitatem erectam, unum solummmodo filiale habet sacellum, utcumque ornatum.

[4vº] Supra dicta parochia confinem habet parochiam Diui Francisci a Plagis, quae in octoginta leucas longitudine protenditur, latitudine continens quadraginta. Ecclesia sufficiens est communiter parata, confraternitatem Sanctissimi Sacramenti erectam habet et quattuor oratoria filialia.

Versus superiorem praedicti Diui Francisci fluminis, partem amplissima Diui Antonii parochia loco Manga, per centum et octoginta leucarum spatium decurrens, quinquaginta latitudine continens extenditur, sufficienti fabrica decoratur. Confraternitates Sanctissimi Sacramenti et animarum habet erectas nihilque aliud notatu dignum, praeter tredecim filialia oratoria communiter parata, quibus ad sacramenta populi quaquauersum diffusi initantur. Haec parochia in plures diuidenda est propter ditissimas aurifodinas paucis abhinc mensibus repertas, quae tantam gentium ad se traxere multitudinem ut quinquaginta millium numerum superet tantaque est loci longitudo ut hominum insolentiis et rerum turbationibus, quas secum auaritia solet afferre, remedium difficile adhibeatur et in parochiis stabiliendis se dato tot hominum tumultu non paucum desudandum est.

Quantum ad monasteriorum seu conuentuum numerum attinet, unum supra uiginti hoc in episcopatu reperiuntur, quorum tria pro pueris instruendis sunt Societatis collegia.

Carmelitarum Reformatorum tria principalia monasteria simul cum aliquibus paruis domibus, ubi duo uel tres residunt, sacerdotes religiose degunt et nouam prouinciam nuper erectam constituunt, strictiorem obseruantiam amplexati sunt, suae regulae statuta sequentes Reformatorum nomine decorantur.

Restant duo de Obseruantia prouinciali in ciuitate Bahiensi degente subiecta, quorum principale Olindiae situm est; alterum prope mare loco Nazareth dicto reperitur, insuper hospitium unum et una grancea. Haec maxima reformatione indigent monasteria, quorum fratres semper episcopali auctoritati detrectantes non leuia excitant iurgia et populorum aedificatione continuis officiunt offendiculis, sed de his suo loco dicam.

Sancti Benedicti duo solummodo sunt nostro in episcopatu monasteria, praeter granceas decem, quibus pro fructibus colligendis, unus aut duo praeficiuntur religiosi. Hi modeste sine offendiculo seu populi scandalo uiuunt.

Franciscanorum seu Capuccinorum octo reperiuntur monasteria, ceteris aliarum religionum, quantum ad aedificia cultumque ecclesiarum attinet, praestantiora, ceterum iurisdictioni ordinariae oneri sunt, ut paulo infra suo loco referam.

Carmelitarum Excalceatorum unum est solummodo monasterium, quo pauci sine offendiculo, immo pie et religiose uiuunt. Capuccionorum Italorum unum solummodo hospitium reperitur, ubi in uarias Indorum missiones profecturi passim recipiuntur, qui populo solacio et aedificationi sunt.

Quantum ad sanctimonialium spectat monasteria, hac satis prolixa animaduersione carent episcopi Paranambucenses, nullum quippe adhuc structum est hoc in episcopatu monasterium. Est tamen quaedam recollectionis domus, ubi sine distinctione tum uiduae, tum uirgines aliaeque cuiuscumque status et condicionis mulieres, prout ordinario uisum fuerit, recluduntur. Pro sacramentis recipiendis uenustam ecclesiam, insuper actualem capellanum bonis moribus et doctrina praeditum, sacra et oeconomica[69] ministrantem habent. Ex reditibus aluntur exiguis, quorum tenuitatem manuum labor crebra lucubratione coadjuiat. Clausuram seruant modeste pieque conuersantes, suis statutis omnino inhaerentes.

Pro seminario adstruendo, quo tam pio, et commendabili opere tot [**5r°**] annorum curriculo caret episcopatus, non paucum desudaui, cum loci paupertas fieri usque adhuc non pateretur. Verum iam, fauente Deo, structum materiale opus sufficienti decore reperitur regemque, utpote horum episcopatuum administratorem, a cuius nutu omnia pendent, pro necessariis facultatibus concedendis interpellaui, quibus exhibitis, omnia sunt in promptu. Faxit Deus optimus maximus ut bonis et doctissimis uiris ad mentem Tridentini reflorescat.

Pro hospitalium numero unum solummodo in Olindia situm adinuenio Misericordiae domui addictum, quod, utpote regiae et immediatae protectionis, ordinariam subterfugit animaduersionem.

De Montibus pietatis nihil dicendum duco, de impietatis montibus multa dicturus. Hoc uirtutis genus uix his locis agnoscitur, ubi potius aliorum bona dilapidare intenditur quam proximorum necessitatibus subuenire. Nullam ergo in toto Brasiliae tractu pro tam commendabili opere exercendo pecuniae quantitatem arbitror asseruari.

Superest ut materialis episcopatus status finem faciam, confraternitatum numerum statumque designare. Omnes fere parochiales ecclesiae suas patroni, Sanctissimi Sacramenti et Animarum habent confraternitates nullis redditibus auctas, immo nec erectas. Inseruientium fratrum sumptibus festiuitates,

[69] iconoma *no manuscrito.*

si quae sunt, celebrantur, et saecularibus ministris fere omnes rationem reddunt. Ea apud nostrates opinio inualuit ut, si qua electio compromissum ab ordinario approbatum antecederet, eo ipso saecularis dicitur, ex quo fit ut fere omnes saeculares sint, cum antequam approbationem ab odinario petant, fratrum aliqua electio fiat aut festiuitas aliqua celebretur, sed, ut huiusmodi inconuenienti officiam, parochis omnibus iam praecepi ut nihil omnino in hac re suis in ecclesiis fieri antequam ordinaria accedat auctoritas, patiantur, ut nouis saltem confraternitatibus subueniatur, ut fieri posse cum Barbosa *Episcoporum* [*] autumat.

Secundum relationis caput

Iam uero ad secundum relationis caput deueniendo, primum aliquid circa residentiam dicere occurrit. Esto uellem ab episcopatu recedere, minime potuissem uastissimis hinc mari, illinc solitudinibus circumseptus, quo fit ut, uelim nolim, amarissimam residentiam agere sim coactus. Principaliora huius episcopatus loca, ciuitatem scilicet Olindensem illumque perillustrem pagum Reciffe dictum, et alium Boniaspectus nuncupatum, semel personaliter uisitaui, et non pluries uariis oppugnationibus praepeditus, Cetera uero episcopatus loca, etiam abditissima, missis optimis uiris, pluries, sed non omnibus annis uisitantur, tanta enim est locorum longitudo ut uix ab expedi tissimo intra annum possint adiri; sed, uno reuerso uisitatore, alius extemplo mittitur semelque intra biennium tota dioecesis uisitatur, non leuibus oppugnationibus et offendiculis insurgentibus, de quibus infra.

De synodo dioecesana, cum uiarum longitudo, temporum calamitas, terrarum sterilitas difficillimum reddant ad Olindiam accessum, usque adhuc fieri impossibile iudicaui.

Circa euangelicam apostolicamque praedicationem nullum arbitror esse episcopatum quo acrius frequentiusque populo euangelizetur, praestantissimis uiris quaquauersum discurrentibus, quos inter ego, omnium minimus, saepe saepius declamare non cesso ad populum *non credentem et contradicentem*, absumptoque biennio in hoc ministerio peragendo, multa hominum millia chrismatis sacramento communiui, sceleratissimos ad meliorem frugem redegi, spiritualia exercitia, orationem praesertim mentalem publice introduxi, pessimos Nouissima praedicando exterrui, [5vº] probos piosque in boni perseerantia seruus inutilis offirmaui, quorum, ne a uera relatione deflectam, soli Deo gloriam referens rationem reddo.

Poenarum uirum probum atque fidelem constitui depositarium, quarum obtenta pecunia, uel in pauperibus alendis uel in ecclesiis ornandis reparandisque omnino consumitur.

Taxa ea est quam praedecessores nostri pro uenalium rerum pretio stabilierunt. Omnia carius his locis ueneunt ideoque, regia interueniente auctoritate, permissum est officialibus salaria duplo maiora lucrari quam in Portugalliae regno exiguntur.

De pio opere peracto nihil dicendum restat, cum mearum rerum tenuitas et episcopatus prouentus paucissima patiantur. Hic in memoriam adduco quod de seminario superius dictum est.

De fori, immo et de canonis priuilegio, suffusis lacrimis dicturus accedo. Ea est horum locorum barbaries, ea praestantissimi piissimique Portugaliae regis distantia ut neque clericali statui debita seruetur reuerentia neque Vlyssipone praelatorum clamantium uoces exaudiantur, et, si quando tribunalia pulsant, falsis in contrarium attestationibus scelerum patratores ueritatem obnubilant ac deformant, grauissimis aerumnis tribunalium aures opplent episcoporum famam lacerantes.

Liceat lenire dolorem et unum uel alterum casum referendo diutius immorari. Duos clericos carceri mandaui, unum nullius momenti uirum et sceleratissimum in communem carcerem, alterum, quia uicarii generalis uices aliquando gesserat, in arcem detrusi, utpote nobiliorem locum. Horum primus capitaneo generali commendaticiam obtulit epistolam, qua accepta, illum de loco extraxit, et in domum senatus seu palatium senatorium honorificentissime deferri iussit. Alterum artissima militum custodia, oppleto etiam paruulo cubiculo, relicta solummodo rimula, quae uix pro ferculo misero ministrando catinum caperet, prohibitis amicorum affatu, epistolarum acceptione et rescriptione ceterisque quae afflicto solacio esse poterant, non modico temporis spatio impudenter oppressit, cumque praeter mandata nostra haec fieri animaduerterem uellemque tot ab aerumnis immunitatem ecclesiasticam uindicare, tanta ui in me unum erupit ut uix aliquod aerumnarum genus inexpletum reliquerit: eo rerum tandem uentum est ut ecclesiastici auditorii notarios non semel carceri mandauerit, quin immo apparitorem nostrum, falso crimine officiosissime imputato, tenebricoso carcere, iniectis collo, manibus pedibusque grauissimis catenis impudentissime oppresserit, et adhuc opprimere post triennium transactum perseuerat. Clericos subinde carcerare non cessat aliosque carceribus detinere non erubescit. Pro publicis operibus construendis complurimos, ne omnes dicam, sub titulo "donationis gratuitae" pecunia multat; ni postulata adimpleant, aut si putato speratoque minorem offerant quantitatem aut excusationem aliquam pertendant, in domesticos irruit et necessarios et, quod magis est, excommunicatos adeo fouet ut sceleratissimorum partes semper egerit, praecipit, ut non absoluantur, ex quo fit ut perseuerante contumacia nullaque absolutione obtenta, officiis intersint diuinis cum fidelibus communicantes.

Cum me renuente ordinario, quidam homunculi processionem quamdam uellent nouiter introducere essentque a nostro uicario generali prohibiti, explosa bombarda pulsatisque militaribus tympanis, ac si repentinus hostium urgeret incursus, omnes militum copias et ingentem populi multitudinem in me, unum et immerentem episcopum, commouit, ciuitatis, qua res agebatur, portis et itineribus armato milite occupatis, ne pastorali prouidentiae pateret aditus, confractis ecclesiae ianuis, qua sinaxis seruabatur, processio illa, satis Deo exosa et sacrilega, effecta est. Vt [**6rº**] ad tribunalia saecularia res ecclesiasticae deuoluantur, potius impedit[70] quam suadet fauorem protectionemque sceleratissimis pollicitando, ex quo fit ut causarum cursus turbetur, ministri ecclesiastici terreantur, apparitores notariique nostri contremiscant, augeantur peccata et popularis turba in dies insolescat. His aliisque multis impetitus, quantum in me fuit ab interdicto cessationeque a diuinis abstinui, certus non obseruaturos qui censuras adeo impudenter spernunt. Sed, ne rerum habenas omnino relinquere uiderer, ne sine possibili remedio in desperatis iam rebus gregem relinquerem, ad piissimum regem, horum episcopatuum moderatorem, missis litteris confugi certumque feci quam terribili procella haec Petri nauicula iactaretur; cumque uicarium generalem nuntium mittere decreuissem,

[70] impellit *no manuscrito.*

omnia extemplo litora militibus circumfusa persensi, qui etiam nauibus inferebantur ut, si qui furtim euasissent, ipsis navibus caperentur. Tandem, obscura et intempesta nocte, longissimo maris tractu perimenso, iunctis aliquibus et inter se colligatis lignis, quorum leuitas facile super aquas innare potuisset, signo sanctissimae crucis obarmatus, impiissimi hominis astus et tot militum excubias uicarius generalis elusit et in naues longissime iam citas euasit.

Sed tanta est hominis potentia quanta corrupto iam saeculo impiorum esse solet, falsis quippe criminibus impositis, larga etiam, ut ferunt, largitione fretus triumphantis more exsultat et pastorem pusillumque Christi gregem lacerare non cessat. Si omnia dicere uellem, infinitum agerem. Cetera non leuiora sunt, sed a longissima narratione abstineo. Non aliter Vlyssipone se res habet quam Romae apud senatum Adherbalis et Iugurthae causa agitabatur. Quapropter Olindiam episcopalis residentiae sedem relinquere sum coactus, arreptaque crucifixi imagine, uno tot laborum et aerumnarum solacio, paucis comitantibus amicis, quaquauersum, omnium hominum auxilio destitutus, pauper, egens, ualetudinarius, calculo et podagra saepe oppressus feror, ordinaria iurisdictione paene expoliatus, apostolico muneri et euangelicae praedicationi totus incumbo.

Caput tertio

Veniendo igitur ad tertium caput, quo de clerico agitur saeculari, huius cathedralis canonici ceterique choro addicti non paucis quandoque deficientibus iugiter assistunt, canonicas horas persoluentes et nullo excepto die missam celebrant conuentualem, eam, ut fieri debet, applicantes. Constitutionibus haud exacte obtemperant, remisse suo muneri satisfaciunt, tenuitate congruae his locis innatam desidiam excusantes, insuper complurimi annorum numero grauati quotidiano labori impares deficiunt. Magistralis canonicus ea, quae tantopere a Concilio commendatur, pro zelo et diligentia, qua pollet, etsi uoluerit adimplere, operam et oleum perdet, his quippe locis difficillime possunt instaurari, quae semel in desuetudinem abiere. Paenitentiarius, non leui aegritudine pressus, pro curatione facienda licentiam obtinuit, et per trium annorum spatium abest a cathedrali affectata causa, ut arbitror, ideoque in eius desidiam iam animaduertere intendo, rem intolerabilem uitaturus.

Quoad parochorum residentiam librosque matrimonii, baptizatorum aliorumque, quos Romanum rituale habere praecipit, nihil omittitur, et si qua harum rerum neglegentia est, coarcetur. De indigentia aliorum sacerdotum satis est dicere uicarios collatos suos habere coadiutores et aliorum sacerdotum, prout res exigit, saepe uti, in remotioribus uero parochiis maior sacerdotum copia satis exigitur, persaepe intra sexaginta leucarum spatium multoque amplius, quo aliquae parochiae constant, unus uel alter reperitur, quo fit ut confessiones quadragesimales pro Ecclesiae praecepto adimplendo, longissimo temporis tractu perficiantur, nec facile huiusmodi malo potest occurri, fere omnibus illo ire renuentibus, ubi saepe uictui desunt necessria et arente [6vº] solo, utpote intra torridam zonam constituto, fructus et animalium pabula deficiunt, ideoque non paucos ad ordines accipiendos admitto, termino subscripto illo ire pollicitantes.

Circa praedicationem euangelicam a parochis obeundam doctrinamque pueris ceterisque hoc adiutorio indigentibus faciendam, grauiter offendunt desides parochi, quos admonere non cesso de eorum desidia crebro inquirens; etsi continuis missionibus in populi eruditione insisto, cum maxima pars sit rusticorum hominum: Aethiopum scilicet et similium, laborem non adaequat nec diligentiae fructus correspondet.

De missarum applicatione pro populo Dominicis festiuisque diebus a nostris praedecessoribus satis superque prouisum est, et quae persaepe iussa sunt, adimplere arbitror.

De clericis faciendis exstat hujus episcopatus constitutio sacris sanctionibus Tridentini et Summorum Pontificum perpetuo inhaerens, quae ad unguem obseruatur, spiritualibus exceptis exercitiis pro omnibus gradibus, quae solum pro sacris recipiendis fieri stabilitum est. Quoad uestes attinet clericales, talares deferunt omnes intra nobiles pagos et ciitates, uerum saecularium omnino imitantur, quas deferunt itinerantes.

Circa theologia moralis conferentias, fieri saepe iussimus et uisitatoribus de hac re diligentissime inquirere mandauimus, sed remisse fiunt, partim hominum desidia, partim itinerum longitudine, quae, ut crebro conueniant, hiberno praesertim tempore, impedit. De moribus clericorum satis sit dicere paucissimos idoneos, et, ut decet, probos reperiri, omnes fere ita ut quilibet de populo uiuunt oneri potius quam adiumento inseruientes.

Caput quartum

Iam uero ad quartum caput deueniendo, ubi de regulari clero tractandum est, cum hic episcopatus, ut pote ultramarinus a Portugalliae regibus per tribunalia gubernetur mihique prohibitum sit in regulares parochialia exercentes animaduertere, ab eorum uisitatione hucusque abstinui, regulares quippe his locis apud regum tribunalia putato potentiores, quas uolunt facultates et ab ordinariis exemptiones facillime consequuntur, usque adeo ut pro ordinibus recipiendis, audiendis confessionibus examen subire detrectent uelintque ut suis magistris pro examine omnino remittamus et si. quando pro nostra conscientia exoneranda, de aliquo interrogamus, ridicule obmutescunt superbissime renuentes, Franciscani praesertim et Carmelitae de Obseruantia, qui maxima indigent reformatione. Omnes fere religiosi mancipiis extra claustra degentibus baptisma ministrant et matrimonio assistunt, aut nullis praecedentibus, aut suis in ecclesiis habitis proclamationibus, paucissimis saepe personis interessentibus, posthabita librorum matrimonii et mortuorum obseruantia et nominum inscriptione, quod ni patiamur episcopi, grauibus quaestionibus et aerumnis non leuibus impetimur.

Caput quintum et sextum

De quinto sextoque capitibus, quibus de monialibus et seminario agendum erat, praeter superius dicta nihil dicendum restat, cum monialium nullum hoc episcopatu reperiatur monasterium et seminario usque adhuc a regiis tribunalibus non sit prouisum. [7r°]

Caput septimum

In sacristiis regularium fere omnium tabella illa missarum affigitur, sed confraternitatum onera non ita plene adimplentur, tum quia pauca sunt, tum quia fere omnes testatores pro suis anniuersariis et missis in perpetuum celebrandis ad religiosorum monasteria recurrunt. De piis operibus a testatoribus iniunctis non sine graui maerore fateor eis locis paucissima adimpleri legata, quippe testatores defunctorum hereditates consumere, dilapidare et in proprias uertere utilitates commune est. Quapropter grauissimae lites insurgunt et non leuibus molestiis et aerumnis subinde impetimur. De uisitatione Montis pietatis et hospitalium, cum his careat episcopatus, nihil dicendum restat.

Caput octauum

De moribus harum gentium Solorzanum *De iure Indiorum* fas sit audirem qui Indos genus infidum mutabile, uarium et mendax passim appellat, quibus apprime aptari possunt, quae de Cretensibus Paulus dixerat, ignaui quippe sunt et honestum laborem renuentes, qui, mediocri adhibita diligentia, pollere diuitiis potuissent, prae desidia in paupertatem miserrimam prolapsi sunt. Asmodeo seruientes luxuria incumbunt ita ut "omnis caro uiam corrumpat suam" paucique ab immundo consanguinearum commercio abstineant, ita ut auus neptes, filias pater, sorores frater, patruelis consobrinas saepe saepius corrumpere non uereantur, quae lues non modo abiectam plebem inficit, sed pernobilium et iam pectora serpit. Peierare apud omnes sollemne est, quo fit ut potentiores falsis testibus iudicio exhibitis pauperes deglutiant pusillorumque bona potitum eant, potestatem spernunt, ecclesiasticam disciplinam contemnunt, nullo mouentur rationabili motiuo aut honesto inhaerent, solum incusso metu resipiscunt; hinc fit ut saecularium gubernatorum potentia territi potestati obtemperant, cupiditatibus inseruiant, mendacio subscribant, insolentiam patiantur, uoluptates adorent et in omnibus, posthabito Deo, palpent, in mansuetum pastorum regimen mitemquem morum correctionem, nullo aerumnarum genere inexpleto impudentissime insurgant.

De profectu in pietate dicam crebris missionibus populum commoueri, plangere, eiulare, confiteri, sed eodem temporis momento, occasione oblata, ad uomitum redire, anteactam uitam repetere et iisdem criminibus insordescere inque eodem concubinatu quem iuuenes inceperant consenescere commune est. Varii sunt abusus in quorum exstirpatione insisto: celebre est in proximorum bonum peierare, sic fieri debere putantes ut amicis bene res eueniant; intolerabile est censuris ecclesiasticis nullatenus oboedire seque a colloquio proximorum et officiis diuinis excommunicatos non sequestrare, ipsimet sententiam nullitatis in foro externo proferentes, quorum audaciam non pauci illiterati, immo et temerarii religiosi coadiuvant, ita fieri posse ante iudicis superioris sententiam consulentes.

Eo tandem rerum uentum est ut quos propter contumacem inoboedientiam excommunicauimus, Franciscani intra ecclesiam sub cruce processionaliter cum cantu et honorificentissime in contumeliam nostram reciperent, ut nobis infensissimi gubernatoris partes agerent, uoluntatem explerent, furori indulgerent.

Hinc ad postulanda deueniendo:

Vnum oro, Beatissime Pater, eminentissimi Domini cardinales, unum oro ut ruiturae Paranambucensi ecclesiae consulatis, aerumnis oppressum et paene obrutum praesulem potenti animaduersione [7vº] coadjuetis. Sacrae Congregationis in forma authentica declarationem aut decretum postulo, quo tam audax barbaries tamque impudens audacia refrenetur subque censura, Sedi Apostolicae reseruata, popularibus et religiosis imperetur ut, si quando aliquem excommunicauerimus, pro excommunicato ille se gerat, pro tali a fidelibus habeatur nullusque particularis audeat, antequam censura a competenti iudice iniusta aut nulla declaretur, ex proprio Marte nullam dicere, cum fidelibus communicare et officiis diuinis interesse.

Regni Portugalliae leges statuunt ut offensae iniuriaeque ecclesiasticis apparitoribus seu officialibus illatae a saeculari magistratu uindicentur iubentque ut ab eis acerrime puniantur. Quoad primam partem ad unguem adimpletur lex, quippe uolente officiali nostro contra uulnerantes aut apparitores nostros offendentes animaduertere, ad saecularem magistratum declinant, ecclesiasticam correctionem cassam reddunt. Esto ita sit, eminentissimi, ac reuerendissimi Domini, sed nullam usque adhuc nostris apparitoribus iniuriam, quantumcumque grauem et usque ad sanguinis effusionem illatam saeculares magistratus uindicarunt, neque a nobis aliquo modo uindicari passi sunt. Hinc sceleratorum in tantum creuit insolentia ut in omni negotio ecclesiastico nostris apparitoribus uim apertam parent eosque atrocibus iniuriis afficiant, quas si uolumus uindicare, maiores patimur; si regem pro remedio interpellamus, amicis et fautoribus gubernatoris interpositis, ad regis aures querelae nostrae aut non accedunt aut falsis absurdisque circumstantiis ita uestiuntur ut indecores, falsae aut affectatae vuideantur. Idcirco enixe et humiliter precor ut contra magistratus iniurias apparitoribus ecclesiasticis illatas non uindicantes, censura Sedi Apostolicae reseruata proferatur, regique circa tam graue tantique ponderis argumentum rescribatur, ut praelatorum clamo res, qui Vlyssipone uix recipiuntur, Romae aliquando exaudiri innotescat, ut regales ministri praelatorum gementium lacrymis, querelis, aerumnis, supplicationibus, post habita amicorum tam perniciosa protectione aliquando deferant.

Confecta iam hac epistola, his litoribus e Portugalliae regno appulit classis, quae tantis et talibus rebus remedium cum nouo gubernatore attulit, qua regis prouidentia lacrimantium populorum querelae, ecclesiae strages et oppressiones quieuere.

Circa indulgentias, gratias et fauores tam liberaliter a Sede Apostolica prouisum est ut nihil desiderandum restet, praeter apostolicam benedictionem, quam, ut Sanctitas tua impertiatur, flexis poplitibus humillime deprecor.

Olindiae, VIII Maii anno Domini MDCCXLVI.

Ad Sanctitatis tuae pedes humiliter prouolutus obsequentissime benedictionem deprecor.

Ludovichus, episcopus Olindensis

3. Relatório correspondente à visita *ad limina* do bispo[71] da diocese do Rio de Janeiro (1752)

Tradução portuguesa

FONTES: *Ad Limina, Rio de Janeiro, 1752*

Archivio Segreto Vaticano, Congregazione del Concilio, Relationes Diocesum, 729

[fólios não numerados]

[1r]

---

[71] D. frei Antônio do Desterro Malheiro Reymão nasceu, na então vila de Viana da Foz do Lima, a 13 de Junho de 1694, no seio de uma das mais ilustres e abastadas famílias do Alto Minho e, não apenas aos seus réditos episcopais como também ao seu apurado tino estético, deve a atual cidade de Viana do Castelo um dos mais elegantes e emblemáticos monumentos arquitetônicos do seu centro histórico, ainda hoje na posse daquela distinta família: a Casa da Praça com a respectiva capela, consagrada a S. Francisco de Paula, popularmente conhecida como das *Malheiras*, em alusão às sobrinhas e herdeiras do antístite fluminense. Professou na Ordem de S. Bento no mosteiro de Tibães, em 1711, passando depois a integrar como estudante o Colégio de S. Bento, que a sua Ordem possuía em Coimbra, cuja Universidade frequentou e na qual se doutorou em Teologia, no ano de 1724. Exerceu a docência e desempenhou alguns cargos de responsabilidade em vários mosteiros da sua corporação religiosa, até que, em 21 de Julho de 1738, D. João V o indigitou para bispo de Angola, embora a sua entrada em Luanda só se tenha verificada em Agosto de 1740. Nesta diocese africana permanece até 1746, desembarcando no 1° de Dezembro deste ano no Rio de Janeiro, de que se tornara bispo por nomeação que o rei português nele fizera no ano anterior. Manter-se-á à testa da igreja fluminense até à sua morte, que se deu a 5 de Dezembro de 1773.

Eminentíssimos e reverendíssimos Senhores

Dificilmente posso exprimir o grande prazer espiritual e o grande consolo de alma com que visitaria pessoalmente os santíssimos Túmulos dos Apóstolos e beijaria os pés do nosso santíssimo Senhor. Tornar-se-iam fáceis trabalhos os mui molestos incômodos da viagem só com a esperança de que da cadeira apostólica receberia, como da fonte da verdade, lições de bom governo. Todavia, uma vez que totalmente dissuadem da realização desta visita, feita pessoalmente, quer uma saúde assaz debilitada e pouco firme, quer a enorme distância a que se acha esta diocese da Cúria romana, recorrendo ao antigo costume, bondosamente consentido pelo nosso santíssimo Padre e pelos seus predecessores, decidi cumprir através de um enviado a obrigação de que pessoalmente não me posso desonerar. Por conseguinte, para satisfazê-la, escolhi o reverendo Manuel Lopes, sacerdote em que a prudência corre parelha com o assaz conhecido zelo, e também geral da Ordem dos Clérigos Menores, ao qual envio por escrito a descrição da situação desta minha diocese do Rio de Janeiro e o relatório do meu governo, para que o apresente a Vossas Eminências e em tudo faça, conforme é de uso, as minhas vezes.

A igreja catedral desta cidade do Rio de Janeiro, que já esteve em tempos sujeita ao arcebispado da Bahia, sendo separada e desmembrada daquela igreja metropolitana por D. Pedro II, mui poderoso rei de Portugal, fora criada e estabelecida no dia 19 de Agosto do ano de Cristo de 1680.[72] D. José de Barros

[72] A criação da diocese fluminense data de fato de 16 de Novembro de 1676. A data indicada no texto refere-se à da nomeação do seu primeiro bispo.

e Alarcão, presbítero secular, foi o primeiro de todos a tomar posse desta cadeira episcopal, em 13 de Junho do ano de 1682, por bula do santíssimo Padre Inocêncio XI feita para esse fim. O cabido da mesma catedral foi criado a 19 de Janeiro de 1685 e condecorava-se com cinco dignidades: a saber, deão, chantre-mor, tesoureiro-mor, mestre-escola arcediago; seis cônegos de prebenda inteira, além de dois dotados de meia; além de quatro capelães. Posteriormente o Fidelíssimo rei D. João V, a 19 de Outubro de 1723, acrescentou três prebendas inteiras: uma de cônego doutoral, outra de cônego magistral e a terceira de cônego penitenciário; e também mais duas meias [**1v**], além de quatro capelães; e, finalmente, como resultado da importunação das minhas súplicas, estabeleceram-se de novo quatro capelães. Assim, o total do coro desta catedral está provido e constituído por trinta sacerdotes: a saber, cinco dignidades, treze cônegos, dos quais nove gozam de prebenda inteira, e quatro de meia; completando-se enfim com doze capelães. E não lhe falta pároco e coadjutor e os demais ministros que o cabido costuma ter, a todos os quais se pagam anualmente as côngruas, com dinheiro que provém do erário régio.

Esta sé catedral fundou-se primeiramente em certa igreja de S. Sebastião, que tinha as funções de paróquia; volvidos muitos anos, durante os quais se realizavam nesse lugar os ofícios divinos, tendo aumentado de dia para dia a população e havendo-se estendido a cidade, desde o sopé da colina em cujo topo se levantava a referida igreja de S. Sebastião, ao longo de um dilatado trato de terreno plano, tendo em consideração a grandeza da ladeira que cumpria subir, que causava tanto aos habitantes como aos reverendos membros do cabido não pequeno incômodo, foi, por deliberação do bispo, transferida para certa igreja, consagrada à Santíssima Virgem do Santíssimo Rosário (que pertence aos negros), no ano de 1739, enquanto o rei Fidelíssimo não decidia outra coisa acerca da edificação de uma nova sé catedral, e ali se celebram até hoje as funções episcopais e capitulares.

Nesta mesma igreja, tomei posse do lugar no 1º de Janeiro do ano de 1745, transferido da diocese de Angola para a do Rio de Janeiro. Fui dotado por sua Fidelíssima Majestade com uma pensão anual de quatro mil áureos, porque as côngruas anuais dos meus antecessores não excediam os dois mil. Todavia trata-se de um aumento escasso e de uma consignação de dinheiro insuficiente para o necessário passadio do bispo, sobremaneira insuficiente neste momento, quando, devido ao desmembramento desta diocese nas de Mariana e de S. Paulo, e além disso da criação das novas prelaturas de Goiás e de Cuiabá, a mitra fluminense não recebe praticamente quaisquer contribuições das que lhe estavam atribuídas.

Esta divisão, arrebatando as paróquias mais ricas, nas quais assentavam os mais fartos rendimentos, deixando somente as que os possuem muitíssimo escassos, ocasionou não pequeno prejuízo tanto aos capitulares, quanto ao clero desta diocese. Razão pela qual, atendendo aos meus rogos, D. João V, para prover à côngrua dos capitulares e ao sustento dos párocos, aumentou as pensões anuais a serem pagas anualmente pelo erário régio. Aumentou a côngrua anual dos párocos, que era anteriormente de cinquenta mil réis, por diploma régio, promulgado em de 9 de Novembro do ano de 1749, para duzentos mil; da mesma maneira ao deão, ao qual se pagavam primeiramente duzentos mil réis, concedeu agora quinhentos mil réis. Determinou que se pagassem quatrocentos mil réis às restantes dignidades, cujo estatuto até agora lhes mandava pagar cento e oitenta mil. Os cônegos de prebenda inteira, que no passado [2r] recebiam 120 mil réis, recebem agora trezentos mil; os cônegos de meia prebenda, que recebiam antes sessenta mil réis, obtiveram agora cento e cinquenta. Também para os capelães, atendendo ao cabo aos meus pedidos, conseguimos algum aumento, pois pagam-se-lhes cem mil, e não, como antes, cinquenta mil réis. A todas estas despesas se satisfaz com as régias rendas de sua Majestade Fidelíssima, na sua qualidade de padroeiro e comendatário da Ordem de Cristo, que recebe todas as décimas da diocese.

O rei Fidelíssimo D. João V, a meu pedido, ordenou que se edificasse uma nova e deveras magnífica catedral, cujos primeiros fundamentos foram solenemente lançados a 20 de Janeiro de 1749; esta obra, porém, está a construir-se com mais vagar do que é razoável. Razão pela qual na já mencionada igreja dos negros eu e o cabido faremos assento até que a caterdal esteja concluída. Esta igreja foi construída pelos negros à custa dos seus próprios bens e de esmolas pedidas de porta em porta. É uma edificação ampla e que se enobrece com nove altares e quatro confrarias, em cujo sacrário se guarda o santíssimo, uma vez que entretanto faz as vezes de paróquia.

No ano de 1747, logo que tomei posse desta diocese, imediatamente comecei a adoecer com graves e incessantes enfermidades, oprimido e impedido pelas quais me foi impossível pessoalmente não só percorrer, com a costumada visita, a inteira diocese, que se encerra dentro de limites afastadíssimos e de difícil acesso, mas até parte alguma dela. Por este motivo escolhi varões sábios e prudentes para que em meu nome percorressem como visitadores toda a diocese, aos quais se concederam a jurisdição e os poderes, com que pudessem reta e santamente desempenhar a missão a eles confiada, e não deixei de repetir posteriormente a mesma visitação três e quatro vezes, com o intervalo de dois ou três anos, e, depois de ter alcançado do nosso santíssimo Padre a autorização para dispensar um sacerdote para administrar o sacramento da confirmação nos lugares aos quais não posso deslocar-me pessoalmente, os próprios visitadores têm administrado este sacramento.

Empenho-me em que não só por visitadores, mas também por varões missionários, quer clérigos seculares, quer jesuítas, quer franciscanos, esta minha diocese seja visitada, instruída e dirigida através dos caminhos da salvação, e com tanto desvelo me empenho que anteriormente nunca nesta diocese se viram ou ouviram missões tão frequentadas. E não é pouco o bom sucesso com que se realizam tão numerosas missões, porquanto é certo que são inúmeros os que se arrependem e melhoram de vida, quer deixando por completo os ensejos de pecar, quer unindo-se por casamento com aquelas mulheres que antes tinham sido companheiras de pecado e de perdição. Por outro lado, costumo conceder aos missionários todas as autorizações que posso e que julgo oportunas para o bem e salvação das almas.

Também no interior da própria cidade ressoam incessantes brados de missões, que até hoje sobretudo soltou certo presbítero secular, chamado Ângelo [2v] de Siqueira,[73] que com grande

[73] Foi autor de pelo menos dois livros, impressos em Lisboa, em 1754, na oficina de Miguel Rodrigues, e em 1756, por José da Costa Coimbra, de temática piedosa e títulos sugestivos: *Botica preciosa e tesouro precioso da Lapa*, o primeiro, e *Penitente arrependido e fiel companheiro para se instruir uma alma devota*, o segundo. Em relação à *Botica*, de que li a dedicatória ao

espírito e singular zelo, inspirado por Deus, conforme creio, com as suas missões, que quase nunca interrompeu, de tal sorte tocou a alma de todos que mereceu conquistar inúmeras almas perdidas e ganhar admiráveis conversões de pecadores. Além disso, começou a promover com tamanha devoção o culto da Santíssima Virgem que por quase todos os cantos desta cidade se veem levantados oratórios, deveras formosos e dourados, e nos mesmos colocadas imagens da Santa Virgem, em honra da qual todas as noite e em todas as praças da cidade se recitam saudações angélicas com devota harmonia, e se lhe presta culto em alguns dias do ano com diversas celebrações.

E assim este adjutório das missões, ainda que nunca posto de parte, mostrou-se com o máximo vigor ao oferecer-se o grande jubileu do Ano Santo, pois então, promulgando-se, na minha presença, através de um pregador ou missionário jesuíta, na sé catedral, a extensão universal do jubileu, bondosamente concedida pelo nosso santíssimo Senhor, e continuando-se por alguns dias em missão, o mesmo de tal maneira eficazmente impressionou as almas dos ouvintes que se viu grande número de pessoas dirigirem-se aos ministros da penitência, soltando suspiros e derramando lágrimas, pedindo serem admitidos à expiação das consciências mediante confissão geral; e é sabido que o mesmo fizeram quase todos de ambos os sexos, dando de mão às ocasiões de pecar e depois de se fazerem não poucas restituições. Com idêntico resultado, durante o mesmo jubileu, em outras

rei, o prólogo e alguns trechos avulsos, cumpre-me confessar que o seu estilo é ágil, gostosamente vernáculo e por vezes vividamente realista, encontrando-se impregnado de um férvido ufanismo paulistano que estava longe de supor vir a encontrar num espírito tão candidamente místico.

paróquias desta cidade, e igualmente no próprio mosteiro de religiosas, se realizaram missões, nas quais se aparelharam as almas de todos para poderem frutuosamente beneficiar do jubileu. Por tudo isto dou graças a Deus onipotente e ao nosso santíssimo Senhor, que com mui piedosa liberalidade abriu para todo o povo cristão os tesouros da santa Igreja.

Ora, quando recebi o governo desta diocese, esta cidade contava três mil, setecentos e vinte e três fogos, e vinte e quatro mil, trezentas e sete almas com obrigação de receberem a santa comunhão, distribuídas somente por duas paróquias: a saber, a da sé catedral, e a outra a chamada da Senhora protetora da Candelária. E, uma vez que julgava muitíssimo difícil e de maneira alguma possível ministrar os sacramentos a todos e a cada um, pedi que fossem divididas. Sua Fidelíssima Majestade, que possui o padroado das mesmas, espontaneamente anuiu e promulgou uma carta régia, datada de 9 de Novembro do ano de 1749, criando quatro paróquias. E assim separou da sé uma outra, que eu estabeleci na igreja de S. José, pois trata-se de um templo assaz apropriado, provido de cinco altares e enobrecido por seis confrarias, sendo a primeira delas fundada por ordem minha; a segunda é consagrada ao Santíssimo Sacramento, orago da mesma igreja; a terceira a S. João Evangelista; a quarta ao Coração de Jesus; a quinta à Santa Virgem do Amparo; e finalmente a sexta à Santa Virgem do Terço. Esta paróquia abarca mil e setenta e oito fogos [**3r**] e sete mil, quatrocentos e quarenta paroquianos. Abrange cinco capelas filiais: a saber, a da Santa Virgem da Cabeça, a da Santa Virgem de Copacabana, a de S. Clemente, a da Santa Virgem da Glória e a da Santa Virgem Imaculada, às quais não faltam os paramentos e vasos sagrados necessários para a celebração litúrgica, conquanto não possuam qualquer relíquia de valor.

A sé, após a divisão, ainda possui dependentes de si mil trezentas e cinquenta e uma famílias e seis mil e quatrocentos e noventa e quatro paroquianos. Também conta com as suas capelas filiais: a do Bom Jesus, que tem a sua confraria dedicada ao mesmo; a de S. Domingos; a da Santa Virgem de Lampadosa, que possui duas confrarias, uma de S. Miguel e a outra do Cálice do Senhor; a da Santa Virgem do Parto, que tem duas confrarias: a saber, a da mesma Virgem do Parto e a da Santa Virgem das Mercês. A sé abrange quatro oratórios e igualmente quatro confrarias: a do Santíssimo Sacramento, a da Santa Virgem do Santíssimo Rosário, a de S. Benedito e de Santo Antônio de Lisboa. Além disso, é enriquecida por uma única notável relíquia da Vera Cruz, e igualmente por uma custódia, um cálice e uma sagrada píxide excelentemente trabalhados em puríssimo ouro, sendo tudo isto presentes liberalmente oferecidos pelo rei Fidelíssimo D. João V.

Quis eu igualmente que do mesmo modo a paróquia da Santa Virgem da Candelária fosse dividida em outra, que fundei na igreja consagrada a Santa Rita, que fora construída em 1725 com dinheiro proveniente de esmolas. Trata-se de um templo sobejamente amplo e que possui quatro altares e duas confrarias: uma do Santíssimo Sacramento e a outra das Almas, que eu criei de novo. Conta cinco capelas filiais: a da Santa Virgem da Saúde, a de S. Francisco, outra da Santa Virgem, a de Santa Teresa e a de S. Tiago; além disso dois oratórios; não lhe falta sacrário nem os ornamentos e paramentos correntes das liturgias. E finalmente são quatro mil, novecentos e trinta os paroquianos que se fortalecem com a sagrada comunhão.

Depois de assim dividida a paróquia da Santa Virgem da Candelária, ainda o número de paroquianos se eleva ao número de dez mil duzentos e oitenta e três, e compreende dentro do seu âmbito mil, e duzentos e sessenta e nove fogos. Foi construída no ano de 1610, mas criada como paróquia no ano de 1639, e até hoje esta igreja teve quatro párocos, nomeados por carta régia. Enobrecem-na oito altares: a saber, o do Senhor do Perdão, o da Santa Virgem Imaculada, o de S. Miguel e das Almas Santas, o de Santa Ana, o da Santa Virgem do Rosário, o de S. Pedro, o do Santo Homem Bom e o dos Santos Crispim e Crispiniano. O seu coro foi instituído por certo cidadão muitíssimo rico desta diocese que o dotou com certa renda em dinheiro, e tem a seu serviço catorze capelães com o seu diretor de coro. A confraria do Santíssimo Sacramento da mesma paróquia a este paga anualmente como salário cem mil réis e a cada um daqueles distribui cinquenta mil réis, [3vº] porquanto desde a primeira instituição deste coro ficou atribuída à confraria tanto a administração do patrimônio, como a escolha dos novos capelães a serem nomeados, assim como o padroado. Quase todos os paramentos e objetos litúrgicos desta paróquia são de grande valor.

A esta estão sujeitas quatro capelas ou igrejas filiais: a saber, a de Santa Cruz, cuja confraria acolhe apenas os militares desta cidade: esta igreja encontra-se provida e adornada com a maior riqueza. Outra é a igreja da Santa Virgem da Boa Morte, e também da Santa Virgem Imaculada, de cujas confrarias só fazem parte homens pardos. Trata-se de uma obra grandiosa, embora ainda não concluída e acabada, conquanto com o máximo desvelo se trabalhe na edificação de um tão grande templo. Outra é a igreja de S. Pedro Apóstolo, edificada pela Confraria de todo o clero, não sem grande ajuda do reverendíssimo frei Antônio de Guadalupe, que já foi bispo do Rio de Janeiro. É uma obra digna de admiração e construída com traça romana, a que não faltam nem a suntuosidade nem as comodidades adequadas às funções da confraria. A última é a igreja da Santa Virgem da Lapa, brilhantemente edificada às custas de certas pessoas devotas.

O paço episcopal destinado para minha residência encontra-se localizado no alto de um morro, e torna-se muitíssimo agradável pela proximidade do céu e aprazíveis vistas, mas, devido à longa distância, é muito incômodo para todos os que recorrem à cúria episcopal. Esta casa fora antes hospício dos Capuchinhos franceses, mas depois do régio decreto que os expulsou de toda a América, passou para residência episcopal, por decreto régio que assim ordenou: a qual, porém, embora tenha sido adaptado às necessidades dos bispos mediante alguns acrescentos e não poucos restauros, mesmo assim a sua estrutura não oferece qualquer estabilidade, pois cada dia se arruína mais. Nada aqui se vê de especial ou digno de estimação, a não ser uma capela da Santa Virgem Imaculada, de construção razoável. Com grande empenho e solicitude já supliquei a Sua Majestade Fidelíssima que se decida a mandar construir o paço episcopal perto da nova sé catedral.

Nesta cidade encontram estabelecidos dois colégios ou seminários destinados a instruir a mocidade tanto nas humanidades como nos bons costumes. O primeiro é da invocação de S. José, por causa da igreja (que não é insuficiente) consagrada àquele santo, no qual, em conformidade com os estatutos da sua fundação, vivem quatro moços pobres sem qualquer contribuição pecuniária. E conta numerosos porcionistas. Obedecem a um reitor e a um vice-reitor e têm um mestre de gramática;

para alimentação de todos estes recebem-se os rendimentos [**4r**] convenientes. O segundo é um colégio de órfãos, construção assaz acanhada e sem igreja própria; a igreja de S. Pedro, que fica contígua, foi edificada às custas do clero. Acolhe inúmeros pobres e também não poucos porcionistas, que todos ali vivem das esmolas pedidas de porta em porta. Obedecem a um reitor e a um vice-reitor e igualmente ouvem as lições de um mestre, que lhes ensina os preceitos da gramática. Ambos estão sujeitos ao ordinário.

Certo presbítero secular, varão de singular virtude e a quem extraordinariamente abrasa o zelo das almas,[74] recorrendo a esmolas, com todo o desvelo e incessante trabalho aplica-se à construção de outro seminário. Esta obra, ainda que nos seus começos, todavia vai avançando e crescendo de dia para dia, e porque é muito difícil concluir-se sem se despenderem grandes somas, não hesito em prestar-lhe ajuda. Tem a sua igreja da Santa Virgem da Lapa, onde os candidatos a receberem ordens se preparam fazendo os *Exercícios espirituais* do Santo Padre Inácio. Este colégio, que também está sujeito ao ordinário, já abriga trinta meninos.

Existe um convento de religiosas de Santa Virgem Imaculada muito recentemente edificado e sujeito ao ordinário, de que o meu predecessor apenas lançara os alicerces e, depois que ele partiu para Lisboa, a obra de tal sorte se imobilizara que, quando aqui cheguei, mal se divisava coisa alguma fora do solo. Imediatamente me apliquei a minha diligência a este empreendimento e concluí grande parte do convento com os espaços necessários para as atividades prescritas pela regra, com quarenta celas de

[74] O já atrás citado padre Ângelo de Siqueira.

razoáveis dimensões e, além disso, com uma fachada grandiosa e aprazível. Também tive o cuidado de que fossem transferidas, da cidade de S. Salvador para esta do Rio de Janeiro, quatro religiosas fundadoras, algo que consegui, ainda que com grandes despesas. Determinei que a sua entrada no convento já preparado, juntamente com doze noviças, se fizesse com pública pro cissão, a que toda a população se associou, no dia 30 de Maio do ano de 1750. Esse convento fora inicialmente edificado sob autoridade do nosso santíssimo Senhor, que concedera as necessárias licenças, e consultado depois desta fundação, o mesmo santíssimo Senhor nosso, mediante breve passado a 28 de Janeiro de 1748, delegou em mim todos os poderes legais. Para além de três noviças, já conta com vinte e sete religiosas, para a alimentação das quais e também para as despesas domésticas do convento já existe um suficiente patrimônio. Estou sobremaneira atento em relação ao acrescentamento de uma obra tão grande e diligentemente procuro o seu aperfeiçoamento, pois trata-se de um empreendimento agradável aos olhos de Deus e muito útil para uma cidade assaz populosa, visto como graças a esta instituição de dia para dia atalhamos tanto à ruina espiritual como à temporal, uma vez que, não sem lágrimas, temos a experiência de como frequentemente famílias inteiras, que se dirigem a Lisboa para professarem como religiosas, são vítimas do assalto dos corsários mouros.

[4v] Muito recentemente procede-se à fundação de um outro convento, da Reforma de Santa Teresa (também sob jurisdição do ordinário), para cuja fundação na forma do direito formulei primeiro o pedido, e a sete de Janeiro do ano de 1750 obtive a autorização do nosso santíssimo Padre. A esta fundação consagra todos os seus desvelos o Governador e Capitão General da

cidade e para ela contribui não pouco, como é natural por parte de quem, tendo já recebido algumas heranças, se ocupa por iniciativa própria com a constituição do patrimônio do convento. Esta obra, ainda não concluída, não recebeu por enquanto nenhumas religiosas. Todavia mulheres honestas e procedentes de famílias nobres já estão a viver em certa casa, onde por devoção vivem antecipadamente de acordo com a referida Reforma que depois tencionam professar, sob a direção de certa mulher, chamada Jacinta de S. José, que é célebre e goza em geral nesta cidade de opinião de santidade. Esta mulher tinha decidido, depois de obtido o consentimento dos pais, dirigir-se para Lisboa e ali professar a vida religiosa. Todavia, tendo-a um acontecimento fortuito impedido de realizar o seu intento, mesmo assim quis deixar os progenitores e viver, na companhia de uma irmã, fora da cidade em certo edifício solitário, que afirmou lhe fora mostrado por inspiração divina.

Existe outra casa destinada a mulheres e contígua à Santa Casa da Misericórdia, ou construída quase paredes meias com ela: por isso para os exercícios de devoção servem-se do coro da mesma igreja. O padroado e proteção deste recolhimento pertence à Santa Casa da Misericórdia, que recebe abundantíssimos rendimentos para serem distribuídos pelos pobres. A referida igreja da Misericórdia encontra-se decentemente decorada com cinco altares e não carece de sacrário no altar-mor. O seu coro tem ao seu serviço doze capelães com o seu diretor, recebendo todos eles pensões anuais de cento e quarenta áureos. Incumbe à Santa Casa da Misericórdia a proteção e padroado do hospital que a mesma fundara contíguo à igreja destinado aos pobres que padecem de qualquer doença. Aqui, para além do sacrário e das alfaias sagradas, nenhuma outra coisa está sujeita à visitação do ordinário, pois esta Casa só reconhece a proteção do rei.

O mosteiro do Santo Padre Bento conta sessenta e nove religiosos. Recebe não poucas rendas para a alimentação e restantes despesas da comunidade. A sua igreja é um templo deveras amplo e notável pelos nove altares decentemente decorados, que se encontra ornamentado com a maior suntuosidade, guardando-se o santíssimo no altar-mor. Também estão situadas aqui cinco confrarias: da Santa Virgem de Monserrate, da Santa Virgem do Pilar, de Santa Gertrudes, de S. Brás e de S. Lourenço, e conserva estimáveis relíquias de S. Vitorino, do Santo Padre Bento, de Santa Gertrudes, de Santo Amaro e do Lenho da nossa redenção. Este convento fluminense goza das mesmas imunidades e privilégios que foram concedidos aos mosteiros desta Ordem na Itália, Espanha e Portugal, e é uma província separada de qualquer outra, [**5r**] cuja cabeça é o mosteiro da Bahia, e presta obediência ao superior geral, que nomeia os abades através de cartas patentes para aqui enviadas e do mesmo modo para aqui envia os noviços que foram admitidos.

O colégio da Companhia, onde residem oitenta padres, instrui a mocidade, publicamente e com aplauso, na teologia escolástica e moral, na filosofia e nas humanidades. A igreja do colégio, embora antiga, mesmo assim é formosa pela elegante disposição do seu interior, e estão empenhados em edificar outra, com enorme dispêndio de dinheiro. Enobrecem-na as seguintes relíquias: do mártir S. Mário, cuja memória litúrgica se celebra no dia 19 de Janeiro; de S. Brás, no dia 3 de Fevereiro; do mártir Santo Antão, no dia 14 de Fevereiro; da mártir Santa Tecla, no dia 19 de Março; de S. Fulgêncio, 14 do mesmo mês; do mártir S. Dinis, 24 do mesmo mês; do mártir S. Leôncio, 24 de Abril; do mártir S. Paulino, 25 de Maio; do mártir S. Pirino,[75] 7 de Julho; do mártir Santo Agapito, de 28 de Agosto; do mártir Santo Amaro, de 7 de Setembro; do mártir S. Teodoro, de 25 do mesmo mês; de Santa Úrsula e das suas companheiras, de 21 de Outubro de primeira classe; do mártir Santo Olímpio, de 31 do mesmo mês. Abrange quatro missões de índios, onde residem alguns padres e jovens estudantes, que nelas aprendem a língua brasílica: a saber, de S. Pedro, de S. Barnabé, de S. Lourenço e de S. Francisco Xavier. Além disso, tem anexas a si três casas: a saber, da Nova Colônia, da ilha de Santa Catarina e o seminário fundado na cidade de Mariana pelo seu bispo, onde se encontram alguns padres, para além de outros que moram em muitas fazendas consagrados às temporalidades do colégio: os quais na totalidade não ultrapassam o número de cento e dezoito. Este colégio faz parte da Província do Brasil, cuja cabeça é o colégio da Bahia, e não está sujeito a outra Província, uma vez que obedece diretamente apenas ao prepósito geral.

[A Ordem][76] dos Carmelitas Descalços, os quais acima de tudo se preocupam com edificar a população mediante a pureza e modéstia de vida e o devido afastamento de pecaminosas familiaridades, possui três conventos e oitenta religiosos, e é uma casa de estudos onde por vezes só os da comunidade se aplicam

[75] Assim no manuscrito. A 7 de Julho a Igreja católica celebra, com cabimento neste contexto, S. Panteno e S. Vilibaldo. O nome de mártir e santo mais aproximável daquele misterioso Pirino será S. Quirino, sob a forma, também encontradiça, Cirino, mas tem o inconveniente de a sua festa litúrgica corresponder a 30 de Abril. De qualquer jeito, trata-se de dúvida de cutiliquê que em nada afeta a inteligência do texto.

[76] O autor do texto original esqueceu-se de escrever o sujeito desta oração, falha que facilmente se colmata com a palavra entre retos.

aos estudos filosóficos e teológicos. A sua igreja é ampla e maravilhosamente decorada. Tem relíquias do Lenho da nossa redenção, três cabelos da Santa Virgem, um de Santa Ana e outras de santíssimos mártires, cujos nomes se desconhecem, que todas se guardam na sacristia. É casa capitular, onde todos os prelados se elegem, e cabeça da Província, que abrange seis conventos, nos quais residem cento e cinquenta e três religiosos, e encontra-se separada de qualquer outra. Esta comunidade é rica, mas as restantes pobres.

O convento dos Reformados de S. Francisco, que é lugar dos estudos de filosofia e teologia exclusivamente para os membros da comunidade, encerra cerca de oitenta religiosos. Possui uma igreja de dimensões suficientes e decorada com três altares, [5v] e no seu altar-mor veem-se um sacrário e uma imagem de Santo Antônio espantosa. A sacristia orgulha-se da sacristia, a mais extraordinária de todas. É casa capitular e cabeça da Província, que tem quatrocentos religiosos e treze conventos, sete nesta diocese e seis na de S. Paulo, e é dirigida por governo independente. Graças às esmolas dos fiéis, que lhes são oferecidas com mão deveras liberal, de nada têm falta. Administra quatro missões de índios: a saber, nesta diocese, a missão de Santo Antônio; na de S. Paulo, as missões de S. Miguel, da Santa Virgem da Escada e de S. João da Costa[77].

Aqui existem duas Ordens Terceiras. A primeira é a Ordem Terceira da Penitência do Santo Padre Francisco, que, isenta do ordinário, obedece ao provincial dos franciscanos, uma vez que tem não só uma capela deveras notável como também casas de exercícios espirituais construídas e estabelecidas dentro da

[77] Possivelmente refere-se a S. João de Peruíbe, no litoral paulista.

clausura do referido convento; por outro lado, agora os irmãos estão empenhados na construção de um albergue, o qual, depois de concluído, será de utilidade nada pequena para os irmãos necessitados da mesma Ordem. Esta Ordem abunda em toda a espécie de riquezas, de dia para dia mais se enriquecendo graças às muitas esmolas dos irmãos que vão falecendo. É costume pagar-se todos os dias o costumado estipêndio a todos e cada um dos sacerdotes que na capela dela querem celebrar. E não falta zelo nem piedosa devoção nas atividades que se celebram segundo o costume da Ordem.

A outra é a Ordem Terceira do Carmo, que igualmente presta obediência, pelos mesmos motivos atrás apontados, ao prelado carmelita. Possui uma capela de excelente aparência e com decoração interna nada deselegante, onde nas quarta-feiras e sábados de todas as semanas se paga a ordinária esmola a quaisquer celebrantes da santa missa. Conta com três mil, trezentos e noventa e sete irmãos, em cujo hospital, que fora construído para os irmãos pobres padecendo de qualquer doença, a caridade e a fartura se mostram no mais elevado grau.

O pequeno convento dos capuchinhos italianos tem atualmente catorze religiosos, homens indubitavelmente apostólicos, notáveis pela virtude e muitíssimo úteis à diocese. A capela deles, que mais avulta pela pobreza do que pela abundância de ornatos, apresenta um único altar, onde se guarda o santíssimo sacramento da eucaristia; gozam todavia de um não pequeno adjutório de esmolas. Além disso, há quatro franciscanos observantes, que pedem e recebem esmolas e contribuições dos fiéis para serem mandadas para Jerusalém, os quais residem num modesto hospício e se servem de um oratório privado.

A diocese fluminense está dividida em seis circunscrições e abrange quarenta paróquias fora da cidade, cujos vigários forâneos estão subordinados ao vigário-geral. A sua visitação, que por direito compete ao ordinário, reparte-se por dois territórios: o que se encontra para sul e o que se encontra para norte, [6r] que costumam fazer-se somente de dois em dois, e muitas vezes de três em três anos, pois são difíceis devido aos caminhos sinuosos, perigosas pela navegação dos mares, incómodas por conta do acidentado dos montes e cheias de desconfortos. Em cada paróquia, para que os paroquianos possam ter acesso à correção, depois de percorrida uma jornada de dez e mais léguas por terra e mar, o visitador permanece muitas vezes por um período de quinze dias, não sem grandes gastos dos párocos, às custas dos quais, por inveterado costume, ali se demoram, de cujo costume se julga isento o nosso rei, embora por direito a tal seja obrigado, uma vez que recebe todas as décimas destas igrejas. Devido a estas dificuldade quase insuperáveis e aos incontornáveis incômodos é impossível mandarem-se visitadores todos os anos.

A primeira paróquia, que é a de S. João Batista e, da parte sul, a mais próxima desta cidade, é uma igreja colada, após cuja fundação já decorreram oitenta e seis anos. Tem falta de sacrário e possui apenas os paramentos necessários. Abrange trezentos e vinte e seis fogos e duas mil, seiscentas e oitenta e uma almas, de que apenas mil, setecentas e quarenta se fortalecem com a sagrada comunhão. Conta com inúmeras capelas filiais: a saber, a da Santa Virgem Imaculada, cujo padroado está em poder dos irmãos [da confraria] da mesma Virgem; a de S. Domingos, no litoral; a de Santo Inácio, próxima da armação das baleias; a de Santa Ana, com maravilhosa decoração e enriquecida com preciosas alfaias litúrgicas, cujo padroado pertence ao ouvidor da alfândega[78]. Três outras: da Santa Virgem Imaculada, de Santa Rosa e da Santa Virgem, que, localizada no alto do morro, os marinheiros, ao desfraldarem as velas, costumam saudar com o estrondo dos canhões, assaz provida de alfaias e de paramentos litúrgicos, cujo padroado pertence exclusivamente à confraria da mesma Virgem. Existem também outras, da Santa Virgem da Assunção e da Santa Virgem do Pilar, a que se juntam dois oratórios privados, servidos por paramentos razoáveis. Esta paróquia possui três confrarias: a de S. João Batista, a da Santa Virgem do Rosário e a de S. Miguel e Santas Almas. Não se cultua aqui relíquia alguma.

A segunda paróquia, que é a de S. Gonçalo, é servida por um pároco colado. Esta, de acordo com uma tradição corrente, foi construída há cerca de cento e cinquenta anos. É um templo amplo, mas em estado assaz ruinoso, e apresenta quatro altares colaterais: de S. Miguel, da Santa Virgem do Rosário, da Santa Virgem de Monserrate e de Santa Ana, e no altar-mor guarda-se decentemente a eucaristia. Não tem falta de batistério nem dos paramentos que se requerem. Conta com quatrocentos e cinquenta e quatro paroquianos e também com quinze capelas filiais: a saber, três da Santa Virgem Imaculada, duas da Santa Virgem do Desterro, uma da Santíssima Trindade, uma da Santa Virgem da Luz, uma da Santa Virgem da Pena e outra da Santa Virgem da Esperança, e outras da Santa Virgem do Amparo, da

[78] Supomos ser este o cargo correspondente à expressão do original *iudex publicae domus mercium*. Veja-se: *Ordenações do reino*, l. 1°, t. 52, e Pascoal José de Melo Freire, *Institutionum Juris civilis* (...), Tomus I, Lisboa, ex Typographia Regalis Academiae, 1807, p. 17.

Santa Virgem do Rosário, da Santa Virgem das Neves e da Mãe de Deus, nenhuma delas carecendo dos necessários paramentos. Tem cinco oratórios erigidos com autorização apostólica: da Santa Virgem do Pilar, da Santa Virgem do Carmo, da Santa Virgem Imaculada, da Santa Cruz, **[6v]** de S. Gonçalo, de S. Miguel e de S. Bernardo. Possui cinco confrarias: do Santíssimo Sacramento, de S. Gonçalo, de S. Miguel e da Santa Virgem do Rosário, sendo uma dos homens negros, e a outra dos homens brancos. Por fim, não se notabiliza por relíquia alguma.

A terceira paróquia é da Santa Virgem do Desterro, cujo pároco não é colado. Tem uma igreja construída, conforme se conta, há oitenta e cinco anos, com batistério e três altares: da Santa Virgem do Desterro, que é o altar-mor, mas não se guarda nele o santíssimo, o da Santa Virgem do Rosário e o de S. Miguel. Tem as suficientes alfaias litúrgicas, mas não a nobilita qualquer relíquia. Conta com as seguintes confrarias: da Santa Virgem do Desterro, da Santa Virgem do Rosário, do Senhor Jesus do Bonfim, de S. Miguel e das Almas. Tem noventa e sete fogos, e novecentos e cinquenta paroquianos.

A quarta paróquia é a de S. João de Itaboraí. Trata-se de uma igreja colada, sobre cuja fundação totalmente se perdeu a memória. Possui um templo excelente, provido de notável batistério e sete altares: a saber, da Santa Virgem do Amparo, de S. Miguel e das Almas, da Santa Virgem do Rosário, da Santa Virgem Imaculada, da Santa Virgem do Pilar e de Santo Antônio; o Pão Eucarístico guarda-se num sacrário, que se vê colocado no altar-mor, onde se venera o orago da igreja, que é servida por paramentos adequados, em conformidade com o ritual. Possui quatrocentos e oitenta e três fogos e três mil, cento e setenta paroquianos. Abrange dez capelas filiais: da Santa Virgem Imaculada, três; da Santa Virgem do Loreto, da Santa Virgem das Dores junto à cruz do Senhor, da Santa Virgem do Pilar, da Santa Virgem da Piedade, duas da Santa Virgem do Desterro, e finalmente de Santo Tomás, nenhuma das quais tem falta das necessárias alfaias. Além disso, possui um oratório construído com autorização apostólica, mas nenhuma relíquia. Esta igreja tem cinco confrarias: do Santíssimo Sacramento, de S. João Batista, de S. Miguel e das Almas, da Santa Virgem do Amparo e da Santa Virgem do Rosário.

A quinta paróquia é a de Santo Antônio, na vila de Macacu. Trata-se de uma igreja colada, de cuja ereção nenhum dos paroquianos tem memória. Possui cinco altares: de Santo Antônio, em cujo sacrário se guarda a eucaristia; da Santa Virgem Imaculada; de S. Miguel e das Almas; da Santa Virgem do Rosário; da Santa Virgem da Boa Morte. Nobilita-se com um batistério belamente acabado e com uma igreja e altares de luzente aparato. Tem quatrocentos e trinta e seis fogos e dois mil, novecentos e oitenta e cinco paroquianos, e abrange quatro capelas filiais: a saber, três da Virgem Imaculada e uma de S. José; além disso, dois oratórios, erigidos com autorização apostólica, um de Santo Amaro, e o outro do Seráfico Padre. Alberga cinco confrarias: do Santíssimo Sacramento, de Santo Antônio, da Santa Virgem da Boa Morte, da Santa Virgem do Rosário e de S. Benedito dos Negros. Não possui relíquia alguma. [7r] Encontra-se situado na mesma vila um convento dos Reformados de S. Francisco, que conta vinte e cinco religiosos desta Província; e não lhe falta uma Confraria da Ordem Terceira, que depende do prelado dos religiosos.

A sexta é a paróquia da Santíssima Trindade, não colada, e fundada há duzentos anos. Estão empenhados na construção de uma nova igreja, e nela nada se vê, para além de uma capela-mor pouco ornamentada, só com altar, do Santíssimo, sem sacrário nem relíquias e apenas os paramentos necessários. Alberga três confrarias: da Santíssima Trindade, da Santa Virgem da Boa Morte e da Santa Virgem do Rosário. Encontra-se aqui uma capela filial de Santa Ana, de fábrica riquíssima e mui formosamente ornamentada. Tem cento e oitenta fogos e mil, cento e vinte e quatro paroquianos.

A sétima é da Santa Virgem da Ajuda, no povoado de Guapimirim, que não é colada, e possui um pároco amovível a arbítrio do ordinário. Tem quatro altares: a saber, o altar-mor, onde se presta culto à Senhora padroeira, o de S. Miguel, o da Santa Virgem do Rosário e de S. Benedito, com as alfaias necessárias para a liturgia e um batistério pouco capaz; tem também falta de sacrário e de relíquias. Acerca da sua fundação não há consenso de opiniões, conquanto, de acordo com a mais comum, crê-se que já decorreram cento e sessenta anos sobre a sua criação. Nela residem cento e cinco famílias e é de mil, duzentos e cinquenta o número de paroquianos. Conta três capelas filiais: a da Santa Virgem da Cabeça, a da Santa Virgem Imaculada e a de Santa Ana; e possui um único oratório, legitimamente estabelecido. Alberga em si quatro confrarias: a da Santa Virgem da Ajuda, a de S. Miguel, a da Santa Virgem do Rosário e a de S. Benedito dos Negros.

A oitava é a da Santa Virgem da Piedade, no povoado de Magé, que é colada e conta oitenta anos desde a sua primeira fundação. A sua igreja, edificada muito recentemente por ordem minha e construída com traça romana, possui três altares: o da Santa Virgem do Rosário, a de S. Benedito e da Santa Virgem da Piedade, que se encontra colocada no altar-mor; todavia no interior ainda se vê menos ornamentada e decorada. Tem batistério e paramentos suficientes e, embora por ora nela não haja sacrário, todavia para ele em breve se consignarão rendas. Possui trezentos e quarenta e sete fogos e dois mil, duzentos e oitenta e seis paroquianos, e também três capelas filiais: de S. Roque, em certa ilha,[79] onde se colocou uma pia batismal no ano de 1729; da Santa Virgem da Nazaré, de Santo Aleixo, e além disso dois oratórios fundados em conformidade com a lei: um de S. Francisco Xavier e o outro da Santa Virgem Imaculada, que possuem as alfaias correntes. Possui três confrarias: da Santa Virgem da Piedade, da Santa Virgem do Rosário dos Negros e de S. Benedito. Finalmente, nela não se conserva relíquia alguma.

A nona paróquia, de S. Sebastião, é uma igreja, não colada, no povoado de Itaipu, [7v] que, estabelecida há vinte e três anos em certa capela, que faz de paróquia, apresenta apenas três altares sem sacrário: o de S. Sebastião, o da Santa Virgem do Rosário e o de S. Benedito, todos insuficientemente ornamentados e com o necessário para a liturgia muito abaixo do regular; também o batistério é totalmente impróprio, devido à pobreza dos paroquianos. Contém noventa e três famílias e mil e sessenta e quatro almas. Possui três capelas filiais: a da Santa Virgem do Bom Sucesso, a da Santa Virgem da Assunção e a da Santa Virgem Imaculada; nela encontra-se um único oratório. São quatro aí as confrarias: a de S. Sebastião, a da Santa Virgem do Rosário, a da Santa Virgem Imaculada e a de S. Benedito dos Negros. Nela não se venera qualquer santa relíquia.

---

[79] A ilha de Paquetá.

A décima paróquia é a da Santa Virgem correntemente chamada do Amparo, na vila de Maricá. A igreja não é colada nem se colhe nada de certo sobre a sua fundação. O seu templo é de construção recente e nobilita-o o altar-mor, no qual se vê uma imagem da Santa Virgem, e outro de S. Miguel, possuindo paramentos correntes, além de um sacrário e de um batisté rio decente. Possui três confrarias: do Santíssimo Sacramento, de S. Miguel e das Almas e da Santa Virgem do Rosário dos Negros. Tem duzentos e oito fogos e oitocentos e noventa e cinco paroquianos.

A undécima paróquia é a da Santa Virgem de Nazaré, no povoado de Saquarema, onde começa o território do Cabo Frio; não é colada. Possui um templo notável pelos seus três altares: a saber, o mor, no qual se encontra colocada a Santa Virgem e se adora no sacrário a eucaristia, e nos lados tem um da Santa Virgem do Rosário e outro de S. Miguel e das Almas; tem também um batistério e paramentos razoáveis. Ignora-se a época em que foi edificado. Abrange as seguintes confrarias: do Santíssimo Sacramento, de S. Miguel e das Almas, da Santa Virgem do Rosário e da Santa Virgem de Nazaré, que é afamada por, tendo sido invocada por marinheiros prestes a perecerem no tempestuoso oceano, os ter libertado do iminente naufrágio, e por outros milagres, que se veem em ex-votos pendurados na parede do templo. Possui cento e quarenta e cinco fogos e oitocentos e dez paroquianos obrigados à comunhão eucarística. Não possui nem alguma capela filial nem qualquer relíquia.

A duodécima paróquia é da Santa Virgem da Assunção, na cidade de Cabo Frio. É igreja colada, que, segundo afirmam, tem mais de cento e dez anos. Não é insuficiente o templo, provido de altar-mor, onde se vê uma imagem da Santa Virgem e o sacrário com a santíssima eucaristia. Além disso, contém três altares: o da Santa Virgem do Rosário, o de S. Miguel e o terceiro da Santa Virgem Imaculada, cuja imagem [8r] é pequena, todavia, sucedendo que foi miraculosamente encontrada em certa praia deserta, e havendo-se contado ao Fidelíssimo rei D. João V esta descoberta, o mesmo ordenou, impelido pelo seu devoto espírito, que se construísse um altar em honra da mesma Virgem Imaculada, brilhantemente dourado, e enriqueceu-o com os melhores ornamentos. A tudo isto acresce um notável batistério. Tem duzentas e setenta famílias e são mil e oitenta os paroquianos que são admitidos à mesa eucarística. Também, são duas as capelas filiais: a da Santa Virgem Imaculada e a de Santa Ana; tem uma só confraria, a da Santa Virgem. Nesta cidade reside o vigário forâneo de todo o território, que só compreende duas freguesias. Vê-se aqui um convento dos Reformados de S. Francisco, que acolhe dezesseis religiosos.

A décima terceira paróquia, no povoado de Capivari, é a da Santa Virgem do Desterro. Não é igreja colada, não havendo memória da sua primeira fundação. Possui um templo construído de novo e por agora o único, onde se cultua a Santa Virgem, provido de altar, sem sacrário nem relíquias, mas com um razoável batistério e paramentos. Abrange oitenta e um fogos e quatrocentos e vinte paroquianos que recebem a sagrada comunhão, além de uma capela filial de Santa Ana.

Começa o território de Goytacazes

A décima quarta é a paróquia colada do Santo Salvador, cabeça do território de Goytacazes. O seu templo é amplo e decorado com uma nova torre, vendo-se nele quatro altares: a saber, o altar-mor, com um decente sacrário para guardar a eucaristia; o de Santo Antônio, o da Santa Virgem do Rosário e, finalmente, outro numa capela especial, onde se presta culto, com grande devoção popular, e sobretudo dos irmãos que pertencem à Confraria do Salvador, à imagem do mesmo Santo Salvador carregando a cruz, muito conhecida pelos milagres que tem feito. Além desta, são quatro as confrarias desta paróquia: a do Santíssimo Sacramento, a da Santa Virgem do Rosário, a de Santo Antônio e a de S. Miguel. Tem novecentos e setenta fogos e conta seis mil e dez paroquianos que estão obrigados à santa comunhão. Possui seis capelas filiais: da Santa Virgem do Rosário e de S. Benedito, cada uma com a sua confraria; da Santa Virgem do Rosário, de Santa Rita, de S. Gonçalo, onde recentemente, por ordem minha, se colocou o santíssimo sacramento, para que a partir daqui mais facilmente possa ser ministrado aos que morrem de doença, pois que eram inúmeros os que faleciam sem o santo viático. A estas acrescem outras capelas filiais: a de S. Sebastião, notável pela sua confraria; a da Santa Virgem do Rosário, que é dos viscondes,[80] duas da Santa Virgem do Rosário e de S. Benedito, administrada pelas confrarias. Tem um único oratório privado, erigido com autorização apostólica. Aqui se encontra certo seminário, edificado no ano de 1749 sob a invocação da Santa Virgem da Lapa, devido [8v] à capela ou templo consagrado à mesma. Para a sua construção e firme assentamento trabalhou com mui abrasado zelo certo presbítero secular,[81] missionário apostólico, e eu também dei a minha contribuição. Já goza do seu patrimônio, que de dia para dia

[80] Viscondes de Asseca, donatários da capitania da Paraíba do Sul.

[81] O já mais de uma vez citado padre Ângelo de Siqueira.

vai aumentando, e já conta com inúmeros porcionistas, sem lhe faltar o professor, um vice-reitor e reitor, que é simultaneamente o vigário forâneo.

A décima quinta é a paróquia colada de S. João Batista, sobre cuja fundação nada de certo se conta. Esta igreja, que devido à sua velhice se encontra em estado ruinoso, só apresenta três altares: a saber, o altar-mor, com um sacrário onde se mostra o orago, o da Santa Virgem do Rosário e de S. Benedito. Tem batistério e os suficientes paramentos, fracos, e duas confrarias da Santa Virgem do Rosário e de S. Benedito. A paróquia consta de cento e cinco famílias e de seiscentos e noventa e quatro paroquianos capazes de receberem a sagrada comunhão. No entanto, faltam capelas filiais, oratórios particulares e relíquias na igreja. Aqui se conclui o território de Goytacazes.

A décima sexta paróquia é a da Santa Virgem Imaculada, na vila de Guarapari. É a primeira do território da vila do Espírito Santo, fundada há oitenta anos, mas não é colada. Tem um sacrário com a eucaristia, situado no altar-mor, onde se reverencia uma imagem da Santa Virgem; outro altar é o do Bom Jesus e o terceiro é o de S. Benedito. O seu batistério e paramentos são sobejamente decentes e a única confraria que aí se encontra é a de S. Benedito. Conta cento e setenta fogos e novecentos e vinte paroquianos, possuindo também duas capelas filiais: a da Santa Virgem do Rosário e a da Santa Virgem do Bom Sucesso, às quais não faltam as necessárias alfaias.

A décima sétima é a igreja colada da Santa Virgem do Rosário, na vila, ou Vila Velha do Espírito Santo, sobre cuja fundação nada de certo se apura. Está agora a edificar-se uma nova igreja, e, além do altar-mor, onde se venera uma imagem da

Santa Virgem, nada mais apresenta de notável. Tem falta de sacrário, mas não de paramentos sacerdotais; além disso, possui uma confraria e não possui relíquia alguma. Aqui só se encontra uma capela filial e os fogos são cento e quarenta e cinco, compreendendo oitocentos e setenta e seis paroquianos que estão obrigados à comunhão anual.

A décima oitava paróquia é a da Santa Virgem da Vitória, na vila principal do Espírito Santo, e é simultaneamente a igreja-cabeça e o termo deste território, aí residindo o vigário forâneo, e, segundo dizem, já transcorreram duzentos anos desde a sua fundação. [9r] Trabalha-se na edificação de uma nova igreja, onde já se veem três altares: o altar-mor com um sacrário para guardar a eucaristia, e os laterais de Santo Antônio e de Santo Amaro. Possui batistério e paramentos suficientes e cinco confrarias: do Santíssimo Sacramento, da Santa Virgem da Boa Morte, da Santa Virgem do Amparo, da Santa Virgem do Rosário e da Santa Virgem do Parto; mas embora não existam oratórios privados, todavia contam-se três capelas filiais: a de Santa Luzia, a da Santa Virgem Imaculada e a da Santa Virgem da Ajuda. Esta vila tem mil, trezentas e noventa famílias e sete mil, seiscentos e cinquenta paroquianos capazes da santa comunhão. Existe aqui um colégio de jesuítas assaz amplo, onde se ensinam à mocidade os preceitos gramaticais. Dele dependem duas missões de índios, que através dos seus missionários ele governa com piedosa direção. Existem também aqui dois conventos de franciscanos: um dentro da vila e o outro fora, erguido no alto dum morro, cujo templo se enobrece com uma imagem milagrosa da Santa Virgem, pois navegantes em perigo tiveram amiúde experiência do seu socorro, os quais, em devido sinal de gratidão, por vezes lhe oferecem presentes. Existe também um convento de carmelitas, que todavia acolhe poucos religiosos, quer por falta de direção, quer por falta de recursos.

A décima nona paróquia é a da Santa Virgem da Pena, na vila de Porto Seguro. É colada, todavia tem agora à sua frente um pároco não colado, que é simultaneamente vigário forâneo. A igreja é suficiente e nada se sabe sobre a sua edificação. Encontra-se decorada por três altares, conservando-se no altar-mor a eucaristia. Possui batistério e os paramentos comuns e também não lhe faltam três capelas filiais, consagradas à Santa Virgem da Ajuda, a S. Sebastião e a da Santa Virgem do Rosário. Vivem aqui cento e oitenta famílias e são mil e dez os paroquianos capazes da mesa eucarística. Não possui oratórios nem confrarias nem relíquias.

A vigésima é a paróquia de Santa Cruz, não colada, e foi erigida há setenta anos. Tem uma igreja suficiente, provida de três altares: da Santa Cruz, da Santa Virgem do Rosário e de S. Miguel. Tem também batistério e preciosos paramentos. Conta oitenta famílias e trezentos e cinquenta paroquianos que são admitidos à mesa eucarística, mas não possui quaisquer capelas filiais, oratórios ou relíquias.

A vigésima primeira paróquia não é colada e fica situada na aldeia de Santo Antônio das Caravelas. Conta-se que já se passaram cento e dez anos desde a sua fundação. Possui uma igreja envelhecida e assaz arruinada, que apresenta somente três altares: o de Santo Antônio, o de S. Sebastião e [9v] o de S. Miguel. Está dotada de batistério, sacrário e preciosos paramentos. É servida por quatro confrarias: a do Santíssimo Sacramento, a de Santo Antônio, a de S. Miguel e a de S. Benedito. Abarca cento e vinte famílias e quinhentos e trinta paroquianos em condições de receberem a eucaristia. Nela não se encontra nenhuma capela, oratório ou relíquia.

A vigésima segunda paróquia é da Santa Virgem Imaculada, na vila de Peruípe, que é a última de Porto Seguro. Foi criada há dez anos como paróquia não colada, pois antes era capela filial de Santo Antônio. Possui um templo não insuficiente, desprovido de sacrário e de relíquias, dispondo porém de três altares e de um batistério. Tem os paramentos necessários e é nobilitada por duas confrarias: a da Santa Virgem Imaculada e a de S. Benedito. Não abrange quaisquer capelas filiais nem oratórios, e conta cento e vinte fogos e quinhentos e cinquenta paroquianos. Esta vila é a derradeira, entestando com o bispado da Bahia.

A segunda visitação, que fica para norte, começa na paróquia não colada de S. Tiago, na aldeia de Inhaúme. É a primeira e a mais próxima desta cidade, acerca de cuja primeira fundação tudo se ignora. Tem uma igreja bastantemente provida de três altares, em cujo sacrário, localizado junto ao altar-mor, mandei que se guardasse o diviníssimo sacramento. Também possui um batistério, preciosos paramentos e duas confrarias, e nenhuma relíquia. Encontram-se a ela subordinadas seis capelas filiais: três da Santa Virgem Imaculada, duas da Santa Virgem do Bom Sucesso e, finalmente, a última de Santo Antônio, além de certo oratório, com permissão da Sé Apostólica. Contam-se aqui cento e vinte e uma famílias e mil e quatrocentos e quarenta e cinco paroquianos.

A segunda paróquia é a da Santa Virgem da Apresentação, na aldeia de Irajá. É uma igreja colada, sobre cuja primeira criação nada consta. Nela existem cinco altares, um batistério, ótimos paramentos e um sacrário assaz satisfatório para guardar a eucaristia. Nela contam-se quatro confrarias: a do Santíssimo Sacramento, a da Santa Virgem da Apresentação, a da Santa Virgem do Rosário e a de S. Benedito. É cabeça de dez capelas filiais: a da Santa Virgem da Graça, a da Santa Virgem da Ajuda, a da Santa Virgem da Apresentação, a da Santa Virgem do Desterro, a da Santa Virgem do Rosário, a da Santa Virgem da Piedade, duas da Santa Virgem Imaculada, a de S. João Batista e, finalmente, outra da Santa Virgem, situada no mais alto viso de uma Penha, de onde lhe provém o sobrenome: ali terá aparecido três vezes, deixando o oratório particular, onde era cultuada. Por este motivo [**10r**] são muitas as pessoas que a ela acorrem, a fim de saudarem a prodigiosa imagem da santíssima Virgem e para lhe darem piedosas oferendas, e por isso o seu templo possui excelente construção e encontra-se decorado com ornamentos os mais vistosos. Abrange esta paróquia cento e noventa e oito famílias e dois mil, quinhentos e sessenta e seis paroquianos.

A terceira paróquia, não colada, é a da Santa Virgem da Ajuda, na ilha geralmente chamada do Governador, acerca de cuja primeira criação não existe memória alguma. Está a iniciar-se a construção de uma igreja com apenas três altares, dos quais um possui a imagem da Santa Virgem da Ajuda, o outro é da Santa Virgem do Rosário e o outro de S. Miguel. Não lhe faltam batistério nem os paramentos requeridos. Só existe uma confraria: a da Santa Virgem do Rosário. Conta setenta e duas famílias e seiscentos e oitenta e oito paroquianos. Possui duas capelas filiais da Santa Virgem Imaculada e apenas um oratório estabelecido com autorização apostólica.

A quarta paróquia, não colada, da Santa Virgem da Guia, foi criada há cem anos no povoado de Pacobaíba. Possui uma igreja de escassas dimensões, pouco decorada e encontra-se provida com três altares, batistério e com os necessários paramentos, não possuindo sacrário nem relíquias. Tem quatro confrarias: a da Santa Virgem orago, a da Santa Virgem Imaculada, a da Santa Virgem do Rosário e a de S. Benedito. Abrange uma única capela do Seráfico Padre e duzentas e dezoito famílias, nas quais se contam trezentos e trinta e três paroquianos.

A quinta paróquia de S. Nicolau Bispo, no lugar de Suruí, criada há poucos anos, não é colada. A sua igreja consta de três altares: de S. Nicolau, da Santa Virgem do Rosário e de S. Miguel. Tem sacrário, batistério e as alfaias necessárias para a liturgia, e três confrarias: a do Santíssimo Sacramento, da Santa Virgem do Rosário e de S. Miguel. Possui, além disso, uma capela filial da Santa Virgem da Imaculada, devota e recentemente ornamentada. Esta paróquia tem cento e treze fogos e mil e duzentos e setenta e seis paroquianos.

A sexta paróquia é a da Santa Virgem da Piedade, no povoado de Inhomirim, criada há cento e oito anos. Tem uma igreja muitíssimo antiga e em risco de arruinar-se, na qual se veem três altares sem sacrário e sem relíquias: o da Santa Virgem orago, o da Santa Virgem do Rosário e o de S. Miguel, não lhe faltando o batistério nem os paramentos sacerdotais. Nela existem quatro confrarias: a da Santa Virgem Imaculada, a da Santa Virgem do Rosário, a da Santa Virgem da Piedade e a das Almas. Conta sete capelas filiais: a da Santa Virgem da Estrela, a da Santa Virgem [**10v**] de Nazaré, a da Santa Virgem do Rosário, a da Santa Virgem Imaculada, a de Santa Ana e duas da Santa Virgem do Desterro. Encerra em si duzentos e setenta e três fogos e mil e duzentos e dezenove paroquianos. Trata-se de uma igreja colada sem sacrário, como fica dito.

A sétima paróquia, colada, é a da Santa Virgem do Pilar, na aldeia de Iguaçu. Foi criada há cento e dois anos. Possui um excelente templo com cinco altares, além de se notabilizar por um batistério, apropriados paramentos, um primoroso sacrário e uma elevada torre. Está servida por três confrarias: a da Santa Virgem orago da igreja, a da Santa Virgem do Rosário, a do Santíssimo Sacramento e a das Almas. As suas capelas filiais são: a da Santa Virgem das Neves, a da Santa [Virgem] do Rosário e a da Santa Virgem Imaculada. Conta nela duzentas e dezenove famílias e dois mil, trezentos e dezoito paroquianos.

A oitava paróquia, vizinha da precedente, é a da Santa Virgem da Piedade, fundada há cinquenta anos, mas não é colada. A sua igreja, que é modesta e muito pouco espaçosa, encontra-se provida de três altares, com batistério e alfaias litúrgicas pobres, sem sacrário. É sede de duas confrarias: a da Santa Virgem da Piedade e a da Santa Virgem do Rosário, e de uma capela filial da Santa Virgem Imaculada. Diz-se que tem oitenta e nove fogos e cento e vinte e sete paroquianos.[82]

A nona paróquia é a de S. João Batista, no lugar de Meriti; é uma igreja colada, acerca de cuja fundação nada consta. Tem um templo com cinco altares muito recentemente construído, sem sacrário nem relíquias, todavia com um razoável batistério e com paramentos. Conta cento e sessenta e oito famílias e mil, oitocentos e vinte e oito paroquianos e várias capelas filiais: duas de Santo Antônio e duas também da Santa Virgem da Ajuda, finalmente um só oratório privado, com legítima autorização.

[82] Parece haver erro no número de paroquianos. Talvez o "cento" seja lapso por "mil".

A décima paróquia é a de Santo Antônio, na vila de Jacotinga. É antiga, mas não colada. Trabalha-se na construção de uma nova igreja e possui somente batistério e paramentos decentes e quatro confrarias: a de Santo Antônio, a da Santa Virgem do Amparo, a das Santas Almas e a da Santa Virgem do Rosário. Possui também as suas capelas filiais: a saber, duas da Santa Virgem Imaculada, a de Santa Rita, a da Santa Virgem do Carmo e a da Santa Virgem do Bom Sucesso. Alimenta cento e sessenta e cinco famílias e mil, novecentos e sessenta e três paroquianos.

A undécima paróquia, colada, é a da Santa Virgem do Loreto, no povoado de Jacarepaguá, e foi criada há cem anos. [**11r**] Possui um templo novo com batistério e somente os necessários paramentos, mas a capela-mor carece de sacrário e de relíquias. São as seguintes as suas confrarias: da Santa Virgem do Loreto, da Santa Virgem do Rosário, das Almas e de S. Benedito. As capelas filiais são: a da Santa Virgem da Pena, a da Santa Virgem Imaculada, a da Santa Virgem da Cabeça e a da Santa Cruz. Nela só existe um oratório privado, construído com autorização papal. Tem cento e cinquenta fogos e mil, quinhentos e noventa e oito paroquianos.

A duodécima paróquia, não colada, da Santa Virgem do Desterro, no povoado de Campo Grande, já foi fundada há cem anos. A sua igreja é nova, mas de pequenas dimensões, com três altares, batistério e paramentos razoáveis, mas sem sacrário e relíquias. Possui três confrarias: a da Santa Virgem orago, a da Santa Virgem do Rosário e a das Almas. Ufana-se igualmente de três capelas filiais: a de Santo Antônio, a da Santa Virgem Imaculada e também de um único oratório privado. Nela se situam cento e quarenta e três fogos e habitam mil, duzentos e cinquenta paroquianos.

A décima terceira paróquia, não colada, é a do S. Salvador de Guaratiba, que acolhe cento e quinze famílias e oitocentos e vinte e nove paroquianos, e conta desde a sua fundação noventa anos. A sua igreja, de construção recente, consta de altar, batistério e dos necessários paramentos, sem sacrário, sem confrarias e sem relíquias. Tem a sua capela filial e um oratório privado.

A décima quarta paróquia, não colada, de Marapicú,[83] há cinquenta anos sob a proteção da Santa Virgem Imaculada, possui um templo muito recentemente construído, com três altares, batistério e paramentos correntes, mas sem sacrário, sem confrarias e sem relíquias. Possui apenas um oratório e nenhuma capela filial; tem sessenta e seis famílias e noventa e um paroquianos.

A décima quinta paróquia, colada, da Santa Virgem Imaculada, na vila de Angra dos Reis, conta cento e cinquenta anos desde a sua fundação. A sua igreja é excelente e notável pelos seus cinco altares, e no altar-mor venera-se não apenas o sacramento, mas também uma imagem muito grande da Imaculada Mãe de Deus. Nela não faltam batistério nem as adequadas alfaias litúrgicas nem quatro confrarias: a do Santíssimo Sacramento, a das Almas, a da Santa Virgem do Rosário e a da Santa Virgem Imaculada. Abrange duas capelas filiais: uma de Santa Luzia e a outra da Santa Virgem do Rosário. [**11v**] Existem aqui dois conventos: um de Carmelitas, com igreja decente e no

[83] Nesta paróquia, quase toda ocupada por terras de propriedade da sua família, nasceu em 5 de Abril de 1735 D. Francisco de Lemos de Faria Pereira Coutinho, o mais longevo reitor da Universidade de Coimbra e bispo da mesma cidade por um período também excepcionalmente longo.

qual residem dez religiosos, a que está ligada a Ordem Terceira. O outro é de Franciscanos da Observância, construído com uma excelente igreja e nela residindo dezesseis religiosos, aos quais se encontra ligada a Ordem Terceira da Penitência. Esta paróquia tem quatrocentas e setenta famílias e admite à comunhão três mil paroquianos. Tem aqui residência o vigário forâneo, que exerce jurisdição sobre esta paróquia e uma capela curada, que dela separei, e erigi em paróquia sob a invocação da Santa Virgem da Piedade na baía de Mangaratibe. Esta paróquia encontra-se a razoável distância, por via marítima, desta cidade.

A décima sexta paróquia, colada, da Santa Virgem dos Remédios, na vila de Paraty, acerca de cuja primeira fundação nada se sabe, tem uma igreja suficiente, provida de quatro altares, e no altar-mor vê-se uma imagem da Santa Virgem e o sacrário, onde se adora a sagrada eucaristia. Dispõe de batistério e de excelentes paramentos e de quatro confrarias: a do Santíssimo Sacramento, a da Santa Virgem dos Remédios, a das Almas e do Santo Salvador carregando a cruz. Abarca duas capelas: a da Santa Virgem do Rosário, notável pela sua confraria, a de Santa Rita e a da Santa Virgem Imaculada, fora da vila. Tem trezentas famílias e comporta dois mil paroquianos. Possui o seu vigário forâneo, que governa esta paróquia, como muitíssimo afastada desta cidade, pois é a última desta dioceses e em parte entesta com a de S. Paulo.

A ilha de Santa Catarina pertence a esta diocese e tem a paróquia colada da Santa Virgem do Desterro, acerca de cuja criação nada se apura de seguro. Possui uma igreja suficiente, com sacrário, batistério e paramentos correntes. Acolhe três confrarias: a do Santíssimo Sacramento, a das Almas e a da

Santa Virgem do Rosário. Existe aqui uma capela filial de S. José. Contém três mil, setecentos e oitenta e nove paroquianos. Possui esta paróquia o seu vigário forâneo, uma vez que é cabeça de território.

Na mesma ilha existe outra paróquia, não colada, da Santa Virgem Imaculada, de oitenta anos, com batistério e os sagrados paramentos, mas sem sacrário. Tem cem fogos e quatrocentos e oito paroquianos, não possuindo qualquer confraria, capelo ou oratório. Criei de novo neste território três paróquias: a da Santa Virgem, a de S. Miguel e a de S. José, na construção de cujas igrejas, em que não faltam as alfaias necessária para a liturgia, se trabalha afincadamente.

Outra é a paróquia, não colada, da Santa Virgem [**12r**] da Graça, na vila do Rio de S. Francisco, que tem uma igreja suficiente com quatro altares sem sacrário. Não tem falta de batistério e de alfaias litúrgicas correntes. Tem três confrarias: a da Santa Virgem da Graça, a das Almas e a de S. Francisco Xavier. Termina aqui este território. Conta cento e vinte famílias e mil, duzentos e vinte e um paroquianos.

Nesta região existem inúmeras colônias, apartadas por longa distância desta cidade, onde se têm construído várias capelas, as quais, ao aumentar-se o número dos habitantes, hão de passar a paróquias. Também se encontrava sujeita ao governo deste bispado a paróquia da Colônia do Santíssimo Sacramento, que o nosso rei decidiu entregar aos espanhóis em troca de certas populosas missões da Espanha, que irão ficar sujeitas a esta diocese. Todavia ainda não conhecemos o número dos habitantes e paróquias, uma vez que a permuta ainda não está acabada nem concluída.

Anuindo ao pedido do Fidelíssimo rei D. João V, o nosso santíssimo Senhor desmembrou deste bispado as minas de ouro de Goiás, para nelas criar uma nova prelatura. Ali o número de almas orça mais ou menos por vinte e cinco mil. Ainda estão subordinados a esta diocese dois territórios, sete paróquias e muitas capelas, tal como as minas de ouro de Cuaiabá, atribuídas a outra prelatura, que abarcam duas paróquias e dez mil paroquianos.

Eu e os meus predecessores mais de uma vez fizemos saber ao rei a obrigação que lhe cabe de reparar as igrejas, porquanto ele, como padroeiro e usufrutuário, recebe todas as décimas e rendimentos das igrejas. Movido por estas petições determinou que os seus régios funcionários pagassem com fundos do erário régio aquilo que o bispo e os seus visitadores tivessem considerado adequado para o referido fim: decreto que todavia, devido a outros gastos, frequentemente é difícil cumprir

É mais ou menos isto o que posso referir e lembrar acerca da situação da minha diocese. Só desejo e espero saber de Vossas Eminências se de tudo o antecedente há algo que deva corrigir-se ou fazer-se de modo diferente para glória de Deus e salvação das almas.

Encomendo-me mui humildemente à proteção e graça de Vossas Eminências.

Na cidade do Rio de Janeiro, no dia 29 de Julho de 1752

De Vossas Reverendíssimas Eminências

[12v]

O mais humilde servidor

Antônio, bispo do Rio de Janeiro

Fotografia do retrato do bispo D. Antônio do Desterro Malheiro Reymão, existente na Casa da Praça, solar da família Malheiro Reymão, em Viana do Castelo, e por ela gentilmente cedida para aqui ser reproduzida, no ano em que passam 250 anos sobre a sua morte

Ad Limina, Rio de Janeiro, 1752
ASV, Congregazione del Concilio, Relationes Diocesum, 729
[fólios não numerados]
[1r]

Eminentissimi ac reuerendissimi Domini

Quanto spirituali gaudio quantoque animi solacio Sanctissima Apostolorum Limina praesens uisitarem ac sanctissimi Domini nostri pedes oscularer, uix exponere possum. Grauissima mihi itineris incommoda facilesque labores ea unica spe redderentur, quod ex apostolica cathedra, tamquam ex ueritatis fonte, boni regiminis acciperem documenta. Cum tamen eam Visitationem ex propria persona factam tum infirma satis et parum prospera ualetudo, tum longuissima Romanae Curiae ab hoc episcopatu distantia penitus dissuadeant, antiquam tenens consuetudinem, a sanctissimo Domino nostro eiusque praedecessoribus benigne permissam, quod praesens praestare non ualeo, id per nuntium adimplere statui. Ad hoc igitur peragendum elegi reuerendum Emmanuelem Lopez, prudentiae pariter ac strenuitatis satis notae sacerdotem, necnon Ordinis Clericorum Minorum generalem, ad quem huius meae Januariensis dioeceseos statum atque mei regiminis rationem scriptis exaratam mitto, ut eam ad Eminentias Vestras reverendissimas ferat meamque in omnibus ex more faciendis uicem gerat.

Fluminensis huius ciuitatis cathedralis ecclesia, archiepiscopatui Bahiensi quondam subdita, modo tamen segregataa et ab illa metropolitana ecclesia dimembrata, a Domino Petro 2°, Portugaliae rege potentissimo, decimo quarto calendas Septembri anno Christi 1680 fuerat erecta atque stabilita. Dominus

Josephus de Barros et Alarcon praesbyter saecularis, cathedram hanc episcopalem idibus Iunii anno 1682 omnium primus occupauit, a sanctissimo Patre Innocentio XI facto ad id diplomate. Illius capitulum decimo quarto calendas Februarii anno 1685 creatum, quinque fulgebat dignitatibus: decano scilicet, maximo cantore, thesaurario maiori, scholari magistro, archidiacono; sex canonicis integra, duobus insuper media donatis praebenda; quattuor praeterea capellanis. Additae deinde sunt a Fidelissimo rege Domino Ioanne 5º, decimo quarto calendas Nouembrii anno 1723, tres integrae praebendae, altera canonici doctorialis, altera magistralis et canonici paenitentiarii altera; duae quoque dimidiae [**1v**] praebendae, necnon quattuor capellani; et mearum denique supplicationum importunitate quattuor denuo instituti sunt capellani. Vnde integer istiusmodi cathedralis chorus triginta aptatur et constituitur sacerdotibus: uidelicet, quinque dignitatibus, canonicis tredecim, nouem qui integra, quattuor qui dimidia fruuntur praebenda; completur tandem duodecim capellanis. Nec illi parochus coadiutorque et reliqui desunt ministri ad capitulum haberi soliti, quibus omnibus, obtenta e regio fisco pecunia, exacta fit quottanis congruarum solutio.

Haec eadem cathedralis in quadam Sancti Sebastiani ecclesia, quae parochiam gerebat, primum fundata, plurimis euolutis annis, in quibus diuina ibidem peragebantur officia, cum populus in dies augeretur et ciuitas a radice montis, in quo memorata Sancti Sebastiani eminebat ecclesia, longo, sed aequo soli tractu protenderetur, propter extensam ascensus decliuitatem, quae et incolis, et reuerendis capitularibus non parum afferebat incommodi, in quandam ecclesiam Beatissimae Virgini Sacratissimi Rosarii (quae Aethyopum est) consecratam, dum aliud de nova exstruenda cathedrali a Fidelissimo rege decernebatur anno 1739, consulto praesule, translata est, ubi hucusque episcopales et capitulares celebrantur functiones.

In hac ipsa ecclesia calendas Ianuarii anno 1745 sedem tenui, ab Angolano in Fluminense promotus episcopatum. Annua quatermillenorum aureorum portione a Fidelissima Maiestate donatus fui, meorum quippe praedecessorum annuae congruae bis millenos aureos non excedebant. Limitata tamen additio ac debitae episcopi tractationi insufficiens pecuniarum consignatio, et hac praesertim tempestate insufficientissima, quando propter huius dioeceseos dimembrationem in Mariannensem et Paulopolitanum episcopatum, et duas insuper, alteram Guaiasensem, Cuiabasensem alteram, de nouo creatas praelaturas, Fluminensis mitra obsignaturarum contributiones suscipit paene nullas.

Haec diuisio, demptis pinguioribus parochiis, in quibus ditissima constituebantur patrimonia, iis tantum relictis quae tenuissimis potiuntur facultatibus, tum capitularibus, tum huius dioeceseos clero non parum attulit nocumenti. Quapropter meis postulatibus inclinatus Dominus Ioannes 5us. congruae capitularium et parochorum sustentationi consulturus, annuas addidit pensiones e regali fisco quottanis distribuendas. Parochorum annuam olim, quae regalium quinquaginta millium erat, congruam, regio diplomate quinto idus Nouembris anno 1749 dato, in ducenta millia regalium auxit; sicuti decano, cui prius ducenta millia regalium exhibebantur, quingenta milia regalium modo adiudicauit. Reliquarum dignitatum statuta hactenus centum et octoginta regalium solutio, in quadringenta millia creuit exsolvenda. Integrae praebendae canonici, qui anteactis temporibus [2r] centum et uiginta millia regalium, trecenta modo millia percipiunt; dimidiae praebendae canonici, qui antea sexaginta regalium millia, modo centum et quinquaginta sunt consecuti. Capellanis etiam, meis tandem representationibus admissis, incrementum aliquod impetrauimus, ipsis enim non, ut antea, quinquaginta regalium millia, sed centum tribuuntur. His omnibus e regiis Fidelissimae Maiestatis facultatibus fit satis, utpote patroni et Ordinis Christi commendatarii, qui episcopatus decimas percipit uniuersas.

Fidelissimus Dominus Ioannes 5us. nouam et magnificam sane, me efflagitante, exstrui iussit cathedralem, huius prima fundamina decimo tertio calendas Februarii anno 1749 iacta fuere sollemniter, remissius tamen, quam par est, opus istud construitur. Quare in supra laudata Aethyopum ecclesia ego et capitulum, quoad usque noua perficiatur cathedralis, residebimus. Ecclesiam hanc, propriis exhibitis et ostiatim petitis eleemosinis, condiderunt Aethyopes. Ampla domus et quae altaribus nouem et confraternitatibus quattuor insignitur, in cuius sacrario, cum interim parochiam gerat, asseruatur sacramentum.

Anno 1747, cum primum sedem hanc tenui, grauibus statim ac diuturnis infirmitatibus aegrotare coepi, quibus oppressus et impeditus nec totam dioecesim, longissimis pariter arduisque limitibus circumscriptam, nec aliquam illius partem potui ipsemet consueta uisitatione perlustrare. Hanc ob rem uiros doctos ac prudentes elegi, qui totam hanc meo nomine dioecesim uisitantes percurrerent, eo ipsis exhibito iurisdictionis et facultatum subsidio, quo munus sibi commissum recte ac sancte exsequi possent, eandemque postea uisitationem, ter quaterue, duobus aut tribus annis interiectis, iterare non destiti, et, post obtentam a sanctissimo Domino nostro facultatem dispensandi sacerdotem pro administrando confirmationis sacramento in locis ad quae personaliter me conferre non possum, uisitatores ipsi hoc sacramentum administrarunt.

Nec per uisitatores tantum, sed per uiros etiam missionarios, siue clericos saeculares, siue Iesuitas, siue Franciscanos, hanc meam dioecesim uisitare, instruere et per uiam salutis dirigere tanta studeo uigilantia ut numquam antea frequentiores auditae uisaeque fuerint in hoc episcopatu missiones. Nec parum prospero conficiuntur exitu tot missiones, certum namque est reuocari quamplurimos ad paenitentiam et ad meliorem frugem reduci, uel dimissis omnino occasionibus peccandi, uel feminis iis, quae antea peccati fuerant et perditionis sociae, matrimonialiter acceptis. Missionariis autem omnes illas, quas possum et quas ad bonum et salutem animarum opportunas iudico, conferre soleo facultates.

Ipsam quoque intra ciuitatem assidui missionum clamores personant quos hactenus praesertim edidit praesbyter quidam saecularis, Angelus [2v] de Siqueira. qui magno spiritu ac zelo singulari, diuinitus, ut reor, instructus, suis missionibus, quas fere numquam intermisit, omnium animos ita pulsauit ut deperditas animas quamplures uenari et mirabiles peccatorum conuersiones lucrari promeruerit. Ipse insuper tanta spiritus contentione Beatissimae Virginis cultum promouere coepit ut per omnes fere huius ciuitatis angulos erecta conspiciuntur oratoria, pulchra sane ac deaurata, et in ipsis collocatae Beatae Virginis imagines, in cujus honorem per singulas noctes, et per omnes ciuitatis plateas salutationes angelicae deuoto concentu recitantur, ac per aliquot anni dies multiplici celebratione percolitur.

Hoc itaque missionum subsidium, licet numquam omissum, adhibitum maxime fuit magno exsistente iubilaeo Anno Sancti, tunc enim in cathedrali ecclesia extensio uniuersalis iubilaei, a sanctissimo Domino nostro benigne concessa, per concionatorem siue per missionarium iesuitam, me praesente, promulgata, et continuata per aliquot dies missione, efficaciter adeo auditorum animos ipse concitauit ut quamplurimi adire uisi fuerint paenitentiae ministros, missis suspiriis profusisque lacrimis admitti postulantes ad expiandas generali confessione conscientias, idemque fere omnes utriusque sexus fecisse constat, posthabitis occasionibus peccandi factisque restituitionibus non paucis. Pari evuntu, eodem durante iubilaeo, in aliis huius ciuitatis parochiis, et in ipso etiam monialium coenobio, peractae sunt missiones, quibus omnium animi ad lucrandum fructuose iubilaeum fuere dispositi. Pro quibus omnibus gratias ago omnipotenti Deo ac sanctissimo Domino nostro, qui uniuerso populo christiano piissima largitate Ecclesiae sanctae thesauros aperuit.

Tunc uero, cum huius episcopatus regimen accepi, ter millenas, septingenas, tres et uicenas familias ciuitas haec enumerabat, et uiginti quattuor millia, ter centena, septem et nonagena hominum indiuidua sacra communione reficienda, per duas tantum parochias distributa: unam scilicet cathedralem, et alteram a Protectrice Domina Candelariae nuncupatam. Cum uero omnibus et singulis sacramenta ministrare difficillimum ac nullis fere uiribus sustinendum iudicarem, pro illarum diuisione expostulaui. Fidelissima Maiestas, cui earum inest patronatus, ultro annuit et regium diploma, quinto idus Nouembris anno 1749 mandatum, quattuor instituendas sanciuit. cathedralem itaque in aliam parochiam dissecui, quam in ecclesia Sancti Ioseph constitui, est enim templum satis idoneum, Altaribus quinque exornatum et sex confraternitatibus insigne, quarum prima jussu meo creata; Sanctissimo Sacramento, secunda ipsius ecclesiae patrono, tertia Sancto Ioanni Euangelistae, quarta Cordi Iesu, quinta Beatae Virgini do Amparo, sexta denique Beatae Virgini do Terço consecrantur. Mille octo et septuaginta familias [**3r**] haec parochia comprehendit, et septem millenos, quater centos et quadragenos continet parochianos. Quinque amplectitur filiales aediculas: uidelicet Beatae Virginis da Cabeça, Beatae Virginis de Copa-Cabana, Sancti Clementis, Beatae Virginis da Gloria et Beatae Virginis Immaculatae, quibus necessaria ad sacrorum celebrationem supellex non deest, nulla tamen gaudent insigni reliquia.

Cathedralis adhuc post partitionem millenas, ter centenas, unam et quinquagenas familias, et sexies millenos quater centenos, quattuor et nonagenos parochianos sibi habet obnoxios. Suas etiam numerat filiales aediculas: Boni Iesu, quae suam habet confraternitatem eidem sacratam; Sancti Dominici, ubi tres reperiuntur confraternitates: altera Sanctae Annae, Pueri Iesu altera et altera Sancti Dominici; Beatae Virginis de Lampadoza, ubi duae sunt confraternitates: Sancti Michaelis una, Domini Calicis alia; Beatae Virginis Partus, cuius sunt confraternitates duae: uidelicet, ipsius Virginis Partus et Beatae Virginis de Mercedibus. Cathedralis oratoria quattuor amplexatur et quattuor similiter confraternitates: Sanctissimi Sacramenti, Beatae Virginis Sacratissimi Rosarii, Sancti Benedicti et Beati Antonii Lusitani. Vnica deinde Verae Crucis insigni ditatur reliquia, nec non custodia, calice et sacra pyxide, ex auro purissimo optime expolitis: quae omnia regia sunt munera a Fidelissimo Domino Ioanne 5º liberaliter oblata.

Parochiam Beatae Virginis Candelariae diuisam uolui similiter in aliam, quam in ecclesia Sanctae Ritae dicata fundaui, quae quidem emendicatis pecuniis anno 1725 fuerat aedificata.

Templum est satis sufficiens, et quod altaria patitur quatuor et duas confraternitates: alteram Sanctissimi Sacramenti, Animarum alteram, a me denuo institutas. Illius filiales aediculae quinque recensentur: Beatae Virginis Salutis, Sancti Francisci, Beatae Virginis alia, Sanctae Theresiaee et Sancti Didaci; duplex subinde oratorium; nec illi sacrarium et sacrorum deest ordinaria supellex. Parochianos itaque, qui sacra fouentur synaxi, quater millenos, noningenos tricenosque numerat.

Parochia Beatae Virginis Candelariae ita dissecta ad decem millenorum, ducenorum, trium et octogenorum parochianorum numerum extenditur adhuc suntque intra illius limites mille, ducenae, nouem et sexaginta familiae. Anno 1610 fuit erecta, anno tamen 1639 creata parochia eamque parochi quattuor regio firmati diplomate hucusque tenuerunt. Octo altaribus insignitur: nempe Domini Veniae, Beatae Virginis Immaculatae, Diui Michaelis et Animarum Sanctarum, Sanctae Annae, Beatae Virginis Rosarii, Sancti Petri, Sancti Hominis Boni, Sanctorum Chrispini et Chrispiniani. Illius chorus a quodam huius dioeceseos ditissimo ciue institutus et certo pecuniarum reditu donatus, a quattuordecim capellanis, cum suo chori praefecto, officiatur. Huic pro annua portione centum mille regalium exosluuntur, illorum uero singulus quinquaginta regalium millia ab ipsius parochiae [3v] Confraternitate Sanctissimo Sacramenti distribuuntur, huic namque confraternitati, tam patrimonii administratio quam capellanorum de nouo creandorum electio, sicut et patronatus, a prima ipsius chori institutione fuit commissus. Huius parochiae omnis pene sacra supellex pretio est aestimabilis.

Quattuor huic subiacent filiales aediculae uel ecclesiae: nempe, Sanctae Crucis, cuius confraternitas solos huius ciuitatis uiros suscipit militares: est autem ecclesia haec summo rerum apparatu exculta e exornata. Altera est ecclesia Beatae Virginis Bonae Mortis, necnon Beatae Virginis Immaculatae, quarum confraternitatibus homines tantum mixti coloris adscribuntur. Magnun est opus, quamuis nondum perfectum et absolutum, summo tamen studio in tantae domus structura laboratur. Altera est ecclesia Diui Petri Apostoli, a totius cleri Confraternitate, non sine magno reuerendissimi fratris Antonii Guadalupe, Fluminensis quondam episcopi, iuuamine constructa. Spectabile opus est et Romana architectura elaboratum, cui nec rerum apparatus nec ad confraternitatis functiones commoditates locorum desiderantur. Vltima est ecclesia Beatae Virginis a Lapa, sumptu quidem magno a quibusdam deuotis hominibus conspicue fabrefacta.

Episcopium ad meam habitationem destinatum in quodam montis cacumine situm est, quod optimo caelo et plausibili oculorum diuersione fit longe gratissimum, propter longum itineris tractum cunctis ad episcopalem curiam recurrentibus est ualde incommodum. Domus ista, Francorum olim Capucinorum hospitium fuerat, sed post eorum hinc et ab universa America regio decreto exterminationem, in episcopale transit domicilium, praemisso ad id regali mandato: hoc autem, licet communi episcoporum usui additamentis aliquot et reaedificationibus adaptaretur non paucis, nulla tamen est totius operis stabilitas, cum ruinosa in dies appareat. Nihil hic, praeter Beatae Virginis Immaculatae sacellum non indecenter conditum, perspicitur singulare, nihil aestimabile. Fidelissimam Maiestatem ut episcopale palatium prope nouam cathedralem decerneret erigendum, magno quidem conatu et iam attento supplicaui.

Duo in hac ciuitate instituta sunt collegia seu seminaria iuuentutis gratia tum humanioribus litteris, tum moribus imbuendae. Primum inuocationis Sancti Ioseph propter ecclesiam (quae non insufficiens est) illi dicatam, ubi, iuxta primam institutionem, quattuor pauperes iuuenes sine aliqua pecuniarum contributione degunt. Portionistas vero quamplures enumerat. Rectori et uice rectori oboediunt suumque habent grammatices praeceptorem, quibus omnibus alendis reditus percipiuntur [**4r**] non incongrui. Secundum est orphanorum collegium, angustum sane opus et sine propria ecclesia; ecclesia Diui Petri, cui est contiguum, cleri sumptibus fuit exstructa. Pauperes plurimos et nonnullos etiam recipit portionistas, qui omnes eleemosinis ostatim efflagitatis inibi uictitant. Rectori et uice rectori obtemperant, et praeceptorem similiter audiunt qui praeceptis eos imbuit grammaticalibus. Vtrumque autem subiectum est ordinario.

In aliud seminarium eleemosinis erigendum omni studio et assiduo labore quidam praesbyter saecularis, egregiae uirtutis uir et animarum zelo singulariter inflammatur. Opus istud, quantumuis in principiis, in dies tamen procedit et crescit, et quia difficillimum est, nonnisi magnis sumptibus absoluetur, utque citocitius perficiatur, auxilium praestare non dubito. Suam habet ecclesiam Beatae Virginis a Lapa, ubi *Spiritualibus* Sancti Patris Ignatii *exercitiis* ad ordines Suscipiendas disponuntur ordinandi. Pueros iam continet triginta collegium istud, quod ordinario similiter obtemperat.

Monialium Beatae Virginis Immaculatae coenobium adest recentissime exstructum et ordinario subditum, cuius sola fundamina prima iecerat praedecessor meus etm, illo in Vlyssiponem abeunte, ita obriguerat opus ut extra solum uix aliquid, quando huc peruenimus, conspiceretur. Huic negotio studiose operam statim applicui et magnam quidem coenobii partem, cum officiniis ad regulares functiones necessarias, quadraginta amplitudinis non modicae cubiculis et magnifico insuper ac plausibili porticu, ad finem usque perduxi. Curaui praeterea ut e Sancti Saluatoris ciuitate quattuor fundatrices moniales in hanc Fluminensem transferrentur: quod, magnis licet expensis, obtinui. Illarum ingressum et duodecim insuper nouitiarum publica processione et uniuerso associante populo, in coenobium iam paratum disposui tertio calendas Iunii anno 1750. Coenobium istud aucoritate sanctissimi Domini nostri, qui necessarias mandauerat facultates, fuerat prius erectum et, huic postea fundationi consulens, idem sanctissimus Dominus noster per breue, datum quinto calendas Februarii anno 1748, mihi ius omne delegauit. Praeter tres nouitias, septem et uiginti iam enumerat religiosas, quibus alendis et domesticis etiam coenobii sumptibus non incongruum iam hodie exstat patrimonium. In tanti operis augmentum satis inuigilo et illius perfectionem summopere quaero, Deo enim gratum et populosae nimis ciuitati perutile negotium est, hac siquidem domo, spirituales pariter ac temporales ruinas in dies deprehendimus, cum integras saepe familias, quae in Vlyssiponem monialium syllabo adscribendae profiscuntur, a Mauris piratis depraedatas non sine lacrimis experiamur.

[4v] Fundationi alterius coenobii Reformationis Sanctae Theresae (sub iure etiam ordinario) nuperrime incumbitur ad cuius erectionem in forma iuris expostaui prius, et septimo idus Ianuarii anno 1750 a sanctissimo Domino nostro facultatem impetraui. Huic fundationi ciuitatis Gubernator Generalis insudat et non parum contribuit, utpote qui, aliquot iam emptis haereditatibus, coenobii patrimonium propria stabiliendum curat

industria. Nullas adhuc suscipit moniales opus istud, nondum absolutum. Nonnullae tamen iam exstant honestae et ex nobili genere procreatae mulieres in quodam domicilio, ubi ad praedictam reformationem postea profitendam ex deuotione praeludunt, sub regimine cuiusdam feminae Hyacinthae a Sancto Ioseph, uulgari sanctitatis opinione celebris in hac ciuitate. Statuerat haec femina, habito parentum consenso, Vlysiponem petere ibique religiosam disciplinam profiteri. Cum tamen id fortuito euento perficere non posset, uoluit nihilominus parentes relinquere et extra ciuitatem in praedio quodam solitario, quod sibi diuinitus monstratum fuisse affirmauit, sorore comite, uitam agere.

Altera domus est mulieribus destinata et Sanctae Domui Misericordiae contigua, siue pariete quasi intergeriuo elaborata: hinc est quod ad deuotionis exercitia ipsius ecclesiae utantur choro. Huius patronatus et protectio ad Sanctam Misericordiam spectat, quae reditus pauperibus erogandos recipit uberrimos. Dicta Misericordiae ecclesia decenter exculta quinque altaribus exornatur et in maiori sacrarium non desideratur. Illius chorus duodecim capellanis cum suo praeside officiatur, qui omnes annuas centum et quadraginta aureorum pensiones suscipiunt. Xenodochii, quod sibi contiguum egenis quocumque morbo laborantibus fundauerat Sancta Misericordia, ipsi protectio et patronatus incumbit. Hic, praeter sacrarium et sacram similiter supellectilem, nihil aliud uisitationi subiacet ordinariae, haec enim Domus regiam tantum agnoscit protectionem.

Monasterium Sancti Patris Benedicti nouem et sexaginta numerat religiosos. Monachorum alimoniae et reliquis domus dispendiis reditus accipit non paucos. Illorum ecclesia, amplum sane templum et altaribus nouem decenter paratis insigne, summo rerum apparatu uisitur adornata et in maximo asseruatur sacramentum. Quinque ibidem sunt confraternitates: Beatae Virginis de Monserrate, Beatae Virginis do Pilar, Sanctae Gertrudis, Sancti Blasii, Sancti Laurentii, et reliquias Sancti Victorini, Sancti Patris Benedicti, Sanctae Gertrudis, Sancti Mauri et Ligni redemptions nostrae seruat insignes. Iisdem immunitatibus et priuilegiis, quae huius ordinis monasteriis in Italia, Hispania et Portugalia fuere concessa, fruitur coenobium istud Fluminense; estque provincia a quacumque alia [5r] separata, cuius caput est Bahiense monasterium et supremo Generali obtemperans, qui primores praesules per patentes litteras huc missas nominat; et acceptatos similiter huc mittit tirones.

Collegium Societatis Iesu, ubi octoginta resident patres, theologia scholastica et morali, philosophia et humanioribus litteris iuuentutem publice et plausibiliter imbuit. Collegii Ecclesia, etsi antiquata, conspicua tamen rerum tractatione est concinnata et ingenti pecuniarum dispendio in alia laborant exstruenda. Hisce decoratur reliquiis: Sancti Marii Martyris, de quo die 19 Ianuarii recitatur, Sancti Blasii, 3 Februarii, Sancti Antonii Martyris, 14 Februarii, Sanctae Teclae Martyris, 19 Martii, Sancti Fulgentii, 14 eiusdem, Sancti Dionysii Martyris, 24 eiusdem, Sancti Leoncii Martyris, 24 Aprilis, Sancti Paulini Martyris, 25 Maii, Sancti Pirini Martyris, 7 Julii, Sancti Agapeti Martyris, 28 Augusti, Sancti Mauri Martyris, 7 Septembris, Sancto Theodori Martyris, 25 eiusdem, Sanctorum Vrsulae et sociarum eius, 21 Octobris primae classis, Sanctii Olympii Martyris, 31 eiusdem. Quattuor comprehendit Indorum missiones, ubi patres aliquot resident et scholastici iuuenes, qui linguam in illis Brasiliam discunt: uidelicet, Sancti Petri, Sancti Barnabae, Sancti Laurentii, Sancti Francisci Xaverii. Tres insuper annexas sibi domos amplectitur: nempe Novae Coloniae, Insulae Sanctae Catharinae et seminarium in Mariannensi ciuitate ab eius episcopo fundatum, ubi patres aliquot sunt, praeter alios, qui nonnulla incolunt praedia collegii temporalitatibus intenti: qui omnes numerum centesimum decimum octauum non excedunt. Est collegium istud Brasilicae Prouinciae pars, cuius caput est Bahiense collegium; nec alteri subiacet Prouinciae, cum soli Praeposito Generali immediate obtemperet.

Carmelitarum Calceatorum, qui nil minus curant quam populum uitae integritate, modestia debitoque a prauis familiaritatibus recessu aedificare, conuentus tres et octoginta habet religiosos; estque studiorum domus, ubi domestici tantum philosophicis et theologicis exercentur nonnumquam disciplinis. Huius ecclesia ampla est et mirifice exculta. Reliquias habet Ligni redemptionis nostrae, tres capillos Beatae Virginis, aliam Diuae Annae et alias sanctissimorum martyrum, quorum nomina nesciuntur, quae omnes in sacristia asseruantur. Est domus capitularis, ubi praesules omnes creantur, et caput Prouinciae, quae sex amplectitur conuentus, ubi supra centum tres et quinquaginta degunt religiosi; estque ab alia quacumque separata. Haec domus diues est, reliquae uero pauperes.

Reformatorum Sancti Francisci conuentus, qui studiorum philosophiae et theologiae domesticis tantum domicilium est, octoginta ferme religiosis completur. Non insufficientem habet ecclesiam tribus altaribus decoratam, [5v] in cuius ara maxima et sacrarium et prodigiosum Sancti Antonii simulacrum inspectantur. Sacristia omnium praestantissima superbit Ecclesia. Capitularis domus est et Prouinciae caput, quae quadrigentos religiosos et conuentus tredecim, septem in hoc episcopatu, et in Paulopilitano sex absoluto, ac independenti regimine moderatur. Prae fidelium eleemosinis liberali utique manu sibi porrectis nullus egent. Quattuor Indorum missiones administrat: in hoc scilicet episcopatu missionem Sancti Antonii; in Paulopolitano missiones Sancti Michaelis, Beatae Virginis Scalae et Sancti Ioannis e Litore.

Duplex hic est Tertius Ordo. Primus est Tertius Ordo Paenitentiae Sancti Patris Francisci, qui Franciscanorum prouinciali ab ordinario immunis obsecundat, cum et sacellum uere conspicuum et spiritualium exercitiorum dcomos intra laudati conuentus clausuram et muros erectas habeat atque stabilitas, modo autem in xenodochio struendo confratres elaborant, quo finito, utilitas profluet egenis eiusdem Ordinis confratribus haud exigua. Omni fortunarum genere abundat hic Ordo, eleemosinis confratrum e uita discedentium bene multis in dies locupletatus. Singulis et quibuscumque sacerdotibus in illius sacello celebrare uolentibus, consuetum quotidie soluitur stipendium. Nec in exercitiis Ordinis de more habitis sedulitas deest et pia deuotio.

Alter est Tertius Carmelitanus Ordo, carmelitano similiter praesuli propter easdem supra rationes oboediens. Sacellum habet optime dispositum et rerum apparatu non indecorum, ubi feria quarta et sabbato singularum hebdomadarum quibusuis sacrum celebrantibus eleemosina tribuitur ordinaria. Ter millenos, trecentos, septem et nonaginta numerat confratres, in quorum nosocomio, quod ad inopes confratres quauis affectos aegritudine paratum fuerat, summa est caritas, et opulentia.

Paruus Italorum Capucinorum conuentus quattuordecim per id temporis religiosos habet, uiros proculdubio apostolicos, uirtutibus insignes et episcopatui perutiles. Illorum sacellum, quod egestate potius quam rerum abundantia commendatur; unicum, ubi sanctissimum seruatur eucharistiae sacramentum, admittit altare; fruuntur tamen non modico eleemosinarum subsidio. Quattuor praeterea Franciscani Obseruantes, qui mittendas Hyerosilimam fidelium contributiones et eleemosinas quaerunt et recipiunt, in angusto commorantur hospitio et priuato utuntur oratorio.

Episcopatus Fluminensis in sex dissecatur territoria et parochias quadraginta extra ciuitatem amplectitur, quarum uicarii foranei generali uicario subordinantur. Harum uisitatio ab ordinario ex iure facienda est in duplici differentia, altera ad meridiem, ad austrum uero altera, [**6r**] quae prae uiarum ambagibus difficiles mariumque transitu periculosae, montium incommodae et molestiis plenae nonnisi post euolutum biennium, et saepe triennium, fieri solent. In singulis parochiis, ut parochiani post emensum iter leucarum decem, et plus, terra marique ad correctionem accedere ualeant, saepe quindecim dierum spatio, non sine magno parochorum dispendio, quorum expensis ex inueterata consuetudine inibi commorantur, subsistit uisitator, ex qua sane consuetudine se putat exemptum rex noster, licet ad id ex iure teneatur, cum harum ecclesiarum decimas percipiat uniuersas. Propter has paene insuperabiles difficultates et inexcusabilia incommoda quotanis mandari nequeunt uisitatores.

Prima parochia, quae est Beati Ioannis Baptistae et ad meridiem huic ciuitati proximior, est ecclesia collata, post cuius erectionem sex iam fluxerunt et octoginta anni. Sacrario indiget, et praecisis tantum fruitur ornamentis. Trecentenas, sex et uicenas familias, et bis millena, sexingena, unum et octoginta comprehendit indiuidua, quorum mille tantum, septingena et quadraginta sacra communione reficiuntur. Nonnullas numerat filiales aediculas: nempe, Beatae Virginis Immaculatae, cuius patronatus penes ipsius Virginis confratres est; Sancti Dominici in littore, Sancti Ignatii, prope ballenarum fabricam, Diuae Annae, mirifice disposita et pretiosa sacrorum supellectile ditata, cuius patronatus ad iudicem publicae domus mercium spectat. Tres aliae Beatae Virginis Immaculatae, Diuae Rosae et Beatae Virginis, quam in culminc montis locatam uelificantes nautae tormentorum strepitum salutare solent, rerum apparatu sacrisque paramentis satis instructam, cuius patronatu sola gaudet ipsius Virginis confraternitas. Sunt et aliae Beatae Virginis Assumptae et Beatae Virginis do Pilar, quibus accedunt oratoria priuata duo, non indecoris ornamentis ministrata. Tres haec parochia confraternitates habet: Sancti Joannis Baptistae, Beatac Virginis Rosarii, Sancti Michaelis,t Animarum Sanctarum. Nulla hic sacra colitur reliquia.

Secunda parochia, quae est Sancti Gundisalvi, collato fruitur parocho. Haec iuxta uulgarem traditionem ad centum et quinquaginta circiter annos fuit elaborata. Amplum est templum, sed ruinosum ualde, et altaria quattuor collateralia suscipit, Diui Michaelis, Beatae Virginis Rosarii, Beatae Virginis de Monserrate, Beatae Annae et in maiori decenter asseruatur eucharistia. Baptisterio et requisitis paramentis non indiget. Quater centenas, quattuor et quinquaginta numerat parochianos, et quindecim similiter filiales aediculas: tres nimirum, Beatae Virginis Immaculatae, duas Beatae Virginis ab Exsilio, aliam Sanctissimae Trinitatis, et aliam Beatae Virginis Lucis, aliam Beate Virginis Penae aliamque Beatae Virginis Spei et alias Beatae Virginis Adiutorii, Beatae Virginis Rosarii, Beatae Virginis ad Neues, Matris Dei, quibus omnibus necessaria non desunt ornamenta. Oratoria quinque apostolica facultate habet erecta: Beatae Virginis do Pilar, Beatae Virginis Carmeli, Beatae

Virginis Immaculatae, Sanctae Crucis, [**6v**] Sancti Gundisalvi, Diui Michaelis, Diui Bernardi. Quinque habet confraternitates: Sanctissimi Sacramenti, Diui Gundisalvi, Diui Michaelis, Beatae Virginis Rosarii, alteram Aethyopum, et Europeorum alteram. Nulla tandem insignitur reliquia.

Tertia parochia est Beatae Virginis ab Exsilio, cuius parochus non est collatus. Ecclesiam habet quinque et octoginta abhinc annis, ut perhibetur, exstructam, cum baptisterio et tribus altaribus: Beatae Virginis ab Exsilio, quod maius est, sed non asseruatur in eo sacramentum; Beatae Virginis Rosarii et Diui Michaelis. Sufficiens illi est sacrorum supellex, sed nulla decoratur reliquia. Confraternitates numerat: Beatae Virginis ab Exsilio, Beatae Virginis Rosarii, Domini Iesu Boni Finis, Sancti Michaelis et Animarum. Familias habet nonaginta septem, noningenos uero et quinquaginta parochianos.

Quarta parochia est Beati Ioannis Itaborahiensis. Est ecclesia collata, de cuius creatione recordatio penitus euanuit. Optimum est templum cum nobili bapisterio et septem altaribus elaboratum: uidelicet, Beatae Virginis do Amparo, Diui Michaelis et Animarum, Beatae Virginis Rosarii, Beatae Virginis Immaculatae, Beatae Virginis do Pilar, Sancti Antonii; et in sacrario, quod inspicitur locatum in maiori, ubi ueneratur ecclesiae patronus, Panis Eucharisticus non indecenter asseruatur, et ornamentis secundum rituale non indecoris officiatur. Quater centenas, tres et octoginta familias ter millenos, centum et septuaginta computat parochianos. Decem amplectitur filiales aediculas: Beatae Virginis Immaculatae tres, Beatae Virginis Laurethanae, Beatae Virginis iuxta Domini crucem dolentis, Beatae Virginis do Pilar, Beatae Virginis Pietatis, Beatae Virginis ab Exsilio duas, et tandem Sancti Thomae, quarum nulla necessaria caret supellectile.

Vnicum insuper oratorium Apostolica auctoritate constructum habet, reliquiam tamen nullam. Quinque ecclesiae huic confraternitates sunt: Sanctissimi Sacramenti, Sancti Ioannis Baptistae, Diui Michaelis et Animarum, Beatae Virginis do Amparo et Beatae Virginis Rosarii.

Quinta parochia est Sancti Antonii in oppido Macacuensi, estque ecclesia collata, de cuius erectione parochianorum nullus recordatur Quinque habet altaria: Sancti Antonii, in cuius sacrario custoditur eucharistia; Beatae Virginis Immaculatae, Diui Michaelis et Animarum, Beatae Virginis Rosarii, Beatae Virginis Bonae Mortis. Perpolito quidem baptisterio, et tum ecclesiae, et tum altarium apparatu fulgescit. Quater centenas, sex et triginta familias, et bis millenos, noningenos et octoginta quinque suscipit parochianos, et quattuor filiales aediculas amplectitur: tres scilicet Beatae Virginis Immaculatae, et aliam Sancti Ioseph; duo insuper oratoria pontificia auctoritate creata, alterum Santi Mauri, et Seraphici Patris alterum. Quinque regit confraternitates: Sanctissimi Sacramenti, Sancti Antonii, Beatae Virginis Bonae Mortis, Beatae Virginis Rosarii et Sancti Benedicti Aethyopum. Nullam habet reliquiam. [7r] Situs est in eodem oppido conuentus Reformatorum Sancti Francisci, qui uiginti quinque huius Prouinciae numerat religiosos; nec Tertii Ordinis Confraternitate caret, quae religiosorum praesuli obtemperat.

Sexta est parochia Sanctissimae Trinitatis non collata, et ducentis abhinc annis creata. In noua ecclesia insudant erigenda et, praeter principale sacellum parum comptum cum unico altari Sanctissimae Trinitatis et necessariis tantum ornamentis, sine sacrario et reliquiis, nihil in ea amplius apparet. Tres capit confraternitates: Sanctissimae Trinitatis, Beatae Virginis Bonae Mortis, Beatae Virginis Rosarii. Exstat hic filialis aedicula Diuae Annae ditissime fabrefacta et uenustissime parata. Familias habet centum et octoginta, mille uero centum et uiginti quattuor parochianos.

Septima est Beatae Virginis Adiutorii, in pago Guapimirinensi, quae non est collata, et parocho fruitur ad ordinarii arbitrium amouendo. Quattuor habet aras: maximam scilicet, ubi Protectrix Domina colitur; Sancti Michaelis, Beatae Virginis Rosarii et Sancti Benedicti, cum requisito sacrorum apparatu et parum sufficienti baptisterio; sacrario tamen indiget et reliquiis. De illius fundatione non omnium una mens est, communius tamen creditur centum ab illius creatione et sexaginta fluxisse iam annos. Quinque et centum illi subsunt familiae, et mille ducenti et quinquaginta parochiani. Tres numerat filiales aediculas: Beatae Virginis Capitis, Beatae Virginis Immaculatae et Diuae Annae; oratorium uero unicum legitime stabilitum. Quattuor in se capit confraternitate: Beatae Virginis Adiutorii, Sancti Michaelis et Animarum, Beatae Virginis Rosarii ac Sancti Benedicti Aethyopum.

Octava est Beatae Virginis Pietatis in Magensi pago, quae est collata et a prima sui molitione annum computat octogesimum. Illius ecclesia, a me recentissime exstrui iussa, et Romana architectura elaborata, tribus constat altaribus; Beatae Virginis Rosarii, Sancti Benedicti et Beatae Virginis Pietatis, quae est in maiori collocata, interius tamen uisitur adhuc minus ornata et exculta. Baptisterium et ornamenta habet sufficientia et, quamuis non sit in ea modo sacrarium, ad illud tamen cito reditus consignabuntur. Trecenae illi et quadraginta septem familiae sunt, parochiani uero bis milleni, ducenti et octoginta sex, quin etiam aediculae tres filiales: Sancti Rochi, in insula quadam, ubi lustralis est pila anno 1729, Beatae Virginis Nazarethanae, Sancti Alexii et duo praeterea oratoria rite fundata: alterum Sancti Xaverii, et Beatae Virginis Immaculatae alterum, quibus est ordinaria supellex. Tres continet confraternitates: Beatae Virginis Pietatis, Beatae Virginis Rosarii Aethyopum et Sancti Benedicti. Nulla tandem in ea seruatur reliquia.

Nona Parochia Sancti Sebastiani in pago Taipuensi [7v] est ecclesia non collata, quae tribus et uiginti abhinc annis in quadam aedicula, quae parochiam agit, instituta, tres tantum patitur aras sine sacrario: Sancti Sebastiani, Beatae Virginis Rosarii et Sancti Benedicti, insufficienter quidem expolitas et mediocri ualde sacrorum apparatu; baptisterium quoque decentiam habet fere nullam ob parochianorum egestatem. Tres et nonaginta familias ac mille et sexaginta quattuor pascit indiuidua. Tres numerat filiales aediculas: Beatae Virginis Boni Successus, Beatae Virginis Assumptae et Beatae Virginis Immaculatae, unicum uero oratorium, in ea reperitur. Confraternitates ibi sunt quattuor: Sancti Sebastiani, Beatae Virginis Rosarii, Beatae Virginis Immaculatae, Sancti Benedicti Aethyopum. Nulla in ea sacra reliquia ueneratur.

Decima parochia est Beatae Virginis uulgo do Amparo in oppido Maricens. Non est collata ecclesia nec de illius creatione certum aliquid deprehenditur. Huius templum recenter factum ara maiori, in qua locata inspicitur Beatae Virginis imago, et alia Sancti Michaelis, simul cum ordinariis ornamentis illustratur, necnon sacrario ac decenti baptisterio. Tres habet confraternitates: Sanctissimi Sacramenti, Sancti Michaelis et Animarum et Beatae Virginis Rosarii Aethyopum. Familae ad hanc parochiam spectantes octo sunt et ducentae, parochiani uero octingenti et nonaginta quinque.

Vndecima parochia Beatae Virginis Nasarethanae in pago Sequaremensi, ubi Frigidi Promontorii incipit territorium, non est collata. Templum habet tribus altaribus insigne: maius scilicet, in quo sede Beata Virgo et in sacrario colitur eucharistia, et ad latera aliud Beatae Virginis Rosarii et aliud Sancti Michaelis et Animarum comprehendit; baptisterium quoque et ornamenta non indecentia: quo tamen tempore erecta fuerit, ignoratur. Confraternitates amplectitur: Sanctissimi Sacramenti, Sancti Michaelis et Animarum, Beatae Virginis Rosarii et Beatae Virginis Nasarethana, quae a periclitantibus in procelloso occeano nautis inuocata ab imminenti naufragio eos liberauit, aliisque miraculis, quae in appensis ad templi parietem tabulis conspiciuntur, illustris est. Familas habet centum et quadraginta quinque, parochianos uero eucharistica communione reficiendos decem et octingentos. Nullam uero filialem aediculam nullamque reliquiam.

Duodecima parochia Beatae Virginis Assumptae in Frigidi Promontorii ciuitate, est ecclesia collata, quae centesimum, ut asserunt, ac decimum transcendit annum. Templum ara maxima dispositum, ubi Beatae Virginis simulacrum uisitur et sacrarium cum sanctissima eucharistia, non est insufficiens. Tria insuper altaria continet: alterum Beatae Virginis Rosarii et alterum Sancti Michaelis, tertium uero Beatae Virginis Immaculatae, cuius imago [**8r**] pusilla est: cum tamen in quodam deserto litore miraculose apparuerit, idque Fidelissimo regi Ioanni 5° fuerit nuntiatum, iussit ipse, spiritu deuotionis impulsus, in honorem ipsius Virginis Immaculatae altare construi conspicue deauratum illudque optimis ornamentis locupletauit. Accedit his omnibus nobile baptisterium. Ducentae et septuaginta familiae, mille uero decem et octoginta parochiani sunt, qui ad eucharistiae mensam admittuntur. Duae pariter sunt filiales aediculae: Beatae Virginis Immaculatae et Diuae Annae; unica uero Beatae Virginis confraternitas. In hac ciuitate totius territorii, quod duas tantum comprehendit parochias, residet uicarius foraneus. Visitur hic Reformatorum Sancti Francisci conuentus, qui sexdecim suscipit religiosos.

Decima tertia parochia Beatae Virginis ab Exsilio in pago Capivarensi non est ecclesia collata, cuius primae erectionis tempus non memoratur. Templum habet de nouo conditum et per id temporis unico tantum, ubi Beata Virgo percolitur. Constat altari, sine sacrario quidem et reliquis, sed cum decenti baptisterio et ornamentis. Vnam supra octoginta familias et quater centenos ac uicenos, qui sacram communionem accipiunt, parochianos amplectitur, unam quoque filialem aediculam Diuae Annae.

Incipit Guaitacasense territorium.

Decima quarta est collata Sancti Saluatoris parochia, Guaitacansensis territori caput. Amplum est illius templum nouaque turri decoratum. Quattuor in illo conspiciuntur altaria: maius scilicet cum decenti ad eucharistiam seruandam sacrario; aliud uero Sancti Antonii et aliud Beatae Virginis Rosarii; aliud tandem in peculiari sacello, ubi Sancti Saluatoris crucem portantis imago, patratis praeclara miraculis, magna populi deuotione colitur, et ab iis maxime qui ad eiusdem Saluatoris confraternitatem spectant. Quattuor praeterea sunt huius parochiae confraternitates: Sanctissimi Sacramenti, Beatae Virginis Rosarii, Sancti Antonii et Sancti Michaelis. Noningenas et septuaginta familias, decem uero et sex millenos, qui ad sacram communionem tenentur, computat parochianos. Sex habet filiales aediculas: Beatae Virginis Rosarii et Sancti Benedicti, cum sua utramque confraternitate; Beatae Virginis Rosarii, Sanctae Ritae, Sancti Gundisalui, ubi nuper sanctissimum sacramentum iussu meo locatum est, ut morientibus aegris commodius inde ministrari possit, plerumque enim sine sacro uiatico ex hac uita migrabant. His aliae accedunt filiales aediculae: Sancti Sebastiani, sua insignis confraternitate; Beatae Virginis Rosarii, quae est uice comitum, duabus, Beatae Virginis Rosarii et Sancto Benedicti, confraternitatibus ordinata. Vnicum habet apostolica erectum facultate priuatum oratorium. Cernitur hic seminarium quodam, anno 1749 aedificatum, sub inuocatione Beatae Virginis a Lapa, propter [8v] sacellum siue templum eidem consecratum. Ad huius erectionem et stabilitatem clericus quidam saecularis, missionarius apostolicus, feruentissimo zelo elaborauit, et ego etiam contribui. Suo iam fruitur patrimonio, quod in dies augetur et plures iam numerat portionistas, non sine praeceptore, uice rectore et rectore, qui simul est uicarius foraneus.

Decima quinta est parochia collata Sancti Ioannis Baptistae, de cuius inceptione nihil certum narratur. Ecclesia haec, quae ob uetustatem apparet ruinosa, tria tantum capit altaria: maius scilicet cum sacrario, cui insidet patronus, Beatae Virginis Rosarii et Sancti Benedicti. Baptisterium habet et tenuia satis ornamenta duasque Beatae Virginis Rosarii et Sancti Benedicti confraternitates. Ex familiis centum et quinque, et ex parochianis sacrae communionis capacibus sexingenis et nonaginta quattuor consurgit parochia. Absunt tamen filiales aedicula, priuata oratoria et in ecclesia reliquiae. Terminatur hic Guaitacasense territorium.

Decima sexta parochia est Beatae Virginis Immaculatae in oppido Guaraparinensi. Est prima territorii oppidi Spiritus Sancti, octoginta abhinc annis creata, sed non collata. Sacrarium habet cum eucharistia in altari maiori locatum, ubi Beatae Virginis colitur simulacrum, altare aliud est Boni Iesu, aliud uero Sancti Benedicti. Illius baptisterium et ornamenta sunt satis decentia; et unica quae ibi datur confraternitas est Sancti Benedicti. Familias centum et septuaginta, noningenos ac uiginti numerat parochianos, quin etiam duas filiales aediculas: Beatae Virginis Rosarii et Beatae Virginis Boni Successus, quibus non deest necessaria supellex.

Decima septima est ecclesia collata Beatae Virginis Rosarii in oppido, seu Veteri Villa Spiritus Sancti, de cuius erectione certum nihil habetur. Noua modo aedificatur ecclesia et, praeter altare maius, ubi Beatae Virginis simulacrum ueneratur, nihil aliud apparet elaboratum. Sacrario indiget, non tamen sacerdotalibus ornamentis; nullam deinde confraternitatem habet nullamque reliquiam. Vnica hic uisitur Beatae Virginis filialis aedicula et familias centum et quadraginta quinque, parochianos uero octingenos et septuaginta sex, qui ad annuam communionem tenentur comprehendit.

Decima octaua parochia Beatae Virginis Victoriae in oppido principali Spiritus Sancti, est ecclesia capitalis simul et terminus huius territorii ibique residet uicarius foraneus, et ab illius fundatione [9r] ducenti iam, ut aiunt, fluxerunt anni. In ecclesia de nouo instauranda laboratur, ubi tria iam inspiciuntur altaria: maius cum sacrario ad eucharistiam custodiendam, collateralia uero Sancti Antonii et Sancti Mauri. Baptisterium et sufficientia possidet ornamenta et confraternitates quinque: Sanctissimi Sacramenti, Beatae Virginis Bonae Mortis, Beatae Virginis do

Amparo, Beatae Virginis Rosarii et Beatae Virginis Partus; licet autem priuata desiderentur oratoria, filiales tamen aedicula tres recensentur: Sanctae Luciae, Beatae Virginis Immaculatae et Beatae Virginis Adjutorii. Mille sunt trecentae et nonaginta huius oppidi familiae, sacrae uero communionis capaces septem mille, sexcenti et quinquaginta parochiani. Datur hic Iesuitarum collegium satis amplum, ubi praeceptis grammaticalibus iuventus imbuitur. Duae illi subiacent Indorum missiones, quas per suos missionarios pio regimine administrat. Dantur etiam duo Franciscanorum conuentus: alius intra oppidum, et alius extra in montis cacumine conditus, cuius templum miraculosa Beatae Virginis imagine nobilitatur, eam enim propitiam saepe experiuntur periclitantes nautae, qui debita illi in gratitudinis signum deferunt quandoque munera. Datur tandem Carmelitarum conuentus, qui tamen uel regiminis uel opulentiae defectu, paucos recipit religiosos.

Decima nona parochia Beatae Virginis Penae in oppido Portus Securi collata est, modo tamen eam tenet parochus non collatus, qui simul est uicarius foraneus. Sufficiens est ecclesia, de cuius erectione nescitur omnino. Tribus decoratur altaribus, et in maiori asseruatur eucharistia. Nec baptisterium nec ordinaria desiderantur ornamenta neque etiam tres filiales aediculae, Beatae Virginis Adiutorii, Sancto Sebastiano ac Beatae Virgini Rosarii consecratae. Sunt hic centum et octoginta familiae, mille uero decemque parochiani ad mensam eucharisticam idonei. Oratoriis, confraternitatibus et reliquiis caret.

Vigesima est parochia Sanctae Crucis, non collata, et septuaginta abhinc annis erecta. Sufficientem habet ecclesiam, tribus altaribus ordinatam: Sanctae Crucis, Beatae Virginis Rosarii et Sancti Michaelis. Habet etiam baptisterium et pretiosa ornamenta. Familias numerat octoginta, trecentos uero et quinquaginta parochianos, qui ad mensam eucharisticam admittentur, sed nullas habet filiales aediculas, oratoria aut reliquias.

Vigesima prima parochia, non collata, est Sancti Antonii, pago Fluminis Carauellensis, post cuius erectionem iam fluxisse testantur centum dcccmquc annorum tempus. Antiquatam et ruinosam nimis habet ecclesiam, quae tria tantum patitur altaria: Sancti Antonii, Sancti Sebastiani et [9v] Sancti Michaelis. Baptisterio gaudet, sacrario et pretiosis ornamentis. Quattuor illi confraternitates inseruiunt: Sanctissimi Sacramenti, Sancti Antonii, Sancti Michaelis et Sancti Benedicti. Centum et uiginti familias, quingentos uero ac triginta eucharistiae capaces parochianos continet. Nulla in ea cernitur aedicula, oratorium aut reliquia.

Vigesima secunda parochia est Beatae Virginis Immaculatae in oppido Peruipensi, quae est ultima Portus Securi. Decem abhinc annis creata fuit parochia non collata, antea enim filialis erat Sancti Antonii aedicula. Templum habet non insufficiens sine sacrario et reliquiis, tribus tamen altaribus et baptisterio dispositum. Necessaria possidet ornamenta et duabus, Beatae Virginis Immaculatae ac Sancti Benedicti, confraternitatibus illustratur. Nullas amplectitur filiales aediculas et Oratoria, numerat uero centum et uiginti familias, quingentos autem et quinquaginta parochianos. Oppidum istud terminus est, Bahiensem attingens episcopatum.

Altera ordinarii uisitatio, quae est ad Austrum, incipit a parochia non collata Sancti Iacobi, in pago Inhaumensi. Prima est, et huic ciuitati uicinior, de cuius prima creatione penitus ignoratur. Ecclesiam habet tribus altaribus satis aptam, in cuius sacrario ad aram maximam locato diuinissimum sacramentum custodiri mandaui. Baptisterium similiter habet, pretiosa ornamenta et confraternitates duas, nullam uero reliquiam. Subordinantur illi filiales aediculae sex: Beatae Virginis Immaculatae tres, Beatae Virginis Boni Successus duae et ultima tandem Sancti Antonii, cum quodam oratorio ab Apostolica Sede permisso. Numerantur hic centum, uiginti et una familiae, mille uero quadringenti et quadraginta quinque parochiani.

Secunda parochia Beatae Virginis Praesentationis, in pago Iragensi, est ecclesia collata, cuius prima erectio non constat. Sunt in ea altaria quinque, baptisterium, optima ornamenta et aptum nimis ad eucharistiam custodiendam sacrarium. Confraternitates quattuor in ea recensentur: Sanctissimi Sacramenti, Beatae Virginis Prasentationis, Beatae Virginis Rosarii et Sancti Benedicti. Decem capit filiales aediculas: Beatae Virginis a Gratia, Beatae Virginis Adiutorii, Beatae Virginis Praesentationis, Beatae Virginis a Exsilio, Beatae Virginis Rosarii, Beatae Virginis Pietatis, Beatae Virginis Immaculatae duplicem, Beati Ioannis Baptistae et aliam denique Beatae Virginis in summo excelsi Scopuli, ex quo cognomen accepit, uertice sitam: ibi miraculose ter apparuerit, relicto domestico, ubi colebatur oratorio. Hanc obrem [**10r**] multi ad illam confluunt, prodigiosam salutaturi Sanctissimae Virginis imaginem eique pia munera oblaturi, ideoque illius tremplum optime fabrefactum et summa rerum perspicuitate decoratum conspicitur. Centum amplectitur haec parochia, octo et nonaginta familias, et bis millenos, quingenos et sexaginta sex parochianos.

Tertia parochia non collata est Beatae Virginis Adiutorii, in insula, uulgo dicta Gubernatoris, de cuius prima erectione nulla est recordatio. Inchoatam habet ecclesiam cum tribus tantum altaribus, quorum aliud Beatae Virginis Adiutorii sustinet simulacrum, et aliud Beatae Virginis Rosarii, aliud uero Sancti Michaelis. Baptisterio et requisitis ornamentis non caret. Vnica est in ea Beatae Virginis Rosarii confraternitas. Duas numerat et septuaginta familias cum sexenis, octoginta et octo parochianis. Duas habet Beatae Virginis Immaculatae filiales aediculas et unicum oratorium auctoritate apostolica stabilitum.

Quarta parochia non collata Beatae Virginis a Guia, centum abhinc annis in Pacobahiensi erecta fuit pago. Angustam habet ecclesiam, parum decoram et tribus altaribus, baptisterio necessariisque ornamentis; sine sacrario ac reliquiis instructam. Quattuor sunt illius confraternitates: Beatae Virginis Patronae, Beatae Virginis Immaculatae, Beatae Virginis Rosarii et Sancti Benedicti. Vnicam comprehendit Seraphici Patris aediculam, et octodecim supra ducentas familias, ex quibus mille trecenti, tres et triginta parochiani numerantur.

Quinta parochia Sancti Nicolai Episcopi, in loco Siruhensi, paucis abhinc annis creata, non est collata. Illius ecclesia tribus constat altaribus: Sancti Nicolai, Beatae Virginis Rosarii et Sancti Michaelis. Sacrarium habet, Baptisterium, congruam sacrorum supellectilem tresque, Sanctissimi Sacramenti, Beatae Virginis Rosarii et Sancti Michaelis, confraternitates. Habet insuper Beatae Virginis Immaculatae fiale sacellum deuote ac recenter exornatum. Huius parochiae familiae tredecim sunt supracentum, mille autem ducenti et septuaginta sex parochiani.

Sexta parochia Beatae Virginis Pietatis, in pago Inhumirinensi ab annis centum et octo creata, ecclesiam habet uetustissimam et ruinae proximam, ubi tres sine sacrario et reliquiis conspiciuntur arae: Beatae Virginis Patronae, Beatae Virginis Rosarii et Sancti Michaelis, non deficientibus baptisterio et sacerdotalibus ornamentis. Sunt in ea confraternitates quattuor: Beatae Virginis Immaculatae, Beatae Virginis Rosarii, Beatae Virginis Pietatis et Animarum. Septem numerat filiales aediculas: Beatae Virginis e Stella, Beatae Virginis [10v] Nasarethanae, Beatae Virginis Rosarii, Beatae Virginis Immaculatae, Sanctae Annae duasque Beatae Virginis ab Exsilio. Familias continet ducentas et septuaginta tres, mille uero ducentos et nouem decem parochianos. Est ecclesia collata sine sacrario, ut dictum manet.

Septima parochia collata Beatae Virginis do Pilar, in oppido Aquassuensi, a centum et duobus annis erecta fuit. Optimum habet templum altaribus quinque, necnon baptisterio, decentibus ornamentis et perpolito sacrario ac excelsa turri conspicuum. Tres illi confraternitates inseruiunt: Beatae Virginis Patronae, Beatae Virginis Rosarii, Sanctissimi Sacramenti et Animarum. Filiales illius aediculae sunt: Beatae Virginis ad Niues, Beati Rosarii et Beati Virginis Immaculatae. Ducentae nouem decemque familiae, et bis milleni, trecenteni et octo decem parochiani in ea numerantur.

Octava parochia praecedenti proxima est Beatae Virginis Pietatis, ab annis quinquaginta fundata, sed non collata. Illius ecclesia, quae humilis est et angusta nimis, tribus componitur altaribus, cum baptisterio et inopi sacrorum supellectile, sine sacrario. Duas capit confraternitates: Beatae Virginis Pietatis et Beatae Virginis Rosarii, et unam Beatae Virginis Immaculatae filialem aediculam. Nouem et octoginta familias, parochianos uero centum et uiginti septem habere dicitur.

Nona parochia Santi Ioannis Baptistae, in loco Mirithiensi est ecclesia collata, de cuius prima fundatione non constat. Templum habet quinque altaribus recentissime exstructum, sine sacrario et reliquiis, cum decenti tamen baptisterio et ornamentis. Centum, octo et sexaginta familias, mille, octingentos, octo et uiginti parochianos enumerat nonnullasque filiales aediculas: Diui Antonii duas, et duas quoque Beatae Virginis Adiutorii, et unicum tandem priuatum oratorium legitime permissum.

Decima parochia Diui Antonii, in oppido Jacutingensi, antiqua est, sed non collata. In noua molienda ecclesia laboratur, et solo baptisterio decentibusque gaudet ornamentis et confraternitatibus quattuor: Sancti Antonii, Beatae Virginis ab Auxilio, Animarum Sanctarum et Beatae Virginis Rosarii. Suas etiam habet filiales aediculas: duas scilicet Beatae Virginis Immaculatae, Sanctae Ritae, Beatae Virginis Carmeli et Beatae Virginis Boni Successus. Centum et sexaginta quinque familias alit, mille uero nongentos et sexaginta tres parochianos.

Vndecima parochia collata Beatae Virginis Lauretanae, in pago Jacarepaguensi, ab annis centum exstructa fuit. [**11r**] Nouum habet templum cum baptisterio et necessariis tantum ornamentis, sacellum tamen principale sacrarium et reliquiae desiderantur adhuc. Illius confraternitates sunt: Beatae Virginis Lauretanae, Beatae Virginis Rosarii, Animarum et Sancti Benedicti. Filiales aediculae sunt: Beatae Virginis a Pena, Beatae Virginis Immaculatae, Beatae Virginis a Capite et Sanctae Crucis. Vnicum in ea est oratorium pontificia facultate constructum. Centum habet et quinquaginta familias, mille uero quingentos, octo et nonaginta parochianos.

Duodecima parochia non collata Beatae Virginis ab Exsilio, in pago Campi Magni, centum iam habet fundationis annos. Noua, sed angusta est illius ecclesia, cum tribus altaribus, baptisterio et non incongruis ornamentis, at sine sacrario et reliquiis. Tres sunt illius confraternitates: Beatae Virginis Patronae, Beatae Virginis Rosarii et Animarum. Tribus pariter filialibus aediculis gloriatur: Sancti Antonii, Beatae Virginis Immaculatae et unico etiam oratorio priuato. Illi adhaerent centum et quadraginta tres familiae, mille uero,ducenti et quinquaginta parochiani.

Decima tertia parochia non collata Sancti Saluatoris Guaratibensis, quae centum et quindecim familias, octingentos et uiginti nouem parochianos recipit, a prima erectione annos iam numerat nonaginta. Illius ecclesia recenter facta unico constat altari, baptisterio et necessariis ornamentis, sine sacrario, sine confraternitatibus et sine reliquiis. Suam habet filialem aediculam unumque priuatum oratorium.

Decima quarta parochia non collata Marapicuensis annorum quinquaginta sub Beatae Virginis Immaculatae patrocinio, templum habet nuperrime exstructum cum tribus altaribus, baptisterio et communibus ornamentis, sed absque sacrario, confraternitatibus et reliquiis. Vnicum habet oratorium, nullam uero filialem aediculam, familias sex et sexaginta, unum et nonaginta parochianos.

Decima quinta parochia collata Beatae Virginis Immaculatae, in Villa Angrensi Regum, centum et quinquaginta fundationis annos habet. Optima est illius ecclesia et quinque altaribus conspicua, in cuius ara maxima et sacramentum colitur, et ingens Immaculatae Deiparae simulacrum. Non desiderantur in ea baptisterium, congrua sacrorum suppellex et confraternitates quattuor: Sanctissimi Sacramenti, Animarum, Beatae Virginis Rosarii et Beatae Virginis Immaculatae. Duas amplectitur, alteram Sanctae Luciae et Beatae Virginis Rosarii alteram, **[11v]** filiales aediculas. Duo hic coenobia sunt: aliud Carmelitarum cum decenti ecclesia et decem in eo resident religiosi, quibus adhaeret Tertius Ordo. Aliud est Franciscanorum Obseruantiae cum optima ecclesia elaboratum et sexdecim inhabitantibus religiosis, quos etiam sequitur Tertius Ordo Paenitentiae. Huius parochiae familiae quater centenae et septuaginta sunt, ter millenos uero parochianos ad sacram admittit communionem. Sedet hic uicarius foraneus, qui super hanc et curatam eediculam, quam ab illa dissecui, et parochiam creaui sub Beatae Virginis Pietatis inuocatione in Mangaratibensi sinu, ius exercet. Haec parochia longa satis maris nauigatione ab hac ciuitate distat.

Decima sexta parochia collata Beatae Virginis Remediis, in oppido Parathiensi, de cuius prima erectione nescitur, sufficientem habet ecclesiam, quattuor altaribus dispositam, in cuius ara maxima Beatae Virginis simulacrum uisitur et sacrarium, ubi sacra colitur eucharistia. Baptisterio et optimis ornamentis fruitur et confraternitatibus quattuor: Sanctissimi Sacramenti, Beati Virginis a Remediis, Animarum et Sancti Saluatoris Crucem portantis. Duas amplectitur aediculas: Beatae Virginis Rosarii, sua confraternitate insignem, Sanctae Ritae et Beatae Virginis Immaculatae extra uillam. Trecentas familias, et bis millenos capit parochianos. Suum habet uicarium foraneum, qui hanc, utpote ab hac ciuitate remotissimam, parochiam regit, quae huius episcopatus ultima est et ex hac parte episcopatum attingit Paulopolitanum.

Insula Sanctae Catharinae ad hunc spectat episcopatum estque parochia collata Beatae Virginis ab Exsilio, de cuius prima creatione nihil est certum. Sufficientem habet ecclesiam cum sacrario, baptisterio et ordinariis ornamentis. Tres recipit confraternitates: Sanctissimi Sacramenti, Animarum et Beatae Virginis Rosarii. Quaedam hic est Sancti Ioseph filialis aedicula. Ter millenos capit, septingentos et octoginta nouem parochianos. Suum habet uicarium foraneum haec parochia, cum sit territorii caput.

Alia est in eadem insula Beatae Virginis Immaculatae non collata parochia annorum octoginta, cum baptisterio et sacris ornamentis, sed sine sacrario. Familias centum, parochianos octo et quater centenos habet, nullas uero confraternitates, aediculas et oratoria. Tres de nouo parochias creaui in hoc territorio: Beatae Virginis, Sancti Michaelis et Sancti Ioseph, in quarum ecclesiis, quibus sufficiens sacrorum apparatus non deest, laboriose intenditur exstruendis.

Alia est parochia non collata Beatae Virginis [**12r**] a Gratia, in oppido Fluminis Sancti Francisci, quae sufficientem habet ecclesiam cum quattuor altaribus sine sacrario. Baptisterium et ordinarius rerum apparatus non desiderantur. Tres habet confraternitates: Beatae Virginis a Gratia, Animarum et Sancti Francisci Xaverii, ubi territorium istud terminatur. Centum et uiginti familias, mille ducentos, unum et uiginti parochianos enumerat.

Aliae sunt ex hac parte quamplures coloniae, longe ab hac ciuitate distantes, ubi uariae eriguntur aediculae, quae, crescente incolarum numero, in parochias creabuntur. Huius etiam episcopatus regimini subiecta erat parochia Coloniae Sanctissimi Sacramenti, quam rex noster Hispanis tradendam decreuit pro quibusdam Hispaniae populosis missionibus, quae huic episcopatui subiacebunt. Incolarum tamen numerum et parochiarum, nondum perfecta et consecuta permutatione, nescimus adhuc.

Ab hoc episcopatu, Fidelissimi regis Ioannis quinti supllicationibus annuens sanctissimus Dominus noster, Guaiasensis aurifodinas, ut nouam in illis praelaturam constitueret, segregauit. Numerantur ibi uiginti quinque plus minusue hominum indiuidua millia. Territoria duo, septem parochias et plures aediculas, quae huic adhuc subordinantur episcopatui, sicut et Cuiabenses aurifodinae, ad aliam praelaturae consignatae, quae parochias duas et decem mille parochianos amplectuntur.

Ego et praedecessores mei pro reparandis ecclesiis obliga tionem regi non semel factam ostendimus, ipse enim, ut patronus et usufructuarium ecclesiarum, decimas et reditus percipit uniuersos. Quibus repraesentationibu motus, decreuit ut regii ipsius ministri omne id quod episcopus et eius uisitatores ad praedictum finem congruum iudicassent, e regio fisco praestitissent, quod tamen multoties ob alios sumptus obseruare arduum est.

Haec ferme sunt quae de meae dioeceseos statu referre ac memorare ualeo. Scire modo et opto et spero ab Eminentiis Vestris Reuerendissimis sit ne aliquid ex praedictis omnibus corrigendum uel aliter ad Dei gloriam et animarum salutem peragendum. Eminentiarum Vestrarum Reverendissimarum protectioni et gratiae me quam humillime commendo.

In ciuitate Fluminis Ianuarii, die uigesima nona Iulii anni 1752.

Eminentiarum Vestrarum Reverendissimarum

[12v]

Addictissumus Servus

Antonius, episcopus Fluminensis

4. Bula *romanis pontificis pastoralis*, pela qual Inocêncio XI criou a diocese do Rio de Janeiro, desmembrando-a da arquidiocese da Bahia. Roma, 16[84] de novembro de 1676

FONTES: D. Antônio Caetano de Sousa, *Provas da História Genealógica da Casa Real Portuguesa*, tomo V, Lisboa, Régia Oficina Silviana e da Academia Real, 1746, pp. 102-105; *Bullarium Romanum*, tomus octauus, em Roma, Typis et expensis Hieronymi Mainardi in platea Montis Citatorii, 1734, pp. 7-9.

Tradução portuguesa

Inocêncio, bispo, servo dos servos de Deus, para eterna memória. A solicitude do pontífice de Roma, colocada pela Providência do todo poderoso Deus no mais alto trono do poder apostólico, encaminha-se antes de mais para aquilo mediante o qual a fé e a glória do nosso Salvador Jesus Cristo, unigênito do eterno Pai, cada vez mais e de dia para dia se acrescente e vá em aumento, o qual Senhor, quando se dá conta de que a seara é grande, tendo em consideração a escassez dos meios, não cessa no cuidado de enviar para as obras, em diferentes horas do dia,

[84] Veja-se a nossa nota no final da tradução e com referência à correta tradução do dia do mês.

a ajuda dos seus obreiros: uma vez que também ele, a fim de preparar homens que cultivassem a salutar vida da pátria celestial, se dignou baixar do mais alto dos céus e descer ao mais baixo deste mundo e ser imolado no altar da sacrossanta cruz como preço pela nossa salvação: uma vez que fazemos as suas vezes na terra, entre mui diversos cuidados, que em virtude do cargo apostólico sabemos que nos incumbem, temos sobretudo a peito o de que, multiplicando-se a seara, se multipliquem os campos e os obreiros do Senhor, para que, graças às suas incessantes obras e fecundos serviços, o fruto espiritual aumente até ao cêntuplo e o povo cristão seja dirigido pelos mesmos guias que o Pastor eterno determinou que fossem os vigários da sua obra:

Ora, porquanto desejamos cumprir com sucesso as obrigações do mui carinhoso Pai de família, uma vez que no reino do Brasil, na região que se designa por Rio de Janeiro, entre as demais se encontra uma povoação, chamada cidade de São Sebastião, da diocese do Brasil, formada por cerca de quatro mil fogos, sujeita à soberania dos reis de Portugal, e nela uma igreja paroquial, debaixo da invocação do mesmo S. Sebastião, na qual se celebram missas e outros ofícios divinos e se administram os sacramentos da Igreja, importante devido ao clima saudável, ao grande número de habitantes, ao trato comercial e à existência de vários conventos masculinos, notabilizando-se os seus habitantes pela nobre linhagem e avantajada superioridade nas letras e armas;

porque se encontra tão longe da cidade de S. Salvador da Bahia que, ao aumentar, com o divino adjutório do Espírito Santo, o grande número de cristãos, o bispo de S. Salvador da

Bahia, que desempenhar o cargo, não pode sem perigo deslocar-se até àquela e seus limites, a fim de inspecionar, como incumbe ao bispo, a situação de cada uma, nem exercitar as demais funções do bom prelado sobre todo o rebanho entregue ao seu cuidado;

e, depois que os próprios reis, com o máximo esforço e incessantes e constantes guerras e riscos, mui venturosamente conquistaram e recuperaram das mãos dos hereges holandeses vastíssimas regiões, vilas, portos e localidades naquelas regiões, e se preocuparam de que as populações delas, até então desprovidas de lei divina e humana, por obra e ação de diversos religiosos e outros varões, notáveis por saber e de aprovado teor de vida, depois de desterradas dali as trevas de Satanás, da idolatria e do paganismo e os erros dos hereges, fossem trazidas para a fé católica, fora da qual não existe qualquer salvação, e para o conhecimento da luz verdadeira, que é Cristo, para a purificação do santo batismo e para o seio da santa madre Igreja;

enriqueceram e ornamentaram a referida cidade como sua corte, morada dos seus vice-reis e sua diocese, com suntuosos templos, mosteiros, albergues, lugares sagrados e também funcionários eclesiásticos;

e o nosso dileto filho o nobre varão D. Pedro, príncipe e regente dos reinos de Portugal e dos Algarves, seguindo as pisadas e exemplos de seus antepassados, sem se poupar a despesas, para aquelas regiões mui amiúde enviara inúmeros pregadores e outros varões insignes em saber e em inteireza de vida, incessantemente empenhados e solicitamente ativos na salvação espiritual das almas, mediante cujas prédicas, exemplos e conselhos se esforçara por que os recém-convertidos se instruíssem e corroborassem na mesma fé, e, aos hostis à religião, quando era útil, ou com armas salutares os confundira, ou para longe os repelira;

e, por estas razões, com o favor da misericórdia de Deus, a religião cristã nestes lugares de tal maneira se espalhava ao largo e ao longe que, para fortalecer e conservar nela os ainda fracos na fé, e ensinar os necessitados de doutrina, e conduzi-los até ao bom Pastor, que por eles pôs a sua alma, e fazer maiores plantios de igrejas, era do máximo proveito a criação de novos bispos;

acrescendo, além disto, o como se tornaria difícil, numa tão extensa e espalhada diocese, poderem os eclesiásticos e seculares recorrer e obter justiça apenas num único local:

Nós, que hoje, por certos motivos então apresentados, depois de deliberarmos maduramente sobre esta matéria, juntamente com os nossos veneráveis irmãos cardeais da santa Igreja romana, atendendo também à súplica que por sua carta humildemente nos fez o referido príncipe e regente, para sempre separamos, dividimos e apartamos:

a igreja de S. Salvador de Bahia, até agora sufragânea da igreja de Lisboa, e as ditas cidade e diocese, e igualmente os diletos filhos das mesmas, clero e população, da província olisiponense, à qual até então se encontravam submetidas pelo direito metropolitano;

e a vila de Olinda, com certos termos mais abaixo especificados e certos limites para servir de divisória, da mesma diocese de S. Salvador da Bahia, de tal maneira que doravante aí passem a existir três dioceses;

e totalmente isentamos e libertamos tudo isto da superioridade, jurisdição, poder, sujeição, visitação e correção do arcebispo, que então for, e do cabido e da referida igreja lisbonenses, e igualmente, em relação ao direito diocesano, a vila citada de Olinda, com a sua diocese e também clero e população, das do arcebispo, que também então for, e do cabido e da referida igreja de S. Salvador da Bahia, depois de havido para isto o assentimento do atual venerável também nosso irmão arcebispo de Lisboa;

e igualmente erigimos e criamos a igreja de S. Salvador da Bahia em metropolitana, estabelecida como certa forma, então expressa, de compensação do prelado, e a sé episcopal em arquiepiscopal, passando a chamar-se sé de igreja arquiepiscopal e metropolita e cabeça de província, reservada a um arcebispo de S. Salvador da Bahia;

e igualmente erigimos e criamos a referida vila de Olinda em cidade e a igreja, sob a invocação do S. Salvador da mesma vila de Olinda, em catedral, reservada a um bispo que deve ser chamado de Olinda, o qual fique sob a jurisdição metropolitana do arcebispo de S. Salvador da Bahia, que então for;

e igualmente concedemos e atribuímos,[85] tal como mais completamente também se contém em outros documentos que se fizeram, a igreja de S. Salvador de Olinda, assim criada em igreja catedral, e a citada vila de Olinda, assim criada em cidade, como cidade, e as restantes vilas, povoações, aldeias, territórios e circunscrições da dita província de Pernambuco, desde a Fortaleza do Ceará, inclusive, ao longo da orla marítima e o interior da terra, até ao rio de S. Francisco, que servirá como divisa entre a diocese de Olinda e a diocese de S. Salvador da Bahia, como sua diocese, e o clero, habitantes, moradores e população da mesma, como seus clero e povo.

[85] Os dois verbos encontram-se em pretérito perfeito.

E considerando a referida vila de S. Sebastião merecedora do título episcopal e designação de cidade, por conselho e assentimento iguais dos mesmos nossos irmãos cardeais da santa Igreja romana e com a plenitude do poder apostólico, e atendendo à súplica que humildemente fez o referido príncipe e regente D. Pedro, com autoridade apostólica para sempre separamos, dividimos e apartamos a citada vila de S. Salvador, com certos termos mais abaixo especificados e certos limites para servir de divisória, da mesma diocese de S. Salvador da Bahia, de tal maneira que doravante aí passem a existir três dioceses;

E totalmente eximimos e libertamos tudo isto da superioridade, jurisdição, poder, sujeição, visitação e correção do arcebispo, que então for, e do cabido e da referida igreja lisbonenses, e igualmente, em relação ao direito diocesano, a vila citada de S. Sebastião, com a sua diocese, abaixo descrita, e também clero e população, das do arcebispo, que também então for, e do cabido e da referida igreja de S. Salvador da Bahia, tendo tido em consideração o assentimento do referido atual arcebispo de Lisboa;

E também, para louvor de Deus onipotente e glória da sua gloriosíssima Mãe a Virgem Maria e de toda a Igreja triunfante e engrandecimento da fé católica, com os mesmos conselho e autoridade, criamos e erigimos para sempre em cidade a referida vila de São Sebastião, e a paroquial de S. Salvador da mesma citada vila de S. Sebastião em igreja catedral, a favor de um bispo, que deve ser chamado bispo de S. Sebastião, para a ela presidir e para aperfeiçoar ou levar a termo a sua edificação e construção, e fazer que ela tome a forma das igrejas catedrais;

E também para que, logo que puder, crie e erija na referida igreja de S. Sebastião e cidade e sua diocese, tão grande número de dignidades, conezias e prebendas, e outros benefícios eclesiásticos, com e sem cura de almas, quantos os que ali ao próprio bispo de S. Sebastião parecerem convenientes, com decoro do clero eclesiástico, para o culto divino e o serviço da dita igreja de S. Sebastião, com deliberação e assentimento do referido príncipe D. Pedro, e dos reis de Portugal e dos Algarves que então desempenharem o cargo, e após fazer-se a justa dotação de todos estes cargos, que deve ser feita pelos mesmo príncipe D. Pedro, e reis de Portugal que então desempenharem o cargo;

E também para exercer a jurisdição e poder episcopal e todos e cada um dos direitos de ordem e de jurisdição, quaisquer que sejam, que são próprios da função episcopal; e para que livre e licitamente possa e deva fazer o que os bispos, colocados nos outros reinos e senhorios de Portugal e dos Algarves, nas suas igrejas e dioceses podem e devem; e para [possuir], na mesma igreja de S. Sebastião assim criada, a dignidade episcopal, com a sé, as preeminências, honras, privilégios e poderes, de que, por direito ou costume ou outros títulos, gozam, possuem e disfrutam as outras igrejas catedrais desta espécie, e puderam, de qualquer modo que seja, gozar, possuir e desfrutar para o futuro, e também das mesas episcopal e capitular e de outras distinções catedralícias;

E concedemos à vila de S. Sebastião a honra de cidade do mesmo nome, e aos seus habitantes o nome, título e honra de cidadãos;

E igualmente, concedemos e atribuímos à mesma igreja de S. Sebastião a referida vila de S. Sebastião, assim elevada a cidade, como cidade, e as outras vilas, aldeias, povoações, territórios e circunscrições da citada província do Rio de Janeiro, desde a capitania do Espírito Santo, inclusive, até ao Rio da Prata, ao longo do litoral e pelo interior da terra, como sua diocese; e como seus clero e povo, os seus habitantes e o seu clero, não obstante outra separação ou desmembramento da mesma província do Rio de Janeiro, feita no passado, ao ser criada em administração espiritual[86] pelo nosso predecessor de santa memória Gregório XIII, por bula passada em 19 de Julho de 1576;

E também do mesmo modo para sempre aplicamos e destinamos à referida igreja de S. Sebastião e à sua referida mesa episcopal, para sua dotação, os rendimentos anuais de dois mil e quinhentos cruzados, em moeda portuguesa, consignados pelo mesmo D. Pedro, soma esta que o mesmo príncipe D. Pedro graciosa e irrevogavelmente ofereceu e doou, procedente dos seus próprios rendimentos, e dos dos reis de Portugal e dos Algarves que o vierem a ser ao longo dos tempos, e procedente especialmente das rendas que são arrecadadas na própria região do Brasil, e prometeu ou promete todos os anos pagá-la;

E, além disso, com a mesma autoridade concedemos e reservamos para sempre ao príncipe e regente D. Pedro, e aos citados reis de Portugal e dos Algarves que o forem ao longo do tempo, o direito de padroado e o de, em menos de um ano, apresentar pessoas idôneas para a dita igreja de S. Sebastião: ou seja, a nós, e ao pontífice romano que então o for, tanto por esta primeira vez, como sempre que futuramente de qualquer modo também acontecer ela vagar na Sé apostólica, o bispo que, por nós, após esta apresentação e não outras, deve ser posto à frente da mesma igreja de S. Sebastião;

[86] Ou prelazia.

E com a mesma autoridade reservamos e concedemos para sempre ao bispo de S. Sebastião, que então for, o direito de criar, com exceção da pontifical, as dignidades principais e outras, conezias e prebendas, e também benefícios, a serem igualmente congruamente dotados pelo príncipe D. Pedro, e pelos reis que o vierem a ser ao longo do tempo, com bens destes meramente laicos, tanto desde a primeira criação dos mesmos, após terem sido criados e dotados, como a partir de então, sempre que de qualquer maneira acontecer eles vagarem, quer de pessoas quaisquer, quer na mesma sé, e que do mesmo modo a nomeação nas mesmas dignidades, conezias e prebendas e benefícios a serem preenchidos se faça por ele, mediante apresentação do referido príncipe D. Pedro, e dos reis que então forem de Portugal e dos Algarves, dentro do prazo determinado pelo direito;

Determinando que o direito de padroado e de apresentar cabe, *em virtude das meras fundações e dotações*, ao príncipe e regente D. Pedro, e aos reis referidos de Portugal e dos Algarves que então forem, e que por motivo algum pode ele ser anulado, nem julgar-se anulado, nem sequer pela mesma Sé, mesmo consistorial, a menos que exista expresso assentimento para tal do próprio príncipe e regente D. Pedro, e dos reis referidos que então forem; e que se, de qualquer maneira que for, se anular, tais anulações, com as suas consequências, não tenham qualquer vigor, eficácia e força, e que assim deve ser julgado por quaisquer juízes e comissários, no desempenho de qualquer função, e até dos cardeais da mesma santa Igreja romana, e também dos legados *a latere* e núncios da referida Sé, e também dos auditores das causas do Palácio Apostólico, aos quais se retira, e a qualquer um deles, qualquer poder e autoridade para julgarem e interpretarem de modo diferente.

[*Seguem-se alguns períodos, que correspondem a fórmulas praxísticas e alegações de autoridade, no sentido de declarar e ratificar a completa nulidade de qualquer ato ou escrito que esteja em desacordo com a bula*]

Escrita em Roma, em S. Pedro, a 16 de Novembro[87] do ano da Encarnação do Senhor de 1676, no primeiro ano do nosso pontificado.

D. Ciampinus

[87] Em Caetano de Sousa, o. c., p. 115, a datação vem assim expressa: *anno Incarnationis Dominicae millesimo sexcentesimo septuagesimo sexto, sexto decimo Kalendas Decembris*, o que corresponde à nossa tradução, mas não à transcrição que consta no *Bullarium Romanum*, acima citado, p. 9, onde sê: *anno Incarnationis Dominicae millesimo sexcentesimo septuagesimo sexto. Decimo Kal. Decembris*, ou seja: "no ano da Encarnação do Senhor de 1676. No dia 22 de Novembro." Como é óbvio, algum dos dois textos está errado, e só o acesso à bula original poderá esclarecer a dúvida. Diga-se também, em abono desta última leitura, que a nota lateral que acompanha o encabeçamento da bula na edição romana diz: *22 Nov. 1676. An. 1.*

FAC-SÍMILE
DA BULA PAPAL IMPRESSA

BVLLARIVM ROMANVM, TOMVS OCTAVVS
1734

tà eis, & quibuſvis aliis quavis aliter judicandi, & interpretandi facultate, & auctoritate judicari, & definiri debere; necnon irritum, & inane, ſi ſecus ſuper his a quoquam quavis auctoritate ſcienter, vel ignoranter contigerit attentari.

§.10. Non obſtantibus præmiſſis, præſertim, quod Eccleſia Sancti Salvatoris Braſilien. præfata vacet, & Paſtore ſuo deſtituta reperiatur, ac Lateranenſis Concilii noviſſime celebrati uniones perpetuas, & ab Eccleſiis membra diſtingui, ac dividi prohibentis, & Noſtra, ac Cancellariæ Apoſtolicæ Regula de non tollendo jure quæſito, aliiſque Conſtitutionibus, & Ordinationibus Apoſtolicis, necnon Ulyſſiponen., & Sancti Salvatoris de Bahia Eccleſiarum præfatarum juramento, confirmatione Apoſtolica, vel quavis firmitate alia roboratis ſtatutis, & conſuetudinibus, cæteriſque contrariis quibuſcumque.

§.11. Nulli ergo omnino hominum liceat hanc paginam noſtræ ſegregationis, diviſionis, ſeparationis, exemptionis, liberationis, erectionis, inſtitutionis, decorationis, conceſſionis, aſſignationis, applicationis, appropriationis, reſervationis, conceſſionis, & Decreti infringere, vel ei auſu temerario contraire; ſi quis autem hoc attentare præſumpſerit indignationem Omnipotentis Dei, & Beatorum Petri, & Pauli Apoſtolorum ejus ſe noverit incurſurum.

Datum Romæ apud Sanctum Petrum Anno Incarnationis Dominicæ milleſimo ſexcenteſimo ſeptuageſimo ſexto decimo Kalendas Decembris Pontificatus noſtri Anno Primo.

V.

Erigitur Oppidum S. Sebaſtiani in Regno Braſiliæ in Civitatem ejuſque Eccleſia Parochialis in Cathedralem.

Dat. 22. Nov. 1676. An. 1.

INNOCENTIUS EPISCOPUS

Servus Servorum DEI.

Ad perp. rei memoriam.

Exordium.

ROmani Pontificis Paſtoralis ſolicitudo in ſupremo Apoſtolicæ poteſtatis ſolio ex Omnipotentis Dei providentia conſtituta ad ea potiſſimum dirigitur, per quæ Salvatoris noſtri Jeſu Chriſti æternitatis Unigeniti fides, & gloria in dies magis augetur, & multiplicatur, qui ubi meſſem multam eſſe conſpexit, operariorum penuriam attendens, Miniſtrorum ſuorum curas, variis in diei horis ad opera mittere non deſtitit, cum & ipſe, ut homines ſalutaris vitæ, cœleſtis patriæ cultores efficeret, de ſummis Cœlorum ad hujus Mundi infima, & in Sacroſanctæ Crucis Ara pro noſtra ſalute in pretium immolari dignatus ſit, cujus cum licet vices geramus in Terris inter multiplices curas, quæ ex Apoſtolico munere nobis incumbere dignoſcimus, illa præſertim cordi noſtro eſt ut multiplicata meſſe agri, & dominici cultores multiplicentur, quorum aſſiduis operibus, & fructuoſis Miniſteriis fructus ſpiritualis ad Centeſimum uſque augeatur, & Populus Chriſtianus eiſdem Rectoribus gubernetur, quos Paſtor æternus ſui operis Vicarios eſſe diſpoſuit, propterea piiſſimi Patris familias partes favorabiliter implere exoptamus.

§.1. Sane cum in Regno Braſiliæ, in ea parte, quæ Rivus Januarii appellatur, inter cætera unum Oppidum Civitas nuncupatum Sancti Sebaſtiani Braſilien. Diœceſis quater mille circiter focularibus conſtans Regum Portugalliæ Dominio ſubjectum, & in eo una Parochialis Eccleſia ſub ejuſdem Sancti Sebaſtiani invocatione, in qua Miſſa, & alia divina Officia, & Eccleſiaſtica ſacramenta adminiſtrantur, aeris ſalubritate, ac Populi frequentia, & commercio pluribus virorum Monaſteriis, Incoliſque generis nobilitate, literarumque, & armorum gradibus decoratis inſigne reperiatur, quod a Civitate S. Salvatoris Bahiæ uſque adeo remotum ſit, ut Chriſtianorum multitudo, divino cooperante Spiritu Sancto, ita coaluerit, ut Epiſcopus Sancti Salvatoris Bahiæ pro tempore exiſtens ad illud, ejuſque fines citra periculum tranſmeare, ac aliorum ſingulorum vultus, ut Epiſcopum decet inſpicere, aliaſque partes boni Paſtoris in Univerſum gregem Dominicum curæ ſuæ commiſſum exercere nequeat, poſtquam Reges ipſi vaſtiſſimas Provincias, Oppida, Portus, & loca in illis partibus ſummis viribus, ac diuturnis, & frequentibus bellis, periculiſque feliciſſime acquiſiverant, & ab Hæreticorum Hollandorum manibus recuperaverant, eorumque Populos Divini, humanique Juris eatenus expertes opera, & Miniſterio variorum Religioſorum, & aliorum vitæ probatæ virorum, & abjectis inde Sathanæ tenebris, ac Idololatriæ, & gentilitatis, hæreſumque erroribus ad fidem Catholicam, extra quam nulla eſt ſalus, & cognitio veri luminis, qui eſt Chriſtus, & Sanctum Baptiſmatis lavacrum, Sanctæque Matris Eccleſiæ gremium allici curaverant, dictam Civitatem tanquam Regiam ſuam Proregum ſuorum Sedem illiuſque Diœceſ. ſumptuoſis Dei Templis, Monaſteriis, Xenodochiis, & ſacris locis, necnon Miniſtris Eccleſiæ locupletaverant, & ornaverant; & dilectus filius Nobilis vir Petrus Regnorum Portugalliæ, & Algarbiorum Princeps, & Gubernator, prædictorum Regum veſtigia, & exempla ſequutus, ad illas regiones plurimos verbi Dei Prædicatores, & alios doctrina, vitæque integritate inſignes viros pro ſpirituali ſalute animarum præcipua quadam ſolicitudine, & induſtria aſſidue laborantes, notabili impenſa ſæpius miſerat, quorum concionibus, exemplis, & monitis, converſos in eadem fide inſtrui, & confirmari ſtuduerat, & a fide abhorrentes dum expediebat, vel ſalutaribus armis confuderat, vel procul arcuerat, eiſque rationibus Religio Chriſtiana, Divina favente clementia, eis in locis ſic longe, lateque propagabatur, ut ad eos adhuc debiles in fide confirmandos, retinendoſque, & doctrina indigentes erudiendos, & ad bonum Paſtorem qui pro eis animam ſuam poſuit reducendos, majoraque Eccleſiaſtica Seminaria plantanda novorum Præſulum inſtitutio omnino expediat. Cauſæ hujus erectionis.

§.2. Præterea difficile redderetur per tam latam, tamque diffuſam Diœceſim ad unum tantum pro Juſtitia conſequenda a Perſonis Eccleſiaſticis, & ſecularibus recurſum habere: Nos qui hodie ex certis tunc expreſſis cauſis matura ſuper hoc cum Venerabilibus Fratribus noſtris S. R. E. Cardinalibus deliberatione præhabita, necnon prædicto Principe, & Gubernatore per ejus literas nobis ad hoc humiliter ſupplicante Eccleſiam Sancti Salvatoris Bahiæ eatenus ſuffraganeam Eccleſiæ Ulyſſiponen., & dictas Civitatem, & Diœceſim, necnon dilectos filios earum Clerum, & Po- Narratur Eccleſiam S. Salvatoris de Bahia erectam fuiſſe in Metropolitanam.

8 Innocentius Undecimus An. I.

Populum a Provincia Ulyſſiponen., cui tunc Metropolitico Jure ſuberant, ac Oppidum de Olinda, cum certis terminis inferius ſpecificandis, & certis limitibus diſtinguendis ab eadem Diœceſi Sancti Salvatoris Bahiæ, ita quod poſthac inibi tres Diœceſes eſſent, perpetuo ſegregavimus, diviſimus, & ſeparavimus, illaque omnia, & pro tempore exiſtentis Archiepiſcopi, & Capituli, ac prædictæ Eccleſiæ Ulyſſiponen., necnon quo ad legem Diœceſanam Oppidum prædictum de Olinda cum ſua Diœceſi, ac etiam Clero, & Populo ab Archiepiſcopi, etiam pro tempore exiſtentis, Capituli, ac prædictæ Eccleſiæ Sancti Salvatoris Bahiæ ſuperioritate, Juriſdictione, poteſtate, ſubjectione, viſitatione, & correctione moderni Venerabilis etiam Fratris noſtri Archiepiſcopi Ulyſſiponen. adhoc accedente conſenſu, prorſus exemimus, & liberavimus; necnon Eccleſiam Sancti Salvatoris Bahiæ, certo tunc expreſſo modo Paſtoris ſolatio deſtitutam, in Metropolitanam, & Sedem Epiſcopalem in Archiepiſcopalem, Archiepiſcopaliſque, & Metropolitanæ Eccleſiæ Sedem, & Provinciæ caput pro uno Archiepiſcopo Sancti Salvatoris Bahiæ nuncupando; necnon Oppidum de Olinda prædictum in Civitatem, & Eccleſiam ſub invocatione Sancti Salvatoris ejuſdem Oppidi de Olinda in Cathedralem pro uno Epiſcopo de Olinda nuncupando, qui Archiepiſcopo Sancti Salvatoris Bahiæ pro tempore exiſtenti Metropolitico Jure ſubſit, ereximus, & inſtituimus, necnon Sancti Salvatoris de Olinda Eccleſia ſic in Cathedralem Eccleſiam erecta, Oppidum de Olinda prædictum ſic in Civitatem erectum pro Civitate, & alia Oppida, Caſtra, Villas, Territoria, & diſtrictus dictæ Provinciæ de Pernambuco ab Arce Seara incluſive per oram maritimam, & terram intus uſque ad Flumen Sancti Franciſci, quod inſerviet pro termino inter Diœceſim de Olinda, & Diœceſim Sancti Salvatoris de Bahia pro ſua Diœceſi, & illius Clerum, Incolas, habitatores, & Populum pro ſuis Clero, & Populo conceſſimus, & aſſignavimus, prout etiam in diverſis, etiam confectis literis plenius continetur.

Eccleſiam Oppidi de Olinda in Cathedralem.

Diœceſis termini præſcribuntur.

§.3. Dictum Oppidum Sancti Sebaſtiani Epiſcopali, & Civitatis donatione, & titulo dignum judicantes de eorumdem fratrum noſtrorum S. R. E. Cardinalium Conſilio, & aſſenſu ſimilibus, ac de Apoſtolicæ poteſtatis plenitudine, ac prædicto Petro Principe, & Gubernatore humiliter ſupplicante, Oppidum Sancti Sebaſtiani prædictum cum certis terminis inferius ſpecificandis, & certis limitibus diſtinguendis ab eadem Diœceſi Sancti Salvatoris Bahiæ, ita quod poſthac tres inibi Diœceſes exiſtant, auctoritate Apoſtolica perpetuo ſegregamus, dividimus, & ſeparamus, illaque omnia a pro tempore exiſtentis Archiepiſcopi, & Capituli, ac prædictæ Eccleſiæ Ulyſſiponen., necnon quo ad legem Diœceſanam Sancti Sebaſtiani Oppidum prædictum cum infraſcripta ſua Diœceſi, ac etiam Clero, & Populo ab Archiepiſcopi, & pro tempore exiſtentis, ac Capituli, ac pariter Eccleſiæ Sancti Salvatoris Bahiæ ſuperioritate, Juriſdictione, poteſtate, & correctione, attento conſenſu dicti moderni Archiepiſcopi Ulyſſiponen. prorſus eximimus, & liberamus; necnon Oppidum prædictum Sancti Sebaſtiani in Civitatem, & Parochialem Eccleſiam Sancti Salvatoris ejuſdem Sancti Sebaſtiani prædicti Oppidi in Cathedralem pro uno Epiſcopo Sancti Sebaſtiani nuncupando, qui illi præſideat, & illius ſtructuras, & ædificia ampliari, & ad formam Cathedralium Eccleſiarum redigi faciat, & in dicta Eccleſia Sancti Sebaſtiani, & Civitate, ejuſque Diœceſi tot dignitates, Canonicatus, & Præbendas, aliaque beneficia Eccleſiaſtica cum cura, & ſine cura quot in eis pro divino cultu, & dictæ Eccleſiæ Sancti Sebaſtiani ſervitio, & Eccleſiaſtici Cleri decore, ipſi Epiſcopo Sancti Sebaſtiani videbuntur convenire de prædicti Petri Principis, & pro tempore exiſten. Regum prædictorum conſilio, & aſſenſu, & prævia cujuſlibet congrua dotatione ab ipſis Petro Principe, & Regibus Portugalliæ facienda quam primum fieri poterit erigat, & inſtituat; necnon Epiſcopalem Juriſdictionem, & poteſtatem exercere omnia, & ſingula, quæ ordinis quæque Juriſuictionis, aut cujuſlibet alterius muneris Epiſcopalis ſunt, & quæ aliis in Portugalliæ, & Algarbiorum Regnis, & dominiis conſtituti Epiſcopi in ſuis Eccleſiis Civitas, & Diœceſis facere poſſunt, & debent, facere libere, & licite poſſit, & debeat, ac in eadem S. Sebaſtiani ſic erecta Eccleſia Epiſcopalem dignitatem cum Sede, præeminentiis, honoribus, privilegiis, & facultatibus, quibus aliæ Cathedrales Eccleſiæ hujuſmodi de Jure, vel conſuetudine, aut alias utuntur, potiuntur, & gaudent, ac uti, potiri, & gaudere poſſunt, & poterunt quomodolibet in futurum; necnon Epiſcopali, & Capitulari Menſis, aliiſque Cathedralibus inſigniis ad Omnipotentis Dei laudem, & Glorioſiſſimæ Genitricis ejus Virginis Mariæ, totiuſque Triumphantis Eccleſiæ gloriam, & Fidei Catholicæ exaltationem conſilio, & auctoritate ſimilibus perpetuo erigimus, & inſtituimus, & Sancti Sebaſtiani Eccleſiæ Cathedralis, & Sancti Sebaſtiani Oppidum hujuſmodi Civitatis, illiuſque Incolas Civium nomine Titulo, & honore decoramus.

Preces Petri Principis, & Gubernatoris Regnorũ Portugalliæ, & Algarbiorum.

Erectio d. Oppidi in Civitatem, ejuſq; Eccleſiæ Parochialis in Cathedralem.

§.4. Necnon eidem Sancti Sebaſtiani Eccleſiæ Oppidum Sancti Sebaſtiani prædictum, ſic in Civitatem Sancti Sebaſtiani erectum pro Civitate, aliaque Oppida, Caſtra, Villas, Territoria, ac diſtrictus dictæ Provinciæ Divi Januarii a Capitania Spiritus Sancti incluſive, uſque ad Flumen de Plata per oram maritimam, & Terram intus pro ſua Diœceſi, & illius Clerum, Incolas, habitatores, Populum pro ſuis Clero, & Populo concedimus, & aſſignamus. Non obſtante alia ſeparatione, ſeu diſmembratione ejuſdem Provinciæ Divi Januarii, olim facta, cum erecta fuerit in adminiſtrationem ſpiritualem a ſa. me. Gregorio XIII. prædeceſſore noſtro per literas datas 19. Julii 1576., necnon Eccleſiæ prædicti Sancti Sebaſtiani, ejuſque menſæ Epiſcopali prædictæ pro ejus dote redditus annuos duorum millium, & quingentorum Cruciatorum monetæ Portugalliæ per ipſum Petrum Principem aſſignatos, quam quidem ſummam idem Petrus Princeps de ſuis propriis, ac pro tempore exiſtentium Regum Portugalliæ redditibus, & ſpecialiter de illis, qui ex ipſa Regione Braſiliæ percipiuntur, gratioſe, & irrevocabiliter ad hunc effectum donavit, & obtulit, ac ſolvere quot annis promiſit, ſeu promittit, ſimiliter perpetuo applicamus, & appropriamus.

Diœceſis termini aſſignantur.

Dos menſæ Epiſcopalis.

§.5. Et inſuper Petro Principi, & Gubernatori, ac pro tempore exiſtentibus Portugalliæ, & Algarbiorum Regibus prædictis Juſpatronatus, & præſendandi infra annum perſonas idoneas ad

Juſpatron., & præſentandi ad d. Eccleſiã Regibus Portugalliæ conceditur.

di-

dictam Eccleſiam Sancti Sebaſtiani videlicet Nobis, & pro tempore exiſtenti Romano Pontifici tam pro hac prima vice, quam quoties illam deinceps quovis modo etiam apud Sedem Apoſtolicam vacare contigerit per Nos, & pro tempore exiſtentem Romanum Pontificem hujuſmodi, in ejuſdem Sancti Sebaſtiani Eccleſiæ Epiſcopum, & Paſtorem ad præſentationem hujuſmodi, & non alias præficiendum: Ad majorem vero poſt Pontificalem, & principales, aliaſque Dignitates, Canonicatus, & Præbendas, necnon Beneficia erigenda etiam per Petrum Principem, & pro tempore exiſtentes Reges hujuſmodi, ex bonis eorum mere laicalibus congrue dotanda, tam ab eorum primæva erectione poſtquam erecta, & dotata fuerint, quam ex tunc deinceps quoties illa quibuſvis modis etiam ex quorumcumque perſonis, etiam apud Sedem eamdem vacare contigerit pro tempore exiſtenti Epiſcopo Sancti Sebaſtiani prædicto, ſimiliter per eum ad præſentationem prædicti Petri Principis, & pro tempore exiſtentium Portugalliæ, & Algarbiorum Regum facta infra terminum a Jure præfixum in ipſis dignitatibus, Canonicatibus, & præbendis, ac Beneficiis inſtituendis, eadem auctoritate perpetuo reſervamus, & concedimus.

Declaratur Juſpatr. competere ex Dotatione, & fūdatione, nec ei derogandū.

§.6. Decernentes Jus Patronatus, & præſentandi hujuſmodi Petro Principi, & Gubernatori, & pro tempore exiſtentibus Portugalliæ, & Algarbiorum Regibus prædictis ex meris fundationibus, & dotationibus competere, illique etiam per Sedem eamdem, etiam Conſiſtorialiter quacumque ratione derogari non poſſe, neque derogatum cenſeri, niſi ipſius Petri Principis, & Gubernatoris, & pro tempore exiſtentium Regum prædictorum ad id expreſſus accedat aſſenſus, & ſi aliter quovis modo derogetur, derogationes hujuſmodi cum inde ſequutis, nullius roboris, vel momenti fore: ſicque per quoſcumque Judices, & Commiſſarios, quavis auctoritate fungentes, etiam ejuſdem Sanctæ R. Eccleſiæ Cardinales, etiam de latere Legatos, Vicelegatos ſediſque prædictæ Nuncios, & cauſarum Palatii Apoſtolici Auditores, ſublata eis, & quibuſvis aliis quavis aliter judicandi, & interpretandi facultate, & auctoritate, judicari, & definiri debere: necnon irritum, & inane, ſi ſecus ſuper his a quoquam quavis auctoritate ſcienter, vel ignoranter contigerit attentari.

§.7. Non obſtantibus præmiſſis, præſertim quod Eccleſia Sancti Salvatoris Braſilien. prædicta vacaret, & Paſtore ſuo deſtituta reperiretur, Lateranen. Concilii noviſſime celebrati uniones perpetuas, & ab Eccleſiis membra diſtingui, ac dividi prohibentis, noſtra, & Cancellariæ Apoſtolicæ Regulis de non tollendo Jure quæſito, aliiſque Conſtitutionibus, & Ordinationibus Apoſtolicis, necnon Ulyſſiponen., & S. Salvatoris de Bahia Eccleſiarum prædictarum juramento, confirmatione Apoſtolica, vel quavis firmitate alia roboratis ſtatutis, & conſuetudinibus, ceteriſque contrariis quibuſcumque.

§.8. Nulli ergo omnino hominum liceat hanc paginam noſtræ ſegregationis, diviſionis, ſeparationis, aſſignationis, applicationis, approbationis, reſervationis, & decreti infringere, vel ei auſu temerario contraire. Siquis autem hoc attentare præſumpſerit, Indignationem Omnipotentis Dei, ac Beatorum Petri, & Pauli Apoſtolorum ejus ſe noverit incurſurum.

Datum Romæ apud S. Petrum Anno Incarnationis Dominicæ milleſimo ſexcenteſimo ſeptuageſimo ſexto. Decimo Kal. Decembris Pontificatus noſtri Anno Primo.

VI.

Confirmatur Decretum Congregationis Concilii, quo decernitur ad Abbatem Commendatarium pertinere approbare Monachos pro audiendis confeſſionibus ſecularium in Eccleſiis Monaſteriorum S. Scholaſticæ, & S. Specus Sublacen. Ordinis S. Benedicti nullius Diœceſis Provinciæ Romanæ.

INNOCENTIUS PAPA XI. Dat. 27. Nov. 1676. An. I.

Ad futuram rei memoriam.

Procemium.

EManavit nuper a Congregatione Ven. Fratrum noſtrorum S. R. E. Cardinalium Concilii Tridentini interpretum ad favorem dilecti filii noſtri Caroli Barberini ejuſdem S. R. E. Diaconi Cardinalis Caroli nuncupati, perpetui Commendatarii Monaſteriorum S. Scholaſticæ, & ſacri Specus Sublacen. inſimul perpetuo unitorū Ordinis S. Benedicti nullius Diœceſis Provinciæ Romanæ, Decretum tenoris, qui ſequitur videlicet: *Sublacen. Juriſdictionis.*

Exemplum ſupplicis libelli Eminentiſſimi Commendatarii.

§.1. Eminentiſſimus D. Cardinalis Carolus Barberinus modernus Abbas Commendatarius Sublacen. exponit, qualiter Monachi Ordinis Caſſinenſis degentes in SS. Monaſteriis S. Scholaſticæ, & S. Specus inſimul unitis Abbatiæ Sublacen. pro audiendis Confeſſionibus ſecularium in Eccleſiis dictorum Monaſteriorum conſueverunt hucuſque approbationem oretenus recipere a Vicario Generali Abbatis Commendatarii pro tempore exiſtentis; quoties enim novus ſuperior Clauſtralis regimini eorumdem Monachorum præficiebatur, cum primum ipſum Vicarium Generalem inviſeret, conſuevit ſemper quoſdam ex Monachis, quos ad id munus magis idoneos judicaret, eidem proponere, ut neceſſariam approbationem pro excipiendis ſecularium Confeſſionibus, ſi ita ei videbatur, ab ipſo reciperent, prout de facto oretenus, ipſius Vicarii arbitrio recipiebant, duraturam nimirum pro toto tempore regiminis illius ſuperioris, qui illam poſtulaverat, unde novus ſuperior, novam ſubinde approbationem pro confeſſariis petebat.

§.2. Morem hunc approbandi oretenus Confeſſarios Eminentiſſimus Cardinalis Carolus modernus Commendatarius haud ſatis probavit: ideoque cum illum ſervari inveniſſet per ipſius Vicarium, cum ceteris, etiam fere omnibus Confeſſariis, ſive ſecularibus, ſive Regularibus ſuæ Abbatiæ, cupiens pro ſua pietate, ac zelo præſertim poſt editas Conſtitutiones Synodales conſultius procedere, Vicario injunxit, ut in poſterum ad earumdem Conſtitutionum præſcriptum, omnibus Confeſſariis, ſive Secularibus, ſive Regularibus facultatem audiendi Confeſſiones, non alias quam in ſcriptis concederet ſingulis ſemeſtribus renovandam. Decretum hoc Eminentiæ ſuæ paulo poſt, ut par erat ad praxim deductum fuit ab ejus Vicario reſpectu Confeſſariorum Secularium, & etiam aliorum Regularium.

B §.3. Ve-

5. Moto-próprio *Candor lucis aeternae*, pelo qual Bento XIV divide o território da diocese do Rio de Janeiro e cria as dioceses de S. Paulo e de Mariana e as prelazias de Goiás e de Cuiabá. Roma, 6 de Dezembro de 1746

Tradução portuguesa

FONTES: *Sanctissimi Domini Nostri Benedicti Papae XIV Bullarium*, Tomus secundus, uolumen 4, Mechliniae, typis P.-J. Hanicq, 1826, pp. 326-340; *Magnum Bullarium Romanum (...)*, Tomus decimus-septimus, Luxemburgi, sumptibus Henrici-Alberti, 1753, fólios 93-97.

Bento, bispo, servo dos servos de Deus, para eterna memória. Jesus Cristo, Filho unigênito de Deus, resplendor da luz eterna e imagem da divina bondade, que de modo admirável ilumina desde o alto do seu santuário até aos confins da terra, despertou no coração do nosso mui amado filho em Cristo D. João V, ilustre rei de Portugal e dos Algarves, *espírito de sabedoria e de entendimento*[88] para dar a conhecer aos pagãos as maravilhas da sua divinal virtude, para revelar *aos que moram na sombra*

[88] *Is* 11. 2.

da noite[89] que ele é *o Deus perscrutador dos séculos*[90] e para confortar *os que conservam o mistério da fé*[91] e para dirigi-los para a via da salvação, fazendo-os caminhar na suavidade do seu nome.

Ora, movido por este espírito, o citado rei D. João pôs a sua atenta vista sobre as regiões da América sujeitas no temporal à sua soberania, e dando-se conta de que na província do Brasil a diocese do Rio de Janeiro, com a bênção de Deus, o santo nome d' Este, desde a fundação do seu bispado, graças ao trabalho dos evangelizadores, tomou tamanha extensão que os pedidos e queixas das populações mais afastadas daquele lugar não conseguem alcançar os ouvidos do prelado senão depois de transcorrido um ano; sendo portanto de recear que, os que algum dia foram trevas, mas hoje são luz no Senhor, não caminhem vigilantes, como filhos da luz, e "fazendo certa a sua vocação e eleição por meio das boas obras",[92] mas de novo se apartem para a confusão e se "se tornem abomináveis",[93] por forma a aplicarem-se a eles as palavras do profeta: *Foram levados como um rebanho. Serão afligidos, porque não têm pastor*, senão aquele que *não visitará as ovelhas abandonadas, que não buscará as que se desgarraram e que não curará as doentes e que não sustentará as que estão sãs.* [*Zc* 10. 2.; 11. 16.]

[89] *Sl* 107. 10.
[90] *Sir* 36. 19.
[91] *1Tm* 3. 9.
[92] Cf. *2Pe* 1. 10.
[93] Cf. *Sl* 14. 1.

Por tudo isto, o querido filho Manuel Pereira de Sampaio, comendador da Ordem Militar de Nosso Senhor Jesus Cristo nos reinos de Portugal, encarregado de negócios junto de nós e da Santa Sé, fez-nos recentemente a exposição do fato de que mui adequadamente se acudirá a tão grande número de incômodos referidos, a tamanhos perigos das almas e ao proveito das mesmas, se a vastíssima diocese for repartida:

por um bispado, já existente, do Rio de Janeiro, a favor de um bispo; e por outro bispado, na cidade de S. Paulo, a favor de outro bispo; e pelo restante, na cidade de Mariana, da dita diocese, a favor do outro bispo: a serem criados tal como mais abaixo se indica, quanto ao restante a favor de bispos e prelados;

E, do mesmo modo, também por uma prelazia, sobre o território de Goiás, a favor de um prelado, e por outra, sobre o território de Cuiabá, a favor de outro prelado, a serem criadas, tal como mais abaixo se indica;

Para que eles, às populações entregues aos seus cuidados, não só as arranquem do poder das trevas, conduzindo-as até à graça resplandecente da sempiterna luz, mas também, depois de adquiridos os rudimentos da fé, as instruam nas obras da justiça, "buscando as coisas que são lá de cima e cuidando nas coisas que são lá de cima."[94]

Logo que isto escutamos, levantamos as nossas mãos ao mesmo unigênito Filho de Deus, cujo lugar, ainda que imerecidamente, desempenhamos na terra, afincadamente lhe dando graças por tão fervorosa inspiração pelo céu derramada sobre o referido nosso caríssimo filho D. João, filho deveras muitíssimo querido em Cristo; depois, olhando para o nosso pastoral cui-

[94] Cf. *Cl* 3. 1.

dado, mais favoravelmente e com rapidez anuímos aos desejos do mesmo rei D. João, dignos de católica piedade, a nós mais acima expostos.

Motivo pelo qual, desejando, conforme se deixa dito, tomar providência sobre o exposto, por iniciativa própria e com ciência certa e madura deliberação nossas e com a plenitude do poder apostólico, para louvor e glória de Deus onipotente e de Maria sua gloriosa Mãe e honra de toda a corte celestial e exaltação da própria fé católica, dividimos em cinco partes a referida diocese do Rio de Janeiro.

E deixamos uma ao antigo bispado do Rio de Janeiro, para que se separe da abaixo referida diocese de S. Paulo: na direção do sul, ao longo dos limites dos governos seculares do Rio de Janeiro e de S. Paulo, até ao rio Paraíba; depois, ao longo desse mesmo rio até à Cachoeira Grande, pelo lugar onde esta irrompe através dos montes nos chamados Campos de Goytacazes; e desde o lugar da dita Cachoeira, fique separada da mais abaixo descrita diocese de Mariana, tendo como limites as cumeadas dos mesmos montes, até atingir o território do arcebispado de S. Salvador, com o qual se conserve a mesma divisa do dito bispado do Rio de Janeiro que até hoje teve.

E [deixamos] outra [parte] ao bispado de S. Paulo, cujos limites com a outra parte do Rio de Janeiro até ao rio Paraíba são os mesmos supraindicados, e que se divide, desde aquele rio até outro, chamado Grande ou Paraná, da abaixo descrita diocese de Mariana, pelas divisas estabelecidas entre os governos seculares de S. Paulo e do Rio de Janeiro e das Minas Gerais; depois, tendo como limite o curso do mesmo rio Grande, que se separe da prelazia de Goiás, que, como se dirá, deverá criar-

-se, todo o território por onde se estende a soberania do rei de Portugal.

E [deixamos] outra [parte] ao bispado de Mariana, que fique separada dos outros bispados do Rio de Janeiro e de S. Paulo, como acima se disse, e, quanto ao restante, da prelazia de Goiás a ser criada, como abaixo se dirá, pelos limites dos governos seculares de S. Paulo e das Minas Gerais, e que conserve, em relação ao precitado arcebispado de S. Salvador e ao bispado de Pernambuco, as antigas divisas do referido bispado do Rio de Janeiro.

E [deixamos] outra [parte] à prelazia de Goiás, que, dividida dos citados bispados de S. Paulo e de Mariana, como acima se disse, permaneça circunscrita pelas mesmas divisas, em relação aos bispados de Pernambuco, Maranhão e Pará, que hoje possui a referida diocese do Rio de Janeiro.

E repartimos respectivamente a restante parte do referido bispado do Rio de Janeiro assim dividido aos territórios da prelazia de Cuiabá, a ser criada como abaixo se dirá, a qual fique separada da referida prelazia de Goiás pelas divisas estabelecidas entre a Ouvidoria de Cuiabá e as duas outras de Goiás e de S. Paulo.

Com igual plenitude de poder, com a citada autoridade apostólica respectivamennte criamos e estabelecemos para sempre:

Naquelas partes assim divididas e repartidas, na segunda delas, a cidade de S. Paulo, com o seu território, o bispado de S. Paulo, que deve ser chamado de S. Paulo, e na terceira delas, a cidade de Mariana, com os referidos territórios respectivos, outro bispado, que deve ser chamado de Mariana; e na citada cidade de S. Paulo, a igreja paroquial do mesmo S. Paulo, em igreja catedral, sob a invocação da Assunção de Santa Maria e de S. Paulo, a favor de um bispo, que deve ser chamado de S. Paulo; e na citada cidade de Mariana, a igreja paroquial, chamada de Santa Maria do Carmo, pondo de parte esta denominação, igualmente em igreja catedral, sob a invocação da mesma Assunção da Santíssima Virgem a favor de outro bispo, que deve ser chamado de Mariana, para que cada um destes bispos fique à frente de cada um dos bispados;

e para fazer que as mesmas igrejas tomem a forma de igrejas catedrais, e também para que em cada uma delas existam, como dignidades, abaixo da pontifical: como primeira, um arcediago, como segunda, um arcipreste, como terceira, um chantre e, como quarta, um tesoureiro; e igualmente, dez conezias e igual número de prebendas, entre as quais as prebendas chamadas de teólogo e de penitenciário, com um número razoável e conveniente de capelães e de outros ministros do culto, cargos e prebendas que o citado rei D. João em cada uma das dioceses determina prover com côngruas provenientes dos seus rendimentos régios;

e igualmente para que, nestas ditas cidades de S. Paulo e de Mariana, e dioceses das mesmas, logo que puder fazer-se, criem e erijam outros benefícios eclesiásticos, com cura e sem cura de almas, que ali lhes parecerem convenientes para o culto divino, serviço das ditas igrejas e decoro do clero eclesiástico, com deliberação e assentimento do referido rei D. João, e do rei de Portugal que então desempenhar o cargo, e após fazer-se a justa dotação destes benefícios e cargos;

e igualmente para que livre e licitamente possam e devam fazer e exercer nas suas respectivas dioceses de S. Paulo e Mariana a jurisdição, autoridade e poder episcopal, e todos e cada um dos direitos de ordem e de jurisdição, e de outra espécie, que são próprios da função episcopal; e o que podem fazer e do que costumam usar os outros bispos, colocados tanto nos reinos e domínios de Portugal e dos Algarves, como em qualquer lugar que seja, nas suas igrejas, cidades e dioceses, por direito ou costume ou outros títulos, como resultado de privilégios e graças e indultos e dispensas apostólicas, sejam eles quais forem, até apoiando-se em autorização e faculdade concedidas a eles através de letras apostólicas, de modo especial e com nome expresso, semelhantemente e também principalmente, sem absolutamente qualquer diferença, como se também com nome expresso e de modo especial lhes tivessem sido concedidos e expressos a cada um deles, ainda que sejam de tal qualidade que requeiram uma menção e nota especial, e não venham debaixo da concessão geral.

E que respectivamente fiquem sujeitas, no foro metropolítico, ao arcebispo de S. Salvador que o for ao longo do tempo, tal como a citada diocese do Rio de Janeiro se encontrava antes das referidas divisão e repartição.

Com a plenitude do mesmo poder, pela referida autoridade apostólica para sempre respectivamente as criamos e estabelecemos com a sé, com a mesa e as outras insígnias episcopais, e igualmente preeminências, honras, privilégios, imunidades e graças espirituais e temporais, pessoais, reais e mistas, de que as demais igrejas catedrais dos referidos reinos e senhorios igualmente gozam, estão de posse e desfrutam por direito ou costume ou especial privilégio ou indulto apostólico, ou, por outra qualquer via e de qualquer maneira, no futuro poderão vir a gozar, estar de posse e desfrutar.

E com os mesmos poder e autoridade também concedemos e repartimos para sempre às mesmas assim criadas igrejas de S. Paulo: a saber, à de S. Paulo, a cidade de S. Paulo, como cidade, e, como diocese, as outras vilas, povoados, aldeias e territórios, sejam quais forem os seus nomes, que se contêm na segunda parte da divisão referida, e atribuídas ao mesmo bispado de S. Paulo, conforme acima se diz; e, à igreja de Mariana, a cidade de Mariana, como cidade, e, como diocese, as outras vilas, povoados, aldeias e territórios, sejam também quais forem os seus nomes, que se contêm na terceira parte da divisão referida, conforme acima se diz; e igualmente as pessoas eclesiásticas e as seculares que habitarem ao longo do tempo nas respectivas cidades e dioceses, respectivamente como seus clero e povo.

E com idêntica plenitude de poder também sujeitamos para sempre a cidade, clero e povo de S. Paulo ao bispo de S. Paulo, e a cidade, clero e povo de Mariana ao bispo de Mariana, no que se refere à autoridade episcopal ordinária, e ao referido arcebispo, que ao longo do tempo for, de S. Salvador, no que diz respeito à jurisdição e superioridade metropolitanas.

E também do mesmo modo para sempre aplicamos e destinamos às mesas episcopais de S. Paulo e de Mariana, para dotação de cada uma delas, os rendimentos de quinhentos e setenta e um ducados de ouro da câmara, a serem consignados pelo mesmo rei D. João, soma esta que o mesmo rei D. João graciosa e irrevogavelmente para este efeito ofereceu e doou dos seus próprios rendimentos, e igualmente dos dos reis de Portugal e dos Algarves que o vierem a ser ao longo dos tempos, e prometeu ou promete todos os anos pagar, a partir de então como deste dia, e a partir de agora, depois que forem consignados, conforme se deixa dito.

E além disso com a mesma autoridade concedemos e reservamos para sempre ao rei D. João, e aos citados reis de Portugal e dos Algarves que o forem ao longo do tempo, o direito de padroado e o de apresentar pessoas idôneas para as ditas igrejas de S. Paulo e Marianense: ou seja, a nós, e ao pontífice romano que então for, dentro do prazo de um ano, devido à distância dos lugares, tanto nesta primeira vez, como sempre que a partir de agora de algum modo também acontecer elas vagarem na Sé apostólica, os bispos e pastores que por nós, após esta apresentação, e não outras, devem ser postos à frente de cada uma das igrejas de S. Paulo e de Mariana.

Com a mesma autoridade também reservamos e concedemos para sempre ao bispo de S. Paulo e ao bispo de Mariana, que então forem nas respectivas dioceses, o direito de criarem nas mesmas, com exceção da pontifical, as dignidades principais e outras, conezias e prebendas, e também benefícios, consoante acima se diz, uma vez que sejam igualmente dotados com bens do rei D. João, e dos reis referidos que o venham a ser ao longo do tempo, tanto desde a primeira criação dos mesmos, como o direito de, a partir de então, sempre que de algum maneira acontecer eles vagarem, quer de pessoas quaisquer, quer na mesma sé, dentro do prazo determinado pelo direito, igualmente nomearem nas mesmas dignidades, conezias e prebendas e benefícios, mediante apresentação do precitado rei D. João, e dos reis que então forem de Portugal e dos Algarves.

Determinando que o direito de padroado e de apresentação cabe, *em virtude das meras fundações e dotações*, ao rei D. João, e aos reis referidos que então forem, e que por motivo algum pode ele ser anulado, nem julgar-se anulado, nem sequer pela mesma Sé, mesmo consistorial, a menos que exista expresso assentimento para tal do próprio rei, e dos reis referidos que então forem; e que se, de qualquer maneira que for, se anular, tais anulações, com as suas consequências, não tenham qualquer vigor, eficácia e força.

E com igual plenitude de autoridade também para sempre isentamos e totalmente libertamos as referidas quarta e quinta partes divididas e, conforme acima se contém, atribuídas respectivamente às prelazias de Goiás e de Cuiabá, que devem ser criadas conforme abaixo se contém, com os seus respectivos territórios, vilas, povoados, lugares, e igualmente o clero e povo e pessoas e mosteiros, igrejas, colégios e lugares pios e benefícios eclesiásticos, seculares e regulares de quaisquer Ordens: de toda a jurisdição, sujeição, superioridade, correção, visitação e poder do bispo, que então for, do Rio de Janeiro, e dos seus vigários e oficiais; e do pagamento de quaisquer direitos ao mesmo bispo e aos diletos filhos do cabido da igreja do Rio de Janeiro, a serem quitados pelo clero, povo e pessoas dos territórios de Goiás e de Cuiabá, em razão deste tipo de sujeição, superioridade, jurisdição ou visitação da diocese: de tal maneira que o referido bispo do Rio de Janeiro não possa de modo algum exercer alguma jurisdição espiritual sobre as vilas, arraiais, aldeias e lugares, e clero e população, pessoas, mosteiros, igrejas e lugares pios, e tampouco sobre os benefícios eclesiásticos que existem nas referidas quarta e quinta parte divididas e atribuídas, nem conferir os mesmos benefícios, que anteriormente cabiam ao seu direito de colação, provisão, colocação ou qualquer outro título, nem tampouco prover em relação a eles nem de outro modo dispor, nem [possa de modo algum] receber os emolumentos que costumava receber, nas referidas quarta e quinta partes divididas e atribuídas e nos seus respectivos termos, territórios, vilas, povoados e lugares referidos.

E, com igual plenitude de autoridade, também para sempre criamos e estabelecemos estas partes assim isentas e totalmente libertadas: a saber, a quarta, em uma prelatura *de nenhuma diocese*[95] de Goiás, a favor de um presbítero secular ou de qualquer Ordem regular, que deve ser chamado prelado de Goiás, e a quinta, em outra prelatura *de nenhuma diocese* de Cuaiabá, a favor de outro presbítero secular ou de qualquer Ordem regular, que deve ser chamado prelado de Cuiabá, graduados em teologia ou em cânones, ou, se o não forem, depois de habilitados mediante exame prévio ou avaliação do seu ordinário ou do ordinário do lugar em que ao tempo acontecer eles se encontrarem, e considerados capazes para ensinar outros; e que devem ser livremente nomeados e estabelecidos, para sempre no futuro, e também nesta primeira vez, pelo mesmo rei D. João, e pelo rei que então for de Portugal e dos Algarves, sem para isto ser necessário o consentimento de ninguém nem autorização para o futuro;

Os quais, por força destas nomeações e escolhas, sem outra aprovação, confirmação, licença ou consentimento do papa ou do citado arcebispo de S. Salvador ou de qualquer outro, tenham o cuidado, governo e administração dos referidos territórios de Goiás e Cuiabá, e do clero e povo, tanto cristão como pagão, e também das vilas, terras e lugares que respectivamente existem nos limites, termos e lugares referidos dos mesmos ter-

[95] O termo do texto latino é o usado em direito canônico para este tipo de circunscrição: *nullius dioecesis*.

ritórios, e ali preguem e façam que se pregue e se esforcem por que os referidos pagãos se convertam ao culto da fé ortodoxa, e sirvam e corroborem na mesma fé os conversos e lhes apliquem a graça do batismo e o sacramento da confirmação, e se esforcem por ministrar e também fazer que sejam administrados, tanto àqueles assim convertidos, como a todos os outros fiéis que então residirem nestes territórios e nas suas respectivas e referidas vilas, terras, arraiais, lugares e limites, e a pessoas forasteiras, os sacramentos da Igreja e outras mercês espirituais, exceto aquelas que pertencem ao sacramento da ordem;

E quaisquer benefícios eclesiásticos existentes nas referidas quarta e quinta partes divididas, atribuídas, isentadas e libertadas, e os que anteriormente pertenciam à colação, provisão, instituição ou qualquer outra disposição do mesmo bispo do Rio de Janeiro, que eles os confiram e deles disponham e neles estabeleçam; e que consagrem e benzam cálices, sinos, vestes, corporais e outros paramentos e ornamentos; e que reconciliem, mediante água por eles benzida, as igrejas, cemitérios e lugares eclesiásticos poluídos ou profanados com derramamento de sangue ou de esperma ou de qualquer outro modo; e que visitem as mesmas igrejas e lugares que se encontram dentro dos referidos territórios de Goiás de Cuiabá e os respectivos habitantes, e que façam inquirição sobre a sua situação, governo, estatutos, usos, teor de vida, costumes, ritos, delitos e disciplina, tanto na cabeça como nos membros; e igualmente, sem se apartarem dos ensinamentos evangélicos e apostólicos e dos santos cânones e dos decretos e determinações dos concílios gerais, quando se derem conta de que estas coisas necessitam de qualquer mudança, correção, emenda, punição, revogação e até versão inteiramente nova, que reformem, mudem, corrijam, punam e até criem de novo;

E igualmente que ouçam, decidam e, conforme ao direito, julguem causas beneficiais e matrimoniais e quaisquer outras, eclesiásticas e civis, que de alguma maneira pertençam ao foro eclesiástico, movidas e encetadas e que entretanto devam mover-se, com os seus incidentes, emergentes, anexos e conexos, ou que deleguem as próprias causas a outro ou outros idôneos, no modo e forma referidas, com poder igual ou limitado para do mesmo modo as ouvirem e julgarem.

E, finalmente, que possuam plena, mera e omnímoda jurisdição espiritual e eclesiástica e ordinária, tanto no foro interior como no exterior, mas não naquilo que, tal como acima se disse, pertence à ordem; e que semelhantemente e da mesma forma e sem absolutamente qualquer diferença, com exceção todavia daquelas coisas que, como acima se disse, pertencem à ordem, na medida em que reconhecerem que são úteis para o aumento do culto divino e para a salvação das almas dos respectivos clero e povo, detenham, executem e realizem esta jurisdição e todas e cada uma das outras prerrogativas que o bispo do Rio de Janeiro, que o foi ao longo do tempo, neste território até agora pôde, deveu e costumou possuir, deter e exercer.

E que livre e licitamente estejam autorizados e possam usar e trazer como seu apropriado traje sotaina e mantelete de cor negra, com todos e cada um dos outros privilégios, poderes, isenções, liberdades, jurisdições, preeminências, favores, graças e indultos dos quais usa, goza e desfruta, e pode, e de qualquer maneira poderá futuramente usar, gozar e desfrutar o vigário e administrador no espiritual, que então desempenhar o cargo, da província ou circunscrição da ilha de Moçambique, que semelhantemente ali possui, a jurisdição ordinária, conforme acima se disse.

Pelo dito rei D. João foi atribuída a cada um destes prelados, que o for ao longo do tempo, a soma anual de duzentos e vinte e oito ducados de ouro da câmara, mais dez júlios em moeda romana, provenientes do erário régio, que devem ser pagos para seu devido sustento.

Determinamos que a carta apostólica presente e acima escrita é e venha a ser sempre e perpetuamente válida e eficaz, e que deve alcançar e obter o seu pleno e inteiro efeito, e que jamais em tempo algum a qualquer título ou por qualquer causa, por mais legítima e jurídica, [o perca], e tampouco em consequência do fato de presentemente vagar a sé episcopal do Rio de Janeiro e ficar desprovida do próprio pastor e defensor, e de o cabido e cônegos da mesma ou quaisquer outros de qualquer dignidade, grau, condição e preeminência no que é acima mandado e acerca disto, de qualquer modo que seja e, por qualquer motivo, razão e ação ou ocasião, tendo direito ou interesse ou pretendendo que têm, não estarem com isto de acordo, ou de, para isto chamados e ouvidos, não terem sido alegadas, verificadas e justificadas as causas por causa das quais tinham sido apresentadas, por causa de vício de sub-repção, ou ob-repção, ou nulidade ou invalidade, ou por defeito da nossa intenção ou do consenso dos que têm direito ou interesse, ou por qualquer outra falta, por grave que seja, substancial, inexcogitada e inexcogitável e específica, e por deficiência na expressão e menção individualizada e específica; ou tampouco em consequência do fato de que no acima mandado ou em algo do mesmo não se manterem e cumprirem as solenidades e quaisquer outras formalidades que devem manter-se e cumprir-se, ou em consequência de qualquer outro título que resulta do direito, ou de feito ou de estatuto ou de algum uso, ou também em razão, pretexto ou sob color de lesão enorme, enormíssima ou qualquer outro motivo, ou por causa também encerrada no corpo da lei, ou por ensejo ou outra causa, também o quanto se queira justa, racionável, legítima, jurídica, piedosa, com privilégio tal que necessariamente deveria ser expressa para efeito de validade do acima determinado; ou em consequência do fato de que, em relação à nossa vontade e outras coisas mais acima expressas, em parte alguma aparecesse ou de outro modo pudesse provar-se, criticar-se, impugnar-se, invalidar-se, retratar-se, alegar-se em direito ou pôr em litígio, ou reduzir-se aos termos da lei, ou contra elas impetrar-se o remédio da restituição integral, da *aperitio oris*, da redução ao caminho e termos do direito ou qualquer outro remédio de direito, feito, graça ou justiça; ou também de qualquer modo poder usar-se do moto [próprio] idêntico, concedido ou impetrado ou emanado, ou a ele recorrer em juízo ou fora; e que tampouco a presente carta apostólica e o acima escrito se possam compreender sob quaisquer revogações de graças semelhantes ou diferentes, suspensões, limitações, modificações, derrogações e outras disposições contrárias, igualmente por nós determinadas e pelos romanos pontífices que forem nossos sucessores ao longo do tempo, e pela referida Sé Apostólica, também por igual moto próprio, mesmo consistorialmente, em resultado de quaisquer causas e sob qualquer teor e forma de palavras, e com quaisquer cláusulas e determinações, ainda que neles, acerca dos mesmos presentes e todo o seu teor e data, se faça menção especial, com que se compreenda o feito e concedido e que deve ser feito e concedido temporariamente, mas, como visando sempre à propagação da fé católica e ao progresso espiritual das almas, sempre se tenham estas determinações como excetuadas, e todas as vezes que elas emanarem, sempre devem ser restituídas, repostas e plenamente reintegradas ao seu estado primitivo e plenamente válido e no qual anteriormente de qualquer maneira se encontravam, e ser concedidas de novo ou haver de sê-lo, ainda sob qualquer data posterior e em qualquer momento que se escolher.

E determinamos que assim, e não de outra sorte, em tudo e cada uma das coisas acima determinadas, devem julgar e definir quaisquer juízes, em qualquer juízo e em qualquer instância, inclusivamente os auditores das causas do Palácio Apostólico e os cardeais da santa Igreja romana, tal como os legados *a latere*, vice-legados e núncios da referida Sé, e outras quaisquer pessoas que se encontrem investidas de qualquer autoridade, poder, prerrogativa, honra e preeminência, retirando-se-lhes e a qualquer um deles toda a autoridade e poder de julgar e interpretar de modo diferente, ficando írrito e nulo qualquer ato em sentido contrário que, com conhecimento de causa ou sem ele, alguém, detentor de qualquer autoridade, por acaso vier a praticar.

Sem que para isto obstem a disposição do Concílio de Latrão, que proíbe que das igrejas se separem e dividam os membros, e as nossas regras e da Chancelaria Apostólica, acerca de não se suprimir o direito adquirido e das desmembrações encomendadas e outras, em contrário do que acima se estabeleceu, regras de qualquer modo publicadas ou a serem publicadas, já nos concílios, especiais ou gerais, sinodais, provinciais e universais, ou nas constituições e ordenações apostólicas; e sem que para isto obste o que consta nos estatutos, mesmo confirmados por juramento, da dita igreja do Rio de Janeiro, e na fundação, ereção e estabelecimento, incluindo privilégios, indultos e carta apostólica à mesma igreja do Rio de Janeiro, e ao seu bispo, que o for ao longo do tempo, e ao cabido e cônegos e quaisquer outras pessoas, sob quaisquer formas e teor, e com quaisquer cláusulas, mesmo derrogatórias, e outras mais eficazes, eficacíssimas e não acostumadas e irritantes e outros decretos, em geral, ou ainda com a cláusula de igual a *Moto*, e até consistorialmente, ou diferentemente concedidos, confirmados e inovados de qualquer modo e contrários ao acima concedido. A todas e cada uma destas disposições, ainda que para sua suficiente derrogação se devesse fazer, delas e da totalidade do seu teor, uma menção especial, específica, expressa e individualizada, ou devesse observar-se para isto alguma outra forma distinta, pela presente carta consideramos o teor delas como se aqui estivesse inserto expressamente do princípio ao fim, sem qualquer omissão e com elas expressas e incluídas de modo pleno e suficiente. A elas, que de resto deverão permanecer em vigor, unicamente por esta vez, para efeito e validez do acima disposto, nós por igual decisão derrogamos latíssima e plenissimamente e de modo bastante, especial e expresso, e tudo o mais em contrário, com as cláusulas oportunas.

Faça-se de acordo com esta determinação própria

E que acerca da divisão, atribuição, ereção, instituição, sujeição, aplicação, apropriação, reserva, concessão, determinação, isenção, libertação, derrogação e outras decisões, como acima indicadas, a serem expostas com toda a extensão na carta apostólica, e que na carta apostólica possa fazer-se, com a cláusula de "para sempre e para eterna memória", maior e mais verdadeira especificação e expressão de todas e cada uma das coisas acima indicadas, e também das denominações, qualidades, designações, invocações e outras coisas necessárias, e em relação às referidas prelazias, através de breve nosso ou ofício de graça menor, que também devem ser expedidas separadamente.

Ora, queremos, estabelecemos e ordenamos que o clero, povo e os outros habitantes e moradores que ficam compreendidos pelas prelaturas de Goiás e Cuiabá criadas pelo presente documento fiquem obrigados a recorrer ao precitado arcebispo de S. Salvador naquelas coisas que pertencem à ordem, todavia depois de obterem para isso cartas demissiórias dos seus respectivos prelados de Goiás e Cuiabá; e que os citados prelados de Goiás e Cuiabá fiquem sujeitos, unicamente em razão das suas pessoas, à visitação, correção, superioridade e jurisdição do referido arcebispo de S. Salvador, que então desempenhar a função; e que somente das sentenças definitivas ou que têm força de definitivas, e de cujo gravame não seja possível obter-se reparação mediante apelação da definitiva pelos mesmos prelados ou pelos seus oficiais por então nomeados, possam interpor-se apelações ao mesmo arcebispo de S. Salvador, que então for, e as causas das mesmas apelações por este conhecidas, decididas e, depois de devidamente concluídas, sentenciadas em conformidade com o direito.

Além disso, também queremos que a taxa da referida igreja do Rio de Janeiro, que nos livros da nossa câmara Apostólica consta ser de cento e dezesseis florins e dois terços, permaneça fixa neste montante; e que a taxa de cada uma das igrejas criadas de S. Paulo e de Mariana seja consignada nos mesmos livros no igual montante de cento e dezesseis florins e dois terços.

Escrito em Roma, em Santa Maria Maior, a 6 de Dezembro de 1746. Ano sétimo do nosso pontificado

FAC-SÍMILE DO MOTO-PRÓPRIO PAPAL IMPRESSO

BVLLARIVM ROMANVM
TOMVS DECIMVS SEPTIMVS
1753

& singulorum effectum, hac vice dumtaxat specialiter & expresse, ac latissimè & plenissimè, harum serie derogamus, & derogatum esse volumus, cæterisque contrariis quibuscumque.

Præservantur Cumulativæ, Privativæ cuilibet jure competentes.

Per præsentes autem nostras Literas non intendimus cuicumque cumulativæ, aut privativæ Jurisdictioni, S. R. E. Cardinalibus, nec non Curiæ Causarum Cameræ Apostolicæ, aliisque dictæ Urbis Curiis, & Tribunalibus, ac Congregationibus, & Judicibus, in vim alicujus Constitutionis Apostolicæ, attributæ & competenti, in aliquo præjudicare.

Publicationis effectus, & exemplorum auctoritas.

Ut verò præsentes Literæ, ad omnium notitiam faciliùs deveniant, volumus & decernimus, easdem præsentes ad Valvas Basilicæ Principis Apostolorum, & Cancellariæ Apostolicæ, ac in Acie Campi Floræ, aliisque locis solitis & consuetis, per aliquem ex Cursoribus nostris publicari, & illarum exempla ibidem affixa relinqui: Quæ sic publicatæ & affixæ, omnes & singulos, quos concernunt, in Urbe commorantes, perinde afficiant & arctent, ac si illorum unicuique personaliter intimatæ & notificatæ fuissent; quodque earundem præsentium Transumptis & exemplis, etiam impressis, manu alicujus Notarii publici subscriptis, & sigillo alicujus Personæ in Dignitate Ecclesiastica constitutæ munitis, eadem prorsus ubique fides in Judicio & extra illud habeatur, quæ ipsis præsentibus originalibus haberetur, si forent exhibitæ, vel ostensæ.

Sanctio.

Nulli ergo omnino hominum liceat paginam hanc nostræ Definitionis, Declarationis, Divisionis, Ordinationis, Statutorum, Decretorum, & Voluntatum infringere, vel ei ausu temerario contraire. Si quis autem hoc attentare præsumpserit, indignationem Omnipotentis Dei, ac Beatorum Petri & Pauli Apostolorum ejus se noverit incursurum.

Dat. Pont. An. VII. die 9. Octob. 1746.

Datum Romæ apud Sanctam Mariam Majorem Anno Incarnationis Dominicæ MDCCXLVI., 6. Nonas Octobris, Pontificatus Nostri Anno VII.

D. Card. Passioneus.

J. Datarius.

VISA DE CURIA.

J. C. Boschi.

J. B. Eugenius.

Loco ✠ Plumbi.

Registrata in Secretaria Brevium.

Publicata die 10. Octobris 1746.

XXII.

Divisio Territorii Episcopatus Fluminis Januarii in Brasilia, & nova erectio Episcopatuum Mariannensis, & Sancti Pauli, nec non Prælaturarum Gojasiensis, Cujabaensis etiam in Brasilia.

BENEDICTUS PAPA XIV.

Motu proprio &c.

Procemium.

CANDOR lucis æternæ, & Imago Bonitatis Divinæ Unigenitus Dei Filius Jesus Christus Dominus Noster illuminans mirabiliter de excelso sancto suo usque ad longinquum Orbem terrarum suscitavit in corde Charissimi in Christo Filii Nostri Joannis hoc nomine Quinti Portugalliæ, & Algarbiorum Regis Illustris spiritum Sapientiæ, & Intellectus, ad manifestandum Gentibus magnalia supernæ virtutis suæ; ad revelandum sedentibus in umbra mortis, quia ipse est Deus conspector sæculorum; & ad confortandum habentes mysterium Fidei, illosque dirigendum ad viam salutis ambulantes in lenitate Nominis sui.

Sollicitudo Regis Portugalliæ, ut ejus subditi in America Episcopum vicinum habeant.

Hoc sanè spiritu ductus Joannes Rex præfatus mentis suæ aciem convertit ad partes Americæ Dominio suo in temporalibus subjectas, prospiciensque in Provincia Brasiliensi Fluminis Januarii Diœcesim, benedicente Domino, per manus evangelizantium Nomen sanctum ejus a primæva sui Episcopatus fundatione eò longitudinis protentam, ut a remotioribus illius Locis preces, & querelæ Populorum ad Antistitis auditum, anno nisi transacto, pervenire nequeant; hinc timendum, ne qui fuerunt aliquando tenebræ, nunc autem lux in Domino, ambulent vigilantes, ut filii lucis, & per bona opera certam suam vocationem, & electionem facientes; sed rursus abalienati sint in confusionem, & facti abominabiles; unde illud Prophetæ inducatur super eos: *Abducti sunt quasi Grex: Affligentur, quia non est eis Pastor, nisi ille, qui derelicta non visitabit, dispersum non quæret, & contritum non sanabit, & id, quod fiat, non enutriet:* Nobis propterea per dilectum filium Emanuelem Pereyra de Sampajo Commendatorem Militiæ Domini nostri Jesu Christi regiis Lusitaniæ negociis apud Nos, & Sanctam Sedem Præpositum nuper exponi fecit, quòd, si amplissima Diœcesis hujusmodi in unum Fluminis Januarii jam existentem pro uno, & in alium in Sancti Pauli pro alio, ac in reliquum Episcopatus in Mariannæ Civitatibus dictæ Diœcesis, ut infra, erigendos, pro reliquo Episcopis, & Pastoribus: nec non in unam super Gojasiensi pro uno, ac in alteram Prælaturas similiter, ut infra, erigendas super Cujabaensi territoriis ejusdem Diœcesis pro altero Prælatis divideretur, qui Populos suæ curæ respectivè commissos, vel de potestate tenebrarum eriperent perducentes eos ad coruscantem gratiam luminis sempiterni; vel transcensis Fidei rudimentis erudirent ipsos in operibus justitiæ, ea, quæ sursum sunt, quærendo, & ea, quæ sursum sunt, sapiendo; ex hoc profectò tot incommodis præfatis, tantis animarum periculis, & spirituali earundem profectui opportunè consultum foret.

Petitio a dicto Rege Pontifici facta super divisione Episcopatus Fluminis Januarii.

Sensus Pontificis.

Hæc ut percepimus, primùm manus nostras levavimus ad eumdem Unigenitum Dei Filium, cujus vices, licet immeriti, gerimus in terris, gratias enixè agentes de tam fervente præfati Joannis Regis Charissimi Filii Nostri, Filii verè in Christo Charissimi, spiritu sibi cælitus effuso: inde ad Pastoralem sollicitudinem nostram respicientes, votis ejusdem Joannis Regis Catholicâ pietate dignis Nobis superiùs expositis pronsiùs, ac celeriter annuimus.

Qui Diœcesim Fluminis Januarii in quinque dividit partes.

Quare in præmissis, ut præfertur, providere volentes, Motu proprio, & ex certa scientia, maturaque deliberatione nostris, deque Apostolicæ potestatis plenitudine ad Omnipotentis Dei laudem, & gloriam, ac gloriosæ ejus Genitricis Mariæ, totiusque Curiæ Cælestis honorem, & ipsius Fidei Catholicæ exaltationem dictam Diœcesim Fluminis Januarii in quinque partes dividimus.

Unam antiquo Episcopatui relinquit.

Ac unam antiquo Episcopatui Fluminis Januarii relinquimus, quæ ab infrascripta Diœcesi Sancti Pauli versus Austrum per limites Præfecturarum sæcularium Fluminis Januarii, & Sancti Pauli usque ad fluvium Paraibam separetur; inde per ipsummet fluvium usque ad Cataractam majorem, quà per montes ad campestria Goaitacasium dicta erumpit; a loco verò Cataractæ præfatæ per summos eorumdem montium vertices a Mariannensi Diœcesi infrascriptâ disterminata remaneat, donec Archiepiscopatus Sancti Salvatoris territorium attingat, cum quo idem servet confinium dictus Episcopatus Fluminis Januarii, quod hactenus habuit.

Assignat secundam Episcopatui Sancti Pauli.

Ac aliam Episcopatui Sancti Pauli, cujus cum alia Fluminis Januarii usque ad Paraibam supra indicati sunt limites, quæque ex illo fluvio

usque

uſque ad alium magnum, ſive Paranaenſem nuncupatum a Diœceſi Mariannenſi infraſcripta per terminos inter Præfecturas Sancti Pauli, & Fluminis Januarii, ac Aurifodinarum generalium conſtitutos diſtinguatur; inde per ipſum fluvium magnum, quàcumque ditionem Portugalliæ Regis interfluit, a Prælatura Gojaſienſi, ut infra, erigendâ disjungatur.

Tertiam Epiſcopatui Mariannenſi.

Ac aliam Epiſcopatui Mariannenſi, quæ ab aliis Epiſcopatibus Fluminis Januarii, & Sancti Pauli, ut ſupra, diviſa de cætero à Prælaturâ Gojaſienſi, ut infra, erigendâ per terminos Præfecturarum ſæcularium Sancti Pauli, & Aurifodinarum generalium ſeparata remaneat, ac erga præfatum Archiepiſcopatum Sancti Salvatoris, & Epiſcopatum Pernambucenſem antiquos præfati Epiſcopatus Fluminis Januarii limites retineat.

Quartam Prælaturæ Gojaſienſi.

Ac aliam Prælaturæ Gojaſienſi, quæ a præfatis Epiſcopatibus Sancti Pauli, & Mariannenſi, ut ſupra, diviſa eiſdem circumſepta limitibus erga Pernambucenſem, Maragnonenſem, & Paraenſem Epiſcopatus remaneat, quos nunc habet præfata Diœceſis Fluminis Januarii.

Et quintam Prælaturæ Cujabaenſi.

Ac reliquam præfatæ Diœceſis Fluminis Januarii diviſæ hujuſmodi partes Prælaturæ Cujabaenſi, ut infra, reſpectivè erigendis, quæ a præfata Prælatura Gojaſienſi per terminos inter Audientiam, vulgò *Ouvidoria*, Cujabaenſem, & duas alias Gojaſienſem, & Sancti Pauli conſtitutos ſeparata remaneat, reſpectivè aſſignamus.

Nova erectio dictorum duorum Epiſcopatuum, & Eccleſiarum Cathedralium.

Illiſque ſic diviſis, & aſſignatis in earum ſecundâ Civitatem Sancti Pauli cum ſuo in unum Sancti Pauli, & in earum tertiâ Civitatem Mariannenſem cum ſuo reſpectivè territoriis præfatis in alterum Epiſcopatus Mariannenſem reſpectivè nuncupandos, ac in præfatâ Civitate Sancti Pauli Parochialem Eccleſiam ejuſdem Sancti Pauli in Cathedralem Eccleſiam ſub Invocatione Aſſumptionis Beatæ Mariæ, & Sancti Pauli, pro uno Sancti Pauli; & in dicta Civitate Mariannenſi Parochialem Eccleſiam Beatæ Mariæ de Carmelo nuncupata, relictâ denominatione hujuſmodi, in Cathedralem pariter Eccleſiam ſub Invocatione ejuſdem Aſſumptionis Sanctiſſimæ Virginis pro altero Epiſcopis Mariannenſi reſpectivè nuncupandis, qui illis reſpectivè præſint, ac eas ad formam Cathedralium Eccleſiarum redigi reſpectivè faciant, nec non in eis Archidiaconatum poſt Pontificalem majorem, & Archipresbyteratum ſecundam, & Cantoratum tertiam, & Theſaurariatum quartam Dignitates, nec non decem Canonicatus, totidemque Præbendas, inter quas Theologalis, & Pœnitentiaria nuncupatæ Præbendæ reſpectivè exiſtant, cum opportuno, & competenti Cappellanorum, aliorumque Miniſtrorum numero, quas, & quos in unaquaque earum præfatus Joannes Rex ex ſuis regiis redditibus congruè reſpectivè fundare deſtinat; nec non in eis, & dictis Civitatibus Sancti Pauli, & Mariannenſi, & earumdem Eccleſiarum Diœceſibus alia Beneficia Eccleſiaſtica cum cura, & ſine cura, quæ inibi divino cultui, & dictarum Eccleſiarum ſervitio, & Eccleſiaſtici Cleri decori ſibi reſpectivè videbuntur convenire, de præfati Joannis, & pro tempore exiſtentis Portugalliæ, & Algarbiorum Regis conſilio, & aſſenſu, ac præviâ earum, & eorum congruâ reſpectivè dotatione, quamprimum fieri poterit, reſpectivè erigant, & inſtituant; nec non Epiſcopalem juriſdictionem, authoritatem, & poteſtatem exercere, omniaque, & ſingula, quæ Ordinis, quæque juriſdictionis, & cujuſlibet alterius muneris Epiſcopalis ſunt, & quæ alii tam in Portugalliæ, & Algarbiorum Regnis, & Dominis, quàm alibi ubicumque conſtituti Epiſcopi in ſuis Eccleſiis, Civitatibus, & Diœceſibus de jure, vel conſuetudine, aut aliàs quomodolibet ex privilegiis, gratiis, & Indultis, ac diſpenſationibus Apoſtolicis, quæcumque fuerint, etiam per litteras Apoſtolicas eis deſuper nominatim, & in ſpecie conceſſas authoritate, & facultate ſuffulti, facere, & quibus uti ſolent, & poſſunt, pariformiter æquè principaliter, & abſque ulla prorſus differentia, perinde ac ſi ſibi quoque nominatim, & in ſpecie conceſſa, & expreſſa reſpectivè fuiſſent, etiamſi talia ſint, quæ ſpecialem notam, & mentionem requirant, & ſub generali conceſſione non veniant, in ſuis reſpectivè Diœceſibus Sancti Pauli, & Mariannenſi facere, gerere, & exercere liberè, & licitè poſſint, & debeant; ac pro tempore exiſtenti Archiepiſcopo Sancti Salvatoris jure Metropolitico, prout ante diviſionem, & aſſignationem præfatas Diœceſis præfata Fluminis Januarii exiſtebat, reſpectivè ſubſint, cum Sede, Menſâ, aliiſque Inſigniis Epiſcopalibus, nec non præeminentiis, honoribus, privilegiis, immunitatibus, & gratiis ſpiritualibus, & temporalibus, perſonalibus, realibus, & mixtis, quibus cæteræ Cathedrales Eccleſiæ Regnorum, & Dominiorum præfatorum ſimiliter de jure, vel conſuetudine, aut ſpeciali privilegio, ſeu Indulto Apoſtolico, vel aliàs quomodolibet utuntur, potiuntur, & gaudent, ac uti, potiri, & gaudere poterunt quomodolibet in futurum, de ſimili poteſtatis plenitudine, Apoſtolicâ authoritate præfatâ perpetuò reſpectivè erigimus, & inſtituimus.

Aſſignatio Civitatis & Diœceſis.

Ac eiſdem ſic reſpectivè erectis Eccleſiis Sancti Pauli videlicet, Civitatem Sancti Pauli pro Civitate, & alia Oppida, Caſtra, Villas, & Territoria quocumque nomine nuncupata, quæ in ſecundâ parte diviſâ præfatâ, & eidem Epiſcopatui Sancti Pauli aſſignatâ, ut præfertur, continentur, pro Diœceſi; Mariannenſi verò Civitatem Mariannenſem pro Civitate, & alia Oppida, Caſtra, Villas, & Territoria quocumque nomine pariter nuncupata, quæ in tertiâ parte diviſâ præfatâ, & eidem Epiſcopatui Mariannenſi aſſignata, ut præfertur, continentur, pro Diœceſi; nec non Eccleſiaſticas pro reſpectivè Clero, & ſæculares perſonas in Civitatibus, & Diœceſibus hujuſmodi pro tempore reſpectivè degentes pro reſpectivè Populo, de poteſtate, & authoritate ſimilibus etiam perpetuò concedimus, & aſſignamus.

Subjectio Cleri & Populi.

Ac Civitatem, Clerum, & Populum Sancti Pauli Epiſcopo Sancti Pauli; Civitatem verò, Clerum, & Populum Mariannenſem Epiſcopo Mariannenſi quoad Epiſcopalem Ordinariam, & Archiepiſcopo Sancti Salvatoris pro tempore exiſtenti præfato quoad Metropoliticam juriſdictionem, & ſuperioritatem de poteſtatis plenitudine pari etiam perpetuò ſubjicimus.

Applicatio redditu um.

Nec non Sancti Pauli, & Mariannenſi Menſis Epiſcopalibus hujuſmodi pro earum reſpectivè dote redditus annuos quingentorum ſeptuaginta unius ducatorum auri de Camera per ipſum Joannem Regem aſſignandos, quam quidem ſummam idem Joannes Rex de ſuis, & pro tempore exiſtentium Portugalliæ, & Algarbiorum Regum, hujuſmodi bonis gratioſè, & irrevocabiliter ad hunc effectum donavit, & obtulit, ac ſolvere quotannis promiſit, ſeu promittit, ex tunc, prout ex ea die, & ex nunc, poſtquam aſſignati fuerint, ut præfertur, ſimiliter perpetuò applicamus, & appropriamus.

Juſpatronatus favore dicti Regis.

Et inſuper Joanni Regi, & pro tempore exiſtentibus Portugalliæ, & Algarbiorum Regibus præfatis Juſpatronatus, & præſentandi perſonas idoneas ad dictas Eccleſias Sancti Pauli, & Mariannenſem videlicet Nobis, & pro tempore exiſtenti Romano Pontifici infra annum, ob locorum diſtantiam, tam hac prima vice, quàm quoties illas deinceps quovis modo etiam apud Sedem Apoſtolicam vacare contigerit, per Nos, & pro tempore exiſtentem Romanum

Pontifi-

Pontificem præfatum in Sancti Pauli ; & in Mariannenſis Eccleſiarum hujuſmodi reſpectivè Epiſcopos, & Paſtores ad Præſentationem præfatam, & non aliàs reſpectivè præficiendas: Ad majorem verò poſt Pontificalem ; ac alias Dignitates, Canonicatus, & Præbendas; nec non Beneficia, ut præfertur, reſpectivè erigenda, cum de Joannis Regis, & pro tempore exiſtentium Regum præfatorum pariter bonis dotata fuerint, tam ab eorum primæva erectione, quàm ex tunc deinceps, quoties illa, quibuſvis modis, & ex quorumcumque perſonis etiam apud Sedem eamdem vacare contigerit, Epiſcopo Sancti Pauli, & Epiſcopo Mariannenſi pro tempore reſpectivè exiſtentibus infra terminum a jure præfixum ſimiliter per eos ad Præſentationem præfati Joannis Regis, & pro tempore exiſtentium Portugalliæ, & Algarbiorum Regum in ipſis Dignitatibus, Canonicatibus, & Præbendis, ac Beneficiis inſtituendas, eâdem auctoritate etiam perpetuò reſervamus; & concedimus; Decernentes Juſpatronatus, & præſentandi hujuſmodi Joanni, & pro tempore exiſtentibus Regibus præfatis ex meris fundationibus; & dotationibus competere; illique etiam per Sedem eamdem, etiam conſiſtorialiter, quâcumque ratione derogari non poſſe, nec derogatum cenſeri, niſi ipſius Joannis, & pro tempore exiſtentium Regum præfatorum ad id expreſſus accedat aſſenſus; & ſi aliter quovis modo derogetur, derogationes hujuſmodi cum inde ſecutis nullius roboris, efficaciæ, & momenti fore.

Erectio dictarum duarum Prælaturarum.

Quartam verò, & quintam partes diviſas præfatas, &, ut præfertur, Prælaturis Gojaſienſi, & Cujabaenſi, &, ut infra erigendis reſpectivè aſſignatas cum illarum reſpectivè Territoriis, Oppidis, Villis, Locis; nec non Clero; Populo, & perſonis, ac Monaſteriis; Eccleſiis, Collegiis, & piis Locis; ac Beneficiis Eccleſiaſticis ſæcularibus, & quorumvis Ordinum regularibus ab omni juriſdictione, ſubjectione, ſuperioritate, correctione, viſitatione, & poteſtate pro tempore exiſtentis Epiſcopi Fluminis Januarii, ejuſque Vicariorum, & Officialium, ac ſolutione quorumcumque jurium eidem Epiſcopo, & dilectis Filiis Capitulo Eccleſiæ Fluminis Januarii per Clerum, Populum, ac perſonas Territoriorum Gojaſienſis, & Cujabaenſis hujuſmodi ratione ſubjectionis, ſuperioritatis, juriſdictionis, aut viſitationis etiam Diœceſis reſpectivè faciendâ, ita quòd de cætero præfatus Epiſcopus Fluminis Januarii aliquam juriſdictionem ſpiritualem in Oppida, Terminos, Villas, & Loca, ac Clerum, Populum, perſonas, Monaſteria, Eccleſias; & Loca pia, nec non Beneficia Eccleſiaſtica in quartâ, & quintâ partibus diviſis, & aſſignatis præfatis reſpectivè exiſtentia exercere, nec eadem Beneficia, quæ antea ad ipſius collationem, proviſionem, inſtitutionem, vel quamlibet aliam diſpoſitionem pertinebant, conferre, ſeu de illis etiam providere, aut aliàs diſponere, vel fructus, redditus, & proventus, jura, obventiones, & emolumenta per eum in quartâ, & quintâ partibus diviſis, & aſſignatis præfatis, illarumque reſpectivè terminis, Territoriis, Oppidis, Villis, & Locis præfatis percipi ſolita de cætero percipere nullatenus poſſit, dicta auctoritate, ac de poteſtatis plenitudine pari etiam perpetuò eximimus, & totaliter liberamus.

Qualitates & juriſdictio Prælatorum.

Illaſque ſic exemptas, & totaliter liberatas, quartam videlicet in unam Gojaſienſem pro uno Gojaſienſi, & quintam in alteram Prælaturas nullius Diœceſis Cujabaenſem nuncupandas pro altero Presbytero ſæcularibus, vel cujuſvis Ordinis Regularibus Prælatis Cujabaenſi nuncupandis in Theologiâ, ſeu Decretis graduatis, vel aliàs prævio examine, ſeu judicio Ordinarii ſui, ſeu Ordinarii loci, in quo ipſos reſpectivè exiſtere pro tempore contigerit, habilibus; & idoneis ad alios docendum approbatis, ac per ipſum Joannem, & pro tempore exiſtentem Portugalliæ, & Algarbiorum Regem perpetuis futuris temporibus etiam hac primâ vice liberè, nullius ad hoc requiſito conſenſu, etiam ad tempus ſibi beneviſum deputandis, & conſtituendis, qui deputationum, & conſtitutionum hujuſmodi vigore abſque aliâ Romani Pontificis, ſeu præfati Archiepiſcopi Sancti Salvatoris, aut cujuſvis alterius approbatione, confirmatione, licentiâ, vel conſenſu, curam, regimen, & adminiſtrationem Gojaſienſis, & Cujabaenſis Territoriorum præfatorum, ac Cleri, & Populi tam Chriſtiani, quàm Gentilis, nec non Oppidorum, Terrarum, & Locorum in eorumdem Territoriorum limitibus, terminis, & locis præfatis reſpectivè conſiſtentium reſpectivè habere, & inibi reſpectivè prædicare, & prædicari facere, Gentileſque præfatos ad Orthodoxæ Fidei cultum convertere procurare, & converſis in eâdem Fide miniſtrare, & confirmare, atque Baptiſmi gratiam, & Confirmationis Sacramentum impendere, & tam illis ſic converſis, quàm omnibus aliis Fidelibus in Territoriis hujuſmodi, eorumque reſpectivè Oppidis, Terris, Villis, Locis, & limitibus præfatis pro tempore degentibus, & ad ea declinantibus Sacramenta Eccleſiaſtica, & alia ſpiritualia munera, non tamen ea, quæ ſunt Ordinis, miniſtrare, & adminiſtrari etiam facere, & procurare.

Ac quæcumque Beneficia Eccleſiaſtica in quartâ, & quintâ partibus diviſis, aſſignatis, exemptis, & liberatis præfatis reſpectivè exiſtentia, & quæ antea ad ipſius Epiſcopi Fluminis Januarii collationem, proviſionem, inſtitutionem, ſeu quamvis aliam diſpoſitionem pertinebant, reſpectivè conferre, & de illis diſponere, ac in eis inſtituere; Calices, Campanas, Veſtimenta, Corporalia, & alia Paramenta, & ornamenta conſecrare, & benedicere, Eccleſias, Cœmeteria, & Loca Eccleſiaſtica ſanguinis, vel ſeminis effuſione, ſeu aliàs quomodolibet polluta, ſeu profanata, aquâ per ipſos benedictâ reconciliare, ipſaſque Eccleſias, & Loca ſub Territoriis Gojaſienſi, & Cujabaenſi præfatis comprehenſa, & illorum Perſonas reſpectivè viſitare, ac in illorum ſtatum, regimen, ſtatuta, conſuetudines, vitam, mores, ritus, delicta, & diſciplinam tam in capite, quàm in membris inquirere, nec non Evangelicæ, & Apoſtolicæ doctrinæ, ſacrorumque Canonum, & generalium Conciliorum Decretis, & Inſtitutis inhærendo, ubi ea quâcumque mutatione, correctione, emendatione, punitione, revocatione, ac etiam ex integro editione indigere cognoverint, reſpectivè reformare, mutare, corrigere, punire, ac etiam de novo condere.

Nec non Beneficiales, Matrimonialeſque, & quaſcumque alias cauſas Eccleſiaſticas, & civiles ad forum Eccleſiaſticum quomodolibet pertinentes motas, & inchoatas, ac interim movendas, cum earum incidentibus, emergentibus, annexis, & connexis audire, decidere, &, prout juris fuerit, terminare, ſeu cauſas ipſas alii, vel aliis idoneis, modo, & formâ præfatis cum ſimili, vel limitatâ poteſtate pariter audiendas, & terminandas delegare.

Ac denique plenam, meram, & omnimodam ſpiritualem, & Eccleſiaſticam, ac Ordinariam Juriſdictionem tam in foro interiori, quàm in exteriori, non tamen in his, quæ ſunt Ordinis, ut præfertur, habere, & eam, ac omnia, & ſingula alia, quæ pro tempore exiſtens Epiſcopus Fluminis Januarii in Territoriis hujuſmodi hactenus habere, gerere, & exercere debuit, potuit, & conſuevit, ſimiliter, & pariformiter, nullaque prorſus differentiâ, exceptis tamen

iis,

iis, quæ, ut præfertur, ſunt Ordinis, prout Divini cultus augumento, ac ipſorum reſpectivè Cleri, & Populi animarum ſaluti expedire cognoverint, reſpectivè gerere, facere, & exequi; ac pro eorum decenti habitu Subtanam cum Mantellectâ nigri coloris deferre, & geſtare liberè, & licitè reſpectivè poſſint, & valeant; cum omnibus, & ſingulis aliis privilegiis, facultatibus, exemptionibus, libertatibus, juriſdictionibus, præeminentiis, favoribus, gratiis, & indultis, quibus pro tempore exiſtens Vicarius, & Adminiſtrator in ſpiritualibus Provinciæ, ſeu Diſtrictus Inſulæ de Moçambique ſimiliter Ordinariam, ut præfertur, Juriſdictionem inibi habens, utitur, potitur, & gaudet, ac uti, potiri, & gaudere poteſt, & poterit quomodolibet in futurum; aſſignatâ per dictum Joannem Regem annuâ ſummâ biſcentum vigintiocto ducatorum auri de Camerâ, & juliorum decem monetæ Romanæ ex Ærario Regio cuilibet Prælatorum hujuſmodi pro tempore exiſtenti pro congruâ ipſorum ſuſtentatione reſpectivè perſolvendâ, de poteſtatis plenitudine pari ſimiliter perpetuò erigimus, & inſtituimus.

Clauſulæ.

Decernentes præſentes, & deſuper conficiendas literas Apoſtolicas ſemper, & perpetuò validas, & efficaces exiſtere, & fore, ſuoſque plenarios, & integros effectus ſortiri, & obtinere debere, ac nullo unquam tempore ex quocumque capite, vel quâlibet causâ quantumvis legitimâ, & juridicâ, etiam ex eo quod Sedes Epiſcopalis Fluminis Januarii ad præſens vacet, & proprio Paſtore, & Defenſore deſtituta exiſtat, ipſiuſque Capitulum, & Canonici, ſeu quicumque alii cujuſcumque Dignitatis, gradus, conditionis, & præeminentiæ in præmiſſis, & circa eo quomodolibet, & ex quâvis causâ, ratione, & actione, vel occaſione jus, vel intereſſe habentes, aut habere prætendentes illis non conſenſerint, aut ad id vocati, & auditi, & cauſæ, propter quas eædem præſentes emanaverint, adductæ, verificatæ, & juſtificatæ non fuerint, de ſubreptionis, vel obreptionis, aut nullitatis, ſeu invaliditatis vitio, ſeu intentionis noſtræ, aut jus, vel intereſſe habentium conſenſus, aut quolibet alio quantumvis magno, ſubſtantiali, inexcogitato, & inexcogitabili, ac ſpecificam, & individuam mentionem, & expreſſionem requirente defectu, ſive etiam ex eo quod in præmiſſis, eorumve aliquo ſolemnitates, & quævis alia ſervanda, & adimplenda ſervata, & adimpleta non fuerint, aut ex quocumque alio capite a jure, vel facto, aut ſtatuto, vel conſuetudine aliquâ reſultante, ſeu etiam enormis, enormiſſimæ, totaliſque læſionis, aut quocumque alio colore, prætextu, ratione, vel causâ etiam in corpore juris clausâ, occaſione, aliâve causâ, etiam quantumvis juſtâ, rationabili, legitimâ, juridicâ, piâ, privilegiatâ, etiam tali, quæ ad effectum validitatis præmiſſorum neceſſariò exprimenda foret, aut quòd de voluntate noſtrâ, & aliis ſuperiùs expreſſis nullibi appareret, ſeu aliàs probari poſſet, notari, impugnari, invalidari, retractari, in jus, vel controverſiam revocari, aut ad terminos juris reduci, vel adverſus illas reſtitutionis in integrum, aperitionis oris, reductionis ad viam, & terminos juris, aut aliud quodcumque juris, facti, gratiæ, vel juſtitiæ remedium impetrari, ſeu quomodolibet etiam Motu ſimili, conceſſo, aut impetrato, vel emanato uti, ſeu ſe juvare in judicio, vel extra poſſe, neque ipſas præſentes, & deſuper conficiendas literas Apoſtolicas ſub quibuſvis ſimilium, vel diſſimilium gratiarum revocationibus, ſuſpenſionibus, limitationibus, modificationibus, derogationibus, aliiſque contrariis diſpoſitionibus etiam per Nos, & Succeſſores noſtros Romanos Pontifices pro tempore exiſtentes, & Sedem Apoſtolicam præfatam etiam Motu ſimili, etiam conſiſtorialiter, ex quibuſlibet cauſis, & ſub quibuſvis verborum tenoribus, & formis, ac cum quibuſvis clauſulis, & decretis, etiamſi in eis de eiſdem præſentibus, earumque toto tenore, ac datâ ſpecialis mentio fiat, pro tempore factis, & conceſſis, ac faciendis, & concedendis compræhendi, ſed tamquam ad Fidei Catholicæ propagationem, & ſpiritualem animarum profectum tendentes ſemper, & omnino ab illis excipi, & quoties illæ emanabunt, toties in priſtinum, & validiſſimum, ac eum, in quo antea quomodolibet erant, ſtatum reſtitutas, repoſitas, & plenariè reintegratas, ac de novo etiam ſub quâcumque poſteriori datâ quandocumque eligendâ conceſſas eſſe, & fore.

Aliter judicari prohibetur.

Sicque, & non aliàs in præmiſſis omnibus, & ſingulis per quoſcumque Judices etiam Cauſarum Palatii Apoſtolici Auditores, ac S. R. E. Cardinales etiam de Latere-Legatos, Vicelegatos, dictæque Sedis Nuncios, ac alios quoſcumque, quâvis auctoritare, poteſtate, prærogativâ, & privilegio, ac honore, & præeminentiâ fulgentes, ſublata eis, & eorum cuilibet quâvis aliter judicandi, & interpretandi facultate, & auctoritate in quocumque judicio, & in quâcumque inſtantiâ judicari, & definiri debere, & ſi ſecus ſuper his a quoquam quavis auctoritate ſcienter, vel ignoranter contigerit attentari, irritum, & inane decernimus.

Derogatio contrariis.

Non obſtantibus Lateranenſis Concilii ab Eccleſiis membra diſtingui, & dividi prohibentis, ac noſtris, & Cancellariæ Apoſtolicæ regulis de jure quæſito non tollendo, & diſmembrationibus committendis, aliiſque in contrarium præmiſſorum quomodolibet editis, vel edendis, etiam in Synodalibus, Provincialibus, Univerſalibuſque Conciliis, ſpecialibus, vel generalibus Conſtitutionibus, & Ordinationibus Apoſtolicis, dictæque Eccleſiæ Fluminis Januarii etiam juramento roboratis ſtatutis, ac fundatione, erectione, & inſtitutione, privilegiis quoque, indultis, & Litteris Apoſtolicis eidem Eccleſiæ Fluminis Januarii, illiuſque Præſuli pro tempore exiſtenti, Capitulo, & Canonicis, ac quibuſvis aliis perſonis ſub quibuſcumque tenoribus, & formis, ac cum quibuſvis etiam derogatoriarum derogatoriis, aliiſque efficacioribus, efficaciſſimis, & inſolitis clauſulis, irritantibuſque, & aliis decretis in genere, vel in ſpecie etiam Motu ſimili, ac etiam conſiſtorialiter, vel aliàs in contrarium præmiſſorum quomodolibet conceſſis, confirmatis, & innovatis: Quibus omnibus, & ſingulis, etiamſi pro ſufficienti illorum derogatione de illis, eorumque totis tenoribus ſpecialis, ſpecifica, expreſſa, & individua mentio facienda, aut aliqua alia exquiſita forma ad hoc ſervanda foret, eorum tenores eiſdem præſentibus, perinde ac ſi de verbo ad verbum, nihil penitus omiſſo, hic inſerti forent, pro plenè, & ſufficienter expreſſis, & inſertis habentes, illis aliàs in ſuo robore permanſuris, ad præmiſſorum omnium validiſſimum effectum hac vice dumtaxat latiſſimè, & pleniſſimè, ac ſufficienter, nec non ſpecialiter, & expreſsè motu ſimili derogamus, cæteriſque contrariis quibuſcumque, cum clauſulis opportunis.

Fiat Motu proprio P.

ET de diviſione, aſſignatione, erectione, inſtitutione, ſubjectione, applicatione, appropriatione, reſervatione, conceſſione, decreto, exemptione, liberatione, derogatione, aliiſque præmiſſis, ut ſupra, in literis latiſſimè extendendis, & quod præmiſſorum omnium, & ſingulorum, etiam denominationum, qualitatum, nuncupationum, invocationum, aliorum-

que

que necessariorum major, & verior specificatiò, & expressio fieri possit in literis cum clausulâ perpetuò, & ad perpetuam rei memoriam separatim, & quoad Prælaturas præfatas per Breve Nostrum, seu Officium minoris gratiæ etiam separatim expediendas. Volumus autem, ac

Decreta Pontif.

statuimus, & ordinamus, quod respectivè Clerus, & Populus, aliique Incolæ, & Habitatores sub Prælaturis Gojasiensi, & Cujabaensi per præsentes erectis hujusmodi compræhensi in his, quæ sunt Ordinis ad præfatum Archiepiscopum Sancti Salvatoris, habitis tamen a suis respective Prælatis Gojasiensi, & Cujabaensi hujusmodi ad id literis dimissorialibus, recurrere teneantur: Quòdque Prælati Gojasiensis, & Cujabaensis præfati ratione personarum suarum dumtaxat visitationi, correctioni, & superioritati, ac jurisdictioni præfati Archiepiscopi Sancti Salvatoris pro tempore existentis subsint, & a sententiis definitivis tantùm, seu vim definitivarum habentibus, & quarum gravamen per appellationem a definitivâ reparari nequeat nequeat per ipsos Prælatos, aut eorum Officiales, pro tempore latis, appellationes ad eumdem Archiepiscopum Sancti Salvatoris pro tempore existentem interponi, ipsarumque appellationum causas per eum cognosci, decidi, & fine debito, prout juris fuerit, terminari possint.

Fiat P.

Præterea etiam volumus, quòd taxa præfatæ Ecclesiæ Fluminis Januarii, quæ in libris Cameræ nostræ Apostolicæ in florenis centum sexdecim cum duobus tertiis descripta existit, fixa, & firma remaneat; quodque taxa tam Ecclesiæ Sancti Pauli, quàm Ecclesiæ Mariannensis erectarum hujusmodi unaquæque in similibus florenis centum sexdecim cum duobus tertiis in eisdem libris describatur.

Dat. Pont. An. VI. die 6. Decembris 1746.

Datum Romæ apud Sanctam Mariam Majorem VIII. Idus Decembris Anno Sexto.

XXIII.

Indulgentiæ tam docentibus, & addiscentibus Methodum Orationis mentalis, quàm ipsam Orationem mentalem peragentibus concessæ.

Venerabilibus Fratribus Patriarchis, Primatibus, Metropolitanis, Archiepiscopis, Episcopis, & Præsulibus locorum Ordinariis universis gratiam, & communionem Sedis Apostolicæ habentibus.

BENEDICTUS PAPA XIV.

Venerabiles Fratres, salutem, & Apostolicam Benedictionem.

Exordium ab Excellentia Orationis.

QUEMADMODUM nihil est hominibus a familiari Dei consortio, & consuetudine avulsis, & ejectis, ad divinos hauriendos fulgores, ad æternam salutem procurandam, & ad Deum quasi manu facta coëundum, magis opportunum, salutare, ac necessarium Oratione, quæ est veluti ascensio animæ de terrestribus ad cœlestia, inquisitio supernorum, invisibilium desiderium, conjunctio Spiritui Sancto, & ad Deum locutio, ita, ne desolatione desoletur universa terra ex eo, quod nullus recogitet corde, omnes & singuli ubique, & semper salutaribus præceptis monendi sunt, quod oporteat semper orare, & nunquam deficere; ut in omni oratione, & obsecratione, cum gratiarum actione, petitionibus nostris innotescentibus apud Deum, ipse, qui dives est in omnes eum invocantes, nec nostras abs se deprecationes, nec suas a Nobis amoveat miserationes. Eapropter Prædecessores nostri Romani Pontifices divina institutione formati, ut Christifideles ad orationis, sive Vocalis, sive Mentalis, ut dicitur, illa sit, studium cum alacritate ineundum, & sine intermissione frequentandum incitarent, eosdem tum cohortationibus inflammare, tum cœlestium etiam munerum thesauris, quorum dispensationem ipsis crediderat Altissimus, allicere studuerunt. Indulgentias enim, peccatorum remissiones, & de injunctis eis quomodolibet debitis pœnitentiis relaxationes elargiti sunt iis, qui sive vocales preces recitarent, sive per aliquod temporis spatium quotidie in lege Domini meditarentur.

Pontifex confirmat indulgentias concessas vocaliter orantibus.

Nos autem laudatissimis eorumdem Prædecessorum Nostrorum exemplis incensi, non solum omnes & singulas indulgentias, peccatorum remissiones, & pœnitentiarum relaxationes per eosdem Nostros Prædecessores pro recitantibus quascumque vocales preces (dummodo nunquam revocatæ fuerint) aut quomodolibet orantibus, quocumque modo sive ad tempus, sive in perpetuum ad hanc usque diem concessas, Apostolica auctoritate, tenore præsentium, sub iisdem prorsus modo, ac forma confirmamus, &, quatenus opus sit, de novo concedimus; verum etiam alias insuper iis præsertim, qui mentalis orationis, seu meditationis studio operam dederint, ut infra, impertimur.

Iis vero, qui Orationis Mentalis exercitium docent, concedit novas Indulgentias.

Primum itaque omnibus & singulis, sive qui tam in Ecclesiis, quam alibi, & ubicumque locorum publicè, & privativè quoscumque homines orandi, seu meditandi rudes quomodocumque orare, & meditari docuerint, sive qui piæ orandi, & meditandi institutioni hujusmodi, ut præmittitur, interfuerint, dummodo vere pœnitentes, ac Sacra Communione refecti, qua vice id egerint, septem annos, & totidem quadragenas de injunctis eis, seu alias quomodolibet debitis pœnitentiis in forma Ecclesiæ consueta relaxamus.

Illam quoque peragentibus alias elargitur Indulgentias.

Iis vero tam docentibus, quàm addiscentibus, qui assidue præmissa peregerint, ac similiter vere pœnitentes, ac Sacra Communione refecti, pro Christianorum Principum concordia, hæresum extirpatione, ac Sanctæ Matris Ecclesiæ exaltatione pias ad Deum preces effuderint, semel in mense pro uniuscujusque commodo, & arbitrio, plenariam omnium peccatorum suorum indulgentiam, & remissionem, quam per modum suffragii animabus Christifidelium, quæ Deo in caritate conjunctæ ab hac luce migraverint, applicare possint, misericorditer in Domino concedimus. Insuper iis, qui per duos quadrantes continuatos, vel saltem per quadrantem horæ singulis diebus, & per totum mensem, orationi mentali dabunt operam, & vere pœnitentes, & confessi, Sanctissimum Eucharistiæ Sacramentum sumserint, ac pro Christianorum Principum concordia, hæresum extirpatione, & Sanctæ Matris Ecclesiæ exaltatione pias ad Deum preces pariter effuderint, plenariam semel quolibet mense omnium peccatorum suorum indulgentiam, & remissionem, quam itidem per modum suffragii animabus Christifidelium, quæ Deo in caritate conjunctæ ab hac luce migraverint, applicare possint, auctoritate & tenore similibus misericorditer in Domino elargimur.

Adhortatio pro exercitio Orationis in communi.

Etsi autem, juxta divinum Domini Nostri Jesu Christi præceptum, oportet ut quisquis oraturus, ne ad instar Hypocritarum videatur ab hominibus, intret cubiculum suum, & clauso ostio oret Cœlestem Patrem in abscondito: tamen, cum ipse Dominus dixerit, quod ubi sunt duo, vel tres congregati in nomine meo, ibi sum in medio eorum, & Sanctus Joannes Chrisostomus prædicet, esse in oratione cum fratribus plus aliquid, videlicet concordiam, conspirationem, amoris conjunctionem, & caritatis clamorem felici societate, ex qua orationes infirmiores se simul complexas, validiores in Cœlum evehi: optimum esset, ubi commode fieri posset, ut, quemadmodum

PARTE III

Literatura

1. O Brasil do século XVI na poesia novilatina do escocês George Buchanan[96]

Introdução

O ano de 1500 representa não só o ano do "achamento" oficial do Brasil pela Coroa Portuguesa, como também o início do século em que na Europa alcança o seu mais vasto desenvolvimento o movimento cultural que se designa por Humanismo. Na presente comunicação enlaçaremos estas duas grandiosas e bem conhecidas realidades através da apresentação e breve comentário de alguns poemas de um literato escocês, hoje quase ignorado pela circunstância, para ele infeliz, de ter-se servido de um idioma que tem vindo a ser votado a um quase generalizado desdém: o Latim. Mas, antes de avançarmos, convém desde já esclarecer o conceito de *Humanismo*, palavra da qual vemos usar-se e abusar-se com uma imoderação que normalmente denuncia confusão ou emprego indébito por parte dos usuários.

---

[96] Texto de uma palestra, proferida a 8 de Abril de 2010, e integrada na Semana de Letras, promovida pelos alunos do Instituto de Ciências Humanas e Letras da Universidade Federal do Amazonas, Manaus. A circunstância de o destinatário ser um público não especializado explica a elementaridade de alguns dos conceitos e fatos expendidos, talvez rebarbativos para o leitor mais erudito, a quem se pede compreensão e vênia. – A primeira edição deste ensaio saiu publicada na revista da Universidade de Aveiro *ÁGORA. Estudos Clássicos em Debate* 14 (2012), pp. 243-284.

Ora, por Humanismo entendemos a corrente cultural que, iniciada pelo italiano Petrarca no século XIV, se caracterizou pelo desejo de restituir à língua culta da Europa ocidental – o Latim – a pureza e elegância que ela possuíra quando era também a língua viva dos cidadãos romanos, sobretudo do século I a.C. Para a realização deste desiderato inicia-se então uma procura generalizada de antigos manuscritos que contivessem os textos o mais possível puros dos grandes clássicos, objeto agora de um culto quase religioso: Cícero, Ovídio, Tito Lívio, Virgílio, Horácio, Tibulo e outros. Ganha um rigor até então desconhecido aquilo que hoje chamamos *crítica textual* e o ensino do Latim passa a fazer-se numa perspectiva em que, paralelamente com as necessidades pragmáticas, que continuam muito vivas, pois o Latim é também a língua franca que torna possível a comunicação dos europeus entre si, se dá um realce novo à componente estética, propondo-se à imitação dos discípulos os modelos dos mestres consagrados e agora em parte ressuscitados ou desempoeirados. Foi deste modo que se tornou possível o surgimento nos séculos XIV e XV de autores que manejaram um latim de uma grande qualidade literária e no qual vazaram obras de genuína inspiração. Citemos apenas alguns nomes, notando desde já a procedência italiana de todos eles: o já referido Petrarca [1304-1374] (hoje quase exclusivamente lembrado pela sua produção em italiano, língua literária que em grande parte, juntamente com Dante, contribuiu para criar), Enea Silvio Piccolomini [1405-1464] (o qual, como Papa, se chamou Pio II), Giovanni Gioviano Pontano [1429-1503], Michele Marullo [c. 1453-1500], Angelo Poliziano [1454-1494] e Giovanni Pico della Mirandola [1463-1494].

A corrente humanista alastra-se no século XV a toda a Europa Ocidental e pode dizer-se que durante todo o século XVI conhece o seu apogeu, agora grandemente potenciado com a generalização da imprensa e o novo incremento dado ao ensino universitário. É também no século XVI que surgem no horizonte as primeiras nuvens prenunciadoras do fim do Latim e da sua crescente substituição pelas línguas vernáculas: de fato, uma das bandeiras arvoradas pelo movimento da Reforma protestante foi precisamente a utilização das línguas nacionais nos cultos religiosos e nas traduções das Sagradas Escrituras, cabendo mesmo a Martinho Lutero o papel de criador do alemão moderno através da sua versão da Bíblia e dos inúmeros livros e apaixonados panfletos em que defendeu as suas doutrinas. Mesmo assim, no século XVI o predomínio do Latim no campo científico, cultural e sobretudo religioso pode dizer-se que é geral, sendo ainda redigidas no idioma do Lácio as grandes obras de ruptura ou de crítica social (tomando estes conceitos em sentido lato) que marcaram esta centúria. Por exemplo: a *Assertio omnium articulorum M. Lutheri per Bullam Leonis X nouissimam damnatorum*, Vitemberga, 1520, e o tratado teológico *De seruo arbitrio*, Vitemberga, 1525, ambas do já citado Lutero; a *Christianae Religionis Institutio*, Basileia, 1535, de João Calvino; o *De reuolutionibus orbium coelestium*, Nuremberga, 1543, de Nicolau Copérnico; o *Enchiridion militis christiani*, Lovaina, 1503 [integrando, com mais dois escritos, o volume intitulado *Lucubratiunculae*], e o *Encomion moriae seu stultitiae laus*, Basileia, 1511, de Erasmo de Roterdã, foram todos eles inicialmente escritos em Latim e foi nesta língua que alcançaram a ampla divulgação que permitiu fazer deles motores determinantes do pensamento e da visão do mundo dos nossos antepassados do século XVI.

Posto isto, será também importante atentar num detalhe que decorre da menção dos dois últimos nomes que citei: o polonês Copérnico e o holandês Erasmo. Ou seja, a meridiana evidência de que nenhum de ambos teria alcançado a fama e o prestígio de que gozaram se tivessem veiculado o seu pensamento nas respetivas línguas maternas. Vemos assim que se deve à universalidade do Latim o nivelamento democrático perante a cultura que se verificou entre todos os povos e países da Europa Ocidental do século XVI, o que permitiu que o Autor mais lido desta época fosse um humilde plebeu originário de uma pequena nação cuja língua nativa se confinava aos estreitíssimos limites dos Países Baixos e escassamente ultrapassaria os dois milhões de falantes. E a verdade é que, além do exemplo extremo de Erasmo, vamos assistir nesta época ao pulular no mundo das letras de uma grande quantidade de prosadores e poetas procedentes das mais diferentes culturas e idiomas, congregados todos eles naquele setor da literatura, hoje bastante descuidado pelos investigadores e historiadores da Cultura, e que é de uso designar-se por *literatura novilatina*. É assim que se compreende que entre os nomes mais eminentes das letras do século XVI podem fazer enfileirar alguns dos seus filhos nações geograficamente marginais, como o nosso Portugal, pátria de D. Jerônimo Osório, um dos Autores mais prestigiados e editados na Europa da segunda metade do século e que, pela elegância do seu Latim, mereceu o honroso apelativo de “Cícero Lusitano”, ou politicamente insignificantes, como é o caso da bravia e montanhosa Escócia, terra-mãe do poeta de que vou hoje ocupar-me, George Buchanan.

Decorre também desta universalidade do conhecimento e prestígio da língua latina outra consequência nada desprezível, e que é a ampla e livre circulação a que então se assiste de acadêmicos, os quais, independentemente do seu país de origem, tanto podiam estudar como exercer a atividade docente em qualquer escola de todo o espaço europeu, uma vez que o ensino superior era exclusivamente (e foi-o por bastante mais tempo) ministrado na língua latina. Era uma época em que, com relação aos mestres universitários, se podia aplicar com alguma propriedade a conhecida frase de Tácito: *Haud semper errat Fama, aliquando et eligit.* ["A Fama nem sempre se engana: por vezes até acerta". *Agricola*, 9. 8] Funcionavam como sempre as leis econômicas da demanda e da oferta, alargando-se então o mercado de trabalho por todo o espaço da Europa Ocidental, numa curiosa antecipação da atual Comunidade Europeia, com a diferença não despicienda de que os filhos das nações menos poderosas não tinham de sentir-se na humilhante e triste necessidade de ser obrigados a falar na língua das poderosas, e tragar e calar agravos muitas vezes seculares.

Breve escorço biográfico de George Buchanan[97]

George Buchanan nasceu em torno do mês de Fevereiro de 1506 no condado escocês de Stirling, perto de Glásgua, no seio de uma família com parcos recursos econômicos. Graças à ajuda de um tio materno, fez estudos superiores em França, recebendo o seu grau de Mestre em Artes, em 1528, ano no qual o encon-

[97] Sobre a vida e obra deste Autor, as obras de referência ainda hoje continuam sendo: Ian McFarlane, *Buchanan*, Londres, Duckworth, 1982, e Philip J. Ford, *George Buchanan, Prince of Poets*, Aberdeen University Press, 1982.

tramos como regente de gramática (latina) no célebre Colégio de Santa Bárbara, de Paris, cujo Principal era o sacerdote português Diogo de Gouveia e em cujas instalações residiram dezenas de estudantes portugueses, beneficiários das bolsas que os soberanos D. Manuel e D. João III generosamente concederam aos seus vassalos de maiores dotes intelectuais, obviando por esta forma aos fracos méritos da Universidade Portuguesa, que só em 1537, com a mudança de instalações de Lisboa para Coimbra, irá conhecer uma renovação e prestígio relativamente duradouro. É pelo ano de 1529 que o jovem escocês trava na cidade do Sena sólida amizade com três portugueses: André de Gouveia, sobrinho do Principal de Santa Bárbara, João da Costa e Diogo de Teive,[98] que serão determinantes no seu futuro

[98] Veja-se mais à frente, em Apêndice, a transcrição e tradução de um poema em que Buchanan revela a profunda amizade que o unia a Teive e a Antônio de Gouveia, irmão do Principal André. Ao primeiro, chama-lhe inclusivamente: *altera pars animae, Teui Iacobe, meae* ("ó Diogo de Teive, segunda metade da minha alma"), numa poesia escrita em 1541, numa ocasião em que o escocês se via tolhido e atenazado pelo mal da gota, e que esclarecedoramente intitulou: *Ad Ptolom. Luxium Tastaeum et Iacobum Teuium, cum articulari morbo laboraret.* Veja-se: *Georgii Buchanani Scoti Poemata quae extant*, Amsterdã, apud Henricum Wetstenium, 1687, p. 309. Todas as citações que doravante fizermos da obra do poeta escocês procedem desta edição.

Curiosamente, volvidos mais de vinte anos, Diogo de Teive usa uma expressão quase igual à utilizada pelo amigo escocês, quando, no v. 10 do seu *Hymnus diuo Vicentio martyri*, a ele se refere nos seguintes termos: *Bucananus, animae pars meae* ("Buchanan, pedaço da minha alma"). Veja-se: Diogo de Teive, *Epodon siue iambicorum carminum libri tres*, Lisboa, Francisco Correa, 1565, p. 132, passo que pode ler-se na p. 900 do nosso livro *Diogo de Teive. Obra completa. Organização e tradução de Antônio Guimarães Pinto*, Lisboa Esfera do Caos, 2012.

destino. Em 1535 retorna à sua Escócia natal, ali escrevendo, a pedido do rei Jaime V, um violento poema antimonástico, denominado *Franciscanus*, cujo texto definitivo só será aliás publicado em 1560. Em 1539 vêmo-lo de novo na França, onde lhe é confiado pelo Principal do Colégio de Guiena, em Bordéus, o seu amigo André de Gouveia, a regência da 1ª classe de Gramática e depois as cadeiras de Grego e de Artes, que ocupou até Julho de 1544. Três anos depois, o mesmo Gouveia o convida a fazer parte da equipa de mestres universitários que, a pedido de D. João III, reunira em França, e destinados a lecionarem no Colégio das Artes, instituição de ensino criada pelo rei *Piedoso* um pouco à imagem do célebre Collège Royale parisiense, e que integrava a Universidade de Coimbra, cabendo-lhe as funções de ministrar, em muitos casos em regime de internato, não só o ensino preparatório (não existia então o correspondente aos atuais cursos médios) que permitiria aceder aos diferentes cursos superiores (Teologia, Direitos Canônico e Civil e Medicina), mas também uma sólida base que, em termos muitos simplistas, poderíamos aproximar das modernas graduações nas áreas das Ciências Humanas (com realce para o Latim, a Dialética, a Retórica e a Oratória) e das Ciências Exatas (Matemática, Astronomia, Física Aristotélica e Música).

É em Março de 1547 que o nosso Autor e seus companheiros deixam a França e se dirigem para Portugal, celebrando-se em 21 de Fevereiro de 1548 a solene abertura, em Coimbra, do recém-criado Real Colégio das Artes, pronunciando então um elegante discurso latino o francês Arnaldo Fabrício. Mas nada como dar a palavra ao próprio Buchanan, que se refere à sua estada em terras lusitanas nos termos seguintes, na *Vita ab ipso scripta biennio ante mortem*, ou seja, "Autobiografia do Autor, escrita dois anos antes da sua morte", isto é, redigida em 1580, e na qual, ao modo de Júlio César e com o propósito de inculcar maior objetividade narrativa, George Buchanam se refere a si mesmo na terceira pessoa. Ouçamo-lo, pois, na tradução que perpetrei:

> [3* vº] *(...) Chegou por esta altura carta do rei de Portugal, na qual se ordenava a Gouveia que trouxesse consigo varões consumados nas letras gregas e latinas, para que ensinassem literatura e os rudimentos da filosofia aristotélica nas escolas que o soberano por aquela época, com grande diligência e despesas, tinha em mente criar. Abordado acerca deste negócio, Buchanan facilmente deu o seu assentimento. É que, ao ver como a Europa inteira, ou já se abrasava em guerras civis e externas, ou estava a ponto de nelas mergulhar, apercebia-se de que só aquele recanto viria a ficar livre de conflitos, e era de crer que no grupo dos que empreendiam esta deslocação, não tanto se tratava de viajar para país estranho, quanto de conviver entre amigos íntimos e muito próximos. De fato, a maioria encontrava-se ligada, ao longo de muitos anos, pelos vínculos da mais estreita amizade, da mesma maneira que alumiava o mundo com as suas obras: Nicolau Gruchy, Guilherme de Guérente, Diogo* [4*] *de Teive e Elias Vinet. E, assim, de bom grado não apenas os acompanhou, como também persuadiu seu irmão Patrício a juntar-se a tão luzido grupo.*
>
> *Ora, no início tudo correu muito bem, até que André de Gouveia foi arrebatado, como que a meio da carreira, por uma morte, para ele decerto precoce, e para seus companheiros penosa. É que todos os seus inimigos e êmulos abalançaram-se contra eles, de início através de perfídias, e em seguida às escâncaras e com*

descoberta animosidade. Depois de pessoas muitíssimo hostis aos indiciados terem feito às ocultas as investigações processuais, pronunciou-se acusação contra três,[99] *aos quais, depois de apresentados em tribunal após longo e miserável encarceramento, durante o qual foram atormentados com incessantes insultos, colocaram de novo sob prisão. É de saber que nem sequer então lhes deram a conhecer o nome dos delatores.*[100] *Mostravam-se desapiedadamente insolentes contra Buchanan, uma vez que era estrangeiro e não tinha ali muitas pessoas que folgassem com o seu bom estado ou se condoessem das suas dores ou se empenhassem em vingar-lhe as afrontas. Lançavam-lhe em rosto o poema que escrevera contra os Franciscanos, acerca do qual ele, antes de partir de França, teve o cuidado de se desculpar diante do rei de Portugal, e cujo teor os acusadores não conheciam, visto como o único exemplar do mesmo tinha sido oferecido ao rei da Escócia, que fora quem o instigara a escrever. Era-lhe imputado como crime comer carne na Quaresma, algo de que em toda a Península Ibérica não há ninguém que se abstenha. E também o acusavam de ter proferido, de modo indireto, certas afirmações contra os frades, as quais a mais ninguém, senão aos olhos destes, poderiam parecer abomináveis. Igualmente foi considerado muitíssimo grave o fato de, tendo-se feito menção da Eucaristia em certo despreocupado bate-papo entre alguns moços portugueses, ele ter dito*

[99] George Buchanan, Jorge da Costa e Diogo de Teive foram detidos pela Inquisição, em Coimbra, a 10 de Agosto de 1550. Buchanan entrou na prisão dos Estaus, em Lisboa, a 15 do mesmo mês.

[100] Foi sempre esta a prática em todos os processos instaurados pelo Santo Ofício.

que lhe parecia que Santo Agostinho se tinha inclinado muito mais para um ponto de vista condenado pela Igreja Romana. Outras duas testemunhas, João Talpin, normando, [vº] *e João Ferreri, piemontês (tal como alguns anos depois fui informado), depuseram que tinham ouvido, da boca de muitos homens dignos de crédito, que Buchanan pensava mal da religião romana. Voltando ao tema. Depois de os magistrados se terem fatigado a atormentá-lo cerca de ano e meio,*[101] *ao cabo, para que se não pensasse que tinham perseguido sem motivo um homem não desconhecido, encerram-no num mosteiro por alguns meses, para ser mais perfeitamente catequizado pelos frades: criaturas, de resto, nem cruéis nem ruins, mas totalmente ignorantes*

[101] Há aqui algum exagero, pois o julgamento deu-se em Julho de 1551, sendo a sentença lida em 29 de Julho deste mês. Dela constava que o réu confessara seu passado filo-luterano e calvinista, a autoria do panfleto antifransciscano, as suas sátiras à vida eclesiástica, os seus erros em matéria de fé, quanto à existência do Purgatório, às indulgências papais e à Eucaristia, bem como a sua despreocupação pelas leis eclesiásticas do celibato e da abstinência e jejum. Declarava-se arrependido pelos seus erros, que dizia terem sido absorvidos na grande Babilônia de Paris. A Inquisição, bastante moderada, impôs-lhe apenas: *Acordam os deputados da Santa Inquisição e ordinário etc.* (...) *Recebem o réu Mestre Jorge à reconciliação, união e misericórdia da Santa Madre Igreja, como pede, e lhe dão em penitência que faça abjuração púbrica em forma de seus erros diante os Inquisidores e seus oficiais na audiência, e estê em um mosteiro que lhe dão por cárcere pelo tempo que parecer aos ditos Inquisidores, onde se ocupará em alguns exercícios virtuosos e coisas necessárias pera sua salvação, e mandam que seja absoluto* in forma Ecclesiae *da excomunhão em que incorreu.* Veja-se Guilherme J. C. Henriques, "Buchanan na Inquisição", *Arquivo Histórico Português*, 4, nº 7 (Julho 1906), Lisboa, p. 272.

quanto a religião.[102] *Ocupou a maior parte deste tempo a transpor para vários metros poéticos muitos dos salmos de Davi. Posto finalmente em liberdade,*[103] *tendo pedido ao rei permissão para voltar a França, este rogou-lhe que permanecesse em Portugal, concedendo-lhe entretanto uma pequena pensão para as despesas diárias, até que fosse tomada decisão relativamente a alguma colocação honrosa. Mas, enfastiado com as delongas que tinham a ver com uma esperança e um prazo que não eram certos, embarcou no porto de Lisboa numa nau cretense e nela navegou para a Inglaterra.*[104]

Sabemos que em inícios de 1553 se encontra na sua amada França, a que dedica, depois de finda a acidentada aventura lusitana, que pelos vistos não lhe deixou saudades, um belo poema de glorificação das graças e donaires da terra, da cultura e da civilização gaulesas.

Em 1560 regressa à sua pátria e adere publicamente à Reforma protestante, que, sob a forma de Kirk of Scotland, de

[102] Buchanan foi enviado para o Mosteiro de S. Bento de Xabregas, da Ordem dos Cônegos de S. João Evangelista (popularmente conhecidos por *lóios*), sendo-lhe notificada, em 17 de Dezembro de 1551, da parte do Inquisidor-Geral, que era então o Cardeal-Infante D. Henrique, uma ordem que lhe concedia liberdade de movimentos

[103] Em Fevereiro de 1552, conforme se lê nos apensos ao seu processo inquisitorial: *e lhe disseram como o Senhor Cardeal-Infante, Inquisidor-Geral, havia por bem de dispensar com ele de todo pera se ir embora.* Vd. Guilherme J. C. Henriques, o. c., p. 274.

[104] Da "Autobiografia", cujo título latino acima se reproduz, e que, sem numeração própria, antecede a edição atrás citada de que nos servimos para as nossas traduções.

inspiração calvinista, se tornara a Igreja oficial. A sua ação política radical faz então dele uma das personalidades que, segundo parece, mais contribuiu para a condenação à morte da Rainha Maria Stuart, que aliás grandemente o protegera. Discute-se ainda hoje se a ele coube a responsabilidade por ter forjado os documentos altamente comprometedores, com fundamento nos quais o Parlamento escocês votou a morte da sua soberana. Entre os anos de 1566 e 1570 desempenha o cargo de Principal do Colégio de S. Leonardo, na Universidade Saint Andrews, em Glásgua. De 1570 a 1578 é nomeado preceptor do muito jovem rei Jaime VI, destinado, depois da morte da sua prima Isabel I de Inglaterra, a tornar-se o primeiro monarca único da Grã-Bretanha unificada sob a sua coroa. Desempenha também por esses anos vários cargos de prestígio. Morreu em Edimburgo, a 28 de Setembro de 1582.

A obra

O legado escrito de George Buchanan, todo ele em língua latina, repartiu-se por vários gêneros literários e fez dele um dos maiores vultos da cultura da sua pátria, destinado a só alguns séculos mais tarde vir a ser desbancado por nomes para o leitor moderno já mais sonantes, como é o caso do filósofo Hume e dos escritores românticos Robert Burns ou Sir Walter Scott.

Assim, no gênero teatral, devemos-lhe duas traduções latinas das peças de Eurípides, *Medeia* e *Alcestes*, e duas importantes peças originais, de tema bíblico, escritas originalmente para serem representadas pelos seus alunos: *Iephtes* e *Baptistes*.

Ainda na literatura de inspiração bíblica, foi autor de uma *Psalmorum Dauidis Paraphrasis poetica*, ou seja, uma apresentação em verso dos conteúdos de todos os salmos, no qual demonstrou uma grande mestria formal no domínio de diferentes metros da poesia latina. Conforme atrás vimos nas próprias palavras do Autor, grande parte desta obra foi composta durante os meses em que permaneceu confinado no mosteiro lisboeta em cumprimento da sentença do Santo Ofício.

No subgênero epo-didático o nosso Autor começou a escrever em 1555, mas deixou incompleto, um poema que tinha por finalidade a transmissão do saber astronômico da sua época. Intitulou-o, previsivelmente, *De Sphaera*.

Em prosa, deve a Escócia a Buchanan a sua primeira história de relativa importância: *Rerum Scoticarum Historia*, dedicada ao jovem rei e seu pupilo Jaime VI, destinatário igualmente de um diálogo de teorização política, intitulado *De iure regni apud Scotos*, cujas doutrinas democráticas o monarca Stuart de forma alguma perfilharia, quando, em anos mais maduros, as veio a entender.

Foi, no entanto, sobretudo nos gêneros lírico e satírico que Buchanan ganhou jus à fama que o aponta como um dos maiores poetas novilatinos do século XVI. No gênero satírico o azedume crítico que tradicionalmente se associa à raça escocesa expandiu-se, por vezes com uma violência de linguagem que raia a obscenidade, e a serviço de uma personalidade violentamente mordaz, fanática e preconceituosa, é certo que com grossos pingos de bem humorada ironia.

Vejamos alguns breves exemplos da inspiração satírica buchaniana, exercitada sobre aquele que parece ter sido o seu ódio de estimação: o portuense Belchior Beleago, seu colega na Universidade de Coimbra, e que, apesar de a passagem do nosso Autor por terras lusitanas ter sido bem breve (cerca de três anos),[105] foi o objeto de um número bastante razoável de envenenadas composições. Com estes exemplos, além da inegável verve zombeteira, documenta-se uma faceta que veremos assomar nas composições dedicadas ao Brasil: o preconceito, no caso de Beleago, na vertente antissemita.

Belchior Beleago,[106] antigo estudante em Paris como bolsista do rei português no mesmo Colégio de Santa Bárbara onde George Buchanan lecionara, regeu entre 1548 e 1552 um curso de Artes no Colégio do mesmo sobrenome. As evidências apontam no sentido de nos fazer supor que uma notória vocação

---

[105] Deve-se ao notável investigador jesuíta Padre Domingos Maurício Gomes dos Santos um importante, longo e quase sempre bem documentado estudo sobre a estada do poeta escocês em terras lusitanas: "Jorge Buchanan e o ambiente coimbrão do século XVI", *Humanitas*, 15, Coimbra, 1962, pp. 261-327.

[106] Nasceu no Porto em 1526 e frequentou em Paris quatro "cursos" teológicos, graduando-se aí Mestre em Artes. Ao tempo que regia o Curso de Artes de 1548 a 1552, ia prosseguindo os seus estudos de teologia, colando nesta faculdade grau de bacharel em 1554, e os de licenciado e doutor em 1556. Atua, com o título de bispo de Fez, como coadjutor do arcebispo de Lisboa D. Fernando de Vasconcelos e Meneses: múnus em que nos aparece em documentos datados de 1560, 1561 e 1563. Morreu durante a *Peste Grande* de 1569, em Amora, termo de Almada. É autor da *Oração* latina, pronunciada no 1º de Outubro de 1548 e com que se iniciou o novo ano acadêmico em Coimbra, obra que mereceu ser então impressa e da qual se fizeram duas modernas reproduções e uma tradução (Luís de Matos, *Quatro orações latinas proferidas na Universidade e Colégio das Artes*, Coimbra, Imprensa da Universidade, 1937; Maria Helena da Rocha Pereira, *Belchior Beleago: "Oração sobre o estudo de todas as disciplinas". Edição fac-similada da de 1548 com introdução, tradução e notas de*, Porto, Centro de Estudos Humanísticos, 1959). Sobre esta singular personagem consulte-se o estudo de Antônio Cruz, "Belchior Beleago, humanista portuense", *Bibliotheca Portucalensis*, 1, Porto, 1957, pp. 7-29.

mercantil o levava a descurar as suas obrigações docentes e a dedicar-se com excessiva paixão a negociar toda a espécie de produtos que pudessem trazer-lhe dinheiro à bolsa. Também a fama de maldizente e intriguista já o acompanhava desde os tempos passados em França, sendo provável que a antipatia que por ele sente o Autor escocês já proviesse de Paris e tivesse origem em fatos que ignoramos. O certo é que o poeta escocês nos deixou dele alguns deliciosos retratos burlescos, de que darei três exemplos, em traduções minhas:

A Murça,[107] *Reitor da Academia de Coimbra*

Ó Senhor Reitor, rei da Academia de Coimbra,
Todos aqui nos espantamos com o teu poder.
Quão pequena bestiaga do teu reino é Beleago?
Como é possível que não exista coisa
Que subjugada não se encontre sob seus pés?
Como é possível que não haja coisa
Que ele não emporcalhe com suas mãos avaras?
– Bodes e chibos, bácoras, ovelhas, bois
E toda sorte de gado ele mata e negoceia;
E vende as aves do céu e os peixes do mar,
Todas as variedades que percorrem as sendas do oceano;
Melões, pepinos, ameixas, alhos-porros e nozes,
Que crescem pelas quintas de Coselhas,
Coentros, cebolas, alho, mastruço,
Que avondo nascem pelas quintas de S. Marcos.

[107] Frei Diogo de Murça, monge da Ordem de S. Jerônimo e dinâmico e competente Reitor da Universidade de Coimbra entre 1543 e 1555.

Ó Senhor Reitor, rei da Academia de Coimbra:
Sentimos aqui a falta do teu bom aviso![108]

No seguinte poema, além de aumentar-se significativamente o repertório de produtos mercadejados pelo azougado "tripeiro", note-se a irônica alusão à origem judaica do mesmo, se não comprovada, pelo menos repetidamente afirmada pelo escocês:

Contra o mesmo [Beleago]

Beleago, consoante ele testifica,
Se é de fiar seja o que for que ele testifique,
Maculado não se encontra por qualquer nódoa
Da raça de Judá.
Ele vende e revende apostilas, *pequenas camas e tecidos,*
Escabelos, tamboretes, colchas e tapetes,
E até vende e remenda os farrapos e ferro-velho
Que da lama recolhe.
Mediante sentinelas postadas junto de todos os lugarejos,
É o primeiro a deitar mãos ao leite,
Ovos, frangos, alhos e jirimuns, melões, pepinos, couves e alfaces
– Para depois revendê-los mais caro em sua casa.
E é o único juiz louvado da praça da verdura;
O único juiz louvado da praça dos doces:
E, mercado mais concorrido que todos os mercados,
Em sua casa sempre está assistindo a transações comerciais.

[108] Pp. 345-346 da edição seiscentista atrás citada da obra poética de Buchanan.

Sem ele, não fazem negócio algum
O pescador, o hortaliceiro, o açougueiro, o galinheiro ou o cozinheiro;
Nem a mula alquebrada pela velhice,
Nem o macho de três patas, nem o asno doente,
Nem o garrano enfermo
Poderão ser vendidos sem a sua mediação.
Vende, revende, merca e chatina tudo de que possa sacar dinheiro.
E não existe qualquer artesão, comprador ou vendedor,
Mercadoria, arte, negócio,
De que se exale um ligeiro cheiro a ganho,
Que sagazmente ele não pressinta,
De que não se aposse e devore,
Ou, se isto se lhe nega,
A que mesmo assim não roa algum pedacinho:
Este detentor do monopólio do negócio por atacado
E não menos monopolista do negócio do ferro-velho.
Se existe uma única pessoa, nascida sob estes céus
E não pertencente à raça judaica,
A exercer tão grande número de ofícios sórdidos,
Assevero que Beleago, que nasceu sob estes céus
E não pertence à raça judaica,
Exerce estes ofícios sórdidos.[109]

Escutemos agora o seguinte epigrama, no qual o poeta escocês aponta o sangue norte-africano e judaico de Beleago como a origem maligna de que procedem os seus baixos e ruins instintos:

[109] Pp. 346-347 da edição citada das obras poéticas de Buchanan.

Contra o mesmo [Beleago]

Duas raças, ó Beleago, disputam a tua linhagem,
E cada uma se esforça por provar a sua causa.
Porque nas tuas palavras não há qualquer firmeza,
O Mouro pensa que esta é uma prova de sangue africano.
O Judeu crê que são sinais da sua raça a arteirice
E o teu tão desvairado amor pelo lucro.
Tu fazes alarde de proceder de sangue lusitano
E todavia apresentas-te a ti mesmo como única testemunha disto.
Prouvera a Deus que o comprovasses com outra testemunha:
Ou que fosse uma indubitável garantia seres tu a testemunha!
Mas, se me deres crédito,
Podes ter em ti mesmo uma útil testemunha.
Desta única maneira, porém:
Que aquilo que queres que te creiam como falso,
Nega que seja falso,
E o que pretendes que se creia como verdade,
Nega que seja verdade![110]

Um olhar pessimista sobre Portugal, a gesta descobridora e o Brasil colonial

1.

Abandonando Portugal em 1552, George Buchanan vai residir na França até 1560, ano do seu regresso definitivo à pátria escocesa. Ao entrar em terras francesas, o nosso Autor escreve

[110] P. 355 da edição citada das obras poéticas de Buchanan.

um belo poema em louvor do país ao qual deveu a sua formação intelectual e no qual provavelmente viveu os momentos de maior ventura pessoal. É natural que, para quem sofrera uma detenção nos cárceres inquisitoriais por motivos religiosos aparentemente tão insignificantes, a relativa liberdade de consciência que a França por então gozava, e que pouco iria durar para dar o passo a uma desapiedada guerra civil, lhe parecesse um paraíso de tolerância, ou, como ele diz: *patria gentium omnium / communis, animi fida, pace florida* ("És pátria comum de todos os povos, tens ânimo leal e gozas da esplendente paz.") Também não nos espantam os termos entusiásticos com que se refere à fertilidade do solo francês, amenidade de clima e beleza de paisagens, contrastantes com os tórridos estios conimbricenses, a aridez das montanhas beirãs e a escassez de luxos do sóbrio viver dos Portugueses do século XVI. Escutêmo-lo:

Chegada à França

P'ra sempre adeus, sáfaros ermos do mofino Portugal e torrões só férteis em penúria!
Salvé, ó venturosa França! Doce aleitadora das artes nobres, de céu sadio sobre um solo que se desentranha em frutos, **[291]** onde os outeiros se vestem da suave e umbrosa coma das vinhas. Terra de pascigos fartos em gado, de vales que se banham em fontes. Aqui, de flores se matizam os plainos de verde prado e se transita à vela pelos longos cursos de teus rios. Abundosa em peixe, nos tanques, nos córregos, nos lagos, no mar. Por ambos teus litorais, polvilhados de portos, acolhes como hóspede o vasto mundo e, pela tua parte, com ele generosa partilhas as tuas riquezas. Deleitosa pelas tuas quintas, segura pelas tuas

muralhas, sobranceira pela tuas torres, rica pelas tuas casas, esplêndida pela tua civilização, és comedida no comer, branda em costumes e gentil na fala. És pátria comum de todos os povos, tens ânimo leal e gozas da esplendente paz. Alegre, afável, mas contendora de cuidado na sanhuda guerra, invencida: nem te ensoberba a prosperidade nem a sorte incerta te abate. A Deus adoras com peito sincero, que não se abastardou num culto só externo.

Aqui, o suave Estio ignora as tórridas canículas; o Inverno rechaça com o lume da lareira os desabridos rigores; o Outono, temperado por benfazejas auras, não amarela a tez ao sopro do pestilento Austro; a Primavera não inunda os campos nem assola as lavras ao abrirem-se francas as tranqueiras dos rios.

Se enquanto viver não te amar e venerar com filial afeto, afirmo que não me recuso a de novo ver os sáfaros ermos do mofino Portugal e seus torrões só férteis em penúria.[111]

2.

Os versos que se seguem fazem parte de um poema, que não foi concluído, no qual Buchanan procurava transmitir os principais conceitos da ciência astronômica da sua época: como facilmente se imagina, matéria muito pouco adequada para um desenvolvimento feliz em linguagem poética. No entanto, este trecho revela genuína inspiração na forma direta e expressiva em como pinta a Ganância e a sede insaciável de riqueza, com o seu rosário de desgraças (fomes, cansaços, doenças), como

[111] Pp. 290-291 da edição citada das obras poéticas de Buchanan.

a verdadeira motivação das viagens de descobrimentos a que Portugueses e Espanhóis se tinham abalançado, sulcando mares desconhecidos e devassando os segredos da Natureza.

> Já do vasto mundo se abrem todas as barreiras às naus iberas, já os segredos da Natura, por longos séc'los ignorados, se desvelam, pois Plutão, insaciável monstro, soltou dos antros estígios a Ganância, irmã das Harpias. O aspeito é descuidado, suja a carranca, e a boca se escancara sob desabrida fronte, de severas rugas; a palidez da fome recobre o rosto e os muitos cuidados enfraquecem o atribulado corpo; a fedentina apodrenta a língua, lesta a praguejar, e a insônia atanaza o espírito e impede a doce paz de insinuar-se nos vigilantes olhos.
>
> *Sobre a Esfera*, I[112]

3.

O poema cuja tradução vou ler em seguida merece especiais comentários, tanto de caráter histórico, para a perfeita contextualização, como linguístico, no sentido de explicar algumas das soluções por que optei na transposição de certas palavras latinas para o nosso idioma.

Ora, convém saber que a ação expansionista de Portugal fora da Europa se iniciou no século XV com a conquista de várias praças-fortes ao longo do litoral marroquino, as quais funcionaram como uma espécie de campo de treinamento militar para a mocidade fidalga lusitana. Foi precisamente entre os anos de

[112] P. 416 da edição citada das obras poéticas de Buchanan.

1541 e 1550, em parte coincidentes com a estada de George Buchanan em solo português (da segunda metade de 1547 à primeira metade de 1552), que o rei D. João III pôs em prática uma medida que, embora política e economicamente hoje nos pareça sensata, suscitou então vigorosa crítica por parte de amplos setores da opinião nacional e, como veremos, não só. Referimo-nos ao abandono, por parte das guarnições e populações portuguesas, das praças de Safim e Azamor (fins de Outubro de 1541), Arzila (1549-1550) e Alcácer Ceguer (1550). Para cúmulo, o rei português sujeitara-se, em 1547, a celebrar um tratado de paz com um tradicional e figadal inimigo como era o rei mouro de Fez. A estes fatos se refere Buchanan, sublinhando, em tom indignado, o contraste entre esta medida do monarca português, que coloca no desemprego e lança na miséria bravos soldados que combatiam dia a dia contra os maiores inimigos do Cristianismo, e o envio para a nova colônia do Brasil, ao que parece em condições vantajosas e com direito à posse de terras, de pessoas condenadas ao degredo pelo crime de sodomia. Em tom moralizante, o poeta conclui que não admira que não seja bem-sucedido na guerra um soberano que tão escandalosamente vai contra o que é justo.

A forma direta das alusões faz-nos supor que Buchanan está a referir-se a acontecimentos de que teve conhecimento pessoal. Ora, a primeira observação que se nos oferece fazer relaciona-se com a "brandura" relativa das penas infligidas, se nos lembrarmos do que determina a legislação vigente então em Portugal. Com efeito, as *Ordenações Manuelinas*, no Livro 5, título 12, intitulado *Dos que cometem pecado de sodomia*, expressamente determinam:

> Qualquer pessoa de qualquer qualidade que seja, que pecado de sodomia por qualquer guisa fazer, seja queimado e feito por fogo em pó, por tal que jamais nunca do seu corpo e sepultura possa ser havida memória, e todos seus bens sejam confiscados pera a Coroa dos nossos Reinos, posto que tenham descendentes ou ascendentes; e mais pelo mesmo caso seus filhos e descendentes ficarão inábiles e infames, assim propriamente como os daqueles que cometem o crime de lesa majestade contra seu Rei e Senhor.

Por outro lado, sabemos que a Inquisição de Lisboa prendeu e processou em 1547 cinco pessoas acusadas pela prática da homossexualidade, sendo alguns degredados para o Brasil. Chegou até nós o nome da que parece ter sido o primeiro português a pôr o pé em terras brasileiras, em Fevereiro de 1549, como punição pela prática do então chamado "pecado nefando" (ou inominável): chamava-se Estêvão Redondo e estava socialmente bem colocado, pois é qualificado como "moço del-rei" e "criado do governador [das armas] de Lisboa". Talvez a este condenado, ou a alguns de seus quatro companheiros, se refira, com assomos de puritana indignação, o escocês Buchanan.[113]

[113] Devo, e aqui penhoradamente agradeço, toda a informação contida neste parágrafo à pronta e gentil cooperação do Prof. Luiz Mott, sociólogo e historiador com ampla bibliografia nesta área, de que destacamos os elucidativos e bem fundamentados estudos: "Pagode português; a subcultura *gay* em Portugal nos tempos da Inquisição", *Ciência e Cultura (SBPC/SP)*, v. 40, Fevereiro de 1988, pp. 120-139; "Inquisição e homossexualidade", in *Inquisição: Comunicações apresentadas ao I Congresso Luso-Brasileiro sobre Inquisição*, Lisboa, 1989, II, pp. 475-508; "Cripto-sodomitas em

No que concerne à minha versão, em primeiro lugar chamo a atenção para o verso quarto do original latino, no qual Buchanan usa duas vezes de um verbo, demasiado expressivo em latim para ouvidos luso-brasileiros, e que, além do significado corrente de "cavar", pode usar-se, como faz o nosso Autor na primeira utilização, em sentido translato e com conotação sexual. Na minha versão procurei conservar a duplicidade semântica empregando o verbo "encabar", próprio também da linguagem agrícola e empregue geralmente para o ato de colocar o cabo no aro da enxada, mas que, pelo menos em Portugal, pode ter uma significação sexual facilmente deduzível.

Em segundo lugar, lembro que o termo que Buchanan utiliza para designar os homossexuais é uma palavra grega (*cinnaedus*,

Pernambuco colonial", *Revista Anthropológicas*, Universidade Federal de Pernambuco, nº 13, v. 2, 2002, pp. 4-38.

Em relação à lenidade das penas impostas pelo Santo Ofício português para este tipo de crimes, vem muito a propósito citar as seguintes palavras, nada suspeitas de parcialidade, do Prof. Mott, no primeiro dos seus artigos que acima citamos: "Comparativamente a outras nações (...) a Inquisição em Portugal mostrou-se muito mais indulgente face aos homossexuais. Em três séculos de Inquisição levou à fogueira trinta, isto é, 0,6 % dos denunciados". Lembro também, sem com isso pretender tirar por agora e neste lugar qualquer tipo de ilações, que o procedimento do Santo Ofício com George Buchanan também não se caracterizou por um excessivo rigor, se atentarmos na relativa gravidade das acusações contra ele apresentadas, pelos vistos bem fundadas, consoante o seu comportamento posterior de sobejo comprovou. De igual brandura não usou ele, ao que parece, no processo que o Parlamento escocês moveu contra a Rainha Maria Stuart, e no qual foi de grande peso para o destronamento e condenação à morte da sua legítima soberana a sanha fanática deste intelectual, a quem um longo contato com as obras cimeiras da cultura clássica deveria, aparentemente, ter tornado mais tolerante com as debilidades humanas.

i), aclimada ao Latim: procurei dar o ar exótico que resulta do emprego de uma palavra estrangeira usando na tradução o termo português antigo que, juntamente com "somítigo", servia para designar os sodomitas: "fanchono", que curiosamente se originou no italiano *fanciullo*, "moço".

Brasil

Abandona-se a África, o soldado na penúria pede esmola e sem esforço o poltrão Mouro se apossa dos castelos.
O trigueiro Brasil recebe impúdicos colonos, e quem antes encabara mocinhos, campos cava.
Quem aos soldados tira as suas, terras dá aos fanchonos: contrariando o que é justo, não é bem-sucedido na guerra.[114]

4.

Proponho-vos agora a minha versão do poema que, no original latino, se intitula: *In colonias Brasilienses uel sodomitas*, de temática, como já notaram, não dessemelhante do anterior, embora com um desenvolvimento literário muito mais elaborado e uma carga moralista assaz mais pesada.

Uma superficial análise intertextual logo nos mostra a dependência do Autor relativamente a duas obras que, por gosto pessoal e atividade profissional, deveria conhecer de memória: a Bíblia e a *Eneida*, de Virgílio. Assim, a inicial invocação do Anjo destruidor imediatamente nos remete para os versículos 24-25 do capítulo 19 do *Gênesis*, onde lemos: *Fez pois o Senhor da parte do Senhor chover sobre Sodoma e Gomorra enxofre e fogo vindo do céu. E destruiu estas cidades e todo o país em roda:*

[114] P. 291 da edição citada da obra poética de Buchanan.

todos os habitadores das cidades e toda a verdura da terra. Por outro lado, nas estrofes 9 e 10 encontramos um evidente reflexo dos conhecidos episódios de Polifemo e os Ciclopes e de Cila e Caríbdis, presentes no canto III da *Eneida*, nos versos 616-627 e 420-431, respectivamente. Segundo Buchanan, os indígenas do Brasil, ainda que acostumados a alimentos semelhantes aos dos Ciclopes, sentir-se-iam nauseados com a presença dos novos colonos, enviados para solo brasílico para aqui continuarem em condições quase privilegiadas a prática do pecado nefando. Seria o momento oportuno, prossegue ele, para as míticas Cila e Caríbdis deixarem as águas do golfo de Messina e se postarem, com os seus terríveis cachorros, em meio do Oceano Atlântico, sorvendo nos seus redemoinhos as naus que transportavam gente tão infame.

Merece também referência a condenação veemente que Buchanan faz da gesta descobridora e conquistadora a que desde o século XV se entregavam Portugueses e Espanhóis, levando a guerra e destruição a povos pacíficos e violando os segredos da Natureza, aparentemente, se bem o interpretamos, com o único objetivo de preparar um seguro ninho para os amores transviados de alguns fanchonos lusitanos...

O pessimismo sobre a natureza humana e a descrença numa regeneração, digamos assim, dos degredados para o Brasil, transparece das estrofes 4 e 5, nas quais, na minha interpretação, o Autor retoricamente se pergunta: "Será possível crer que criaturas que, vivendo na sua pátria em condições difíceis, onde é necessário duramente trabalhar a terra para obter um parco e modesto sustento que pouco se diferença do dos animais, mesmo assim se entregavam lá a este vício infame, vão agora mudar de hábitos, ao verem-se, em terras brasileiras, livres de qualquer policiamento sobre os seus costumes, num solo rico e sob um céu ameno?"

Na caracterização que o poeta faz das condições de vida difíceis em solo europeu, chamo a atenção para a expressão "comilão de glande", lembrando que este último nome, sinônimo de "bolota", designa o fruto do carvalho, além da particular significação anatômica, que aponta para uma ambiguidade semântica que roça a obscenidade, ambiguidade talvez pretendida pelo Autor, e a que também eu não fugi, e até exagerei, ao traduzir logo em seguida pela forma regional "rábãos" a palavra latina *raphanus*, o "rabanete ou rábano" do Português corrente. Resta dizer que de bolotas ou glandes se alimentaram os primitivos europeus, tendo-se mantido até hoje, pelo menos no cardápio tradicional lusitano, como recurso nutritivo para épocas de fome ou grande penúria.

Mas escutemos este puritano indignado que, por uma daquelas ironias em que a história é fértil, foi, como já dissemos, preceptor do rei Jaime VI da Escócia e I de Inglaterra, monarca notória e comprovadamente homossexual:

Contra as colônias brasileiras ou sodomitas

Baixa do céu em rubro turbilhão
Armado, ó Anjo, de ira vingadora,
Punidor já conhecido da luxúria
Na assolação da impúdica Sodoma.

Eis que de novo (pereça ele sob tuas armas!)
A linhagem dos Sírios ergue um alcouce
Que Gomorra arremeda,
E renova a academia da abominável sujeira.

Essa parte do mundo, que a mole deleitação
E luxúria destinaram como sua própria morada,
Sob infames colonos suporta
Vergonhosa servidão.

Esmirrado co'a canícula, a pobreza e a fome
Abrasou-se em amores abomináveis
O comilão de glande, que fede ao peçonhento
Bodum dos rábãos.

Cuidas que porá algum freio ao desbragamento
A sensualidade livre e solta? E nada afeita
A sentir os amavios de uma vida mais civilizada
Sob um céu melhor?

Ó vergonha do nome cristão!
Ó indigno labéu e mancha do nosso tempo!
Ó infame causa das infâmias,
Das canseiras prêmio e fruto infame!

Co'as proas singramos mares ignotos,
Inquietamos tranquilos povos co'o terror da guerra
E com triste alvoroço
Perturbamos a paz do mundo.

Cruzando as águas procelosas, a ferro e fogo
Quebrantamos os secretos ferrolhos da Natura,
Para que aos impuros sodomitas não faltasse
Um bordel de amor nefando.

Aquele povo nada afável co'os forasteiros
E aquelas bocas costumadas a mantença abominável,
Contemplou monstruosidades mais asquerosas
Que os sanguinosos manjares dos Ciclopes.

Agora, ó Cila, mostra agora os ferozes cães,
Agora, Caríbdis, faz girar as vagas
Em remoinhos de espuma, e traga as naus
Pejadas de ignomínia.

Ou abre-te em largas fendas, ó terra,
Ou, ó ar, reduz a cinza com incessantes chamas
Os infames colonos, desdouro e opróbrio
Da cristandade.[115]

5.

Concluo este breve olhar, que espero não tenha sido demasiado doloroso, pela obra do escocês George Buchanan, com a apresentação de uma composição poética em que se fala de um produto que constitui a contribuição supostamente mais nefasta do Brasil para a História da Humanidade: o fumo de tabaco. Como se sabe, os primeiros Portugueses a chegar ao Brasil imediatamente tomaram contato, por mediação dos indígenas que largamente dele usavam, com um gênero de plantas, a que em Portugal logo se deu o nome de "erva-santa", designação que no nosso idioma perdurou por cerca de dois séculos, e que deve a sua origem às qualidades terapêuticas, sobretudo

[115] Pp. 291-292 da edição citada da obra poética de Buchanan.

analgésicas e para a cura de afeções respiratórias, que os consumidores prontamente lhe atribuíram. Rapidamente popularizado em Portugal, o fumo de tabaco vai difundir-se sobretudo por mediação lusitana por todo esse vasto mundo, e a sua introdução na Europa Central e do Norte vai dever-se a Jean Nicot (1530-1600). Este nobre erudito,[116] nomeado embaixador do rei Henrique II de França em Portugal em 1559, com a incumbência de negociar o casamento de Margarida de Valois, filha do monarca gaulês, com o rei português D. Sebastião, então menino de dois anos de idade, permaneceu em terras lusas até 1561, tendo enviado em 1560 a Catarina de Médicis, entretanto tornada regente de França (foi-o até 1564) pela morte precoce do marido no ano anterior e menoridade dos herdeiros, uma encomenda de tabaco em pó, destinada a curar as enxaquecas do filho Francisco, o novo rei com o título de Francisco II, e que afinal vem a morrer a 5 de Dezembro desse mesmo ano, vá lá saber-se se com algumas culpas para o tabaco. O certo é que Catarina de Médicis se tornou consumidora compulsiva da planta brasileira e o seu ilustre exemplo contribuiu não pouco para esta rapidamente se espalhar por toda a Europa, sendo inclusivamente designada pelo seu nome. A este fato alude neste poema Buchanan, que se revolta contra a injustiça de uma tal atribuição e defende os justos títulos que cabem a Nicot para apadrinhar a nova droga, justiça que afinal lhe foi feita pela ciência, quando o botânico Lineu, em 1752, designou com o nome de *Nicotiana* o gênero das plantas em que se inclui a hoje tão perseguida espécie, a que chamou *Nicotiana tabacum*.

[116] Lembre-se que é autor do primeiro dicionário moderno da língua francesa, publicado postumamente em 1606.

Ora, como é evidente, a verdadeira intenção do literato escocês era dizer mal de Catarina de Médicis (1519-1580), a astuta italiana que o casamento tornara rainha de França e cujos ódios antiprotestantes eram, naturalmente, retribuídos na mesma moeda por um calvinista descoberto como Buchanan já deveria ser na época em que escreveu este poema, talvez posterior ao terrível morticínio da Noite de São Bartolomeu, em que milhares de huguenotes foram mortos na sequência de uma trama cuja urdidura se atribuiu a Catarina. Levado pela semelhança dos nomes, Buchanan apelida a filha do florentino Lourenço de Médicis "Medeia do nosso tempo", evocando assim a heroína da peça homônima de Eurípides que, conforme já vimos, traduzira do Grego para o Latim, e dessa forma pondo diante dos olhos do leitor a terrível princesa e feiticeira da Cólquida que, movida pelo ciúme, matou com as suas artes mágicas a nova esposa do seu marido Jasão e, diante deste, degolou os filhos que dele tivera.

Sobre a nicotiana, com falso nome chamada mediceia

Retornando o douto Nicot das ocidentais plagas,
Consigo trouxe a nicotiana
(Erva salutar para todas as maleitas),
Desejoso de bem-fazer à sua pátria.
Mas Catarina de Médicis, praga e flagelo dos seus,
Medeia do nosso tempo,
Em ambição abrasada, com o nome mediceu
Adultera a nicotiana planta:
E tal como esbulhou de seus bens os cidadãos,
Esbulhar quer Nicot do honroso nome da ervagem.
Mas vós, que buscais alívio para o enfermo corpo,

As mãos apartai de uma planta de abominável nome,
Fechai a boca e encerrai ouvidos a uma peste tão terrível:
É que o néctar volver-se-á peçonha e veneno a panaceia
Se lhe chamardes "mediceia".[117]

Conclusão

Para concluir, apenas desejo agradecer a vossa paciência em escutar-me e a oportunidade que, com este convite, me foi dada de ocupar-me de um tema que, se por um lado está ligado com a minha área específica de estudos – a literatura novilatina do século XVI –, por outro me permitiu juntar e apresentar, penso que pela primeira vez traduzidas diretamente do original latino para português, as composições poéticas em que o Brasil é referido ou aludido por este escritor escocês, que, apesar de uma visão da realidade humana que nos pode parecer hoje acanhada, mas que em parte decorria das circunstâncias históricas e ideológicas que o moldaram, mesmo assim exprimiu elevados ideais e possuiu inegáveis dotes literários no manejo de uma língua difícil como o Latim, qualidades a que nos cabe prestar homenagem e a que eu só posso lamentar não ter conseguido fazer a devida justiça com as minhas rasteiras versões na formosa língua de Camões e Machado de Assis.

[117] P. 404 da edição citada das poesias de Buchanan.

Textos Latinos

Georgii Buchanani Scoti Poemata quae extant, Amstelodami, apud H. Wetstenium, 1687.

A)

[3*vº]Interea litterae a rege Lusitaniae superuenerunt, quae Goveanum iuberent ut homines Graecis et Latinis litteris eruditos secum adduceret, qui in scholis quas ille tum magna cura et impensis moliebatur, litteras humaniores et Philosophiae Aristotelicae rudimenta interpretarentur. Ea de re conuentus, Buchananus facile est assensus. Nam cum totam iam Europam bellis domesticis et externis aut eam flagrantem aut mox conflagraturam uideret, illum unum uidebat angulum a tumultibus liberum futurum, et in eo coetu, qui eam profectionem susceperant, non tam peregrinari quam inter propinquos et familiares agere existimaretur. Erant enim plerique per multos annos summa beneuolentia coniuncti, ut qui ex suis monumentis orbi claruerunt: Nicolaus Gruchius, Gulielmus Garentaeus, Iacobus [4*vº] Tevius et Helias Vinetus. Itaque non solum se comitem libenter dedit, sed etiam Patricio fratri persuasit ut se tam praeclaro coetui coniungeret.

Et principio quidem res praeclare successit, donec in medio uelut cursu Andreas Goveanus morte, ipsi quidem non matura, comitibus eius acerba, praereptus est. Omnes enim inimici et aemuli in eos primum ex insidiis, deinde palam animo plane gladiatorio incurrerunt. Et cum per homines reis inimicissimos quaestionem clam exercuissent, tres arripuerunt, quos, post longum carceris squalorem, in iudicium productos, multis per eos dies conuiciis exagitatos, rursus in custodiam abdiderunt. Accusatores autem ne adhuc quidem nominarunt.

In Buchananum certe acerbissime insultabant, ut qui peregrinus esset et qui minime multoss illic haberet qui incolumitate gauderent aut dolori ingemiscerent aut iniuriam ulcisci conarentur. Obiiciebantur ei carmen in Franciscanos scriptum, quod ipse antequam e Galliis exiisset apud Lusitanie Regem excusandum curauit, nec accusatores quale esset sciebant, unum enim eius exemplum Regi Scotorum, qui scribendi auctor fuerat, erat datum. Crimini dabatur carnium esus in Quadragesima, *a quo nemo in tota Hispania est qui abstineat.* Dicta quaedam oblique in monachos obiecta, quae apud neminem nisi monachum criminosa uideri poterant. Item grauissime acceptum quod in quodam sermone familiari inter aliquot adulescentes Lusitanos, cum fuisset orta mentio de Eucharistia, dixisset sibi uideri Augustinum in partem ab Ecclesia Romana damnatam multo esse proniorem. Alii duo testes Iohannes Tolpinus, Normannus, [vº] et Iohannes Ferrerius, e subalpina Liguria, (ut post aliquot annos comperi) pro testimonio dixerunt se ex compluribus hominibus fide dignis audiuisse Buchananum de Romana religione perperam sentire.

Vt ad rem redeam, cum quaestores prope sesquiannum et se et illum fatigassent, tandem, ne frustra hominem non ignotum uexasse crederentur, eum in monasterium ad aliquot menses recludunt, ut exactius erudiretur a monachis, hominibus quidem alioqui nec inhumanis nec malis, sed omnis religionis ignaris.

Hoc maxime tempore Psalmorum Dauidicorum complures uario carminum genere in numeros redegit.

Tandem libertati redditus, cum a Rege commeatum redeundi in Gallias peteret, ab eo rogatus ut illic maneret, pecuniola interim accepta in sumptum quotidianum, donec de conditione aliqua honesta prospiceretur. Sed cum procrastinationis, nec in certam spem nec certum tempus, taederet, nauem Cretensem in portu Olysiponensi nactus, in ea in Angliam nauigauit.

B)

[345]

Ad Rectorem Scholae Conimbricae Mursam

O Domine Rector, Rex Scholae Conimbricae,
Miramur omnes hic tuam potentiam.
Beleago regni quantula est bellua tui,
Vt nil sub eius subditum non sit pedes?
Nil ille manibus non auaris inquinet?
Capros et hircos, suculas, oues, boues
Et uniuersa pecora mactat, uenditat:
Volucresque caeli uendit et pisces maris
[346] Quicumque ponti semitas perambulant;
Melones, cucumeres, pruna, porros et nuces
Cosellianos quae per hortos germinant,
Coriandra, cepas, alium, nasturtium,
Samarcianos quae per hortos pullulant.
O Domine Rector, Rex Scholae Conimbricae:
Desideramus hic tuam prudentiam!

C)

[346]

In eumdem [Beleagonem]

Beleago, ut ipse testis est, si quid tamen
Firmum est quod ille testis affirmauerit,
De gente nullam contrahit Iudae notam.
Idem libellos, lectulos et lintea,
Scabella, scamna, stragula et tapetia
Vendit, reuendit, quin et e medio luto
Collecta scruta uendit atque interpolat.
Lac, oua, pullos, alia et cucurbitas,
Pepones, cucumeres, brassicam, lactuculas,
Positas ad omnes uiculos custodiis,
Domi ut reuendat carius, praeoccupat.
Forique solus arbiter boarii est;
Forique solus arbiter piscarii est;
Forique solus arbiter olitorii est;
Forique solus arbiter cupedinis:
Forumque cunctis publicum magis foris
Res contrahentum conspicit semper domi.
Piscator, olitor, lanius, auceps et coquus
Illo absque nullum contrahunt commercium;
Nec mula senio fracta, nec mulus tripes,
Nec asinus aeger, nec caballus morbidus
Venum sine illo poterit ire interprete.
[347] Cuncta unde possit confici pecunia
Vendit, reuendit, praestinat, habet quaestui.
Nec ullus opifex, emptor est aut uenditor,
Merx, ars, negotium, unde leuis odor lucri

Spirat, quod ille non sagax praesentiat,
Non anteuortat occupetque et deuoret,
Aut, si id negatur, portiunculam tamen
Praerodat alquam, solus et magnarius
Mercator, idem solus et scrutarius.
Si quis tot artes tractat unus sordidas,
Hoc axe natus, gente nec Iudaeus est,
Beleago dicam has tractat artes sordidas,
Hoc axe natus, gente nec Iudaeus est.

D)

[355]

In Beleagonem

Gens duplex, Beleago, tuo de stemmate certat,
Nititur et causam quaeque probare suam.
Nulla tuis dictis quod sit constantia, Maurus
Indicium Libyci sanguinis esse putat.
Signa sui generis credit Iudaeus acumen
Quodque tibi est lucri tam furiosus amor.
Tu Lusitano genitum te sanguine iactas,
Nec tamen hoc aliter, te nisi teste, probas.
O utinam indiciis alioue id teste probares:
Aut te certa foret testificante fides!
Sed mihi si credas, testis potes esse tibi ipsi
Vtilis, hac una sed ratione potes:
Quae tibi pro fictis uis credi, ficta negato,
Et quae uera cupis credi, ea uera nega!

E)

1.

[290]

Aduentus in Galliam

Ieiuna miserae tesqua Lusitaniae
Glebaeque tantum fertiles penuriae,
Valete longum! Ac tu, beata Gallia,
Salue, bonarum blanda nutrix artium,
Caelo salubri fertili frugum solo,
[291] Vmbrosa colles pampini molli coma,
Pecorosa saltus, rigua ualles fontibus,
Prati uirentis picta campos floribus,
Velifera longis amnium decursibus,
Piscosa stagnis, riuulis, lacubus, mari,
Et hinc et illinc portuoso litore
Orbem receptans hospitem atque orbi tuas
Opes uicissim non auara impertiens,
Amoena uillis, tuta muris, turribus
Superba, tectis lauta, cultu splendida,
Victu modesta, moribus non aspera,
Sermone comis, patria gentium omnium
Communis, animi fida, pace florida,
Iucunda, facilis, Marte terrifico minax,
Inuicta, rebus non secundis insolens,
Nec sorte dubia fracta, cultrix numinis
Sincera, ritum in externum non degener.
Nescit calores lenis aestas torridos,
Rigores bruma flammis asperos.
Non pestilentis pallet Austri spiritu
Autumnus aequis temperatus flatibus,

Non uer solutis amnium repagulis
Inundat agros et labores eluit.
Ni patrio te amore diligam et colam
Dum uiuo, rursus non recuso uisere
Ieiuna miserae tesqua Lusitaniae
Glebasque tantum fertiles penuriae.

F)

2.

[416]

Omnia iam uasti ratibus panduntur Iberis
Claustra orbis, rerum longis incognita saeclis,
Iam secreta patent, namque insatiabile monstrum
Orcus Auaritiam Stygiis emisit ab antris
Germanam Harpyis. Facies inculta situque
Tristis, hiant rictus, taetricis frons aspera rugis,
Ora fame pallent, corpus miserabile curae
Attenuant, uirus promptam ad periuria linguam
Inficit et trepidam exercent insomnia mentem,
In uigiles ne blanda quies irrepat ocellos.

De Sphaera, I

G)

3

Brasilia

Africa deseritur, miles mendicat egenus,
Vi sine tuta fugax oppida Maurus habet.
Accipit obscenos Brasilia fusca colonos,
Quique prius pueros foderat, arua fodit.
Qui sua militibus tollit, dat rura cinaedis,
Iure sub aduerso nil bene Marte gerit.

H)

4

In colonias Brasilienses uel sodomitas

Descende caelo turbine flameo
Armatus iras, Angele, uindices,
Libidinum iam notus ultor
Exitio Sodomae impudicae.

En rursus armis quod pereat tuis
Lustrum Gomorrhae suscitat aemulum
Syrum propago et exsecrandae
Spurcitiae renouans palaestram.

[292]

Pars ista mundi quam sibi propriam
Sedem dicauit mollis amoenitas,
Luxusque, sub foedis colonis
Seruitium tolerat pudendum.

Abominandis arsit amoribus
Strigosus aestu, pauperie et fame,
Glandis uorator uirulentum
E raphanis redolens odorem.

Quem, rere, ponet nequitiae modum
Frenis libido libera? Et insolens
Humanioris ferre uictus
Illecebras meliore caelo?

O christiani infamia nominis!
O foeda labes et nota temporum!
    O turpium turpisque causa et
    Exitus et pretium laborum!

Ignota rostris uerrimus aequora,
Gentes quietas sollicitauimus
    Terrore belli orbisque pacem
    Miscuimus misero tumultu.

Per ferrum et ignem et per mare naufragum
Secreta rerum claustra refregimus,
    Ne deesset impuris cinaedis
    Prostibulum Veneris nefandae.

Gens illa nullos mitis in hospites,
Et ora uictu assueta nefario,
    Portenta conspexit Cyclopum
    Sanguinea dape foediora.

Nunc Scylla saeuos exsere nunc canes,
Nunc nunc Charybdis uortice spumeo
    Conuolue fluctus et acrinas
    Flagitiis grauidas resorbe.

Aut hisce tellus in patulos specus
Aetherue flammis perde sequacibus
    Turpes colonos, christianae
    Dedecus opprobriumque Terrae.

I)

5.

[404]

De Nicotiana falso nomine Medicea appellata

Doctus ab Hesperiis rediens Nicotius oris
Nicotianam retulit,
Nempe, salutiferam cunctis languoribus herbam,
Prodesse cupidus patriae.
At Medice Catharina, κάθαρμα luesque suorum,
Medea saeculi sui,
Ambitione ardens, Medicaeae nomine plantam
Nicotianam adulterat:
Vtque bonis ciues prius exuit, exuere herbae
Honore uult Nicotium.
At uos auxilium membris qui quaeritis aegris,
Abominandis nominis
A planta cohibete manus, os claudite et aures
A peste taetra occludite.
Nectar enim uirus fiet, Panacea uenenum
Medicaea si uocabitur.

Apêndice

Aproveitamos a acolhida que a revista *Ágora* deu à nossa despretenciosa conferência sobre George Buchanan para publicar o texto e a tradução de algumas outras composições, que, conquanto ligadas ao tema nela versado, estariam de sobejo no corpo da mesma, mas se justificam em apêndice.

A paginação é a da edição seiscentista por nós utilizada e já atrás citada.

TEXTOS LATINOS

A) Contra Beleago

1.

[283]

In Beleagonem

Beleago, fomes et parens mendacii,
Ab ore cuius pauida ueritas fugit,
Mali susurrat nescio quid clanculum:
At Fama de illo non susurrat, sed palam
Hoc uniuersus populus affirmat, quod est
Beleago fames et parens mendacii,

Ab ore cuius pauida ueritas fugit.
Hoc igitur aequus aestimator iudicet,
An mentiatur populus uniuersus, an
Beleago, fomes et parens mendacii,
Ab ore cuius pauida ueritas fugit.

2.

[347]

In eumdem

Beleago cunctas nouit artes unice,
Has praeter unas quas docet.
Beleago cunctas tractat artes commode,
Has praeter unas quas docet.
Nec foenerator alter illo doctior
Nec caupo quisquam argutior
Mango nec ullus morbidos peritius
Seruos euosque adulterat.
Nec in macello ponderum minutias
Sic lanius ullus exigit,
Lancem dolosam deprimitue cautius
Fractis adaugens ossibus.
Seplasiariae nec tabernae lucrio
Interpolare astutior,
Nec publicanus e propinquis quispiam
Ad omne lucrum acutior.
Et inter artes sordidas monopolium
(Nam id laudo quod librarius)
Exercet, unus et ueterementarius,
Et unus est scrutarius

Negotiator, unus est magnarius,
Et, si Lauerna fauerit,
Ni fallor, unus esse uolet aquarius
Vnusque latrinarius:
Sector, coactor, quadruplator, institor
Textorque pictorque et coquus.
Has tractat artes ille non incommode:
Has nempe didicit et tenet
[348] Quas est professus se tenere, non tenet.
Nec tractat artes nec docet,
Nec scit docere, scit nec penitus studet,
Sed olida conuictoribus
Vt ponit hirci latera pro ueruecibus,
Coruosque pro caponibus
Picasque, caueae mortuas in carcere,
Pro phasianis suggerit:
Sic ille misero credit auditorio
Se facile posse imponere,
Veterum sophorum sic nouis mendaciis
Adulterare dogmata.
Cum syllogismi implicitus haeret retibus,
Nutatque sudatque et stupet.
Dein ceu solutum sit probe impudentia
Quod peccat ignorantia,
Et ridet ipse et ceteris est risui.
Cur ergo quae nescit docet?
Quae scit docere, non docet? – Mendacium,
Quod prima ei sit artium.
Aduersus artis eius ut θεωρήματα
Nec peccet imprudentia,

Quae nescit, illa scire profitetur palam
Se scire, quae scit, pernegat.

3.

[338]

In Beleagonem

Iudaeum, Beleago, quod negas te,
Et uis testibus id probare magnis:
Erras, testibus ista non probatur
Res, ut scis, puto, mentula probatur.

4.

[345]

In Beleagonem

Huic, quem parentis colere debueras loco,
Beleago, uiuo spolia detrahere cupis,
Quod tu capellae non facis nisi mortuae.
Lanium sciebant esse te cuncti, gradum,
Vt carnifex sis, inde paulatim facis:
Ne quaestus ullus non ferat lucrum tibi.
Vt carnifex sis, artis auspicium tuae
Aliundae malim feceris. Visne ut tibi
Dicam unde possis optime? Vt si etiam parum
Ex arte facias, nil tamen peccaueris?
– Suspende te ipsum! Etsi inepte id feceris,
Omnes probabunt ceu foret factum optime.

B) Os amigos portugueses

[337]

Ad Antonium Goueanum

Si quidquam, Goueane, fas mihi esset
Inuidere tibiue, Teuioue:
Et te nostro ego Teuio inuiderem,
Et nostrum tibi Teuium inuiderem.
Sed cum me nihil inuidere sit fas
Vel tibi, Goueane, Teuioue,
Si fas est quod amor dolorque cogit,
Vobis imprecor usque et imprecabor
Vterque ut mihi sed cito rependat
Hoc prauum ob facinus malumque poenas:
Te mihi Teuius inuidere possit,
Tu possis mihi Teuiuum inuidere.
Ambobus mihi si frui licebit,
Caelum diis ego non suum inuidebo,
Sed sortem mihi dii meam inuidebunt.

Traduções

A) Contra Beleago

1.

[283]

Contra Beleago

Beleago, atiçador e pai de mentiras,
De cuja boca a verdade, tomada de terror, foge a sete pés,
Anda a sussurrar, às ocultas, não sei que ruindade:
Mas, no que a ele tange, a Fama não sussurra,
E toda a gente alto e bom som proclama que
Beleago é atiçador e pai de mentiras,
De cuja boca a verdade, tomada de terror, foge a sete pés.
Diante disto, que imparcial juiz sentencie
Se toda a gente anda a mentir, ou se
Beleago é um atiçador e pai de mentiras.[118]

---

[118] O Mestre João da Costa, nas declarações prestadas durante o seu processo inquisitorial, disse o seguinte: "Mestre Belchior Beleago me quer grande mal. Este é tido por homem que nunca fala verdade e os mesmos seus sócios assim o dizem e lhe chamavam em Paris *maquinhon*, que quer dizer corretor de cavalos, porque é grande trabucador." *Apud* artigo citado de Antônio Cruz, p. 23.

2.

[346]

Contra o mesmo

Beleago conhece de modo singular todas as artes,
Com a só exceção daquelas que leciona.
Beleago exercita à perfeição todas as artes,
Com a só exceção das que leciona.
E não existe outro usurário mais sábio do que ele,
Nem taberneiro algum mais finório do que ele,
Nem negreiro algum falsifica com mais destreza
Escravos e cavalos aleijados.
Nem no talho açougueiro algum com a arte dele
Sabe lançar os pesos miudinhos
Ou com maior manha faz pender o mentiroso prato da balança,
Ajuntando-lhe esmigalhados ossos.
Nem o desonesto perfumista com loja na praça Seplásia
Tinha mais astúcias pra contrafação,
Nem siseiro algum é mais astuto
P'ra deitar a mão aos bens do próximo.
E detém o monopólio sobre os ofícios sujos
(Deveras o louvo como copista de livros),
E é o único adeleiro, o único vendedor de ferro-velho,
O único negociante grossista e,
Se a deusa da ladroagem o bafejar,
Almejará ser, se não me engano,
O único aguadeiro e o único latrineiro,
E o único comprador de bens confiscados,
Cobrador de impostos, delator, bufarinheiro,
Tecelão, pintor e cozinheiro.

Ele dá conta menos mal destes ofícios:
É manifesto que os aprendeu e domina.
Mas aquelas artes que se comprometeu a dominar,
Nem as domina [248] nem as exercita, nem as sabe ensinar,
Nem se dá ao trabalho de aprofundá-las, mas,
Tal qual, ao invés de borrego,
Aos comensais serve fedorentas costelas de bode,
E põe na mesa corvos, em vez de capão,
E, em vez de faisão, lhes põe no prato pegas,
Que morreram no cárcere da gaiola:
Ele cuida que do mesmo modo facilmente pode
Enganar os mofinos alunos e, com novos embustes,
Falsificar as ensinanças dos antigos filósofos.
Quando se enleia nas redes do silogismo,
Hesita, sua e fica aturdido.[119]
Depois, tanto é certo que perde todo o pejo
Quem erra por ignorância, ele não só se ri,
Mas por igual move ao riso todos os demais.
Por que ensina então aquilo que não sabe?
E não ensina aquilo que sabe? – Ou seja, a mentira,
Que é pra ele a primeira das artes.
E, para não errar por imprudência contra os *preceitos*[120]
Desta arte, proclama alto e bom som que sabe, o que não sabe,

---

[119] Esta pouca suficiência na arte do silogismo aqui apontada ao mestre Beleago não o impediu de publicar em seu nome, em Coimbra, em 1549, pelos editores João de Barreira e João Álvares, e dedicado a D. João Afonso de Meneses (futuro arcebispo de Braga e filho do arcebispo de Lisboa D. Fernando de Vasconcelos e Meneses, de quem, com o título de bispo de Fez, mais tarde Beleago virá a ser coadjutor), um *Liber de Dialectica*.
[120] Em grego no original.

E nega a pés juntos saber, o que sabe.[121]

3.

[338]

Contra Beleago

Beleago, enganas-te negando que és judeu
E querendo prová-lo com *testemunhas* de peso:
É coisa que não se prova com *testi...munhas*,
Mas, como sabes (ao que cuido), com a verga.[122]

---

[121] Quadram aqui de molde as declarações de Diogo de Teive referentes a Belchior Beleago, proferidas quando do seu processo inquisitorial: "Também Beleago me tem grande ódio, porque o tempo que eu servi de principal o repreendi muitas vezes, porque não entrava na classe pera ler senão muito tarde e depois de todos, o que lhe eu tinha a muito mal, reprendendo-o que não fazia bem seu ofício. (...) E porquanto seus discípulos se aqueixavam que ele não estudava e que perdiam o tempo, o admoestava e o repreendia, como pertencia a meu ofício, dizendo-lhe que deixasse as mercadorias que trazia entre mãos, de cavalos, de panos de linho e doutras cousas, e que deixasse de mandar imprimir livros alheios para ganhar dinheiro." *O processo na Inquisição de Mestre Diogo de Teive*, publicado por Mário Brandão, separata do volume IV das *Notícias Cronológicas da Universidade de Coimbra,* de Francisco Leitão Ferreira, Coimbra, Imprensa da Universidade, 1943, p. 175.

[122] Segundo penso, o Autor joga com o duplo sentido do vocábulo latino *testes*, 'testemunhas' e 'testículos' A marca da procedência judaica de Beleago (entenda-se, a circuncisão) deveria buscar-se não nestas 'testemunhas', mas alhures, ainda que por perto. O Padre Domingos Maurício, na p. 306 do artigo atrás citado, interpreta este poema de maneira diferente, e que me parece mais forçada e antinatural, vendo na palavra *puto* uma alusão ao excessivo pendor dos cristãos-novos para as práticas homossexuais: "característico, nesse tempo, entre cristãos-novos", conforme afirma, de um modo que, até prova em contrário, julgo infundamentado, para não qualificá-lo como baixamente calunioso e anti-semita: o que muito me espanta,

4.

[345]

Contra Beleago

A este, a quem deverias honrar como um pai,
Desejas, Beleago, esfolá-lo ainda vivo,
Algo que não fazes às cabras senão depois de mortas.
Todos sabiam que eras magarefe e, passo a passo,
Vais-te aprimorando neste ofício,
Tendo por fito tornar-te algoz:
Pra que não haja mester algum
De que pra ti não provenha lucro.
Se o fito é te tornares algoz,
Achava preferível que começasses alhures
O tirocínio da tua arte.
Queres que te diga onde podes fazê-lo à maravilha?
De modo tal que, ainda que atues pouco segundo as regras,
mesmo assim não estás a incorrer em erro?
– Olha, enforca-te a ti mesmo!
Mesmo que o faças de modo incompetente,
Terás a aprovação geral,
Como se o tivesses feito da melhor maneira.

---

por provir de um sacerdote e acadêmico, geralmente considerado de grande ponderação e rigor.

B) Os amigos portugueses

[337]

A Antônio de Gouveia

Se, ó Gouveia, lícito me fosse alguma coisa te invejar,
Ou a ti ou a Teive: eu ao nosso Teive
Gouveia invejaria, e a ti invejaria o nosso Teive.
Mas, como não me é lícito invejar coisa nenhuma:
Quer a ti, Gouveia, quer a Teive,
(Se é lícito aquilo a que a dor e o amor obrigam),
A ambos sem cessar suplico e rogarei
Que ambos, sem detença, deste cruel agravo me ressarçais,
Por forma a que Teive possa invejar-me Gouveia
E que tu possas invejar-me Teive.
Se consentido me for gozar de ambos,
Aos divos não invejarei seus céus,
Mas de minha sorte sentirão inveja os divos.

2. O Brasil na *Tragicomédia Régia de D. Manuel* (1619)

1. A *Philippi II Lusitanica expeditio* do Padre Antônio de Vasconcelos

No ano de 1621 publicou-se em Antuérpia uma obra tipograficamente primorosa, cujo dilatado título nos inteira de modo razoável sobre a sua autoria, patrono e conteúdos, razão que nos move a transcrevê-lo e vertê-lo na sua totalidade: *Anacephalaeoses, id est, Summa Capita actorum regum Lusitaniae, auctore P. Antonio Vasconcellio, Societatis Iesu sacerdote, theologo Olysipponensi. Accesserunt epigrammata in singulis reges ab insigni poeta Emmanuele Pimenta, eiusdem Societatis, et illorum effigies ad uiuum expressae, cura et sumptibus Emmanuelis Sueyro, regiae catholicae Maiestatis aulici familiaris, equitis Militiae Saluatoris nostri Iesu Christ, et Domini de Voorde. Antuerpiae, apud Petrum et Ioannem Belleros. Anno MDCXXI. Cum gratia et priuilegio*, ou seja, em nosso vernáculo lusitano: "Anacefaleoses, isto é, Epítome dos cometimentos dos reis de Portugal, de que é Autor o Padre Antônio de Vasconcelos, sacerdote da Companhia de Jesus, teólogo, natural de Lisboa. Juntaram-se composições poéticas dedicadas a cada um dos reis pelo insigne poeta Manuel Pimenta, da mesma Companhia, e os retratos dos mesmos, reproduzidos ao vivo, graças à diligência e munificência de Emanuel Sueyro,[123] fidalgo da Casa Real, cavaleiro da Ordem Militar de nosso Senhor Jesus Cristo e Senhor de Voorde. Em Antuérpia, nos prelos de Pedro e João Belleros. Ano de 1621. Com graça e privilégio." Embora a licença da autoridade eclesiástica flamenga, firmada por Laurentius Beyerlinck, tenha a data de 15 de Julho de 1621, verifica-se que as quatro censuras da Inquisição e autoridades religiosas portuguesas, que a precedem nas páginas liminares deste belo volume, foram redigidas no ano de 1618. O leitor, ainda sem deixar os textos liminares, dá-se conta de que, rapidamente se acomodando à mudança de soberano nos Países Baixos e em Portugal, com a acessão ao trono, em 31 de Março de 1621, de Filipe IV de Castela, contado como III naqueles dois países, o generoso patrono deste luxuoso livro lhe antepôs uma breve dedicatória, na qual incensa com as costumeiras palavras da cortesã lisonja o novo monarca. Também verificamos que o título, conquanto extenso, não nos informou de que a parte final deste ponderoso e artístico volume, de cerca de 650 páginas, estava consagrada à recente visita que, entre 9 de Maio e 23 de Outubro de 1619, realizara aos seus súbditos lusitanos o rei há poucos meses falecido,[124] porquanto, entre as páginas 563 e 587, se podem ler uma *Philippi II Lusitanica expeditio*

[123] Sobre esta curiosa personagem de cristão-novo, cujo nome também aparece grafado sob a forma Manuel Soeiro, ufano da sua estirpe portuguesa, embora tenha nascido e sempre vivido em terras da Flandres, veja-se o que escrevemos em PINTO 2015: 413-428. As 116 composições poéticas de Manuel Pimenta insertas nestas *Anacefaleoses* podem ler-se, por nós transcritas e traduzidas, em PIMENTA 2020: 28-129.

[124] Não sendo nosso propósito ocuparmo-nos com esta régia visita, limitamo-nos a apontar algumas das mais conhecidas obras contemporâneas que

["Viagem a Portugal de Filipe II"] e, entre a 589 e 597, uma elegantíssima *oratio* lida perante o rei, na Universidade de Évora, pelo inaciano Doutor Afonso Mendes, professor de Sagrada Escritura e destinado a tornar-se em breve patriarca da Etiópia, dignidade que desempenhou entre 1622 e 1636.

Na "Viagem a Portugal de Filipe II", o padre Antônio de Vasconcelos escreve que a Companhia de Jesus pretendeu oferecer ao soberano, em Lisboa, uma demonstração particular do amor que com caráter geral abrasava os peitos dos súditos portugueses, intento que, na sua opinião, obteve um resultado satisfatório. Assim, e apesar das estreitezas de tempo que os constrangeram:

> "com incansável atividade, os professores de Humanidades esforçaram-se a fundo para mostrarem com toda a evidência o de quanto são capazes as letras e, para tal, imaginaram um assunto mediante o qual se dessem a conhecer como adequados para todas as funções da sociedade, provando mediante os fatos que as suas inteligências[125] surdiram do cérebro de Júpiter aprovisionadas de toda a sorte de conhecimentos." [*indefesso opere insudarunt humaniorum litterarum professores ut spectanti principi palam facerent quantum rei publicae muneribus accommodos exhiberent, re ipsa probantes Mineruam suam a Iouis cerebro, penu totius artificii cumulata prodiisse.* P. 584]

---

a ela se referem de modo mais ou menos circunstanciado: LAVANHA 1622; LOBO 1623; SOARES 1953.

[125] Para manter-se a alusão mitológica do original, poderia usar-se aqui "minervas", com a significação derivada, sinônima de "capacidades intelectuais", que também pode ter em português literário.

O assunto escolhido foi o rei D. Manuel, bisavô de Filipe, ou melhor, os vaticínios que precederam a descoberta da Índia e múltiplos episódios ligados com a triunfante conquista da mesma graças ao denodo dos vassalos do *Venturoso*. Quanto à forma artística adotada, Vasconcelos define-a como:

> "uma representação cênica de tal sorte comicamente trágica e tragicamente cômica que se lhe ajuste o título de tragicomédia, sem ser indecorosamente galhofeira pelas histrionices nem tristonhamente lúgubre pelo dramatismo, mas condimentada com ambos os ingredientes, a fim de adaptar-se à juvenil majestade dos espectadores." [*scenica repraesentatio ita comice tragica et tragice comica ut tragicomediam nuncuparint, nec mimis indecore facetam nec tragicis lugubre funestam, sed mutuo attemperatam condimento ut floridae spectantium maiestati conueniret.*]

A representação deste espetáculo de caráter compósito e que, pela vastidão do tema escolhido e pluralidade de linguagens artísticas, não encaixava na nomenclatura da preceptística clássica, arrastou-se por duas tardes, sem ocasionar o cansaço do rei, príncipes e infanta. A beleza na atuação cênica, prossegue o Padre, pedia meças à elegância na declamação dos textos, cabendo a representação a um total de atores/figurantes computado em trezentas pessoas (todas evidentemente do sexo masculino, como de norma no teatro jesuítico), que se repartiam por marinheiros, soldados, capitães, tanto portugueses como turcos e mamelucos. Todos os papéis, tanto de ofícios de guerra como de paz, eram com tal arte e destreza desempenhados por meninos lisboetas que parecia que cada um tinha nascido e se afizera para o cargo que lhe coubera representar. Movia a espanto, continua Vasconcelos, a agilidade com que figuravam em palco as manobras e exercícios próprios da vida a bordo das naus, incluindo as ações bélicas, com grande realismo imitadas, não faltando mesmo a presença de dez canhões de bronze, que com medonho estrondo foram disparados no decurso de batalha, travada ante os olhos da assistência, e na qual esquadrões de portugueses se batiam com façanhudos mamelucos egípcios, ao som do toque das trombetas. No entanto, segundo o autor jesuíta, o momento da representação em que os portugueses melhor demonstraram a sua coragem e denodo foi quando, sob o mando de Albuquerque, atacaram a fortaleza de Ormuz. A riqueza e eficácia dos efeitos cênicos, conjugadas com a ferócia mostrada em palco pelos moços estudantes, que com tanta destreza e competência trocaram os compêndios acadêmicos pelas chuças e estoques guerreiros, levaram certa alta patente militar castelhana, diante do realismo da cena, a comentar pasmada: "Se fosse necessário ocupar pela força uma outra Índia, sem dúvida que a conquistariam esses aguerridos moços, que não ficam atrás dos seus antepassados." [*Si alia foret India domanda uiribus, illam procul dubio pugnaces pueri parentum aemuli debelassent.* P. 586]

O Padre Vasconcelos escusa-se, em seguida, de não prosseguir na descrição dos episódios que compuseram aquele espetáculo: por um lado, diz ele, para não tornar-se enfadonho, e, por outro, porque em breve a relação dos mesmos será divulgada e entregue ao público através de livro (p. 586). Informa ainda que, como galardão máximo pelo esforço despendido, o rei dissera que nunca vira nem em outra ocasião haveria de ver espetáculo semelhante àquele: o que de resto não era de admirar, acrescenta o Padre, dada a generosidade com que a cidade de Lisboa disponibilizara os seus tesouros em joias, para contribuir para o luxo deveras asiático de que se revestiu a representação, a qual durara cerca de oito horas sem intervalo, com tanta atenção por parte dos príncipes que o próprio rei proibiu que durante ela se interrompesse a ordem de apresentação:

> "Tinha nas mãos um resumo de todo o argumento, que atentamente comparava com os movimentos dos atores, e acontecendo que os nossos padres suspeitassem de que poderia resultar algum enfadamento da longa extensão das cenas, encurtaram alguma parte, tendo em consideração a brevidade, algo de que o rei, pelo livrinho que continha o resumo, se deu conta, e mandou que voltasse para trás o ator que avançara, até que saísse de cena o outro, que o argumento mandava entrar antes." [*Habebat ille prae manibus totius actionis compendiolum, quod studiose cum actoribus conferebat; cum uero suspicarentur nostri posse aliquid molestiae ex longa actione suboriri, aliquid praecidere, breuitati potius studentes, quod rex, ex libello animaduertens, admonuit intro se reciperet qui prodierat, dum alius egrederetur quem praescripta series promittebat.* P. 586]

2. A *Relación de la real tragicomedia*, de João Sardinha Mimoso

A alusão do Padre Vasconcelos à obra impressa na qual se daria uma notícia mais circunstanciada da impressionante representação cênica que fascinara o soberano Áustria e sua prole[126]

[126] D. Filipe, viúvo de Margarida de Áustria desde 1611, encontrava-se acompanhado pelo filho do mesmo nome, que foi jurado herdeiro da coroa portuguesa em cortes que, para o efeito, se reuniram então em Lisboa, pela

visava o volume que saiu a lume em Lisboa, no ano de 1620, e que na página de rosto de modo dilatado e em língua espanhola se apresentava assim: *Relacion de la real tragicomedia con que los padres de la Compañia de Iesus en su Colegio de S. Anton de Lisboa recibieron a la Magestad Catolica de Felipe II de Portugal, y de su entrada en este Reino, con lo que se hizo en las Villas y Ciudades en que entrò. Recogido todo verdaderamente, y dedicado al Excelentissimo Señor Don Theodosio segundo, Duque de Bragança etc. Por Iuan Sardina Mimoso, sacerdote, natural de Setubal. Año* [brasão dos duques de Bragança] *620. Con privilegio. Impresso en Lisboa por Iorge Rodriguez.*

Da leitura do título imediatamente se colige que o livro, de formato *in quarto* e com 350 páginas impressas (cabendo uma e meia à relação final das principais *gralhas*), numeradas apenas no *recto*, é uma espécie de resenha bipartida, de que a 1ª secção está consagrada à representação teatral feita no Colégio de Santo Antão, em Lisboa, e a segunda à breve síntese da jornada do rei Filipe desde a entrada em Portugal e da recepção solene na capital, cabendo a responsabilidade da autoria de umas páginas, *prima facie* aproximáveis da função jornalística que hoje denominaríamos com a palavra *repórter*, a um sacerdote sadino chamado João Sardinha Mimoso, cujo nome aliás ficou reduzido ao quase anonimato, de que Diogo Barbosa Machado, no breve artigo que lhe consagra na *Biblioteca Lusitana*, escassamente o redime, ao limitar-se a informar-nos que faleceu em Lisboa, em 14 de Novembro de 1644, e que fora "abade da igreja

esposa deste (Isabel de Valois) e pela filha Maria Ana, mais tarde esposa do imperador Fernando III.

de Santa Maria de Meixedo,[127] no arcebispado de Braga", além da circunstância de ter tido por berço Setubal, pormenor de que o próprio Mimoso nos fizera ciente na capa do seu volume, por sinal graficamente pouco apurado e inçado de gralhas. Procurando em seguida delimitar as duas partes estruturais que integram a obra, verificamos que, de fato, desde o f. 126 até ao f. 163 João Sardinha Mimoso se ocupara em descrever a viagem régia desde Elvas até Lisboa, incluindo um *breve compendio del imperial recibimineto que le hizo la insigne ciudad de Lisboa los 29 de Iunio del año de 1619 que entrò en ella.*

Correspondem aos dias 31 de Janeiro, 1º e 24 de Fevereiro as licenças da Inquisição e autoridade eclesiástica, que podem ver-se estampadas nas páginas preliminares, juntamente com a indicação do preço por que o livro deverá ser vendido: "Taixa-se este livro em oito vinteins em papel e passe alvará de previlégio por tempo de dez anos na forma ordenada." Dado o interesse do tema, foi remetido para o vizinho reino de Espanha grande número de exemplares, nos quais, antes das licenças portuguesas, se inseriu uma folha em que, no *recto*, pode ler-se uma licença, assinada em Madrid pelo rei a 18 de Dezembro de 1620, onde consta que Juan Agustín de la Torre, morador

[127] No âmbito do que era no início do século XVII a arquidiocese de Braga encontramos duas freguesias com o nome de Meixedo: uma no concelho de Viana do Castelo, mas que tem como orago S. Paio, e outra no concelho de Montalegre, que tem como patrona Nossa Senhora da Natividade, e era abadia da apresentação da mitra. Existe, na região norte, uma outra Meixedo, no concelho de Bragança, cuja igreja foi colocada sob a invocação de Santo André e pertencia então à diocese de Miranda. É possível que o Abade de Sever pretendesse aludir à segunda das freguesias aqui referidas, cujo orago é o que mais se aproxima do que apresenta.

em Lisboa, dera conhecimento ao monarca de que imprimira a *Relación de la tragicomédia* e lhe suplicava que lhe concedesse licença para que pudesse introduzir exemplares deste livo nos reinos de Castela e vendê-los, pedido a que o rei anuía. No *verso* podemos ver a *Tassa*, procedente do conselho do rei, com data de 12 de Fevereiro de 1621,[128] assinada por Martín de Segura, e pela qual os senhores do dito conselho taxaram *cada pliego del dicho libro a cuatro maravedis, el cual tiene quarenta y un pliegos (...) que monta el dicho libro ciento y sessenta y cuatro maravedis, en que se ha de vender en papel.* Foi seguramente por ter em mira os leitores de língua espanhola que o Padre João Sardinha Mimoso optou por redigir neste idioma quase toda a parte que lhe cabe neste livro, de que, conforme se conclui dos termos do título, ele não é autor no sentido de "criador", mas antes relator, e também, como a leitura de toda a obra mostra, apostilador histórico-cultural e comentador. Convirá, por conseguinte, começarmos por ver nos textos introdutórios quais os desígnios precípuos que teve em mira com a publicação desta obra.

Após as licenças, e ocupando cerca de página e meia, lemos, em português, a dedicatória que João Sardinha Mimoso dirige ao Senhor D. Teodósio II, duque de Bragança, motivando do modo seguinte o seu gesto e justificando também o emprego da língua espanhola:

> "Receberam os padres da Companhia de Jesus a Sua Majestade no Colégio de Santo Antão de Lisboa com ua tragicomédia, em que os estudantes que naquelas escolas aprendem com as

[128] O rei viria a morrer a 31 do mês seguinte.

> letras humanas virtudes e custumes divinos, representaram a seu rei alguas das muitas prosperidades que a este reino trouxe o felicíssimo rei D. Manuel, e como a coisa era tanto da casa de Vossa Excelência, pois no mesmo grau com Sua Majestade conhece por ascendente aquele grande rei,[129] pareceu-me faltaria ao ofício de servo diligente se como fazenda de meu senhor a não recolhesse e // apresentasse a Vossa Excelência [...] Vão os aparatos e riquezas que nela serviram contadas em linguagem espanhola, como também saiu um breve extracto que os padres fizeram, pera em toda Espanha se conhecer a perfeição portuguesa.

Segue-se, em três páginas igualmente não numeradas, o texto proemial dirigido *Al curioso lector Español*, no qual, depois dos costumados exalçamentos da grandiosidade dos festejos e manifestações de júbilo com que o reino de Portugal recebeu o seu soberano, e do também sólito queixume pelo descaso nacional em glorificar os próprios merecimentos, pois é próprio de portugueses *ser tan largos en emprender hechos grandiosos como cortos en escriuillos*, o Padre Mimoso dá-nos conta do trabalho que teve em coligir o material que serviria de suporte à sua *Relación de la tragicomedia*, porquanto, se os padres de Santo Antão *trabajaron en hazerla, harto trabajo me dexaron en recogerla, lo qual se hizo con toda fidelidad, ni pudo mostrar más su ingenio el autor en traçarla y componerla que yo el mío*

[129] D. Filipe era, tal como o duque D. Teodósio II de Bragança, bisneto de D. Manuel, o qual, como se sabe, foi pai da imperatriz Dona Isabel, mãe de Filipe I de Portugal e avó de Filipe II, e do infante D. Duarte, pai da Senhora Dona Catarina e avô do duque.

en cogerla. Confessa o seu legítimo orgulho pelo escrúpulo e rigor com que retratou a opulência de vestuário e cenários e a diversidade de ações dramáticas, em que participaram mais de 300 *figuras, todas de los estudios*, com a única exceção de um artilheiro, *para dar fuego a las piezas, por el peligro que podía haber si esto se metiesse en manos de gente sin experiencia*. Informa-nos de que os coros e música, elementos artísticos basilares neste tipo de eventos cênicos de natureza compósita em que a Companhia de Jesus se especializou, tiveram como autores os melhores *maestros de esta profesión que hay en* Lisboa. Reconhece que teve como fio condutor, de grande utilidade na sua tarefa de "relator" daquele imenso espetáculo, *un breve tratadillo que antes de la representación salió*, o que não o dispensou de recorrer muito às pessoas que tiveram participação na organização da obra. E, a finalizar, confessa: *me fui a consultar el autor de la obra, el Padre Maestro de retórica de las dichas escuelas, que es el Padre Antonio de Sosa, de quien supo el hilo de todo*.

Antes de prosseguirmos, parece oportuno esclarecer a que *tratadillo* ou opúsculo se refere o Padre Mimoso, que corresponde com certeza ao *libellus* que atrás, em trecho que transcrevemos do Padre Antônio Vasconcelos, vimos diligentemente consultado por Filipe no decurso da representação, e ao "breve extracto", ou *programa-sumário*, referido na dedicatória ao duque de Bragança. Perante a taxativa afirmação do sacerdote sadino de que o livrinho *salió*, ou seja, foi impresso pouco antes do espetáculo, procuramos encontrar rasto dele, não apenas nos ficheiros e catálogos das bibliotecas nacionais, mas também nos repertórios bibliográficos relativos à tipografia portuguesa do século XVII, mas foi esforço baldado. Tivemos então a suspeita de que o rei D. Filipe herdara a bossa coleccionista dos Áustrias, de que o pai e o avô paterno foram insignes exemplos, e levaria consigo o livrinho, com miras a guardá-lo na belíssima biblioteca que o progenitor com tanto amor construíra. Daí a acedermos, via internet, ao catálogo da Real Biblioteca del Monasterio de San Lorenzo del Escorial, tardou pouco mais do que o tempo de pensá-lo, e foi assim que, com aquela variedade de alegria que só um pesquisador de antigualhas conhece, descobrimos que de fato ali, com a cota 32-II-69 (4º), se encontra, encadernado juntamente com outras brochuras de características similares, o *tratadillo* de 40 páginas, cuja página de rosto reza assim: *Tragicomedia intitulada el Rey Don Manuel, conquistador del Oriente. Representada en el Colegio de S. Anton de la Compañía de Iesus a la católica Majestad del rey D. Felipe segundo de Portugal nuestro Señor, a 18 & 19 de Agosto,*[130] *año de 1619* [escrito à mão lê-se aqui: "De la libreria de San Lorenzo"] *La materia es el descubrimiento de la India, y las gloriosas empressas y hazañas de algunos capitanes portugueses de aquel tiempo. Impressa em Lisboa. Com todas las licencias necessárias por Iorge Rodriguez, este año de 1619. Taixada na mesa do Paço* [espaço em branco] *réis em papel.*

Devemos à nobilíssima generosidade do diretor daquela Real Biblioteca, o eminente bibliógrafo Don José Luis del Valle Merino, a reprodução graciosa e rapidíssimo envio eletrônico desta preciosidade bibliográfica, com a qual os jesuítas portugueses procuravam de alguma maneira guiar o monarca e seus

[130] A representação não se fez nestas datas, inicialmente previstas, mas sim na quarta e quinta-feira, 21 e 22 de Agosto, como pode ler-se pelo cabeçalho do f. 1 da *Relación.*

jovens filhos e nora no revolto e por vezes estrondosíssimo *mare magnum* que deveria ser a seus olhos e ouvidos aquele evento cênico, mais perto talvez do moderno "teatro musical" ou da *grand opéra* oitocentista[131] do que do teatro de tradição clássica ou da *comedia española* que teve a sua época áurea precisamente por aqueles anos. Embora a dedicatória (que de resto Sardinha Mimoso reproduziu *ipsis uerbis* na sua *Relación*, logo a seguir ao proêmio dirigido ao leitor de língua espanhola) se encontre em português, uma parte significativa da brochura está em espanhol, de modo a permitir aos régios espectadores terem uma noção do que está a acontecer em cena, ao passo que algumas passagens transcritas em latim correspondem sobretudo às partes corais, entre as quais se inclui um *Chorus Brasilicus*, cantado em tupi.

Feito este necessário desvio, regressando às páginas liminares da *Relación*, após a transcrição da dedicatória que em português os jesuítas de Santo Antão dirigiram ao rei e procedente da brochura impressa em 1619, encontramos um texto em latim, não assinado, mas evidentemente saído do punho do Padre Antônio de Sousa, que, pela sua importância teórica, neste artigo transcrevemos e traduzimos, e no qual, em cinco páginas e meia, dirigindo-se *Ao leitor latinista e curioso*, eruditamente se discorre sobre o tema escolhido, o gênero dramático da comédia latina em geral e as particularidades do subgênero, de características inovadoras, em que se integram os textos latinos que o Autor redigiu, além de várias considerações, como, por exemplo, as relativas à prosódia e à premência com que

131 *L' Africaine*, de Meyerbeer, até pela parcial identidade do tema, imediatamente nos acode à memória.

se fazia mister dar o texto à imprensa, o que impedia Sousa de lhe dar o final acepilhamento. Pela sua importância mereceria este texto mais dilatado comentário, a que infelizmente as constrições de espaço a que estamos sujeitos nos obrigam a deixar para outro ensejo.

Dá-se em seguida início à parte do livro com paginação própria e que já propriamente se adequa ao título, a qual, como já atrás referimos, termina no *recto* do f. 125, ou seja, 300 páginas em que a chilra, ainda que quase sempre gramaticalmente correta, prosa castelhana de Mimoso Sardinha se vai alternando com os versos latinos de Antônio de Sousa e, vez ou outra, com algumas composições poéticas em português (sobretudo em redondilha maior e menor) e umas quantas falas rimadas na chamada *língua geral* do Brasil e no que pretende ser um crioulo luso-ameríndio, textos estes todos cuja autoria se deve ter repartido por alunos e professores de Santo Antão, numa proporção que ignoramos. Fazendo um cômputo, com rigor aproximado, da paternidade textual que cabe aos dois principais responsáveis pela *Relación* impressa, apuramos que o total de versos latinos (predominantemente jâmbicos senários livres), do Padre Antônio de Sousa, atinge a cifra de 2.689, sendo 137 as páginas em prosa, de predominante autoria de Sardinha Mimoso.

3. Qual o papel do Padre Antônio de Sousa na *Tragicomédia do rei D. Manuel*

Não pretendemos neste breve estudo dar ideia, sequer aproximada, das tramas, episódios, estrutura coreográfica, efeitos especiais e recursos musicais desta riquíssima obra, compósita e abrangente de um modo que nos faz pensar na *Gesamtkunst-*

werk do para nós genial Ricardo Wagner.[132] Embora este livro esteja muito longe de ter recebido até hoje o estudo que o seu rico conteúdo merece, e que passa, prévia e forçosamente, por uma edição que, pelo menos, contenha a tradução integral da parte em latim, possuímos já algumas sínteses e estudos parciais, que são o primeiro passo para a realização daquele desiderato, e que se devem aos seguintes estudiosos: Francisco Rodrigues, S. J.,[133] Claude-Henri Frèches,[134] Dietrich Briesemeister,[135] Cecília Maria Ferreira Pires[136] e Margarida Miranda.[137]

[132] Prova de estreiteza de vistas, para não me pronunciar sobre a ligeireza com que se arroga juíza do valor da parte poética latina, são as seguintes palavras de Luciana Stegnano PICCHIO: *lo sforzo scenico era destinato a mascherare la povertà letteraria e la fredezza d' ispirazione.* Citação *apud* BRIESEMEISTER 2006: 142.

[133] RODRIGUES 1944: 104-108, apresenta nas pp. 106-108 um resumo da *Tragicomédia.* Por desatenção de pouca monta, o douto historiador jesuíta fala da presença da *rainha* na companhia de Filipe II de Portugal. Como atrás se viu, a esposa do monarca falecera oito anos atrás, enquanto Isabel de Valois, a nora, deveria esperar até 31 de Março de 1621 para, mediante a morte do sogro, aceder ao trono de Portugal e Espanha; a filha Maria Ana, que acabara de completar 13 primaveras no dia 18 daquele mês, era por então apenas infanta.

[134] FRÈCHES 1964: 132, 169, 172 e, na p. 246, como um dos corolários da sua pioneira e nunca assaz louvada obra de recuperação e valorização do teatro jesuítico português, mui argutamente escreve: *On s' aperçoit vite que la tragicomédie jésuite s' inscrit dans la tradition du théâtre au Portugal et qu' elle exprime un aspect original du génie lusitanien.*

[135] BRIESEMEISTER 2006: 127-142. Nas pp. 137-142 pode ler-se um resumo razoável da ação. Talvez induzido em erro pela deficiente redação e disposição do texto de RODRIGUES 1944: 104, atribui a Sousa a autoria de uma *Tragicomédia de D. Afonso Henriques*, representada em 1617, e afirma que o padre amarantino esteve em risco de ser expulso da sua Ordem por "favorecer mais ou menos abertamente o retorno da Casa de Bragança ao

Ora, como o culto leitor já entendeu, o papel do Padre Sousa na organização e realização do magno empreendimento multiartístico que foi a *Real tragicomédia*, não está longe do que coube aos grande autores de libretos da melhor tradição operística: para não falarmos de compositores em que o pendor literário era manifesto e eles mesmo escreveram os textos que depois musicaram (Berlioz, Wagner ou, em plano mais modesto, Leoncavallo), acode-nos à lembrança o exemplo de Arrigo Boito, excelente poeta e inteligente libretista das duas melhores ópe-

---

trono". Antes de mais, não haveria um "retorno", porque a dinastia anterior à dos Áustrias foi a de Avis, e, além disso, penso que, em relação aos ardores nacionalistas, houve confusão com o Padre Luís da Cruz. Ressente-se este artigo de uma visão anacrônica, e falsa portanto, do que era a realidade política e social portuguesa em 1619, que o ilustre estudioso alemão, talvez por falta de informação histórica, tende a imaginar à semelhança do que seria a da Holanda ou Tchecoslováquia em 1942, e a ver no nosso *nonchalant* e até simpático Filipe II uma antecipação do Dr. Seyss-Inquart ou do *Reichsprotektor* Reinhard Heydrich.

136 PIRES 2010, dissertação de mestrado, de 110 pp., no seu equilibrado conjunto de alto merecimento, na qual, nas pp. 25 a 39, se faz uma boa síntese da *Tragicomédia*. Pareceram-me interessantes as páginas que a Autora consagrou à "*Tragicomédia* como modelo de estética barroca", embora, em relação ao capítulo que a este se segue e no fundo é o desenvolvimento da "tese" para que aponta o título desta dissertação, eu de modo algum perfilhe o seu ponto de vista, que provavelmente seria válido se a obra em causa tivesse sido representada uns dez a quinze anos mais tarde. Trabalho também valioso porque, ao invés dos anteriores, a Autora transcreveu e traduziu alguns dos textos latinos.

137 MIRANDA 2012 e 2013. Devido à dupla competência que advém à Autora como insigne conhecedora do teatro jesuítico e *magna magistra* da arte musical, na qualidade de intérprete e estudiosa, a leitura do primeiro destes trabalhos é imprescindível para uma correta avaliação da *Real tragicomédia* em toda a sua complexidade.

ras verdianas. Não conhecemos os nomes dos criadores cênicos e dos técnicos ligados com a parte da sonoplastia, música, coreografia, efeitos especiais, pintura etc. Não chegaram até nós partituras musicais, croquis de trajes de cena ou gravuras, de maneira que, de todas as artes envolvidas no grandioso projeto, só a literária, na vertente poética latina que assumiu na pena do Padre Antônio de Sousa, pode hoje ser mais diretamente aquilatada, conquanto (e trata-se de uma amputação enorme que nunca é demais salientar, dada a natureza compósita do objeto de arte em causa) não nos seja dado apreciá-la integrada no seu meio "natural" e para o qual especificamente foi criada. Resta-nos o relato ou "relação", mais ou menos circunstanciado, do reverendo abade João Sardinha Mimoso, o qual, em atenção ao leitor de língua espanhola que sobretudo teve em mente, se julgou na obrigação de enriquecer o seu texto mais ou menos jornalístico com adições e apostilas de caráter sobretudo histórico, que esclarecessem o destinatário sobre figuras e episódios da gloriosa história do reinado manuelino de que ele provavelmente não estaria inteirado.

4. Antônio de Sousa: breve biografia de uma vida breve

Antônio de Sousa pervive hoje na memória dos eruditos graças apenas à sua participação, como autor do texto latino, no evento multiartístico com que os jesuítas e alunos do Colégio de Santo Antão acolheram o rei D. Filipe, o príncipe herdeiro do mesmo nome e a princesa sua esposa, e a infanta Dona Maria Ana. De fato, embora no artigo que Barbosa Machado lhe consagra se lhe atribuam outras obras, tanto em prosa como em verso, que até então permaneciam inéditas, a verdade é que delas desconhecemos hoje o paradeiro, sendo de presumir que tenham seguido o mofino destino com que a incúria de uns e a vesânia antijesuíta de outros acabou por destruir ou enviar e deixar levar para longes terras uma parte nada pequena do patrimônio literário nacional. Segundo as informações do mesmo bibliógrafo, coincidentes com as dos cronistas jesuítas, nasceu na então chamada província de Entre Douro e Minho, na vila de Amarante, filho de Manuel Ferreira e Maria de Sousa, no seio de uma família aparentemente da nobreza rural, pelo menos pelo lado materno, se tivermos em conta que era primo em 1º grau do bem conhecido polígrafo Antônio de Sousa de Macedo, notoriamente pertencente a "famílias qualificadas", e que mais de uma vez, com grande orgulho e palavras de alto apreço, se referiu ao parente jesuíta. Nasceu em 1591, porque foi no 1º de Junho de 1606 que entrou na Companhia de Jesus, em Coimbra, desempenhando com a maior proficiência as funções de professor de literatura clássica e retórica, cargo que desempenhava no lisboeta colégio de Santa Antão em 1619.[138] Em 1625 foi escolhido pelos superiores como um dos capelães destinados à frota luso-castelhana enviada a libertar a Bahia da ocupação holandesa, e que, depois de chegada a Salvador a 29 de Março de 1625,[139] com grande glória das armas ibéricas, logrou a derrota e rendição das tropas batavas. Após pouco mais de quatro meses de nada tranquila permanência em terras brasileiras, o Padre Sousa embarca, a 4 de Agosto, na esquadra vitoriosa com

[138] Veja-se FRANCO 1720: 531: *Conimbricae amplexus Societatem 1 Iunii 1606 aetatis 15, docuit humaniorem litteraturam et Rhetoricam magna cum laude. Anno 1619 induxit teatro in scholis Vlyssiponensibus praeclarissima tragoediam.*

[139] Veja-se GUERREIRO 1625: 41 vº.

destino à pátria, meta que não alcançará, porquanto, depois de "em todo o discurso da viagem ter feito extremos das obrigações de sua profissão",[140] faleceu ao largo da açoriana ilha do Faial. De acordo com o seu confrade Antônio Franco, que o memora quase cem anos depois no dia e mês do seu passamento (18 de Setembro) com um toque de maravilhoso a que nenhum dos testemunhos contemporâneos alude, o cadáver do Padre Sousa, "depois de lançado ao mar, com uma enorme bala de canhão amarrada a cada pé, ficou ereto, com o corpo debaixo de água até ao pescoço e as mãos erguidas para o céu, e seguiu a esquadra por muitas léguas." [*missus in mare, annexo singulis pedibus praegrandi globo ferreo, erecto corpore collo tenus merso et manibus in caelum leuatis, secutus est classem multis leucis.*][141]Curiosamente, também a morte do nosso Autor consta do primeiro texto conhecido saído da pena do seu confrade e xará Antônio Vieira, ou seja, a *Carta ânua da Província do Brasil*, referente a 1625 e datada em Salvador a 30 de Setembro de 1626, para o Geral Muzio Vitelleschi, em Roma, na qual se lê:

> "Em especial nos edificaram muito os quatro padres portugueses que vieram na armada de Portugal, e dois espanhóis, que vieram na de Castela [...] que trabalharam tanto que só o trabalho [...] bastara para lhes acabar a vida, se durara mais o cerco. Bem prova isto que digo a morte gloriosa do nosso Padre Antônio de Sousa, o qual (como nos escreveram) teve tão grande caridade para os muitos enfermos da sua nau que, de

[140] GUERREIRO 1625: 71.
[141] FRANCO 1720: 531.

puro cansaço em lhes acudir e servir, expirou para gozar no céu da coroa que cá e lá tão valorosamente mereceu."[142]

5. Critério da nossa escolha

Para proporcionar ao leitor uma amostra relativamente significativa e orgânica do que teria sido o espetáculo multiartístico da *Real tragicomédia*, além da tradução dos textos correspondentes ao Prólogo, no qual figuram *Lisboa*, o *Tejo* e a *Serra de Sintra* (figuras alegóricas mediante as quais se faz uma síntese dos conteúdos) e de grande parte do final, escolhemos uma parte estrutural que pudesse ser lida de modo autônomo e que integrasse grande número dos recursos cênicos e linguagens artísticas a que neste espetáculo singular se acudiu. Optamos assim pelas cenas 5ª e 6ª do ato 3º, nas quais se visou representar a descoberta do Brasil de uma forma que se ajustava perfeitamente ao nosso desígnio. É curioso que, sendo a descoberta oficial do Brasil o fato histórico do reinado de D. Manuel que viria a ter mais decisiva repercussão na vida social, econômica e cultural do Portugal dos três últimos séculos, nesta glorificação da atividade do *Venturoso* que é a *Real tragicomédia* a sua presença esteja reduzida a uns modestíssimos 121 versos latinos,[143] num total de 2.689 que apuramos para o livro na sua globalidade. O certo é que desta forma, intencionalmente ou não, uma vez que na segunda década do século XVII o Brasil já con-

[142] VIEIRA 1925: 48.

[143] Mais o seguinte verso e meio que consta de uma das falas da Serra de Sintra, no Prólogo: "E o selvagem Brasil enviará todos os espantosos seres // que nas matas cria." [*Et incultum genus, // Brasilia, mittet monstra quot siluis creat.*] f. 8.

tava sobremaneira na balança política e econômica nacional, o Padre Sousa acabou por se revelar bom conhecedor dos sonhos e projetos que pautaram o reinado de D. Manuel, embalado, ao que tudo indica, por um sonho messiânico, que em síntese se pode caracterizar com as palavras seguintes de Jean Delumeau: *Il semble bien que la destruction du bloc islamique ait été la grande raison de la stratégie du souverain aux Indes et en Afrique, avec comme objectif final et grandiose, la reconquête de Jérusalem.*[144]

Como o leitor poderá ver mais à frente, nestas duas cenas, que de resto Mimoso cerziu de modo atabalhoado e o seu quê confuso, dá-se um exemplo curiosíssimo daquilo que a sociologia chama *multiculturalismo*, ao colocarem-se face a face danças e cânticos dos indígenas brasileiros, que marcavam o ritmo com maracas, com uma tradicional e rústica "folia" portuguesa, executada com impressionante destreza física e habilidade musical. Aumenta o nosso interesse a informação que o escrupuloso relator nos dá de que, tanto os dançarinos e cantores "tapuias e aimorés", como os foliões lusitanos, todos eram moços estudantes do Colégio de Santo Antão, e de que pertenceu também aos afoitos e robustos rapazes a autoria dos números coreográficos. Em relação às partes cantadas, conquanto seja provável que os textos poéticos em português tenham como autor algum padre, parece-nos lícito concluir, da forma como a informação é dada, que o encenador das danças indígenas é também o

[144] DELUMEAU 1995: 180. Sobre o tema aludido é autoridade incontornável Luís Filipe THOMAZ (2006), (2009).

autor das letras e músicas por estes cantadas, umas em tupi[145] e outras naquilo que poderemos designar como um "crioulo" luso-ameríndio.[146] Trata-se do ator a quem coube o papel de rei (melhor seria chamar-lhe "cacique") tapuia, estudante de filosofia e cânones, e que, a todas as luzes, pela caracterização física e aptidões linguísticas e culturais demonstradas, ou era indígena ou mameluco.

6. Síntese de conteúdos

Na parte propriamente da autoria direta do latinista Sousa, a cena 5ª do Ato 3º começa apresentando-nos D. Manuel a confessar o sentimento de receio que nele desperta um número tão grande de venturas a sucederem-se ininterruptas no seu percurso vital, das quais, de resto, se crê humildemente indigno. Dirigindo-se aos céus, temendo que a desmesura ou *hybris* da boa sorte lhe acarrete funestas consequências, roga uma parada na roda da fortuna. Entretanto, um cortesão anuncia-lhe a chegada ao porto de Lisboa de uma embarcação, seguindo-se, já na Cena 6ª, a entrada em cena do capitão da mesma, acompanhado da

[145] AYROSA 1954: 211, limita-se a consignar a existência dos textos, sem que a sua proficiência de tupinólogo tenha adiantado qualquer juízo ou comentário.

[146] Na tradição do teatro cômico português, e como consequência até do cosmopolitismo que caracterizou a vida social lusa, manteve-se quase até hoje a imitação burlesca das falas e sotaques de pessoas de língua materna diversa da nossa. É cacoete que já encontramos no *Cancioneiro de Resende* e teve uso sistemático, já fora do âmbito especificamente teatral, nos populares *vilancicos* natalícios, de que os séculos XVII e XVIII nos deixaram tão numerosos espécimes impressos. Veja-se LEITE DE VASCONCELOS 1961 e LAPA 1930.

personificação do Brasil, a quem acompanham índios, papagaios e macacos. O nauta faz a vívida descrição de uma tempestade, que obrigou a sua nau a desviar-se do rumo e a fundear em terra desconhecida, onde "uma gente, que a maldade não conhece, tosca no trajo, // Alegre acorre, chama com brandura os recém-vindos." [*Malae / Ignara fraudis ecce gens, cultu rudis, / Accurrit hilaris, hospites blande uocat.*] Consigo trouxeram os portugueses um dos indígenas, que forcejou por acompanhá-los, e o capitão prossegue pedindo ao rei que o chame para diretamente dele obter as informações que deseja. Colocada a figura do Brasil diante de D. Manuel, à pergunta que este lhe faz sobre o seu nome, responde dizendo que: "os teus me designaram // Com o grande e insigne nome da cruz" [*insigne qui magnum crucis / Dixere nomen*], embora o amor do ouro tenha feito desaparecer tão sublime apelativo, que foi trocado pelo do *brasil*, "madeira donde // Se extrai um corante com que a lã bem melhor se tinge." [*'Brasile' siquidem patrii lignum uocant / Quo lana fuco melius haud quidquam bibit.*] À pergunta que o soberano lhe dirige acerca da fertilidade da sua terra, o Brasil, bem testo na retórica clássica, mediante conhecida hipérbole, faz ciente o régio interlocutor da intérmina riqueza da flora brasílica, na qual, de modo anacrônico, inclui a cana-de-açúcar: "nas minhas // Leivas a cana cresce do alvinitente suco." [*albi nectaris arundo meis / Vt crescat aruis.*]

Como cumpria a um mui católico monarca, D. Manuel indaga a personagem Brasil sobre as crenças religiosas dos habitantes dos novos territórios que irão passar a integrar os seus já vastos domínios ultramarinos, obtendo uma resposta direta e franca: "É povo sem cultura, nas selvas e montes vive, dos feros animais // Não se distingue nem ideia alguma tem de um supremo Senhor do céu. // Co'os toscos sons de suas línguas se chamam Tapuias e Aimorés." [*Incultum genus / Siluestre, montes habitat, haud impar feris, / Queis nec supremi uenit in mentem poli / Rectoris umbra. Nomina Tapuiias, rudi / Vocis Amuraeas patriae reddunt sono.*] Perante os gatimanhos e momices a que entretanto se iriam entregando os figurantes que acompanhavam o Brasil, o rei, curioso, quer informar-se sobre as habilidades do bugio, que, de acordo com o seu amo, sendo embora animal provido de fala, astuciosamente se fingia de mudo, para o não obrigarem a trabalhar. Obedecendo ao aceno do "cacique" que representava o Brasil, seguir-se-iam então as intervenções multiculturais a que mais acima fizemos referência.

O Ato 3° finaliza com um Coro Latino, de solene ritmo e linguagem altissonante, tendente a exalçar a venturosa era que se abriu para os nativos do Brasil com a chegada do cristianismo àquelas plagas, até então imersas nas trevas da superstição: "Já os monstros cruéis se embrenharam nas selvas // E o povo vive livre dos grilhões da servidão, // Que como terrível tirano o senhoreava." [*Iam monstra saeuis abdita saltibus / Cessere, uiuit libera uinculis / Gens seruitutis, quae tremendus / Imperio posuit tyrannus.*] O povo lusitano foi chamado pelo céu para cumprir uma missão redentora e é na postura humilde de súditos que os filhos da terra brasileira se entregam, para assim mais expeditamente alcançarem a bem-aventurança celestial: "Eis que como súditos / Aos teus pés nos pomos: põe-me as grilhetas // para mais livre pelo céu voar." [*Subdita mittimus / En colla plantis: da catenas, / Liberior uolitem per auras.*]

Incluiu-se também a tradução do latim de parte da última cena do 5° e derradeiro Ato da *Real tragicomédia*, em que Portugal e Brasil (pela boca dos Tapuias e Aimorés) se prometem mútua felicidade futura, que a este advirá de um governo manso e humano ("Não sentirão Portugal como um senhor pesado": *Non Portugalle sentient regnum graue*), e àquele de uma população indígena pacífica e dos proventos da produção de açúcar ("Nós livremente consentiremos que para o luso, // Senhor nosso, do açúcar jorrem rios de doçura.") E é com vibrante orgulho patriótico que, quase no final da sua brilhante contribuição para a *Real tragicomédia*, Antônio de Sousa, pela boca da figura de Portugal, diz ao rei D. Filipe: "A pátria dar-te-á de novo os antigos portugueses, // Se às nacionais virtudes deres um novo Manuel." [*Antiquos reddet tibi patria Lusitanos /Si reddas patriis uirtutibus Emmanuelem.*]

7. Reflexão final

Finalmente, a imagem que resulta dos versos que Antônio de Sousa consagra ao indígena brasileiro sugere-nos uma brevíssima reflexão. Com efeito, mesmo tendo na devida consideração a circunstância de o Autor nunca até então ter ido ao Brasil, o fato de pertencer a uma congregação religiosa como a sua, fortissimamente implantada em solo brasileiro e de, por conseguinte, lidar amiúde com pessoas e por vários canais receber informações procedentes daquelas terras, fazem-nos supor com alguma plausibilidade que as suas palavras sobre a população ameríndia refletiam a opinião mais corrente entre os seus confrades com longa experiência em terras de Santa Cruz. Vimos atrás como o capitão que traz a nova do descobrimento se referiu à candura natural dos nativos da terra desconhecida em que desembarcou, mas também logo a seguir lemos, saída da boca do próprio Brasil personificado, a desatiavada e crua confissão de que, no que tange a conceitos metafísicos, "dos feros animais não se distingue".

Ora, um dos pressupostos que subjazem ao interessante, sólido e, sobretudo, despreconceituado livro de Sérgio Buarque de Holanda, intitulado *Visão do paraíso*, é precisamente a caracterização que faz do português e do luso-brasileiro dos séculos XVI, XVII e XVIII, como seres a quem uma forte capacidade de empatia humana com o indígena americano não leva a qualquer espécie de idealização otimista do real, constituindo uma espécie de singularidade lusa não terem dado "os portugueses nenhum elemento àquela apologia do homem primitivo",[147] que esteve na base de novos rumos que o pensamento político tomou na Europa do século XVIII. Portanto, e como nota final, parece-nos lícito concluir que as ilações que se extraem dos versos latinos do amarantino Sousa acerca dos ameríndios só vêm corroborar as afirmações seguintes do ilustre historiador e sociólogo paulista: "mal se pode dizer que se mostrariam solícitos em exaltá-los os próprios missionários jesuítas com todo o zelo que puseram em defendê-los" e, um pouco mais à frente, "pode-se seguramente afirmar, à vista dos documentos disponíveis, que ninguém, e o missionário ainda menos do que o colono, se inclinaria de algum modo a nobilitá-los."[148]

8. Critérios e considerações editoriais

Como se coligiu do atrás escrito, a leitura dos textos latinos do Padre Antônio de Sousa apenas fará sentido integrada no contexto em que foram pronunciados, sob forma recitada ou

---

[147] HOLANDA 2000: 372.

[148] HOLANDA 2000: 372-373.

cantada (no caso do coro). Desse contexto deu-nos ideia mais ou menos circunstanciada a "relação" propriamente dita, do Padre João Sardinha Mimoso, a qual, por conseguinte, deve também servir de enquadramento ao texto latino, que é o nosso fito primacial. Pareceu-nos, assim, que se impunha a reprodução dessa parte esclarecedora, que apresentamos em tradução rigorosa feita do espanhol. Por outro lado, dada a escassa ou nula qualidade literária do original, uma vez que Mimoso confessadamente usou aquela língua estrangeira como idioma instrumental, não o reproduzimos juntamente com o texto latino, para cuja transcrição seguimos as normas de ortografia, pontuação e numeração lateral de versos que são de regra nesta espécie de trabalhos. Na transcrição dos textos em *língua geral* do Brasil e em "crioulo luso-ameríndio", se é lícita esta expressão, procurei um equilíbrio entre a lição que o texto impresso apresenta e o que o bom senso parece aconselhar, sobretudo no segundo caso, uma vez que quanto ao primeiro a própria tradução paralela poderá ajudar os hipotéticos tupinólogos[149] a atinar com a leitura mais correta. Nos poucos textos em português transcritos da *Relación*, atualizamos a grafia, com respeito porém pelas poucas particularidades fonéticas pelas quais o português do século XVII se diferençava do atual.

Fazemos votos para que, graças a este "acepipe" ou amostra aperitiva da imensa riqueza sociológica e multidisciplinar que se contém na *Relación de la Tragicomedia Real*, se venha a tornar

[149] Situação que não é a nossa, e não por falta de vontade, mas acontece que, vivendo num estado brasileiro em que a imensa maioria da população é de origem ameríndia, a Universidade Federal da capital não possui sequer um departamento de línguas indígenas.

viável uma edição traduzida, de modo filologicamente sério e, se possível, graficamente condigno (mediante reprodução de gravuras da época e criação de interpretações de modernos artistas gráficos), deste livro a todos os títulos notável. Mas, onde não há Mecenas nem Augustos seguramente que não surgem Horácios nem Virgílios...

Bibliografia

AYROSA, Plínio M. da Silva (1949) – *Apontamentos para a bibliografia da língua tupi-guarani*, São Paulo, Universidade de São Paulo.

BRISEMEISTER, Dietrich (2006) – "O teatro escolar jesuítico e os descobrimentos portugueses: Antônio de Sousa e *La Real Tragicomedia del Rey Don Manuel*", *Teatro neolatino em Portugal no contexto da Europa. 400 anos de Diogo de Teive, coord. de Sebastião T. de Pinho*, Coimbra, Imprensa da Universidade.

DELUMEAU, Jean (1995) – "L' eschatologie de Manuel le Fortuné", *Journal des Savants*, nº 1, pp. 179-186.

FRANCO, Antônio (1720) – *Annus gloriosus Societatis Iesu in Lusitania*, Viennae Austriae, typis Ioannis Baptistae Schilgen.

FRÈCHES, Claude-Henri (1964) – *Le Théâtre neo-latin au Portugal (1550-1745)*, Paris-Lisbonne, Librairie A. G. Nizet-Librairie Bertrand.

GUERREIRO, Bertolameu (1625) – *Jornada dos vassalos da coroa de Portugal pera se recuperar a cidade de Salvador*, Lisboa, Mateus Pinheiro.

HOLANDA, Sérgio Buarque de (2000) – *Visão do Paraíso. Os motivos edênicos no descobrimento e colonização do Brasil*, São Paulo, Editora Brasiliense.

LAPA, Manuel Rodrigues (1930) – *O vilancico galego nos séculos XVII e XVIII*, Lisboa, Edição do autor. Depositário Seara Nova.

LAVANHA, João Baptista (1622) – *Viagem da católica Majestade del-rei nosso Senhor D. Filipe II ao reino de Portugal*, Madrid, por Thomas Iunti.

LOBO, Francisco Rodrigues (1623) – *Jornada que la magestad catholica del Rey Don Phelippe III de las Hespañas hizo al Reyno de Portugal*, Lisboa, Pedro Crasbeeck.

MACHADO, Diogo Barbosa (1731) – *Biblioteca Lusitana*, tomo I, *Antônio Isidoro da Fonseca.*

MIRANDA, Margarida Lopes de (2012) – "Música e dança na *Tragicomédia do rei D. Manuel* de Antônio de Sousa (1619)", *Sons do clássico. Coordenação de J. M. Pedrosa Cardoso e Margarida Lopes de Miranda*, Coimbra, Imprensa da Universidade.

MIRANDA, Margarida Lopes de (2013) – "Lisboa insubmissa diante de Filipe II (1619)", *Boletim de Estudos Clássicos* 58, pp. 155-159.

PIMENTA, Manuel (2020), *Opera omnia. Tomo II. Transcrição, tradução, anotações e apresentação de A. Guimarães Pinto*, Coimbra, Imprensa da Universidade.

PINTO, Antônio Guimarães (2015) "Um poema latino do P. Baltasar Teles, S. J. (1595-1675)", *Ágora. Estudos Clássicos em Debate* 17. 1.

PIRES, Cecília Maria Ferreira (2010) – *A* Real Tragicomédia do rei D. Manuel, *de Antônio de Sousa, um modelo de literatura independentista*, dissertação de mestrado, Coimbra, Faculdade de Letras.

RODRIGUES, Francisco (1944) – *História da Companhia de Jesus na assistência de Portugal*, tomo 3°/volume 1°, Porto, Livraria Apostolado da Imprensa.

SOARES, Pero Roiz (1953) – *Memorial. I. Leitura e revisão de M. Lopes de Almeida*, Coimbra, Acta Vniuersitatis Conimbrigensis.

THOMAZ, Luís Filipe (2006) – *Posface* a Jean AUBIN, *Le Latin et l' Astrolabe. III. Études inédites sur le règne de D. Manuel. 1495-1521*, Paris, Centre Culturel Calouste Gulbenkian, pp. 497-521.

THOMAZ, Luís Filipe (2009) – "D. Manuel, a Índia e o Brasil", *Revista de História* 161, pp. 13-57.

VASCONCELOS, José LEITE DE (1960) – "Língua de preto num texto de Henrique da Mota", pp. 307-312, *Estudos de Filologia Portuguesa*, Rio de Janeiro, Livros de Portugal.

VIEIRA, Antônio (1925) – *Cartas do Padre Antônio Vieira coordenadas e anotadas por J. Lúcio de Azevedo*, tomo 1°, Coimbra, Imprensa da Universidade.

1ª Parte

[5*]

Sacra Católica e Real Majestade[150]

Os pais que nossa Companhia nestes reinos sempre teve foram os sereníssimos reis vossos antecessores e a seu paternal amor e real liberalidade deve nossa religião a fundação desta província, dando-se suas Altezas por sua singular piedade tanta pressa em fundar os principais colégios dela que entre todas as mais de nossa Companhia ficou com o nome de primogênita. E porque este de Santo Antão, que teve por fundador o sereníssimo rei D. Henrique, vosso tio, foi o primeiro assento que a Companhia em Portugal teve, não era justo que na universal alegria que em todos houve nesta vinda [vº] *de Vossa Majestade faltasse ele com algua mostra da muita que toda a província com ela teve, oferecendo a Vossa Majestade a presente obra, tanto sua quanto o é todo o argumento dela, pois não é outro que o descobrimento e conquista do oriente e alguas outras felicidades do sereníssimo rei D. Manuel, vosso bisavô, a quem Vossa*

[150] Esta dedicatória encontra-se no original em português e pode ler-se, sem qualquer diferença textual, no opúsculo, impresso em 1619, a que mais acima fizemos referência.

Majestade igualmente no valor das empresas e conquistas e no amor e benignidade aos vassalos tanto ao vivo representa que nos parece gozamos de sua real presença e a ele representamos seus próprios feitos.

Na representação (que toda será pela juventude que nas escolas deste colégio se cria) verá Vossa Majestade parte do fruito que esta cidade e reino colhe do trabalho que a Companhia emprega na cultura e educação dos sujeitos que as frequentam. O trabalho de hoje em diante será suave e o fruito mais copioso com esta honra da presença de Vossa Majestade, cuja católica e real pessoa nosso Senhor por felicíssimos anos guarde pera universal bem de toda a cristandade, honra da monarquia de Espanha e aumento de sua santa fé.

Traduções

[6*]

Ao leitor latinista e curioso

Mui estimado leitor, não olhes com espanto para a cria tosca e ainda informe do urso, porque não são ainda suficientes nem o tempo nem o descansado ócio para acepilhar e delicadamente dar forma com a língua paterna aos contornos do corpo do filho, na medida em que o exigiam olhos mais penetrantes e ouvidos religiosos e refinados. Sem embargo, o desejo geral e a viva vontade de ler foram o motivo pelo qual as composições poéticas em latim, contrariando os conselhos dos poetas, "sem regressarem amiudadas vezes à bigorna",[151] não se tornearam mais a primor nem mais finamente se poliram, passando por exigente lima. É que, uma vez que havendo elas sido publicamente proferidas no teatro, tendo como espectadores, que não sentiram qualquer enfado dos olhos e dos ouvidos,[152] os mais ilustres príncipes do mundo inteiro, Filipe III da Espanha e os príncipes herdeiros dos reinos, e o mui estimável ajuntamento de grão-senhores, de tal sorte o aparato cênico rivalizou com a

[151] Cf. Horácio, *Arte poética* 441: *et male tornatos iucudi reddere uersus.*
[152] Cf. Cícero, *De oratore* 3. 9: *nulla nostrarum aurium satietate.*

suntuosa magnificência que, ainda que a seus próprios olhos se olhassem como desalinhados e menos elegantes, atreveram-se a de modo indiscreto mostrar a cara.

Com efeito, de tal maneira a formosura de empréstimo pôde engalanar o que era tosco e desgracioso que nenhum zoilo se atreveria a morder com o dente da sátira ou a marcar com o ferrete da censura as manchas que vergonhosamente negrejam, visto que, de tal maneira o régio luxo das roupas e o resplendor das pérolas senhoreava os olhos dos espectadores que totalmente atraíam para si só as energias do ânimo de quem contemplava, não deixando para o espírito crítico espaço algum. Este em breve será oferecido com largueza, e a matéria em si não proporcionará escassa seara. [vº] Ao poeta uma única coisa o defenderá: como é evidente, a estreiteza de tempo, tão incómoda para quem escreve, porquanto a totalidade da obra, desde a primeira letra até à definitiva finalização, se levou a cabo no prazo de vinte e cinco dias, incluindo tanto o delineá-la na mente como a escrita dos versos, e, por derradeiro, distribuí-la pelos músicos e atores, de acordo com o que exigia cada uma das partes.

E, nem mesmo que o autor quisesse, teria podido refazer de novo inteiramente o poema, ou até corrigi-lo com mais cuidado, porquanto ainda ressoava nos ouvidos o final "Aplaudam!" e o zelo dos espectadores exigia ler com mais atenção aquilo que retivera a atenção dos ouvidos. Pelo que, se se apresentassem aos leitores umas coisas diferentes das apresentadas aos ouvintes, não seria injusto assacar-se isso a falta de pejo, uma vez que estaríamos a defraudar quer os olhos dos que leem, quer os ouvidos dos que escutam. Também, quem seria a tal ponto descarado que se atrevesse a desfigurar com falsos ouropéis aquilo que mesmo desataviado agradou a sua majestade o rei das Espanhas? Razão pela qual, da maneira que foi entregue aos atores, como primeiro parto, apressado e prematuro, assim sem detença vê a luz da publicidade. Acresce que tendo alguns trechos chegado ao conhecimento público, através de fragmentos esparsos, como acicate para os gulosos, para evitar que as imperfeições se vão tornando piores de dia para dia, é justo que se publiquem, valham o que valerem: pelo menos serão por toda a parte os mesmos.

Considerei que seria supérfluo falar na introdução sobre a estrutura e composição desta peça e sobre as leis da metrificação, porquanto existem dois tipos de leitores, tanto o dos deveras sábios, quanto o dos que o são na aparência exterior, de longas barbas e capa, se todavia parecer insensatez incluir os imberbes na classe distinta. É que, se o célebre poeta disse elegantemente:

Se repugnam rês mocha e [7*] *campo desrelvado,*
Terão árvore nua ou calva fronte agrado?[153]

pois que dizer, se descrevesse um rosto glabro, *no qual*, como disse zombeteiramente o orador,[154] *não se enxergava um pelo sequer de homem de bem*? Nada tenho a fazer com os primeiros, os quais, quando com mais madureza vão caminhando, ponderam cada coisa, com as suas circunstâncias, e ao tempo que vão reconhecendo coisas boas, algumas médias e muitas ruins, ainda que dando a preferência ao bom, nada põem total-

[153] Ovídio, *Arte de amar* 3. 249-250. Tradução de Castilho.
[154] Cf. Cícero, *Pro Roscio* 7: *ne ullum pilum uiri boni habere dicatur.*

mente de parte, ensinados pela experiência pessoal do quanto estas coisas custam ao sábio.

À outra espécie de pessoas, Deus nos acuda, quem há de contê-la e sossegá-la? Seria mais fácil calares uma gralha, uma cigarra, um papagaio ou uma taramela; deveria por lei ser desterrada para a Tessália, para ali *poder ajudar a lua em seus trabalhos.*[155] Não pode dizer-se que as moscas voejem com mais avidez sobre comida apodrentada. "Que gênero teatral é esse? Certamente que deverá ser classificada com uma designação dos Antigos. Tragédia? Peço o coturno sofocleano! Nada mais adequado para a tua obra, de tal modo se assemelham como um ovo a outro ovo. Comédia? Ah! Que graças tão espirituosas! Que grupos tão divertidos de comediantes e histriões! Parece que, de acordo com o sonho de Pitágoras, Plauto e Terêncio reencarnaram em ti."

Isto logo de entrada e a modos que beliscando na casca: que farão, se esquadrinharem até ao cerne? Não hão de aguilhoar e marcar com o tisne da censura? Com certeza que numa casquinha de noz ou numa insignificante bagatela hão de levantar grandes tragédias, muito mais breve do que as quais se julgaria o *Orestes, páginas sobre páginas enchendo, por toda a parte escritas, nunca findas.*[156] Se a esses uma sincera confissão lhes cortasse os ensejos, proclamaríamos que é mil vezes preferível o erro do ignorante do que o saber de quem escreve. Todavia, os mais sábios veem de sobejo que se fez de caso pensado, pois nem a chocarrice e menos próprio noivado da comédia, [v°]

---

[155] Cf. Juvenal, *Sátira* 6. 443: *Vna laboranti poterit succurrere lunae.*

[156] Juvenal, *Sátira* 1. 6. Tradução de Francisco Antônio Martins Bastos.

nem o lúgubre final da tragédia se adaptariam aos olhos dos espectadores.

"Pois bem! Por que ergues diante de mim no palco Tântalos e o vômito de Cérbero: diante dos olhos do rei que hás de apresentar, senão coisas régias? Com certeza que, se temas de tragédia envolvendo reis por seu próprio direito se exigem em qualquer lugar, todavia em lugar algum melhor do que quando têm realengos espectadores."

Falas com toda a justeza e a ti não me oporei. Dize-me, porém: escolherias porventura um argumento nacional ou preferirias assuntos estrangeiros? Se preferes estes, cumpre-te entrar sobre isto em discussão com os teus concidadãos, a ti que confessas que a louça da casa é escassa, e dar as boas-vindas a um rei nacional com um argumento estrangeiro. Todavia as crônicas espanholas facilmente oferecerão matéria trágica, que nem em gênero nem em argumento é alheia da obra. Contudo, há alguém que se atreva a cobrir com nuvens sanguinhas os olhos dos príncipes, êmulos do sol? Longe, oh longe vá o augúrio. Que Deus não permita que aos netos alvos de venturosa pureza e aspirantes à glória dos progenitores, mostremos os antepassados, se houve alguns, manchados com o sangue dos seus e abrasados no fogo da crueldade. Os portugueses desde o começo produziram um argumento nascido para o gênero misto da trágico-comédia, visto que de tal maneira se harmonizava a majestade dos príncipes com a viçosa graça dos anos que foi forçosamente mister atender por igual a ambas.

Também acrescia muito às dificuldades o fato de que, de acordo com a circunspecção portuguesa, é grande crime fazer-se uma representação de outra forma que não seja com versos latinos, caso contrário pareceremos histriões a conversar pouco elegantemente na língua materna e vernácula. Nem de outra forma poderiam honestamente ocupar-se com a atividade cômica varões eclesiásticos e religiosos, que, se exercitam as crianças em peças teatrais, mostram à população a sua obra e empregam esta atividade tendo em vista o aperfeiçoamento [8*] das capacidades intelectuais dos meninos, uma vez que os receberam toscos e ainda apegados ao leite materno e ao cabo os devolvem aos olhos dos pais como sabedores de latim e, o que é o mais importante, honestos e bem formados.

Por conseguinte, ao mantermo-nos fiéis ao antigo regulamento, que prazer podemos proporcionar numa língua estranha e desconhecida para os espectadores? É que Plauto e Terêncio nunca gozariam de tão grande estima entre os seus compatriotas, se não tivessem traduzido para latim as peças gregas e condimentado as pilhérias alheias com danças e gracejos nacionais. Aqui, o desígnio do poeta ao gizar a obra foi apresentá-la de tal maneira comicamente trágica e tragicamente cômica que, ao não ser nenhuma de ambas as coisas, possa parecer uma e outra, para não causar desagrado por ser inteiramente séria, nem se mostrar imprópria da majestade, por ser totalmente cômica. Também não se dilatam com excessivas falas os versos em latim, fastidiosos até para os doutos, a fim de não ferir com uma métrica e sons estranhos os ouvidos delicados e acostumados às flores hispânicas.

Menos importante me parece advertir que nos versos latinos o poeta (escrupuloso na medida do que foi possível) preocupou-se menos em que os nomes estrangeiros e bárbaros se submetessem às medidas dos latinos, mas empregou-os de acordo com as regras mais adequadas. De fato, quem não alongou segundo o seu alvitre ou abreviou à sua vontade [as quantidades das palavras] *Lisboa*, *Manuel*, *Mafoma*, *lusitano*, *Portugal*, *Ormuz*, *rumes*, *Mirocem*, *mameluco*, *Campson* e incontáveis outras desta espécie? Acaso é vergonhoso imitar Virgílio, que adaptava ao seu gosto, à sua vontade e talante, a palavra *Itália*? Ou aquele outro poeta nada desprezível que, entoando as loas de Deciano,[157] escreveu: *Já de ti moço se temia assaz o loiro batavo*,[158] e muitos outros que em relação aos nomes "como lei tomaram [vº] o seu querer".[159] E ainda que Sílio Itálico não tenha mencionado os seus patrícios lusitanos, aos quais, se houvesse ensejo, teria usado indistintamente.[160]

Por derradeiro, tomar-se-á à conta de defeito o fato (que não se ocultou aos olhos do escritor) de que nos versos se descreveram às avessas alguns dos acontecimentos históricos, sendo certo que alguns que primeiro se deram na Índia foram representados em cena em último lugar. Mas parecerá menos justo julgar que o poeta tome a seu cargo os domínios da cronologia. Escreveu com o suficiente escrúpulo se atribuiu a cada um os seus feitos; quanto ao momento e ao lugar, que o esquadrinhem mais a fundo os zelosos autores das crônicas.

Isto basta como prefácio. Benevolamente hás de perdoar o que semelhar dito com menos boa latinidade e poesia.

Fica bem

---

[157] Confusão por Domiciano. Deciano era de fato o nome do filho mais velho do poeta Sílio Itálico.

[158] Sílio Itálico, *Guerra Púnica* 3. 608.

[159] Cf. Juvenal, *Sátira* 6. 223: *hoc uolo, sic iubeo; sit pro ratione uoluntas.*

[160] Entenda-se: "teria dado a este nome as quantidades que se adequassem às necessidades métricas do verso".

[6 vº]

[PRÓLOGO]

Lisboa:[161]

Acostumada a sob meus pés acalcanhar a altivez de fortes
Reis, com vencedora bota dobro a dura cerviz e nobres tronos
Esmago de estrangeiros povos, sempre a carrear ricos despojos
A que a mão do tempo, que tudo esquece, por longos séculos
Não há de dar sumiço.
Ergo-me poderosa, alimentada por trabalhosas guerras, tal [como
A verde palma se reergue, contra a carga reagindo que sobre [a folha
Pesou. Quem quer que desconhece Lisboa, que percorra o [vasto mundo:
O inculto africano sabe com toscos sons pronunciar esta [palavra;
Aprenderam-na os reinos que os primeiros são a ver o sol
E, quanto desde as alturas no oceano o céu contempla, aprendeu
A chamar-lhe Senhora: não há de livremente entregar a cabeça
A jugo algum, se não quiser.
Os estrangeiros que outrora a mim davam este título, a quem [o darão
Agora? Se virem que a cidade em suas mãos o mundo retém? [Quem
Quer que lhe chama Senhora, doravante saberá um título mais [ilustre:
Que no futuro a cidade se nomeie por Leito do Rei,
Onde o Soberano do mundo gravou a marca do seu pé,
O meu Filipe, lustre e luzeiro do reino:
[7] Serei chamada Trono do Rei. Há coisa maior que esta? [Dará alguém
Mais avantajada mercê? Ninguém, nem quero nada de maior.

---

161 O texto latino apresenta a esperada forma *Olisipo*, com chamada para a seguinte nota marginal: "Seja-nos permitido ter em pouca conta as diferentes etimologias do nome e, a propósito da Senhora das cidades, não remexer no refece rebotalho dos filólogos."

Apraz-me dar largas à alegria que enche meu coração.
Que os habitantes da cidade se regozijem com o festivo dia,
Que o sintam os confins do mundo. Que, enquanto o espírito [senhorear
Os corpos, este dia fique assinalado com letras de ouro [e diamante.

Tejo. Serra de Sintra:[162]

Fica bem que os amigos compartilhem as alegrias,
Assim como, de igual modo, costuma o prazer suceder à dor.
A vizinhança incita-me a ajuntar-me ao teu prazer:
Ó coroa do rio Tejo e capital do reino.

Lisboa:

A festança chamava por companheiros.

Sintra:

O ecoar do som da festa também me acordou e aqui me [conduziu.
Será útil estar presente. Aos reis também agrada o rústico [e agreste:
Sintra agradou-lhes,[163] e quiçá agora não menos há de [agradar-lhes.

Lisboa:

E até em ocasião alguma há de ser-me mais agradável a tua [vinda.
O Tejo hoje prova de sobejo que deu ouro: nunca ofereceu [mais ricas
Suas águas ao meu mar. Reconheceste, ó Tejo, Filipe, ao levá-lo
Sobre a tua corrente?

---

[162] Nota marginal: "O Tejo, o rio mais conhecido da Península Ibérica, corre aos pés da cidade de Lisboa, pela parte sul, e desagua no mar Oceano. Não longe da cidade, para o lado do poente e na direção norte, para ela olha, do alto do seu cume, a Serra de Sintra, de sobejo conhecida pelos mareantes."

[163] Nota marginal: "Na base da serra existem palácios sobremaneira agradáveis pertencentes aos reis de Portugal e muitíssimo estimados para descanso campestre."

Tejo:

Onde tocou a água com os pés, senti o régio peso, mas ao peso
Leve o tornava Lisboa, a quem, como escravo, eu Tejo sirvo.

Sintra:

Resta dar rédea solta à alegria que no coração se encerra.

Tejo:

De bom grado te darei tudo quanto arrastam as ondas do Tejo.

Sintra:

E conceder-se-á que nas cumeadas os meus bosques floresçam
Em louvor do rei.

[vº]

Lisboa:

Vamos mostrar-te um outro ouro, hás de talvez aprovar
Um bosque diferente, de citadino monte. A mocidade viça,
Minhas viçosas flores, entregues aos estudos, viçam nas
Campinas de Minerva. Entreguemos à cena, para que veja
A nobre linhagem, as fiéis sementes de seus pais, que aos avós
Imitam, e as rosas que em seus prados colhe Minerva.
Verá ao cabo que reino é o que lhe damos.

Tejo:

Oferece o avô ao neto. Nada lhe seria mais grato de ver
Do que os olhos pôr em Carlos,[164] todo vermelho com o [sangue mouro.

---

[164] Nota lateral: "Carlos V, mui venturoso imperador, avô de Filipe, conquistou o reino de Tunes, em África, valhacouto e refúgio de corsários."

Sintra:

Os portugueses aos seus príncipes nunca deram o alheio.

Lisboa:

No papel dos antepassados, representarão os meus moços
Os triunfos da Índia, a façanha que o mundo nunca viu:
Manuel mais há de ser do agrado de Filipe.

Sintra:

Manuel:[165] este nome há de ser o de uma obra grandiosa,
Mas a cega adoradora dos deuses para si vivamente deseja
Os altares do Oriente e ajunta os esquadrões do báratro.

Lisboa:

Assim seja.[166] Mas um adorador da suma divindade, a instâncias
Do céu ateará o fogo no peito do rei, seu peito se abrasará em
Chamas; rechaçará os que diferentemente o aconselharem;
Há de enviar quem sob o jugo ponha os confins do mundo
E com naus fenderá as ondas do vasto pélago.
Qualquer resistência do Tártaro há de vencê-la o Céu,
Que ordena que as proas rasguem o mar nunca navegado.

---

[165] Nota marginal: "D. Manuel, 14 ° [rei de Portugal], bisavô materno do rei D. Filipe, por via do qual o reino de Portugal coube por sorte ao de Castela."

[166] Nota marginal: "Distribui-se a peça por cinco partes e a sua matéria se reparte a cada uma conforme o exige o argumento." [A expressão enleada é pecha do original, que respeitamos, pois mesmo assim ainda está nos limites da inteligibilidade.]

Tejo:

Irão opor-se o ar, o fogo, o mar hostil e a terra injusta,
Mas o denodo do chefe vencerá.
[8] O mundo das Índias virá a sucumbir, bem menor
Que a lusitana valentia.

Sintra:

E o selvagem Brasil enviará todos os espantosos seres
Que nas matas cria.

Lisboa:

O português grilhões porá ao Nilo e fará que o aguerrido
Turco lhe sinta a pesada mão. A Ásia há de temê-lo
E o Indo e o Ganges, livremente se prostrando, oferecerão
A cabeça ao jugo, o vencido mundo rojar-se-á aos pés
Do luso que a fundo senhoreia.

Tejo:

Tais feitos os moços vão contá-los, mas antes, tu oferece-lhe
O presente da sua amante pátria.

Lisboa,[167] *dedica a obra ao rei:*

Dos lusos capital ilustre, à qual como súditos obedecem
Impérios esparzidos por mares mal conhecidos, eis-me como
Súdita que de bom grado a teus pés me prostro: mais [enobrecida

---

[167] Nota marginal: "Arredando-se um pouco dos companheiros, prostrando-se de joelhos diante dos príncipes, e a seu devido tempo se levantando, Lisboa com especial cuidado foi recitando os seguintes versos aos que a escutavam."

Debaixo dos pés de Filipe do que se pisasse coroas de reis.
Não estou a olhar para o rosto de um amo, mas reconheço [os suaves
Traços do pai, que atestam a aparência da antiga estirpe.
No nobre semblante do neto resplandecem os antepassados, [porém
Manuel mais, a quem esta mercê tão grande Portugal agradece,
Ao qual os deuses, para nada lhe negarem, concederam ao [bisavô
Que Filipe haveria de vir em visita ao reino.
Que império é este que te damos e quais sejam estes reinos, [vê-lo-ás
Posto ante teus olhos, rei invencido. A primeira mocidade
Exalça seus antigos progenitores que com nosso sangue para [ti esta
Pátria aparelharam. Hoje frequentam os baluartes de Minerva,
Mas a mocidade não é menos apta para servir Marte.
[v°] Ó sol alentador, aos teus restitui renovados olhos, e não [provações.
O gelo consumir-se-á e os agrestes frios de Bóreas não [incomodarão.
O que em seguida vai ser dado a ver em grandioso teatro
Meu é, se não agradar, e teu, se porventura te vier a aprazer:
Oferecê-lo-á Manuel, de quem pelo sangue tua linhagem vem.

***

[57]

ATO 3°
CENA 5ª

Sai de cena o Gama

Ficava em cena o rei D. Manuel só com os do seu séquito, quando entra com todas as demonstrações de alegria um pajem, dizendo que naquele momento tinha chegado um galeão com notícias do descobrimento de outras terras. O rei acolhe-as com muito contentamento e manda chamar o capitão do galeão, o qual entra e lhe dá a notícia da descoberta do Brasil, trazendo em sua companhia ao Brasil em pessoa, que apresentou ao rei com muita festa, acompanhado de seis papagaios, macacos, Tapuias e Aimorés.

[59]

Rei D. Manuel. Cortesão

Rei: Ó céus! Mais dareis
A quem não merece? Resta a quem pede desejar
Um presente maior do que a terra? Travai, vos peço,
Com vosso poder, a injusta roda da volúvel sorte.
A prosperidade costuma a porta abrir a tristes sucessos.

Cor.: Rápida embarcação chegada ao porto
Consigo traz o mensageiro de algo de novo.

Rei: Que prestes se chame o capitão dessa marítima gente.

Cor: Ordenais que eu também faça entrar o que com ele traz?

Rei: Imediatamente os faz entrar.

CENA 6

[*O capitão.*] *O Brasil com macacos, Tapuias, Aimorés e papagaios*

[vº]

Rei: Que Deus p'ra longe aparte o ruim agouro.

Cap.: O propício cuidado do vigilante Deus protege
Benévolo a tua sorte: a ti que és o prazer único
Da pátria e lustre e honra de teus vassalos, Manuel.
As proas rasgavam as ondas, quando de súbito os notos
Contrários as velas ferem, torvo se encrespou o mar
Com o vento sul, brada o piloto que rápido enrolem

As velas nos altos mastros, e aos brados o trabalho se associa.
De improviso no encrespado oceano a voragem sorve a nau
Até às profundezas, em seguida se ergue em altos montes
De água, até que enfim o vento norte por toda a parte
Nas ondas dispersou as naus. Desviados para longe pela procela,
Arrastados somos até uma terra desconhecida.
Eis que uma gente, que a maldade não conhece, tosca no trajo,
Alegre acorre, chama com brandura os recém-vindos,
Com gestos e mostras de alegria os incitam a descer na praia.
Nas naus trouxemos um que o quis. Chama-o à tua presença.
Dirá o nome da terra e dar-te-á a conhecer o seu povo.

Rei: Mas quem há de ensinar-lhe os sons da nossa língua?

Bras: Conheço quem fala, tal como reconhecerás quem é teu,
Manuel. O Criador do reino do alto ordena-me
Que me prostre a teus pés.

Rei: Dize primeiro o teu nome que ignoro.

Bras: Deram-me o nome, ou feliz agouro, os teus, que me designaram
Com o grande e insigne nome da cruz. Oh que perdure
Tamanha mostra de respeito pelo céu. Temo porém que o insofrível
Amor do ouro por completo o corrompa.
É que os portugueses chamam *brasil* à madeira donde
Se extrai um corante com que a lã bem melhor se tinge.
Temo que daqui me veio um nome que louvor não merece.

Rei: A terra é fértil em alimentos para os habitantes?

Bras: Se descrever todas as árvores que crescem nos meandros das matas
E que com sua grata sombra os frutos protegem, todos os rios que, correndo
Entre côncavos vales, para o mar se precipitam, ou como nas minhas
Leivas a cana cresce do alvinitente suco: se tudo isto contar,
Primeiro o dia lugar dará à noite.

Rei: Os habitantes têm para si que existe no céu algum ser superior?

Bras: É povo sem cultura, nas selvas e montes vive, dos feros animais
Não se distingue nem ideia alguma tem de um supremo Senhor do céu.
Co'os toscos sons de suas línguas se chamam Tapuias e Aimorés.

Rei: Que coisa estranha é esta? São melhores nos esgares ou nas danças?

Bras: Sabe uns e outras. Dizem que fala, o bugio,
Mas agora, manhoso, fica calado para não ter que trabalhar.
Dançai! Mostras dai da arte mímica.

Dançam Tapuias, papagaios, macacos etc.

[57 vº][168]

O Brasil, por cima de uma roupa justa de cor de carne negra, trazia sobre a cabeça uma grinalda de penas de papagaio e cingia-se com um saiote das mesmas, trazendo-as também nos braços e pernas; nas ancas, uma roda das mesmas penas compridas, a modo de cauda de papagaio. Trazia um arco comprido com grandes flechas de cana, ao modo que os brasis o usam, e nos ombros uma capa de penas de diversas cores. Entrou montado num jacaré, com dez palmos de comprimento e cinco de altura, e acompanhado por seis papagaios, quatro grandes, de oito palmos de altura, e dois pequenos, à maneira de tourinhas,[169] *graciosamente ornamentados de formosas*

[168] Como pode ver-se pela paginação, deslocamos para aqui, que parece ser o lugar adequado, esta parte do texto que no impresso se encontrava atrás, antes da fala do rei com a personificação do Brasil.

[169] "Tourinhas: é o nome que se dá a uns marotos que, metidos em ametades de canastras, atravessadas e armadas com pontas de boi, arremetem com os rapazes que saem a pelejar com eles e arremedam como podem o tourear dos cavaleiros." D. Rafael Bluteau, *Vocabulário Português e Latino*, tomo 8, Lisboa Ocidental, Oficina de Pascoal da Silva, 1721, p. 225. A mesma obra, no seu tomo 5, impressa na mesma cidade e impressor no ano de 1716, esclarece na p. 340 sobre a significação que em antigas eras tinha a palavra "marotos: rapazes de ínfima plebe, mal compostos e mal ensinados."

e naturais penas dos mesmos papagaios, com os seus colares dourados e maracas, entraram dançando e palrando ao seu modo com muitíssima graça.

Atrás do Brasil vinha um tapuia grandão que fazia de rei dos seus, com a sua capa de penas de cor vermelha e amarela, na destra um cetro trabalhado a primor, formosamente composto de grandes penas, na esquerda o seu arco e flechas, a cabeça coroada de penas e os braços como os do Brasil. Acompanhavam-no atrás doze Tapuias e Aimorés, todos com roupa justa e parda, a fingir que estavam nus, com os trajes do seu rei e terra e com os mesmos jeitos e modos dele, e com as caras e mãos da mesma cor que as roupas. Nas mãos levavam arco e flecha e umas cabacinhas cheias de pequenas pedras conforme a sua usança,[170] *com que vinham fazendo uma toada tosca* [58] *e não sem graça, e com os pés faziam grande estrondo, formando vários círculos e fazendo espantosos esgares. O rei já era naturalmente pardo e sobremaneira bem parecido, que seria impossível encontrar-se alguém mais adequado para o que requeriam a obra e o lugar, também estudante de filosofia e cânones.*

O rei D. Manuel perguntou ao Brasil que novas lhe dava de si e dos seus nativos; que habilidades executavam os animais que consigo trazia: ele então manda ao rei dos seus nativos que com os papagaios e demais brasis mostrem as suas artes, dancem e toquem ao seu modo. O que fizeram com grande aprazimento dos espectadores, porque logo o tapuia grandão, que se dizia rei dos outros, começou a pô-los em ordem, e como se prezava de Português, por ter aprendido a língua na nau durante a viagem, quis cantar primeiro sozinho, respondendo-lhe os outros com extraordinária graça, que é impossível descrever, porque pediu uma viola, ao modo dos negros rudes e boçais, tocando de baixo para cima, e disse assim, dirigindo-se também a Sua Majestade e Altezas, com a música e letra que ele mesmo compôs de acordo com a sua inspiração e ritmos, e ensinou aos colegas:

---

[170] Maracas.

Rei: *Be pala cà Tapua*
Todos: *Façamo feça a nozo rei*
Façamo, façamo feça a nozo rei
Oya Tapua que rigo
Tapua vem nos no preças
Que nozo ha de faze un feças
Se vos vem quando te rigo
[58 vº] *Resposta:* *Nos non quere ba contigo*
Minya rei que me quere?
Rei: *Be pala ca Tapua*
Todos: *Eguè*
Façamos feça a nozo rei etc.
Oya que mim sa àoyente
Tapua, e sar mu gaçados
Se bo nom bem meu mandados
Sar negros mu negro zente
Resposta: *Nos não coiesse esso zente*
Proque ha de feça faze?
Rei: *Be pala ca Tapua*
Todos: *Eguè*
Façamo feça etc
Zente que sa tão premozas
A remudar condiçãos
A remetè fecam nos
Ha re ser muto morrozas
Resposta: *Bozo sa Rei podrorozas*
Podè mandar nosco a pé
Rei: *Be pala ca Tapua*
Todos: *Eguè*
Façamo feça etc.

	Se bos mostra cofianza
	Y Rei fruga de nos be
	I fara nozo un mreçe
	Por isso façamo un danza
Resposta:	*Izazu quanto mantanza*
	Sen que nozo branco sè
Rei:	*Be pala ca Tapua*
Todos:	*Eguè*
	Façamo feça etc.
	Oyà minina manito
	Que sar esperando pro nozo
	Oya minina premozo
	Como sa parna Pherippo
Resposta:	*Pardezey prozazuelito*
	Que eu minino querè bè
Rei:	*Be pala ca Tapua*
Todos:	*Eguè*
	Façamo feça etc.

Terminado este diálogo musical, dispô-los numa grande roda, prontos com as suas maracas e ele no meio marcando o ritmo, enquanto davam voltas ao seu redor, cantando a seguinte letra, redigida com toda a correção da língua do Brasil:

[59] *Coro brasílico. Em língua portuguesa significa:*

Tiaçò opacatù	*Eguè*	*Vamos ver o nosso rei*
Yandeiarà repiáca	*Eguè*	*Todos juntos*
Nhengaraib mangaratù	*Eguè*	*Com grande festa*
Paracé abè opacatù	*Eguè*	*Ele é muito bom*

Yangaturá metè	*Eguè*	*Veo-nos visitar*
Yandè repiacà jùr	*Eguè*	*Com seu filho e filha*
Tayra taiira abè	*Eguè*	*Que lhe levaremos*
Baè xupè yàrùr	*Eguè*	*Um papagaio que fale bem*
Ajurù nhengaretè	*Eguè*	

[60]

Concluído o Coro Brasílico seguia-se o Latino para não terminar o ato com menos solenidade, sendo a última coisa que se tinha programado para acabar-se a representação do primeiro dia:

[60 vº]

CORO LATINO

Enfim, sobre as nossas montanhas luziram
Os desejados astros, Febo expulsou as sombras
Que no espírito se alojaram
E guia a quadriga, com seu rosto mais próximo.
A região sujeita à zona que fervia abrasada
Com o calor, está agora sob o sopro do aquilão.
Tocada, renuncia à natureza
E a haustos plenos bebe a água.
Já os monstros cruéis se embrenharam nas selvas
E o povo vive livre dos grilhões da servidão,
Que como terrível tirano o senhoreava.
O Luso, que com armas poderosas venceu reinos,
Trouxe consigo eras de tranquila paz
E da natureza as leis refez,
Criando uma justiça melhor que o cego fado.

Oh povo do céu caído! Como é preferível
Teus grilhões suportar! Eis que como súditos
Aos teus pés nos pomos: põe-me as grilhetas
Para mais livre pelo céu voar!

Como esta obra, para não se tornar enfadonha, se repartiu por dois dias, durava até aqui a representação do primeiro. Por isso, cantando o coro, saiu uma folia *independente da peça, composta por dez foliões, que a representavam com extraordinária graça, cantando ao modo português as suas letras em estilo rústico em louvor de Sua Majestade e Altezas: nisto não* [**61**] *se olha a refinados conceitos, mas sim à ligeireza e arte com que nas rodas trocam de lugares, fazendo soar as suas soalhas, com o tambor no meio, que foi aqui tocado de modo admirável, por um a quem estamos acostumados a ver mais vezes. Nem causou menos admiração outro moço, que jogava o seu pandeiro a grandíssima altura sem perder o ritmo, apanhando-o no ar e pulando para os ombros do moço do tambor, que com a mesma destreza fazia as suas variações com ele às costas, e ele em cima com o pandeiro fazia o mesmo, espetáculo tanto mais apreciável considerando que os que o davam não o têm por ofício, mas são somente estudantes (como todos os demais que representaram toda a peça) e só pela natural habilidade, sem aprenderem de ninguém, tudo faziam.*

Quando estes entraram no palco os Tapuias mal tinham acabado de sair, e o seu chefe ainda estava à porta e, ao dar-se conta de que a gente branca vinha para dar espetáculo, como pessoa que tinha agradado em primeiro lugar, chamou à pressa os companheiros, incitando-os a saírem à cena em defesa da sua posição, pois ele quer à viva força competir com a gente branca, dando mostras da sua arte. E assim sai com um cortiço de abelhas, preparado com forma de tambor, dispõe os seus à imitação dos outros, incitando-os primeiro e dizendo-lhes:

	Rei:	*Proroà bozo mercè*
		Proque nozo ha de baya
	Resposta (todos):	*Tambem sabemo cantâ*
		Muto bem manguà manguè
[vº]	*Rei:*	*Cadum faze o que sabè*
		Começa moro cantà
	Papagaios:	*Corrido và, corrido và*
	Todos:	*Zanguàn, gàn, garàn, gán*
		Garán, gàn, guà
	Rei:	*Tapua rebà bantazè*
		Porque baijà e cantá
	Papagaios:	*Corrido và, corrido và*
	Rei:	*Bo papagaio, assi faze,*
		Bamozo nom arefecè
		Tronà otro bez a cantà
	Papagaio:	*Corrido và, corrido và*
	Todos:	*Zanguàn, gàn, garàn.*
		Gàn, gàn, garàn, gàn, gá

E, em seguida, os da folia *portuguesa começaram a sua apresentação e, concluída uma volta, os Tapuias saíam com a sua música arremedada, cantando [todos] as seguintes letras:*

Sai dos seus Filipe
E pera os seus vem.
Louvai, Portugueses,
Não percais tal bem.

Brancos:	*Haver-vos aqui*
	O trouxe o desejo.

Com tão bom ensejo
Que mor glória há í?
Portugal, abri,
Pois Felipe vem.
Louvai, Portugueses etc.

Por vós se guiou
Como o ordenastes,
Do que vós gostastes
Felipe gostou.
A Almada honrou,
Depois a Belém.
Louvai, Portugueses etc.

[62]

Quem tanto nos quer
Também quer de nós
Que o queiramos nós
Pois nos veio ver.
Portugal, prazer,
Pois Felipe vem!
Louvai, Portugueses etc.

Felipe o mais moço
Com seu pai louvamos.
Se o pai rei chamamos,
O filho é rei nosso.
Como descansamos,
Tendo tanto bem!
Louvai, Portugueses etc.
Com sorte tão bela

Tudo é boa sorte.
Viva a mesma corte
Que fica em Castela.
Nunca a Parca corte
Vosso fio! Amém!
Louvai, Portugueses etc.

Negros: *Za que temo rei*
Nom bà desse tera
Se bai a caçéra
Nozo ha de prendei
Enque ere querei
Nos quere tambem
Robamo Tapua
Nom predei tarbem

Nom cudar ninguem
Que nos sar na rua
Que enque sar Tapua
Sar zente tambem
Za que a nosso bem
Nos tambem sar sua
Robamo Tapua etc.

Saber que nos peza
Non ser ricos zente
Por dar um prezente
A seyor princeza
Parece um bereza
Tam premozo bem
Robamo Tapua etc.

Minino premozo
Que sar zunto a ere
Parece que quere
Ficar ca con nozo
Inda que sar sua
Nosso sar tambem
Robamo Tapua

Frugamo de vir
Co esses minina
Viva os pequenina
Que sar no Madril
Za que sar tambem
Toros fia sua
Robamo Tapua etc.

OUTRA

Porque cá vos fique
Fama imortal
Deixai-nos, Felipe,
Rei de Portugal.

Brancos: *Ditosa Lisboa*
Pois chegastes a ter
Tão grande poder
Como o céu pregoa.
A triunfo tal
Nada se antecipe.
Deixai-nos, Felipe etc.

Tal vista qual vemos
O céu no-la deu;
Se Felipe é seu,
Por rei nosso o temos.
Pera festa tal
Nada atrás nos fique.
Fique cá Felipe,
Rei de Portugal.
Vosso antecessor
Vos deu o oriente:
Dele e da mais gente
Sois rei e Senhor.
Em que muito val,
Mais val que nos fique
Por Senhor Felipe,
Rei de Portugal.
Adeus, de Deus todo,
Rei nosso e Senhor,
Nosso pai no amor,
Rei de qualquer modo.
Prosápia real
Vive e multiplique
Ficando Felipe
Rei em Portugal.

Negros: *Contar o prezeça*
Bem se zoçifrica
Portuga se rica
Mazo que Veneça
Otro rei ca sà

Pro robà não fiqua
Dezanos Feripa
Rei na Portugà
Eya bamo bamo
Que nozo ha de deizei
Se sa rei Caciano
Tambem sa nozo rei
[63] *Otra rei frugà*
E tambem bos dize
Dezanos Feripe etc.

Rei Dom Manuere
Sar muto premozo
Mas Ferippe he nozo
Bonita com ere
Ferippe co apeé
Todo grobenà
Dezanos Ferippe etc.

Deus fiquà conbozo
Por sa tão criçã
Nos sa bozo irmã
Por Adram pai nozo
Poze quasi sà
Noz non sar patife,
Dezanos Ferippe etc.

E assim se concluía a representação do primeiro dia, ainda que Sua Majestade não pôde chegar no horário previsto e foi necessário ficar um pouco atrás. Isto compensou-o no dia seguinte Sua Majestade, chegando duas horas mais cedo e ordenou que se prosseguisse, sem qualquer alteração.

E deu-se o caso que, tendo-se saltado certa parte por parecer conveniente e ser mais a propósito, para ficar tempo livre para outras, Sua Majestade pôs-se a olhar com muita atenção para o livrinho do programa que tinha na mão, comparando com o que estava a ver, e ao dar-se conta de que não correspondia, mandou recolher a personagem que tinha saído e que a representação se fizesse toda de acordo com o que estava previsto.

***

[115 vº]

ÚLTIMA CENA

Brasil. [*Portugal*]

Bras: Para Manuel nas naus eu trouxe o povo da minha terra
O Brasil. Vê que reinos te darei.
As feras facilmente se deixaram amansar, sabem tolerar
O mando, para poderem melhor o teu suportar.
Port: Não sentirão Portugal como um senhor pesado.
Não de bom grado minha mão maltrata a quem se oferece.
Bras: Ao som da música, que dancem em igual compasso [bugios e Tapuias,
Que alegres tornem este dia de aplausos!

Dança o Brasil juntamente com os seus. [...]

[116 vº]

BRASIL. [*TAPUIAS E AIMORÉS*]

Bras: Mais amiúde a sua graça cresce no inculto monte
[117] Que nas férteis leivas, por entre talhões bem arroteados,

Tal como da escura noite a sombra com alternada cor,
Não ao mundo desgraciosa, do sol restaura as forças.
Tampouco à lusitana glória hão de opor-se os negros [vacinos.[171]
Celebrai com vosso aplauso o triunfo que acompanhais.

TAPUIAS E AIMORÉS

Nunca os reinos da Ásia hão de dar aos trabalhos
O prêmio que pelo sangue foi merecido,
Nós livremente consentiremos que para o luso,
Senhor nosso, do açúcar jorrem rios de doçura,
Que as guerras não hão de poluir com dolorosos ferimentos.
A terra do Brasil obedece a pacíficos senhores, enquanto
A ínclita nação, rechaçando o mortal triunfo
Deseja com encômios os celestes triunfos
Alcançar.

PORTUGAL AO REI FILIPE

Aceita os feitos que em teu obséquio teu bisavô te envia,
Pelo sangue obrados de teus Lusíadas. Ao lusitano Filipe
Com seu valor submisso os jovens dão as conquistas de seus [pais
E mostram forças iguais para façanhas grandiosas.

---

171 Alusão ao passo seguinte de Virgílio, *Écloga* 2. 17-18: *nimium ne crede colori: / alba ligustra cadunt, uaccinia nigra leguntur*, assim traduzido pelo nosso maranhense Manuel Odorico Mendes: "Em cor não creias muito: a branca alfena / cai murcha, apanha-se o vacino escuro." Conquanto a correta correspondência botânica daquele "vacino" até hoje persista objeto de discussão, o conceito parece-nos bem claro e tendente a valorizar a beleza da tez escura, que era aliás, na variante itálica, a do imortal poeta de Mântua.

Sob esta mimosa aparência vê o denodo de nossos pais; [o sangue
Ainda vibra co'o acicate da antiga valentia; Manuel ao neto
Ofereceu o cetro do franqueado oriente.
De bom talante suas vontades te oferecem os jovens, para [conservar
O herdado e adquirir mores coisas: se algo de maior no [mundo existe,
A pátria dar-te-á de novo os antigos portugueses,
[vº] Se às nacionais virtudes deres um novo Manuel.
Entra, ó mui desejado, no nobre triunfo de teu avô,
Prostrada aos pés de Filipe, Lísia leva o triunfal carro.
Entra, o vencido mundo servirá a Hespéria,
Para que, onde o lusitano suas armas cravar, aí triunfe
A santa fé e, parelhos, com seu mando a terra senhoreiem
O português rei e a religião do supremo Olimpo.

2ª Parte
Originais Latinos

[6*]

LATINO CVRIOSOQVE LECTORI

Rudem adhuc et informem ursi fetum, lector optime, ne mireris quando nec tempus superest aut otium concinnandi et corporis lineamenta sedulo parentis lingua effigiandi, prout acutiores oculi, aures religiosae ac teretes exigebant. Commune tamen studium et legendi auiditas fuit in causa cur Latina carmina, citra poetarum monita, "reddita saepius ad incudem" non efformarentur curiosius et lima addita subtiliori acutius laeuigarentur. Cum enim publice edita forent theatro, spectantibus, nulla oculorum et aurium satietate, principibus totius orbis clarissimis Philippo III Hispanico et principibus regnorum heredidbus procerumque corona laudatissima, ita scenicus apparatus cum Attalica certauit maiestate ut, incompta licet sibi ipsis et polita minus uiderentur, frontem ausa fuerint nec uerecundam explicare.

Tantum scilicet uel mutuata uenustas rudia et inuenusta ualuit honestare ut nullus auderet zoilus infigere Theoninum uel naeuos indecore nigricantes critico inurere asterisco, ita siquidem regius uestium apparatus et margaritarum splendor intuentium oculos aucupabatur ut in se tantum uires animi contemplantis allexerit, nullo relicto spatio cauillandi. Id modo dabitur commodissimum, nec res ipsa segetem [v°] exiguam commodabit. Illud unum poetae patrocinabitur, temporis scilicet angustiae, adeo scribentibus importunae, opus siquidem uniuersum, a minimo charactere ad extremum usque umbilicum, intra dies quinque et uiginti, tam mente delineatum quam uersibus dimensum fuit, ac tandem musicis et actoribus distributum, prout partes singulae postulabant.

Nec, si auctor maxime uellet, carmen potuisset de integro innouare, uel etiam curiosius resarcire, ultimam enim "Plaudite!" adhuc auribus insonabat et auditorum studia, quod aures pendulas detinuerat, sibi legendum attentius reposcebant. Quod, si alia legentibus, audientibus alia traderentur non iniuria impudentiae uerteretur, cum grauissime uel legentium oculis uel audientium auribus mentiremur. Quis item perfrictam adeo gestet frontem ut quae uel incompta regiae Hispaniarum maiestati placuerunt mentitis audeat pigmentis deturpare? Quocirca, uti primo edita partu praepropero et immaturo actoribus commissa sunt, ita protinus lucem aspiciunt. Per fragmenta item discerpta aliquot auidorum irritamenta in uulgus promanarunt quae, ne in dies imperfecta deterius corrumpantur, aequum est, quaequae fuerint, saltem ubique eadem, euulgentur.

Quae sit poematis ratio, quae metri leges praeloqui fore duxerim superuacaneum, est siquidem legentium duplex ratio, tam doctorum apprime, quam barba tenus ac pallio sapientum, si quidem imberbes honesto in ordine ineptum uidebitur recensere. Si enim ille alius diserte cecenit:

Turpe pecus mutilum, turpis [7*] *sine sine gramine campus*
et sine fronde frutex et sine crine caput,

quid, si faciem scriberet depilatam, in qua, ut oratur iocatus est, *nec pilum uiri boni appararet*? Cum prioribus nihil negotii, qui maturius dum incendunt, suis quaeque momentis pensitans et dum bona, dum quaedam mediocria, dum mala multa deprehendunt, boni consulentes potius, nihil protinus exspuunt, domestico docti experimento quanti haec ueneant sapienti.

Illud aliud genus (Deus immortalis!), quis comprimet, tranquillabit? Prius citerias, graculos ac cicadas aut aes comprimas Dodonaeum; iure illud esset in Thessaliam relegandum, ut *lunae* posset *succurrere laboranti*. Non muscas dixeris in cibos fetidos auidius conuolantes. "Quae tua ista actio? Certe nulla Antiquorum inscriptione noscitanda. Tragoedia? Cothurnum quaerito Sophoclaeum! Nihil aptius tuo poemati, ita ouum ouo germana similitudine comparatur. Comoedia? Pro! Quam lepidi sales! Quam faceti mimorum greges et histrionum! Plautos uideris ac Terentios ex Pythagorae somnio induisse!"

Haec primo in limine ac ueluti cortice uellicantes. Quid si medullitus euiscerent? Non pungent et nigro calculo praenotabunt? Certe in tantilla nuce uel sordido titiuillicio tragoedias suscitabunt, quibus *scriptus et in tergo necdum finitus Orestes* longe breuiter iudicetur. Istis si ingenua confessio ansam praecideret, fateremur millies insipientis potius errorem esse quam prudentiam scribentis. Prudentiores tamen satis uident consulto factum, neque enim comoediae scurrilitas et minus aptae nuptiae, [vº] nec tragoediae lugubris exitus spectantium oculis inseruiret.

"Agedum! Qui Cerberi uomitum et Tantalos mihi suscitas in theatra: regum in oculis quid nisi regium collocabis? Certe basilica tragoediae argumenta si alicubi reposcuntur iure suo, nullibi tamen potiori quam cum basilicos obtinent auditores."

Aequissime statuis nec reluctabor. Cedo tamen, num reges patrios argumento, an potius eligas peregrinos? Hos si mauis, cum popularibus tibi iudicio res agenda, qui domesticum adeo tenuem supellectilem fateare, et regem patrium argumento excipias alieno. Hispanici tamen annales tragicam facile materiam suppeditabunt, neque genere neque argumento operis alienam. Ecquis tamen audeat principum oculos solis aemulos nubibus obuoluere sanguinariis? Procul, o procul omen abesto. Vt nepotibus felici candore niueis et parentum gloriae candidadtis atauos, si qui fuerint, ostendamus suorum deturpatos sanguine et saeuitiae facibus aestuantes. E maternis incunabulis Lusitani tragicocomoediae utrique natum protulerunt argumentum, ita siquidem principum maiestas cum annorum florida uenustate concinebat ut utrique necessario ex aequo fuerit consulendum.

Illud etiam rem efficiebat difficillimam, quod ex grauitate Lusitana alio nisi Latino carmine repraesentare sit grande nefas, alias uidebimur histriones materno ac uernaculo idiomate paulo argutius confabulantes. Neque alio nomine sacri homines ac religiosi honeste possent agere histrioniam, qui, si pueros scenicis exercent fabulis, suam populo ostendunt operam et quam in excolendis puerorum [8*] ingeniis impendant curam, cum rudes acceperint et materno adhuc inunctos lacte tandemque parentum in oculis Latinos reddant et, quod caput est, ingenuos ac liberales.

Antiquum igitur dum retinemus disciplinam, quam possumus sermone incognito ac peregrino auditoribus parere uoluptatem? Numquam enim Plautus et Terentius tantam sibi apud suos conflarent gratiam, nisi fabulas ex Graecis Latinas redderent et aliena dicteria maternis condirent salibus et facetiis. En tibi poetae consilium in opere delienando ita comice tragico ac tragice comico ut, neutrum cum sit, utrumque possit uideri, ne lugubre cum foret totum molestiam inueheret uel mimicum regiam dedeceret maiestatem. Non item longa fabulatione spatiatur carmen Latinum, doctis etiam importunum, ne delicatas et Hispanicis floribus assuetas aures metro ac sono laederet peregrino.

Illud minoris facio praemonere in Latino carmine poetam (quantum par fuerit religiosum) peregrina et barbara nomina minus curasse Latinorum dimensionibus obstringere, sed pro legibus usum fuisse commodioribus. Quis enim *Olisiponem*, *Emmanuelem*, *Mahomet*, *Lusitanum*, *Portugalle*, *Ormusium*, *Rumes*, *Mirhocenum*, *Mamaluchum*, *Campsonem* et huiusmodi excenta aequo sibi iure non produxerit uel pro libito tenuabit? An Virgilium pudeat imitari *Italiam* ex animo et pro arbitrio suo sensui adaptantem? Vel illum alium non ignobilem de Deciano canentem: *Iam puer auricomo praeformidate Batauo*, et innumeros alios quibus circa haec nomina "fuit pro [vº] ratione uoluntas". Italicus uero Silius suos sileat Lusitanos, quibus, si foret locus, promiscue usus fuerit.

Tandem ultimo dabitur uitio (quod non latuit scribentem), aliqua uidelicet ex historicis praepostera in carminibus esse descripta, cum alia prius in India gesta, acta fuerint ultimo in theatris. At poetam agenti qui chronologicam inungeri prouinciam minus aeque uidebitur iudicasse. Satis religiose scripserit si sua cuique tribuat facinora; interim quo temporis quoue loci studiosius perquirant prudentes annalium scriptores.

Hoc praedixisse satis, quae minus Latine et poetice parum dicta uidebuntur.

Vale

[6 vº]

Olisipo:[172]

Assueta plantis fortium regum meis
Calcare fastus, sceptra ceruices premo
Generosa duras exterae gentis pede
Victore, dites sempre exuuias ferens
Annosa quas non saecula refigent manu
Obliuiosi temporis. Surgo potens
Nutrita bellis arduis, palma ut uirens
Dorso resurgit pondus aduersum graue.
Olisiponem quisquis ignorat uagum
Percurrat orbem: hoc nomen incultus rudi
Formare uocis Aethiops nouit sono;
Didicere primum regna quae solem uident
Et quicquid alto uertice reuisit polus
Dominam uocare didicit Oceano, caput
Nulli daturam sponte nisi uolet iugo.
Hoc nomen exteri dabant qui olim mihi,
Quam nunc uocabunt? Viderint si urbem suis
Orbem tenere manibus? Dominam uocat
Quicumque nomen, clarius posthac sciet:
Vrbi futurum nuncupet Regis Torum,
Dominator orbis fixit ubi signum pede,
Meus Philippus, splendor et regni iubar:
[7] Solium uocabor. Restat hoc maius? Dabit
Maiora quisquam? Nemo, nec maius uolo.

[172] Nota marginal: *Liceat diuersas nominis origines parui pendere neque in ciuitatum Domina uiles grammaticorum quisquilias uentilare.*

Aperire corde gaudium inclusum iuuat.
Gratentur urbis incolae faustam diem,
Extremus orbis sentiat, dum artus reget
Animus triumphans, hanc diem gemmae notent.

Tagus. Rupes Cintria:[173]

Iucunda partiri decet amicos simul
Gaudia doloris pariter ut solent uices.
Vicinia monet gaudiis adsim tuis:
Tagi corona fluminis, regni caput.

Olisipo:

Socium uocabant festa.

Cintria:

Me quoque excita
Resonantis Echo festus adduxit sonus.
Proderit adesse. Regibus placenta quoque
Inculta: placuit Cintra[174] nec forsan minus
Et nunc placebit.

Olisipo:

Quin mihi nusquam magis
Placitura uenies, nunc satis probat Tagus

---

[173] Nota marginal: *Tagus, Hispaniae fluius celeberrimus, a meridie Olisiponem praeterfluens in mare Oceanum influit. Ciuitatem haud procul despicit ab occasu, Aquilonem uersus, Rupes Cintria excelso uertice nauigantibus satis cognita.*

[174] Nota marginal: *Ad montis radicem Lusitanorum regum palatia sunt amoena ualde et rusticandi gratia magnis habita in deliciis.*

Aurum dedisse: ditior numquam meo
Traxit fluente mari. Tage, Philippum uadis
Nostri ferendo.

Tagus:

Pedibus ubi tetigit uadum
Regale sensi pondus, at pondus leue
Reddebat Olisipo, cui serui Tagus.

Cintria:

Restat latentis corde profusas dare
Laetitiae habenas.

Tagus:

Quidquid euoluunt Tagi
Fluctus libenter dabimus.

Cintria:

Et nostrum iugis
Florere regis dabitur in laudem nemus.

[7 vº]

Olisipo:

Aliud paremus aurum, amoenum forsitan
Probabis aliud montis urbani nemus.
Viret iuuentus, uiuidi flores mei
Studiis alumni, Palladis uirent agris.
Semina parentum certa quae reddant auos
Demus theatris, uideat ut clarum genus
Et quas Minerua colligat pratis rosis.
Tandem uidebit quod sibi regnum damus.

Tagus:

Auum[175] nepoti redde, nil gratum magis
Vidisse, Carolum Punico quam si rubrum
Cruore cernat.

Cintria:

Principi Lusus suo
Aliena numquam dedit.

Olisipo:

Agent iuuenes mei
Ataui triumphos Indicos, facinus nouum
Orbi, Emmanuel erit Philippo gratior.

Cintria:

Emmanuel,[176] erit hoc nomen unum grande opus.
Cultrix deorum caeca, sed cupiet sibi
Orientis aras, conciet Barathri greges.

Olisipo:[177]

Esto. Sed alti numinis cultor, polo
Monente regis pectus accendet rogis,
Ardescet ignis pectore, repellet suos
Aliter monentes, mittet extremo iugum

[175] Nota marginal: *Carolus V felicissimus imperator, Philippi auus, Tunetum, Africae regnum, praedonum latibulum et hospitium expugnabit.*

[176] Nota marginal: *Emmanuel, 14 Portugalliae, regis Philippi maternus atauus, quo ex c. regnum Lusitanum obtigit Castellano.*

[177] Nota marginal: *Actionem quinque partibus metiuntur et suam cuique, prout argumentum postulat, materiam partiuntur.*

Qui ponat orbi, ratibus et scindet fretum.
Quicquid repugnet Tartarus uincet polus,
Arare qui iubet inuium rostris mare.

Tagus:

Obstabit aether, ignis, inimicum mare,
Iniqua tellus, uincet at uirtus ducis.
[8] Procumbet orbis Indicus longe minor
Virtute Lusitana.

Cintria:

Et incultum genus,
Brasilia, mittet monstra quot siluis creat.

Olisipo:

Nilo catenas addet ac Turcas manum
Sentire Lusitanus expertos dabit,
Asia timebit, Indus et Ganges caput
Vltro cadentes offerent, orbis cadet
Dominantis alte uictus ad Lusi pedes.

Olisipo regi opus dicat:[178]

Lysiadum sublime caput, cui subdita parent
Imperia, Oceano uix cognitis, subdita plantas
Ante tuas en sponte cado: plus cara Philippi
Sub pedibus, tundam quam si diademata regum.

---

[178] Nota marginal: *Paululum a sociis declinans, principum in ore ad genua prouoluitur Olisipo assurgensque in tempore carmina singular studio auscultantibus recitauit.*

Non domini agnosco faciem, sed blanda parentis
Signa probo, antiquam generis testata figuram.
Collucent ataui generosa in fronte nepotis,
Plus tamen Emmanuel, tantum hoc cui Lysia donum
Gratatur, superi cui ne quid mente negarent
Donarunt damus imperium, quae sint ea regna dabuntur
Ante oculos, inuicte, tuos primaeua iuuentus
Antiquos fert ore patres, qui sanguine nostro
Hanc patriam peperere tibi. Nunc castra frequentant
Palladis, at Marti non est minus apta iuuentus.
[v°] Redde oculos, sol alme, non dura, nouellos.
Exuret glacies, Boreae non frigora laedent.
Quae modo prodibunt magnis spectanda theatris
Sunt mea, ni placeant; tua, si tibi forte placebunt.
Quae dabit Emmanuel, genus a quo sanguine ducis.

[59]

Rex Emmanuel. Aulicus

Rex: O caelum! Dabis
Plura immerenti? Restat optandum solo
Munus petenti grandius? Iniquam, precor,
Volucris potenter contine sortis rotam.
Solent secunda tristibus limen dare
Casibus apertum.
Aulicus: Volucris in portum ratis
Delata portat nuntii quidquam noui.
Rex: Propere uocato nauticae gentis ducem.
Aulicus: Quae portat intro pariter admittam iubes?
Rex: Amitte protinus.

Scena 6

Brasilia cum simiis, Tapuiis, Amurais et psittacis

[v°]

Rex: Omen aduersum procul
Nomen repellat.
Dux: Cura uigilantis Dei
Prospera benigne sospitat sortem tibi
Patriae uoluptas unica, tuorum decus,
Emmanuel. Altum rostra findebant, Noti
Aduersa subito uela cum feriunt, mare
Intumuit Austro turbidum, legant cito
Nauclerus alto protinus malo sinus
Exclamat, unus pariter exclamat labor.
Subito tumenti uertices ponto ratem
Ad ima uoluunt, montibus aquarum modo
Tolluntur altis, dispulit tandem Notus
Vndique carinas fluctibus, ad oram procul
Acti procella ferimur ignotam. Malae
Ignara fraudis ecce gens, cultu rudis,
Accurrit hilaris, hospites blande uocat,
Litus capessant nutibus, plausu monet.
Ratibus uolentem traximus, coram iube,
Telluris edet nomen ac notum genus.
Rex: At quis docebit patriae uocis sonum?
Brasilia: Nosco loquentem, pariter agnosces tuum,
Emmanuel. Alti Conditor regni iubet
Tuis recumbam pedibus.
Rex: Ignotum prius
Nomen profare.
Brasilia: Nomen aut omen tui

Felix dedere, insigne qui magnum crucis
Dixere nomen. Maneat o tantum decus
Caelo uerendum, uereor ast illud tamen
Corrumpat auri penitus impatiens amor.
Brasile siquidem patrii lignum uocant
Quo lana fuco melius haud quidquam bibit.
[60] Laudis inimicum uereor hinc nomen mihi.
Rex: Fecunda tellus incolis pastum creat?
Brasilia: Si quot recuruis saltibus frondes uirent,
Quae poma dulci protegunt umbra, cauas
Quot lapsa ualles inter occurrunt mari
Flumina, uel albi nectaris arundo meis
Vt crescat aruis, si feram, nocti prius
Succumbet Oriens.
Rex: Incolae caelo putant
Inesse numen aliquod?
Brasilia: Incultum genus
Siluestre, montes habitat, haud impar feris,
Queis nec supremi uenit in mentem poli
Rectoris umbra. Nomina Tapuiias, rudi
Vocis Amuraeas patriae reddunt sono.
Rex: Quid monstra? Gestu potius an saltu ualent?
Brasilia: Vtrumque nouit simia. Loquacem ferunt,
At nunc laborem uitet ut fallax tacet.
Versate choreas, mimicum praesto genus.

Saltant Tapuiae, psittaci, simiae et cetera.

[...]

[vº]

CHORVS LATINVS

Optata nostris sidera rupibus
Fulsere[179] tandem, mentibus insitas
Depellit umbras et quadrigas
Phoebus agit propiore uultu.
Subiecta zonae quae plaga torrida
Feruebat aestu, nunc Aquilonibus.
Pulsata naturam remittit
Et patulo bibit ore nimbos.
Iam monstra saeuis abdita saltibus
Cessere, uiuit libera uinculis
Gens seruitutis, quae tremendus
Imperio posuit tyrannus.
Qui uicit armis regna potentibus
Lusus reduxit mitia saecula
Legesque naturae nouauit,
Iura creans meliora fatis.
O lapsa caelo gens! Tua perpeti
Quam uincla praestat! Subdita mittimus
En colla plantis: da catenas,
Liberior uolitem per auras!

***

[179] luxere *1619*.

[**115** vº]

SCENA VLTIMA

Brasile: Brasile patrium ratibus adduxi genus
Emmanueli, regna quae tradam uide.
Didicere monstra facile tractari, pati
Imperia norunt, melius ut possint tuum.
Portugalle: Non Portugalle sentient regnum graue.
Non mea libenter tradito nocet manus.
Brasile: Simia Tapuyae similis ad numerum choros
gitato, laetum referat hunc plausus diem.

Saltat Brasile cum suis [...]

[**116** vº]

BRASILE

Saepius inculto creuit sua gratia monti
[**117**] Inter fecundis hanc culto noualibus, umbra
Noctis ut obscura niuei dispendia solis
Alterno reficit, non orbi ingrata, colore.
Nec Lusitano uaccinia nigra decori[180]
Officient. Comites plausu celebrate triumphum.

TAPVIAE ET AMURAEI

Donabunt Asiae regna laboribus
Numquam promeritum sanguine praemium,
Nos ultro dabimus dulcia saccaro

[180] decore *1620*.

E manent domino flumina Lysio,
Quae non uulnificis bella doloribus[181]
Foedabunt. Ducibus paret inermibus
Tellus Brasiliae, dum genus inclytum
Mortalem renuens optat[182] Olympicos
Laude triumphos.

PORTVGALLE REGI PHILIPPO

Accipe Lysiadum, quae sanguine parta tuorum
Mittit in obsequium proauus. Subiecta Philippo
Dant Lusitano iuuenes uirtute parentum
Imperia et similes referunt in grandia uires.
Cerne animos patrum tenera sub imagine, sanguis
Durat adhuc stimulis patriae uirtutis; aperti
Obtulit Emmanuel orientis sceptra nepoti.
Sponte ferunt animos iuuenes, qui tradita seruent
Et maiora parent: si quidquam est maius in orbe
Antiquos reddet tibi patria Lusitanos,
[117 vº] Si[183] reddas patriis uirtutibus Emmanuelem.
Ingredere o claros proaui exoptande triumphos,
Lysia fert currum pedibus deiecta Philippi.
Ingredere, Hesperiae uictus famulabitur orbis,
Vt qua Lysiacus sua fixerit arma, triumphet
Sacra fides pariterque solum dicione gubernet
Rex Lusitanus, supremi et cultus Olympi.

---

181 laboribus *1619*.
182 quaerit *1619*.
183 Cum *1619*.

3. O Padre Antônio Vieira e o Latim

Em latim foram redigidos o primeiro e o derradeiro dos textos conhecidos de Vieira; em latim escreveu a que considerava a sua obra mais importante, a *Clavis Prophetarum*, "palácio altíssimo que tem sido o maior emprego dos meus estudos", do qual fiava a perenidade do seu nome e ao lado do qual não passavam de "choupanas os discursos vulgares que até agora se imprimiram"; em latim se dirigiu com filial zelo e coração aberto a pelo menos dois Gerais da congregação religiosa que tão longa e fielmente serviu; em latim, finalmente, vazou o grande orador, sob forma poética, algumas das poucas concessões que se permitiu ao exercício literário lúdico e sem fitos pragmáticos. Parece assim que este conjunto de circunstâncias sugere um brevíssimo olhar sobre as relações do Padre Vieira com a língua do Lácio.

Antônio Vieira nasce e move-se num século em que o fundo cultural e linguístico das pessoas da sua categoria profissional e cultural tem como referência primeira e predominante o latim. Embora conhecedor mais ou menos profundo de alguns idiomas europeus, poliglota insigne em várias línguas ameríndias e destro em pelo menos uma africana, grande parte da sua bagagem cultural e religiosa, a sua informação sobre o mundo e as ideias dos homens colheu-as sem dúvida em livros escritos em latim, a tal ponto que, mesmo a visão de uma realidade física e humana inédita para olhos europeus como era então a americana, vem, apesar de alguns laivos esporádicos de viva captação da natureza selvagem, em grande parte condicionada pelos lugares comuns e tópicos transmitidos pela literatura clássica ou cristã, de qualquer forma, tanto aquela como esta, numa formulação linguística exclusivamente latina. Nestas condições, não espanta que a mais sumária abordagem da obra literária de Vieira nos leve à conclusão de que todas as referências culturais e tiques estilísticos provêm do repositório clássico-cristão em que se abeberou quase exclusivamente, tanto nos anos de formação como pelas leituras e releituras que um leitor, omnívoro e infatigável como ele, foi fazendo ao longo da sua dilatada existência.

Após um aprendizado inicial de quatro anos e meio, presumivelmente anterior ao noviciado, a proficiência do moço Vieira em latinidade levou os seus superiores a mandá-lo da Bahia para o colégio de Olinda, em Pernambuco, onde lê retórica durante três anos e meio e, segundo uma tradição recolhida pelo mais antigo biógrafo, compôs comentários às tragédias de Sêneca e talvez às *Metamorfoses*, além de exposições do livro de *Josué* e do *Cântico dos cânticos*, empresas que, se levadas a cabo, demonstram, por um lado, o juvenil arrojo do autor, e, por outro, justificam a grande identidade de estilo e de pensamento que em toda a sua obra mostrou com o escritor Cordovês e a admiração, que não teve pejo de confessar, em relação a Ovídio, a quem chamou "o mais engenhoso de todos os poetas" (*Maria Rosa Mística*, sermão 23, 1.). Com tão singulares aptidões para o latim, não admira que com dezoito anos de idade tenha sido incumbido pelo padre vice-provincial do Brasil de redigir a *Carta Ânua* enviada ao Geral dos Jesuítas com a relação das novas relativas ao período 1624-1625, texto latino que, sob a forma de dois autógrafos assinados por Vieira e com data de 21 de novembro e 1º de dezembro de 1626, se encontra no *AGSJ Bras 8* ff 342-351, *ibi.* ff 366-375. Esta brilhante primícia literária é hoje quase exclusivamente conhecida através da versão vernácula, mais extensa, que dela fez o autor, datando-a de 30 de setembro do ano indicado, e pela qual o leitor de língua portuguesa pode ficar com ideia aproximada da perfeição de estilo, domínio do idioma latino, perfeita travação de ideias, discreta variedade e a propósito das alusões histórico-mitológicas e citações literárias que esmaltam este escrito, que revela um latinista consumado de par com um artista já na posse de muitos dos seus mais apreciados recursos.

Com caráter mais *stricto sensu* epistolar são as mensagens em latim que a título pessoal dirigiu a dois Gerais da Companhia de Jesus (Charles de Noyelle e Tirso González) ao longo de um período que vai de 21 de junho de 1683 até 12 de julho de 1692. Nestas treze cartas latinas conservadas, ordinariamente de extensão média e todas escritas na Bahia, Vieira, com estilo por vezes guindado (como, por exemplo, ao saudar o Geral recém-eleito), para além de informações de caráter autobiográfico, trata das mais diversas matérias, para as quais solicita a atenção ou pede a compreensão e autorizada resolução do superior máximo da congregação que tão zelosamente serve. Especial interesse nos merece a missiva cuja data apontamos em último lugar, pela circunstância de ter sido ditada seis dias antes da morte de Vieira e tratar-se do último texto produzido pelo seu brilhante e incansável intelecto. Na sua elegante concisão latina, congraçam-se de forma exemplar a urbanidade obsequiosa e as informações de caráter pessoal, que nos dão conta da disposição para continuar a servir, na medida das suas fracas forças, os interesses da Companhia e, sobretudo, de um otimismo que o incita a prometer para o ano vindouro a conclusão do *opus magnum* a que consagrou uma parte significativa do seu desvelo intelectual e das suas meditações de teólogo: a *Clavis Prophetarum*.

Como seria de esperar, numa época em que o latim, além de idioma de intercâmbio entre as diferentes comunidades linguísticas europeias, funcionava como meio de comunicação "institucional" em várias instâncias da vida corrente da Igreja católica, é muito provável que Antônio Vieira se tenha servido amiúde da língua do Lácio para a redação de relatórios, memoriais e censura de obras propostas à sua avaliação, espécie de textos de que chegaram até nós três exemplos que, se nada acrescentam ao conceito que temos sobre os seus méritos de latinista, corroboram a destreza, elegância e facilidade com que manejava a pluma latina (*Informação ao Padre assistente sobre a disposição geral dos padres brasileiros contra os portugueses*, *Distinção entre portugueses nascidos em Portugal e nascidos no Brasil* e *Censura* a um livro do Padre Diogo Lopes).

Pelos motivos já expendidos, a que acrescia a necessidade de manter longe do vulgo "inculto" uma obra de conteúdo teologicamente melindroso, foi também em latim que Vieira escreveu, sem concluí-la, a obra que considerava como o seu mais valioso legado à grei cristã, a *Clavis Prophetarum*, de cuja acidentada e longa história manuscrita não cabe aqui falar, cumprindo-nos apenas registar que não possui ainda hoje a edição impressa integral e crítica a que tem direito. Durante muito tempo qualificada, no juízo crítico sobre o espólio literário de Vieira, como "uma dessas concepções cerebrinas e absurdas (...) que mais deslustram que recomendam o seu talento" (João Francisco Lisboa), *A chave dos profetas*, independentemente da opinião que se possa ter sobre a mensagem que transmite, nas suas centenas de páginas, além de recolher o mais copioso testemunho do saber teológico e multímoda erudição histórica do autor, apresenta-se-nos também como a mais extensa mostra da dexteridade e eficiência com que o grande orador manejou o idioma latino.

A este propósito, e falando com o conhecimento direto que tenho como tradutor para português da totalidade do que resta da *Clavis Prophetarum*,[184] creio possível caracterizar de modo geral a linguagem latina aí utilizada como escorreita, fluída,

[184] A aparente falta de modéstia intelectual de que estas palavras podem semelhar sintoma a olhos de críticos mais severos, no fundo mais não pretende ser do que a reivindicação do respeito que se deve a qualquer humilde obreiro, e resulta também da justa indignação que em mim causou o desaforo de um casal de cidadãos, ligado ao mundo acadêmico alfacinha, o qual, depois de estar bem ciente de que, nos últimos onze anos, tiveram ampla divulgação três edições da minha citada tradução do que resta da *Clavis Prophetarum* (duas saídas em Portugal, com a chancela do Círculo de Leitores e da Bertrand, e outra no Brasil, editada pelas Edições Loyola), nos finais de Maio de 2022, com a conivência de uma mídia mercenária ou meramente estólida e analfabeta, trombeteou aos quatro ventos a "descoberta da pólvora", sob a forma, neste caso, de um manuscrito latino, supostamente desconhecido, da citada *Clauis Prophetarum*. Embriagados pelo entusiasmo causado pelo suposto achado, esqueceram-se os "descobridores" de informar o embasbacado público lusitano de que largos milhares de exemplares da tradução daquele escrito vieiriano já haviam saído dos prelos e se encontravam esparzidas por inúmeras estantes das bibliotecas públicas e privadas de Portugal e Brasil, dois lustros antes de tão folclórico e imodesto público cacarejo, com o qual apenas lograram tisnar tristemente e de modo irreparável seus nomes e reputação, se porventura os possuíam.

ajustada ao escopo escolástico visado pelo autor, uma vez ou outra, de resto rara, incorrendo em algum solecismo, quem sabe se imputável a distração dos amanuenses, e resvalando outras para um modo elíptico que raia a abstrusidade, seguramente por efeito do acicate da pressa e com o provável desígnio de mais tarde, na redação e acepilhamento finais, dar forma mais articulada e intelegível às ideias aludidas de forma sumária. Também é certo que, para imensa satisfação do leitor sensível aos valores estéticos, a garra do leão se mostra a espaços em toda a sua soberba grandeza.

Como criador propriamente literário, desvinculado de propósitos doutrinais, informativos ou apologéticos, o engenho de Antônio Vieira deixou um punhado de composições poéticas em latim que, conquanto, sobretudo pela escassez do seu número, não bastem para colocar o nome do autor na galeria dos mais inspirados vates da poesia neolatina lusitana, de qualquer maneira atestam singular bom gosto, graciosidade não comum e aproveitada lição dos bons modelos clássicos. Deixando de parte alguns epigramas, mesmo assim valiosos na sua brevidade acutilante e bem torneado da frase, merecem ainda hoje saborosa leitura quatro composições de mediana extensão, conceituosa urdidura e variegada inspiração: *Pixis seu cortex eucharisticus* (146 hexâmetros dactílicos), *Catharinae Lusitanae Britanicae Reginae* (epitalâmio de 82 hexâmetros dactílicos), *Reuerendissimo Patri Fratri Aloysio de Saa (...) rescribit elegia* (32 dísticos elegíacos) e *Descriptio mensis Martii* (68 hexâmetros dactílicos).

Cumpre também referir que ao "nosso" Padre Antônio Vieira se têm atribuído alguns outros textos literários em latim cuja paternidade, se submetida a uma análise mais circunstanciada das características formais, e sobretudo da tradição manuscrita, talvez deva ser assacada a um confrade, conterrâneo, contemporâneo e do mesmo nome, que exerceu as funções tanto de reitor como de professor do Colégio de Santo Antão de Lisboa.

Se até aqui nos referimos à produção textual em latim de Vieira, convém não esquecer que o domínio do idioma do Lácio se aquilata igualmente pela pronta memória com que constantemente lhe acodem ao bico da pena os autores e obras da tradição clássica ou cristã e a facilidade e suma elegância com que os verte para vernáculo, sempre mais atento ao espírito do que à letra. É quase exclusivamente nas fontes latinas (em que temos de incluir os cerca de quarenta autores gregos a que também recorre) que bebe as incontáveis citações, com as respectivas glosas e traduções, nas quais assenta grande parte do contínuo exercício dialético a que se entrega nos seus mais de duzentos sermões. E finalmente, para além dos autores, dos *loci communes* e provérbios, Vieira revela-se um profundo e perspicaz conhecedor da história da língua latina, explorando frequentemente, por vezes com acerto filológico, "as potencialidades oratórias da etimologia e da semântica", segundo a feliz expressão do Professor Sebastião Tavares de Pinho.

BIBLIOGRAFIA: João Lúcio de AZEVEDO, *História de Antônio Vieira*, 2 volumes, Lisboa, Clássica Editora, 1992; João BORTOLANZA, "Poema novilatino de Vieira: 'Dísticos à abstinência com que Sua Alteza venceu a febre", *Humanitas* 59 (2007) 283-292; Luís Gonzaga CABRAL, S. J., *Vieira-Pregador*, Braga, Livraria Cruz, 1936; Hernâni CIDADE, *Padre Antônio Vieira*, Lisboa, Editora Arcádia, s. d.; id., prefácio e notas a *Obras escolhidas do P. Antônio*

Vieira, volume VII, Obras várias (V), Lisboa, Livraria Sá da Costa, 1953; João Francisco LISBOA, *Vida do Padre Antônio Vieira*, Rio de Janeiro, W. M. Jackson Editores, 1948; D. Francisco Alexandre LOBO, *Memória histórica e crítica acerca do Padre Antônio Vieira e das suas obras*, Viseu, Imprensa da Revista Católica, 1897; Carlos Alberto de Seixas MADURO, *As artes do não-poder. Cartas de Vieira: um paradigma da retórica epistolar do barroco*, Lisboa, Centro de Filosofia da Universidade de Lisboa / CLEPUL, 2012; Sebastião Tavares de PINHO, "Antônio Vieira e a latinidade ao serviço da oratória: o caso das etimologias", *Actas del Congreso Internacional Retórica, Política e Ideología. Desde la Antigüedad hasta Nuestros Días. Desde la Modernidad hasta Nuestros Días*, Salamanca, 1998, v. II, pp. 397-403; Francisco RODRIGUES, S. J., "O Padre Antônio Vieira. Contradições e Aplausos. (À luz de documentação inédita)", *Revista de História*, Lisboa, volume 11, 1922; id., *História da Companhia de Jesus na Assistência de Portugal*, volume 1, tomo 3, Porto, Apostolado da Imprensa, 1944, p. 145.

Índice Remissivo